अग्निलीक

उपन्यास

अग्निलीक

हृषीकेश सुलभ

राजकमल प्रकाशन

ISBN : 978-93-89577-40-2

मूल्य : ₹695

पहला संस्करण : 2019

प्रकाशक : राजकमल प्रकाशन प्रा. लि.
1-बी, नेताजी सुभाष मार्ग, दरियागंज
नई दिल्ली-110 002
शाखाएँ : अशोक राजपथ, साइंस कॉलेज के सामने, पटना-800 006
पहली मंजिल, दरबारी बिल्डिंग, महात्मा गांधी मार्ग, इलाहाबाद-211 001
36 ए, शेक्सपियर सरणी, कोलकाता-700 017
वेबसाइट : www.rajkamalprakashan.com
ई-मेल : info@rajkamalprakashan.com

मुद्रक : यश प्रिंटोग्राफिक्स
नोएडा-201 301 (उत्तर प्रदेश)

AGNILEEK
Novel by Hrishikesh Sulabh

अम्मा-बाबूजी
(स्व. बिंदा देवी-स्व. डॉ. रामशंकर प्रसाद)
और
मेरे गाँव लहेजी के लोगों को समर्पित

शमशेर साँई की हत्या हो गई थी।

हत्या मंदिर से पाँच सौ गज की दूरी पर, रौज़ा के अहाते के किनारे, बीच सड़क पर हुई थी।

यह कच्ची सड़क गाँव के दक्खिनी छोर पर बसे हरिजनों के टोला टोटहा से आती थी और रौज़ा के किनारे-किनारे होती हुई मंदिर के पिछवाड़े तक पहुँच कर मुख्य सड़क से मिल जाती, जिस पर खड़ंजा ईंटें बिछाने का काम शुरू होने वाला था।

ईंटों को अब तक बिछ जाना था, पर मिट्टी भराई के बाद ठेकेदार ने अचानक काम रोक दिया। फिर ठेकेदार का मुंशी रहस्यमय ढंग से एक दिन ग़ायब हुआ। कुछ दिनों तक मज़दूर आकर मुंशी का इंतज़ार करते रहे थे। फिर धीरे-धीरे मज़दूरों की आस टूट गई। बीच में ही सड़क का काम रुक जाने पर गाँव-जवार में खुसुर-फुसुर शुरू हुई। उम्मीद थी कि बरसात बीतते न बीतते, जब मिट्टी बैठ जाएगी, फिर काम शुरू होगा।

मुंशी के ग़ायब होने से पहले शमशेर साँई रात में वहाँ देखा गया था, जहाँ ठेकेदार ने रावटी तान रखी थी। ठेकेदार कभी-कभार साँझ होते आता। मुंशी उसके लिए अतुगंज बाज़ार से खस्सी का सालन लाकर पकाता। दारू की बोतल खुलती और ठेकेदार देर रात तक पीता रहता और फिर टाटा सूमो से वापस निकल जाता। जिस रात वहाँ शमशेर देखा गया था, उसके बाद मुंशी को किसी ने नहीं देखा। ठेकेदार भी नहीं आया।

शमशेर साँई की हत्या के समय को लेकर एक राय नहीं बन पा रही थी। कुछ लोग इस बात पर सहमत थे कि हत्या आधी रात के आसपास हुई होगी, पर ढेरों लोग इस बात को स्वीकारने को तैयार नहीं थे कि ऐसा हुआ होगा। उनका मानना था कि जन्माष्टमी की रात साँझ होते ही देवली के मंदिर पर जमावड़ा शुरू हो गया था। चार-चार पेट्रोमेक्स जल रहे थे, जिनकी रोशनी के भभके रौज़ा तक पहुँच रहे थे। बीच में कुछ देर के लिए बिजली भी आई थी।

मंदिर से रौज़ा के बीच में आठ-दस ताड़ के आकाश छूते पेड़ों और लँगटू ब्रह्म के सिवा और कोई अवरोध नहीं था। पहले नरकट की बेतरतीब झाड़ियों के झुरमुटों की घनी बाड़ हुआ करती थी, जो अब इस हिस्से में नहीं रही। रौज़ा की

चहारदीवारी बनने के समय काट दी गई। मंदिर के परिक्रमा-पथ वाले दक्खिनी ओसारे पर खड़ा होकर कोई देखे, तो वह हत्यावाली जगह साफ़-साफ़ दिखती थी। वह विशाल और छतनार पीपल वृक्ष भी, जिस पर लँगटू ब्रह्म का वास था, नज़र को वहाँ तक पहुँचने से रोक नहीं पाता क्योंकि वह थोड़ा दाहिनी ओर था।

जन्माष्टमी की रात थी।

कृष्णावतार के पहले बड़ी देर तक गीत-गवनई चलती रही थी। कन्हैयाजी के जन्म के बाद भी डेढ़-दो घंटे तक यह सिलसिला चलता रहा। 'भए प्रगट कृपाला दीन दयाला' के गायन से अवतार लिया प्रभु ने और उसके बाद ढोंढ़ाई बाबा के मधुर कंठनाल से सोहर के बोल फूटते रहे और औरतें भी देर रात तक सुनने के लिए जमी रहीं। फिर प्रसाद वितरण हुआ था। सब समेटते-सहेजते रात का अंतिम पहर तो आ ही गया होगा। इस अंतिम पहर में मुख्य गाँव के किनारे हत्या सम्भव ही नहीं। लोगबाग माल-मवेशियों को नाँद पर बाँधने, चारा-पानी देने और खेतों-बँसवारी की ओर शौच जाने के लिए जाग चुके होते थे। इस समय तक कामकाजी लोगों की हलचल शुरू हो चुकी होती थी।

तो आख़िर हत्या हुई कब! ढोल-झाल और कीर्तन की आवाज़ के बीच कोई नहीं सुन पाया होगा कुछ भी। जो लोग यह मान रहे थे कि हत्या आधी रात को हुई, उनका यही तर्क था कि ठीक आधी रात में,...प्रभु जन्म के समय, जब भए प्रगट कृपाला गा रहे थे ढोंढ़ाई बाबा और सारे लोग उनके स्वर में स्वर मिला कर देवकीनन्दन का स्वागत कर रहे थे, यह हत्या हुई होगी।

लाश की जो हालत थी, उससे तो साफ़-साफ़ पता चलता था कि बड़ी बेरहमी से मारा गया होगा शमशेर साँई को और साँई ख़ूब चीख़ा-चिल्लाया होगा। जान निकलने तक छटपट करते शमशेर साँई ने आवाज़ दी होगी। बचाव के लिए गुहार लगाई होगी। जैसे खस्सी को रेत कर काटते हैं, वैसे ही हलाल किया गया था साँई को। बिना चार-पाँच लोगों के यह काम हो ही नहीं सकता। अकेले-दुकेले किसी के बूते में आने वाला नहीं था साँई। कुछ ने हाथ पकड़ा होगा और कुछ ने पाँव, तब जाकर कोई रेत पाया होगा शमशेर साँई को।

इस फुटफुटिया के ज़माने में इस तरह गला रेत कर कोई शमशेर साँई को मारेगा, यह सोचा भी नहीं जा सकता था। अव्वल तो यह सोच पाना ही किसी के लिए सम्भव नहीं था कि शमशेर साँई को कोई मार सकता है। जो चौबीसों घंटे जोड़ा रिवाल्वर कमर में खोंसे रहता हो,...जिसके आसपास एक से बढ़कर एक निशानेबाज़ों का घेरा हगते-मूतते, खाते-पीते और सोते-जागते रहता हो,...जिसकी जलती आँखों के ताब से माघ के पाले में भी लोगों को पसीना छूटने लगता हो, वह शमशेर साँई रौज़ा के अहाते की भीत से सटी सड़क पर इस तरह मारा जाए, यह इस इलाक़े के लिए एक बड़ी घटना थी। यह तय था कि आने वाले दिनों में इस

इलाक़े पर इस घटना का गहरा असर होगा। और यह भी तय था कि यह यादगार घटना कई सालों तक क़िस्से-कहानियों की तरह सुनी-सुनाई जाएगी। कुछ सयाने लोग पड़ोसी गाँव कुम्हरौता के कसाइयों से शमशेर साँई के रिश्तों को मन ही मन विश्लेषित करने में लगे थे। हत्या के तौर-तरीक़े ही ऐसे थे कि बिना उनकी भागीदारी के यह एक मुश्किल काम लग रहा था।

पुलिस की प्रतीक्षा चल रही थी।

सेवानिवृत्ति के कगार पर खड़े देवली के चौकीदार हीरा माँझी थाना के लिए रवाना हो चुके थे। इस बात को लेकर सारे लोग आश्वस्त थे कि यह बड़ा मामला है इसलिए देर-सवेर एस.पी. और डी.एम. ही नहीं, नेताओं की आवाजाही शुरू हो जाएगी। शमशेर साँई मामूली आदमी नहीं था। उसके तअल्लुक़ात नामी-गिरामी लोगों से थे। बड़े-बड़े लोगों को उसकी ज़रूरत पड़ती थी, सो उसके लिए बड़े से बड़े लोगों के दरवाज़े खुले रहते थे।

पड़ोस के गाँव मनरौली से, जो शमशेर साँई का गाँव था, लोगों का ताँता लगा हुआ था। मनरौली, देवली की अपेक्षा लगभग सौ घरों का, छोटे आकार वाला गाँव था। देवली में लगभग डेढ़ हज़ार घर थे। सन् उन्नीस सौ पाँच के साबिक सर्वे में ही सात सौ सतासी घर देवली में थे। साँई की लाश के पास मनरौली का चौकीदार खड़ा था और लाश से थोड़ी दूरी बनाकर मनरौली के लोग खड़े थे। चुप। चकित और भीतर ही भीतर दहशत से भरे हुए लोग। देवली के थोड़े से लोग ही इस भीड़ में शामिल थे। देवली के लोग मंदिर के पास,...या लँगटू ब्रह्म के स्थान पर पीपल वृक्ष के नीचे एकत्र थे। कुछ लोग इधर-उधर बिखरे हुए भी थे, मानो टोह ले रहे हों। हत्या के बाद सबसे बड़ा ख़तरा यही हुआ करता है कि दुश्मनी सधाने के लिए कहीं कोई दुश्मन पुलिस के कान में नाम न फुसफुसा दे। पुलिस की कमाई हत्या में ज़्यादा से ज़्यादा लोगों के नामज़द होने पर निर्भर करती है। देवली के लोग चौकन्ने थे। मनरौली के शमशेर साँई की देवली में हत्या सामान्य घटना नहीं थी।

जब पुलिस पहुँची, बूँदा-बाँदी हो रही थी। पिछले चार-पाँच दिनों से आसमान में मेघों ने ऐसे डेरा डाल रखा था, जैसे कुमक पर निकली किसी फ़ौज की कोई टुकड़ी। जब जी में आता बरसने लगते। कभी रिमझिम, तो कभी बूँदा-बाँदी। लोग चाहते थे, थोड़ी देर बरस कर जाएँ किसी और देश, पर मेघ थे कि आवारगी में लगे हुए थे। उड़ कर कभी इधर, तो कभी उधर। पहले से ही नम सड़क पर ट्रैक्टर के विशाल चक्कों की चौड़ी-गहरी लीकें बनी हुई थीं। अब इन लीकों में बरसात के चलते पानी के चहबच्चे बनने लगे थे।

लाश जहाँ पड़ी थी, वहाँ से थोड़ी ही दूरी पर रौज़ा के अहाते से सटा गझिन डालों-पत्तों वाला एक छायादार पाकड़ का पेड़ था। जो लाश के पास तमाशबीन बने खड़े थे, वे वर्षा से बचने के लिए इसी पाकड़ वृक्ष के नीचे जाकर खड़े हो

गए। उस पेड़ से ज़्यादा सयाना आस-पास के गाँवों में कोई नहीं था। न मनुष्य, न वृक्ष। पेड़ की उम्र का अंदाज़ा लगा पाना मुश्किल था। सब उसे अपने जन्म से पहले का ही बताते। इस निगूढ़ उम्र वाले रहस्यमय पेड़ पर प्रेतों की कई पीढ़ियाँ एक साथ निवास करती थीं। रौज़ा के किनारे होने के कारण इस पर तरह-तरह के प्रेत थे। मुसलमानों की प्रेतात्माएँ भी इस पर रहती थीं। इनका आपस में बहुत गहरा भाईचारा था। इस पाकड़ वृक्ष पर जाति, धर्म और लिंग का कोई भेद नहीं था। ज़हर खाकर जान देने वाली हरिहर महतो की जवान बहू इसी पर रहती थी। बेटा-बहू की प्रताड़ना से आत्महत्या करनेवाले वेदपाठी ब्राह्मण पंडित राम सिंगार मिसिर का वास भी इसी पर था। वकील मियाँ की रखेलिन जेबुनिया और उसके आदमी नियाज़ ने इसी पर अपना ठिकाना बनाया था। आस-पास के गाँवों से भी इस पर आत्माओं का आना-जाना लगा रहता। यह पाकड़ वृक्ष तरह-तरह की आवाज़ों से साँझ होते ही गुलज़ार हो जाता। लोगों को पक्का विश्वास था कि अब इसी पाकड़ वृक्ष पर डेरा जमाएगा शमशेर साँई। ऐरा-ग़ैरा नत्थू-खैरा नहीं था वह। उसके जलाल के सामने बड़े-बड़ों की सिट्टी-पिट्टी गुम हो जाती थी। ज़िन्दा शमशेर साँई का जब इतना आतंक था, तब अकाल-मृत्यु के बाद भूत बने शमशेर साँई के आतंक की तो कल्पना भी मुश्किल थी। देवली के वे लोग सिहर रहे थे जिन्हें रात-बिरात खेती-किसानी के काम से रौज़ा वाली सड़क होकर आना-जाना पड़ता था।

लँगटू ब्रह्म वाले पीपल वृक्ष और इस पाकड़ वृक्ष में बहुत फ़र्क़ था। उस पीपल वृक्ष पर अकेले लँगटू ब्रह्म का क़ब्ज़ा था। किसी और को उस पर बसने ही नहीं देते थे लँगटू बाबा। वे देवली के मिसिर लोगों के दामाद थे। मिसिरों के कुल का कोई एक परिवार नावल्द हो गया था। उन दिनों बेटी के लिए वलदीयत का कोई हक़ नहीं था। इस परिवार में मात्र एक बेटी जन्मी थी, जिनके पति थे लँगटू पाँड़े। विवाह के बाद लँगटू पाँड़े ससुराल में बस गए और मकान, बथान और खेती पर क़ाबिज़ हो गए। कुल की सम्पत्ति का इतनी आसानी से बेहाथ हो जाना मिसिर लोगों को पच नहीं रहा था। किसी रहस्यमय व्याधि से पहले लँगटू पाँड़े की पत्नी दिवंगत हुईं और उसके बाद पत्नी की मृत्यु के दुःख में विक्षिप्त हो गए पाँड़े। विक्षिप्तावस्था में उन्होंने अपने सारे वस्त्र उतार दिए थे। जब तक जीते रहे दिगम्बर बने रहे। गाँव-जवार में निर्वस्त्र भटकते। भूख लगती, तो किसी के दरवाज़े पर जम जाते। गाँव की स्त्रियों ने उनके नग्न रूप से लजाना छोड़ दिया था। बच्चों की उनसे छेड़छाड़ चलती रहती। बच्चे जब छेड़ते, वे बिलख-बिलख कर रोते। उनका रोना जो भी देखता-सुनता, उसका कलेजा फटने लगता। वे जब रोते हुए अपनी पत्नी का नाम ले-लेकर पुकारते, सारा गाँव उनके आर्तनाद से काँप उठता। गाँव के लोग-बाग बच्चों को डाँटते-भगाते, पर बच्चे तो बच्चे ही थे। अपनी आदत से बाज नहीं आते। आमने-सामने तो नहीं, पर पीठ पीछे उन दयादों-पट्टीदारों की

निन्दा सारा गाँव करता, जिनके चलते पाँड़े की यह गति हुई थी। दिगम्बर रूप धारण कर उन्होंने अपने लिए ख्यात नाम अर्जित किया था—लँगटू पाँड़े।

ऐसी कथा प्रचलित थी कि एक रात लँगटू पाँड़े की देह में वास करने वाली ब्राह्मण आत्मा का देव-तत्त्व जागृत हो उठा। उनकी देह से प्रकाश फूट रहा था। सारा गाँव उन्हें घेर कर खड़ा था और कर जोड़ कर प्रार्थना कर रहा था। मिसिरों ने अपने अत्याचार के लिए क्षमा याचना की थी। सारे गाँव ने यह वचन दिया था कि सावन मास के शुक्ल-पक्ष की त्रयोदशी की रात सब लोग मिल-जुल कर उनकी पूजा करेंगे। खीर का भोग, लाल लँगोटी और गाँजा से भरी चिलम का वचन भी क़बूलवाया उन्होंने। इसके बाद धीरे-धीरे उनकी देह की जोत मद्धिम पड़ने लगी और वे सबकी आँखों के सामने विलुप्त हो गए। लँगटू पाँड़े ने ब्रह्म-पद पा लिया और लँगटू ब्रह्म कहे जाने लगे। उन्होंने इस पीपल वृक्ष को अपना स्थायी वास-स्थान बना लिया। इस कथा पर देवली ही नहीं, आसपास के गाँवों के लोगों को सौ-फीसदी विश्वास था।

लँगटू ब्रह्म के निवास वाले इस पीपल वृक्ष की उम्र को लेकर न कोई दुविधा थी और नहीं कोई विवाद। यह नया वृक्ष था। गाँव-जवार में ढेरों ऐसे लोग जीवित थे, जिन्होंने इस वृक्ष को पनपते, बढ़ते और विशाल होते हुए देखा था। इससे पहले लँगटू ब्रह्म का निवास जिस पीपल वृक्ष पर था वह कई सौ सालों पुराना था। वह पुराना वृक्ष कुछ सालों पहले हथिया नक्षत्र की तेज़ बयार वाली वर्षा में गिर गया। दस दिनों तक हथिया का झापस चलता रहा था। उस साल सावन-भादो भी ख़ूब बरसा था और पानी सोख-सोख कर धरती बहुत नम हो गई थी। उस समय के जो बड़े-बूढ़े जीवित हैं उनका कहना है कि उस साल सावन शुक्ल त्रयोदशी को ब्रह्मपूजन में कुटेव हुआ था। लँगटू ब्रह्म के दरबार में भूल-चूक की क्षमा आज भी नहीं मिलती है। दंड भुगतना ही पड़ता है। ब्रह्म जिस दिन प्रकट हुए थे उसी दिन क्षमादान देने के बाद उन्होंने वचन लिया था कि फिर कभी भूल-चूक हुई तो क्षमा नहीं मिलेगी। पूजा में कुटेव का दंड दिया था उन्होंने। देवली के चँवर में नवान्न के लिए भी धान के दाने नहीं उपजे थे। धान की सारी रोपनी डूब-दह गई थी। चिवड़ा-चावल देखने के लिए भी लोगों की आँखें तरस गई थीं। लँगटू ब्रह्म ने अपने वास-स्थान पीपल वृक्ष को गिरा कर गाँव छोड़ने का संकेत दिया था। सारे गाँव में त्राहि-त्राहि मच गई थी। सारे गाँव ने हाथ जोड़ कर गुहार लगाई और फिर से लँगटू ब्रह्म को खीर का भोग चढ़ाया। धाराशायी पीपल वृक्ष की डालों में लाल लँगोटियाँ बाँधी गईं और गाँजा चढ़ाकर गाँव के गँजहों ने भरी हुई चिलम से दम लगाया, तब कहीं जाकर उसी पुराने पीपल की जड़ों से इस नए वृक्ष का पनका फूटा था।

पुलिस तफ़्तीश में जुटी थी।

तफ़्तीश की व्यस्तताओं के बीच भी समय निकाल कर धर्मप्रवण और धर्मधुरंधर दारोगा मंदिर हो आया था। दारोगा को मंदिर की ओर आते देख कर ढोंढ़ाई बाबा की हवा निकल गई थी। मंदिर के अहाते में प्रवेश करते ही जब दारोगा ने भगवान से पहले उनके पाँव छू लिए, उनकी जान में जान आई। रूपना के आटा मिल की तरह पुक-पुक करता उनका कलेजा थिर हुआ। उन्होंने पट खोल कर भगवान का दर्शन करवाया और दारोगा को रात के कृष्णभोग का बचा प्रसाद और चरणामृत दिया। एक रुपए का सिक्का भगवान को चढ़ाते हुए दारोगा ने अपनी पदोन्नति के लिए प्रार्थना की। जाते हुए ढोंढ़ाई बाबा से पूछा, ''बाबा, कल तो सारी रात जागरन किए होंगे आप?"

''सारी रात काहे के लिए जागेंगे,...बस मध्यरात्रि में प्रभु के अवतार तक। उसके बाद दू-तीन घंटा गाना-बजाना।...फिर परसाद वितरन...! हाँ, भोर तो होइए गई थी समझिए।" ढोंढ़ाई बाबा सन्निपात की स्थिति में थे।

''का बाबा, अब रात भर जागना और किसको कहते हैं?...टाइट रहिए बाबा,...टाइट। देवली में मनरौली के मियाँ का मर्डर हुआ है। मंदिर से केतना दूर है?...एतना लूज बतियाइएगा महाराज, तो फेरा में पड़ जाइएगा।" मुस्कुरा रहा था दारोगा। ''बाबा, आसीरबाद बनाए रखिएगा।" कहते हुए दारोगा मंदिर से निकल गया था।

मंदिर पर एकत्र लोगों ने इस बतकही का एक-एक शब्द सुना। अगर अकेले में आया होता दारोगा, तो ढोंढ़ाई बाबा कोई रोचक और दूसरों को चकित करने वाली ख़बर गढ़ सकते थे। वे देवली में अपनी इस कला के लिए प्रसिद्ध थे। बिना बात का बतंगड़ बनाने में माहिर ढोंढ़ाई बाबा से यह अवसर प्रभु ने छीन लिया कि वे हत्या की अन्दरूनी ख़बरें गढ़ सके। बात यहीं तक रहती तो फिर भी ठीक था, पर दारोगा का कई लोगों के सामने यह कहना कि 'एतना लूज बतियाइएगा महाराज, तो फेरा में पड़ जाइएगा।', ढोंढ़ाई बाबा की सामाजिक प्रतिष्ठा के लिए ठीक नहीं था।

*

देवली पंचायत का ही हिस्सा था मनरौली।

देवली के दक्षिण टोटहा टोला से सटे बसा था मनरौली। टोटहा टोला और मनरौली के बीच था दुधही पोखर। दुधही के उस पार मुरदघटिया थी।

दुधही पोखर का विस्तार बावन बीघे में पसरा हुआ था। बहुत विशाल था दुधही का पेट। सन् उन्नीस सौ पाँच के साबिक़ सर्वे सेटलमेंट में दुधही का रकबा दर्ज था—इक्कावन बीघा, उन्नीस कट्ठा और सत्रह धुर। बावन बीघा में सिर्फ़ तीन धुर कम। दुधही के किनारे-किनारे आँकड़ वाली भीट ग़ैर मजरुआ आम थी।

टोटहा, देवली के दुसाधों का छोटा-सा टोला था। संत टोटहा भगत ने बसाया था इसे। दुधही और टोटहा टोले में माई-बेटे का रिश्ता था। धान, चना और तीसी का ख़ज़ाना था दुधही पोखर। बरसात का पानी दुधही में जमा होता। दुधही में धान की रोपनी और कटनी करने जैसा दुसह काज सबके वश का नहीं था। इसे टोटहा के दुसाध ही कर पाते थे। दुधही पोखर में छाती भर पानी में धान की खेती होती थी। चढ़ते आषाढ़ के पाँक में करंगा घान छींट दिया जाता। पोखर में पानी भरने से पहले करंगा की डाँठें ऊँचाई छूने लगतीं। जैसे-जैसे जल-सतह ऊपर उठती डाँठें भी ऊपर निकलती जातीं। दुधही में जल से खेलती धान की फ़सल। फिर डाँठों में गाभ फूटते और बालियाँ निकल आतीं। काले-काले करंगा धान के दानों से लदफद धान की बालियाँ जब पकतीं, इन्हें जल में उतर कर टूँग लिया जाता और डाँठों को जल में ही सड़ने,...सड़ कर खाद बनने के लिए छोड़ दिया जाता। छाती भर पानी में उतर कर धान की एक-एक बाली को टूँगना आसान काम नहीं था। बरसात के बाद पहले दोन और ढेंकुल से दुधही का जल उलीच कर रबी की फ़सल की पटवन होती थी। अब पम्पिंग सेट लगा कर पटवन के लिए दुधही का पानी खींचा जाता। पानी धीरे-धीरे नीचे उतरता। किनारे की धरती जैसे-जैसे जल से उगरिन होती, चना और तीसी छींट दिया जाता। बिना हल-कुदाल की खेती। फगुनहट बहते-बहते दुधही का तट तीसी के नीले फूलों से पट जाता। नीले फूलों के वलय के बीच दुधही के थिराए जल में तैरतीं चल्हवा मछलियाँ और किनारे के पाँक में डेरा डाले रहतीं गैंची और गरई। दूर-दूर से उड़ते हुए जल में खेलने पंडुक पंछी और चाँदी-सी चमकती चल्हवा का भोग लगाने बगुले आते। दुधही का पेट पानी से कभी ख़ाली नहीं होता। जेठ-बैसाख का ताप भी दुधही के जल को सोख नहीं पाता।

यह सब टोटहा भगत का पुण्य-प्रताप था। उन्हीं की भक्ति और तपस्या का प्रतिफल था दुधही पोखर। टोटहा भगत के ईश्वर-प्रेम और उनकी भक्ति को देवली के बबुआन टोला और पंडित टोला के लोग ढकोसला समझते। उनकी हँसी उड़ाते। एक बार सूखा पड़ा। धरती में दरारें पड़ने लगीं। माल-मवेशी, चिरई-चुरुँग और मनुष्य के पीने तक के लिए जल का अभाव हो गया। बबुआन टोला के लोगों ने टोटहा भगत को जा घेरा। कहा, ''भगत, आज तुम्हारे सत् की परीक्षा है। दुसाध होकर भजन करते हो। भुँइ से पानी निकालो, तो जानें।"

आज जहाँ दुधही पोखर है, वहीं दरार फटे खेत में पालथी मार कर टोटहा भगत बैठ गए। आँखें मूँद लिया। अपना सारा सत् सहेज कर ध्यान लगाया।...धरती फटी। जल के सोते फूट निकले। जल की धार में बावन बीघा धरती आप्लावित हो उठी, पर इसके बाद टोटहा भगत नहीं दिखे। लोगों का कहना-मानना है कि इसी जल के अतल में लोप हो गए। देवली के बबुआनों ने दुधही के भीट के उस पार की ज़मीन देकर टोटहा भगत के वंशजों को बसाया। इस पोखर की देखरेख का ज़िम्मा

दुसाधों को मिला। उनके लिए इसका जल-दूध माफिक था, सो टोटहा भगत के वंशजों ने इसका नाम रखा दुधही। बहुत दिनों तक इसकी उपज के लिए देवली के बबुआन टोला और टोटहा टोला के दुसाधों में तनातनी चलती रही। अँग्रेज़ी राज के समय ही मुक़द्दमा हुआ था। सीवान के मुंसिफ कोर्ट ने बबुआनों का मालिकाना हक़ बरकरार रखने का फैसला दिया, पर आज भी टोटहा टोला के लोग ही दुधही में बँटाई पर अन्न उपजाते हैं।

इसी दुधही पोखर के पूरब वाले भीट पर कभी लिलही कोठी हुआ करती थी। फिर उसका खँडहर हुआ करता था। अब से लगभग सवा दो सौ साल पहले अँग्रेज़ों ने इस ज़िले में, जब यह सारण का हिस्सा था, नील की खेती शुरू की थी। दरौली में पचास बीघे से शुरू हुई इस खेती का रकबा पूरे ज़िले में अगले साल हज़ार से ऊपर और पाँच साल के भीतर देखते-देखते कई हज़ार बीघे तक पहुँच गया था। सौ-सवा सौ सालों तक नीलहे अँग्रेज़ बहादुर विपदाओं के असंख्य नीले दाग़ इस देवली गाँव की देह, आत्मा और धरती पर लगाते रहे थे।

यह कोठी उन्हीं दिनों बनी थी। कारख़ाने के लिए कच्चा माल जमा करने का गोदाम और उपज का हिसाब-किताब रखने वाले एजेंट साहेब बहादुर के लिए बँगला साथ-साथ बना था। सन् अठारह सौ सत्तावन के विद्रोह के दिनों में मार्टिन, रिचर्डसन और एक अँग्रेज़ डॉक्टर के साथ जब छपरा का मजिस्ट्रेट डोरीगंज से स्टीमर पर सवार होकर दानापुर भागा था, सीवान का डिप्टी मजिस्ट्रेट लिंच भी अफीम एजेंट डोनियल के साथ भाग चला। मेजर होम्स ने लिंच को ख़बर दी थी कि बनौली की फैक्ट्री पर ख़तरा है और बस्ती जला दी गई है। उसने अलीगंज में गश्त लगाने के लिए बीस सवारों के साथ एक ऑफ़िसर को भेजा था। एक विद्रोही को गिरफ़्तार करवाने वाले को पचास रुपए इनाम की भी घोषणा हुई थी। विद्रोहियों ने पिपरा में अँग्रेज़ अफ़सरों और उनकी बीवियों की हत्या कर दी थी। इस हत्या से मची अफ़रा-तफ़री में लिंच का आत्मविश्वास हिल गया था और सीवान में लगभग दो महीनों तक अँग्रेज़ बहादुर का राज-काज ठप पड़ गया था। सीवान अब अँग्रेज़ों के चाटुकार मुंसिफ वाजिद अहमद, बरौली के थानेदार लछुमन सहाय और हुसेपुर के दारोगा इनायत हुसैन, ख़ैरात हुसैन और अहमद हुसैन के हवाले था। दरौली थाना के गंगुआ के ज़मींदारों के विद्रोही तेवर की ख़बर देवली तक पहुँच चुकी थी। लिंच और मैकडोनियल अपनी जान बचाने के लिए इसी कोठी में छिपने आए थे। देवली का नीलहा एजेंट पहले ही भाग चुका था। घाघरा तट के दरौली, रघुनाथपुर और सिसवन के इलाक़े में फैले विद्रोहियों और उधर मैरवा में कर्नल रोक्रॉफ्ट की निगरानी के बावजूद गोरखपुर के हुसैन ख़ाँ के विद्रोही तेवर के कारण बीच का यह इलाक़ा जे. एफ़. लिंच और मैकडोनियल को सुरक्षित लगा था। पर देवली, मानिकपुर, मनरौली, पुरैना, अरजल के अहीरों और राजपूतों के बीच अँग्रेज़ों के

ख़िलाफ़ भीतर ही भीतर एका बनने लगी थी। लिंच और मैकडोनियल अपने को असुरक्षित मान कर कहीं और निकल गए थे और सीवान को कई दिनों तक अपने चाटुकारों के हवाले सौंप दिया था।

लगभग सौ साल पहले अँग्रेज़ों ने नील की माँग कम होने और गांधी बाबा के आन्दोलन के चलते जब नील का कारोबार समेटा, यह कोठी वीरान हो गई। कुछ सालों पहले तक देवली की छाती पर कोढ़ के दाग़ की तरह इसकी ढही हुई दीवारों की नींव की ईंटें दुधही की पूरब वाले भीट से झाँका करती थीं।

नील की खेती से पिंड छूटने के बाद देवली और आसपास के गाँवों में ईंख की उपज बढ़ गई थी। मढ़ौरा, महाराजगंज और सीवान की चीनी मिलों के बाद पचरुखी में चीनी मिल खुलते ही धरती ने एक बार फिर रंग बदला। अब लोग केवल ईंख पेरने और गुड़ बनाने वाले कोल्हुआड़ों और राब और खँडसारी बनाने वाले देवली के बिहारी साह के कारख़ाने के भरोसे नहीं थे।

*

देवली पंचायत के मुखिया लीलाधर यादव और सरपंच अकरम अंसारी दोनों अब तक मौक़ा-ए-वारदात पर नहीं पहुँचे थे। मुखिया गाँव से बाहर थे। पटना गए थे।

सरपंच अकरम अंसारी मनरौली के निवासी थे। इन दिनों देवली की रेशमा कलवारिन के ठीहे पर उनकी जवानी ज़िबह हो रही थी। कलाली का धंधा करने वाले अधेड़ अच्छेलाल साह की जवान औरत रेशमा कलवारिन की संगत में अकरम अंसारी अपना दिल, गुर्दा और जिगर सब न्योछावर करने में लगे थे। बबुआन टोला के रामबरन सिंह के पोता पिन्टू सिंह को विस्थापित कर जब अकरम अंसारी रेशमा कलवारिन की सेज पर जा बसे, भारी बवाल मचने की आशंका थी। पर हुआ कुछ नहीं। मामला टाँय-टाँय फिस्स हो गया। पिन्टू सिंह के पुरखों की जंग लगी तलवारें दीवारों पर टँगी की टँगी रह गईं और रेशमा कलवारिन ने सरपंच अकरम अंसारी को अपने पेटीकोट के नाड़े में बाँध लिया। पिन्टू सिंह की गाँठ में दौलत का वह ज़ोर नहीं था कि वह अकरम अंसारी को रोक सकें। रही बात, देह के बूते की, तो सारा गाँव-जवार यह देख रहा था कि रेशमा कलवारिन ने कैसे उन्हें कोल्हू में पेरे गए ईंख के चेफुआ की तरह बना दिया था। बबुआन टोला की वो ताब भी नहीं बची थी कि पिन्टू अपने पुरखों की जंग लगी तलवारें चमका सकें। ग़रज़ ये कि कमर में फुटफुटिया खोंस कर घूमते ज़रूर थे, पर दागने की औकात नहीं रही थी। रेशमा कलवारिन ने उनसे ऐसे नज़रें फेर लीं, मानो घर का बुहारन घूरे पर फेंक दिया हो। साफ़-साफ़ कहा था उसने, "पिन्टू बाबू, इसके बाद अगर घर में घुसे तो करिखाही हाँड़ी से मार के चेहरा बिगाड़ देंगे।"

मन मार कर रह गए थे पिन्टू सिंह। उनका जी कर रहा था कि भरे देवली बाज़ार में रेशमवा का झोंटा पकड़ कर खींचें और उसकी साड़ी खोल कर उसे लँगटे घुमाएँ पर...। पर बदलते ज़माने के चलन ने उन्हें आगे नहीं बढ़ने दिया। दाँत पीसते हुए इतना ही कहा था, "रंडी!...साली, कटुआ के बूते कूद रही है।... दम धर! इसी बाज़ार में लँगटे नहीं नचाया तो..."

देवली के शेख़ बदरु को सरपंच के चुनाव में पराजित कर विजयी होने वाले अकरम अंसारी पैंतीस साल के युवा सरपंच थे। शेख़ बदरु को चुनाव में पटखनी देना मामूली बात नहीं थी। अंसारियों और दूसरे पसमांदा मुसलमानों को एकजुट कर उन्होंने शेख़ बदरु को पराजित किया था। शमशेर साँई को शेख़ बदरु के गुट से तोड़ कर अपने पक्ष में करना भी आसान काम नहीं था, पर यह काम उन्होंने बड़ी हिकमत से किया था। उनकी साझेदारी में मुखिया का चुनाव लड़ रहे रज्जन पासवान चुनाव हार गए थे। चुनाव जीतने के बाद सरपंच अकरम अंसारी दो पाटों में पिसने लगे थे। एक ओर मुखिया लीलाधर यादव और दूसरी ओर शमशेर साँई।

अकरम अंसारी के पास धन-दौलत की कमी नहीं थी। उनके दो भाई खाड़ी के देशों में काम पर लगे थे और हर महीने अच्छी-ख़ासी रक़म यूनियन मनी ट्रांसफ़र के ज़रिए अरब से पहुँचती थी। मनरौली में यही अकेला परिवार था, जिसके पास धनबल और जनबल दोनों था। अरब की कमाई से दोतल्ला पक्का मकान देखते-देखते खड़ा हो गया था। अकरम अंसारी ने अपने छोटे भाइयों का निकाह मुहम्मदपुर के अंसारियों के उसी ख़ानदान की लड़कियों से करवाया, जिस ख़ानदान में उनका ब्याह हुआ था। वलीमा की दावत में सारे गाँव-जवार को न्योता दिया और दिल खोल कर ख़र्च किया।

अकरम अंसारी ने पिन्टू सिंह से केवल रेशमा कलवारिन को ही नहीं छीना था बल्कि, उनके पट्टीदार चचेरे दादा रामबुझावन सिंह की सारी धनहर खेती ख़रीद कर बबुआन टोला के माथ की पगड़ी उछाल दी थी। रामबरन सिंह के दोनों बेटों यानी पिंटू सिंह के पिता और चाचा से मनमुटाव के चलते रामबुझावन सिंह की इकलौती बेटी रामकुँवर देवी अपने हिस्से की सारी ज़मीन बेंच कर नइहर से नाता तोड़ लेने पर आमादा थीं। अपनी इस चचेरी फुआ के चलते पिन्टू सिंह की नाक कट गई थी।

अरब की कमाई के बल पर अकरम बड़ी तेज़ी से अपने पाँव पसार रहे थे और देवली-मनरौली की क़ाश्तकारी पर क़ब्ज़ा करते जा रहे थे। पटना-छपरा-बनारस जाकर बस गए देवली के कायस्थों की कुछ उपजाऊ खेतिहर ज़मीन टोटहा टोला के आसपास बची थी, जिसे उन्होंने चुपके से ख़रीद ली थी। अकरम अंसारी ने गाँव आकर मोल-तोल कर ज़मीन बेचने में अरुचि रखने वाले कायस्थों के वंशजों के यहाँ लगातार दौरा किया। किसी के यहाँ आम और लीची की टोकरी लेकर पहुँचे, तो किसी के पास धान की नई फ़सल का सुरका-चिवड़ा लेकर। उन्हें एकमुश्त

मुँहमाँगी क़ीमत देकर लगभग दस बीघे की खेती लिखवा ली थी और अब उनकी गिनती इलाक़े के नए धनिकों में होने लगी थी। पर भला होनी को कौन टाल सकता है! धन अर्जित करना और धन को सहेजे रखना दोनों अलग-अलग हुनर होते हैं। चुनाव के दौर में ही अच्छेलाल साह की औरत रेशमा से लटपट शुरू हो गया था। दिन-रात की भाग-दौड़ से थके-हारे और तरह-तरह के दाँव-पेंच में अझुराए अकरम अंसारी के लिए सुकूनग़ाह बन गई थी रेशमा कलवारिन। देवली और मनरौली के लोगों का मानना था कि अरब की कमाई उनकी गाँठ से सरक-सरक कर सोने-गहनों में ढल कर रेशमा के अंगों को सुशोभित करने लगे थे।

जिस समय शमशेर साँई की हत्या की ख़बर गाँव-जवार में पसरी सरपंच अकरम अंसारी रेशमा की बड़ी-बड़ी नंगी छातियों में अपना थूथना छिपाए नाक बजा रहे थे। वह अक्सर रेशमा के साथ अपनी रातें गुज़ारते थे। सुबह-सुबह मची हलचल से जब रेशमा की आँख खुली और वह अपने कपड़े ठीक-ठाक कर बाहर निकली तो उसे शमशेर साँई की हत्या की ख़बर मिली। भीतर आकर उसने अपने अकरम पिया को जगा कर सूचना दी। पाजामे का नाड़ा बाँधते हुए अकरम की चीख़ निकल गई। उन्होंने खूँटी पर टँगा कुरता उतारकर पहन लिया और बिना हाथ-मुँह धोए बाहर जाने लगे। रेशमा उनके सामने पारम्परिक प्रेमिकाओं की तरह दीवार बन कर खड़ी हो गई। कहा—"अइसे कइसे जाने दें?...बिना हाथ-मुँह धोए,...बिना कुछ खाए-पिए,... ख़ाली पेट बाहर निकलिएगा और ना जाने कब तक लौटिएगा! झंझट वाला मामला है। का जाने कब तक फुरसत मिले,...न मिले! मर्डर का मामला है।...थाना-पुलिस सब देखना होगा।"

सरपंच अकरम अंसारी मुँह बाये रेशमा की बातें सुनते रहे! वह एक साँस में बिना दम धरे बोलती जा रही थी। उसने अकरम अंसारी को रोक लिया था। उधर पुलिस देवली के मुखिया और सरपंच को तलाश रही थी और इधर अकरम अंसारी चिवड़ा में रात की बची रोहू मछली का शोरबा मिलाकर खाते हुए पाउच-पान में लगे थे। वे शमशेर साँई की हत्या के बाद के दृश्यों का सामना करने के लिए अपने आप को तैयार कर रहे थे।

अकरम साँई जब अच्छेलाल साह की कलाली से निकले बूँदा-बाँदी रुक गई थी, पर आसमान में टँगे बादलों ने बूँद-बूँद टपका कर ही कच्ची सड़क को पंकिल कर दिया था। वे अक्सर बग़ल वाले दरवाज़े से ही आया-जाया करते थे। वे जिस कोठरी का उपयोग करते, वह रेशमा का कक्ष था। बाहर कलाली में बैठ कर पीने वालों को भी पता रहता कि भीतर अकरम होंगे।

कलाली के बाहर रसिकों का आना-जाना शुरू हो चुका था। अच्छेलाल साह ने मोर्चा सम्भाल लिया था। रूप-देह से दीन-हीन अच्छेलाल देखने में मरियल और रीढ़हीन लगते थे, पर धंधे के मामले में चंट थे। रेशमा के सामने उनके घुटने टेकने

के कारण और थे। वे जानते थे कि सुन्दर और कम उम्र बीवी को घर में टिकाए रखने के लिए आँखें मूँद कर जीना पड़ता है। पहली पत्नी के मरने के बाद दोनों बेटों और बहुओं ने जीना हराम कर रखा था। पेट काट कर,...एक-एक पाई जोड़ कर जो दौलत बटोरी थी अच्छेलाल ने, बेटे-बहुएँ उसे रातों-रात लूट लेने की फिराक में थे। सारी-सारी रात गहनों और पैसों वाली पेटी पर पहरा देते हुए जागते। कलाली के धंधे पर भी बेटों ने कब्ज़ा कर लिया था। भला हो पतिया हजामिन का, जिसने रेशमा के साथ आनन-फ़ानन में ब्याह करवा दिया। बेटे-बहुएँ और गोतिया-दयाद चिल्लाते रह गए, पर वे अपने मन की कर के ही माने। जात-कुजात नहीं देखा। घर-परिवार नहीं देखा। इस बात से भी नहीं डरे कि बिरादरी से बाहर कर दिए जाएँगे। रेशमा की उम्र, सूरत और देह का जादू उन्हें जवान कर गया था। वे जानते थे कम उम्र औरत की सवारी के ख़तरे कि अगर ज़रा भी चूके तो गिरा कर छाती पर सवार हो जाएगी और बेटे-बहुओं से ज़्यादा सताएगी।...सो अच्छेलाल साह एक अच्छे पति की तरह रेशमा की हर इच्छा का ख़्याल रखते। रेशमा ने आते ही कलाली सम्भाल ली थी और अपनी सौतन के बेटों-बहुओं को साफ़-साफ़ संकेत दे दिया था कि अपना हिस्सा-बखरा लेकर अलग हो जाओ। खेती-बारी थी नहीं। घर था और दुकान थी। घर तीन भाग में बँटा। दुकान बेटों को देकर अपने घर वाले हिस्से में ही, जिसका मुँह भी बाज़ार की ओर ही खुलता था, नई कलाली खोल कर बैठ गई थी रेशमा। कलाली पर अच्छेलाल साह को क़ब्ज़ा दिलवाने के बाद सारे गाँव-जवार में रेशमा का डंका पिट गया था। अच्छेलाल साह के बेटों ने अपना धंधा बदल लिया था। यह सब बिना किसी झंझट के इसलिए हो गया कि उन दिनों बबुआन का सहारा था। उसे पिन्टू बाबू से उस समय सहारा माँगने नहीं जाना पड़ा था। पिन्टू सिंह ख़ुद रेशमा की अदाओं के असीर हो गए थे।

*

कुम्हरौता की पतिया हजामिन की ख़ास भतीजी यानी उसके भाई की बेटी थी रेशमा कलवारिन। पतिया को दारू का शौक था और इसी शौक के चलते उसका अक्सर कुम्हरौता से देवली आना-जाना होता। अच्छेलाल साह का दुःख उससे नहीं देखा गया और उसने अपनी भतीजी रेशमा से उनका टाँका भिड़ा दिया। रेशमा ने इस आप्त-वचन को झूठा साबित कर दिया था कि जन्म लेने के बाद ज़ात नहीं बदलती। तीस साल की उम्र में वह रातों-रात हजामिन से कलवारिन हो गई और अच्छेलाल साह के गोतिया-दयाद चिल्लाते और गाँव-जवार के लोग फुसफुसाते रह गए।

रेशमा जब सोलह-सत्रह की थी तब सत्तर साल के बूढ़े मरद से गंडक पार उसका पहला ब्याह हुआ था। दो साल तक बुढ़ऊ उसकी देह की साँवली चमड़ी

को कुकुर जैसा बस चाटता। थूक-लार से उसकी देह भर देता। चाटते-चाटते हाँफने लगता। घर में खाने-पहनने की कोई दिक़्क़त नहीं थी। जजमनिका से अच्छी कमाई हो जाती थी। बुढ़ऊ की पहली पत्नी के बेटे पहले से अलग थे। सबकी अपनी-अपनी जजमनिका थी। बड़ा गाँव था। ब्याह-गवना, छठी-छिला, मरनी-हरनी का सिलसिला कभी नहीं टूटता। कमाई की कमी नहीं थी, पर बुढ़ऊ जब देह चाट कर निढाल गिर जाता, वह कई-कई दिनों तक न खा पाती, न सो पाती।...एक दिन बुढ़ऊ के छोटे बेटे ने उसे धर दबोचा। पहले तो अजीब लगा रेशमा को। अकबका गई वह, पर उसने अपना जी कड़ा कर लिया और तब पता चला उसे बुढ़ऊ के हाँफ का कारण। यह सिलसिला तीन सालों तक चलता रहा। एक दिन बुढ़ऊ ने उसे छोटे बेटे के साथ बेपरदा हालत में देख लिया और उसकी देह में जाने कहाँ से जवानी फूट पड़ी! जाने कहाँ चला गया उसका हाँफ! न हाँफा, न काँपा। कूटने लगा उसे। लातों से मार-मार कर गतान बना दिया उसकी देह को। रेशमा को आस थी कि बुढ़ऊ का बेटा उसे बचाने आएगा। पर वह नहीं आया। कायर निकला वह। रेशमा पिटती रही। वह मुँह चुरा कर घर से बाहर निकल गया और उसकी बीवी उसे पिटते हुए देख कर हँसती और ठिठियाती रही। कोई नहीं आया उसे बचाने। घर से बाहर जाते हुए बुढ़ऊ उसे कोठरी में बन्द कर जाता। कोठरी की साँकल चढ़ा कर ताला मार देता। उसके बेटे ने बाप के डर से पहचानना बन्द कर दिया था। उसकी तीनों बहुएँ आपस में लड़तीं, पर रेशमा को सुर में सुर मिला कर कोसतीं और गालियाँ देतीं। एक रात बुढ़ऊ को नींद में बेसुध सोया छोड़ कर भाग निकली रेशमा और गंडक पार कर अपने नइहर के गाँव टँड़वा चली आई। बड़ी मुश्किल से वह गंडक पार कर सकी थी। उसका दुख सुन कर एक युवा नाविक ने उसकी मदद की थी। आज भी उस नाविक से उसका भाई-बहिन का रिश्ता चलता है। साल में एक बार वह भैया दूज के दिन उससे मिलने आता है। पहले टँड़वा आता था और अब देवली आता है। उसके बुढ़ऊ पति ने बहुत पीछा किया। बिरादरी की पंचायत बटोरने की धमकी दी, पर रेशमा टस से मस नहीं हुई थी। थक-हार कर बुढ़ऊ ने पीछा छोड़ दिया था।

सात-आठ साल तक नइहर में रही रेशमा। पर इस बार वह सोलह साल की अबोध और भयभीत रेशमा नहीं थी। इन आठ सालों में वह टँड़वा के तिवारियों के टोला में तितली-सी उड़ती रही। बड़का तिवारी के बेटा चन्दन तिवारी को वह अपने आँचल के खूँट में बाँध कर बिहरती रही। शुरू-शुरू में तो लुकाछिपी का खेल चला। पर कब तक चलता यह खेल! धीरे-धीरे सारा गाँव जानने लगा। लोगों ने उसके बाप पर दबाव बनाया, पर उसकी जवान देह की गंध से बौराए चन्दन तिवारी जब छाती तान कर खड़े हो गए, लोगों ने अपनी आँखें मूँद लीं। तिवारी पट्टी में बड़का तिवारी का सबसे बड़ा आँगन था। चार-चार परिवारों का साझा

आँगन। रेशमा छाती उतान करके उस आँगन में दिन-दुपहरिया घुसती और तिवारी से बतिया आती। चन्दन तिवारी की जनाना और बड़की तिवराइन माथ झुका के देखती रह जातीं। एक दिन बड़की तिवराइन ने टोका, तो उसने पलट कर कहा था, ''पतोह को कहिए मलिकाइन कि अपने भतार को बाकस-पेटी में ताला मार के रखें। हम तो हजामिन हैं,...घरघुमनी।''

चन्दन तिवारी ने उस दिन अपनी जनाना को इतना मारा था कि गोपालपुर से डाक्टर बुलवाना पड़ा। बड़का तिवारी के मरने के बाद तिवराइन की क़ुव्वत नहीं रह गई थी कि अपने बेटा चन्दन तिवारी को बान्ह-छान्ह लें। वे चुप ही रहती थीं। घर के माथ-मालिक थे चन्दन तिवारी। बाक़ी तीनों पट्‌टी के लोग फुसफुसाते रहे। एक दिन जब घर के आँगन में खुल्लमखुल्ला रेशमा के आने-जाने को लेकर आपस में महाभारत छिड़ा तो दूसरे ही दिन चन्दन तिवारी ने घर के सहन में अपने लिए एक कोठरी और ओसारे की नींव डलवा दी। महीना भर में रेशमा से निर्विघ्न रासलीला के लिए जगह तैयार हो गई। चन्दन तिवारी और रेशमा खेत-खलिहान और बथान में चोरी-छिपे मिलन के संकट से मुक्त हो गए। उसका जब जी करता आती-जाती। रेशमा की सोहबत में चन्दन तिवारी मांसाहारी हो गए। वह अक्सर अपने घर से उनके लिए आमलेट या खस्सी का कलिया बनाकर लाती और दोनों एक ही बर्तन में साथ बैठ कर खाते। चन्दन तिवारी की खेती की देख-रेख का बहुत सारा काम रेशमा ने अपने ज़िम्मे ले लिया था। चन्दन तिवारी की पीठ पीछे आपसी बातचीत में लोग उसे तिवराइन कहने लगे थे। कपड़ा-लत्ता, रुपया-पइसा की कभी कमी नहीं की चन्दन तिवारी ने, पर एक दिन जब उनकी जनाना ने बुलावा भेजा और अपनी कोठरी में ले जाकर विनती करने लगीं कि 'हमारा सुहाग बकऽस दो'..., तब उसका जी उचट गया। उसका कलेजा दहल गया। चन्दन तिवारी की जनाना की डबडबायी आँखों ने उसे बहुत बेचैन किया। पहले तो वह बहुत रोई। फिर उसने चन्दन तिवारी को उनके जवान होते बेटे का कीरिया धरा दिया। उन्हें आज तक यह बात नहीं मालूम कि रेशमा को बुलाकर उनकी जनाना ने कैसे अपना आँचल पसार दिया था!

इस बीच उसकी फुआ पतिया की ओर से उसके लिए अच्छेलाल साह के बारे में सन्देश आया था। बिना कुछ सोच-विचार किए उसने हुँकारी भर दी थी। नइहर में पड़े रहने से अच्छा था किसी नए ठौर पर जाकर टिक जाना, सो वह आ गई।

देवली आने से पहले वह ज़िन्दगी के ढेर सारे हुनर सीख चुकी थी। पिन्टू सिंह के बल पर उसने अच्छेलाल साह के बेटे-बहुओं की नकेल कसी और कलाली के धंधे को फिर से जमाया। अब सरपंच अकरम अंसारी की आँखों में सुरमा की तरह सजी हुई ज़माने को निहार रही थी और अच्छेलाल साह की तिजोरी भर रही थी। रेशमा ने अच्छेलाल को इतना ताक़तवर बना दिया था कि बिना किसी से डरे-दबे

वे दारू का धंधा कर सके और सूद-ब्याज पर क़र्ज़ के लेन-देन का अपना पुराना धंधा चालू रख सके। अच्छेलाल साह दारू बेचते थे, पर ख़ुद दारू की लत से कोसों दूर थे। हाँ, मांस-मछली खाने के शौकीन ज़रूर थे। रेशमा की देह से प्राप्त होने वाले सुखों में उनकी रुचि न के बराबर थी। उन्होंने इसके लिए ब्याह ही नहीं किया था। उन्हें तो अपने बेटों-बहुओं से मुक्ति दिलाने वाली और उनकी देख-रेख करने वाली जनाना चाहिए थी। कुम्हरौता की पतिया हजामिन ने उन्हें पहले ही बता दिया था अपनी भतीजी रेशमा का संक्षिप्त इतिहास। उनकी रुचि इस इतिहास में नहीं थी। अच्छेलाल साह एक अच्छे व्यापारी की तरह व्यापार में लीन रहते और अपने धंधे की सलामती और बढ़ोत्तरी के लिए रेशमा की ताक़त और हुनर पर भरोसा करते। बाबू पिन्टू सिंह से अच्छेलाल साह को शुरू-शुरू में डर लगता था, पर अंत आते-आते रेशमा ने उनको गोबर कर दिया था। सरपंच से अच्छेलाल साह को डर नहीं लगता।

*

सरपंच अकरम अंसारी झूमते-झामते अपने घर पहुँचे। रेशमा के अंत:पुर से निकले तो पैदल ही थे, पर निकलते ही देवली बाज़ार में किसी युवक की मोटरसाइकिल के पीछे लद कर अपने दरवाज़े तक पहुँचे। उनके फूफीज़ाद भाई, दोस्त और ड्राइवर मुन्ने मियाँ बेचैनी से उनका इंतज़ार कर रहे थे। दाँत पीसते हुए मुन्ने बोले—''सारे जवार में हड़कम्प मचा है और तुम मौज मनाने में लगे हो।"

''आजकल हमारी मौज से तुम्हारी छाती बहुत फटने लगी है मुन्ने।" सरपंच ने जवाब दिया।

''जब गरदन में फँसरी लगेगी तब पता चलेगा तुमको!" मुन्ने कुढ़ते हुए बोले।

''बहुत लबर-लबर बतियाने लगे हो आजकल।" सरपंच अकरम अंसारी ने पहले तो मुन्ने मियाँ को डपट दिया। फिर हालात को समझ मुलायम हुए और बोले—''हम कौन क्राइम किए हैं कि हमारे गरदन में फँसरी लगेगी? मडर का मामला है, इसमें सरपंच का कौन काम? पुलिस जाने और मुखिया जाने।"

''तुम ग़ायब रहोगे तो पुलिस को शक-शुबहा नहीं होगा?" मुन्ने मियाँ ने फिर उनकी कमान कसी।

''क़ानून कम पादो। समझे...? पुलिस को काहे शक-शुबहा होगा?" सरपंच के क्रोध का पारा आसमान छू रहा था।

''तुम्हारे पंचायत में मडर हो जाए और तुम घर-दुआर-गाँव छोड़ कर..."

"अरे तो हम कौन दिल्ली-बम्बई गए थे।...बुला काहे नहीं लिये?" चीख़े अकरम अंसारी।

''तुमको पहले ही कह चुके हैं कि हम उस मुँहज़ोर औरत के दुआर पर नहीं जाएँगे तुमको खोजने।" मुन्ने आज अकरम अंसारी की बात सुनने को तैयार नहीं थे।

''हो गया...हो गया। तकरीर मत झाड़ो। बंद करो अब। समझ रहे हैं तुम्हरा ग़ुस्सा। तुमको असल चिढ़ मेरे वहाँ रहने से है।...बकलोल नहीं हैं हम। सब बूझते-समझते हैं मुन्ने मियाँ। ऐसी ख़राब औरत भी ना है कि तुम उससे घिनाओ।" अकरम अंसारी का मिज़ाज ऊपर-नीचे हो रहा था। वह अभी न तो मुन्ने की तक़रीर सुनना चाहते थे और न उनसे उलझना चाहते थे।

''जहन्नुम है हरामज़ादी। औरत तो है ही नहीं।...मरदमार है।" मुन्ने बिफर उठे।

''अब चलो भी।...शमशेरवा साला रात में अकेले निकला काहे था!...समझ में नहीं आ रहा कि ऐसी ग़लती किया काहे!...सुने हैं कि रेत दिया है सब।" अकरम ने कहा।

''ख़ाली रेता ही नहीं है,...दोनों हाथ का लुलुहा काट दिया है।...एक गोड़ के जाँघ पर और दूसरे गोड़ के फिल्ली पर काटा है। फिल्ली लटक गई है। कसाई का करेजा भी काँप जाए ऐसे मारा है सालों ने।" मुन्ने मियाँ के चेहरे पर अवसाद और क्रोध की गहरी छायाएँ आ-जा रही थीं।

''मुखिया थे?" पूछा सरपंच अकरम अंसारी ने।

''मुखिया भी लापता हैं।"

''पटना धर लिया होगा।"

''लोग कह रहे हैं कि परसों से ही नहीं हैं गाँव में। समधियाना गए हैं।"

सरपंच अकरम अंसारी की बोलेरो गाड़ी जब मौक़ा-ए-वारदात पर पहुँची, पुलिस बजरंगी डोम का मनावन करने में लगी थी। साम-दाम-दंड-भेद सब अपना कर दारोगा थक चुका था, पर बजरंगी था कि बिना दारू के लाश उठाकर ठेला पर लादने को तैयार नहीं था और पुलिस एक पाई खरचने को तैयार नहीं थी। सरपंच के आते ही माहौल में थोड़ी हलचल हुई। दारोगा बोला—''का महराज? आप लोग तो गजबे हैं! मुखिया-सरपंच दोनों फरार। वकुआ हुए बारह घंटे बीत गए और आप लोगों का कोई पता-ठिकाना नहीं है।...इस गाँव का डोम साला इतना मुँहजोर है कि पुलिस-परसासन की बात सुनने के लिए तैयार नहीं। पकड़ के ठेल दें तो आपही लोग करेजा कूटने लगिएगा कि सिडीयुल कास्ट पर पुलिस अत्याचार कर रही है।"

''का रे बजरंगी? का बात है?" सरपंच ने बजरंगी से पूछा।

''कुछो नहीं मलिकार। बिना पाउच मारे लहास उठेगा भला!"

''अरे! सरकारी काम दारू पी कर करेगा?" सरपंच ने आँखें तरेरते हुए कहा।

''हजूर, हम कवनो सरकारी साहेब तो हैं नहीं कि आँख नचाए..., जीभ हिलाए,...काम खतम। लहास उठाने के लिए कठकरेज बनना पड़ता है।...बिना

दारू के करेजा में बूता आएगा भला!" बजरंगी अपने रंग में था। जान रहा था कि ज़रा भी नरम हुआ कि चढ़ बैठेंगे सरपंच साहेब।

"जाओ, अच्छेलाल के पास। हमारा नाम लेना। हवा-बयार माफ़िक जाओ और पाउच मार के लौटो।...साले, चिखना के फेर में मत पड़ना।" सरपंच ने रपेटते हुए कहा।

हलवाही से छूटे बैल की तरह कलाली की ओर भागा बजरंगी।

सरपंच अकरम अंसारी के पहुँचने के बाद देवली के लोग भी धीरे-धीरे सिमट कर लाश के पास आ गए थे। इस बीच कोई जाकर सूरत पाँड़े के घर से प्लास्टिक वाली कुर्सियाँ उठा लाया था। थानेदार और सरपंच भुतहे पाकड़ वृक्ष के नीचे बैठे थे। लाश दो मरियल सिपाहियों, मनरौली और देवली के चौकीदारों के हवाले थी।

"मुखियाजी नहीं दिख रहे हैं।...ख़बर नहीं है क्या?" सरपंच अकरम अंसारी ने पूछा।

"अब आप न बताइएगा कि मुखियाजी काहे नहीं हैं। उल्टे हमसे पूछ रहे हैं कि..." दारोगा खीझा हुआ था। "सुन तो रहे हैं कि समधियाना गए हैं...पटना।"

"इत्तिला कीजिए...कि जल्दी पहुँचें।...इतना भारी कांड हुआ है। समधियाना में बैठे रहने से थोड़े काम चलेगा।" सरपंच अकरम अंसारी दारोगा को भड़काने की कोशिश कर रहे थे।

"इस पंचायत के सरपंच आप,...इस पंचायत के आदमी का मडर,...आ मुखिया को हम खोजते फिरें?...वाह! गजबे बतियाते हैं आप भी। अरे भाई, आप लोग पुलिस-परसासन को खोजिएगा...कि हम खोजेंगे आपको?" दारोगा की खीझ बढ़ रही थी और आवाज़ ऊँची हो रही थी। आए हैं तब से मोबाइल टीप रहे हैं। माबाइलो बंद कर दिए हैं मुखियाजी।"

बजरंगी जिस गति से अच्छेलाल साह की कलाली पर गया था, उसी गति से वापस लौटा। इस बीच सरपंच ने ठेला वापस करवा कर अपने गाँव मनरौली से ट्रॉली सहित ट्रैक्टर मँगवाया। ट्रैक्टर की ट्रॉली में पटरा लगा कर लाश चढ़ाने के लिए ढाल बनाई गई। पाउच-पान के बाद बजरंगी का कर्तव्यबोध उफ़ान पर था। उसने अकेले घसीट कर लाश को ट्रैक्टर की ट्रॉली में लाद दिया। दारोगा ने शमशेर साँई की लाश को सिपाहियों और चौकीदारों के साथ विदा किया।

देवली से सीवान का रास्ता हसनपुरा थाना होकर ही गुज़रता था। लाश को हसनपुरा थाना होते हुए काग़ज़ी कार्रवाई के बाद सीवान ज़िला अस्पताल पोस्टमार्टम के लिए जाना था। दारोगा ख़ुद सरपंच अकरम अंसारी के साथ बोलेरो पर बैठकर निकला। देवली पार करते ही बोलेरो ने ट्रैक्टर को पीछे छोड़ दिया। दारोगा ने सरपंच से पूछा, "का सरपंच साहेब,...अकेले-अकेले महकिएगा का?"

“आप देवली में काहे नहीं बोले? नहवा देते।” सरपंच अकरम अंसारी ने कहा, “अब राहे-घाटे आपको थोड़े नहवाएँगे!”

“मानिकपुर बाज़ार पर रोकते हैं गाड़ी।...करमासी में भी मिल जाएगा।” मुन्ने उत्साहित हो रहे थे।

“पीछे से आ रहा है सब लाश लेकर,...देखेगा सब तो का कहेगा?” सरपंच हिचकिचाए।

“कवन मादरचोद कहेगा?...मार के खलड़ी उधेड़ देंगे।...करमासी ठीक रहेगा। मानिकपुर के लिए रास्ता बदलना पड़ेगा और वहाँ तरह-तरह के लोगों का जुटान रहता है।...करमासी में रुक के फटा-फट मिजाज बना लेते हैं।” बेचैन हो रहे दारोगा ने कहा।

बोलेरो को करमासी बाज़ार से आगे निकाल कर रोक दिया मुन्ने मियाँ ने। उतर कर कलाली तक गए। कलाली वाला दारोगा और सरपंच की सेवा में चखना के साथ दारू लिये भागता हुआ आया। बोलेरो में बैठे-बैठे दारोगा और सरपंच ने गला तर किया।...मिज़ाज बनाया और ट्रैक्टर के आने से पहले निकल गए।

इसके पहले कि अकरम अंसारी के साथ दारोगा और लाश लिये हुए ट्रैक्टर हसनपुरा थाना पहुँचता वहाँ लोगों का हुजूम जमा हो चुका था। आसपास के गाँवों—अरजल, मानिकपुर, मेरहीं, कोल्हुआँ, कुम्हरौता, मधवापुर, महुअल, हँड़सर आदि से लोगों का ताँता लगा हुआ था। ट्रैक्टर अभी पीछे था। भीड़ देख कर दारोगा का सिर चकरा गया। अकरम अंसारी का नशा भी हिरन हो गया। भीड़ के बीच से किसी ने ‘शमशेर साँई ज़िन्दाबाद’ का नारा उछाला और जवाब में जब भीड़ ने ‘ज़िन्दाबाद-ज़िन्दाबाद’ की हुँकार भरी, दारोगा की देह में झुरझुरी भर गई। इस हुँकार की सरपंच अकरम अंसारी पर अलग प्रतिक्रिया हुई। वह बोलेरो से कूद कर, उसकी छत पर चढ़ने लगे। पहली कोशिश में पाँव फिसला, पर तब तक ड्राइविंग सीट से उतर कर मुन्ने मियाँ उनके पास आ चुके थे। मुन्ने मियाँ ने फिसलते अकरम अंसारी को उनके पिछुआड़े हाथ लगा कर सम्भाल लिया और ठेल-ठाल कर ऊपर चढ़ा दिया।

सरपंच अकरम अंसारी ने हवा में हाथ लहराया। अकरम अंसारी को देख भीड़ में जोश की लहर दौड़ गई। अब अकरम अंसारी नारे लगा रहे थे और भीड़ साथ दे रही थी। शमशेर साँई ज़िन्दाबाद के अलावा हत्यारों को तत्काल गिरफ़्तार करने, सीबीआई से जाँच करवाने, कलक्टर को बुलाने और मुआवज़े की माँग के लिए नारे लग रहे थे।

लाश पहुँची। पुलिस के लिए भीड़ को सम्भालना कठिन हो रहा था। थानाध्यक्ष गरभू पाँड़े ने दाँत पीसते हुए दारोगा से पूछा—“भोंसड़ी के, बारात लेकर आने के लिए पाँच घंटे से देवली में डेरा डाले हुए थे का?...हरामी साले, का कर रहे थे देवली में?”

दारोगा ने मौन रह कर थानाध्यक्ष के आशीर्वाद को ग्रहण किया। पर थानाध्यक्ष गरभू पाँड़े बदहवासी में दारोगा पर बरस रहा था। ''हिंया हमारी फट रही है तब से और तुम तीरथ कर रहे थे?...देवली में गंगाजल पी रहे थे? महकते हुए आ रहे हो?...साले दंगा हुआ तो अपने भी जाओगे और हमको भी रसातल में ले जाओगे।...कटुआ सब के मामले में नौकरी जाते देर नहीं लगती है। अब उजबक की तरह मुँह मत ताको। काग़ज़-पत्तर दुरुस्त करो और लाश ले कर भागो सीवान।...ई साले अकरमवा को तो हम बाद में नाथेंगे।"

दारोगा के लिए यह कोई नई बात नहीं थी। थानाध्यक्ष गरभू पाँड़े की ख्याति से पूरा ज़िला पुलिस परिचित थी। वह अपने कल-बल-छल से केवल अपराधियों को ही नहीं, अपने मातहतों तक का ख़ून पीने में माहिर था। दारोगा ने जवाब देने से बेहतर समझा कन्नी काट जाना। वह पुलिसिया दस्तावेज की तैयारी में लग गया।

भीड़ की उत्तेजना बढ़ती जा रही थी और नारों का शोर आसमान छू रहा था।

हसनपुरा थाना की क्षमता सीमित थी। सिपाहियों की संख्या इतनी नहीं थी कि अगर भीड़ आक्रामक हो जाए तो उस पर क़ाबू किया जा सके। थानाध्यक्ष गरभू पाँड़े को लग रहा था कि अभी भी मामला हाथ में है। थोड़ा कस-बल दिखाया जाए,...थोड़ी हिकमत लगाई जाए तो इस बला को टाला जा सकता है, सो वह जुगत सोचने लगा। इस बीच भीड़ ट्रैक्टर के आगे छाती ताने खड़ी थी कि चाहे जो हो जाए लाश को चिराईघर नहीं जाने दिया जाएगा। सरपंच अकरम अंसारी बोलेरो की छत पर सवार नारे लगवा रहे थे। तमाम कोशिशों के बावजूद वे दारोगा की सुनने को तैयार नहीं थे।

थानाध्यक्ष गरभू पाँड़े ने एक सिपाही से सरपंच अकरम अंसारी के लिए संदेश भिजवाया। सिपाही ने बोलेरो की छत पर चढ़कर अकरम अंसारी के कान में मुँह सटा कर संदेश दिया। अकरम अंसारी ने भीड़ से कहा, ''कलक्टर साहब का फ़ोन आया है।...हमसे बतियाना चाह रहे हैं। सुन कर आते हैं हम।..."

सरपंच अकरम अंसारी बोलेरो से नीचे उतरे और थाने के सहन में गँसी भीड़ के बीच राह बनाते हुए बरामदे की ओर बढ़ने लगे। इस बीच मुन्ने मियाँ ने अकरम अंसारी की जगह ले ली थी। अब मुन्ने मियाँ नारे लगवा रहे थे।

अकरम अंसारी थाने का बरामदा पार कर भीतर पहुँचे। दाँत पीसते हुए मुस्कुराने और मुस्कुराते हुए गालियाँ उचारने में माहिर थानाध्यक्ष गरभू पाँड़े ने कहा, ''आइए सरपंच साहेब!...कवन कसूरे नाराज़ हैं भाई?...आइए...आइए।"

गरभू पाँड़े ने अपनी कुर्सी छोड़ कर उनका स्वागत किया। अकरम अंसारी कुछ सोचें-बोलें इसके पहले गरभू पाँड़े ने उन्हें अपने घेरे में ले लिया। दोनों बाँहें ऐंठ कर पीठ पर चढ़ा दी। पूछा, ''डाँड़ में कवन हथियार खोंसे हो?"

''पिस्तौल..." अकरम घिघियाए।

थानाध्यक्ष गरभू पाँड़े ने उनका दायाँ हाथ छोड़ते हुए कहा—"निकालो।"

अकरम अंसारी ने पिस्तौल निकाल कर थानाध्यक्ष की मेज़ पर रख दिया। तीन सिपाही अकरम अंसारी के आगे दीवार की तरह तने थे। पीछे अकरम अंसारी की पीठ से छाती सटाए थानाध्यक्ष डटा हुआ था। थानाध्यक्ष गरभू पाँड़े के इशारे पर एक सिपाही आगे बढ़ा और काग़ज़ से पिस्तौल की नली पकड़ते हुए उठाकर मेज़ के ड्राअर में बंद कर दिया। थानाध्यक्ष बोला, "दारोगा ने रिपोर्ट किया है कि वकुआ वाली जगह पर तुम्हारा असलाहा बरामद हुआ है।...जाओ, लाश को सीवान तक पहुँचवाना और सीवान से लाकर कफ़न-दफ़न करवाना अब तुम्हारी जिम्मेवारी है। सब ठीक-ठाक हो जाए तो कल आकर ले जाना अपना फुटफुटिया।"

सरपंच अकरम अंसारी जब तक कुछ समझें-बूझें पुलिसिया चक्रव्यूह में घिर चुके थे और उनके गले में थानाध्यक्ष गरभू पाँड़े ने फंदा डाल दिया था।

सरपंच अकरम अंसारी अपने लुटे-पिटे चेहरे और काँपते पाँवों के साथ बाहर निकले। इस बार एक सिपाही ने उन्हें ठेल कर बोलेरो की छत के ऊपर चढ़ाया। उन्होंने भीड़ को बताया कि कलक्टर साहब ने वादा किया है कि चौबीस घंटे के भीतर हत्यारों को गिरफ़्तार कर लिया जाएगा। मुआवज़े और सीबीआई जाँच के लिए ऊपर के अधिकारियों को,...होम मिनिस्ट्री को लिखा जा रहा है। पटना से ख़ुद डीजीपी साहब दौरे पर आ रहे हैं।

लाश सीवान ज़िला अस्पताल के लिए रवाना हुई।

धीरे-धीरे भीड़ थाना परिसर से निकल कर हसनपुरा बाज़ार में पसर गई। धूप नहीं थी। आसमान में बादल थे। काले और जल के बोझ से भारी...झुके हुए बादल। साँझ होते-होते बादलों के टूट कर बरसने के आसार थे।

सरपंच अकरम अंसारी के साथ बोलेरो की अगली सीट पर बैठा दारोगा बुदबुदा रहा था। वह थानाध्यक्ष गरभू पाँड़े की महतारी-बहिन की ऐसी-तैसी कर रहा था। बोलेरो की तेज़ रफ़्तार से पीछे छूटती सड़क के किनारे खड़े शीशम के पेड़ों की क़तार को अकरम अंसारी मौन निहार रहे थे। मुन्ने मियाँ समझ नहीं पा रहे थे कि माज़रा क्या है! आख़िर हुआ क्या कि सरपंच उफनते दूध के झाग की तरह पझा गए!

*

शमशेर साँई की हत्या की रात देवली पंचायत के मुखिया लीलाधर यादव पटना में अपने एमएलसी समधी के घर अपना छासठवाँ जन्मदिन मना रहे थे। तीन बेटों और एक बेटी और उनकी संतानों से भरे-पूरे परिवार वाले लीलाधर यादव अपने आठ वर्षीय पोते अंशु की ज़िद पर अपना जन्मदिन मनाने पटना पहुँचे थे। अंशु उनके सबसे छोटे बेटा पवन सिंह यादव की इकलौती संतान था।

पवन सिंह यादव के श्वसुर सुरंजन चौधरी सत्ताधारी दल के एमएलसी थे। सुरंजन चौधरी, मुख्यमंत्री के नज़दीकी लोगों में थे, सो पिछला विधानसभा चुनाव हारने के बाद भी मुख्यमंत्री ने उन्हें विधान परिषद् में नामित करवा दिया था। इसके पहले वे दो बार विधानसभा का सदस्य और पिछले मंत्रिमंडल में मंत्री रह चुके थे। पवन सिंह यादव की शादी के बाद से मुखिया लीलाधर यादव के रुतबे में अचानक बढ़ोतरी हुई थी। मुखियागिरी का दबदबा पहले से था ही, पर मंत्री का समधी बनते ही पूरे जवार में डंका पिट गया था। लोगों की नज़र बदल गई थी। जो लोग पहले हाथ जोड़ने में महटियाते-हिचकिचाते थे, वे अब लपक कर मिलते और हाथ जोड़ते हुए अघाते नहीं थे। महीना भर पहले से ही अंशु मोबाइल पर रट लगाए हुए था कि दादाजी इस बार हमलोग आपका जन्मदिन मनाएँगे और आपको पटना आना ही होगा।

लीलाधर यादव की माता जसोदा देवी की उम्र पच्चासी पहुँच चुकी थी। तमाम एहतियात के बावजूद इन दिनों उनका स्वास्थ्य ठीक नहीं चल रहा था। सेवा-टहल या दवा-इलाज में कोई कमी नहीं थी। लीलाधर यादव की पत्नी कुसुमी देवी दिन-रात सास की सेवा में जुटी रहतीं। बड़े पुत्र रमन सिंह यादव और मझले भुवन सिंह यादव का परिवार देवली में ही रहता था। बेटी कुंती देवी की शादी मधवापुर पंचायत के मुखिया रंगी चौधरी के बेटे से हुई थी। दामाद मनन चौधरी सीवान ज़िला परिषद के अध्यक्ष थे। कुंती देवी रमन और भुवन के बीच में थीं यानी लीलाधर यादव की दूसरी संतान थीं। मनन चौधरी का परिवार सीवान में रहता था। कुंती ने लाख जतन किए पर जसोदा देवी पोती के घर जाकर रहने को तैयार नहीं थीं। बहुत समझाया कुंती ने कि सीवान तो शहर है और वहाँ हर गाँव के लोग रहते हैं। ससुराल तो मधवापुर में है, सीवान में नहीं, पर जसोदा देवी सीवान जाकर कुंती के घर रह कर अपना इलाज करवाने को तैयार नहीं थीं। खेती-किसानी रमन सिंह यादव के ज़िम्मे थी। ठेल-ठाल कर मैट्रिक पास किया था उन्होंने। भुवन सिंह यादव छपरा के जगदम कालेज से बी. ए. करने के बाद सहुली हाई स्कूल में हिन्दी के शिक्षक थे। रोज़ देवली से सहुली आते-जाते। साइकिल से एक घंटे का रास्ता था। भुवन देवली के यादवों के कुल के पहले बी. ए. थे। पवन को मैट्रिक के बाद पढ़ने की फ़ुर्सत ही नहीं मिली। बहुत कम उम्र से ही धन कमाने में अपनी गहरी रुचि के कारण वे पढ़ाई के प्रति उदासीन रहे।

पवन सिंह यादव का कारोबार बिहार-झारखंड से बाहर उड़ीसा और छत्तीसगढ़ तक फैला था। चार-चार राज्यों में फैली ठेकेदारी के जाल में उलझे रहने वाले पवन सिंह यादव के पास इतनी फ़ुर्सत नहीं थी कि वह दो-चार दिनों के लिए भी देवली जाकर चैन से रह सकें। उसकी पत्नी तो घंटा-दो घंटा भी देवली में नहीं टिक पाती थी। समय निकाल कर लीलाधर यादव ही पोते से मिलने पटना आया करते थे। वैसे भी मुखियागिरी के पचड़े में पटना आना-जाना लगा ही रहता था।

मुखिया लीलाधर यादव की आँख खुली भी नहीं थी कि उनका मोबाइल घनघनाया। रंगून माँझी थे। पूरे परिवार के लिए ख़ास आदमी थे रंगून माँझी। उनके पिता लोटन माँझी लीलाधर के पिता के समय से खेती-किसानी में मदद करते थे। लोटन के गुज़रने के बाद रंगून माँझी ने यह जगह अपने आप ले ली थी। उन्होंने शमशेर साँई की हत्या की ख़बर दी। हत्या-स्थल की सूचना दी। शमशेर साँई की लाश देखने वाले आरम्भिक लोगों में रंगून शामिल थे।

लीलाधर यादव की आँखों के सामने शमशेर साँई की सूरत एकबारगी कौंध गई।...खल्वाट माथा। छोटी-छोटी भटकुइयाँ की तरह मिचमिचाती हुई रक्तिम आँखें। कान की लवों तक पसरी गलगुच्छों को काटती लम्बी-नुकीली मूँछें। काला आबनूसी रंग। सफ़ेद अलीगढ़ी पाज़ामा या चारखाने की लुंगी और मलमल का सफ़ेद कलीदार कुर्ता। लीलाधर यादव ने मोबाइल ऑफ किया और दिनचर्या से फ़ारिग़ होने गए। उन्हें वापस गाँव लौटना था, पर उन्होंने आज गाँव वापसी के कार्यक्रम को मुल्तवी किया।

सुबह की चाय पर दोनों समधी मिले, तो लीलाधर ने सुरंजन चौधरी को देवली में बीती रात घटी घटना की सूचना दी। सुरंजन चौधरी भी शमशेर साँई को वर्षों पहले से जानते थे। उन्होंने ज़िला मुख्यालय सीवान में अपने लोगों से मोबाइल पर सम्पर्क किया और पुलिस-प्रशासन का रुख पता किया। वे लीलाधर यादव को साथ लिये विधान परिषद् पहुँचे। शून्यकाल तक परिषद् में रहे। लीलाधर दर्शक-दीर्घा में बैठे परिषद् की कार्यवाही देखते रहे। दोनों वहाँ से निकल कर डीजीपी के ऑफ़िस गए। लगभग आध घंटे तक डीजीपी के पास रहे। वहाँ से निकलने के बाद मुखिया लीलाधर यादव ने अपना मोबाइल चालू किया। सुरंजन चौधरी ने कहा—"अब आप आज जाने का प्रोग्राम कैंसिल कीजिए। कल भोर में निकल जाइएगा।"

*

सत्तर की ओर बढ़ती इस उम्र में भी देवली के मुखिया लीलाधर यादव से हाथ मिलाना आसान नहीं था। ताम्बई गोराई। लम्बी-छरहरी-गठीली देह। चमकती हुई आँखें। घुँघराले छोटे केश और पतली-नुकीली मूँछें। सबकुछ सुघड़ और सुगठित। एकदम ठोस। हर हाल में चेहरे पर मुस्कान और मधुर बोली-बानी। पतले कोर वाली सफ़ेद महीन धोती और मोटिया खादी का कलफ़ किया कुर्ता। पाँक-कीच से निकल कर आसमान तक पहुँचे थे लीलाधर यादव। जब देवली गाँव की दस धुर डीह बसगित की ज़मीन पर बनी झोपड़ी में जसोदा की कोख से पैदा हुए लीलाधर, इस पृथ्वी के ग्रह-नक्षत्र सामान्य नहीं थे। उनका जन्म भी सामान्य शिशु का जन्म

नहीं था। वे इतिहास के ऐसे मुहाने पर पैदा हुए थे, जिसे हमारे देश का इतिहास हमेशा सँजो कर रखेगा। वे पैदा होते ही हमारे मिथकों में घुल-मिल गए थे।

2

जब लीलाधर जन्म ले रहे थे—मेघ, बिजली और पवन, सब के सब ठिठक गए थे। आकाश और पृथ्वी के प्राण अँटके हुए थे। दिशाएँ दम साधे अपलक निहार रही थीं। जसोदा अपनी झोपड़ी में प्रसव-वेदना से तड़प रही थी।

...जसोदा की कमर पटापट टूट रही थी। नाभि के नीचे उदर में चिल्हकन हो रही थी। घने-लम्बे केश धरती पर लोट रहे थे। दाँतों तक से पसीना चू रहा था। असह थी पाँजर की पीर।

जसोदा चीख़ रही थी। विलाप कर रही थी।

...ऐ मेरी ननद! आओ। मेरा मुख चूमो।...ऐ मेरी सास! आओ। कहाँ हो तुम?...ज़रा बेनिया तो डुलाओ। बुला दो मेरे बलम को। अरे कोई तो मेरी पीर हरो।

भादो की भयावह रात को भेदती जसोदा की विलाप-ध्वनि गाँव के सीवान के पार तक चली गई, पर कोई नहीं आया था बेनिया डुलाने,...मुख चूमने,...पीर हरने।

लवंग की डार-सी लचकने वाली इस देह को न जाने ये कैसी आँधी धराशायी कर गई!...किस बिच्छू ने डंक मारा?...किस नाग ने डँस लिया?...जाने यह किस ज़हर की पीड़ा है कि नस-नस में बतास फूट रही है!

धरती पर चित पड़ी जसोदा ने अपनी दोनों हथेलियों को टिकाया था। दसों अँगुलियों को किसी पुराने बरगद के वृक्ष की जड़ों की तरह धरती में रोप दिया था। पान के पात जैसे सुघड़ नीचले होंठ को ऊपर के दाँतों से दबाकर सिर ऊपर किया था।...फिर पीठ को खींच कर धीरे-धीरे खिसकती हुई माटी की भीत से जा लगी थी। सामने था बँसखट का सिरहाना। दोनों पैरों को फैलाते हुए उन्हें खाट के पावों से टिका दिया था। दोनों हाथ खाट की पाटी को जकड़े हुए थे।

जसोदा ने आँखें मूँदकर ईश्वर को याद किया था, जैसे किसी अंध-गह्वर में उतर रही हो। दूर-दूर तक कहीं कोई प्रकाश नहीं।...कि अचानक देह की नसों में उठती लहरें आग में बदल गई थीं। लपटें फेंकती अग्नि। मानो पूरा ब्रह्मांड दीपित हो उठा। एक पतली,...बहुत महीन,...सप्तम पर जाकर लोप हो जाने वाली आलाप-ध्वनि की तरह मर्मभेदी चीख़ निकली थी और पूरी दुनिया में उजाला हो गया था।

लीलाधर ने अवतार लिया था।

जिन गीतों को गा-गा कर गर्भ और विरह के साझा दिन बीते थे, वे गूँज रहे थे जसोदा के कानों में।

...कौन से वन में फूलती है वेला...और कौन से वन में फूलती है केतकी? कौन

से वन में खिला है यह अजगुत फूल कि जिसकी सुगंध से पूरी पृथ्वी मह-मह कर रही है? अयोध्या के वन में खिली है वेला और नंदगाँव के वन में केतकी। मेरे आँगन में खिला है यह अजगुत फूल जिसकी सुगंध से मह-मह कर रही है समूची पृथ्वी।

माता जसोदा ने आँखें खोलकर देखा था।

अजगुत था सब कुछ।

नवजात शिशु की तरह रोने के बदले विहँस रहे थे लीलाधर। उनका विहँसना देख कर मेघों ने शंखनाद किया। पहले गरजे और फिर झमाझम बरसने लगे। बिजली कौंधती और क्षितिज को आर-पार चीर जाती। पवन हिलकोरे मारता और वृक्षों की डालियाँ धरती को चूम-चूम कर ऊपर उठतीं। आकाश के रंगमंच पर प्रमत्त इन्द्र रंगलीला रच रहे थे। धरती भींग रही थी। फूस का छप्पर भेद कर जल टपक रहा था। माटी की भीत थरथरा रही थी।

जैसे-तैसे बड़ी मुश्किलों से जसोदा अपने को सँभालने में लगी थी।

आग लाने के लिए घंटा भर पहले घर से निकली जसोदा की बुढ़िया सास सुलगते उपले का एक धुआँता टुकड़ा बाँस की टोकरी में छिपाए गिरती-पड़ती वापस लौटी थी। रक्त-जल में लथपथ जसोदा की ओर देखे बिना बुढ़िया लीलाधर को निहार रही थी। लीलाधर विहँस रहे थे। हाथ में आग लिये जसोदा के ठीक पीछे खड़ी थी बुढ़िया। आहट पाकर करवट बदलने की कोशिश करती जसोदा ने जब कराह भरी, तब बुढ़िया का सम्मोहन टूटा। कोने में आग रख कर वह दौड़ी। बग़ल की अपनी झोपड़ी में जाकर सितुहा ले आई। सितुहा से नाभिनाल काट कर लीलाधर को अलग किया। पोंछ-पाछकर गुदड़ी में लपेटा और जसोदा की गोद में डाल दिया था। इस बीच जैसे-तैसे अपनी देह सहेज कर एक पुरानी साड़ी लपेट चुकी थी जसोदा। बुढ़िया ने बड़े जतन से सहेज कर रखे हुए उपलों को सुलगा कर माटी की हाँड़ी में आग तैयार किया था और जच्चा-बच्चा को सेंकने में लग गई थी।

गोद में लीलाधर को लिये माता जसोदा खाट पर बैठी थीं। लीलाधर विहँस रहे थे। लीलाधर का विहँसना निहारती हुई जसोदा का मन कहीं और अँटका हुआ था।

...दुलार से पाली-पोसी लवंगलता-सी नाज़ुक देह को रौंद कर छोड़ गए तुम। सेमल के लाल-लाल फूलों की तरह दहकते थे जो गाल वे हल्दी की तरह पीले पड़ गए।...इन्हें कौन वापस करेगा? तुम? क्या तुम मेरी लवंगलता-सी देह, सेमल-फूल जैसे गाल वापस कर सकोगे?...तुम एक बार आकर देख तो जाते कि मैंने कैसी पीर सही है!...तुम्हारे किए का क्या-क्या फल भोगा है!...मत आओ वैरी। मैं अब तुम्हारी इस भेंट के सहारे जी लूँगी। अपने आँगन के इस नन्हे बिरवा को छतनार बनाऊँगी।

बुढ़िया ने अँजुरी भर तेल जसोदा के माथ पर रखा और हौले-हौले बालों में मिलाने लगी थी। उसकी अँगुलियाँ जसोदा के बालों में भटक रही थीं और मन भटक रहा था अपने बेटे के चेहरे की उभरती-मिटती छवियों में। उसकी अँगुलियों

की गति और लय से जसोदा भाँप रही थी उसका मन। जसोदा ने कहा, ''माई!''

जसोदा की पुकार सुन चिहुँकी थी बुढ़िया, ''हूँऊँ।''

''किस पर गया है तुम्हारा पोता?'' जसोदा ने पूछा था।

''बेटे पर।...मेरे बेटे पर।...सुग्गे की चोंच जैसी नाक...'' विहँस उठी थी बुढ़िया।

''...और आँख?''

''आँख तेरी है।...कटहल के कोए जैसी,...बड़ी-बड़ी।''

''माई, इसके बाबू होते आज तो...''

''हाँ रे। सब करम का लेख है। आज घर पर होता हमारा बेटा...।'' अचानक बुढ़िया चौंक उठी थी, ''हे भगवान!''

''का हुआ माई?'' जसोदा ने पूछा।

''अरे एक काम तो बिसर ही गई रे।...थरिया बजाना तो बिसर ही गई।''

बुढ़िया चहकती हुई उठी थी। बेटा होने की सूचना गाँव वालों को देने के लिए थाली लेकर ज़ोर-ज़ोर से पीटने लगी थी। थाली की झनझनाती हुई ध्वनि मेघों की गर्जना में घुल-मिल कर एकाकार हो गई थी और छा गई थी देवली गाँव पर।

अरे, चलो रे चलो! अयोध्या चलो। अयोध्या के बाग़ में एक सुन्दर फूल खिला है। राजा अन्न-धन-स्वर्ण लुटा रहे हैं...और रानी लुटा रही हैं कामधेनु।...बजाओ रे बजाओ,...मंगलवाद्य बजाओ। गाओ रे गाओ,...मंगलगान गाओ।

जसोदा की आँखों में गंगा-जमुना उतर आई थीं। राजा-रानी को लुटाने का अवसर ही नहीं मिला। जाने किस जनम के बैरी आए और लूट ले गए सब कुछ। गाय तक खोल ले गए खूँटे से!

जसोदा ने आँखें मूँद कर मन को स्थिर करने की कोशिश की थी।...पर मन था कि थामे नहीं थम रहा था। बार-बार लौटता था पीछे। पहली बार अपने नइहर से विदा होकर ससुराल देवली के लिए जाती हुई जसोदा ने राह में मन ही मन तय कर लिया था कि न सही लीला साह के हाथों माँग में चुटकी भर सेनुर, पर बेटा हुआ तो उसका नाम लीला ही होगा।...लीला...लीलाधर।

गर्भ ठहरते ही जसोदा ने अपने पुत्र के नाम की घोषणा कर दी थी। गर्भ का पहला महीना ही बीता था और चढ़ते माघ की ठिठुरती हुई अधरतिया में अकलू यादव की पीठ से छाती चिपकाए उसने फुसफुसा कर कहा था—''बेटा हुआ तो लीलाधर...और बेटी हुई तो...।''

''चोप्प! बेटी नहीं होगी। कुभाखा मत बोल। हमको बेटा चाहिए।'' करवट बदलते हुए अकलू यादव ने डपट दिया था।

''पर नाम रहेगा लीलाधर।'' जसोदा ने अकलू की छाती के घने बालों में अँगुलियाँ फिराते हुए कहा था।

''लीलाधर...।'' जसोदा बुदबुदाई थी। उसका मन फिर बहक रहा था। उसने

अपने मन को जैसे-तैसे झटक कर अलग किया था। लीलाधर को गोद में लिये बुढ़िया ऊँघ रही थी।

मेघ,...बिजली,...वर्षा में ऊभ-चुभ देवली की रात धीरे-धीरे बीत रही थी।

*

फिर भोर हुई थी।

भोर होते-होते गाँव-जवार के खेत-बधार, पोखर-तालाब सब जलप्लावित हो चुके थे। भादो के कृष्णपक्ष की नवमी की भोर थी। भोर का आकाश लीलाधर को एकटक निहार रहा था। मेघों के छोटे-छोटे टुकड़े लीलाधर के साथ लुकाछिपी खेल रहे थे। बिजली अपनी कौंध समेट कर वापस जा चुकी थी। झिरझिर बहती हवा लीलाधर को सहला रही थी। उन्हें अपनी गोद में पाकर धरती इतरा रही थी। लीलाधर के रुदन का संगीत दिक्-दिगन्त में गूँज रहा था। कई दिनों के कोप के बाद हर्षित-मन सूर्य इस दृश्य को देखने के लिए बाहर निकले थे।

भादो माह के कृष्णपक्ष की अष्टमी,...मध्यरात्रि में, ठीक कृष्ण जन्म के समय लीलाधर का जन्म महज संयोग नहीं था। इसमें शामिल थीं जसोदा की अनंत प्रार्थनाएँ। अपनी कामना की पूर्ति के लिए जसोदा ने असंख्य देवी-देवताओं को गुहराया था। जब लीलाधर ने अवतार लिया पूरा देश आज़ादी के द्वार पर खड़ा था। जिस दिन की साँझ देवली गाँव में लीलाधर की छठी हुई, उस दिन देश दो फाँट हो चुका था। नया देश पाकिस्तान जनम चुका था। यह चौदह अगस्त की साँझ थी। इसी दिन की अधरतिया में भारत को आज़ाद होना था।

लीलाधर की छठी की साँझ भी मेघ बरस रहे थे। पर जन्म की रात की तरह उथल-पुथल नहीं थी। मेघ थे, पर गरज-गरज कर कलेजा कँपाने वाले मेघ नहीं थे। हवा थी, पर तूफ़ान की तरह झकझोरने वाली नहीं। हौले-हौले झिरझिर बहती हुई हवा थी। बड़ी-बड़ी बूँदें नहीं, फुहियाँ गिर रही थीं। बड़ी मुश्किलों से इस अवसर के लिए जसोदा ने तेल और अँकुराए चने का जुगाड़ किया था।

जसोदा के आँगन में भीड़ थी। औरतें गुनगुनाती हुई आतीं और सोहर के राग में शामिल हो जातीं। बुढ़िया औरतों के माथ पर अँजुरी भर तेल चुपड़ती और आँचर में मुट्ठी भर अँकुराए चने का खोईंछ डालती। औरतें जसोदा की माँग में सेनुर भरतीं और उससे अपनी माँग भरवातीं। बाहर आसमान से बरसतीं जल की फुहियाँ और भीतर हास-परिहास और सोहर के बोलों की फुहियाँ।

कंजूस हैं तेरे नइहर वाले। तेरे बाप ने इतना कम तेल भेजा है कि वो कँटिया के पेंदे में ही सूख गया। और ये चना तो जाने किस कोठिला में सहेज कर रखा था तेरी महतारी ने कि अँखुए ही नहीं निकलते इसके।...राजा है मेरा बाप। उसने

सरसों और मटर की छीमियों-सी गदरायी देह वाली अपनी बेटी सौंप दी। रानी है मेरी महतारी जिसने बेटा जनने वाली बेटी को भेजा है तुम्हारे घर-आँगन में।...

जसोदा की आँखें बरस रही थीं। उसकी आँखों से बहते आँसू की बूँदों में ढेरों सुख-दुःख शामिल थे। यादें शामिल थीं। उसके नइहर अमरपुर से कोई नहीं आया था। न बाप, न भाई। दोनों भाइयों के पाँवों में भौजाइयाँ बेड़ी बनकर लटक गई होंगी। खटराग छेड़ दिया होगा। कसबिन हैं दोनों।...पर बाबू नहीं आए! जसोदा जान रही थी अपने बाबू के कलेजे की टीस। किस मुँह से बाबू से अपनी भूल छिमा करने के लिए कहती! वह तो अपनी विदाई के समय भी अपने बाबू से आँख नहीं मिला सकी थी। बाबू को भर आँख देखे बिना ही देवली चली आई। उसने बाबू के माथ की पगड़ी गिरा दी थी। उसके चलते उसकी माई को दिन-रात सुनना पड़ा। भौजाइयाँ भी भीतर ही भीतर आनी-बानी बोलती रहीं। उसने जिनगी भर के लिए अपनी माई को गूँगी बना दिया था।...और जसोदा यह भी सोचती कि क्या सचमुच उसकी भूल थी यह!...पर माई कैसे कठकरेजी हो गई! जच्चा-बच्चा दोनों के लिए नइहर से कपड़ा-लत्ता और पकवान आता है। बिना कुछ लिये ही चले आए होते बाबू। बस आकर खड़े हो जाते सामने, तो कलेजे को बल मिलता,... भरोसा मिलता। अपने नहीं आते, तो भाइयों में किसी को भेज दिया होता।...सोच में डूबी थी जसोदा कि किसी को क्या मालूम कि करम ने कैसा खेल खेला है मेरे साथ! इस सुख की घड़ी में भी दुःख का कितना बड़ा घाव है मेरी छाती में! अगर अकलू डकैती में जेल नहीं गए होते तो शायद बाबू...! अकलू के जेल जाने से भी टूट गए होंगे बाबू। पूरी पट्टीदारी के सामने जिस मान-मरजाद के बल पर खड़ा रहते थे, वही नहीं बचा।...जो हो अब...! आज के बाद कोई आए या न आए! अब नइहर का भरोसा टूट गया उसके लिए। गर्भ के ऐसे कठिन दिन जब बीत गए बिना किसी सहारे के, तो बाक़ी भी बीत ही जाएँगे। जसोदा ने मन ही मन प्रण किया था कि अब अपने नइहर अमरपुर की आस बिसार कर जीना है उसे।

...क्यों रो रही हो तुम? कैसा विलाप यह? क्या कोख नहीं हरी हुई तुम्हारी? बाँझ हो तुम या पति ने ठुकरा दिया है तुम्हें?...न मैं बाँझ और न पति ने ठुकराया मुझे। मैंने अभी-अभी जनमा है एक होरिला। पर मेरी महतारी ने मेरे भाई को नहीं भेजा। बाबा नहीं आए पियरी लेकर। मेरा पति परदेस में है और ससुराल में सब कोई ताने मार रहा।

रोती हुई जसोदा को देख किसी औरत ने उसे ढाढ़स बँधाने की कोशिश की थी—''मत रो कनिया...मत रो! पानी-पनिहर का दिन है। बाढ़-बूड़ा का मौसम है। और तेरा गाँव भी तो घाघरा के कछार पर है। का जाने सनेस मिला ही न हो!''

अकलू की चचेरी भौजी ने टिहुक कर जवाब दिया था—''सनेस ले कर मेरा बड़का गया था इसके नइहर...अमरपुर। पानी का लाग था, पर जाने वाला गया तो सनेस लेकर।''

जसोदा की बुढ़िया सास नहीं चाहती थी कि उसकी पतोहू के नइहर का बखान चलता रहे। वह ख़ूब समझती-बूझती थी अपनी पतोहू का मन। एक तो अकलू के न होने से उसके कलेजे पर जो बीत रही थी सो अलग और ऊपर से नइहर का बखान। पोता दिया है उसे उसकी पतोहू ने। हँसी-ठट्टा नहीं है बेटा जनना। सबके नसीब में नहीं होता है बेटा।...पतोहू के बेटा जनने के गर्व से इतराती बुढ़िया अपनी फटी हुई आवाज़ में गाने लगी थी।

...इधर से हाथी पर बैठ कर सनेस लेकर गया मेरा बेटा और उधर से मेरे बेटे के इस पूत का नाना गदहा पर चढ़ा अपने नाती और अपनी बेटी को देखने आ रहा है।...देखो रे देखो! गदहे पर सवार मेरे समधी के पीछे कुत्ते भौंकते हुए चले आ रहे हैं।

ठहाकों का नया संगीत भर गया था जसोदा के घर में। खिलखिल हँस उठी थीं औरतें। जसोदा के सँवलाए होंठों पर बिजली की रेख-सी चमकी थी। घाघरा के तट पर बसे नइहर अमरपुर की छवियाँ लहराने लगी थीं उसकी पुतलियों में।

जिस रात देवली में लीलाधर की छठी का उत्सव चल रहा था, देश के कोने-कोने में देश की आज़ादी के जश्न की तैयारियाँ मुकम्मिल हो चुकी थीं। कुछ ही घंटों बाद नेहरू पंडित दुल्हिन बनी आज़ाद भारत माता का घूघ हटाने वाले थे। सारे गाँव-जवार में हल्ला था कि अँग्रेज़ सब सारा देश मियाँ लोगों को देने को तैयार था पर नेहरू पंडित, अपने ज़िला के मुंशी राजिन्नर लाल और सरदार पटेल ने बड़ी हिकमत लगा कर कल-बल-छल से भारत को अपने क़ब्ज़े में किया था। गांधी बाबा रूस कर बंगाल चले गए थे। वहाँ जाकर बिना अन्न-पानी के उपवास पर बैठे थे।

*

लीलाधर के जन्म के छह महीने पहले ही उनके पिता अकलू यादव डकैती के मुक़दमे में जेल चले गए थे। अकलू अपने गाँव देवली के बबुआन टोला के जिस बाबू रामबरन सिंह के यहाँ हलवाही करते थे, उन्होंने ही ऐसा फंदा डाला कि सब मटियामेट हो गया।

हलवाही, दो बीघा धनहर, एक बीघा गोंयड़ की बँटाई खेती और एक गाय के सहारे अकलू यादव की ज़िन्दगी कट रही थी। रामबरन सिंह की विधवा बहिन रामझरी देवी का सहारा अलग था। पर इसी सहारे ने अकलू की ज़िन्दगी में तूफ़ान ला दिया था। अकलू को जबरन फाँस लिया था रामझरी ने। न उगलते बन रहा था, न निगलते। दिन-दुपहरिया या रात-बिरात रामझरी अकलू को दबोच लेती और अकलू कभी कोनियवा घर में तो कभी अन्न के भंडारण के लिए बनी विशाल डेहरियों

वाले बखरी में रामझरी के देह-यज्ञ की आहुति बनते। रामझरी की देह का पसीना फूल की तरह गमकता था और इस गमक का नशा इतना तेज़ था कि नई-नवेली कनियाँ के होते हुए भी रामझरी से एकांत में आमना-सामना होने के बाद अकलू ना नहीं कह पाते। ना कहना दूर, अकलू की बोलती बंद हो जाती और साँसें गनपत लोहार के भाँथी की तरह तेज़-तेज़ चलने लगतीं। हल का फाल पिटवाने जब कभी गनपत के बथान पर जाते अकलू, तब भी उन्हें रामझरी की तप कर लाल हुई देह याद आती। मैदा की तरह गोरी थी रामझरी, पर अकलू से लिपटते ही उसकी देह तपने लगती और चमड़ी का रंग बदल जाता।

रामझरी का अपने बड़े भाई रामबरन सिंह की गृहस्थी पर क़ब्ज़ा था। रामबरन सिंह इसका ख्याल रखते कि विधवा बहन के मन को कोई चोट न लगे। वे परिवार के माथ-मालिक थे। घर की औरतें न चाहते हुए भी मलिकार के डर से चुप रहतीं। धीरे-धीरे रामझरी घर की व्यवस्था और ज़िम्मेवारियों के केन्द्र में आ गई थी। पर भला होनी कैसे टलती! अचानक रामझरी एक रात रामबरन सिंह के घर-आँगन से लोप हो गई। रामझरी की काया बदलने लगी थी। कुल की लाज बचाने के लिए उसे गुप्तवास पर भेजा गया। रामझरी साल भर बाद लौटी। इस बीच मनरौली के हसन मियाँ के यहाँ हुई डकैती में अकलू नामज़द हो गए। मनरौली के अंसारियों ने रामबरन सिंह के इशारे पर झूठी पहचान की थी और गवाही दी थी कि रात में भागते हुए डकैतों में उन लोगों ने अकलू को देखा था। अंसारियों की गवाही पर अकलू को सात साल की क़ैद बा-मशक्कत सज़ा हुई थी। अकलू की गिरफ़्तारी के दूसरे महीने ही रामबरन सिंह उसके दरवाज़े पर खूँटे से बँधी गाभिन गाय खोलवा ले गए थे। गाय हँकरती हुई गई।

अकलू की बुढ़िया महतारी और तीन माह का पेट लिये जसोदा कलप कर रह गई थीं। फागुन का महीना था। रबी की फ़सल पक कर तैयार थी। जैसे ही फ़सल कटी, बँटाई खेत भी वापस ले लिया था रामबरन सिंह ने।

साल भर पहले फागुन में ही जसोदा का गवना हुआ था और उसे विदा करा कर देवली ले आए थे अकलू यादव। उसकी डोली उतरने के हफ़्ता भर बाद ही फगुआ था। नइहर का भरा-पूरा परिवार छोड़ कर आने का दुःख और अपने लीला साह से बिछोह की टीस। ससुराल के पहले फगुआ में सूई की तरह चुभती रही थी अमरपुर की यादें। इस फगुआ में तो भारी बजर गिरा था माथ पर। पेट के भीतर एक जान और आँखों में लोर। अकलू जिस दिन गिरफ़्तार हुए, उसके चौथे दिन ही था फगुआ। यह फागुन महीना जसोदा के लिए विपत का महीना बन कर आता रहा है। ब्याह वाले साल फागुन महीने में ठीक फगुआ के दिन ही लीला साह के साथ फगुआ खेलते देख लिया था उसके बाबू ने और उसकी दुनिया ही बदल गई थी। आनन-फ़ानन में जसोदा के बाबू ने उतरते जेठ के लगन में उसका ब्याह कर

दिया था। बेटी को गवना रखने का चलन था, सो वह नौ महीनों के बाद फागुन में विदा होकर देवली आई थी।

*

जसोदा के नइहर अमरपुर के महाजन रामजस साह के बेटा थे लीला साह। लीला छपरा के ज़िला स्कूल में पढ़ने के लिए भर्ती हुए थे। उन दिनों दस-बीस कोस तक के इलाक़े में इक्के-दुक्के ही पढ़ने छपरा जाया करते थे। लीला गए पर सातवीं के बाद टिक नहीं पाए। उनका मन स्कूल के अनुशासन में बँध कर जीते हुए पल-पल रोता। इधर अपने एकलौते बेटे को दूर देश भेजकर सहुआइन रोतीं। एक दिन सहुआइन ने रामजस साह के सामने बेटा के लिए खटवाँस-पटवाँस ले लिया। अन्न-जल त्याग कर कोप-भवन में पसर गईं। थक-हार कर रामजस साह ने लीला को छपरा से पढ़ाई छुड़वा कर बुलवा लिया था। लीला आठवीं की परीक्षा दिए बिना प्रसन्नचित्त लौटे थे।

अजगुत थे लीला साह। गोरे-चिट्टे और सुन्दर-सुकांत। चौड़ा ललाट, बड़ी-बड़ी ज़ुल्फ़ें और सपनीली आँखें। लीला साह के कंठ में सुरसती का वास था। महीन और मीठी आवाज़ में जब तान भरते लीला, पशु-पंछी तक ठिठक कर उन्हें सुनने लगते। गाँव की लड़कियों में लीला के मधुर कंठ, लहराती हुई ज़ुल्फ़ों और बिना काजल के करियाई आँखों की बतकही आम थी। रामजस साह लीला के चाल-चलन से दुखी रहते थे। वह चाहते थे कि बेटा उनके सूद-ब्याज़ के धंधे को देखे-भाले,...गुड़ और राब के कारख़ाने में कभी-कभार झाँक आया करे, पर युवक लीला थे कि उन्हें लीला रचने से फ़ुर्सत नहीं थी। रसिया थे लीला। जस नाम, तस गुण। पर छिछोरे नहीं थे। बाप की दौलत का गुरूर नहीं था उनके भीतर। लीला का मन न तो हँड़िया-पतुकी में छिपा कर रखे हुए सोना-चाँदी के ज़ेवरों और असर्फ़ियों में लगता और न तिजोरी में बंद नोटों में। गुड़ और राब बनाने वाले कारख़ाने की ओर तो वह गाहे-बगाहे भी नहीं जाया करते थे। झुक कर गाँव के सभी बड़े-बूढ़ों का गोड़ छू लेने में ज़रा भी हिचकिचाते नहीं थे वह। मधुर कंठ के बल पर हर घर के आँगन में उनका प्रवेश बेरोक-टोक होता था। नई-नवेली भौजाइयों के अंत:पुर में लीला साह की पूछ और प्रतीक्षा निरन्तर बनी रहती थी। लीला की यह प्रसिद्धि जाति-बरन की परिधि तोड़ कर गाँव के घर-घर में लहराती थी, पर लीला साह का मन तो हीरामन तोता की तरह जसोदा के मन के पिंजरे में क़ैद था। जसोदा का बोलना,...जसोदा का हँसना,...जसोदा का चलना,...जसोदा का नज़र से नज़र मिलते ही पलकें झुका लेना और एक पुकार पर दिन-दुपहरिया या रात-बिरात लीला के पास आ जाना ही लीला के लिए सब कुछ था।

घाघरा किनारे दरौली के पास बसा था जसोदा का नइहर अमरपुर।

घाघरा की मुख्य धारा से फूट कर कई छाड़न धाराएँ भाँवर काटती हुई अमरपुर तक पहुँचती थीं। गंगा माई से मिलने जाती हैं घाघरा—यह तो सब लोग जानते थे, पर आती कहाँ से हैं; इस पर बड़े-बूढ़े भी एकमत नहीं थे।

दूर देश से आती थीं घाघरा। हिमालय से निकल कर चलतीं कर्णाली नदी बन कर। पहाड़ों-घाटियों को पार करतीं,...किसिम-किसिम की भूमि का रसपान करतीं,...राजा राम के नगर में बह कर सरयू नाम की महिमा को धारण करतीं और कई नदियों-नालों के जल को सहेजती-सम्भालतीं युगों से बह रही थीं घाघरा। मानसरोवर का जल रिस-रिस कर रावणह्रद में पहुँचता और इसी रावणह्रद से विवर बना फूटतीं कर्णाली नदी बन कर। फिर तिब्बत की दुर्गम भूमि में लहराती-बलखाती आगे बढ़तीं। तिब्बत के अंतिम गाँव शर से विदा लेकर नेपाल के लिए यारी दर्रे में प्रवेश करतीं। वासिष्ठी, हुम्ला, लहगु, मुगु, ठुलो, भेरी आदि नदियों से समागम करतीं। अच्छाम पर्वत-श्रृंखला को केंचुल की तरह लपेटती कर्णाली से जब सेती नदी का मिलन होता, धुंड्रा भी आकुल होकर मिलने आ पहुँचती। यहाँ से आरम्भ होती कर्णाली की तराई-यात्रा। धौलागिरि के पश्चिमी क्षेत्र व्यास हिमाल और मानसखंड के अनन्त जल-स्रोतों की विशाल जलराशि को धारण कर कर्णाली जब चूरे पहाड़ के शिखर से घर्घर नाद करती हुई गिरतीं, उन्हें घर्घरा विशेषण मिलता।...यही विशेषण आगे चल कर संज्ञा बनता और कर्णाली घाघरा बन जातीं। उद्दाम यौवन के वेग से बहुगुणित होता घाघरा का सौन्दर्य। नए समागम को आकुल, उल्लसित और भव्य यौवन की अकूत शक्ति से अपनी बाँहों में बाँधकर कठोर और विशाल चट्टानों का मान-मर्दन कर उन्हें चूर-चूर करती हुई घाघरा बहती जातीं। अपनी तीक्ष्ण लहरों की चितवन से अपने ऊपर मँडराते मेघों को भेदतीं और बरसने के लिए विवश करतीं। अपने प्रेमी चूरे पर्वत के हृदय में वाण की तरह धँसतीं,...उसे चीर कर जल उड़ेलतीं,...वनचरों और वनस्पतियों को जीवन सौंपती हुई आगे बढ़तीं। हरीतिमा से आच्छादित तराई में प्रवेश करते ही घाघरा अपनी मृणाल बाँहें फैलातीं और गिरवा-धार को जनमतीं। अपनी दोनों बाँहों में तराई को बाँध प्रणय-लीला रचतीं और काम-कुपित इन्द्र के मेघ-प्रहारों से उपजी विद्युत-द्युति को अपने अंतरंग में धारण करती हुई भारत में प्रवेश करतीं। गिरवा नदी कौड़ियाला बन कर आती और घाघरा में शामिल होती। फिर आरम्भ होता घाघरा का नया जीवन। जलचरों, जलपक्षियों, वनस्पतियों की अनगिन प्रजातियों को पालित-पोषित करतीं,...अपने तटों पर पुरों-नगरों को बसातीं, इतिहास और मिथक रचतीं और मनुष्यों को जिजीविषा सौंपती घाघरा प्रवाहित थीं युगों से।

घाघरा के तट पर जब आलाप भरते लीला, पूरी पृथ्वी साँस रोक कर सुनती। लीला साह का कंठ-स्वर सुन धूसर बलुही माटी के रंगमंच पर नाचती थीं घाघरा। घाघरा के झिरझिर बहते कज्जल जल का संगीत लीला साह के स्वर से मिल कर

तट के जीवन को स्पन्दित करता। पृथ्वी और आकाश के सारे चर-अचर जसोदा के भाग्य को सराहते। अपने लीला के कंठ से झरते अमृत की धारा में जसोदा डूबती-उतराती रहती। कभी उसके होंठों पर स्मित की चमक और आँखों में विस्मय की कौंध उभरती, तो कभी लीला की टीस भरी आवाज़ उसके भीतर उतरती और कलेजे में अनगिन छेद कर जाती। फिर उसकी आँखों के मेघ बरसने लगते थे।

जिस बादशाह शाहजहाँ ने मुहब्बत की निशानी ताजमहल को बनवाया था, उसी ने घाघरा तट पर एक मस्जिद बनवाना चाहा था। घाघरा तट के सौन्दर्य से मोहित बादशाह ने मस्जिद बनवाने का ज़िम्मा अपने नायब अमर सिंह को सौंपा था। मस्जिद की तामीर शुरू हुई। लाल सुर्ख़ ईंटों से दीवारें चुनी जाने लगीं। मस्जिद की मीनारें और बुर्ज़ें भी ऊपर उठने लगीं। बादशाह की नज़र-ए-इनायत की आस में एक बस्ती बस गई, पर जाने कौन सी विपदा आई कि मस्जिद की तामीर पूरी न हो सकी। बादशाह शाहजहाँ का ताजमहल बनवाने का एक बड़ा ख़्वाब भले ही पूरा हुआ, पर घाघरा तट पर मस्जिद बनवाने का यह छोटा-सा ख़्वाब पूरा न हो सका। पर जैसे शाहजहाँ की मुहब्बत को ताजमहल ने शोहरत दी, वैसे ही इस अधूरी मस्जिद ने नायब अमर सिंह के नाम को स्थायित्व दिया। इस गाँव को नाम मिला अमरपुर। सैकड़ों सालों से हर साल घाघरा अपनी अथाह जलराशि के साथ रक़्स करती हुई आतीं और मस्जिद की दीवारों को छूतीं,...रुक कर सजदा करतीं और हौले-हौले अपना आँचल समेट,... फिर मिलने का वायदा करती हुई अपनी मूल धारा में वापस चली जातीं। मस्जिद की दर-ओ-दीवारों पर सबुज़ काई की परतें उभर आतीं।

बलखाती छाड़न धाराओं के बीच फैली रेती पर अपने पाँव धँसा-धँसा कर पगचिह्न बनाते लीला साह और उनके पीछे-पीछे उनके पगचिह्नों पर अपने डेग धरती जसोदा।...कभी सुनसान मस्जिद के खंडहरों के बीच पसरी लताओं से पके लाल कुन्दरु के फल तोड़ कर लीला साह पर फेंकती जसोदा, तो कभी अपने लीला के लिए करजीरी के लाल-काले दाने चुन कर माला गूँथती। शाहजहाँ के इस अधूरे ख़्वाब की निर्जन छाँह में बैठ कर जसोदा और लीला अक्सर अपनी दोपहरी गुज़ारते। लाल ईंटों की सुर्ख़ दीवारों पर सबुज़ रंग के छापे वाले खंडहर के एकांत से वे बुनते अपना नीड़। दीवारों की छाया होती और दीवारों के ऊपर होती बेतरतीब जंगली लताओं की छाजन,...और होता मद्धिम प्रकाश के अनगिनत वलयों का इन्द्रजाल। चारों ओर सन्नाटा,...निर्विकार और निर्व्याज सन्नाटा। इस सन्नाटे से लीला और जसोदा रचते अपना अंतरंग।

फगुआ से पहले लीला साह ने पूछा था जसोदा से, ''हमारे संग फगुआ नहीं खेलोगी?''

''खेलेंगे काहे नहीं?...तुम भौजी सब से फगुआ खेलने आना हमारे घर। उसी समय हमहूँ खेल लेंगे।''

"नहीं आए तुम्हारी भौजी से फगुआ खेलने तब?...तब कैसे खेलोगी?"

"झूठ मत बोलो। गाँव भर की भौजाइयों से खेले बिना तुम्हारा फगुआ पूरन होगा भला कि नहीं आओगे!", जसोदा ने विहँसते हुए कहा था।

जसोदा की दोनों भौजाइयों के भी दुलारे थे लीला साह। उन्हीं से चिट्‌ठी लिखवाती-बँचवाती थी दोनों। जब बाबू और भाई नहीं होते दरवाज़े पर लीला काग़ज़, सियाही और क़लम लिये आते और बड़की-छोटकी दोनों उनके सामने आलथी-पालथी मार कर बैठ जातीं। फुसफुसा कर दुःख-सुख बखानतीं और लीला रच-रच कर लिखते उनका दुःख-सुख,...उनकी कथा। बीच-बीच में दोनों कभी रोतीं-बिसूरतीं, कभी हँसी-ठठ्ठा करतीं। घंटों बैठते लीला उसके आँगन में। जसोदा अपने को ढूँढ़ती हुई लीला की आँखों की भाषा ख़ूब समझती थी। धीरे-धीरे उसे ढूँढ़ती लीला की बेचैन आँखों ने,...कलेजे के भीतर जाकर मेघों की तरह उमड़ते-घुमड़ते-बरसते लीला के कंठ-स्वर ने उसकी दुनिया बदल दी थी। लीला साह को देखे बिना जसोदा के लिए भोर नहीं होती और न साँझ आती।

अपने बाबू की दुलारी थी जसोदा। पेटपोंछनी थी। एक बेटी जानकी और फिर दो बेटों के बाद जसोदा का जन्म हुआ था। ख़ुशहाल परिवार था रामआसरे यादव का। घाघरा से पुश्त-दर-पुश्त का रिश्ता था। कछार पर ही था सब कुछ। घर-बथान और खेती-बाड़ी, सब कछार पर। जीना-मरना भी कछार पर। माटी को माथ पर लाद कर भला कहाँ भाग कर जा सकता है कोई! कभी घाघरा धरती निगल जातीं, तो कभी उगल देतीं। मुख्य धारा से फूटने वाली छाड़न धाराएँ हर साल अपनी राह बदलतीं और किसी बरस धरती का कोई टुकड़ा इनके पेट में होता, तो कभी कोई बाहर। पर जब पानी उतरता और धरती का जो हिस्सा सौंपतीं घाघरा उसमें इतना उपजता कि सारा मलाल मिट जाता। रामआसरे यादव के दरवाज़े पर सुबुक सींग वाले बैलों की जोड़ी हर साल बदल जाती। गायों और भैंसों में एक बिसुकती, तब तक दूसरी लगहर हो जाती। दूध-दही से घर भरा रहता। दोनों बड़े बेटों और एक बेटी को ब्याह चुके थे। अब तो बस जसोदा की बारी थी। पेटपोंछनी थी जसोदा, सो अपने बाबू ही नहीं माई, भाइयों-भौजाइयों,... सबकी दुलारी थी।

गाँव-जवार में मान था रामआसरे यादव का। चोरी के माल-मवेशियों को औने-पौने दाम ख़रीद कर नदी पार बेचने के लिए कुख्यात थे इस इलाक़े के यादव, पर रामआसरे के नाम पर कोई दाग़ नहीं था। उनकी पट्‌टीदारी के सारे गोतिया-दयाद इसी पेशे में लगे थे, और किसी न किसी मुआमले में नामज़द थे। दरौली, रघुनाथपुर और सिसवन; तीन-तीन पुलिस थानों के बावजूद अँग्रेज़ बहादुर के वश में नहीं था दियारा के डकैतों पर क़ाबू पाना। रामआसरे यादव उन विरले लोगों में थे, जिन्होंने इस पेशे से अपने को और अपने बेटों को दूर रखा था। जब कभी जून-कुजून

बख़त-बेबख़त रुपए-पैसे की दरकार होती वे रामजस साह के सामने जा खड़े होते और साह भी बिना किसी हील-हुज्जत के उनका मान रखते। न लिखा-पढ़ी और न निशानी-गवाही। आपसी भरोसे का रिश्ता था, जो चल रहा था।

मस्जिद की काई लगी दीवारों पर तीखी धार वाले ठीकरे के एक टुकड़े से चाँद-सूरज, तोता-मैना और गइया-बछरुआ की आकृति उकेरते लीला साह ने जसोदा से कहा था, "फगुआ बीत जाने दो। हम अपनी माई से बतियाएँगे। माई मान जाएगी। बाबू उसकी बात टाल नहीं सकते।..."

"और अगर नहीं माने बाबू तो,..."

"मानेंगे। माई अपनी हर बात मनवा लेती है बाबू से।"

"तुम्हारे बाबू मान भी गए तो हमारे बाबू को कौन मनाएगा?" जसोदा के इस सवाल का कोई जवाब नहीं था लीला के पास।

"सबके बाबू एक जैसे ही काहे होते हैं?" लीला साह के हाथ से छूट कर ठीकरा गिर गया था।

जसोदा के पास भी लीला साह के पूछे इस सवाल का कोई जवाब नहीं था। अपने ही अपनी उलझन का निदान तय कर लिया था लीला साह ने। कहा था, "हमलोग नदी के पेट में समा जाएँगे।"

मस्जिद की अधबनी मीनार पर बैठे कागों का एक झुंड काँव-काँव का शोर करते हुआ उड़ा था। लीला और जसोदा ने चौंक कर आसमान की ओर देखा। सिहर उठा था जसोदा का तन-मन। भय से पीला पड़ गया था जसोदा का चेहरा। किसी अपसगुन की आशंका पैठ गई थी उसके मन में। किसी निर्जन बीहड़ में पंख फड़फड़ाते पंछी-सी आकुल जसोदा को लीला साह निहार रहे थे। उनका यह सवाल कि "सबके बाबू एक जैसे ही काहे होते हैं?", उनके ही भीतर एक अजाना अवसाद भर गया था। लीला साह सोच रहे थे कि अगर सचमुच कुछ ऐसा ही घटा तो क्या जसोदा...? उन्हें जसोदा अपने से छिटक कर कुछ दूर खड़ी भयभीत हिरनी जैसी नज़र आ रही थी।

ठीक फगुआ के दिन छाड़न की एक पतली धारा के बीच खड़े लीला साह किनारे खड़ी जसोदा पर जल उलीच रहे थे। किनारे की गीली रेत के गोले बना-बना कर अपने लीला पर फेंक रही थी जसोदा। फागुन की दुपहरिया थी। दूर घाघरा के पेट से उठती फगुनाहट की तेज़ बयार ठंडक और रेत उड़ाती आती और छाड़न की धारा के पार निकल जाती। जसोदा भींग रही थी। लीला की अँजुरी का जल हवा के बल पर जसोदा को सराबोर कर रहा था। जसोदा की पीठ के पीछे रामआसरे यादव खड़े थे। वेघर से स्नान के लिए निकले थे। लीला ने ही उन्हें सबसे पहले देखा था। छाड़न की रेत में लीला के पाँव धँसने लगे थे। पाँव खींचने के लिए जितना बूता लगाते लीला, छाड़न की तलहटी और ज़ोर से जकड़ती जा रही थी

पाँवों को। पीठ पीछे किसी के होने की आहट पाकर जसोदा मुड़ी थी और सामने बाबू को देख कर काठ मार गया था उसे। रामआसरे यादव चुप खड़े थे। बेटी को एक टक निहार रहे थे।

लीला साह ने पीछे मुड़ क्रर छाड़न पार किया था और नदी की ओर चले गए थे। जसोदा भी पीछे मुड़ी थी और सिर झुकाए हुए अपने बाबू के बग़ल से गुज़रती हुई घर की ओर चल दी थी। कुछ दूर जाकर जसोदा ने पीछे मुड़ कर देखा था। लीला की पीठ दिखी थी उसे।...नदी की ओर जाती हुई लीला साह की पीठ। कुछ पलों के लिए रुक कर उसने एक आस लिये लीला की ओर देखा था कि शायद वह मुड़ कर देखें उसे!...पर लीला साह मुड़े नहीं। लीला साह के ओझल होने तक वह ठिठकी रही थी।...नदी के किनारे की मटमैली रेत और नदी के चौड़े पाट की जल-सतह पर हवा से उठती लहरों की माया-छाँही में लीला साह की पीठ के लोप होने तक जसोदा निहारती रही थी। लीला से जसोदा का यह अंतिम दरस-परस था। लीला साह भी उसके आँगन में नहीं आए। उससे मिलने तो नहीं ही आए, उसकी भौजी की चिट्ठी लिखने-बाँचने भी नहीं आए। न आए और न उसकी किसी सखी-सहेली से कोई सनेस भेजा।

रामआसरे यादव ने न बेटी को डाँटा-फटकारा और न मारा-पीटा। जसोदा की माई से इतना भर ही कहा, ''आज के बाद पास-पड़ोस, खेत-खलिहान और हितई-पहुनई; कहीं नहीं जाएगी तुम्हारी बेटी।"

रामआसरे यादव दूसरे दिन रामजस साह के पास पहुँचे और बिना लाग-लपेट के सारा क़िस्सा बखान दिया। सब सुनने के बाद रामजस साह बड़ी देर तक माथ झुकाए मौन बैठे रहे। सोचते रहे। रामआसरे भी अपनी बात ख़त्म कर चुप बैठे निहार रहे थे साह को। रामआसरे समझ नहीं पा रहे थे कि क्या सोच रहे हैं साह कि अचानक उन्होंने हिचकी सुनी। देखा, रामजस साह की हिचकी फूट रही थी। आँखों से झर-झर लोर बह रहा था। रामजस साह चौकी पर बैठे थे और रामआसरे यादव उनके सामने नीचे बिछी चटाई पर। रामआसरे उठ कर साह के पास गए। उन्हें चुप कराया। बोले, ''हम दोख नहीं मढ़ रहे हैं आपके बबुआ के माथ पर। रत्ती भर झूठ ना है हमारी बात में। जो अपनी आँख से देखे हैं, सो साँच बयान किए हैं।"

''रामआसरे भाई, तुम झूठ काहे बोलोगे। कोई अपनी संतान के बारे में ऐसा झूठ काहे बोलोगे।...हम का करें?...बोलो, हम का करें?" साह का रोना थमा नहीं था। वे सुबुकते हुए बोल रहे थे।

''करना तो सब हमको है। भूल हमारी है कि जवान बेटी को बिना ब्याहे घर में पोसे हुए हैं।...अब आज ही निकलेंगे। हितई-पहुनई घूमेंगे। इस लगन में हर हाल में विदा करेंगे बेटी को। आपसे इतना ही अरज है कि अपने बबुआ को...। बीच में कवनो अड़ंगा लगा, तो हम कहीं के ना रहेंगे।"

"जाओ, रामआसरे!...भरोसा रखो हम पर। जो होना था, सो हो चुका। इस मामले में हमारे जीते जी अब कवनो अड़ंगा नहीं लगेगा। सब सहुआइन के सुभाव का परताप है। बेटा को बिगाड़ कर रख दिया है हरामजादी ने।...रामआसरे, हम हैं। हम हर तरह से हाथ जोड़कर तुम्हारे सामने सहजोग के लिए तैयार खड़े हैं। तुम हमरा सुभाव जानते हो। सारा जवार कंजूस कहता है। लछमी मन-मिजाज दाब कर जीने से ही टिकती है।...पर तुम जानते हो कि हम जून पर हाथ नहीं खींचते हैं। तुम किसी बात की फिकर मत करना। हम तुम्हारे बचपन के संगतिया हैं। बस घर-बर देख कर तय करो जितना जल्दी हो सके।" रामजस साह ने बचपन के सम्बन्धों का वास्ता देकर ढाढ़स बँधाया था।

*

रामजस साह के दरवाज़े से वापस लौटते हुए रामआसरे के पास बेटी के ब्याह में होने वाले ख़र्च के लिए सहारा था। वह घर लौटे। बिना किसी को बताए अपनी बहन के ससुराल चल दिए। मन ही मन सोच लिया था कि हर हाल में दीयर से बाहर करेंगे बेटी का ब्याह। अमरपुर से थोड़ी ही दूरी पर संठी में ब्याही थी उनकी बहन मुनरी। उसके ससुराल वालों के दीयर से बाहर हसनपुरा, पुरैना, देवली, मानिकपुर, महुअल, मधवापुर, अरजल आदि के यादवों के यहाँ ढेरों सम्बन्ध थे।

रामआसरे यादव संठी पहुँचे। अपने घर-संसार में आकंठ रची-बसी बहन अपने दरवाज़े पर भाई को अचानक पाकर अह्लाद से भर उठी। बहुत पास था बहन का गाँव, पर रामआसरे सालों बाद अपनी बहन मुनरी के घर आए थे। अब दोनों बेटे आते-जाते थे। पर्व-त्योहार और शादी-ब्याह के मौक़े पर वही आते और अपनी फुआ को ले जाते। उनसे छोटी थी बहन। जब तक बेटे बड़े नहीं हुए थे, रामआसरे आया करते थे, पर जब बेटे अकेले आने-जाने लगे उन्होंने अपने बड़े होने का मान-मरजाद रखने के लिए आना-जाना बंद कर दिया था। बहू-बेटियों और उनके बच्चों से भरा-पूरा था बहन का घर।

भाई के आने की प्रसन्नता में भाई का उदास चेहरा बहन नहीं देख सकी थी, पर रामआसरे के बहनोई सुदामा यादव ने ताड़ लिया था कि हो न हो ज़रूर कोई बात है! रात में भोजन के बाद रामआसरे यादव का बिछावन दरवाज़े पर मूँज की रस्सियों से बुनी बँसखट पर लगा। उनके पायताने बैठे थे सुदामा।

हल्की ठंड थी। अभी-अभी बीते फगुनाहट की ठंड।

रामआसरे से सुदामा यादव ने कुशल-क्षेम पूछा, "का हाल-समाचार है?... कुछ हलकानी लग रही है!"

"सब ठीक है पाहुन, पर..." बोलते हुए रामआसरे यादव का कंठ रुँध गया।

घर के दरवाज़े पर मुनरी खड़ी थी। चैत के कृष्णपक्ष की तृतीया का अँधियारा छँट चुका था। मटमैली चाँदनी की उजास में दरवाज़े पर खड़ी बहन की छाया साफ़-साफ़ देख रहे थे रामआसरे। वह भाई और पति के संवाद की आहट ले रही थी।

रामआसरे यादव ने रुँधे कंठ और अपने भीतर उमड़ती पीड़ा पर क़ाबू किया। बोले, ''पाहुन, बेटी के ब्याह को लेकर बहुत फिकिर है। रात-रात भर जागते रहते हैं। पल-छिन के लिए भी आँख नहीं लगती। एक कौर अनाज नहीं उतरता है कंठ के नीचे। इस लगन में हर हाल में जसोदा को विदा करना है। सयानी बेटी के बोझ से जिनगी दूभर हो गई है पाहुन।...अब तुम ही मदद कर सकते हो। बड़की,...जानकी के ब्याह में तुम ही खड़े हुए तो सब पार लगा। बेटा के ब्याह में तुम मुरारपट्टी वालों को जबान दे दिए थे, तो हम बिना कुछ देखे-सुने तुम्हारी बात माने।...पट्टी-पट्टीदार सब हँसी उड़ा रहा है। तुमको खड़ा होना पड़ेगा पाहुन। बेटी का ब्याह तय करने के लिए मन ही मन क़ौल लेकर घर से निकले हैं।..."

सुदामा यादव दुनियादार आदमी थे। वह समझ गए कि कहीं कुछ और है, जो वेध रहा है रामआसरे को, जिसे वह बताना नहीं चाहते। सुदामा यादव को बात उकेरना उचित नहीं लगा। उनके लिए जसोदा का घर-बर कोई गूलर का फूल नहीं था, जिसे खोजना कठिन हो। सुदामा ने रामआसरे का हाथ थाम लिया। सुदामा की हथेली की पकड़ में रामआसरे के लिए भरोसा था। बोले, ''हमारा मन अब थिर हो गया। हम अपने कलेजे का दुख तुमको बता कर निफिकिर हो गए पाहुन।"

''भिनसारे निकलना होगा। पुरैना जाना है,...रासबिहारी चौधरी के पास। भिनसारे निकलेंगे तो पहुँचते-पहुँचते दुपहरिया,...चाहे साँझ हो जाएगी।" दरवाज़े के पास खड़ी अपनी पत्नी को सम्बोधित करते हुए सुदामा यादव ने कहा, ''सुनो, राह के लिए कुछ कलेवा बाँध देना।"

सुदामा यादव उठे। दाना-पानी के बाद पागुर करते माल-मवेशियों के पास गए। वहीं ठेहुन भर ऊँचे बाँस के खूँटों पर बाँस की फट्ठियों की चँचरी बँधी थी। सुदामा उसी पर सो गए।

*

भोर होने ही वाली थी। आसमान में शुकवा उदित हो रहा था। माल-मवेशी, चिरई-चुरुँग, वृक्ष और वनस्पतियाँ; सब गहरी नींद में थे। चैत की भोर की ठंड बड़े-बड़े तपस्वियों का हठयोग तोड़ देती थी, पर श्रम के ताप से तपी रामआसरे और सुदामा की काया का इस ठंड से बचपन का सम्बन्ध था। बीच रात में आकर मुनरी अपने भाई और पति की देह पर कमरी डाल गई थी। दोनों उठे और शौच के लिए निकले। लौटे तो गमछी में कलेवा लिये मुनरी खड़ी थी।

सुदामा यादव अपने बड़े साले रामआसरे यादव के साथ जब पुरैना पहुँचे, साँझ होने वाली थी। कलेवा धरा का धरा रह गया था। गमछी से खोलने की नौबत ही नहीं आई। रास्ते में जैजोर पार करते हुए सुदामा यादव के समधी मिल गए। सुदामा यादव लाख ना-नुकुर करते रहे पर उनके समधी नहीं माने। एक तो समधी और दूसरे साथ में उनके जेठ सार। अगर बिना कलेवा के छोड़ देते तो मान रहता भला! जिनगी भर के लिए जगहँसाई होती। भात-दाल, आलू की तरकारी और दही परोसकर ही पुरैना के लिए विदा किया समधियों को। पुरैना इसके पहले भी कई बार आ चुके थे सुदामा यादव। पुरैना के रासबिहारी चौधरी और उनकी बचपन की यारी थी। रासबिहारी चौधरी और सुदामा यादव का ममहर दाहा नदी के उस पार हसनपुरा में था।

रामआसरे यादव के साथ दाहा का तट पार करते हुए सुदामा यादव को अपने बचपन के दिन बेतरह याद आए थे। सासामुसा के विशाल चँवर से निकल कर सीवान पहुँचतीं दाहा। आन्दर आकर दाहा अग्निकोण पर मुड़तीं और सुदामा के ममहर हसनपुरा को अपने सुन्दर तट की सौग़ात देतीं। इसी तट पर रासबिहारी और सुदामा का बचपन बीता था।

यहाँ से आगे निकल कर कई गाँवों को सींचतीं हुई दाहा सुन्दे धार से समागम करतीं और घाघरा से मिलने चम्पा के राजा अधिरथ के पुत्र द्रुम के प्राचीन गढ़ डुमायगढ़ पहुँचतीं। दाहा और घाघरा के इस समागम स्थल पर ही पिता-पुत्र नसीरुद्दीन और कैकोबाद में युद्ध हुआ था। यहीं बाबरी और महमूदी सेनाएँ भी लड़ी थीं।...अरब से आए संत मख़दूम हसन चिश्ती के नूर की रहमतों ने दाहा के तट पर बसाया था हसनपुरा को। अपने ख़ानक़ाह में बैठ कर वे मिल्लत की तालीम देते रहे। उनकी दरगाह पर जाकर हर साल सुदामा और रासबिहारी की माताएँ अपने बेटों की सलामती के लिए अरजी लगातीं और बताशा चढ़ातीं। हसन चिश्ती की दरगाह के पास रुक कर माथ झुकाने के बाद आगे बढ़े सुदामा यादव।

हसनपुरा के पास ही था पुरैना। सुदामा और रासबिहारी का बचपन ममहर में ही बीता था। दोनों के पिता भरी जवानी में डाका डालते हुए मारे गए थे और इनकी माताओं ने अपनी संतानों के साथ अपने नइहर हसनपुरा में ही अपना रँड़ापा काटा था। सुदामा और रासबिहारी जब बालिग हुए, ममहर से वापस अपने-अपने गाँव पहुँचे। दोनों ने डकैत की संतान होने का कलंक धोते-पोंछते हुए किसानी की ज़िन्दगी शुरू की। दोनों की आपस में बहुत गहरी छनती थी। नेवता-हँकार पर एक-दूसरे के यहाँ आना-जाना तो था ही, जिस किसी का भी कभी मन उचटता दूसरे से मिलने के लिए चल देता। रासबिहारी चौधरी का व्यवहार देख कर रामआसरे यादव को भरोसा हुआ कि ज़रूर बात बन जाएगी। जसोदा के नसीब ने साथ दिया तो अच्छा घर-बर मिल जाएगा।

*

पुरैना और मानिकपुर के बीच था देवली। इसी देवली गाँव में रहती थीं रासबिहारी की बियफी बुआ। बियफी विधवा थीं। जवान जनाना की गोद में दुधमुँहा बेटा छोड़कर बिना किसी रोग-बीमारी के चले गए थे रासबिहारी चौधरी के फूफा। गेहुँवन साँप बन कर काल ने डँस लिया था। झाड़-फूँक और जड़ी-बूटी कुछ काम न आया। एक पलानी वाला घर, दस कट्ठा धरती, गाय-गोरू, और अपने हाड़-गोड़ के बल पर बियफी ने गोद के बालक अकलू को पाल-पोस कर जवान किया था।

रासबिहारी ने सुदामा यादव और रामआसरे यादव के सामने अकलू से ब्याह का प्रस्ताव रखा। भरोसा दिलाया कि मेरा फुफेरा भाई है, सो मेरा दाब रहेगा और लड़का भी दब नहीं है। लम्बा कद, चमकता हुआ साँवला रंग, गठीला बदन और मीठी बोली-बानी।

पिता विहीन होने और अपनी ज़िद के कारण अकलू कुँआरे थे। इसी उम्र में देवली के बबुआन पट्टी के सबसे बड़े खेतिहर रामबरन सिंह की ड्योढ़ी के खास आदमी बन गए थे अकलू। दो बीघा धनहर और एक बीघा गोंयड़ की बँटइया खेती और हलवाही के साथ-साथ ड्योढ़ी के ख़ास कारिन्दा थे। बेरोक-टोक घर-आँगन में आना-जाना था। पर्व-त्योहार पर धोती-गमछा मिलता। संदेश लेकर हितई-पहुनई भी जाया करते थे। रामबरन सिंह की सबसे छोटी तीस वर्षीय विधवा बहन रामझरी का अकलू पर विशेष नेह-छोह था। अकलू जब हलवाही के लिए जाते, रामझरी घर के किसी दूसरे नौकर से पनपियाव भिजवातीं। मेला-तीरथ जाना होता, तो अकलू ही बैलगाड़ी हाँकते। रात-बिरात कभी रामझरी का कपार या पेट बथता, तो अकलू ही मनरौली के वैदजी के यहाँ जाकर लेप या फँकिया ले आते। अकलू थे तो समूची ड्योढ़ी के लिए, पर खास थे रामझरी के लिए। ड्योढ़ी के चलते गाँव-जवार में भी इसी उम्र में अकलू की पूछ थी। किसी का ड्योढ़ी में कोई हल्का-फुल्का मामला फँसता, और अगर अकलू बाबू रामबरनसिंह के सामने हाथ जोड़ कर खड़े हो जाते, तो वे ना नहीं कह पाते। अकलू की इस ताक़त ने उन्हें अपने गोतिया-दयादों के बीच अलग और ख़ास जगह दी थी।

पहले तो आधे-अधूरे मन से हिचकिचाते हुए रामआसरे यादव ने अपने बहनोई सुदामा यादव के संगतिया रासबिहारी का प्रस्ताव स्वीकार किया, पर उनके पास सोचने-विचारने के लिए साहस नहीं बचा था। लीला साह और जसोदा के बीच घाघरा-तट पर मची होली के दृश्य ने उनके मन को बहुत गहरे तक वेध दिया था। लीला साह ने उन्हें कहीं का नहीं छोड़ा था। इस लग्न में जसोदा की विदाई के सिवा और कोई राह नहीं बची थी।

दूसरे दिन सुबह-सुबह वह सुदामा यादव और रासबिहारी चौधरी के साथ देवली पहुँचे और अकलू को देखा तो उनका मन खिल उठा। अकलू रूप और कद-काठी के धनी थे। अकलू के साँवले रंग में चमक थी।

रामआसरे यादव ने अमरपुर से चलते हुए सोचा था कि लूल-लाँगड़ या काना-कूबड़ छोड़, जो मिलेगा, तय करके ही लौटेंगे। खेती-किसानी की फिकर भी नहीं करेंगे। बस दो जून की रोटी लायक औकात हो, इतना ही चाहते थे रामआसरे यादव। अब सुदामा यादव और रासबिहारी चौधरी की पसंद पर संदेह करने का कोई कारण नहीं था रामआसरे के पास। अकलू यादव हर तरह से जसोदा के लिए योग्य वर थे । कोई ऊँच-नीच हुआ तो रासबिहारी चौधरी थे ही सम्भालने के लिए, सो अकलू पर रामआसरे यादव ने हामी भर दी। बियफी भला क्या बोलती! उनका अपना भतीजा ही आया था उनके दरवाज़े।

अकलू ने सुना। पहले तो अपनी माई के सामने ना-नुकुर किया, पर अकलू को मालूम था कि रासबिहारी भाई के सामने उनकी एक नहीं चलने वाली। जो हो रहा है उसे चुपचाप मान लेने में ही हित है, सो दम साध लिया। बियफी ने दही-चिवड़ा परोसा। अकलू भागते हुए ड्योढ़ी गए और फूल के बड़े-से कटोरे में में रसदार तरकारी ले आए। ड्योढ़ी में इतना ही कहा था, ''पुरैना वाले रासबिहारी भाई के साथ दीयर से कुछ हित लोग आए हैं।''

ड्योढ़ी में यह ख़बर चैत-बैसाख की अगलगी की तरह पसर गई थी कि अकलू के लिए देखनिहार आए हैं। रामबरन सिंह की पत्नी और उनके छोटे भाई रामबुझावन सिंह की पत्नी ने बिना सीधे संवाद किए अपने हाव-भाव और तिरछे बोलों से रामझरी का उपहास उड़ाया। रामझरी पहले हताश हुईं,...फिर धधकते क्रोध में तपीं और अंततः कुन्दन बनकर इस स्थिति से दृढ़ इरादे के साथ बाहर निकलीं। रामझरी ने सोचा कि एक नहीं चार ब्याह हो जाए अकलू का, वह अपनी गिरफ़्त से उसे आज़ाद नहीं करेंगी। अपना रँड़ापा रो-रो कर नहीं काटेंगी। अपनी भौजाइयों की एक नहीं चलने देंगी। बस भाई का भरोसा बना रहे। जब रात में फूल का कटोरा वापस करने अकलू पहुँचे, दोमुँहे में ही इंतज़ार कर रही थीं रामझरी। उन्होंने अकलू की बाँह गही और खींच कर ड्योढ़ी के पीछे वाले खंड में लेकर चली गईं।

अपनी बियफी फुआ के घर रामआसरे यादव की बेटी का ब्याह तय कर देवली के पंडित टोला होते हुए पुरैना लौटे रासबिहारी चौधरी। पुरैना यादवों का गाँव था। गिने-गुथे दो-चार घर नोनिया लोग थे। पुरैना का सारा काम देवली के लोगों से चलता था। पंडित, हज्जाम, लुहार, बढ़ई, तेली, बनिया, चमार—देवली में सबकी आबादी थी। कई छोटे-छोटे टोलों में बँटा था देवली। काम-कजिया, छठी-ब्याह,... शुभ-अशुभ हर मौक़े पर देवली का ही आसरा था। देवली में ही रासबिहारी चौधरी ने रामआसरे यादव की बेटी के ब्याह का दिन उतरवाया। उतरते जेठ में दो दिन बाक़ी रहते दिन उतरा।

देवली और पुरैना से लौटकर बहन के घर गए रामआसरे यादव। संठी पहुँचते-पहुँचते रात हो गई थी। चलते समय रासबिहारी चौधरी रोकते रहे,...रात भर बिलमने

के लिए मनुहार करते रहे, पर रामआसरे ने हाथ जोड़ कर विनती की। सुदामा यादव रुकना चाहते थे, पर रामआसरे निकल जाने के लिए आतुर थे। जल्दी से जल्दी अमरपुर पहुँच कर जसोदा की महतारी को बताना चाहते थे।

संठी में रात बिता कर भिनसारे ही बहन को साथ लेकर अमरपुर के लिए रवाना हुए थे रामआसरे यादव। पुरैना से लौटते हुए राह में ही उन्होंने सुदामा यादव को मुनरी की विदाई के लिए तैयार कर लिया था। घाघरा तट पर बसे गाँवों की रेतीली राहों पर चले जा रहे थे भाई-बहन। सालों बाद अपने साथ विदा करा कर बहन को ले जा रहे थे रामआसरे यादव। बहन की मोटरी-गठरी लिये आगे-आगे रामआसरे यादव और पीछे-पीछे उनकी बहन मुनरी। चैत की ठंडी बयार के झोंके आते और सिहरा जाते। मुनरी बोली, "भइया हो,...कुछ पूछें?"

"पूछ।" इस बार चैत की ठंडी बयार से नहीं बहन के सवाल की आशंका से सिहरे रामआसरे।

"कवने कारन एतना आकुल हो गए थे?...जसो..."

"कवनो न कवनो तो कारन होगा ही बहिनी।...तुमको इसी लिए तो साथ ले चल रहे हैं। अपनी भौजी से पूछना।...अब हम का बताएँ!" काँप रहे थे रामआसरे। उनकी आवाज़ भी काँप रही थी।

चुप लगा गई उनकी बहन मुनरी। अमरपुर पहुँचने तक चुप ही रही।

अमरपुर पहुँच कर जब रामआसरे यादव ने बेटी के ब्याह की तिथि बताई तो घर की हवा बदल गई। जसोदा की माई के सपनों को पंख लग गए। सबसे बड़ा भरोसा मुनरी और संठी वाले पाहुन थे। जानकी के ब्याह से लेकर अब तक वे ही खड़े रहे थे किसी देवी-देवता का प्रताप बन कर। जसोदा की माई जब-जब रामआसरे के सामने खाना परोस कर रखती, सामने बैठ जाती और अकलू के रंग-रूप और घर-दुआर के बारे में खोद-खोद कर पूछती। रामआसरे हर दिन एक ही जवाब तरह-तरह से देते। समय बहुत कम था। चैत बीत रहा था। बीच में बैसाख बच रहा था। बैसाख के बाद जेठ में जसोदा का विवाह होना था। रामआसरे के मुँह से जो निकलता, बहुओं तक पहुँचता और बहुएँ चुहल के साथ उसे जसोदा तक पहुँचातीं। बस एक जसोदा थी, जो मौन थी। जब बहुत छेड़तीं भौजाइयाँ, जसोदा के पास एक उदास मुस्कान के सिवा और कुछ भी नहीं होता।

दिन तेज़ी से बीत रहे थे।

फगुआ की उस दोपहर के बाद लीला दिखे ज़रूर थे गाँव में, पर एक या दो दिन के लिए। उसके बाद लीला साह का कोई अता-पता नहीं था। फगुआ के बाद लीला जो गाँव से निकले, सो लौटे नहीं। किसी को पता नहीं था कि वह गए कहाँ! जितने मुँह, उतनी बातें। कोई कहता घाघरा पार कर बलिया ज़िला होते हुए काशीजी चले गए और संन्यासी हो गए। कोई कहता रामजस साह की तिजोरी से

गिरवी रखे हुए गहना-गुरिया लेकर चम्पत हुए और कलकत्ता जाकर रंडी के कोठा पर सब उड़ा दिए। रामजस साह चुप रहने लगे थे। सुनते सबकी, पर कहते कुछ भी नहीं। सहुआइन रात-दिन बिसूरती रहतीं।...और जसोदा! जब-जब लीला साह की सूरत याद आती उसके कलेजा में कोई बवंडर उठता और छा जाता उसके तन-मन में। कभी अन्न से भरी थाली को निहारते-निहारते भूख मिट जाती, तो कभी लीला साह की बातों को गुनते-बुनते नींद चली जाती।

*

जेठ अँजोरिया की तेरस तिथि आई।

रासबिहारी चौधरी अपने फुफेरे भाई अकलू यादव की बारात लेकर अमरपुर आए। जसोदा ब्याह के लिए मड़वा में बैठी। अजगुत दृश्य था।

...कच्चे बाँस के खम्भों पर फूस की छाजन वाला मड़वा काँप रहा था।... घाघरा के रेतीले तट पर उपजे कुश की डंठलें काँप रही थीं।...अमरपुर के पंडित के मंत्र काँप रहे थे।...रामआसरे यादव की वह जंघा, जिस पर कन्यादान के समय जसोदा बैठी थी, काँप रही थी।...दसों दिशाएँ काँप रही थीं।...बाबू-बाबू गुहारती रही जसोदा, पर बाबू ने नहीं सुना।...भइया-भइया पुकारती रही जसोदा, पर भाइयों ने नहीं सुनी उसकी पुकार।...और अकलू यादव ने एक चुटकी सेनुर जसोदा की माँग में भर दिया और जसोदा सदा-सदा के लिए पराई हो गई।

अपनी ओर से रामआसरे यादव ने बेटी के ब्याह में कोई कोर-कसर नहीं रहने दी। आध सेर की चाँदी की हँसुली, पाव-पाव भर की पहुँची और गोड़ाईं, और सोने की झुलनी पहना कर जसोदा की महतारी ने बेटी को मड़वा में बैठाया था। सब इंतज़ाम अपने बूते किया रामआसरे यादव ने। राह जोहते रह गए रामजस साह, पर उनसे धेला-पाई भी लेने की नौबत नहीं आई।

रामआसरे बेटी की विदाई करना चाहते थे, पर अकलू के यहाँ देवली में गवना का चलन था। जसोदा की महतारी भी अड़ गई कि माँग में सेनुर पड़ने के बाद लड़की पराई हो जाती है, सो अब सारा रस्म जसोदा की ससुराल का ही होगा। यही लोकाचार है।...गवना के लिए जसोदा अगले लगन तक अमरपुर का वास पाकर ख़ुश नहीं थी। वह जल्दी से जल्दी अमरपुर से मोह तोड़ना चाहती थी। वह देवली जाना चाहती थी। अमरपुर उसे बाघ की तरह अपने नखों-दाँतों से चीर रहा था।

रामआसरे यादव के माथ पर बोझ कई गुना बढ़ गया। अब तो दूसरे की अमानत थी जसोदा। बारात विदा हुई। कुछ दिनों तक नेवतऽहरियों-नातेदारों से घर भरा रहा। धीरे-धीरे लोग विदा हुए। उन्होंने अपनी बहन मुनरी को रोक लिया था। रामआसरे

यादव चाहते थे कि जसोदा मुनरी के साथ संठी जाकर कुछ दिन रहे। जब गवना का दिन पास आए जसोदा को संठी से बुलाया जाए। लाख सिर पटका जसोदा की महतारी ने, पर रामआसरे यादव अपनी ज़िद पर अड़े रहे। जसोदा की अपनी कोई राय नहीं थी। उसके लिए अब केवल देवली का अर्थ रह गया था। अमरपुर और संठी में कोई अंतर नहीं था जसोदा के लिए।

जेठ के बाद बरसात बीता। जसोदा अपनी मुनरी फुआ के घर संठी में ब्याहता होने के बावजूद गवना की प्रतीक्षा में निर्वासन के दिन काट रही थी।

बरसात में घाघरा संठी के पास चकरा में आकर अपनी एक पतली छाड़न-धार छोड़ कर लौट गई थीं। ठंड के दिन आए। घाघरा के पेट से कुहासा उपजता और छा जाता तट के गाँवों पर। कुहासे को चीर कर अक्सर अकलू और लीला साह का चेहरा झलक जाता। सर्दी के महीने बीते। फागुन आया।...और फागुन अँजोरिया के सात दिन बाद जसोदा अकलू यादव के आँगन में गवना उतरी। अमरपुर से विदा होकर देवली आते समय जसोदा ने सोचा था और अपने मन में यह बात बैठा ली थी कि 'न सही लीला साह के हाथों माँग में चुटकी भर सेनुर, पर बेटा हुआ तो उसे लीला ही पुकारेगी।'

अब जसोदा का अपना घर-आँगन था। अपनी गृहस्थी थी। बुढ़िया बियफी ने उछाह के साथ सब कुछ सौंप दिया पतोहू को। अपने घर-गृहस्थी की अकसरुआ थी जसोदा।

जब अकलू यादव गिरफ़्तार हुए, जसोदा के पाँव भारी थे। तीन माह का गर्भ था। जिस कलंक से रामआसरे यादव ने जीवन भर ख़ुद को बचाए रखा था, वही कलंक ढेर सारी विपदाओं के साथ उनकी बेटी के लिलार पर सट गया था। अकलू डकैती के केस में जेल गए। रामबरन सिंह की विधवा बहन रामझरी को गर्भ ठहर गया था। भाई के बहन से अंधे प्रेम के कारण ड्योढ़ी पर निष्कंटक राज करने वाली रामझरी का भेद खुलते ही भौजाइयों ने ड्योढ़ी के भीतर ख़ूब बवाल मचाया। जो अकलू ड्योढ़ी के अंतरंग से बहिरंग तक नीलकंठ पंछी की तरह उड़ते फिरते थे उनका प्रवेश वर्जित हो गया। रामझरी को किसी अज्ञात जगह गर्भपात के लिए ले जाया गया था। इसी बीच मनरौली के हसन मियाँ के घर डाका पड़ा था और अकलू गिरफ़्तार हुए थे।

*

सात साल क़ैद बा-मशक्कत की सज़ा काट कर जब अकलू यादव जेल से छूटे और घर आए उनकी दुनिया ही बदल चुकी थी। जसोदा के बाबू और भाइयों ने लोक-लाज के चलते मुँह मोड़ लिया था। बस एक मुनरी फुआ और सुदामा फूफा

थे, जो जून-कुजून पुछार करते और दूसरे पुरैना वाले रासबिहारी भाई का भरोसा था। रासबिहारी चौधरी की हैसियत की दीवार पूरे जवार में इतनी ऊँची थी कि जसोदा तक कोई अंधड़-तूफ़ान नहीं पहुँच सका और मान-धरम बचा रहा। इस बीच एक बार जसोदा अकलू से मिलने जेल गई थी। उस समय लीलाधर अपने पाँव-पाँव तलमलाते हुए चलने लगे थे। जसोदा ने अपने फुफेरे भाई को बुलाने के लिए मुनरी बुआ को संदेश भेजा था। संठी से मुनरी ने अपने बड़े बेटे को देवली भेजा। इसी भाई के साथ जसोदा अकलू से मिलने सीवान जेल गई थी। अकलू यादव बिना कुछ बोले धार-धार रोते रहे। जसोदा भी रो रही थी। जसोदा ने पोटली में बँधी मकुनी रोटियाँ दीं। अकलू यादव ने जेल की खिड़की की सीख़चों से हाथ बाहर निकाल कर लीलाधर को दुलार किया था।

अकलू यादव जब घर लौटे थे लीलाधर ने ही सबसे पहले उन्हें देखा था। लीलाधर को पालने-पोसने के लिए जसोदा देवली के लाला टोला से बँटाई पर एक गाय ले आई थी। गाय ख़रीदने के लिए पूँजी मुंशी दामोदर लाल ने दी थी। बदले में दोनों वक़्त के दूध का अधिया उनके घर जाता था। जिस समय अपने दुआर पर पहुँचे अकलू, जसोदा गड़ाँसी से चारा काट रही थी और चारा काटती अपनी माई की पीठ पर सवार लीलाधर झूल रहे थे। माई की पीठ पर सवार लीलाधर ने अकलू को देखा और उतर गए। तब अचानक जसोदा को भान हुआ कि कोई दरवाज़े पर खड़ा है।

सामने थे अकलू।

जेल जाने के बाद अकलू यादव के नहीं होने से उनके घर की दुनिया ही केवल नहीं बदली थी, जेल के भीतर रहते हुए अकलू की ज़िन्दगी भी बदल गई थी। जो अपराध नहीं किया था अकलू ने उसकी सज़ा काटते हुए हर पल उनकी छाती में अपमान की आग धधकती रही थी। रामझरी के साथ जो हुआ था, उसके लिए जितना वे अपने को दोषी मानते थे, उससे कई गुना ज़्यादा दोषी रामझरी को मानते। सीवान जेल में अकलू की संगत ज़िला-जवार ही नहीं बाहर के भी कई सज़ायाफ़्ता लोगों से हुई। रात-दिन किसिम-किसिम के लोगों का साथ-संगत और छाती में धधकती आग। जेल की सोहबत से ही उन्होंने ढेरों हुनर और अपने लिए साहस अर्जित किया।

पुरैना जाकर रासबिहारी चौधरी से भेंट-मुलाक़ात कर वापस लौटने के बाद हफ़्ता-दस दिनों तक अपने दरवाज़े पर पड़े-पड़े समय काटा अकलू ने। आगे की ज़िन्दगी की राहें तलाशते रहे। सोच-विचार करते रहे कि कौन राह पकड़ें कि दुर्दिन से छुटकारा मिले! रासबिहारी चौधरी ने साफ़-साफ़ चेताया था, "देवली के बबुआन टोला से दूरी बना कर रहना।"

एक सुबह अकलू यादव लाला टोला की ओर निकले। दामोदर लाल के घर

अधिया का दूध देने कभी उनकी माई, तो कभी जसोदा जाती थी। अकलू ने दूध से भरा लोटा लिया और निकल पड़े। इस बीच बालक लीलाधर की अपने बाबू से ख़ूब छनने लगी थी। दिन-रात बाबू के काँधे पर सवार रहते लीलाधर। बाबू के साथ खाना,...बाबू के साथ सोना। सात सालों का बकाया वसूल कर रहे थे वह। बाबू को घर से निकलते देख उनकी उँगली पकड़ साथ हो लिये लीलाधर। कमर में काले धागे का डाँड़ा,...डाँड़े में झुन-झुन करते दो घुँघरू,...गले में करजीरी के नन्हे-नन्हे लाल-काले दानों की माला,...तेल चुपड़े अँगूठिया केश,...आँखों में कान की लवों तक खिंची काजल की गहरी रेखा और लिलार पर काजल का दीठौना।

दूध से भरा लोटा लिये अकलू मुंशी दामोदर लाल के दरवाज़े पर पहुँचे। भीतर लोटा भिजवाया और ओसारे पर पालथी मार कर बैठ गए। मुंशीजी के घर काम करने वाली सूकठ-बो कहारिन से भीतर संदेश भिजवाया कि मलिकार से मिलना है। कुछ देर बाद मुंशीजी निकले। ढकइया मलमल का कलीदार कुर्ता और महीन धोती और आँखों पर शीशा। पीछे-पीछे नौकर आया, लाल अंगारों से सजी गुड़गुड़ी लिये हुए। अकलू ने सलाम किया। मुंशीजी बोले, ''तुमको अपने दरवाज़े पर देख कर बहुत अच्छा लग रहा है अकलू।"

''जी मलिकार।..." अस्सी आस-पास के बुज़ुर्ग मुंशीजी के सामने दोनों हाथ जोड़े, माथा नवाए खड़े थे अकलू यादव।

''बहुत सत्-पत वाली जनाना है तुम्हारी। बहुत समझदारी और धीरज से विपत का समय काटा है उसने।...जो हुआ, सो हुआ। अब तुम अपना रंग-ढंग बदल कर अपना परिवार पालो-पोसो। जवान हो अभी। समूची जिनगी सामने पड़ी है...। तुम्हारी जनाना ने जैसे तुम्हारा मान रखा है, तुम भी उसका मान रखो। बहुत सहना पड़ा है उसको। गाँव-जवार, पट्टी-पट्टीदारी, हित-नाता;...सबकी आनी-बानी सह कर बिना मरद के जीना आसान नहीं होता है। समझे?" मुंशीजी ने बरामदे में रखी झुलुवा कुर्सी पर बैठते हुए पूछा, ''इ बचवा तुम्हारा है?"

''जी मलिकार।"

''इसको पढ़ाओ-लिखाओ अकलू। ज़माना बदल रहा है। ज़माने के चलन से जीना सीखो।...तुम तो कई साल बाद लौटे हो जेल से...पता है न कि गाँव में स्कूल खुल गया है। ठाकुरबाड़ी बाले अहाते के सामने वाली ज़मीन हम सरकार को दान कर दिए हैं। पाँच साल हुआ उसी में सरकार ने बच्चा सब के लिए स्कूल खोल दिया है। हर बरन का बच्चा पढ़ रहा है। इसके हाथ में गाय-भैंस का पगहा मत पकड़ा देना। रफ़ीपुर के हमारी ही बिरादरी के मास्टर आए हैं। हम उनको बुला कर कह देते हैं। बेटा को कल से स्कूल भेजो।"

अकलू के चेहरे पर चिन्ता की रेखाएँ उभरीं। वे मुंशीजी के पास ख़ास ग़रज़ से आए थे। अकलू को लगा कि कहीं ऐसा न हो जाए कि गए थे हरि भजन को,

ओटन लगे कपास। अभी तो रोटी दूभर है। भला पढ़ाई-लिखाई का सपना कैसे देखें! आज तक वंश में किसी ने पटिया-पोथी को हाथ लगाया होता तो सोचते भी अकलू। अहीर का बेटा गाय-भैंस का पगहा नहीं धरेगा,...हल की मूठ नहीं पकड़ेगा,... हँसुआ-खुरपी नहीं उठाएगा, तो भला पार लगेगी जिनगी! सोच रहे थे अकलू कि मुंशीजी ने कहा, ''कुछ माल-मवेशी बढ़ाओ। गाय-गोरू तुम्हारी बिरादरी की शोभा है। दरवाज़े पर लगहर रखोगे, तो दूध-दही से दो पैसे की आमदनी भी होगी और खेती में भी किसी का मुँह नहीं जोहना पड़ेगा।"

अकलू के प्राण लौटे। बोले, ''मलिकार, यही विनती तो लेकर आए हैं आपके पास।"

''बोलो।"

''एक भैंस लेना चाहते हैं, पर..."

''गाय तो अभी लगहर है ही। पहले बैल ले लो। बढ़िया जोड़ी ले आओ। खेती करो जम के। फिर भैंस भी ले आना। एक-एक करके हाथ डालो। एक बार में पहाड़ उठाओगे, तो थसक जाओगे।" मुंशी दामोदर लाल ने भटकुँइया-सी मिचमिचाती अपनी आँखों को बन्द करके गुड़गुड़ी की नली से दम खींचा।

''भुँइ कहँवा है मालिक कि खेती करें...!" इतना कह कर दम साध लिया और मुंशीजी के जवाब का इंतज़ार करने लगे अकलू।

मुंशीजी ने गुड़गुड़ी की नली मुँह में ले ली थी। थोड़ी-थोड़ी देर पर गुड़गुड़ाते रहे। सोचते रहे। पूछा, ''हमसे का चाहते हो?"

''का चाहेंगे मलिकार...? मदद। आप हुकुम दें और माथ पर हाथ रख दें तो आज ही निकल जाएँगे उस पार...बलिया जिला की ओर। दरौली के पास अमरपुर में ससुराल है। संठी में फुफुआ ससुर का घर-परिवार है। उन लोगों की बलिया जिला में हितई है,...जान-पहचान है।...जाकर हफ़्ता भर में ले आएँगे ऐसी जोड़ी कि देखनिहार को धरनिहार लगेगा।" अकलू उत्साह से भर गए थे।

''अकलू, पुरैना तुम्हारा ममहर है न?" पूछा मुंशीजी ने।

''जी।"

''...और रासबिहारी चौधरी...?"

''ममेरा भाई हैं रासबिहारी।" चिहुँके अकलू यादव कि कहीं कोई पुरानी रंज़िश न हो रासबिहारी भाई से!

''पुरैना में पाँच बिघा धनहर है हमारे पास।" मुंशीजी बोले।

''जी...जंगी चौधरी बँटाई जोतते हैं।"

''हाँ, वही।...जंगी के पास ईमान अब नहीं रहा। हम चाहते हैं कि तुम जोतो। पुरैना कोई परदेस नहीं है कि देवली का आदमी जोत न सके। और तुमको कोई परेशानी भी नहीं होगी। पुरैना तुम्हारा ममहर है और रासबिहारी तुम्हारे भाई, सो जंगी चौधरी भी...।" मुंशी दामोदर लाल ने पासा फेंक दिया था।

अकलू की अँटकी हुई साँस वापस लौटी। सोचने लगे। जंगी चौधरी भी पराया नहीं हैं। जंगी भाई सोचेंगे कि हम उनकी खेती झपट लिये। कहीं इस बात को लेकर आपस में मनमुटाव न हो जाए।

अकलू को दुविधा में पाकर दामोदर लाल ने कहा—"सोच-विचार कर लो। जी करे तो रासबिहारी से पूछ लो। जो तुमको हमारी बात जँचे, तो बताना। हम जंगी चौधरी को बुला कर जवाब दे देंगे।...फिर बैल ख़रीदने का इंतज़ाम करेंगे।"

अकलू की हालत साँप-छछून्दर वाली थी। न उगलते बन रहा था, न निगलते। एक तरफ़ पाँच बीघा धनहर खेती, बैलों की जोड़ी के लिए बिना सूद-ब्याज उधार पूँजी। दूसरी ओर जगहँसाई कि बिरादरी के आदमी से ही भीतरघात किया अकलू ने। अकलू सोच रहे थे कि कौन समझेगा उनकी लाचारी!...और अगर नकार दिया मुंशीजी को तो फिर कभी मदद के लिए तैयार न होंगे।

दुविधा में घिरे,...उदास मन लौटे अकलू यादव। दूसरे दिन पुरैना गए। रासबिहारी चौधरी को बताया। रासबिहारी चौधरी ने जंगी चौधरी को समझाने-बुझाने का ज़िम्मा लिया। रासबिहारी चौधरी के साथ अकलू यादव मुंशीजी के घर पहुँचे। रासबिहारी ने मुंशीजी को भरोसा दिलाया कि अकलू जी-जान से खेती करेंगे। मुंशीजी ने रासबिहारी चौधरी की मौजूदगी में बैलों के लिए रुपए दिए और अकलू यादव ने काग़ज़ पर अँगूठे की निशानी दी। काग़ज़ पर मज़मून ख़ुद मुंशीजी ने लिखा। वे मज़मूननवीसों के वंशज थे और रासबिहारी और अकलू लिख लोढ़ा, पढ़ पत्थर।

पाँच बीघा की खेती पा लेना हँसी-ठठ्ठा नहीं था। ऊपर से बैलों की ख़रीद के लिए एकमुश्त नगद रक़म भी। इससे भी बड़ी बात थी मुंशीजी का भरोसा। बहुत फ़र्क़ था बबुआन टोला और लाला टोला की सेवा-टहल में। बबुआन टोला में 'रे-तो' आम बात थी। मान-मरजाद नहीं था। पर लाला टोला में मुलायमियत थी। काँइयाँपन था, पर दंभ और बदज़ुबानी नहीं थी। भूल-चूक होने पर भी कोई कुबोल नहीं बोलता था।

*

लाला टोला में मुंशी दामोदर लाल का परिवार सबसे अलहदा था। धन और मान दोनों में कोई जोड़ नहीं था पूरे इलाक़े में। अस्सी पार के मुंशीजी सीवान कचहरी में नाज़िर बाबू रह चुके थे। सीवान में बड़ी-सी कोठी थी, पर गाँव-घर से ऐसा लगाव कि नौकरी से रिटायर्ड होने के बाद बाल-बच्चों की एक न सुनी मुंशीजी ने और देवली आकर रहने लगे। पहले हफ़्ता-दस दिनों पर आया करते थे। सीवान से देवली की दूरी बहुत नहीं थी, पर अब वह यहाँ से एक दिन के लिए भी हिलने-डुलने को तैयार नहीं थे।

मुंशी दामोदर लाल के परदादा फ़ारसी के आलिम-फ़ाज़िल थे और शायरी करते थे। शायरी ने उन्हें फ़कीराना तबीयत दी थी। इस फ़कीरी ने उन्हें शोहरत तो दी, पर धन-दौलत नहीं कमा सके। दामोदर लाल के दादा मुंशी रोशन लाल पटवारी थे और मज़मूननवीसी में उनका कोई जोड़ नहीं था। बाप से मिली फ़ारसी और उर्दू की सौग़ात ने मुंशी रोशन लाल को ऐसा हुनर दिया कि दौलत की बरसात होने लगी। उन्नीसवीं सदी के पूर्वाद्ध में जन्मे रोशन लाल का ब्याह मड़कन के कायस्थ परिवार में हुआ। ससुराल वालों की पहुँच और फ़ारसी-उर्दू की तालीम के चलते पटवारी बने। मुंशी रोशन लाल ने तहरीर, हिसाबनामा, रसीदाना, फरकाना और नेग के नाम पर भारी कमाई की। ज़मीन तो अरजा ही, सोना-चाँदी के सिक्कों और गहनों से घर पाट दिया। ज़मीन के काग़ज़ात के मामलों में उनकी हुनरमंदी का पूरे इलाक़े में कोई जोड़ नहीं था। जिस काग़ज़ पर मुंशी रोशन लाल अपनी क़लम से रोशनाई लगा देते उसका तोड़ फिरंगियों तक के पास नहीं होता था। इस मज़मूननवीसी ने उनके लिए सौभाग्य के द्वार खोल दिए थे। मुंशी रोशन लाल ने आनेवाली पीढ़ियों के लिए अकूत पैतृक सम्पत्ति अर्जित की। ज़मींदारों के बीच अपनी साख के बल पर कई बेनामी पट्टे लिखवाए। ग़ैरमज़रुआ आम और ग़ैर मज़रुआ ख़ास में उलट-फेर किया। मुंशी रोशन लाल के दो बेटे थे। बड़े बेटा प्लेग में चल बसे और इसके बाद दूसरे बेटा मुंशी सोहबत लाल सन सत्तावन के विद्रोह-काल में पैदा हुए। जब मुंशीयाइन को प्रसूति-पीड़ा हो रही थी सीवान का डिप्टी मजिस्ट्रेट लिंच अपनी जान बचाने के लिए दर-दर भटक रहा था। छिपने के लिए वह देवली की लिलही कोठी की ओर भी आया था।

मुंशी सोहबत लाल दारू और क़लिया के रसिया थे। उन्होंने आने वाली पीढ़ियों के लिए कमाया तो नहीं, पर पिता की कमाई को उड़ाया भी नहीं। हाँ, ख़ुद जो कमाया, उसे अपने जीवन-काल में ही फूँक-ताप गए। इन्हीं मुंशी सोहबत लाल के बड़े सुपुत्र थे दामोदर लाल। छोटे बेटे का नाम हरिहर लाल था। सोहबत लाल की एक अँग्रेज़ साहेब से ऐसी सोहबत हुई कि उन्होंने इस साथ-संगत के बल पर अपने दोनों बेटों की ज़िन्दगी बना दी। सोहबत लाल सिर्फ़ खाने के ही नहीं पकाने के भी शौकीन थे। उस अँग्रेज़ साहेब ने सोहबत लाल के हाथ का बना खस्सी का क़लिया क्या खाया, उनका दीवाना ही हो गया। जब-तब उसकी कोठी से ख़बर आती और सोहबत लाल बधिया खस्सी का मांस लेकर हाज़िर हो जाते। उनकी देख-रेख में क़लिया पकता। एक तो अँग्रेज़ हाकिम की संगत का नशा और ऊपर से अँग्रेज़ी दारू का सुरूर। सोहबत लाल के पाँव ज़मीन पर नहीं पड़ते थे उन दिनों। वे चाहते, तो सैकड़ों बीघा धरती अर्जित कर सकते थे, पर उन्होंने न लोभ किया और न कभी ज़ुबान खोली। कोठी में आने-जाने और अँग्रेज़ साहब से उनकी निकटता के कारण ज़मीदारों, कचहरी और दीगर सरकारी महकमों में

उनका अलग ही रुतबा था। उनका लोभी न होना उनके काम आया। अँग्रेज़ साहब ने एक दिन बुला कर बच्चों के बारे में पूछा। यह जान कर ख़ुश हुआ कि सोहबत लाल अपने बच्चों को पढ़ा-लिखा रहे हैं। उसने तत्काल बड़े बेटे दामोदर लाल को मुंसिफ मजिस्ट्रेट के कोर्ट में नाज़िर के पद पर बहाल करवा दिया। दूसरे बेटे हरिहर लाल वकालत पढ़ना चाहते थे, सो पटना में उनकी पढ़ाई का इंतज़ाम भी अँग्रेज़ साहब ने करवाया। हरिहर लाल वकालत पढ़ते रहे और मुंशी सोहबत लाल पूरी दयानतदारी के साथ साहब बहादुर को क़लिया परोसते रहे। इस क़लिया ने फिर कमाल दिखाया और एक दिन हरिहर लाल बैरिस्टर बनने सात समंदर पार चले गए। बैरिस्टर बन कर लौटे तो पटना में फ़ौजदारी के बड़े वकील बने। एक बड़े परिवार में विवाह हुआ और पटना में ही बस गए। ज़माने बाद, मुंशी सोहबत लाल की मौत पर श्राद्ध में शामिल होने देवली आए थे बैरिस्टर साहब। देवली से उनका और उनके बाल-बच्चों का रिश्ता अब न के बराबर ही था। जगह-ज़मीन, मकान; सब मुंशी दामोदर लाल और उनके बाल-बच्चों के ही ज़िम्मे था। वकील साहब पटना में इतनी सम्पत्ति अर्जित कर चुके थे कि देवली की सम्पत्ति उनके बाल-बच्चों के लिए ऊँट के मुँह में जीरा के फोरन की तरह थी।

मुंशी दामोदर लाल का घर-परिवार बाल-बच्चों से भरा हुआ था। उनके बड़े बेटे जगतनारायण प्रसाद सीवान कचहरी में वकील थे। छोटे बेटे हरिनारायण प्रसाद दार्जिलिंग की किसी चाय बगान कम्पनी के मालिक के दीवान थे। दोनों के परिवारों का गाँव आना-जाना होता था। हरिनारायण प्रसाद के बच्चे कम आते। एक तो दूरी और दूसरे देवली में गर्मी की धूल फाँकना और उमस भरी दुपहरिया काटना अब उनके बस का नहीं था। जगतनारायण प्रसाद के बच्चों का पास होने की वजह से आना-जाना लगा रहता। वकीलाइन भी आतीं, पर कम। वे इस लाचारी में देवली आतीं कि अगर आना-जाना कम हुआ और इसी का बहाना बना कर कहीं बुढ़ऊ ने सास के भारी-भारी सोने के गहने अपनी बेटियों को सौंप दिए तो हाथ मलते रह जाने के सिवा और कोई रास्ता नहीं बचेगा। मुंशी दामोदर लाल को तीन बेटियाँ थीं। बेटियाँ अक्सर आतीं और महीनों रह कर अपनी अम्मा के मरने के बाद अकेले पड़े बाबूजी की देख-रेख करतीं। वकील जगतनारायण प्रसाद ने लाख जतन किए पर मुंशीजी गाँव छोड़ कर सीवान नहीं रहने की अपनी ज़िद से टस से मस नहीं हुए।

*

मुंशी दामोदर लाल से रक़म लेकर दूसरे ही दिन अकलू यादव बैलों की खरीद के लिए देवली से रवाना हुए, पर वे न अपने फुफुआ श्वसुर सुदामा यादव के यहाँ संठी पहुँचे और न अपनी ससुराल अमरपुर। अकलू यादव संठी से पहले ही असाँव

में रुके। जेल के दिनों के उनके साथी बिलट महतो असाँव के थे। अकलू को अचानक अपने दुआर पर देख कर गद्गद हो उठे बिलट महतो। ख़ूब आवभगत किया। बिलट महतो भी डकैती के मुक़दमे में ही जेल में थे। सात-सात मुक़दमों में नामज़द थे बिलट। तीन में बेदाग़ बरी हो चुके थे और चार मुक़दमों में बेल लेकर इन दिनों घर पर थे। हर हफ़्ते दरौली थाना जाकर हाज़िरी लगाते।

दूसरे दिन अपने गाँव के ही एक फेरहे को साथ लेकर बिलट महतो अकलू यादव के लिए बैल ख़रीदने निकले। रात होते-होते पार के सुबुक सींग वाले बैलों की जोड़ी के साथ असाँव लौटे। असाँव में रात गुज़ार कर अकलू यादव बैलों के साथ देवली के लिए निकले।

असाँव से जैजोर, आन्दर, उसरी,...हसनपुरा होते हुए देवली की राह पर अकलू टिहकारी भरते,...पुचकारते,...बैलों को हाँकते चले जा रहे थे। हाथ में कच्चे बाँस के कइन की छड़की थी। राह की धूल में लिपटते पाँवों की गति का बैलों के पाँवों की गति से तालमेल बिठाते चल रहे थे, पर मन था कि बेलगाम हो रहा था। मन कभी पुरैना के चँवर में पाँच बीघा भुँइ को जोतने लगता, तो कभी अपने दुआर पर झूम-झूम कर नाद में सानी-पानी करते बैलों को निहारने लगता।...कभी चढ़ते आषाढ़ के रोहिणी नक्षत्र की पहली वर्षा में धनहर खेतों में धान के बीचड़ों की रोपनी के लिए काँदो करता, तो कभी सानी-पानी के बाद बैठ कर पागुर करते बैलों की पीठ-पूँछ और सुबुक सींगों को सहलाता। तरह-तरह की छवियाँ उभर रही थीं अकलू यादव की आँखों में।...पुरैना से बैलगाड़ी पर धान के बोझे ढोकर देवली लाते हुए बैलों की जोड़ी,...दौनी-पिटनी के बाद ओसवनी करती और अन्न सहेजती जसोदा,... और बीच-बीच में लीलाधर की बाललीला पर विहँसती और कभी शरारतों पर आँखें तरेरती जसोदा।...पर एक मन और था अकलू यादव के पास, जो कहीं और अँटका हुआ था। बिलट महतो ने रात उस काम के लिए नेवता दिया था, जिसको किए बिना अकलू सात साल जेल काट कर आए थे। बिलट ने कहा था, ‘‘सोच-विचार लो। आधा मन से मत करना कुछ भी। आधा मन से करने पर कलेजे में हिम्मत और बूता नहीं रहता।...दिन-रात हाड़-हाड़ तोड़ कर जो सब उपजाओगे, कायथ के बखार में भर दोगे। बिना स्वारथ के कायथ मदद नहीं करता। मिठबोलिया बन कर रकत चूसने वाली जात होती है कायथों की। बैलों वाली रक़म वापस करने का बोझा अलग कपार पर है ही।...सधाते-सधाते जिनगी ओरा जाएगी अकलू। तुमको बस साथ रहना है। सब हिकमत हमारी। सब जिम्मेवारी हमारी। सात लोग गिरोह में हैं। तुम आठवाँ होगे, पर नवादा का रामसिंगार दुसाध जेल में है, सो सात के सात ही हुए। माल में बराबर-बराबर आठ हिस्सा लगेगा। आठवाँ हिस्सा मेठ का हुआ। हमारा। हमको रामसिंगार के परिवार के लिए भी कुछ न कुछ करना पड़ता है सो...। पहली बार भर का मामला है। एक बार भटक खुल गया तो फिर सब अपने आप

होने लगेगा। दू-चार बार के बाद कौनो ज़रूरत ही ना होगी। ज़रूरी नहीं कि तुम हर बार साथ रहो। जब मन ना करे, चाहे जब हालत सुधर जाए, मत रहना। जब जी में आए, इस धंधे की ओर पलट कर मत देखना...। कवनो जोर-जबर्दस्ती तो है नहीं!...हम तुम्हारे भले के लिए कह रहे हैं। जेहल में तुम्हारे साथ रहे हैं और छोटे भाई की तरह मानते हैं तुमको।...अकलू, सोच कर सनेस देना...!"

अकलू यादव का मन बिलट महतो की राह पर जब-जब पाँव बढ़ाता, जसोदा आकर लिपट जाती पाँवों से और लीलाधर सामने आकर खड़े हो जाते। पर बिलट महतो ने झूठ नहीं कहा था। बिलट की बातों में दम था। अकलू का मन मुंशी दामोदर लाल की विशाल डेहरियों-बखरियों की ओर भी घूम आया। इन्हें ही अपने हाथों उपजाए अन्न से भरना था अकलू को। उस काग़ज़ के टुकड़े की छवि भी उनकी आँखों में कौंध गई, जिस पर उन्होंने अँगूठे की निशानी दी थी। उन्होंने जसोदा को याद किया।

अपनी ज़िन्दगी के आने वाले दिनों को गुनते-बुनते चले जा रहे थे अकलू यादव। ऊहापोह ने अजगर की तरह मन को बाँध कर भींचना शुरू कर दिया था। लग रहा था, जैसे सारा सत्त निचोड़ लिया हो किसी ने। कई-कई कोसों की राह पार करते हुए जो पाँव कभी नहीं थकते थे, वे आन्दर पहुँचते-पहुँचते बोझिल होकर राह की धूल में धँसने लगे थे।

अकलू एक पोखर के किनारे रुके। बैलों को पानी पिलाया और सुस्ताने के लिए पोखर के भीट पर तपस्वियों की तरह खड़े पेड़ों की छाँह में उन्हें बाँध दिया।

भीट के उस पार बँसवार थी। हरे पत्तों की बेतरतीब गझिन बुनावट वाली हरियाली। एक-दूसरे में अझुराए बाँस के कइन। अकलू बँसवार में गए। एक बाँस को पकड़कर नवाया और भर पाँज पत्ते लेकर लौटे। हरे पत्तों का चारा देख कर किलक उठे दोनों बैल। बैलों ने हँकार भरी। मानो आभार प्रकट कर रहे हों। उनके आगे पत्ते डाल कर अकलू पोखर में उतर गए। जी भर नहाया। पोखर से बाहर निकल कर गमछी में बँधा सतुआ पोखर के जल से गमछी में ही सान कर पिठुरी बनाई। बिलट महतो की औरत ने राह में कलेवा के लिए सतुआ और नून की पोटली बाँध दी थी। भीट पर चढ़े। दोनों बैलों को एक-एक पिठुरी दिया और बाक़ी ख़ुद खाने बैठ गए। सतुआ खाने के बाद फिर नहाने वाले घाट से अलग पोखर में उतरे। दोनों हाथों से पोखर का जल हिलकोरा। कज्जल जल था। अँजुरी भर-भर कर जल पीते रहे। जल पीकर फिर भीट पर आए और एक पेड़ के तने से पीठ टिका कर सुस्ताने लगे। पत्ते खाने के बाद दोनों बैल बैठे हुए पागुर कर रहे थे। बैलों के नाम सोच रहे थे अकलू यादव। दोनों एकबरनिया सफ़ेद थे। बिल्कुल उज्जर। सींगों की उठान एक जैसी। डभ-डभ करती बहुत बड़ी-बड़ी आँखें। मुलायम-छोटे रोओं वाली चिकनी खाल। बिल्कुल सहोदर जुड़वाँ भाइयों की तरह लगते थे दोनों।

एक जैसे पानीदार भी थे। मुँह से टिहकारी फूटी नहीं कि पूँछ झाड़ कर तैयार।... नाम सोचते-सोचते थक गए अकलू, पर नाम नहीं सूझा। माई बताएगी नाम। बस घर पहुँचने भर की देर है। माई तो बिना कहे नाम उचारने लगेगी।

बैलों की जोड़ी लिये जब देवली पहुँचे अकलू यादव, रात हो चुकी थी। ढीबरी जलाए जसोदा इंतज़ार कर रही थी। बियफी के पेट से चिपक कर लीलाधर बँसखट पर सो रहे थे। बैलों के गले में बँधी टुनटुनाती घंटियों की आवाज़ सुन कर बाहर निकली जसोदा। बैलों की जोड़ी के साथ बैशाख की धवल चाँदनी में भींगते हुए खड़ा थे अकलू यादव। जसोदा अपनी झिर-झिर बहती आँखों से निहारती रही अकलू को,...बैलों की जोड़ी को।

"रो काहे रही हो?" पूछा अकलू ने।

"ना...रो ना रहे हैं।...रोएँगे काहे?...बस ऐसे ही लीला के बाबू।" अकलू के जेल से लौटने के बाद जसोदा उन्हें 'लीला के बाबू' पुकारने लगी थी। जब जेल में मिलने गई थी, तभी सोचा था कि वह अकलू को 'लीला के बाबू' पुकारेगी, पर लाज वश पुकार नहीं सकी थी।

"नयका पगहा ले आ।...अपनी नाँद के खूँटे में दूसरे के पगहे से नहीं बाँधेंगे। पलानी में रखा है एक जोड़ी नया पगहा।...गरदाईं भी होगी वहीं पर।" अकलू का स्वर उत्साह से छलक रहा था।

जसोदा पगहा लेकर आई। खट-खुट सुन कर बियफी की आँख भी खुल गई थी। वह भागी दरवाज़े की ओर। बैलों की जोड़ी देख कर बियफी की आँखें भी भर आई थीं। कंठ रुँध गया था। रुँधे कंठ से बोली वह, "रामजी...लछुमनजी की जोड़ी आई है दुआर पर।..."

जसोदा बैलों के सामने आकर अपने हाथों से उनका माथा सहला रही थी। अकलू यादव उनकी गरदन में बँधी गरदाईं और पगहा बदल रहे थे। अँजोरिया रात में चमक रही थी बैलों की सफ़ेद पीठ। झालर बन कर झूल रही थी चाँदनी उनके माथे पर। प्रकृति की सारी उजास लिये चन्द्रमा टँगे थे उनकी सींगो पर। अचनाक बुढ़िया बियफी को अपनी भूल का भान हुआ और वह जसोदा से बोली, "अरे!... जा रे पहिले अच्छ्छत-सेनुर ले आ। टीका लगा रामजी-लछुमनजी के लिलार पर।... नाँद और खूँटा भी टीक देना रे।"

जसोदा घर के भीतर गई। अक्षत और सिन्दूर लेकर आई। बैलों के चौड़े ललाट पर दोनों सींगों के ठीक बीचों-बीच सिन्दूर का लम्बा तिलक लगाया और उन पर अक्षत छींटा।...दोनों खूँटों और नाँदों पर भी सिन्दूर का टीका लगा कर अक्षत गिराया। इस बीच अकलू ने नाँद में पानी भरा। भूसा निकाल कर डाला। घर छोड़ने के पहले अकलू यादव रासबिहारी चौधरी से भूसा भेजने के लिए कह कर असाँव गए थे। उनकी अनुपस्थिति में ही रासबिहारी ने एक बैलगाड़ी पर लदवा

कर भूसा भिजवा दिया था। जसोदा ने इस उम्मीद में कि अगर लीला के बाबू बैलों के साथ रात-बिरात लौटे तो उस समय भला कैसे हरियरी का इंतज़ाम होगा, उसने एक टोकरी हरियरी का इंतज़ाम किया था। दिन में रौज़ा के पीछे वाली गढ़ी से घास काट कर ले आई थी। अकलू ने दोनों की नाँदों में थोड़ी-थोड़ी हरियरी मिला दी। दिन-भर के थके-हारे दोनों अपनी-अपनी नाँदों में अपना-अपना थूथन गोते खाने में लगे हुए थे और अकलू यादव उन्हें मुदित-मन निहार रहे थे।

"अब चलो, कुछ खा लो तुम भी। राह में कुछ खाए थे कि...,?" जसोदा की शंका पर मौन रहे अकलू।

"संठी से आ रहे हो कि...?" जसोदा ने पूछा।

अकलू जानते थे कि देर-सवेर उन्हें जसोदा के इस सवाल का जवाब देना होगा। वे अभी बचना चाहते थे, पर अब बचने की कोई राह नहीं बची थी। बोले, "न संठी से...न अमरपुर से।"

"तो कहँवा से आ रहे हो?" जसोदा ने पूछा।

"असाँव से आगे बढ़े ही नहीं।"

"असाँव?...कवन है असाँव में जी?" चकित थी जसोदा। वह अपनी स्मृति में बसे सम्बन्धियों के नामों और ठौर-ठिकानों के बीच असाँव को ढूँढ़ रही थी।

अकलू संकट में फँसे थे। वह बिलट महतो का नाम नहीं लेना चाह रहे थे। वे जानते थे कि बिलट महतो की जसोदा के नइहर के इलाक़े में ख़ूब बदनामी है। बिलट महतो डकैतों के गिरोह के सरदार हैं, यह बात उधर का बच्चा-बच्चा जानता है।

"अब बोलते काहे नहीं हो जी?...कवन खिलाया कि भूख-पियास ना लग रही है?" जसोदा ने चुहल किया। चुप रहे अकलू।

कोई जवाब न पाकर चिहुँका जसोदा का मन।

...तुम्हें नहीं मालूम कि तुम्हारी सुधि ने कैसे हर ली थी मेरी भूख और प्यास।...भोजन करते हुए जब-जब आती थी तुम्हारी सुधि मैं विभोर हो जाती,...खाना भूल जाती और मेरे सामने रखा हुआ भोजन बासी हो जाता।...जल भरने इनार पर जाती और सुधि-बुधि भूल जाती। गगरा फूट कर इनार में डूब जाता।...सेज पर सोते समय सोचती कि कोई नागिन डँस लेती मुझे और मैं मर जाती तो अच्छा होता।...और निरदयी, तुम आ रहे हो किसी और के हाथों का परोसा हुआ भोजन खाकर!

"अब थानेदारी मत करो।...चलो रोटी दो। भूख तो लगी ही है। भिनसार के चले हैं। राह में एक जगह पोखरा पर रुक कर बैलों को पानी पिलाए,...हरियरी खिलाए,...अपने भी सतुआ खाए थे,..."

"असाँव में कवनो संगतिया हैं का तुम्हारे?" अपने पुराने सवाल के नए रूप के साथ जसोदा इस रहस्य को भेदने की ज़िद पर अड़ी थी।

"बिलट भाई की जनाना ने चलते बखत गमछी में सतुआ बाँध दिया था।...

उनके घर ही रुके थे और उनके गाँव का फेरहा ही सौदा करवाया। उनके चलते सौदा बहुत हिसाब से,...बहुत सस्ता पट गया।...तुम बिलट महतो का नाम सुनी हो?"

"ना।" जसोदा ने कहा।

अकलू यादव की जान में जान आई। अँटकी हुई साँस नीचे उतरी।

"चलो, खा-पीकर आओ,...फिर निहारते रहना।" जसोदा ने मुस्कुराते हुए कहा। पर यह परिहास नहीं था और जसोदा की मुस्कान में नश्तर की धार थी। पीड़ा के नश्तर की धार।

"खा-पीकर बैल निहारेंगे कि तुमको...?"

"हमको का निहारोगे तुम!...सात बरिस से तुम्हारी बाट जोहते-जोहते अन्हरा गए।...अब बाल उज्जर होना और दाँत टूटना भर बचा हुआ है।...आए हो तब से भर आँख देखे भी हो हमारी ओर? दिन-रात जगह-ज़मीन और माल-गोरू के लिए हलकान होने और बेटा की अँगुरी पकड़ कर दुआरे-दुआरे घूमने से फुरसत है तुमको कि हमको निहारोगे?" जसोदा ने अपनी अदा दिखाई और टिहुक कर चल दी घर के भीतर। जसोदा के पीछे-पीछे चले अकलू यादव।

...सालों-साल दिन गिनती रही हूँ मैं। दिन गिनते अँगुरी घिस गई और बाट निहारते नयन थके।...और अब जब आए हो तो जोगी की तरह सेज से दूर खड़े हो।...यह जो घर के पीछे चन्दन का गाछ है, उसे कटवा कर सारंगी बनवा देती हूँ।...जाओ, घूमो नगर-नगर,...दुआरे-दुआरे और माँगो भीख। जब अब तक रह लिया तुम्हारे बिन, तो आगे भी रह लूँगी।...जोगी का बाना धर आओगे कभी मेरे दुआर, तो भीख भी दे दूँगी कि जोग सफल हो तुम्हारा।

*

बुढ़िया बियफी घर के बाहर वाले हिस्से में बनी पलानी में लीलाधर के साथ सोई थी। मूँज और पतहर से बनी यह पलानी ठंड में गाय बाँधने या किसी हित-पाहुन के आने पर सोने के काम आती थी। अभी रासबिहारी चौधरी के घर से आया भूसा भी इसी में रखा हुआ था। आँगन वाली बँसखट ख़ाली कर, इसी भूसे को एक कोने में पसार कर बियफी ने उस पर गुदड़ी बिछा दी थी और लीलाधर के साथ सोई थी। अकलू जब जेल में थे और विपत के दिन थे, जसोदा ने रौज़ा वाली गढ़ी से अपने हाथों मूँज और पतहर काट-काट कर जमा किया था। मुंशी दामोदर लाल की बँसवारी से बाँस काट कर ले आई थी। एक-दूसरे में गुँथे बाँसों के गझिन और विशाल झुरमुटों से नाभ बाँसों को चुन कर काटना और खींच लेना हँसी-ठट्ठा नहीं था, पर जसोदा ने अकेले किया सब कुछ। दीयर की औरतों का जीवट प्रसिद्ध था। घाघरा की जल-विपदा और रेत भरी हवाओं के थपेड़े उन्हें जीवट सौंपते थे।

देखते-देखते एक दिन जसोदा की पलानी खड़ी हो गई थी।

जसोदा के आँगन में बिछी बँसखट पर झिरझिर बरस रही थी चाँदनी। घाघरा के कज्जल जल-सी चमकती हुई जसोदा की गोरी देह को अपनी जामुनी भुजाओं में बाँधे अकलू अपलक निहार रहे थे उसका मुख।...और उत्फुल्ल चन्द्रमा निहार रहे थे जसोदा को कसने वाली अकलू की बाँहों में उभरी मछलियों को,...पीठ पर उग आई पतली नदी-सी रेख को,...काँधों पर उभरे पहाड़ों के शिखर को। जब कभी अकलू की विशाल छाती के नीचे दब कर मसले जाते हुए अमृतकलष पल-छिन के लिए झलकते, चन्द्रमा की आँखें चौंधिया जातीं।...जसोदा की गोरी जंघाओं और पिंडलियों से टकरा कर परावर्तित होती चाँदनी की आभा से दीपित हो रहा था आकाश।...जसोदा के सघन काले बालों के विस्तार में खो जाने के भय से चन्द्रमा बार-बार उसकी नाक की लौंग पर आकर बैठ जाते थे।...वर्षों बाद जसोदा के आँगन में उत्सव की रात थी। इस उत्सव के साक्षी थे चन्द्रमा। अकलू को अपनी जसोदा पर अगाध भरोसा था। काम-कुटिल चन्द्रमा और दसों दिशाओं के दिक्पाल प्रमत्त इन्द्र से बेपरवाह अकलू और जसोदा उत्सव मनाते रहे।

...रात बीत रही है पिया।...आधी रात बीती। पहरुआ बोला।...और अब बीत रहा है अंतिम पहर इस रात का। बोल रहे हैं चिरई-चुरुँग।...मेरी गोद छोड़ो पिया।... उतरो मेरी अटारी से। पुरुआ बयार तुम्हें आलस दे रही है। मेरे घर के पिछुआरे खड़े लवंग के गाछ ने धरती पर लवंग बिखेर दिया होगा।...मुझे सूप लेकर लवंग बटोरने जाना है।

*

दूसरे दिन पूरे देवली में अकलू यादव के बैलों की चर्चा थी। लोग आते, देखते और सराहते हुए जाते। कम ही थे, जिन्हें जसोदा के नसीब बहुरने से ईर्ष्या हो रही थी। कुछ ऐसे लोग भी थे, जो इस टोह में लगे थे कि अकलू यादव के पास इतना धन कहाँ से आया कि जेल से लौटते ही बैलों की ऐसी जोड़ी ख़रीद ले आए। ख़बर बबुआन टोला भी पहुँची। बबुआन टोला के लोगों ने जब यह ख़बर सुनी, दाँत पर दाँत बैठा कर बर्दाश्त किया। रामबरन सिंह के चचेरे भाई रामजोधन सिंह से अकलू का आमना-सामना हुआ। अकलू बचना चाहते थे। कट कर निकल जाना चाहते थे कि रामजोधन सिंह ने हाँक लगा दी, ''का हो अकलू,...सुने हैं कि बड़ा जबर जोड़ी ले आए हो पार से!''

''सलाम मलिकार!'' अकलू ने न चाहते हुए भी सलाम किया और धीरे से कहा, ''जी।...पार नहीं गए थे। असाँव में ही सौदा पट गया।''

''खेती-किसानी करना है, तो बैल के बिना काम कैसे चलेगा।...अच्छा किए

कि जोड़ी ले आए। एक लिये होते तो झमेला रहता। किसी के आसरे रहने, चाहे किसी के साथ भाँज रखने से बढ़िया है कि जोड़ी रखे आदमी।" रामजोधन सिंह की आवाज़ की मुलायमियत में छुपी ईर्ष्या की गंध सूँघ लिया अकलू ने।

"जी मालिक!" पीछा छुड़ा कर निकलना चाहते थे अकलू, पर रामजोधन सिंह का इरादा कुछ और था।

"हसन मियाँ वाला माल-मता कहँवा दाब के रखे थे भाई कि आते ही निकाल के...।" रामजोधन सिंह ने रहस्यमय मुस्कान के साथ शांत जल में कंकड़ फेंका। वे अकलू यादव को उत्तेजित कर कोई ऐसी बात निकलवाने की कोशिश में थे, जिससे फ़साद रोपा जा सके। "सुने कि जेल से आते ही तीन-चार दिन से हितई में थे।...हसन मियाँ वाला माल था कि नया..."

नख से शिख तक धधक उठे अकलू यादव। जी किया कि रामजोधन के हलक़ में हाथ डाल कर जीभ खींच लें। अकलू ने अपने क्रोध को अपनी छाती में दबाना चाहा। चुप रहे। पर रामजोधन सिंह तो मानो घर से क़सम खाकर निकले थे कि कुछ न कुछ रचे बिना लौटेंगे नहीं। वे फिर बोले, "मत बोलो। हम कवनो हिस्सा-बखरा माँग रहे हैं।"

अकलू यादव का धीरज जवाब दे गया। बोले, "बाबू साहेब!...पुराना ही बूझिए। नया तो अब चालू होगा।"

इस जवाब से चकित रामजोधन सिंह मुँह बाए खड़े रहे और अकलू यादव बिना सलाम किए आगे बढ़ गए। अकलू यादव के तिरछे बोल रामजोधन सिंह की छाती में बर्छी की नोक की तरह जाकर धँस गए।

रामजोधन सिंह वापस बबुआन टोला लौटे। रामबरन सिंह के पास पहुँचे। रामबरन सिंह की अपने चचेरे भाई के परिवार से पटती नहीं थी, पर वो परिवार के भीतर का मामला था। ऐसे मौक़ों पर पूरा परिवार एकजुट रहा करता था। रामबरन सिंह भोजन के बाद चौकी पर लेट कर आराम कर रहे थे। रामजोधन सिंह उनके पायताने जाकर बैठ गए। कहा, "भइया, इ अकलुआ सार तो भारी मनबढ़ होकर लौटा है जेल से।"

"का हुआ?" रामबरन सिंह के कान खड़े हो गए।

"जेल से लौटे हफ़्ता-दस दिन भी ना हुआ कि पार जाकर एक जोड़ा बैल ले आया।"

"पता है हमको।...तो?"

"हम पूछे कि का रे कहँवा से माल मिल गया कि...? पुराना दाब के रखा था कि नया है? सुने कि तीन-चार दिन से गायब था।...बस, इतना पूछते ही आँख तरेर कर बोला कि नया तो अब चालू होगा।"

"दामोदर लाल से करजा लिया है। पुरैना में पाँच बीघा खेत भी बँटाई पर दिए हैं दामोदर लाल।" रामबरन सिंह ने कहा।

''जो जंगी चौधरी के पास था?" रामजोधन सिंह चकित थे।

''हाँ। ई साला कायथ सब गाँव के नान्हजतिया सब को मनबढ़ बना रहा है।...तुम अकलुआ के दुआर पर गए थे का?" रामबरन सिंह उठ कर बैठ गए थे।

''ना।..."

''जाओ, अपना काम-धंधा देखो अभी। रात में जागरन रखना। सब सवाँग को सचेत रहना होगा। नया-नया जेल से लौटा है। जेल में तरह-तरह के बदमाश रहते हैं। किसी से साथ-संगत हुआ होगा। अभी कुछ दिन बमकता फिरेगा।" रामबरन सिंह ने रामजोधन सिंह को विदा किया और मन ही मन अकलू के लिए जाल बुनने लगे।

हफ़्ता भी नहीं बीता था कि एक साँझ टहल माँझी अकलू के घर पहुँचे। टहल गाँव के चौकीदार थे और अकलू के संगतिया भी। टहल ने अकलू से कहा, ''भाई हो, थाना पर बुलाहट है। दारोगाजी बोले हैं कल हाजिर होने के लिए।...रामबरन बाबू थाना गए थे। कवनो बात हुई का?"

''ना, बात तो ना हुई। हम काहे किसी से कवनो बात करेंगे भाई!...हम जब से लौटे हैं, हमको साँस लेने की फुरसत ना है। माल-जाल बढ़ा लिये,...मुंशीजी से उनका पुरैना वाला धनहर खेत बँटाई लिये हैं। कुछ और के लिए लगे हुए हैं।...हम तो अपनी जिनगी के फेर में अपने ही हलकान हैं भाई।"

''कल हाजिर हो जाना थाना पर।...मिल लो साहेब से।...कुछ गड़बड़ लगे तो मुंशीजी को कहना। अब उनका खेत जोत रहे हो,...उनके आदमी हुए, तो उनका धरम हुआ तुमको बचाना। बबुआन लोग लाठी भले चला लें, पर हाकिम-हुक्काम आ काग़ज़-पत्तर के मामला में कायथ का जवाब नहीं।...फिकिर मत करो। कल हमहुँ जाएँगे थाना। साथ चलना।"

अकलू को भरोसा दिला कर,...पैरवी के लिए राह सुझा कर टहल माँझी तो चले गए, पर बेचैनी छोड़ गए। अकलू का मन चिन्ता के पोखर में डूब गया। सोच रहे थे अकलू,...'न चाहते हुए भी रामझरी के चलते दाग लगा लिये जिनगी में। बात भला छिपती है कि छिपी रहती! एक न एक दिन फूटना ही था पाप का घड़ा।...रामबरन सिंह के डर से भले कोई मुँह न खोले, पर धीरे-धीरे बात सारे गाँव में पसर ही गई थी।...नहीं बोलती है जसोदा, पर पता तो उसको भी है। बहुत बड़े दिल की है जसोदा। नहीं चाहती कि उसके सामने मेरा माथा झुके, सो कभी नहीं पूछा हमसे।...जो डकैती ना किए, उसकी सज़ा में सात साल जेल काटे।...बुढ़िया महतारी, जनाना और बेटे से अलग-विलग रहे। करम अभागा ना होते, तो भला गरभ लिये मेरी जनाना अपनी जिनगी और लाज बचाने के लिए जिसके-तिसके दुआर पर भटकती फिरती!...जब उसको आराम से,...सम्हार से रहना था, तब खेत-बधार में डोल रही थी मेरे पाप के चलते।...और अब, जबकि नेम-धरम से, मेहनत मजूरी से अपना पेट पालना चाहते हैं, तो जबरन थाना-पुलिस की विपदा।...

इससे तो बढ़िया होगा कि रामबरन सिंह का गरदन काट के दामुल-फाँसी लटक जाएँ। दामुल-फाँसी से पहिले दस घर में डाका डाल के जनाना आ बेटा वास्ते धन-धरती अरज लें...।'

टहल जा चुके थे। अकलू उठे। रामजी-लछुमनजी की जोड़ी की नाँद में चारा ख़त्म हो चुका था। दोनों कभी अकलू की ओर देख कर हँकरते थे और कभी आपस में सींग भिड़ा कर अकलू का ध्यान खींच रहे थे। भुवरी गाय और उसकी बछिया खा कर पगुरा रही थीं। भुवरी के चारों थन दूध से भारी हो रहे थे। जसोदा घर से निकली। अकलू गुमसुम को बैठे देख कर पूछा, ''का कह रहे थे टहल भाई?...काहे उदास बैठे हो?"

''कवनो बात ना है।" अकलू ने उठते हुए कहा, ''बाल्टी ले आ। भुवरी को दूह लें। मुंशीजी के घर भी तो दूध पहुँचाने जाना होगा।..."

जसोदा जस की तस,...बिना हिले-डुले एकटक निहार रही थी अकलू को। वह पढ़ने की कोशिश कर रही थी अकलू के मन को।...वह अकलू की आँखों में उतर कर उसकी पीर और दुविधा की उस नदी के पार उतरना चाहती थी जो उसे हिलोर रही थी,...बहाए लिये जा रही थी। जसोदा को घूरते हुए देख कर अकलू ने कहा, ''हमको का निहार रही है? कवनो भूत-परेत हैं का हम,...कि देवी-देवता हैं!...बाल्टी दे। दूह दें भुवरी को। ना तो पगहा तोड़ के पिला देगी बछिया को। देख, हुमक रही है तब से।"

अकलू पलानी में घुसे और टोकरी में चारा लाकर नाँदों में मिलाने लगे। आपस में सींग रगड़ना छोड़ कर बैलों ने अपनी-अपनी नाँदों में थूथन गोत दिया। जसोदा एक हाथ में बाल्टी और दूसरे हाथ में भुवरी के पैरों बाँधने वाला छान्ह लिये आई और भुवरी के पास जाकर बोली, ''हम भुवरी को दूह देते हैं।...कौड़ा बटोर दिए हैं। तुम आग जला कर धुआँ करके नहा लो।...फिर दूध दे आना मुंशीजी के घर।"

''जब लाला टोला जाना ही है तो बड़का पोखर से नहा कर लौटेंगे।"

''अब रात-बिरात ओखर-पोखर मत जाओ नहाने। दूध देकर सीधे दुआर धरो अपना।...जेहल से छूट कर आने के दस दिन के भीतर पाँच बीघा खेत,...जोड़ा बैल...। सगरी गाँव के आँख में माँड़ा-मोतियाबिंद हो गया है। कवनो आदमी को फूटी आँख न सोहा रहा है।...टहल भाई जो फुसुर-फुसुर बतिया रहे थे, सब सुने हैं हम।" जसोदा ने कुछ भी नहीं छिपाया। उसकी आवाज़ में चिन्ता के साथ चेतावनी भी थी।

अकलू यादव ने जसोदा को देखा। कौड़ा की आग धधक रही थी। लपटों से निकल कर बह रही थी सोने के रंग की उजास भरी नदी। इस नदी में डूबी, घुटनों के बीच बाल्टी दबाए भुवरी के थनों को सूँतती जसोदा को निहार रहे थे अकलू यादव। हौले-हौले पाँव रोपते हुए अकलू जसोदा की पीठ पीछे आकर खड़े हो गए। झुके। जसोदा को पीठ पीछे खड़े अकलू की आहट मिल चुकी थी। उसने उँगलियों

की गाँस में फँसे भुवरी के एक थन को ऊपर की ओर उठा कर अकलू के चेहरे की ओर निशाना साधा और चुटकी दबा दी। भुवरी के थन से दूध की धार फूटी। दूध से भींग गया अकलू का चेहरा।

अकलू डोल और डोरी लेकर इनार पर नहाने गए। नहा कर लौटे और दूध का लोटा लिये मुंशी दामोदर लाल के दरवाज़े पर पहुँचे। दूध के साथ-साथ भीतर आँगन में ख़बर भिजवा कर ओसारे पर बैठ कर मुंशीजी का इंतज़ार करने लगे। मुंशीजी निकले। अकलू ने सारा क़िस्सा बयान किया। मुंशीजी ने कहा, "अकलू, तुम कायथ के आदमी हो,...हमारे आदमी। राजपूत और कायथ के आदमी का फ़र्क़ बूझो। राजपूत का आदमी कपार फोड़ कर जेल चला जाता है और कायथ का बिना अपना कपार फोड़वाए दूसरे को कपार फोड़ने के इल्जाम में जेल भिजवा देता है।" अकलू यादव कुछ समझ न सके। वह उजबक की तरह मुंशी दामोदर लाल का मुँह निहारते रहे।

मुंशीजी बोले—"जाओ कल थाना। दारोगा कायथ है। रफीपुर का है। कहना उसको, नाज़िर बाबू के बँटाईदार हैं,...उनका खेत जोतते हैं। बैल उनके हैं। हम अपने नाँद पर ख़ाली सानी-पानी देने के लिए बाँधते हैं।...अकलू, उस दारोगा के बाप को सीवान चीनी मिल में नौकरी हमहीं दिलवाए थे। उसका बाप सरजुग लाल रोज़ चीनी मिल से चीनी चोरी कर के घर ले जाता था। एक दिन पकड़ा गया। नौकरी जा रही थी, तो फिर हमहीं बचाए।...क़िस्सा सुने हो कि ना...? रामबरन के बाप गजाधर सिंह डकैती के मामले में फँस गए थे। अँग्रेज़ी राज था। पहली सुनवाई में हम जज के सामने हाथ जोड़ के खड़ा हो गए कि हजूर हमारे गाँव का मामला है। बरी कर दीजिए। जज मान गया। निफिकिर होकर के थाना जाओ।"

दूसरे दिन अकलू यादव थाना पहुँचे। दारोगा के सामने हाथ जोड़ कर सफ़ाई दी और बताया कि बैल मुंशीजी के हैं और अकलू उनका खेत बँटाई जोतते हैं।

रामबरन सिंह पाँक में हाथ डाल कर खोजते रह गए और सिंघी मछली की तरह सरक गए अकलू यादव। सरके ही नहीं, डंक भी मार गए।

थाना से लौटने के बाद अकलू हसनपुरा गए। बिलट महतो के भाई पलट महतो की ससुराल थी हसनपुरा। बिलट महतो को, उनके भाई के साले से असाँव सनेस भिजवाया कि वे उनके बुलावे का इंतज़ार कर रहे हैं। हसनपुरा से देवली लौटते हुए अकलू महतो की देह ऐसे तप रही थी, मानो पेटाढ़ी-पुआल के किसी पूँज में आग लगी हो और लपटें उठ रही हों।

*

जेठ महीने की अन्हरिया थी। सिसवन में घाघरा के तट पर जुटान हुआ। मरघट से थोड़ी दूर पूरब हट कर सगुनिया बाबा का डेरा था। फूस की पलानी के सामने

बारहों मास धूनी जलती थी। चिता की बची हुई लकड़ियों की बहुतायद थी, सो धूनी कभी बुझती नहीं। सगुनिया बाबा का प्रताप था कि चाहे लाख पीट-पीट कर बरसें मेघ, धूनी की आँच मरती नहीं थी। लपटें भले बुझ जाएँ, पर भीतर की आग नहीं सिराती। जब अपनी लहरें झमकाती घाघरा चलतीं हरहराती हुई, सगुनिया बाबा दोनों हाथ जोड़ कर विनती करते, शीश नवाते और तट की रेती छोड़ कर पीछे चले जाते। घाघरा आकर बुहारतीं-लीपतीं उनका आसन और सावन-भादो भर वास करतीं। मरघट सगुनिया बाबा की पलानी से बहुत ऊपर आ जाता और बाबा का रहवास पीछे खिसक जाता। बड़े-बूढ़े-सयाने कहते कि सावन-भादो की रातों में भी, जल से आप्लावित होने के बावजूद सगुनिया बाबा की पलानी वाली जगह पर रात-बिरात में धूनी से उठता हुआ धुआँ अक्सर दिखाई पड़ता।

सगुनिया बाबा धूनी के पास रेत पर बिछी पुआल पर आसन लगाए विराज रहे थे। धूनी की धुँआती लकड़ियों से उठते धुएँ के भभके कभी-कभी चिंगारियों की कौंध में झलकते और फिर रात की कालिमा में तिरोहित होकर आसमान की ओर ऊपर,...बहुत ऊपर चले जाते। धूनी के भीतर कभी कोई लकड़ी चटखती और चिंगारियाँ बिखरतीं, तब बाबा का चेहरा चमकता। सफ़ेद,...लम्बी-घनी दाढ़ी और सिर पर जटा-जूट का विशाल पग्गड़। पलानी के पीछे सगुनिया बाबा के चेला भगतू बाबा भोजन सिद्ध कर रहे थे। रेत में एक हाथ खोद कर, गड़ही बनाकर, चारों ओर से मरघट की बची हुई अधजली लकड़ियों की लहकती आँच पर माटी की बड़ी-सी हाँडी में खिचड़ी पक रही थी।

निर्जन रेती पर, सगुनिया बाबा की पलानी के सामने धूनी से कुछ दूरी पर कुल आठ लोग गोल घेरा बना कर बैठे थे। इन्हीं में शामिल थे उस पार बलिया ज़िला के बाँसडीह के बाबू रामपुकार सिंह। धोती, कुर्ता और माथ पर भारी पगड़ी और काँधे पर अँगौछा। बड़ी-बड़ी मूँछें, सुरती से पियराए दाँत और लटके होंठ। रामपुकार सिंह बलिया जेल में बिलट महतो के साथ साल भर रह चुके थे। बिलट पर यूपी में भी मुक़दमा चल रहा था। विलट डकैती में गए थे और रामपुकार सिंह अपने पट्टीदारों से मारपीट के मामले में। रामपुकार सिंह पहली बार जेल में थे और बिलट महतो का बार-बार का आना-जाना था। अँग्रेज़ों का ज़माना था। पेशी के समय बलिया कचहरी में रामपुकार सिंह पर पट्टीदारों ने हमला कर दिया था। बाल-बाल बचे थे। जेल में बिलट ने रामपुकार सिंह का बहुत ख़्याल रखा था, सो दोनों में गहरी छनने लगी थी। बिलट ने समय आने पर रामपुकार सिंह को मदद का वचन दिया था। जेल से निकलने के कुछ ही दिनों बाद बिलट महतो को एक और मामले में सीवान जेल जाना पड़ा था और वह बाबू रामपुकार सिंह की मदद का वचन नहीं निभा पाए थे। इस बार बाहर निकलते ही बिलट ने बाँसडीह ख़बर भिजवाई। बाँसडीह से बुलावा आने पर ख़ुद भी रामपुकार सिंह से मिलने गए। दिन

और समय तय हुआ। बाबू रामपुकार सिंह ख़ुद आए थे बिलट महतो को दल-बल सहित ले जाने।

भगतू बाबा ने भोजन सिद्ध होने के बाद हाँक लगाई। सब लोग उठे। पंगत बैठी। भगतू बाबा ने पत्तल बिछाया और सगुनिया बाबा के पास गए। बाबा आए और अपने हाथों उन्होंने सबको पहला परसन दिया। पहला कौर मुँह में डालते ही बाबू रामपुकार सिंह बोले, "गजब स्वाद है!..."

"बाबू साहेब, परसाद है परसाद। बाबा का आसीरबाद समझिए इसको।..." बिलट बोले।

अभी बहुत रात बाक़ी थी। भोजन के बाद तुरंत निकलना था। सगुनिया बाबा को दंडवत् कर सब उसी नाव पर सवार हुए, जो बाबू रामपुकार सिंह को लाने उस पार गई थी। नाव जब बीच धारा में पहुँची बिलट महतो ने अकलू यादव से पूछा, "अकलू,...मन थिर है न?"

अकलू यादव बोले, "हाँ भाई। एक दम थिर है। तुम्हारे साथ जमराज के पास जाएँगे, तब भी मन थिर रहेगा।...तुम्हारा भरोसा तो ना डिग रहा है?"

"डिग जाए, तो भरोसा कवन काम का!...अकलू, हम तो जिनगी भर भरोसे का ही सौदा करते रहे भाई।"

घाघरा शांत थीं। झिरझिर बहती हुई। लहरें नाव को ऐसे छूतीं, मानो दुलार रही हों। जैजोर के मेंहदी भी शामिल थे। अकलू पहली बार जा रहे थे और वो भी ज़िला पार। मेंहदी पहली बार तो नहीं निकले थे, पर ज़िला पार वे भी पहली ही बार जा रहे थे। मेंहदी ने बिलट महतो से कहा, "भाई हो, तुम खिसियाओ नहीं तो कंठ साफ़ कर लें।"

साझी हँसी घाघरा की जल-सतह पर तैर गई। मेंहदी की टाँसदार आवाज़ में हौले-हौले हलफा मारती लहरों की आवाज़ घुलने लगी।

...जेठ मास में मेरे बाबा ने मेरा ब्याह किया और आषाढ़ में मेघ बरसने लगे।... सावन में सोई पिया की सेज और भादो में देह गरुहाने लगी मेरी।...कुआर में गरभ का पता चला,...कातिक में देह दमकने लगी और अगहन में पिया को पता चला, तो वे मनही मन हुलस उठे।...पूस में मैं न उठ पा रही थी और न बैठ,...कि माघ में वसन्त आ गया। फागुन ने रंग घोला और चैत में जनमे मेरे लाल।...बैसाख में छठियार मना रही हूँ अपने बेटे का..."

अकलू की छलछलाती आँखों में जसोदा की सूरत नाच रही थी।...उसके कंठ में भी सुरसती का वास है। दुख हो या सुख, उसका कंठ कभी नहीं रुँधा।...अकलू का एक मन कर रहा था कि कूद जाएँ नदी के पेट में और तैर कर पार कर जाएँ और वापस जा पहुँचें जसोदा के पास।...और दूजा मन अनमना-सा बहाए लिये जा रहा था घाघरा की धार में। रामबरन सिंह, रामजोधन सिंह और दारोगा की सूरत

ठेल कर लिये जा रही थी किसी खोह में। अकलू सोच रहे थे, पता नहीं इस खोह से लौट कर आ भी सकेंगे या नहीं।

उस पार उतर कर बिलट महतो के दल ने खरौनी में डेरा डाला। खरौनी पहुँच कर रामपुकार सिंह भोर होने से पहले ही बाँसडीह चले गए। खरौनी के पास ही था बाँसडीह। खरौनी में एक मल्लाह के घर दिन का खाना बना। बाबू रामपुकार सिंह ने सुरहा ताल से रोहू मछली का इंतज़ाम किया था। साँझ से पहले बिलट महतो अपने दल के साथ बाँसडीह पहुँचे। बाबू रामपुकार सिंह का मूल गाँव सुरहा ताल के पश्चिम सहतवार था। बिलट महतो कुछ दिनों पहले जब रामपुकार सिंह से मिलने और दिन-समय तय करने आए थे, सहतवार आकर भी चप्पा-चप्पा छान गए थे। जैसे ही साँझ गहराई बिलट महतो ने अपने लोगों के साथ सहतवार में प्रवेश किया। आधी रात के आसपास बिलट और उनके साथियों ने रामपुकार सिंह के एक पट्टीदार के घर डाका डाला।

अचानक हुए हमले से घर वाले मुक़ाबला नहीं कर पाए। डकैती के बाद बिलट महतो और उनके साथी दो लोगों की गरदन काट कर माल-असबाब के साथ रेवती होते हुए निकले। वापसी में बिलट महतो ने बाँसडीह और खरौनी का रास्ता बदल दिया था। रेवती से घाघरा का तट पास था। रेवती के पास घाघरा अपना पाट चौड़ा कर थोड़ा नीचे उतर आई थीं। सिसवन से लेकर आने वाली नाव के मल्लाह को मालूम था कि वापसी में कहाँ रहना है, सो वह दिन में ही नाव लगा चुका था। सिसवन, रघुनाथपुर और दरौली तीन-तीन थानों की पुलिस बिलट महतो के भागते पाँवों की धमक नहीं सुन सकी। दियारे के इस इलाक़े में अँग्रेज़ों के ज़माने के इन तीन थानों के बावजूद बिलट और बिलट जैसों के भागते पाँवों में फंदा डालना पुलिस के बस में नहीं था।

डकैती के अंतिम पलों में दो जवान भागते हुए डकैतों के सामने छाती तान कर खड़े हो गए थे। वे यक़ूफ़ को नहीं देख सके थे। वह उनके पीछे था। दोमुँहे के कोने में छिपा यक़ूफ़ पहरे पर लगा था। दोनों जवानों की गरदन दरौली के कसाई यक़ूफ़ ने उतार दी थी।...रेती पर दौड़ते हुए,...घाघरा पार करते हुए,...सिसवन में सगुनिया बाबा की पलानी में बँटवारा करते हुए,...बँटवारे के बाद माल-मता लेकर देवली लौटते हुए उन दो जवानों की गरदन...कटने के बाद उछलती-तड़पती गरदन अकलू यादव का पीछा करती रही थी।

*

देवली जेठ की अन्हरिया में डूबा हुआ था। अकलू यादव के घर-आँगन में पसरी कालिमा जसोदा और अकलू के बीच पसरे अबोला से मिल कर और गहरी हो गई

थी। अकलू घर के बाहर बाँस की चचरी पर थे। जसोदा घर के भीतर ज़मीन पर बिछी चटाई पर अठान-कठान डाले पसरी थी। बियफी अपने पोते के साथ पलानी में। सोना-चाँदी के गहनों और सिक्कों वाली वह पोटली, जिसे लेकर लौटे थे अकलू यादव, उसे जसोदा ने हाथ तक नहीं लगाया था। वह घूरे पर फेंकी हुई किसी फालतू सामान की तरह घर में पड़ी थी। बाहर चँचरी पर चित सोए हुए अकलू आसमान निहार रहे थे। आसमान अनगिनत ज्योतिपिंडों से खदबद कर रहा था, जैसे चूल्हे की आग पर चढ़ी बटलोही के खौलते अदहन में चावल के दाने सींझ-सींझ कर बाहर आने को उद्धत हों। अकलू यादव उठे। पहले भुवरी गैया के पास गए। वह खूँटे से बँधी थी और उसकी बछिया अपना थूथन उसके पेट से टिकाए सो रही थी। रामजी और लछुमनजी की जोड़ी के पास पहुँचे। दोनों ने आहट पाकर अपना सिर उठाया और पूँछ पटक कर अपने सकुशल होने का संकेत दिया।

अकलू घर के भीतर थे। जसोदा के सिरहाने बैठे थे। जैसे ही अकलू सिरहाने बैठे, जसोदा ने करवट बदल ली। सिर पर हाथ रखा अकलू ने तो जसोदा ने हाथ झटक दिया। जसोदा रो रही थी। कंठ दाब कर रो रही थी। वह नहीं चाहती थी कि उसके रोने की आवाज़ सास तक पहुँचे और जो भी चल रहा है उसके और अकलू के बीच, उसका भेद खुल जाए। जसोदा की हिचकियाँ फूट रही थीं। उसके कलेजे में उठती हूक उसे मथ रही थी। वह न रो पा रही थी और न अकलू से झगड़ पा रही थी। उस दिन घर छोड़ कर निकलने से पहले उसने अकलू से बहुत विनती की थी। पर अकलू ने उसकी एक न सुनी। अपनी मनमर्ज़ी करने निकल गए थे। ब्याह के कुछ ही महीनों बाद, गर्भ के दिनों से ही सात साल का बिछोह काटा था जसोदा ने और यह बिछोह उसके कलेजे में घाव बन कर रिस रहा था। सूखना तो दूर, न फूटता था और न बहता था पूरी तरह।...अब यह नया घाव अपनी छाती में कहाँ सहेजेगी और कैसे सहेगी इसकी पीर! कैसे पहुँचाए वह अपनी पीर की टीस लीला के बाबू तक! कैसे समझाए उन्हें और किस विधि रोके राह!

कुछ देर जसोदा के सिरहाने बैठे रहे अकलू यादव। रोते-रोते हिचकियाँ सुबकियों में ढलीं। फिर सिरा गईं। उन्होंने फिर अपनी हथेली जसोदा के माथ पर रखी। जसोदा की आँखें भरम रही थीं। उसकी पलकें मुँदीं। अकलू उठे और बाहर चले आए। आकर फिर चँचरी पर लेट गए। आसमान में आँखें गड़ाए निहारते रहे तारों के गझिन चँदोवे को।

थोड़ी देर बाद शुकवा उदित हुआ। रात अब बीतने वाली थी। अकलू ने सपने में भी नहीं सोचा था कि पहली ही बार में इतना माल-मता हाथ लगेगा। जब पेटी से सोने और चाँदी के सिक्के और अलग-अलग पोटलियों में बँधे गहने निकलने लगे, सबकी आँखें चौंधिया गई थीं। सारा सोना-चाँदी एक ही पेटी से मिला। एक बूढ़ी औरत सोई थी उस कोठरी में। बूढ़ी ने गहने की पेटी को भर अँकवार पकड़

कर छाप लिया था। बड़ी मुश्किल से हटी पेटी के ऊपर से। खींच कर अकलू ने ही उसे अलग किया। बैलों की जोड़ी की देनदारी तो आसानी से निबट जाएगी। गहनों का अच्छा ग़हँकी मिला तो मुंशी दामोदर लाल के पँचबिगहा के लिए भी रक़म निकल आएगी। पर अभी नहीं। अभी तो दाब कर रखना होगा। लछमी को नज़र लगते देर नहीं लगती।

कब तक कोप-भवन में पड़ी रहती जसोदा! उसकी एक न चली। एक दिन माता जसोदा मुंशीजी की ठाकुरबाड़ी के सामने खुली पाठशाला के गुरुजी के पास गईं और लीलाधर को सौंप आईं। लीलाधर काठ की पटरी, खड़िया और चटाई लेकर स्कूल जाने लगे। पहले दिन, जब लीलाधर की पटरी छुआई की रस्म हुई, माता जसोदा एक सेर चावल और पाव भर दाल के सीधा के साथ एक आना लेकर गुरुजी के पास पहुँची थीं।

लीलाधर का शिक्षारम्भ बहुत धूमधाम से हुआ। रफ़ीपुर वाले गुरुजी ने स्कूल में नए आए दूसरे गुरुजी पंडित धूर्जटि पाँड़े से मंत्रोच्चार करवाया। सरकार ने पाठशाला को प्राथमिक से बढ़ा कर माध्यमिक का दर्जा दे दिया था। नए गुरुओं की बहाली होने ही वाली थी। पंडित धूर्जटि पाँड़े ने पटरी पर लाल सेनुर से स्वस्तिक का चिह्न बनाया। लाल अड़हुल के फूल और अक्षत से स्वस्तिक को पूजा। बिना गोरस और गुड़ के पूजा पूरी नहीं होती, सो जसोदा से कँटिया भर बिना औंटा हुआ दूध या नदिया भर दही और गुड़ लाने के लिए कहा। माता जसोदा आनन-फ़ानन में वापस घर गईं और दही-गुड़ लेकर लौटीं। उस दिन लीलाधर को गुरुजी के पास छोड़ कर जब वापस घर चली जसोदा, तो उसकी आँखें बरस रही थीं। जसोदा को लीला साह की महतारी याद आईं। लीला साह को जब रामजस साह ने छपरा के स्कूल में पढ़ने के लिए भेज दिया था, ऐसे ही बरसती रहती थीं सहुआइन की आँखें। एक दिन सहुआइन ने अपने बेटे को परदेस की पढ़ाई छुड़वा कर वापस घर बुला लिया था।...पर लीलाधर को अपने गाँव की पाठशाला में ही पढ़ना था और माता जसोदा के मन में साध थी बेटे को पढ़ाने की, सो उन्होंने अपने जी को कठोर कर लिया था। दोनों गुरुओं ने जसोदा के सामने ही लीलाधर को भरपूर असीसा था। सीधा और पैसा रफ़ीपुर वाले बड़े गुरुजी अपने घर ले गए और दही छोटे गुरुजी पंडित धूर्जटि पाँड़े को मिला। उनका गाँव देवली से दूर था, सो वे विद्यालय में ही सोमवार से शनिवार की साँझ तक रहते और अपना भोजन सिद्ध करते-खाते। शनिवार की साँझ वे अपनी घोड़ी पर सवार होकर अपने गाँव पँड़ौली जाते और सोमवार की सुबह देवली की पाठशाला में लौटते। पाठशाला से लौटते हुए माता जसोदा ने लँगटू ब्रह्म को गाँजा, खीर और लँगोट चढ़ाने की मनौती माँगी और गुहार लगाई, "लँगटू बाबा हो! हमारे बबुआ पर किरपा बनाए रखना।"

सहतवार में डाका डालने के बाद कुछ महीनों तक अकलू का बिलट महतो से

कोई सम्पर्क नहीं रहा। न आना-जाना और न किसी के मार्फ़त कोई हाल-समाचार। बिलट ने पहले ही चेता दिया था कि मिलना-जुलना कम ही रखना होगा ताकि लोगों की नज़र से बचा जा सके। वैसे भी सहतवार से लौटने के बाद कई दिनों तक अकलू यादव का मन ख़राब रहा था। बार-बार दो जवानों की कट कर छटपटाती हुई गर्दन आँखों के सामने नाच जाती। घर में जसोदा की चुप्पी ने उन्हें निस्संग बना दिया था। पूरी तरह अबोला तो नहीं था, पर आपस में बहुत कम बतकही बच गई थी। अकलू को जसोदा की दयार्द्र आँखें बहुत गहरे तक भेदतीं। सिसवन में घाघरा तट पर सगुनिया बाबा की पलानी में हुए बँटवारे के बाद मिले गहनों और सिक्कों की पोटली कई दिनों तक ऐसे ही पड़ी रही थी कोठरी के एक कोने में। एक दिन जसोदा के सामने अकलू ने ख़ुद अपने हाथों उठा कर उसे माटी की एक पतुकी में बंद कर अन्न की एक छोटी डेहरी के ऊपर रख दिया था।

*

देवली के उत्तर टोला में सुनार-पट्टी थी। इस में सुनारों और ठठेरों के घर थे। सुनार-पट्टी में रहते थे बेंगा सुनार। खल्वाट माथा, घनी और झबरीली सफ़ेद मूँछें, खुँटिया दाढ़ी...और मिचमिचाती हुई कीची भरी, पर अनुभवी आँखें। बुझने के बाद धुँआती हुई ढीबरी की बाती पर जैसे काले फूल लग जाते हैं, वैसे ही उनकी आँखों की कोर में सूख कर करियाई कीची हमेशा फँसी रहती।

अकलू यादव जब बेंगा सुनार के घर पहुँचे, वे तीसी के तेल से जलते दीये की लौ में ताम्बे की फुँकनी से फूँक मार कर झुलनी में लटकन जोड़ रहे थे। अकलू उनके सामने पालथी मार कर बैठ गए। बेंगा ने नज़रें उठा कर अकलू को देखा और जुड़ चुकी गर्म झुलनी को पानी भरे माटी की नदिया में डाल दिया। छन्न की आवाज़ हुई और भाप फेंक कर पानी एक झटके से शांत हो गया। बेंगा ने पूछा, "का हाल है बबुआ?"

"ठीक है काका।...कुछ गरज था।" अकलू के स्वर में झिझक थी।

"कनिया के लिए कुछ गढ़वाना है का?"

"ना काका।...विपत में हैं।"

"बोलो बबुआ।" बेंगा सुनार ने अपनी आँखें अकलू यादव के चेहरे पर टिका दी थीं।

"काका, तुम तो जान रहे कि सात बरिस मुसीबत काट के घर लौटे हैं। बिना कुछ किए सजाय भुगतना पड़ा..."

"समूचा गाँव जानता है बाबू कि तुम्हारा कवनो दोख ना था। मनरौली के मियँवा से तुम्हारा नाम उसके मुँह में अँगुरी डाल के कवन कहलवाया और काहे

कहलवाया...सारा गाँव-जवार जानता है।" अकलू की बात बीच में काट कर बेंगा ने कहा।

"काका, कुछ उधार-पैंचा लेकर पार से एक जोड़ी बरद ले आए हैं। सूद बढ़ रहा है।...माई के पास कुछ था। बहुत जतन से बचा कर रखी थी माई...। मन नहीं मान रहा,...कलेजा कहर रहा है, पर चाहते हैं बेंच कर उधार सधा दें।" अकलू यादव ने गमछी के छोर में बँधी गाँठ खोल दी।

बेंगा सुनार चिहुँके। बिना छुए चाँदी की शुद्धता और वजन का अंदाज़ लगा लिया। अँग्रेज़ों के आने से पहले बने थे ये सिक्के। बोले, "बबुआ, ज़माना बदल गया है। अब डर लगता है धराउँ सोना-चानी लेने में। कल कवनो बात हो जाए,... तो हमहुँ फँस जाएँगे।"

"माई का है।...झूठ नहीं बोलेंगे काका।"

"साँच भी तो ना बोल रहे हो बबुआ।...लाओ।" बेंगा सुनार ने सिक्कों को कसौटी पर परखा। वजन किया और रक़म बता दी। अकलू यादव ने जितना सोचा था, रक़म उससे कम थी, पर कोई चारा नहीं था। हाँ, इतना ज़रूर दे रहे थे बेंगा कि मुंशीजी की देनदारी उतर जाए। अकलू ने हामी भर दी।

अकलू यादव जब बेंगा सुनार से रक़म लेकर कृतज्ञ भाव से उठे। बेंगा बोले, "बबुआ, तुम्हारे बाप हमारे संगतिया थे, सो हम आँख मूँद कर भरोसा कर लिए।... सुनार का बच्चा अपने माई-बाप का भी नहीं होता। बिना खाम काटे धातु नहीं खरीदता। बहुत कम खाम काटे हैं।...एक सलाह मानोगे हमारी?"

"हाँ काका।"

"अगली बार साँच बोलना। बाहर का माल गलाना पड़ता है।...तुम्हारे बिना बताए समझ गए थे हम। इससे भारी सौदा करने की औकात ना है हमारी, पर तुमको सही ठौर बता देंगे। पर साँच बोलना। दोनों फरीक का भरोसा इस धंधे में बहुत ज़रूरी है बबुआ।" बेंगा सुनार ने बिना लाग-लपेट अकलू के सामने सच रख दिया था। काँप गए थे अकलू।

अकलू यादव सुनार-पट्टी से सीधे लाला टोला गए। मुंशीजी के घर जाकर उन्हें बैलों के लिए ली गई रक़म सौंप दी। मुंशीजी चौंके, पर कुछ पूछा नहीं उन्होंने। ख़ुद अकलू ही बोले, "जनाना का गहना-गुरिया बेंच के लाए हैं मलिकार। आपके आसीरवाद से दिन बहुरेंगे तो गहन-गुरिया सब बन जाएगा।" अकलू यादव शीश नवाए हुए थे।

मुंशीजी दुनिया देख चुके थे। नाज़िर रह चुके थे। कचहरी में तरह-तरह के लोगों से मिलते-जुलते जीवन कटा था का उनका। ज़िला के नामी डकैतों को बहुत क़रीब से जानने का अनुभव था उनके पास। उन्हें अपनी रक़म से मतलब था। रक़म के स्रोत से उन्हें कोई लेना-देना न था। सूद के रोज़गार में उनकी रुचि नहीं थी और न तो उन्होंने सूद पर रुपए दिए थे। उनकी रुचि थी कि ज़मीन परती

न रहे। अन्न उपजता रहे। उन्होंने अकलू यादव का लिखा काग़ज़ वापस किया। पूछा, ''गोंयड़ जोतोगे?''

"काहे नहीं! जोतेंगे मलिकार।" अकलू के भाग्य-द्वार की साँकल लक्ष्मी खटखटा रही थीं।

''जाओ, तैयारी करो। कारी भेड़िहर के बथान के पीछे वाला खेत...'' मुंशीजी ने कहा।

''बाईस कठवा?...जो रजन भगत की जोत में है?'' अकलू यादव की चकित और हुलसित आवाज़ उभरी।

''हाँ, बाईस कठवा,...जोतो।...रजन भगत को हम मना कर चुके हैं। तुम पीठ भले दिखा दो, पर हम पीछे नहीं हटेंगे अकलू। हमको मज़बूत बँटाईदार चाहिए, जो हमको सही उपज दे और अपने लिए भी अरजे।" मुंशीजी मुस्कुरा रहे थे और अकलू यादव हाथ में काग़ज़ लिये उनके सामने विनत भाव से खड़े थे।

घर पहुँच कर अकलू ने जसोदा और बियफी को इतना ही बताया कि मुंशीजी ने बाईस कठवा बँटाई जोतने के लिए कहा है और अब रबी की फ़सल के लिए किसी का मुँह नहीं ताकना पड़ेगा। इस बाईस कठवा खेत की मेंड़ रामबरन सिंह के उस खेत से लगती थी, जिसे अकलू बँटाई जोतते थे और जो जेल जाने के बाद उनके हाथ से निकल गया था।

*

सन सत्तावन।

बीसवीं सदी का सत्तावनवाँ साल। गदर के सौ साल बाद का साल।

सौ साल पहले जिस घाघरा तट पर विद्रोहियों ने अँग्रेज़ों के छक्के छुड़ा दिए थे, उसी घाघरा तट पर पलने वाले बिलट महतो जैसे डकैतों के गिरोहों ने घाघरा तट से गंडकी के बीच के इलाक़े में अपना ऐसा दबदबा बनाया था कि सिसवन, रघुनाथपुर, दरौली, आन्दर, महाराजगंज, बसंतपुर, गोपालगंज, कुचायकोट, बरौली आदि थानों की पुलिस की नींद हराम हो गई थी। सन् सैंतालीस के बाद सन सत्तावन तक इन थानों में दस हज़ार के आसपास डकैती, लूटमार, सेंधमारी और चोरी की वारदातें दर्ज की गईं। असाँव के बिलट महतो का गिरोह सबसे शातिर और दुर्दान्त गिरोह के रूप में जाना जाता था। बिलट महतो फ़रार थे और उनकी फ़रारी के बावजूद गिरोह डकैतियाँ करता।

अकलू यादव को जेल से छूट कर आए तीन साल पूरे होने वाले थे। इस बीच वे दस से ज़्यादा डकैतियों में शामिल हुए। मुंशी दामोदर लाल का मौजे पुरैना वाला पाँच बीघा धनहर खेत उन्होंने पहले ही साल बयनामा लिखवाया। मुंशीजी के हाथों

में मुँहमाँगी रक़म रख दिया। मुंशी जी अब उम्र के उस पड़ाव पर थे कि कब चला चली की घड़ी आ जाए, कहना मुश्किल था। वह जानते थे कि देवली की सम्पत्ति को एक दिन माटी में मिल जाना है। ज़मींदारी बिल पास हो चुका था। उन्हें लग रहा था कि अब वह समय आ रहा है जब काश्तकारी ज़मीनें भी मालिकों के पास नहीं रह जाएँगी।...अकलू यादव ने जब पुरैना का धनहर खेत ख़रीदने की बाबत संकोच के साथ बात की, उन्होंने शांत चित्त से सोच-विचार किया और राज़ी हो गए थे।

इस बार अकलू यादव बेंगा सुनार को साथ लेकर सीवान गए। वहाँ बेंगा ने अकलू की जान-पहचान झलकू सुनार से करवाई। झलकू सुनार सीवान के पास पपौर के रहने वाले थे। वे थे तो सुनार, पर कसेरों का काम करते और सीवान के कसेरी बाज़ार में ताम्बा और दूसरी धातुओं को मिला कर फूल के बर्तन बनाते। झलकू धातु गलाने के उस्ताद थे। सुनार-पट्टी से अलग कसेरी बाज़ार में अपना डेरा जमा कर वे चोरी-डकैती का माल ख़रीदते और उसे गलाकर महाजनों तक पहुँचा देते। महाजनों से मिली रक़म से अपना मेहनताना लेते। अपने को कुंडा सुनार का वंशज बताया करते थे झलकू। कुंडा सुनार के आम्र-कानन में ही ठहरे थे बुद्ध। यहीं उन्होंने सूकरकंद खाया था और बीमार होकर दुनिया से विदा हो गए थे। जब महुआ की गमक पर उड़ रहे होते झलकू सुनार, तो सीना ठोक कर कहते, "सौ कोस में कौनो ऐसा डकैत नहीं बचा है, जिसका माल नहीं गलाया! जब हमारे पुरखे ने बुद्ध बाबा की अँतड़ी गला दी, तो सोना-चानी की कवन बिसात!"

झलकू सुनार और अकलू यादव की आपस में पटरी बैठ गई। अब माल इधर-उधर दाब कर नहीं रखते अकलू। माल सीधा पहुँचता सीवान के कसेरी बाज़ार और गल कर अपना रूप बदल देता। इन तीन सालों में अकलू यादव ने मुंशी दामोदर लाल की खेती ही नहीं ख़रीदी, भरोसा भी जीता। मुंशीजी की पत्नी पहले ही जा चुकी थीं। धीरे-धीरे मुंशी दामोदर लाल की देह भी झूल गई। उनके बड़े बेटा जगतनारायण प्रसाद उन्हें जबरन सीवान ले गए और पिता की सलाह पर अकलू यादव को घोषित रूप से अपना मैनेजर बना गए। मुंशी दामोदर लाल सीवान गए ज़रूर, पर टिक नहीं सके। परलोक पयान कर गए।

मुंशीजी का श्राद्ध देवली में बहुत धूम-धाम से हुआ। उनके छोटे बेटा हरिनारायण प्रसाद कई सालों बाद अपने पिता के श्राद्ध में शामिल होने देवली आए थे। अकलू ने कोई कोर-कसर नहीं रहने दी। दिन-रात जुटे रहे। सारा इंतज़ाम अकलू के ही ज़िम्मे था। मुंशीजी के दोनों बेटे हाथ बाँधे रहे और अकलू यादव ने अपनी झोली खोल कर उनके सामने रुपए उड़ेल दिए। श्राद्ध के बाद हरिनारायण प्रसाद की राय पर खेती और ड्योढ़ी की देखरेख का ज़िम्मा जगतनारायण प्रसाद ने अकलू को सौंपा। ड्योढ़ी के बाहरी भाग के उपयोग का अधिकार भी अकलू को मिल गया।

श्राद्ध के बाद हरिनारायण प्रसाद गए तो फिर कभी देवली लौटे ही नहीं।

उनके बाल-बच्चों ने भी देवली की ओर नहीं ताका। जगतनारायण प्रसाद कभी-कभार आते और अकलू जी-जान लगा कर उनका आतिथ्य करते। अकलू यादव लगातार सीवान आते-जाते रहते। जगतनारायण प्रसाद के घर अन्न-फल-दूध-दही-घी सब पहुँचाते।

देवली के लाला टोला के अधिकांश घरों में धीरे-धीरे ताला लटकने लगा था। कायस्थों के परिवार शहर जाकर बसने लगे थे। सीवान, छपरा, पटना, बनारस से लेकर दूर-दूर तक के शहरों में नौकरियाँ करने वाले कायस्थों के बाल-बच्चों ने, जो पहले छुट्टियों में या पर्व-त्योहारों पर देवली आया करते थे, आना-जाना कम कर दिया था। जैसे-जैसे बुज़ुर्ग गुज़रते गए, नई पीढ़ी का देवली से रिश्ता टूटता गया। खेती बिकने लगी। बड़े-बड़े हवेलीनुमा मकानों की सूरत बदलने लगी। न साफ़-सफ़ाई, न रंग-रोगन, न मरम्मत। पहले प्लास्टर झड़ा और फिर सुर्ख़ लाल ईंट की दीवारों में नोनी लगने लगी। दीवारों में दरारें बनीं और पंछियों की बीट से उगे पीपल और बड़ की जड़ों का जाल कसने लगा। जिन बरामदों-दोमुँहों से सुगन्धित तम्बाकू का धुआँ छल्ले बनकर उड़ता था और गुड़गुड़ी की आवाज़ गूँजती रहती थी, वहाँ दुर्गन्ध और सन्नाटा पसरने लगा था।

धीरे-धीरे अकलू यादव का दबदबा गाँव-जवार में फैलने लगा था। देवली से उत्तर फलपुरा के बाबू गजराज सिंह के घर भारी डाका पड़ा। नाक-कान में पहना हुआ गहना तक नोच ले गए थे डकैत। गजराज सिंह को खम्भा में बाँध दिया था और उनके दोनों गबरू जवान बेटों की छाती पर उनकी ही राइफ़ल की नली टिका कर पूरे घर को लूटा था। जाते हुए राइफ़ल भी लेते गए थे। इस डकैती की पूरे जवार में चर्चा थी। इसमें कुल बीस लोग नामज़द हुए। अकलू यादव इस डकैती में शामिल नहीं थे, पर नामज़द लोगों में शामिल थे। पुलिस की ज़द में आने से पहले अकलू यादव मुंशीजी के बेटा जगतनारायण प्रसाद की शरण में चले गए। जगतनारायण प्रसाद फ़ौजदारी के नामी वकील थे। जब वे कचहरी में बहस के लिए अपना काला चोगा पहन कर खड़ा होते, जजों की बोलती बन्द हो जाती। जिस मुक़दमे को हाथ में ले लेते उसमें डिग्री तय मानी जाती। उनके जीते हुए मुक़दमों के ख़िलाफ़ हाई कोर्ट तक में अपील में टिकना नामवर वकीलों के लिए मुश्किल होता। गिरफ़्तारी से पहले ही अकलू को ज़मानत मिल गई।

लीलाधर ने दस साल की उम्र में तीसरी कक्षा की पढ़ाई पूरी की। उम्र के हिसाब से पढ़ाई में भले पिछड़े थे लीलाधर, पर बुद्धि के हिसाब से विलक्षण और तेजस्वी थे। उनके गुरु पंडित धूर्जटि पाँड़े ने अपने विशेषाधिकार का उपयोग करते हुए उन्हें छठवीं में दाख़िला दे दिया। बीच की दो कक्षाएँ लाँघ कर आगे निकले लीलाधर। मुंशीजी के परिवार की साख, अकलू यादव का बढ़ता हुआ रोब-दाब और माता जसोदा का लीलाधर के गुरुओं के प्रति सेवाभाव—सब लीलाधर के काम आया।

माता जसोदा ने कभी पंडित धूर्जटि पाँड़े के लिए दूध-दही-चिवड़ा-गुड़ की कमी नहीं होने दी। पहले दिन जब वे छठवीं कक्षा में गए अँग्रेज़ बहादुर की तरह पैंट और कमीज़ पहने हुए थे। माता जसोदा ने देवली के इकलौते दर्ज़ी मोहम्मद रज़ा से विनती करके आनन-फ़ानन में सिलवाया था। अब चटाई और पटरी छूट गई थी। दूध की तरह सफ़ेद काग़ज़ को मोटिया धागा से सिल कर जसोदा ने कापी-बही तैयार की थी। रौज़ा के किनारे उगी नरकट की झाड़ियों से काटकर लाए गए सरकंडे को छील कर क़लम बनी थी। मूँगा साह की दुकान से सियाही की गोटी ख़रीद कर उसे ठेपी वाली शीशी में घोला गया था। लीलाधर और माता जसोदा के लिए पाठशाला के पहले दिन की तरह ही यह दिन भी कभी न भूलने वाला दिन था। अकलू यादव को इन दिनों के बारे में कुछ भी पता नहीं था।

इस बीच बियफी देवी ने परलोक पयान किया। धीरे-धीरे झूलती हुई देह कब तक बढ़ती उम्र का बोझ सहती! अकलू और जसोदा की बीच जो अबोला था, वह भी भीतर ही भीतर बियफी को खोखला करता रहा था। अकलू ने अपनी महतारी के श्राद्ध में गाँव-जवार के ब्राह्मणों को भोज दिया। बबुआन टोला से भी वे लोग आए थे, जिनकी आपस में रामबरन सिंह से रंजिश थी। सीवान से आकर वकील जगतनारायण लाल के शामिल होने से अकलू का मान-मरजाद बढ़ा था।

कुछ और साल बीते।

इन सालों के बीच मुंशीजी के विशाल अहाते के एक कोने में पलानी डाल कर अकलू यादव ने बथान बना लिया और माल-मवेशी वहीं ले आए। एक मुश्त रक़म देकर ज़मीन बयनामा कराने वाले गाँव में कम लोग थे। तिलौथा के कुर्मियों के पास धन था, पर वे यादवों की बहुतायत के कारण देवली, अरजल, पुरैना, मानिकपुर, हँड़सर आदि गाँवों की ज़मीन नहीं ख़रीदना चाहते थे। कायस्थों का जमावड़ा देवली में ही था और उनके शहरों में बसते जाने के चलते उनकी ही ज़मीन बिकाऊ थी। ग्राहक थे, पर मुट्ठी बाँध कर ख़रीदारी करने वाले ग्राहक ही ज़्यादा थे। एक तो मुक़द्दमा में नामज़द होने के कारण अकलू यादव वकील जगतनारायण प्रसाद की मुट्ठी में बँधे थे और दूसरा यह कि चाहे जहाँ से आए, पर धन था उनके पास और वे ज़मीन की मुँहमाँगी क़ीमत देने को तैयार थे। मुंशी दामोदर लाल के दोनों बेटों को यह मालूम था कि उनके बच्चे देवली की सम्पत्ति की रक्षा करना तो दूर, सही क़ीमत पर बेच तक नहीं सकेंगे। दोनों भाई अपने जीवन-काल में ही देवली से मुक्त हो जाना चाहते थे। जगतनारायण प्रसाद अच्छी तरह जानते थे कि बिना देख-रेख के खेत की चौहद्दी कैसे सिकुड़ जाती है। उनकी अँगुली बदलते हुए समय की नब्ज़ पर थी। उन्हें मालूम था कि आने वाले दिनों में गाँव छोड़ कर बाहर रहने वाले परिवारों को बँटाई पर सही उपज नहीं मिलेगी और न बेचने पर क़ीमत। जगतनारायण प्रसाद अकलू के बढ़ते रोब-दाब का भी भरपूर

दोहन करना चाहते थे और कर रहे थे। ज़मीन बिकती और छोटे भाई हरिनारायण प्रसाद का हिस्सा उन तक मनिऑर्डर से चला जाता। उनकी ड्योढ़ी लाला टोला की परिधि पर थी, जहाँ से पंडितों के घर शुरू होते थे। तिवारियों ने जब ड्योढ़ी के पीछे वाले अहाते की दीवार से ईंटें खिसकाना शुरू किया, वकील जगतनारायण प्रसाद ने अपने अहाते में बथान बनाने के लिए अकलू को अनुमति दे दी। डकैती की रक़म मुंशी दामोदर लाल के वंशजों के घर पहुँच कर शहरी सम्पत्ति में बदलने लगी और अकलू धीरे-धीरे बड़े किसान में बदलते गए।

*

एक दिन अकलू बिलट महतो से मिलने असाँव पहुँचे। बिलट घर पर नहीं थे। फ़रार चल रहे थे, पर अकलू ने उन्हें तलाश लिया। बिलट से कहा, ''भाई,...अब हम अपना हाथ खींचना चाहते हैं।''

''हम तो पहिले ही कहे थे कि जब तुम्हारी मरजी हो, अपना हाथ खींच लेना।... कवनो बात हुई का...फलपुरा वाले मामला में?''

''ना। बात का होगी...पर एक बात कहना चाहते हैं भाई।''

''कहो, संकोच काहे कर रहे हो?''

''भाई, तुम एक बार बोले थे कि...।'' ठिठके अकलू यादव।

''बोलो।...कवन बात?...रुक काहे गए?''

''...कि सब करना, पर अपने गाँव के कवनो घर में मत घुसना। तुम बोले थे कि डाइन भी एक घर छोड़ के बान मारती है।'' अकलू का मन थरथरा रहा था। आवाज़ भी भीतर दबती जा रही थी। ''भाई, एक बार। एक बार भाई।...रामबरन सिंह!...फिर इसके बाद कहियो नहीं।'' अकलू अपनी लालसा बता कर चुप लगा गए।

बिलट पासवान कुछ देर सोचते रहे। फिर बोले—''ठीक है, दिन तय कर लो। देख लेना तुम कि कइसे का करोगे। दिन तय करके हसनपुरा में पलट के साले को बता देना।...''

''लौटेंगे बिलट भाई।''

''अरे, बिलमो आज रात में। हड़बड़ी कवन बात की? कवनो खतरा ना है।''

''ना भाई, लौटेंगे। कुछ काम है।''

पनपियाव तक किए बिना निकल गए अकलू।

अकलू यादव असाँव के पास बिलट महतो के इस गुप्त ठिकाने से निकले तो थे अपने घर लौटने के लिए, पर देवली नहीं पहुँचे। उन्हें अमरपुर याद आया। पहली बार ब्याह करने और दूसरी बार जसोदा को ले आने,...गवना कराने अमरपुर गए थे। उसके बाद फिर नहीं गए कभी। जेल क्या गए, ससुराल से नाता-रिश्ता

ही टूट गया। ससुर ने मुँह ही मोड़ लिया। लीलाधर के जन्म के समय वे जेल में थे और अमरपुर वालों ने जसोदा को पूछा तक नहीं। छठियार तक में नहीं आया कोई। इस बात की ऐसी गहरी चोट लगी जसोदा को कि उसने कभी पलट कर नहीं देखा अमरपुर की ओर।...जाने किस अदृश्य डोर में बँधे अकलू यादव का मन अमरपुर की ओर खिंचता गया और उन्होंने आन्दर वाली सड़क पकड़ जैजोर, हसनपुरा होते हुए देवली जाने के बदले दरौली वाली सड़क पकड़ ली। दरौली से घाघरा का कछार पकड़ कर अमरपुर जाती हुई सड़क कब ख़त्म हुई, अकलू को कुछ पता नहीं चला। सारी राह अमरपुर से गवना के दूसरे दिन की भोर में विदा होकर देवली जाती जसोदा याद आती रही। याद आती रहीं राह में बीते पलों की छवियाँ।

उन दिनों यादवों की बेटियाँ अपने नइहर-ससुराल पैदल या बैलगाड़ी पर आया-जाया करती थीं। डोली चढ़ने का रिवाज़ नहीं था। देवली से डोली गई भी नहीं थी। डोली भेजने की औकात ही नहीं थी उनकी माई की! बैलगाड़ी लेकर गए थे अकलू यादव। गाड़ी हाँक रहा था उनके संगतिया टहल माँझी का छोटा भाई लोटन। देवली से बैलगाड़ी लेकर गए थे ज़रूर अकलू, पर रामआसरे यादव ने अपनी बेटी को डोली पर विदा किया था। जसोदा की माई के मन की साध थी पेटपोंछनी बेटी को डोली पर विदा करने की। आगे-आगे कहार चलते और पीछे-पीछे बैलगाड़ी। तेज़-तेज़ भागते कहारों के पाँवों का मुक़ाबला कर सकना आसान नहीं था। बैलगाड़ी पिछड़ जाती और आगे चलते कहार दो-चार कोस पर किसी बाग़ीचे में या पोखर किनारे पेड़ों की छाँह में डोली बिलमा कर पीछे से आती बैलगाड़ी की बाट जोहते। लौटते हुए भर रास्ते लोटन माँझी गीत-गवनई करता रहा। अपनी पतली, महीन, रस चूती आवाज़ में सारी राह टेरता रहा था लोटन।

...अब तक मैं सोती थी अपने बाबा की अटारी पर,...अपनी अम्मा की गोद में।...निर्भय निश्चिंत।...अब होगा मेरे पिया का घर और होगी पिया की सेज।... जब मैं नन्ही सी बच्ची थी, उसने पंडित से गणना करवाया।...गवना के लिए शुभ दिन भेजा ।...अल्प वयस की हुई तो चला गया परदेस। जब मैं जवान हुई और धतूरे के फूल-सा फूटा मेरा यौवन,...अपने ही मद से जब मैं बौराई, मेरे पिया ने सुधि न ली।...अब जब आशा बदल गई निराशा में, आया है।...गवना कराने आया है पिया।

अकलू यादव जब अमरपुर पहुँचे, कातिक महीने की सिहरती हुई साँझ घाघरा के पेट से निकल कर तट के गाँवों-घरों में बेरोक-टोक घुसने लगी थी। उन्हें सालों पहले देखा हुआ अपनी ससुराल का घर याद तो था, पर गाँव का भूगोल कुछ बदला हुआ लगा। उन्होंने रामआसरे यादव के घर का पता पूछा। दुआर पर पहुँचे तो रामआसरे यादव बैठे कौड़ा ताप रहे थे। दोनों ने एक-दूसरे को देखा। अकलू

को साफ़-साफ़ नहीं देख पा रहे थे रामआसरे। एक तो साँझ की सियाही और दूसरे आँख का मोतियाबिन्द। बैठ-बैठे पूछा, "कवन?"

"देवली से..." अपनी बात पूरी नहीं कह सके अकलू, पर पहचान के लिए इतना ही बहुत था। दोनों घुटनों पर तलहथी टिका कर उठे रामआसरे यादव। अकलू यादव ने झुक कर उनके गोड़ छू लिये।

रामआसरे यादव के घर में उछाह भर गया। विस्मित थे वह। जैसे चढ़ते आषाढ़ में नया जल धारण कर हलफा मारती हैं घाघरा, वैसे ही रामआसरे यादव के मन में हलफा मार रहा था सुख। वे कुछ बोल नहीं पा रहे थे। मेला जाने के लिए जैसे हुलस उठता है किसी बच्चे का मन, वैसे ही हुलस रहा था रामआसरे यादव का घर-आँगन। कातिक की साँझ के इस अँधियारे को अकलू की उपस्थिति ने अँजोर में बदल दिया था। जसोदा की माई बाहर निकलीं। दामाद को बुला कर आँगन में ले गईं। पीतल की परात में जल लेकर आईं। जसोदा की दोनों भौजाइयों ने अकलू के पाँव पखारे। जसोदा की माई की आँखों से लोर झरता रहा। जसोदा के दोनों बड़े भाइयों ने देवली वाले पाहुन के आने की ख़बर सुनी और भागते हुए घर पहुँचे।... हाल-समाचार हुआ। रात हुई। जसोदा की माई ने जब खाना परोसा, दोनों सलहजें अकलू को घेर कर बैठ गईं और ठिठोली करती रहीं। जसोदा की माई ने लीलाधर के साथ जसोदा को कुछ दिनों के लिए फगुआ के समय अमरपुर भेजने का आग्रह किया। अकलू सब सुनते रहे। ब्याह और गवना के बाद पहली बार ससुराल आए थे, भला क्या बोलते! बस दो बातें कह सके। जसोदा की विदाई के बारे में कहा कि 'जसोदा जब चाहे, भेज देंगे' और अपने प्रवास के बारे में सूचना दी कि कल पौ फटते ही निकल जाएँगे।

जसोदा की माई और भौजाइयों ने बहुत रोका, पर नहीं माने अकलू यादव। मुँह अँधेरे उठ कर दिनचर्या से निबटने के लिए घाघरा के तट पहुँचे। रेती तक पहुँचते-पहुँचते अँधेरा छँटने लगा। रेती के चौड़े पट पर पौ फट रही थी। गंगा से समागम के लिए पूरब की ओर जातीं,...हौले-हौले बहतीं घाघरा के जलगर्भ से लाल-लाल भोर उपज रही थी। रेती के चौड़े विस्तार में जगह-जगह लहराती कास की झुरमुटों में सफ़ेद फूल फूटने लगे थे। इन झाड़ियों में हवा के झोंके लहरें पैदा करते। भोर की ललछौहीं किरनों से सजे कास के फूल नाच-नाच कर घाघरा को रिझाते। घाघरा किनारे रेती पर खड़ा होकर भोर और घाघरा के जल, दोनों को निहार रहे थे अकलू यादव। इसके पहले कभी उन्होंने घाघरा को भोर में नहीं देखा था। जब भी देखा था रात के गहन अँधेरे में देखा था। सहतवार वाली डकैती के समय सिसवन में घाघरा को रात के अँधेरे में ही पार किया और दूसरे दिन लौटे, तब भी सुबह से पहले का अँधेरा ही था।

दिनचर्या से निबट कर जब अकलू वापस लौटे, जसोदा की माई उनके लिए

चिवड़ा-दही लिये बैठी थीं। बहुत मान-मनौवल के बाद भी वह पियरी धोती पहनने को तैयार नहीं हुए थे। हाँ, यह कहते हुए धोती ले लिया था कि घर जाकर पहन लेंगे। सास, सलहजों और सालों ने सलामी में रुपए दिए। रामआसरे यादव दामाद से चाहते थे बोलना-बतियाना, पर बतिया नहीं सके। विदा हुए अकलू यादव। कोई नहीं समझ सका कि इतने सालों बाद अचानक काहे आए पाहुन! आए और मिल-जुलकर,... बस एक रात बिता कर चले गए! न किसी ने कुछ पूछा और न उन्होंने कुछ कहा।

*

जसोदा ने अब यह पूछना छोड़ दिया था कि अकलू कहाँ जा रहे हैं या कहाँ से आ रहे हैं। अकलू भी नहीं बताते। देवली पहुँच कर जब अकलू ने बताया कि वे अमरपुर से आ रहे हैं, सहज ही जसोदा को अपने कानों पर भरोसा नहीं हुआ। बिना पूछे अकलू सारा क़िस्सा बखान करते रहे कि वे एक काम से असाँव गए थे और वहाँ से देवली लौटने के बदले कैसे बिना कुछ सोचे-समझे उन्होंने अमरपुर की राह पकड़ ली और ससुराल जा पहुँचे। पहले तो सब कुछ सुनती रही जसोदा, पर सुनते-सुनते उसका धीरज जवाब दे गया। जैसे भादो के आसमान में मेघ फटते हैं, बिजली गिरती है और हरहराते हुए ढहते हैं पहाड़ों के शिखर, वैसा ही कुछ हुआ अकलू यादव के आँगन में। जसोदा बिफर उठी, ''लीला के बाबू, अच्छा फल दिए तुम जिनगी भर की तपस्या का।...पियरी पहिनने का इतना सौख था तो कहते हमहीं रंग के पहिना दिए होते!...मुनरी फुआ के घर संठी जाकर पहिन आए होते। जिस माई-बाप ने,... भाई-भौजाई ने गवना के बाद सुधि नहीं ली। जो विपत की घड़ी में पल-छिन के लिए भी भरोसा बन कर साथ नहीं खड़ा हुआ, उसके दुआर पर जा कर...। अच्छा किए लीला के बाबू। तुम तो अपनी साध पुरा आए और हमारी साध...?"

अकलू अपने आँगन में मुँह बाए खड़े थे। उन्होंने तो यह सब सोचा ही नहीं था। जाने कौन-सी माया थी भगवान की या मति फिर गई थी उनकी!...पर अमरपुर जाकर बहुत अच्छा लगा था उन्हें। सालों से ऊसर धरती की तरह पड़े अकलू के मन में अँखुए फूटने लगे थे।...अकलू यादव ने आँगन में चारों ओर देखा। कोई नहीं था।

कभी न लड़ने वाली अपनी माई को बाबू से लड़ते देख किशोर लीलाधर आँगन से बाहर निकल गए थे। लीलाधर को इस साल मैट्रिक का इम्तेहान देना था। वे देवली से पैदल चल कर रोज़ सहुली हाई स्कूल में पढ़ने जाते थे। लीलाधर की आवाज़ बदल गई थी। मूँछ की रेख सँवलाने लगी थी।...जसोदा बीच आँगन में बैठी थी एकटक विस्फारित आँखों से आसमान निहार रही थी। उसका रोना थम गया था। कहीं कोई आवाज़ नहीं थी। मौन छाया था अकलू यादव के आँगन

के ऊपर,...छान-छप्पर पर।...अकलू थकान से भारी हो रहे अपने पाँवों को घसीटते हुए जसोदा के पास गए। उसके सामने बैठे। उसके दोनों काँधों को अपनी हथेलियों से पकड़ा। जसोदा ने अपनी कातर आँखों से अकलू की ओर देखा और बिलख-बिलख कर रोने लगी। उसकी दोनों आँखें उमड़ती हुई ऐसे झर रही थीं, मानो गंडकी और घाघरा अपने-अपने तटबन्धों को तोड़ कर प्रलय मचाने निकल पड़ी हों। अकलू ने जसोदा को अपनी बाँहों में भर लिया। निर्भय,...नि:संकोच उसे बड़ी देर तक अपनी बाँहों में बाँधे रहे। कातिक की साँझ रात बन कर आँगन में शीत गिरा रही थी। बाहर वाली पलानी में लालटेन जला कर लीलाधर मैट्रिक के इम्तहान की तैयारी में जुटे थे।

माल-मवेशी अब मुंशी दामोदर लाल के अहाते वाले बथान में रहते थे, सो जसोदा का ज़्यादा समय वहीं कटता। गृहस्थी पसर गई थी। दिन-रात लगी रहती, फिर भी अकेले पार नहीं लगता था जसोदा से। इतना अन्न उपजने लगा था कि उसकी सँभार के लिए ही जसोदा के पास समय कम पड़ता। स्कूलिया लीलाधर की चिन्ता अलग। माल-मवेशी की देखरेख के लिए अकलू ने अपने संगतिया टहल माँझी के भाई लोटन को रख लिया था। टोटहा टोला के अगरासन और भगरासन खेती के काम में अकलू का साथ देते। कल तक बाबू रामबरन सिंह की हलवाही करने वाले अकलू के साथ काम साझा करने के लिए आज तीन लोग थे।

अकलू का कलेवा लेकर जसोदा बथान में आई थी। अकलू खाते हुए अमरपुर के बखान में लगे थे और जसोदा सुन रही थी। जिस तरह अमरपुर में अकलू का सत्कार हुआ था, वह अब जसोदा को भी भीतर ही भीतर हुलसित कर रहा था। मन में जमा गाद कल रोती-बिलखती जसोदा की आँखों से बह चुका था। माई, बाबू, भाइयों-भौजाइयों की पन्द्रह-सोलह साल पहले देखी गई सूरतें आँखों के सामने छलक रही थीं। उसके भीतर ठूँठ बन चुका अमरपुर अब हरियाने लगा था। उसे अपने नइहर का घर-आँगन याद आ रहा था।...उसे घाघरा याद आ रही थीं।... घाघरा के तट की रेती याद आ रही थी।...छाड़न धाराओं का कज्जल जल याद आ रहा था।...लाल ईंटों से बनी मस्जिद की खंडहर याद आ रही थी।...और याद आ रहे थे लीला साह, जिनकी याद को जसोदा घाघरा में प्रवाहित कर आई थी।

...जसोदा भटक रही थी। उसकी रगों का रक्त-प्रवाह तेज़ हो रहा था, मानो उसकी देह पर असंख्य चींटियाँ रेंग रही हों। रक्त की धार में घुल-मिल कर लीला साह की सघन यादें बह रही थीं। उसके मन के गह्वर में कई-कई भंगिमाओं में उतर रहे थे लीला साह।...उस साल उमड़ती हुई घाघरा की छाड़न धाराएँ गलबहियाँ डाले मस्जिद के खंडहर तक आकर जल उड़ेल गई थीं। कई दिनों तक खंडहर में जल ठहरा रहा। एक पतली-सी धारा खंडहर की एक दीवार को छूती हुई बहने लगी थी। गर्मियों की निचाट दोपहरी में, मस्जिद के खंडहर में उसके लिए अपनी

बाँसुरी पर धुन टेरते लीला साह।...बरसात के दिनों में मस्जिद की मीनारों तक जा पहुँची आवारा लताओं में लटके कुन्दरु के पके टेस लाल फलों को उसके लिए तोड़ने को उद्धत लीला साह।...वनमोगरे की झाड़ियों से उसके लिए सफ़ेद फूल चुनते लीला साह। उसकी हर चाहत को अपने पंखों की उड़ान सौंपते लीला साह।...जसोदा इसी से डरती रही थी। अमरपुर से नेह-छोह तोड़ लेने का एक यह भी कारण था। वह भटकना नहीं चाहती थी। उसे मालूम था कि यह भटक-भटक कर जीना उसे कहीं का नहीं रहने देगा। जो छाती के भीतर बहुत गहरे कहीं दबा था, वह दबा रहे तो ही ठीक। अगर यह ऐसे ही समय-समय पर छाती फोड़ कर लावा की तरह बाहर निकलता रहा तो एक दिन छाप लेगा उसकी ज़िन्दगी को। एक तो वैसे ही उसकी ज़िन्दगी सिकुड़ कर बित्ता भर धरती का टुकड़ा बन कर रह गई थी। इन दिनों बात-बात पर जसोदा का मन टूट कर बिखरने लगता। चौबीसों घंटे अपसगुन की छाया उसके चारों ओर मँडराती रहती। अक्सर उसका जी करता लीला को अपनी गोद में भींच कर ख़ूब रोए।

*

अगहन अमावस आने से हफ़्ता भर पहले आपस की बातचीत के लिए बिलट महतो के दल का पहला जुटान उनके भाई पलट की ससुराल हसनपुरा में हुआ। दूसरा जुटान अमावस के दिन देवली से सटे एकौना में हुआ। कलमी आमों का बाग़ था एकौना। मानिकपुर मठ के इस बाग़ को इक्यावन बीघे के विस्तार के कारण लोग एकौना कहते। दिन में भी एकौना में अँधेरा रहता था। पेड़ों का ऐसा सघन जाल कि इस पार से उस पार साफ़-साफ़ कुछ भी देख सकना मुश्किल था। ऊपर की डालें एक-दूसरे में गुँथ कर अझुराई हुई थीं। एकौना के पार था उसरायन। सपाट ऊसर भूमि का विशाल मैदान। साँझ का अँधेरा घिरने के बाद उसरायन पार करना आसान नहीं था। जब आमों के फलने-पकने के दिन नहीं होते, एकौना भी किसी सुनसान जंगल की तरह भयावह लगता। पुरैना, करमासी, मानिकपुर और मठिया की सीमाओं से दिखता था एकौना, पर देवली से नहीं।

आधी रात बीतने से पहले दो जोड़ी राइफ़लों सहित गिरोह का जुटान हुआ। बिलट महतो के साथ जैजोर के मेंहदी और दरौली के यक़ूफ़ पुरैना होते हुए आए और एकौना में घुसे। इसके बाद आन्दर के बचन यादव और रफ़ीपुर के असीस नोनिया मठिया की ओर से आए। मानिकपुर के पसीनाथ तिवारी ने सँपही के किनारे-किनारे मनरौली होते हुए दुधही पोखर के भीट को पार किया और बिना देवली गए खेतों की मेड़ पकड़े एकौना पहुँचे। बगौरा के लाकड़ सिंह और अतरसन के धरीछन दुसाध पहले महुवल पहुँचे। बसीठ गिरी को साथ लेकर अरजल के रास्ते सबके बाद इन

लोगों ने एकौना के किनारे-किनारे बनी खाँड़ को पार किया। अकलू यादव सबसे पहले एकौना में आम के पेड़ों के बीच खड़े इकलौते महुआ के गाछ की सोर पर बैठे थे। एकौना के जवान पेड़ों के बीच यह महुआ का अकेला बूढ़ा पेड़ था जिसकी टेढ़ी-मेढ़ी जड़ें माटी के ऊपर निकल आई थीं। गिरोह के पास जो दो जोड़ी बन्दूकें थीं, उनमें फलपुरा में लूटी गई राइफ़लें भी शामिल थीं। सारे लोग महुआ के पास कुछ इस तरह अलग-अलग मुद्राओं और दिशाओं में बैठे थे कि सबकी एक-दूसरे से बातचीत हो सके और चारों ओर नज़र भी रखी जा सके। सिसवन के घाघरा तट पर बनी सगुनिया बाबा की पलानी की तरह एकौना निरापद और सुरक्षित नहीं था। केवल उसरायन के फैलाव और एकौना की सघनता के भरोसे नहीं रहा जा सकता था। सब के सब चौकन्ने थे और रात के और गहराने की राह देख रहे थे। अपना काम निबटा कर बेदाग़ निकल भागना सबसे बड़ी चुनौती थी। यहाँ न घाघरा थीं, न गंडक, और न जंगल-पहाड़ थे। बस ईंख के खेत थे। आदमी की माथ से हाथ-दो हाथ ऊपर उठीं ईंख की डाठें सहारा थीं। इन खेतों के बीच से होकर भागना या इनमें छिप कर जान बचा लेना बहुत कठिन था। दो-तरफ़ा चाकू की तेज़ धार की तरह देह पर निशान छोड़ने वाले ईंख के इन पत्तों के महाजाल को काटना आसान नहीं था। इस गिरोह के सबसे युवा सदस्य थे मानिकपुर के पसीनाथ तिवारी और सबसे अनुभवी थे गिरोह के मुखिया बिलट महतो। पसीनाथ तिवारी ने इसके पहले सेंधमारी और कुछ छोटी-मोटी छिनतई की थी। अपने दुस्साहस के प्रचलित क़िस्सों के बल पर उन्होंने बिलट गिरोह में अपनी जगह बनाई थी।

अगहन अमावस की रात साँय-साँय बज रही थी। पशु-पंछी और पेड़-पौधे तक नींद में थे। गहन कालिमा थी। प्रकाश का कहीं कोई नामो-निशान नहीं था।

बबुआन टोला में रामबरन सिंह की ड्योढ़ी पर घेरा डालने के बाद पिछवाड़े की दीवार से ऊपर छत पर चढ़ कर नीचे आँगन में उतरे पसीनाथ तिवारी। वे बचपन में अपने पिता के साथ रामबरन सिंह के पिता के श्राद्ध में भोज खाने इस आँगन में आए थे और उनकी उसी भोज की स्मृति के कारण यह काम उन्हें सौंपा गया था। पसीनाथ तिवारी ने आँगन और ओसारा पार किया और दोमुँहे के दोनों दरवाज़ों को बिना खटका किए खोल दिया।...बाहर के ओसारे में दो बड़ी चौकियों पर रामबरन सिंह और रामबुझावन सिंह सो रहे थे। दोमुँहा खुलते ही अकलू ने ड्योढ़ी के भीतर प्रवेश किया। पन्द्रह सालों बाद अकलू के पाँव इस दोमुँहे के भीतर पड़े थे। छिन भर के लिए थरथराए अकलू यादव के पाँव और कलेजे में एक हिलोर उठी जो नख से शिख तक झकझोर गई। अकलू आगे बढ़े। मेंहदी और यक़ूफ़ उनके साथ थे। मेंहदी के हाथ में बन्दूक थी और यक़ूफ़ के हाथ में उनका प्रिय हथियार दाब था। ऐसी धारदार हथियार कि जिसकी एक चोट से गर्दन उतर जाए। बिलट बीच बरामदे में बन्दूक लिये खड़े थे। सामने ओसारा

के एक कोने पर गोलकमरे की बाहरी दीवार से पीठ टिकाए धरीछन दुसाध ने और मकान के पीछे लाकड़ सिंह ने बन्दूक के साथ मोर्चा सम्भाल रखा था। भीतर की आवाज़ों से ओसारे में सोए दोनों भाइयों की आँख खुली। एक बिलट महतो की बन्दूक के और दूसरे बसीठ गिरी के भाले की नोक के निशाने पर थे। रामबरन सिंह की धोती ख़राब हो गई।

पहली गोली रामबरन सिंह के चचेरे भाई रामजोधन सिंह की छत से चली। रामजोधन का मकान रामबरन सिंह के मकान के दाहिनी ओर था। जवाब में तीन बन्दूकें गरजीं। दो आगे और एक ड्योढ़ी के पीछे से। इन आवाज़ों ने देवली को पहले तो सकते में डाल दिया, पर बाद में हलचल शुरू हुई। इस हलचल में ऐसा साहस नहीं था कि लोग मुक़ाबला या मुठभेड़ कर सकें। केवल बबुआन टोला के दो घरों में बन्दूकें थीं। एक रामबरन सिंह के घर और दूसरी उनके चचेरे भाई रामजोधन सिंह के घर। पहाड़ पीठ पर लाद कर भागने में माहिर बचन यादव और असीस नोनिया भीतर थे। रामबरन सिंह के दोनों बेटे अपनी-अपनी कोठरियों में क़ैद कर दिए गए थे। अकलू ने साँकल चढ़ा दी थी। अकलू बड़की मलिकाइन के सामने थे। बड़की मलिकाइन बन्दूक की नोक पर एक कोठरी में संचित पेटियों से अपने और बहुओं के गहने और धरोहर निकाल कर थरथर काँपती हुई सौंप रही थीं। यक़ूफ़ ने काँधे पर रखी मोटिया चादर को फैला दिया था। बड़की मलिकाइन अपने हाथों कुल की सम्पत्ति को किसी यज्ञ की लपटों में हवि की तरह सौंपती हुई बार-बार अपने बेटों-पोतों की जान की सलामती की भीख माँग रही थीं, मानो मंत्र बुदबुदा रही हों। छोटकी मलिकाइन अपनी इकलौती जवान बेटी के साथ नइहर गई थीं। उनकी कोठरी की साँकल में ताला लटक रहा था। बचन यादव और असीस नोनिया उस कोठरी का ताला तोड़ कर भीतर घुसे। पेटी का क़ब्ज़ा उखाड़ कर उन्होंने पूरी पेटी का माल सहेज लिया। रामबरन सिंह के बेटे अपनी कोठरियों में बन्द छटपट कर रहे थे। अकलू ने बन्दूक से किवाड़ों पर गोलियाँ दाग़ कर उन्हें दुबके रहने या मार दिए जाने का संकेत देकर लाचार कर दिया। अकलू को मालूम था कि सारा सोना-चानी और सारी रक़म बड़की मलिकाइन के ज़िम्मे ही रहती है। अब एक बन्दूक बची थी और...। और रामझरी। अकलू बन्दूक पर कब्ज़ा और रामझरी को एक नज़र देखना चाहते थे। उन्हें रामझरी से कुछ लूटना नहीं था। पहले ही बोल चुके थे सबको कि विधवा और बच्चों को हर हाल में बख़्शना होगा। अकलू मौन रहे थे। सब कुछ इशारेबाजी या फुसफुसाहटों से सम्पन्न हो रहा था। सबके चेहरे गमछी से बँधे थे। अकलू की फुसफुसाहट भी उनकी पहचान के लिए काफ़ी थी, सो वे मौन थे। रामबुझावन सिंह की पत्नी छोटकी मलिकाइन वाली कोठरी का माल लेकर बचन यादव और असीस नोनिया सबसे पहले दोमुँहे से बाहर निकले। बिलट ने जल्दी निकलने के संकेत दिए। देवली जाग गया था और जोखिम बढ़

रही थी। ड्योढ़ी के पीछे से लगातार आतीं दो तरफ़ा गोलियों की आवाज़ें थम गईं। रामजोधन सिंह के छत की बन्दूक की वार से लाकड़ सिंह गिर चुके थे। मेंहदी और यक़ूफ़ भी बड़की मलिकाइन की कोठरी का धरोहर लिये निकले। इस अफ़सोस के साथ कि रामझरी नहीं दिखीं, अकलू निकल ही रहे थे कि कोने वाले भंडार घर के सामने हल्की आवाज़ हुई। रामबरन सिंह की बन्दूक ठाकुर-घर से दशहरा के दिन आयुध पूजा के बाद निकली ही नहीं थी। अपनी योजना में ठाकुर-घर को बिसार दिया था अकलू ने। रामझरी ठाकुर-घर के बग़ल वाली कोठरी में सोती थीं। अकलू ने अपना ढँका हुआ चेहरा खोल दिया। इसके पहले कि अकलू देख पाते रामझरी को, वे भीतर वाले ओसारे और दोमुँहे की चौखट के बीच गिरे। ख़ून का सोता फूटा उनकी छाती से। एक हल्की जुम्बिश हुई उनकी देह में और सब कुछ थिर हो गया। रामझरी की बन्दूक गरज कर चुप लगा गई थी। बिलट ने एक नज़र झाँका भर और भागे। जब रामबुझावन सिंह की गर्दन से बसीठ गिरी के भाले की नोक हटी, वे झपटे। उन्हें झपटता देख बसीठ गिरी ने अपने निर्दय भाले की फाल रामबुझावन सिंह की छाती में उतार दी। भाले की फाल धँसी और भीतर ही भीतर गोल घूम कर बाहर निकली। एक चीख़ के साथ उछले रामबुझावन सिंह और चौकी के नीचे गिर कर तड़पने लगे। बसीठ गिरी निकल चुके थे। भागते बिलट की पीठ में रामजोधन सिंह की छत से आती गोली लगी थी और वे सहन नहीं पार कर सके थे। अकलू की बन्दूक तो छूट गई पर बिलट की बन्दूक को अँधेरे में किसी तरह झपट कर निकल सके मेंहदी। पसीनाथ तिवारी सबसे पहले अदृश्य हुए थे। वे सहन के उस पार पुआल की एक विशाल पूँज की आड़ लिये साथियों के बाहर निकलने का इंतज़ार करते रहे थे। उनका कलेजा काँप रहा था। पहली बार वे इतनी बड़ी घटना का साक्ष्य बन रहे थे।

दोमुँहे में अकलू यादव, ओसारे पर रामबुझावन सिंह, दरवाज़े पर बिलट महतो और पिछवाड़े लाकड़ सिंह की लाश पड़ी थी। बाक़ी लोग बन्दूकें दागते हुए माल लेकर निकल गए थे।

*

देवली में सुबह हुई। सुबह होने से पहले ही सब कुछ साफ़ हो चुका था। चोरी-सेंधमारी आम बात थी, पर किसी को याद नहीं था कि देवली में ऐसी ख़ूनी डकैती कभी हुई हो। फलपुरा के बाद देवली में यह डकैती इस इलाक़े की दूसरी घटना थी। कुल पन्द्रह लोगों को नामज़द किया गया।

पौ फटने से पहले पूरे जवार में डकैती की ख़बर पसर गई थी। पुरैना में रासबिहारी चौधरी ने जब यह ख़बर सुनी, थसकिया मार कर बैठ गए। वे कुछ

भी सोच-समझ नहीं पा रहे थे।...पर तत्काल ही उनका माथा ठनका। अगर कहीं देवली के राजपूतों ने उन्हें भी नामज़द कर दिया तब! पहले सोचा कि गिरफ़्तारी से बचने के लिए किसी हितई-पहुनई निकल जाएँ, पर उन्हें लगा कि इससे तो पुलिस का शुबहा बढ़ जाएगा। थोड़ी देर सोचते रहे रासबिहारी चौधरी। फिर उठे। माथ पर अपनी मटमैली चादर की पगड़ी बाँध कर काँधे पर गमछा रखा और हाथ में गोजी लेकर देवली के लिए निकल गए।

बिलट महतो और लाकड़ सिंह की लाश की पहचान पुलिस के आते ही तत्काल हो गई थी। अकलू देवली के ही थे। पुरैना से चलते हुए रासबिहारी ने मानिकपुर, अरजल, मनरौली, हरपुर के यादवों को देवली पहुँचने का संवाद भिजवा दिया था। मनरौली और मानिकपुर के मुसलमानों में भी अच्छी साख थी रासबिहारी चौधरी की। पुरैना से भी लोग झुंड बाँधकर उनके साथ चले, पर उन्होंने मना किया। बोले, "छितरा कर...एकाएकी आओ। एकपीठिए मत चलो।"

रासबिहारी चौधरी बबुआन टोला पहुँचे। उनके पहुँचने से पहले इन गाँवों के लोग देवली में भर गए थे। मानिकपुर और मनरौली के मुसलमानों की तादाद भी अच्छी थी। रासबिहारी चौधरी जब रामबरन सिंह के दुआर पर पहुँचे, भीड़ में फुसफुसाहट हुई। ओसारे पर रामबुझावन सिंह की लाश पड़ी थी। भीतर आँगन से उठते विलाप स्वर का कुहासा पूरे बबुआन टोला पर छाया हुआ था। फुसफुसाहट तो हुई, पर देवली में यादवों और मुसलमानों की भारी उपस्थिति से रासबिहारी चौधरी ने जो संकेत दिया था, बबुआन टोला के लोगों ने उसे ग्रहण किया। बबुआन टोला के लिए सीवन उधेड़ने का यह सही समय नहीं था। रासबिहारी चौधरी ओसारे के ऊपर चढ़े। रामबरन सिंह ने अपने तमतमाए बेटों की ओर देखा। उनके इस देखने में मौन रहने का संकेत छिपा था। रासबिहारी ने ओसारे के खम्भे से गोजी टिका कर सलाम किया और बोले, "धीरज धरिए बाबू साहेब।"

रामबरन सिंह मौन रहे। निहारते रहे रासबिहारी को। उनकी आँखों की पुतलियों में बहुत कुछ बन-मिट रहा था। रासबिहारी चौधरी नीचे उतर आए। पुलिस लिखा-पढ़ी में लगी थी। लाश की पहचान के लिए अकलू यादव के बेटे लीलाधर और पत्नी जसोदा को बुलाने की बात चली, तो रासबिहारी चौधरी ने आगे बढ़कर दारोगा से कहा, "हम पहचान करते हैं हजूर।...हमारे फुफेरा भाई अकलू यादव की लाश है। बच्चा नाबालिग है और जनाना इस हालत में नहीं है कि आ सके।"

पहचान के काग़ज़ पर रासबिहारी चौधरी ने अँगूठे की निशानी दी और बिना कुछ बोले वहाँ से अकलू के घर के लिए निकल गए।

अकलू यादव के घर पर देवली के यादवों के परिवार का एक आदमी भी नहीं था। दयादी-पट्टीदारी के सारे मर्द फ़रार थे। औरतें थीं भीतर। जसोदा की दहाड़ मार कर रोने-बिलखने की आवाज़ें बाहर आ रही थीं। लीलाधर पलानी के सामने

बँसखट पर थे। किसी औरत की गोद में उनका सिर था। बँसखट के पास भी औरतों का घेरा था। पुरैना के कुछ लोग अकलू के घर के इर्द-गिर्द थे। रासबिहारी चौधरी के छोटे भाई और अकलू के हमउम्र कन्हैया चौधरी भुवरी गइया की नाँद के पास थे। अकलू के नए बथान पर, जो मुंशी दामोदर लाल के मकान के सहन में था, रासबिहारी ने अपने चचेरे भाई को भेज दिया था। उनके मझले भाई कुमर चौधरी बबुआन टोला से चले तो उनके साथ-साथ थे, पर वे राह में सुरती-तम्बाकू के बहाने गाँव-जवार की हवा सूँघने के चक्कर में बिलम गए थे। कुमर चौधरी पहुँचे। रासबिहरी ने कहा, ''कन्हैया, तुम हमारे साथ चलो। पहिले अकलू बहू को बोल दो कि हम हैं।...सब देख रहे हैं। लाश के साथ जा रहे हैं सीवान। लाश लेकर लौटते रात-बिरात हो जाएगी।...लौट कर दाह करना होगा।...कुमर, तुम दुआर पर ही रहना। देखना, बचवा को अभी दुआर पर से कहीं जाने मत देना। गाय-गोरू और बथान सब देखना।"

कन्हैया भीतर आँगन में गए और तुरंत निकले। कुमर को अकलू का घर-बथान सौंप रासबिहारी चौधरी सीवान के लिए निकले। वे लाश के सीवान पहुँचने से पहले वहाँ पहुँच कर मुंशीजी के बेटा वकील जगतनारायण प्रसाद से मुलाक़ात करना चाहते थे। रामबरन सिंह के दुआर पर रासबिहारी के लोग थे और उन्हें मालूम था कि कब क्या करना है। पुलिस जब लाश लेकर सीवान चिराईघर जाएगी, कौन-कौन साथ जाएगा, यह संदेश भी उन्होंने पहुँचवा दिया था।

रासबिहारी चौधरी अपने छोटे भाई कन्हैया चौधरी के साथ सीवान के लिए निकले। उनके निकलने के कुछ देर बाद जब लीलाधर को मालूम हुआ कि उनके बाबू की लाश को पुलिस सीवान ले जा रही है, वे दहाड़ें मार कर रोने लगे और ज़िद पर अड़ गए कि वे अपने बाबू की लाश देखने बबुआन टोला जाएँगे ही। वहाँ न जाने देने के रासबिहारी चौधरी के निर्देशों के बावजूद कुमर चौधरी को लीलाधर को बबुआन टोला ले जाना पड़ा। लीलाधर गए और उन्होंने बैलगाड़ी पर लदी अपने बाबू की लाश को देखा। कुमर चौधरी ने अपना कलेजा पत्थर करके अकलू यादव के ढँके हुए चेहरे से कपड़ा हटा कर लीलाधर को दिखाया। लीलाधर न रोए, न चीख़े-चिल्लाए। मौन निहारते रहे अपने बाबू का चेहरा।

*

घर लौटे लीलाधर।

अपने बाबू की रक्त-रंजित लाश देख कर घर लौटे लीलाधर वही लीलाधर नहीं थे, जो लाश देखने के लिए घर से निकले थे। मैट्रिक के विद्यार्थी चौदह वर्षीय लीलाधर घर लौटते हुए बदल चुके थे। उनकी आँखों में आँसू नहीं थे। अपने बाबू

के विछोह से हौलते कलेजे को उन्होंने अपनी मुट्ठी में बाँध लिया था। लीलाधर का कायांतरण हो चुका था। वे घर पहुँच कर सबसे पहले रोती-बिलखती माता जसोदा के सामने पहुँचे। औरतों की भीड़ में घिरी अपनी माई को अँकवार में भर कर उठाया और भीतर वाली कोठरी में ले गए। खाट पर सुलाया और बोले, ''माई!... हम तुम्हारा मान रखेंगे। भरोसा करो अपने बेटे पर।"

*

सन् 1952 में देवली पुरैना और मनरौली के साथ मानिकपुर पंचायत का हिस्सा था। मानिकपुर के बाबू बजरंग सिंह कबीरपंथी मठ के महंथ रमता गोसाईं को हरा कर मुखिया चुने गए थे। घुटनों से ऊपर उठी मटमैली धोती और काँधे पर मोटिया चादर के अलावा और कोई कपड़ा नहीं। आँखों पर गोल फ्रेम वाला गांधी चश्मा। बाबू बजरंग सिंह को चुनाव में अपनी जाति के लोगों ने वोट नहीं दिया था। मानिकपुर और देवली के बबुआनों को बजरंग सिंह की फकीरी रास नहीं आती थी। यादवों, मुसलमानों और टोटहा के दुसाधों ने आँख मूँद कर उनके नाम और निशान पर ठप्पा लगाया था। सन् बावन के बाद सन् बासठ में चुनाव हुए। बाबू बजरंग सिंह फिर जीते। इस बार राजपूतों ने उन्हें हराने के लिए ब्राह्मणों के साथ गठजोड़ किया था। इस चुनाव से कुछ महीने पहले ही लीलाधर के बाबू मारे गए थे और इस चुनाव के साल ही लीलाधर ने मैट्रिक की परीक्षा पास की। इसी साल चीन से लड़ाई हुई थी और लीलाधर की माता जसोदा ने अपनी चाँदी की हँसुली, पहुँची और गोड़ाईं देश के लिए मुखिया बजरंग सिंह को दान में सौंप दिया था। माता के इस दान ने किशोर लीलाधर के कलेजे में बल भर दिया था।

लीलाधर का पन्द्रहवाँ साल चल रहा था। सहुली हाई स्कूल से मैट्रिक की परीक्षा पास करने के बाद लीलाधर पढ़ना चाह रहे थे, पर खेती करना अकेले जसोदा के वश में नहीं था। देवली से पुरैना तक पसरी थी अकलू की विरासत। पुरैना की धनहर खेती के अलावा देवली में मुंशी दामोदर लाल के नाभ और गोंयड़ खेत के टुकड़ों का बयनामा करवा कर गुज़रे थे अकलू यादव। पुरैना की खेती रासबिहारी चौधरी के सहारे हो जाती, पर देवली के लिए माई-बेटे को जी-जान लगा कर जुटना पड़ता था। मुंशी दामोदर लाल के सहन से जसोदा ने बथान हटा लिया था। लीलाधर के ब्याह को लेकर जसोदा निराश हो चुकी थी। पति की बदनामी कहीं लीलाधर के लिए ऐसा घाव न बन जाए, जो जीवन भर टीसता रहे, यह डर जसोदा को हर घड़ी सताता। ब्याह के लिए जसोदा ने ऐसी ज़िद पकड़ी कि लीलाधर की एक न चली। अपनी माई की ज़िद के आगे लीलाधर की कोई बिसात नहीं थी। जसोदा ने रासबिहारी चौधरी को सनेस भिजवा कर बुलाया और कहा, ''भाईजी, आपके

भाई तो हमको बीच मझधार में छोड़ कर चले गए।...गोतिया-दयाद आनी-बानी बोलते हैं। कहते हैं कि हमारे बेटा के माथ पर मौर नहीं चढ़ेगा। डकैत के बेटा को कौन अपनी बेटी देगा?...भाईजी, हमको हर हाल में इस साल बेटा बियाहना है।"

रासबिहारी चौधरी आश्वासन देकर गए और ठीक दसवें दिन रूपनछाप के जलेसर यादव को लेकर देवली आए। जलेसर उनके मझले भाई कुमर चौधरी के समधी थे। कुमर चौधरी के बेटे का ब्याह जलेसर की एक बेटी से हुआ था।

गंडकी के पश्चिमी तटबंध पर बरौली के पास बसा दियर का एक छोटा-सा गाँव था रूपनछाप। वर्षा के दिनों में गंडकी की प्रलयंकारी जलधाराओं से हर साल जूझते विकट जिजीविषा वाले यादवों का दुर्धर्ष गाँव। रूपनछाप के यादवों ने सन सत्तावन के विद्रोह के दिनों में अँग्रेज़ों के छक्के छुड़ा दिए थे। मेजर होम्स और उसके अधिकारियों की हत्या और मेसर्स, लिंच और मैक डोनियल के घरों पर हमला कर उन्हें सीवान छोड़ने के लिए विवश करने वाले विद्रोहियों में रूपनछाप के लोग शामिल थे। आज़ादी के दीवाने यादवों के इसी रूपनछाप गाँव के जलेसर यादव की सातवीं बेटी कुसुमी देवी से लीलाधर का ब्याह हुआ।

लीलाधर के ब्याह में माता जसोदा ने अपनी ओर से कोई कोर-कसर नहीं रहने दी। देवली, मनरौली, पुरैना, अरजल और मानिकपुर में बसे बिरादरी के सभी प्रमुख परिवारों को न्योता भेजा। देवली और मनरौली के दूसरी बिरादरी के भी लोगों को भी हँकारा भेजा। हर जाति-बरन के लोग लीलाधर के ब्याह में शामिल हुए। सीवान से जगतनारायण प्रसाद के दोनों बेटे तिलक के दिन आए थे। वज़ीर मियाँ की रसन चौकी साज कर पालकी पर बेटे को बैठा कर बारात रूपनछाप के लिए विदा किया जसोदा ने। बारात में ज़िला के प्रमुख नर्तक रसूल मियाँ के चेला शिवरतन राम का नाच गया था। माथ पर समधी की पगड़ी बाँधे रासबिहारी चौधरी और उनके भाइयों की अगुआई में लीलाधर की बारात रूपनछाप पहुँची थी।

लीलाधर के ब्याह की रस्में निभाते,...आँख आँज कर उन्हें पालकी पर बैठाते और परिछावन करते पल-छिन के लिए भी जसोदा की आँखें सूखी नहीं। पति की याद कलेजा में हूक बन कर उठती और जसोदा की आँखें छलछल करतीं।

कुसुमी को डोली से उतार कर दउरा में डेग धरवाते जसोदा को गवना के बाद अपना देवली में आना याद आया। राग बाँध कर ऊँचे स्वर में गाती अपनी सास बियफी की सूरत आँखों के सामने नाच उठी। बार-बार अतीत की यादें वर्तमान में मिल कर गडमगड्ड हो रही थीं। किसी अदृश्य छाया की तरह अकलू का चेहरा जसोदा की आँखों के सामने उभरता-मिटता रहा।

*

तेरह साल की कुसुमी और पन्द्रह साल के लीलाधर जब तेईस और पच्चीस के हुए देवली बदल चुका था। लगभग बीस घरों का कायस्थों का टोला उजड़ चुका था। कायस्थों की अस्सी प्रतिशत भूमि बिक चुकी थी। अधिकांश खेती यादवों और अंसारियों के हाथ थी। जो थोड़ी-सी खेती बची थी उसकी उपज लेने वाले बहुत दूर जाकर बस गए थे। केवल डीह बची थी। मकान ढह चुके थे या ढह रहे थे। इस टोले में अकेले चनरमा लाल का परिवार बचा था। उनके पट्टीदार अपना हिस्सा बेच कर बाहर जा चुके थे। चनरमा लाल पढ़-लिख नहीं सके, सो गाँव में ही छूट गए। बच्चे भी ना-क़ाबिल निकले। धीरे-धीरे सारी खेती बिक चुकी थी। जैसे-तैसे गुज़र-बसर चल रहा था।

राजपूतों और ब्राह्मणों के टोलों में उथल-पुथल मची थी। ब्राह्मणों के पास खेती कम थी। पहले भी अधिकांश परिवारों का जीवन जजमानों के भरोसे कट रहा था और आज भी लगभग वही स्थिति थी। कुछ परिवारों के बच्चे पढ़-लिखकर बाहर निकल गए थे, पर जो बचे थे आज भी पोथी-पतरा और शंख-घड़ीघंट के भरोसे जी रहे थे। पर बात अब पहले वाली नहीं थी। राजपूतों का जीवन सबसे विचित्र हो गया था। पूर्वजों की जंग लगी प्रतिष्ठा और गुरूर का बोझ लादकर जीवन की गाड़ी खींचने में कमर टूट रही थी। शादी-ब्याह और मरनी-जीनी में खेती बिकने लगी थी। जवान लड़कों की निक्कमी और जाहिल फ़ौज रोजी-रोज़गार और खेती-किसानी के बदले गाँजे की चिलम में उलझी हुई थी। कोई ऐसा परिवार नहीं था, जो कलह में आकंठ डूबा हुआ नहीं हो। जवान बेटे बूढ़े बाप को पीटते और बहुएँ सास को भात के एक-एक कौर के लिए तरसातीं। पूरा बबुआन टोला गँजहों से भरा हुआ था। बात-बेबात झगड़ा-फसाद और फ़ौजदारी आम बात थी।

इन सालों में जो सबसे बड़ी घटना थी सन् इकहत्तर के पंचायत चुनाव में रासबिहारी चौधरी का निर्विरोध देवली पंचायत का मुखिया बनना। नॉमिनेशन के आख़िरी दिन बजरंग सिंह को खटिया पर लाद कर मानिकपुर के लोग पचरूखी ब्लॉक पहुँचे थे। बजरंग सिंह बढ़ती उम्र और लम्बी बीमारी से झूल गए थे। लगभग मरणासन्न थे, पर परिवार और मानिकपुर के लोगों के दबाव में उन्होंने चुनाव लड़ने के लिए हामी भर दी थी। पूरे जवार में हलचल थी कि इस बार बजरंग सिंह का मुक़ाबला रासबिहारी चौधरी से होगा। देवली के राजपूतों के लिए संकट और दुविधा की स्थिति थी कि वे किधर जाएँ! पहले भी राजपूत होते हुए बजरंग सिंह अपनी बिरादरी की पसंद नहीं थे। काग़ज़ दाख़िल होने से ठीक पहले रासबिहारी चौधरी बाबू बजरंग सिंह के पास पहुँचे और पाँव छूकर आशीर्वाद माँगा। बजरंग सिंह ने रासबिहारी चौधरी की ओर देखा। कुछ देर तक टकटकी बाँध कर देखते रहे और फिर जीत के लिए आशीर्वाद दिया। उनकी आँखों से लोर टपक रहा था। लरजती हुई आवाज़ में सामने खड़े अपने बड़े बेटे से बोले, ''चलो,...घर चलो।

हम चुनाव नहीं लड़ेंगे। सबको काठ मार गया। पर किसी के पास साहस नहीं था कि उनकी हुकुमउदुली कर सके। रासबिहारी चौधरी ने नॉमिनेशन का काग़ज़ दाख़िल किया और बाबू बजरंगी सिंह घर लौट आए। काग़ज़ दाख़िल करने के बाद रासबिहारी चौधरी पहले मानिकपुर गए। बाबू बजरंग सिंह के घर जाकर उनसे फिर मिले और तब देवली लौटे। इस घटना से पूरे जवार में दोनों के नाम का डंका पिट गया। बाबू बजरंगी सिंह की उदारता और रासबिहारी चौधरी की विनम्रता की सबने अपने-अपने ढंग से व्याख्या की। देवली के राजपूतों ने शपथ लिया और मानिकपुर के राजपूतों से रोटी-बेटी का सम्बन्ध तोड़ लिया। देवली के शेख़ अली अहमद इस बार भी सरपंच चुने गए। यह एक अलिखित बँटवारा था, जो सन् बावन से चला आ रहा था। सन् बावन के बाद सन् बासठ और सन् बासठ के नौ सालों बाद सन् इकहत्तर में यह चुनाव हुआ था। इन नौ सालों में लीलाधर देवली पंचायत के मुखिया रासबिहारी चौधरी के साथ छाया की तरह लगे रहे। जसोदा की देखरेख में धीरे-धीरे परिपक्व होती कुसुमी देवी घर-गृहस्थी सम्भालने लगीं और रासबिहारी की देखरेख में लीलाधर दीन-दुनिया के गुर सीखते रहे। इस बीच लीलाधर ने अपने पिता अकलू यादव की अर्जित सम्पत्ति को व्यवस्थित किया।

मुखिया का चुनाव लड़ने से पहले लीलाधर यादव तीन पुत्रों रमन सिंह यादव, भुवन सिंह यादव और पवन सिंह यादव और एक बेटी कुंती देवी के पिता बन चुके थे। कुंती, भुवन और पवन के बीच में थी। सन् इकहत्तर के बाद सन् अठहत्तर में पंचायतों का अगला चुनाव घोषित हुआ।

सन् अठहत्तर के इस चुनाव में वृद्ध और शरीर से लाचार हो चुके रासबिहारी चौधरी के स्वाभाविक उत्तराधिकारी के रूप में लीलाधर यादव दावेदार थे। सरपंच पद के लिए देवली के सरपंच शेख़ अली अहमद के बड़े बेटा शेख़ बदरु और लीलाधर यादव में गठबन्धन हुआ। इस चुनाव में सन् बावन के चुनाव की तरह राजपूत और ब्राह्मण फिर एक साथ हुए। इस बार यादव बहुल गाँव पुरैना कट कर करमासी पंचायत में शामिल हुआ और मानिकपुर से अलग होकर देवली और मनरौली की पंचायत गठित हुई।

यादवों सहित देवली और मनरौली की पिछड़ी जातियों और मुसलमानों के नेता के रूप में उभरे लीलाधर यादव। अपने समरस व्यवहार और अपनी मधुर बोली-बानी के चलते ब्राह्मण वोटों में भी उन्हें हिस्सा मिला। राजपूतों की ऐंठ और बात-बेबात फ़ौजदारी करने पर उतारू रहने की आदत के कारण ब्राह्मणों के कई परिवार भीतर ही भीतर लीलाधर के पक्ष में थे। जी खोल कर दान-दक्षिणा देने वाले देवली के कायस्थ खेती-बारी और घर-दुआर बेच कर शहर जा बसे थे। राजपूतों के पास अब ख़ाली जीभ बच गई, जो कतरनी की तरह चलती थी। पिछड़ी जातियों के परिवारों के पास बीते दिनों के दुःखों और अपमान की हमेशा टीसती रहने वाली

स्मृतियाँ थीं, जो उनकी संतानों को पढ़-लिख कर योग्य बनने और भूमि अर्जित करने के लिए ताप दे रही थीं। खेती-किसानी सहित श्रम के अन्य हुनर उनके पास थे। राजपूतों-ब्राह्मणों की तरह इनकी पीठ पर झूठी प्रतिष्ठा का कूबड़ नहीं निकला हुआ था, सो इन घरों में पैसे की आवग थी। अब ब्राह्मणों को दान-दक्षिणा देने की हैसियत इन्हीं परिवारों के पास थी। ब्राह्मण समय के इस खेल को समझने लगे थे और अपना पेट पोसने के लिए मन मार कर भी विनम्र और सहिष्णु दिखने लगे थे। पाँव न छूने पर उनके कलेजे में अग्नि तो धधकती, पर उस अग्नि की लपटें बाहर नहीं निकलतीं। सन् अठहत्तर के चुनाव में राजपूतों से गठबन्धन के बावजूद कई ब्राह्मण परिवारों का वोट लीलाधर यादव के हिस्से में आया।

राजपूतों के उम्मीदवार रामजोधन सिंह के बेटा बमबम सिंह थे। सात बार फेल होने के बाद मैट्रिक परीक्षा का लौहद्वार तोड़ कर जब वह पास हुए थे, बाबू रामजोधन सिंह ने अखंड हरिकीर्तन करवाया था और भारी भोज दिया था। सारा गाँव खाने के लिए मरदाना सबऽहरी निमंत्रित था। इस आयोजन में उन्हें गोंयड़ खेत का एक दसकठवा टुकड़ा बेचना पड़ा था। बहुत मनौतियों के बाद जनमे थे बमबम सिंह। आसपास के दस कोस की परिधि के गाँवों में कोई ऐसा देवल नहीं था, जहाँ जाकर सिर न नवाया हो बबुआइन ने। इस चुनाव में मनरौली के मरहूम हसन मियाँ के परिवार ने लीलाधर के विरोध में अपने गाँव के मुसलमानों को एकजुट करने की कोशिश की थी और बहुत हद तक सफल भी हुए थे। इन्हीं हसन मियाँ के घर हुई डकैती में रामबरन सिंह ने अंसारिगों से गवाही दिलवा कर लीलाधर के पिता अकलू यादव को सात साल की सज़ा दिलवाई थी। सरपंच अकरम अंसारी के उदय से पहले हसन मियाँ का परिवार ही मनरौली का सबसे धनिक परिवार था।

*

लीलाधर मैट्रिक से आगे पढ़ नहीं सके थे, पर किताबों से उन्हें बचपन से ही मोह रहा। पढ़े-लिखे और समझदार लोगों की सोहबत में रहे। कम बोलना और मीठा बोलना उनकी फ़ितरत में शामिल था। लीलाधर स्मृतिजीवी नहीं थे। वे स्मृतियों की चादर ओढ़ कर सोए रहने के बजाय वर्तमान में विश्वास करते थे और भविष्य को लेकर हमेशा उत्सुक रहते। हाँ, वे स्मृतियों की क़दर करते थे। कठिन दिनों की पूँजी मान कर उन्हें अपने हृदय के अतल में सँजो कर रखते और संकट के पल में उनसे ताक़त अरजते। ऐसी ही स्मृतियों में थी उनके पिता की मृत्यु की स्मृति। सारे गाँव-जवार के लोगों की भारी भीड़ के बीच रखी हुई अपने बाबू की लाश का विद्रूप चेहरा उनकी आँखों में हमेशा जीवित रहा। जब-जब डिगे या ठिठके उनके

क़दम, इस दृश्य ने उन्हें सम्भाला। यह दृश्य उनके लिए धमन भट्ठी की तरह था, जिसमें तप कर,...कुन्दन बन कर वह हर बार बाहर निकलते।

सन् अठहत्तर के बाद तेईस सालों तक मुखिया लीलाधर यादव और सरपंच शेख़ बदरु बिना चुनाव के अपने-अपने पदों पर काबिज़ रहे। तेईस सालों बाद जब सन् दो हज़ार एक में पंचायत चुनाव हुए दुनिया में बहुत उथल-पुथल हो चुकी थी। सन् साठ के आसपास देवली और मनरौली सहित आसपास के गाँवों में सिंचाई के लिए लगे सरकारी नलकूप बंद हो चुके थे। गंडकी के पेट से निकलकर देवली और मानिकपुर के बीच से बहने वाली नहर में पानी आना बन्द हो गया था। सीवान ज़िले की सारी चीनी मिलें बन्द हो चुकी थीं और सहकारी समितियों का अस्तित्व मिट चुका था। देवली में हाई स्कूल खुल चुका था। आज़ादी से पहले अँग्रेज़ों के समय से लगने वाले अतुगंज बाज़ार से ज़्यादा बड़ा बाज़ार अब देवली में लगने लगा था। गाँवों में इक्के-दुक्के घरों के दरवाज़े पर ही बैल दिखते। जुताई के लिए ट्रैक्टर और दवनी के लिए थ्रेसर का उपयोग ज़्यादा सुविधा जनक हो गया था। अब लोगों ने घरों में फ़सलों के लिए बीज सहेज कर रखना छोड़ दिया था। शादी-ब्याह के समय दहेज़ में रेले साइकिल और मरफी रेडियो के बदले हीरो होंडा मोटरसाइकिल और टेलीविजन लिया-दिया जा रहा था। चोरी-छिपे दारू और खुल्लमखुल्ला सूद-ब्याज का धंधा करनेवाले अच्छेलाल साह को दारू बेचने के लिए सरकारी लाइसेंस मिल गया था।

इतना सबकुछ बदलने के बाद भी इस चुनाव में देवली पंचायत के मुखिया लीलाधर यादव और सरपंच शेख़ बदरु नहीं बदले। पाँच सालों बाद दो हज़ार छह में भी यह जोड़ी बनी रही। दो हज़ार ग्यारह में अकरम अंसारी के उदय के बाद शेख़ बदरु हारे, पर लीलाधर यादव मुखिया पद पर क़ाबिज़ रहे। इस चुनाव में उनके सहयोगी शमशेर साँई को अकरम अंसारी ने तोड़ लिया था। जिस शमशेर को वह पालते रहे,...जिसे उन्होंने समसेरवा से शमशेर साँई बनाया वही पाला बदल कर अकरम के साथ हो गया।

3

मुखिया लीलाधर यादव की आँखों के सामने शमशेर साँई की सूरत बार-बार उभर रही थी। मोबाइल पर सूचना देते हुए रंगून माँझी ने हत्या के बाद उसकी लाश का जो दृश्य खींचा था, वह ऐसे दृश्य की कल्पना तक नहीं कर सकते थे। किसी की भी रक्तरंजित लाश देखना उनके लिए ऐसी असह्य पीड़ा से गुज़रना था, जिसकी टीस वह वर्षों से भोग रहे थे।

लीलाधर बैठे-बैठे अपने बीते दिनों को उकेर रहे थे। बीते दिनों को मन की

अदृश्य आँखों से उकेरते-निहारते लीलाधर यादव की आँखों के सामने जब उनके बाबू अकलू यादव की रक्तरंजित लाश की छवि कौंधी, वे सिहर उठे।

सुबह का समय था। विधान पार्षद सुरंजन चौधरी के विशाल बँगला के बरामदे में बैठे वे अंशु के स्कूल जाने की प्रतीक्षा कर रहे थे। उद्धत मेघों से लदा भादो का आकाश टूट कर बरसने के लिए आकुल था। वे अब जल्दी से जल्दी पटना से निकलना चाह रहे थे पर अंशु की ज़िद पर रुके थे। बहू ने चाय भिजवा दी थी। वे स्मृतियों में ऐसे खोए थे कि चाय जस की तस पड़ी रही और ठंडी हो गई।

अंशु को स्कूल के लिए विदा कर देवली के लिए रवाना हुए मुखिया लीलाधर यादव। आगे-आगे स्कार्पियो पर सवार वे और उनका पीछा करते मेघ। गांधी सेतु पार करते ही स्कार्पियो ने तेज़ गति पकड़ी। छपरा शहर की भीड़-भाड़ से बचने के लिए उनके ड्राइवर रंगी सिंह ने रास्ता बदला। कहीं रुके बिना मढ़ौरा, मशरख, बसंतपुर, तरवारा होते हुए सीवान पहुँच कर लीलाधर यादव ने सीधे हसनपुरा वाली सड़क का रुख़ किया। थाना पहुँचे। थानाध्यक्ष गरभू पाँड़े ने शमशेर साँई की हत्या का तफ़सील से ब्योरा देते हुए कहा, "मुखियाजी, आपके सरपंच तो फँस गए मर्डर में। वकुआ वाली जगह से उनका रिवाल्वर मिला है।"

गरभू पाँड़े ने हसनपुरा थाना में अपनी सर्विस रिपोर्ट करने के हफ़्ता भर के भीतर अपने हलक़ा के जिन कुछ लोगों के बारे में यह तय किया कि इनसे बच-बचा कर रहना है, उनमें देवली के मुखिया लीलाधर यादव का नाम प्रमुख था। इस बीच एक सिपाही चाय ले आया। लीलाधर ने चाय पीते हुए पूछा, "कफ़न-दफ़न हो गया?"

"आज होगा। आपके गाँव वाले कबरगाह में। फोर्स लगा दिए हैं।"

लीलाधर यादव थाना से निकले और अपने गाँव देवली के लिए रवाना हुए।

गाँव पहुँच कर घर नहीं गए, सीधे क़ब्रिस्तान पहुँचे। वहाँ शमशेर साँई को माटी देने की तैयारी चल रही थी। अल-फ़ातिहा की नमाज़ चल रही थी। नमाज़ में शामिल लोगों में अगली क़तार में थे सरपंच अकरम अंसारी। लीलाधर सामने खड़े थे। नमाज़ के दरमियान अकरम अंसारी की नज़रें उनसे टकरायीं।

नमाज़े जनाज़ा ख़त्म हुई। लोग दीगर रस्में निबटाने में लगे। सरपंच अकरम अंसारी की चाल बदल गई थी। वह अपने बोझिल पैरों को लगभग घसीटते हुए लीलाधर यादव के पास आए। सलाम किया और बग़ल में खड़े हो गए। उनका चेहरा काला पड़ गया था। लोग अकरम के चेहरे के रंग से उनके दुख को तौल रहे थे और उनके करियाए चेहरे का कारण शमशेर की मौत को मान रहे थे। बस, एक मुखिया थे जिन्हें सच पता था। मुखिया लीलाधर यादव को पता था कि सरपंच का रिवाल्वर गरभू पाँड़े के क़ब्ज़े में था। पिछले चुनाव में शेख़ बदरु की हार से लीलाधर की जीत आधी ही रह गई थी। सरपंच का चुनाव जीतने के बाद भी अकरम

अंसारी मुखिया लीलाधर यादव के लिए लौंडे-लपाड़े ही थे।

"कहँवा चले गए थे भाई?" सरपंच अकरम अंसारी की आवाज़ लरज़ रही थी।

सरपंच अकरम अंसारी ने पहली बार मुखिया लीलाधर यादव को भाई सम्बोधित किया था। दोनों में लगभग अबोला ही था। इसके पहले दोनों के बीच पंचायत से जुड़ी काम-काज की बातें भर होती थीं और दोनों एक-दूसरे को उनके पदनामों से ही सम्बोधित करते। चुनाव बीते दो साल पूरा हो चुका था, पर चुनाव की रंजिश मिटी नहीं थी। भीतर ही भीतर तनातनी चल रही थी। सारे गाँव को इस तनातनी का पता था।

"पटना चले गए थे।" मुखिया लीलाधर यादव ने संयत स्वर में मुख़्तर-सा जवाब दिया।

"ऐसी बुरी मउअत अल्ला किसी को न दे।...कसाई के माफ़िक ज़िबह किया है सब। हम तो सपने में भी सोच नहीं सकते थे कि शमशेर भाई की जान ऐसे...।" अकरम अबोला तोड़ना चाह रहे थे।

"हूँ।" लीलाधर यादव ने हुँकारी भरी।

"हमको तो लग रहा है कि..." अकरम अंसारी ने बात अधूरी छोड़ कर कातर आँखों से लीलाधर यादव की ओर देखा।

लीलाधर कुछ बोलें या अकरम अपनी बात पूरी करें तब तक 'ला इलाहा इल्लल्लाहुल हलीमुल करीम' की आवाज़ उभरी। शमशेर साँई की लाश क़ब्र में उतारी जा रही थी। अकरम अंसारी अपनी बात अधूरी ही छोड़ कर क़ब्र के पास चले गए। सबने माटी दी। पहले तख़्तों से क़ब्र को ढँका गया। फिर माटी की ढेर से। शमशेर साँई सुपुर्द-ए-ख़ाक हुआ और डियूटी पर तैनात दारोगा और सिपाहियों ने चैन की साँस भरी कि बला टली। बिना किसी हील-हुज्जत के सब कुछ निबट गया। कोई फ़साद नहीं हुआ। दारोगा और सिपाहियों का दल पाकड़ के पेड़ के पास खड़ा था।

दारोगा धीमी गति से चलते हुए मुखिया लीलाधर यादव के पास आया। पूछा—"मुखियाजी, आप थाना गए थे?"

"हाँ, पहले सीधे वहीं गया।...पता चला आप ही डियूटी पर हैं।"

"...कुछ मत पूछिए।...कल से ही हलकान हो रहे हैं। वकुआ के बाद से ही सरपंच ग़ायब थे। हमलोग तो भोरे-भिनसारे पहुँच गए थे और अकरम बाबू पहुँचे ग्यारह बजे। बहुत मुश्किल से लहास लदवाए। थाना पर पहुँच कर भारी तमाशा रचे। आपको तो सब मालूम हो ही गया होगा।"

"हूँ।" लीलाधर यादव ने हुँकारी भरी।

"तो अब तो हिंया का सब काम निपट गया। आप भी आइए गए। अब हम लोग..."

"अरे अइसे कइसे चले जाइएगा? दुआर पर चलिए। कुछ खा-पीकर लौटिएगा।...और अभी कइसे लौटिएगा? थाना इंचार्ज से बात करते हैं हम। कम से कम आज की रात तो गाँव में फोर्स का रहना ज़रूरी है। रात-बिरात कहीं कुछ उपद्रव हुआ, तो कौन सम्भालेगा?"

"अब रात भर का फेरा मत लगाइए मुखियाजी। आप तो हइए हैं।...और कुछ होगा तो कितनी दूर है थाना? फोर्स आ जाएगी।" दारोगा की आवाज़ पस्त हो रही थी।

"अच्छा, दुआर पर चलिए। नाश्ता-पानी करिए। हम जरा मनरौली से शमशेर के घर होकर आते हैं। मेरे आने तक रहिएगा आपलोग।" मुखिया लीलाधर यादव ने दारोगा को अपने घर की ओर रवाना किया। थाना की जीप निकली।

सरपंच अकरम अंसारी पास आकर खड़े हुए। लीलाधर ने कहा—"सरपंच साहेब, आपको फुरसत हो तो मेरे दुआर पर चलिए। रमन हैं दुआर पर। दारोगा और सिपाही सब को नाश्ता-पानी करवाइए और हम ज़रा शमशेर के परिवार से मिल कर आते हैं।"

सरपंच अकरम अंसारी की हाँ-ना सुने बिना मुखिया लीलाधर यादव स्कार्पियो पर अपने चार-पाँच लोगों के साथ सवार हुए और मनरौली के लिए निकल गए। अकरम उजबक की तरह खड़े थे। कुछ समझ नहीं पा रहे थे कि क्या करें! किधर जाएँ! देवली, मनरौली और आसपास के गाँवों के लोगों का हुजूम था, पर उन्हें लग रहा था जैसे वे किसी निर्जन,...उजाड़ बियाबान में खड़े और धूल भरे बवंडर के थपेड़ों में घिरे हों। उनके पाँव थरथरा रहे थे। साँसें उखड़ रही थीं। आँखों की जोत मद्धिम होती जा रही थी। कलेजा हौल रहा था।

...इस गहन संकट-काल में रेशमा की छवि कौंधी। कल सुबह जो रोहू मछली के साथ पाउच-पान करके वहाँ से निकले तो अब तक वापस नहीं लौटे। जाना-मिलना तो दूर, ऐसे चक्रव्यूह में फँसे कि रेशमा की सुधि तक न आई।

अपनी पीठ पर किसी की हथेली का स्पर्श पाकर अकरम पीछे मुड़े। मुन्ने मियाँ थे।

"बहुत परेशान लग रहे हो...का बात है?" उनकी हालत देख मुन्ने चिंतित थे। "चलो,...गाड़ी में बैठो। घर चलो।"

मुन्ने उन्हें साथ लेकर गाड़ी तक गए। अकरम अंसारी गाड़ी में बैठे और धीरे से कहा—"मुखिया अपने दुआर पर बुलाए हैं, पर हम जाएँगे नहीं। हमको अच्छेलाल साह के घर पहुँचा दो।"

"तुम दो-चार दिन भी उस हरामजादी के बिना नहीं जी सकते?...एतना भारी बवाल में फँसे हो फिर भी आँख नहीं खुल रही तुम्हारी।...चलो,...करो जो-जो जी में आए।" मुन्ने के स्वर में खीझ, निराशा और फ़िक्रमन्दी शामिल थी।

"...और हाँ, मुखिया गए हैं अपने गाँव। शमशेर के परिवार से मिलने। जाकर

देखो वहाँ। उसके बाप-महतारी और जनाना का कान फूँककर न चले आएँ।" अकरम अंसारी ने मुन्ने से कहा।

"तुम रेशमवा की जाँघ खुजलाओ और हम मनरौली जाकर तुम्हारी ताबेदारी करें। वाह रे सरपंच!" मुन्ने मियाँ तड़क उठे।

बोलेरो देवली बाज़ार के बीच रोक कर सरपंच अकरम अंसारी उतरे और अच्छेलाल साह के घर में घुस गए। मुन्ने मियाँ अपने गाँव मनरौली के लिए निकले।

मुन्ने मियाँ के मनरौली पहुँचने से पहले मुखिया लीलाधर यादव शमशेर साँई के परिवार से मिल कर निकल चुके थे। वहाँ से चलते हुए उन्होंने शमशेर साँई के बूढ़े बाप साहेब साँई को स्कार्पियों में बैठा लिया था। वे करमासी होते हुए देवली पहुँचे। करमासी बाज़ार पर उनके दूसरे सुपुत्र भुवन सिंह यादव टाटा सूमो लिए खड़े थे। टाटा सूमो में बूढ़े साहेब साँई को बैठा कर उन्होंने हसनपुरा थाना के लिए विदा किया। थानाध्यक्ष गरभू पाँड़े काग़ज़ी कार्यवाई के लिए साहेब साँई का इंतज़ार कर रहे थे। चलते समय लीलाधर यादव ने भुवन को निर्देश दिया कि लौटते हुए हसनपुरा बाज़ार से बुढ़ऊ के लिए महीने भर की रसद खरीद देना और घर तक पहुँचा देना।

मुखिया लीलाधर यादव का शमशेर से पुराना रिश्ता था। इस चुनाव से पहले वह कई सालों से शेख़ बदरु के साथ था और शेख़ बदरु और लीलाधर में गहरी छनती थी। चुनाव में दोनों ने अपना गुट बना रखा था और एक-दूसरे के पक्ष में खड़े रहते थे। पूरे पंचायत पर दोनों मिल कर राज करते थे। सरपंच पद के लिए लीलाधर के चलते यादव वोट शेख़ बदरु के पक्ष में पड़ता और शेख़ बदरु के चलते मुसलमानों का वोट मुखिया पद के लिए लीलाधर यादव के पक्ष में गिरता। पिछले चुनाव में अकरम अंसारी ने इस गणित को उलट दिया था। पसमांदा मुसलमानों की संख्या कम नहीं थी, सो शेख़ बदरु की अपनी ज़मीन ही खिसक गई थी। मनरौली के हिन्दुओं ने कम आबादी होने के बावजूद इस कारण अकरम का साथ दिया कि हर बार मुखिया और सरपंच दोनों पद देवली के हिस्से ही क्यों जाए! इस बार कम से कम सरपंच तो मनरौली का आदमी बने! भीतर ही भीतर मनरौली के कुछ हिन्दू परिवारों के बीच भी लीलाधर यादव को लेकर मतभेद था। ऊपर से सब शांत और थिर लगता रहा, पर अकरम अंसारी ने अपने गाँव मनरौली के कुछ हिन्दुओं को तोड़ लिया था। हिन्दू इस बात पर राजी हो गए थे कि सरपंच वाले पद के लिए वे शेख़ बदरु को वोट नहीं देंगे। जब किसी मुसलमान को ही देना है, तो अकरम अंसारी क्या बुरे हैं! अकरम की इसी चाल ने शेख़ बदरु को पटखनी दे दी थी और लीलाधर हारते-हारते जीत सके थे। लीलाधर यादव का मुक़ाबला टोटहा टोले के युवा उम्मीदवार रज्जन पासवान से था। टोटहा टोले से पहली बार कोई चुनाव लड़ रहा था। रज्जन पासवान को लेकर टोटहा टोले में उत्साह तो बहुत था, पर अनुभव की कमी थी। इस अनुभव की कमी का लाभ उठा कर ही लीलाधर यादव इस बार चुनाव जीत सके।

दारोगा अपने सिपाहियों के साथ मुखिया के दरवाज़े पर पहुँचा, तब तक थानाध्यक्ष गरभू पाँड़े ने मोबाइल पर रात भर देवली में ही कैम्प करने का आदेश जारी किया। ज़िला मुख्यालय के निर्देश पर यह आदेश थानाध्यक्ष ने दिया था।

देर रात थानाध्यक्ष गरभू पाँड़े एडिशनल फोर्स के साथ देवली पहुँचा। एक पार्टी मनरौली गई और दूसरी पार्टी ने देवली में ही अच्छेलाल साह के घर छापा मारा। मनरौली में पुलिस ने सूखल नोनिया, राजो पासवान और रफीक अंसारी के साथ मुन्ने मियाँ को गिरफ़्तार किया। रफीक अंसारी मुन्ने मियाँ के दोस्त और अकरम अंसारी के ख़ास आदमी थे। दिन-रात शमशेर साँई की सोहबत में रहते थे और उसकी गतिविधियों की पल-पल की ख़बर सरपंच अकरम अंसारी तक पहुँचाया करते। सूखल नोनिया का मैट्रिक पास बेटा पिछले चुनाव में मनरौली बूथ पर रज्जन पासवान का पोलिंग एजेंट रह चुका था और नोनिया लोगों के बीच पढ़ा-लिखा होने के कारण सर्वाधिक मुखर था। नोनिया टोली से रज्जन पासवान के पिता का सम्बन्ध अच्छा नहीं था, पर सूखल के परिवार के इस युवा के मन में रज्जन के प्रति आदर भाव था। रज्जन पासवान के चचेरे भाई का बेटा था राजो पासवान। वह दिन-रात छाया की तरह रज्जन के साथ रहता।

जिस समय पुलिस अच्छेलाल साह के दरवाज़े पर पहुँची, वे अपनी कलाली में सो रहे थे। जब पुलिस ने दरवाज़ा खटखटाया अच्छेलाल साह को लगा, कोई ग्राहक होगा। वे रात-बिरात किसी को वापस नहीं लौटाते थे। उन्होंने आँखें मलते हुए ज्यों ही दरवाज़ा खोला, थानाध्यक्ष गरभू पाँड़े ने एक ज़ोरदार तमाचा मारा। तमाचा इतना झन्नाटेदार था कि अच्छेलाल साह को तीनों लोक के दर्शन हो गए। वे कुछ समझें-बूझें तब तक थानेदार ने दूसरा तमाचा जड़ते हुए पूछा—"सरपंच कहँवा हैं?"

अच्छेलाल साह ने भीतर वाली उस कोठरी की ओर इशारा किया, जिसका दरवाज़ा कलाली में खुलता था। उनकी आवाज़ हलक में फँस गई थी और साँस की लय उखड़ने लगी थी। वे ज़मीन पर बैठ गए। गरभू पाँड़े ने भीतर वाली कोठरी के दरवाज़े पर ऐसी ज़ोरदार लात लगाई कि भीतर की कुंडी एक झटके में उखड़ गई और पल्ले छिटक कर भड़ाम की आवाज़ के साथ खुले। रेशमा की सेज पर लाँगट-उघार बेसुध पड़े थे अकरम अंसारी।

दरवाज़ा खुलते ही अपनी सेज से कूद कर नीचे उतरी रेशमा। अपने अस्त-व्यस्त कपड़ों के ठीक करने का समय भी नहीं मिला उसे कि दबोच लिया सिपाहियों ने। थानाध्यक्ष गरभू पाँड़े ने सेज पर बेसुध पड़े अकरम अंसारी की ज़ुल्फ़ों को अपनी मुट्ठी में भर कर उन्हें घसीटा। वे सेज से नीचे गिरे तब उनकी आँखें खुलीं। गरभू पाँड़े ने एक झन्नाटेदार तमाचा अकरम अंसारी के गाल पर रसीद किया। तमाचे की चोट से वे चैतन्य हो गए।

"तुम लोग सरपंच साहेब को लेकर बाहर इंतज़ार करो। मैं इस कुतिया की गर्मी

झाड़ कर आता हूँ।" गरभू पाँड़े के चेहरे की रंगत बदल गई थी। उसके चेहरे के भीतर छिपा था एक और चेहरा। गरभू पाँड़े अपने ललाट पर बड़ा-सा लाल टीका लगाता था। उस लाल टीके से झाँकता उसका राक्षसी चेहरा किसी फुँफकारते साँप की तरह बाहर आ गया था। गरभू पाँड़े के नुकीले-पैने दाँत बाहर निकल आए थे और नाख़ून लम्बे हो गए थे। गरभू पाँड़े ने सिपहियों के साथ सरपंच को रेशमा के शयन-कक्ष से बाहर किया और रेशमा पर टूट पड़ा।

अपने साहस के बल पर अब तक के सारे युद्ध जीतती रही थी रेशमा। पर यह युद्ध नहीं था। यह हताश, पराजित और लज्जित समय का अश्लील नाच था, जिसे गरभू नंगा होकर नाच रहा था।...रेशमा के पाँवों के नीचे की धरती डोल रही थी। अपने थरथराते घुटनों के बल बहुत देर तक डोलती हुई धरती पर खड़ा हो पाना कठिन था रेशमा के लिए। वह औंधे मुँह गिरी। किसी बनैले सूअर की तरह गरभू के गले से निकल कर घों-घों की भयावह आवाज़ गूँजती रही। रेशमा की देह ढीली पड़ गई थी।

थानाध्यक्ष ने अपने पैंट की पेटी कसते हुए कहा—"अगर सरपंच ने पूछताछ में तुम्हारा नाम लिया तो फिर आएँगे।...अबकी बार ज़रा ठीक से स्वागत करना। इस बार हड़बड़ी में मज़ा नहीं आया।"...और बाहर निकल गया।

रेशमा अपने बिछावन पर चित पड़ी रही। अपनी निस्तेज आँखों से कोठरी की छत निहारती रही। दिमाग़ सुन्न था। बार-बार आँखों के सामने एक काला वलय उभरता और घूर्णाकार चक्कर काटता और लोप हो जाता। दोनों पैरों की नसें तड़क रही थीं। हलक में रेत भर गई थी और कँटीली झाड़ियाँ उग आई थीं। गालों पर... होंठों पर...छाती पर...काँधे पर...बाहों में गरभू के नाख़ूनों और दाँतों की चुभन से लहू रिस रहा था।

थानाध्यक्ष गरभू पाँड़े जब रेशमा के शयन-कक्ष से बाहर निकला, सरपंच अकरम अंसारी ज़मीन पर मुँह के बल गिरे हुए थे उनकी मुश्कें कसी हुई थीं। अच्छेलाल साह दोनों हाथ जोड़े अपनी थरथर काँपती टाँगों के सहारे जैसे-तैसे खड़े थे।

"साह जी, कल साँझ बखत लाइसेंस लेकर अपनी झड़ेली के साथ थाना पर हाजिर होना।...कुछ माल भी लेते आना। कई दिन से पूरा थाना साले तुम लोगों के फेरा में अझुराया हुआ है।" थानाध्यक्ष ने आदेश दिया और सिपाहियों की ओर मुड़ कर बोला—"सरपंच साहेब को इज्जत के साथ बाहर ले चलो। राह में मार-पीट नहीं करेगा कोई।"

*

ये सारी गिरफ़्तारियाँ साहेब साँई का बयान दर्ज करने के बाद पुलिस ने की थी। सरपंच अकरम अंसारी का लाइसेंसी रिवाल्वर थानाध्यक्ष गरभू पाँड़े के

क़ब्ज़े में था और यह ऐसा साक्ष्य था, जो उनके गले में फाँसी का फन्दा लटका सकता था।

थानाध्यक्ष गरभू पाँड़े पुलिस का पुराना खिलाड़ी था और उसने सरपंच के सारे पंख नोच लिये थे। हिरामन तोता की तरह उसके पिंजरे में क़ैद थी सरपंच की जान। उसे इस बात का अच्छी तरह अहसास था कि मुआमला अक़ल्लियत का है, सो वह हरेक क़दम फूँक-फूँक कर रख रहा था। उसने अपने मातहतों को सख़्त हिदायत दी थी कि सरपंच और मुन्ने मियाँ के साथ फ़िलहाल कोई मार-पीट नहीं होगी। कोर्ट में पेशी से पहले तक सब मुलायमियत से पेश आएँगे। कोर्ट ने अगर ज़ब्त रिवाल्वर के साक्ष्य के आधार पर पुलिस रिमांड दे दिया, तब देखा जाएगा।

सरपंच अकरम अंसारी की देर रात गिरफ़्तारी की ख़बर आग की तरह पूरे जवार में पसर गई। सुबह होते-होते देवली और मनरौली सहित आस-पास के गाँवों में इस ख़बर ने अलग-अलग सम्प्रदायों और जातियों के लोगों पर अलग-अलग प्रभाव डाला। चारों ओर हलचल ज़रूर थी, पर हसनपुरा का थाना परिसर शांत था। सरपंच के समर्थक हसनपुरा पहुँचे ज़रूर थे, पर परिवार के दो-तीन लोग ही थाना परिसर में थे। बाक़ी लोग इधर-उधर चाय की दुकानों या पान की गुमटियों पर पसरे थे। मामला मर्डर का था, सो लोग बच-बचा कर ही रहना चाहते थे। न जाने पुलिस किसको फँसा दे। दिन चढ़ते ही सीवान से एस. पी. आ पहुँचे थे। भीतर चहल-पहल थी, पर कोई ख़बर बाहर नहीं आ रही थी। इलाक़े के सारे नामवर लोग किसी न किसी बहाने ख़बर टोहने हसनपुरा पहुँचे पर थाना के भीतर जाकर ख़बर टोहने की हिम्मत किसी की न हुई। दोपहर बाद थाना से एस. पी. की गाड़ी निकली और हूटर बजाती सीवान वापस चली गई। एस. पी. के जाने के थोड़ी देर बाद थाना से दो और गाड़ियाँ सीवान के लिए निकलीं। इन गाड़ियों में फोर्स के साथ गिरफ़्तार नामज़द लोगों को कोर्ट में पेशी के लिए ले जाया जा रहा था।

थानाध्यक्ष गरभू पाँड़े की जीप आगे थी। इस जीप में पीछे बैठे थे सरपंच अकरम अंसारी और मुन्ने मियाँ। दूसरी जीप में बाक़ी तीन लोगों को बैठाया गया था। सीवान पहुँचते-पहुँचते कोर्ट उठने का समय हो चला था। आनन-फ़ानन में पेशी हुई। मजिस्ट्रेट ने पाँचों को न्यायिक हिरासत में भेज दिया। इस पूरे दिन की हलचल में मुखिया लीलाधर यादव कहीं शामिल नहीं हुए। वह न हसनपुरा थाना आए और न ही सीवान गए। सारा दिन अपने दरवाज़े पर बैठे रहे। आने-जाने वालों से मिलते रहे। अपने बेटा भुवन सिंह यादव को मनरौली भेज कर शमशेर के बाप साहेब साँई और परिवार का हालचाल लिया। उनके बड़े बेटा रमन सिंह यादव की एक झलक ज़रूर हसनपुरा में दिखी थी, पर वह टिके नहीं। रमन सीवान निकल गए थे और कोर्ट के अहाते में भी दिखे थे। लौट कर उन्होंने सारी सूचनाएँ पिता को दी।

शमशेर साँई की हत्या के मामले में हुई गिरफ़्तारियों को लेकर सारे जवार में तरह-तरह की चर्चा थी। जितने मुँह, उतनी बातें।

4

शमशेर साँई की हत्या के बाद एक पखवारा बीत चुका था।

देवली और मनरौली की धरती पर दिन में संदेह की छायाएँ डोलती-फिरतीं। रातों में धरती की कोख से गहन कालिमा को चीरते हुए कंठ-स्वर उभरते और असीम आवेग के साथ आकाश में टँगे तारों से जा टकराते। फिर नीचे धरती पर लौटते। दु:खों की बदली बन आँखों में उमड़ते-घुमड़ते और बरसते।

रेशमा की कोठरी में पतिया हजामिन का कंठ-स्वर गूँज रहा था। उसकी आवाज़ पहले रेशमा की कोठरी में भाँवर काटती,...वर्तुलाकार उठती और आकाश में टिमटिमाते तारों से जा टकराती। फिर लौटती और असह दुखों की बदली बन रेशमा की आँखों में छा जाती और धारासार बरसती। रेशमा की अधनंगी देह बिछावन पर कुहुक रही थी और पतिया मलिया में सरसों का तेल लिये उसे मालिश कर रही थी। सम्भोग-प्रिया रेशमा को अपनी देह से घिन आने लगी थी। गरभू पाँड़े ने उसकी देह को रौरव नरक में बदल दिया था।

उस रात इस कोठरी की मटमैली रोशनी में उसकी देह बिलबिलाती रही डंक से और गरभू पाँड़े की देह से निकल कर असंख्य छायाएँ पैशचिक नाच नाचती रहीं। सोलह की उम्र में सत्तर साल का बूढ़ा पति दो साल तक उसकी देह को थूक और लार से नहलाता रहा, तब भी ऐसी घिन नहीं हुई थी अपनी देह से रेशमा को। चन्दन तिवारी या पिन्टू सिंह के साथ सोते हुए पल-छिन के लिए भी उसे अपनी देह से घिन नहीं आई।...पर गरभू तो उसकी देह में रेंगनी का काँटा रोप कर चला गया। कौन जतन करे?...किस देवी-देवता के देवल पर जाकर माथ पटके?... किस ओझा-गुनी या डॉक्टर-वैद को दिखाए कि काँटों की यह चुभन और टीस मिटे?...देह की बात होती केवल तो वह जी लेती, पर क्या करे छाती के भीतर पसरते रेंगनी के काँट की इन झाड़ियों का! इनकी बाढ़ उसके सम्भाले नहीं सम्भल रही।...पतिया गा रही थी और उसका हाथ तेल की चिकनाई से रेशमा की देह पर सरक रहा था। वह अपनी भतीजी की देह को सहेज-सम्भाल रही थी, पर जानती थी वह कि रेशमा का लहूलुहान मन सहेज-सम्भाल पाना उसके बूते की बात नहीं। पतिया का कंठ-स्वर फूटता...

''गहरी नदिया हईं ए हरिजी, कि अगम बहे मोर धार,
बिन मेह बिन चमका ए हरिजी, बिजुरी गिरल जलधार।
जो हम जनितों ए हरिजी, आगि लगि जइहें,

नाहिं जनमतों ए हरिजी, नाहिं बनितों जलधार।
माटी भइल देहिया ए हरिजी, सूखल फुलवा के डाढ़ि,
कइसन ई अगिया ए हरिजी, जरि गइल सोरहो सिंगार।"

पतिया गाती और रेशमा रोती। जैसे धरती में वाण मारे कोई धनुर्धर और जल की धारा फूट निकले, वैसे ही पतिया का स्वर रेशमा के कलेजे में उतरता और उसकी आँखें धारासार बरसतीं। राग और रुदन की इस लीला का मर्म समझ पाना देवली के लोगों के वश में नहीं था।

इन दिनों अच्छेलाल साह बहुत देर रात तक कलाली नहीं चलाते। देर रात कोई लाख साँकल पीटे, दरवाज़ा नहीं खोलते। पहले भी बहुत कम बोलते थे अच्छेलाल, पर उस रात के बाद तो लगभग गुम रहने लगे थे वह। उस घटनावाली रात के बाद वे थाना पर गए थे और बिना रेशमा को बताए पाँच हज़ार रुपए और दारू की एक बड़ी खेप गरभू पाँड़े को सौंप आए थे। उन्हें मालूम था कि जब उनके सामने सरपंच अकरम अंसारी ज़मीन पर मुँह के बल गिरे हुए थे और उनकी मुश्कें कसी हुई थीं, गरभू पाँड़े भीतर क्या कर रहा था और रेशमा पर क्या गुज़र रही थी।

अच्छेलाल ने कभी रेशमा से उसके बीते जीवन के बारे में कुछ नहीं पूछा था। रेशमा के बीते जीवन के बारे में उनकी रुचि नहीं थी। न रेशमा ने कभी कुछ बताया और न उन्होंने कुछ पूछा। वह क्या पूछते रेशमा से और जान कर करते भी क्या? जितना बताया था पतिया ने वही काफ़ी था उनके लिए। उनकी गरदन में उनके ही बाल-बच्चे फाँस की तरह लटके थे और उनका दम घुट रहा था। भला हो पतिया का जिसने रेशमा को उनकी चौखट तक पहुँचा दिया। रेशमा न मिली होती, तो अब तक बेटे और बहुएँ मिल कर उनकी चिता फूँक चुके होते। अच्छेलाल साह को जितना पतिया ने बताया था, उससे इतना तो समझ गए थे वह कि रेशमा के सुख-दुःख रेशम जैसे मुलायम नहीं।...पर हाँ, ऊपर से चाहे वह जितनी तीखी और धार वाली दिखती हो, भीतर ही भीतर रेशम का गुच्छा ही है। उनके घर आ बैठने के बाद रेशमा ने चाहे पिन्टू सिंह हों या अकरम अंसारी, न तो अच्छेलाल के हित से कोई समझौता किया और न अपनी लालसाओं से। जब पिन्टू सिंह ने रेशमा के मन को मार कर उसकी देह पर काबिज़ होना चाहा, उसने बीच बाज़ार छाती ठोक कर उन्हें विलगा दिया। सारा गाँव दम साधे देखता रह गया और रेशमा ने उनकी जवानी पर थूक दिया। पिन्टू सिंह की ढीली गाँठ और कमर के कस-बल की ऐसी पोल खुली कि वे कहीं के न रहे। पाँक में धँसी सिंघी मछरी की तरह डंक मार कर छिटक गई रेशमा और इस-बिस करते रह गए पिन्टू सिंह।

अच्छेलाल साह समझ रहे थे रेशमा का दुःख। वह अच्छी तरह जानते थे कि रेशमा अपने कलेजे के भीतर ढेरों घाव लिये जीती रही है।...पहली बार उसे अपनी ज़िन्दगी में ऐसी ठौर मिली थी जहाँ वह खुली हवा में साँस ले रही थी। टिक कर

जी रही थी। यहाँ वह चन्दन तिवारी की तरह अच्छेलाल की रखैल नहीं थी।...और अच्छेलाल साह न तो उसकी देह चाटते और न उसकी देह की पहरेदारी करते। चूमना-चाटना तो दूर, अच्छेलाल ने आज तक उसे अपनी ओर से छूने की कोशिश तक नहीं की थी। बस कभी-कभी जब रेशमा पर उनका प्यार उमड़ता, उसे भर दीठ निहारते। उन्हें निहारते हुए पाकर मुस्कुरा उठती रेशमा और सल्लज भाव से अपनी आँखें झुका लेती। कलाली में ही सोते थे अच्छेलाल साह। वे जब थक-हार कर सोए होते रेशमा उनके पाँव दबाती। अच्छेलाल साह लाख ना-नुकुर करते, पर बिला नागा वह उनके पाँव दबाती। उसके शयन-कक्ष में चाहे पहले पिन्टू सिंह रहे हों या अब अकरम अंसारी, उसने इस मुआमले में अच्छेलाल साह की कभी अनदेखी नहीं की। अपने हाथ से परोस कर दोनों वक़्त खाना खिलाना और सोते समय अच्छेलाल साह के पाँव दबाना रेशमा की दिनचर्या का हिस्सा था।

पतिया के आ जाने से अच्छेलाल साह को थोड़ा बल मिला था। वह रेशमा की देखभाल में लगी रहती। कलाली चल रही थी। यह धंधा ही ऐसा है कि भूडोल आ जाए तो भी जिसे लत लगी है, आएगा ही।

पतिया गा रही थी,...रेशमा रो रही थी और अच्छेलाल साह कलाली के किवाड़ के पल्ले उठँगा कर अपने दोनों घुटनों को अपनी बाहों में बाँधे हुए चटाई पर चुक्का-मुक्की बैठे थे। भादो माह के शुक्ल पक्ष की रात थी। बढ़ते चन्द्रमा के प्रकाश को तेज़ बरसाती हवा के झकोरे पल्लों की दरारों से भीतर उड़ेल रहे थे। सिहर रही थी अच्छेलाल साह की देह।

अच्छेलाल साह निडर आदमी थे। किसी के सामने तन कर भले ही खड़े नहीं होते, पर डरते नहीं थे। डर कर कलाली का धंधा हो ही नहीं सकता। वह धन्धे का हुनर जानते थे। उन्हें अच्छी तरह आता था लोगों की गाँठ से पैसा निकालना। शमशेर साँई जैसे ग्राहक पर भी उनका एक पाई उधार—बाक़ी नहीं रहा। जिस रात उसकी हत्या हुई थी, वह उनकी कलाली पर आया था। वह चारख़ाने वाली लुंगी और क़लफ़दार सफ़ेद कुर्ता पहने हुए था। हल्की बूँदा-बाँदी हो रही थी और उसका कुर्ता गीला हो गया था। आते ही उसने कुर्ता उतार कर सूखने के लिए दीवार में लगी खूँटी पर टाँग दिया था। उस रात कुछ ज़्यादा ही पी उसने। पत्ते के दोने में तली हुई चल्हवा मछरी साथ लेकर आया था। अकेला था। और दिनों की तरह तना हुआ नहीं था। कुछ-कुछ उदास लग रहा था। हो सकता है कि मौत की अदीठ छाया उस पर मँड़रा रही हो या फिर कोई अजाना भय उसे भीतर ही भीतर तोड़ रहा हो। बहुत देर तक बैठ कर वह पीता रहा था। अमूमन वह कम बोलता था। शमशेर साँई उन्हें चच्चा पुकारता। उस रात उसने पीना शुरू करने से पहले पूछा था—"चच्चा, मछरी खाओगे?"

अच्छेलाल साह की आँखों के सामने उस रात का एक-एक पल जीवित हो

उठा। शमशेर साँई का चेहरा भुलाए नहीं भूल रहा था। अच्छेलाल साह का मन बेचैन हो उठा था। बाहर के दरवाज़े के पल्लों की दरारों से घुस कर सिहराती बरसाती हवा,...रेशमा की कोठरी में खुलने वाले पिछले दरवाज़े से रिस कर आती रेशमा की सिसकन,...किसी करुण विलाप की तरह कलेजे में उतरता पतिया का कंठ-स्वर,...और शमशेर साँई की हत्या के अबूझ रहस्य के गुंजल्क में फँस कर अच्छेलाल साह का जी अकुला रहा था। खप्पर लेकर नाचती किसी डाइन के लहराते सफ़ेद बालों की तरह पल्लों की दरारों से आती चाँदनी उनके सामने लहरा रही थी। उनकी आँखों के सामने रेशमा के लहूलुहान सूजे हुए होंठ लरजे। गरभू पाँड़े के नुकीले दाँतों से चबाए हुए होंठ। रेशमा की साँवली पीठ पर,...ठीक बीच में रीढ़ की हड्डी के ऊपर साँप के केंचुल की तरह घाव की लकीर कौंधी। काँधों पर, गर्दन पर, गले के नीचे नाख़ूनों और दाँतों के चीरे से उग आए रक्तिम चकत्ते चिंगारी की तरह चमक उठे। उन्होंने घुटनों में मुँह गोत लिया था। बरसाती हवा उनके फेफड़े में भरती जा रही थी। बादल नहीं थे। आकाश निरभ्र था। फिर भी भादो की यह हवा न जाने कहाँ से चुरा कर ला रही थी ऐसी नमी कि उनका दम घुट रहा था।

*

देवली के दक्षिणी सीवान पर टोटहा टोला और दुधही पोखर के पार मनरौली के अंसारी टोला में एक विशाल तिमंज़िले मकान के पीछे बने छोटे से घर के आँगन से नबीहा की सिसकियाँ फूट रही थीं। तिमंज़िला मकान अकरम अंसारी का था और उसके पीछे दो कोठरियों, ओसारा और छोटे से आँगन वाला यह घर उनके फूफीज़ाद भाई मुन्ने मियाँ का था। इस छोटे से घर के बायीं ओर था भूसा भरा खोप, नाँद, खूँटा, चापाकल और नाबदान। दायीं ओर पशुओं के लिए फूस की छाजन वाली एक पलानी थी, जिसमें बँधी गाय डकर-डकर कर नबीहा के रुदन-स्वर में अपना स्वर मिला रही थी।

नबीहा मुन्ने मियाँ की औरत थी। उसकी गोद में चार महीने की बेटी थी, जो निकाह के दस सालों बाद पैदा हुई थी। इस एक औलाद के लिए उसने पीरों की कई मज़ारों की ज़ियारत की थी और फ़क़ीरों-मुसीहों के ख़ानक़ाहों की ख़ाक छानती फिरी थी। वह अपनी गोद में बेटी को लिये ओसारे में बैठी रो रही थी। आँगन में पसरी थी बीतते भादो के बढ़ते चन्द्रमा की टहकार उजास। मुन्ने मियाँ की गिरफ़्तारी के बाद रोज़ रात का यह सिलसिला था। वह दिन-भर घर के काम-काज निबटाती, बेटी को सम्भालती, गाय की नाँद में सानी-पानी करती और रात के गहराते ही बेटी को गोद में लेकर बैठ जाती विलाप करने।

मुन्ने मियाँ के पास खेती-बाड़ी थी नहीं। अकरम अंसारी का भरोसा था। मुन्ने

मियाँ अकरम की ड्राइवरी करते और उनके साथ छाया की तरह लगे रहते। बस, एक रेशमा के मामले में उनका अकरम अंसारी से छत्तीस का आँकड़ा था। रेशमा से अकरम के सम्बन्धों को लेकर मुन्ने मियाँ दुखी रहते और बात-बेबात लड़ बैठते। मुन्ने मियाँ लँगोट के पक्के थे। अकरम के साथ और अकरम के लिए वह कुछ भी करने को तैयार रहते। यहाँ तक की मारने-मरने को उतारू हो जाते, पर रेशमा कलवारिन के नाम पर उनके मुँह से बद्दुआ ही निकलती। रेशमा कलवारिन और अकरम अंसारी की इस रासलीला के चर्चे सुन-सुन कर उनका पारा चढ़ जाता। मन में घिन भर आती। पर अकरम अंसारी के लिए उनके विरोध की कोई क़ीमत नहीं थी। मुन्ने मियाँ उनके फूफीज़ाद भाई तो थे, पर साथ ही उनके रहमो-करम पर पलने वाले चाकर भी थे। मुन्ने मियाँ जिस रेशमा कलवारिन को बलीयत समझते, अकरम अंसारी के लिए वह बहिश्त थी। अपने नेकदिल और बेतहाशा प्यार करने वाले पति के बे-कसूर होने पर नबीहा को भरोसा था।

नबीहा का मायका हसनपुरा था। संत मख़दूम हसन चिश्ती की दरगाह के पीछे था अंसारियों का मोहल्ला। नबीहा के अब्बा के पास कई लूम थे। इन पर मोटिया कपड़े बुने जाते। नबीहा के घर बुनी चारख़ाने की लुंगियों और चादरों की अच्छी-ख़ासी माँग थी। कम क़ीमत के चलते मिल के चिकने कपड़ों के बढ़ते चलन के बावजूद लूम से निकला सारा माल हसनपुरा बाज़ार में ही खप जाता। चादरों में पूँजी लगती और गर्मियों में माल जमा रहता, पर जाड़ा आते ही ठीक-ठाक मुनाफ़े के साथ बिना हील-हुज्जत के माल बिक जाता। मुन्ने मियाँ छोटी उम्र में ही अपने अब्बा की मौत के बाद पूँजी के अभाव में अपना लूम बेच कर काम के लिए रोज़ मनरौली से हसनपुरा आने-जाने लगे थे। यहीं नबीहा के अब्बा के यहाँ दिहाड़ी पर काम करते और साँझ होते घर लौटते। जब काम का बोझ बढ़ता, ख़ासकर जाड़ों में जब चादरों की माँग बढ़ती, मुन्ने मियाँ को देर रात तक काम करना पड़ता। रातें नबीहा के घर ही गुज़रती। ऐसे में नबीहा उनका बहुत ख़याल रखती। धीरे-धीरे नबीहा और मुन्ने मियाँ का इश्क़ शुरू हुआ। फिर यह इश्क़ परवान चढ़ा।...और जब एक दिन नबीहा के अब्बा के सामने यह रहस्य खुला, उन्होंने मुन्ने मियाँ को नौकरी से निकाल दिया और भरपूर कुटाई के बाद नबीहा को नज़रबंद कर दिया। वह अपनी बेटी का निकाह एक दिहाड़ी मज़दूर से नहीं करना चाहते थे।...पर जैसा कि इश्क़ की कहानियों में होता रहा है, एक दिन बन्दिशों की सारी दीवारें ढाह-ढूह कर नबीहा भाग निकली और मुन्ने मियाँ उसे भगा ले गए।

नबीहा रो रही थी। उसके रुदन-स्वर से चौंक कर बीच-बीच में उसकी नन्ही-सी बेटी रोने लगती। वह अपना रोना मुल्तवी कर बेटी को थपकियाँ देती। चुप कराती। बेटी जब चुप होती, नबीहा के कंठ से रुदन फूटने लगता।

मुन्ने मियाँ के घर के आगे अकरम अंसारी के तिमंज़िले मकान के दूसरी और

तीसरी मंज़िल के आगे-पीछे दोनों तरफ़ बारजे थे। दूसरी मंज़िल के पीछे वाले बारजे में खड़ी अकरम अंसारी की बीवी नाज़ बेगम नबीहा का रोना-बिलखना सुन रही थीं। गिरफ़्तारी के बाद से यह रोज़ का सिलसिला था। गोद में बेटी को लिये नबीहा ओसारे पर बैठ जाती और रोती।...और नाज़ बेगम अपने बारजे से उसका रोना देखती-सुनती और अपनी क़िस्मत को रोतीं। वह चाह कर भी अपने मरद अकरम अंसारी के लिए रो नहीं पातीं। अकरम के लिए उनके मन में रत्ती भर दर्द नहीं था। गिरफ़्तारी की ख़बर सुन कर उन्हें न दुःख हुआ, न हैरत हुई। नबीहा की तरह नाज़ बेगम ने अल्ला मियाँ से अकरम अंसारी के छूटने के लिए न दुआएँ माँगीं और न किसी पीर-फ़क़ीर की मज़ार पर जाकर मिन्नतें की। इस गिरफ़्तारी की मातमदारी के बदले नाज़ बेगम बेहिस बनी रहीं। निकाह के बाद दो सालों में एक के बाद एक बेटा और एक बेटी पैदा कर उन्हें ऐसे भूले अकरम अंसारी कि ईद के दिन भी इस दूसरी मंज़िल पर पल-छिन के लिए भी नहीं टिके। शुरू में तो उनकी सूरत देखने को भी तरसती रही नाज़ बेगम, पर बाद में उसने अपनी इस लालसा को भी दफ़्न कर दिया। आते-जाते या सामने बारजे से सहन में कभी दिख गए, तो दिख गए।

निकाह के दो साल बाद ही अकरम अंसारी ने अपनी फूफीज़ाद बहन यानी मुन्ने मियाँ की बड़ी बेवा बहन मुन्नी को अपने घर में बिठा लिया था। नाज़ बेगम को पता तक न चला कि कब उनके हाथ से डोर सरक कर उस बेवा मुन्नी के हाथ चली गई। यह घर की बात थी, पर घर में टिकी रह गई हो, ऐसा भी न हुआ। यह क़िस्सा भी आम हुआ। गाँव-जवार में फैले अकरम अंसारी की अय्याशियों के क़िस्से प्रेतों की तरह नाज़ बेगम के इर्दगिर्द मँडराते रहते। फिर आई रेशमा कलवारिन। रेशमा ने तो अकरम अंसारी को अपने आँचल के खूँट में बाँध कर कमर में ही खोंस लिया। अब अकरम जेल में रहें या घर में नाज़ बेगम के लिए कोई ख़ास फ़र्क़ नहीं था, सो न तो वह ख़ुश थीं और न ही सोग मना पा रही थीं। हाँ, अपनी क़िस्मत पर ज़रूर रो रही थीं कि काश नबीहा की तरह होती उसकी क़िस्मत कि वह अपने आदमी के लिए रोतीं और सोग मनातीं।

नाज़ बेगम के कलेजे से उठती यह बे-आवाज़ हूक गहरी साँसें बन कर बाहर निकलतीं और आसमान की ओर उठती नबीहा के रुदन-स्वर में जा मिलतीं। टकरातीं जाकर भादो के साफ़-शफ़्फ़ाफ़ आकाश में चमकते सितारों से और फिर बदली बन नबीहा की आँखों से वैसे ही बरसती, जैसे रेशमा कलवारिन की आँखों से देवली में बरस रही थीं। नबीहा केवल अपना दुःख रो रही थी। उसे यह नहीं मालूम था कि बारजे में खड़ा होकर चुपचाप उसका रोना सुनती हुई नाज़ बेगम का दुःख भी उसके दुःख में शामिल है।

*

मनरौली में दक्षिण की ओर अंसारियों का टोला जहाँ ख़त्म होता, ठीक उसके सटे धान की खेती वाले चँवर का विशाल फैलाव था। इस चँवर में जब धान की फ़सल जवान होती, तो हवा के झोंकों से सब्ज़ रंग की लहरें उठतीं। चँवर के इस दक्षिणी छोर पर पूरब से आती एक बरसाती नदी थी—सँपही। गर्मियों में इसके पेट में धूल उड़ती और बरसात में यह लोक-लाज छोड़ कर नाचती। साँप की तरह कज चलती, बलखाती इस नदी और अंसारियों के टोले के बीच ऊसर ज़मीन का बड़ा-सा ढालुवाँ मैदान था। यह ग़ैर-मज़रुआ आम ज़मीन थी। ज़मीन के इसी हिस्से पर मानिकपुर से उजड़ कर आए साँइयों का परिवार बसा हुआ था। इन परिवारों के पास खेती-बाड़ी नहीं थी। पहले सिर्फ़ ज़कात और ख़ैरात के भरोसे गुज़र-बसर होता था। पर अब वह समय नहीं रहा। धन रहते हुए दूसरों को देने वाला मन नहीं बचा लोगों के पास। मरनी-हरनी या त्योहारों के अलावा कभी-कभार ही ज़कात मिलती। दूसरों की ज़मीन पर बँटाई खेती और छोटे-मोटे रोज़गार ही साँइयों के जीविका के साधन थे।

यहीं था शमशेर साँई का घर। पक्की ईंटों से बनी एक कोठरी। इस कोठरी के पीछे फूस की छाजन वाला घर। फूस की छाजन वाले घरों और पक्के ईंटों से बनी कोठरी के बीच आँगन। पक्की कोठरी के सामने थोड़ा सा सहन और सहन पार एक पलानी।

शमशेर साँई के पास खेती-किसानी के लिए फ़ुरसत नहीं थी और उसके अब्बा साहेब साँई की देह में अब ताक़त नहीं बची थी कि वह खेती कर सकें। साहेब साँई अपनी थक चुकी देह लिये जैसे-तैसे दुआर पर बँधी एक गाय के लिए बमुश्किल सानी-पानी जुटा पाते थे। शमशेर साँई का एक छोटा भाई था नौशेर साँई। वह पोलियो के चलते चलने-फिरने से लाचार था। उसकी एक टाँग छोटी हो गई थी। नौशेर बैठे-बैठे दिन-रात अपने अब्बा और भाई को गालियाँ बकता। उसका अपना जी करता तो बैसाखी के बल देवली बाज़ार तक टाँग घसीटते हुए तफ़रीह कर आता, पर घर के काम-काज में हाथ नहीं बँटाता। ऊपर से गाँजा पीने की लत अलग थी। शमशेर साँई की औरत की पीठ पर लदी थी घर-गृहस्थी की ज़िम्मेवारियाँ। शमशेर साँई की बीवी का नाम गुल बानो था। कभी-कभार, जब शमशेर साँई अपना मलमल का कुर्ता पक्के ईंटों वाली कोठरी में टाँग कर इधर-उधर होता था, उसकी बीवी गुल बानो उसके कुर्ते की ज़ेब ख़ाली कर देती। गुल बानो जानती थी कि माँगने पर एक पाई नसीब न होगी, सो वह ऐसी हिकमत लगाती। अमूमन शमशेर साँई की ज़ेब में पैसे होते नहीं थे। वह अपनी कमाई बाहर लुटा कर आता। गुल बानो के कहने पर बाज़ार से सौदा-सुल्फ़ किसी के हाथ भिजवा देता, पर ख़ुद कभी कुछ लेकर नहीं आता। उसकी ज़ेब से गुल बानो अक्सरहाँ रुपए निकालती है, यह जानते हुए भी कभी उसने बीवी

को भला-बुरा नहीं कहा। एक बार गुल बानो को उसकी ज़ेब से मोटी रक़म हाथ लगी थी। इस पैसे से सोने की एक चेन ख़रीद कर गुल बानो ने उसे पहनाया था। उसके बाद कई दिनों तक शमशेर साँई उदास और बेचैन रहा। अपनी बीवी को लेकर उसके मन में पश्चाताप की आँधी चलती रही थी।

गुल बानो को कोई औलाद नहीं थी। निकाह के दूसरे महीने ही हमल ठहरा था, पर जब जनने का वक़्त आया अल्ला मियाँ ने सब कुछ उल्टा-पुल्टा कर दिया। पेट में ही बच्चे की मौत हो गई। हमल में मरे हुए बच्चे को लिए घंटों तड़पती रही थी गुल बानो। उसकी गोरी देह का रंग नीला होने लगा था। बड़ी मुश्किलों से जान बच पाई गुल बानो की। मरे हुए बच्चे को पेट से निकालने में ऐसी चूक हुई कि गुल बानो की कोख ही उजड़ गई। वह बच्चा जनने के लायक़ ही नहीं रही। शमशेर साँई के मन का यह मलाल नहीं मिटता कि काश वह समय रहते गुल बानो को सीवान के किसी अस्पताल में ले गया होता!...जब गुल बानो ने शमशेर को चेन ख़रीद कर दी, उसके कुछ दिनों बाद वह उसके लिए कुछ गहने और अपने अब्बा के लिए कपड़े ले आया। कहीं से एक गाय भी ले आया। अपने अब्बा से कहा—"बहुत कमज़ोर हो गए हो अब्बू। रोज़ दूध पीना।"

अजीब बौड़म था शमशेर साँई। पल में तोला, पल में माशा। घर में रहता तो रूई के मुलायम फाहों जैसा नरम और घर से बाहर निकलते ही बनैले जानवर की तरह ख़तरनाक़। उसके लाए गहनों को गुल बानो ने कभी नहीं पहना। बहुत छोटी उम्र से उसे बस एक ही सिंगार का शौक था। गुल बानो अपनी बड़ी-बड़ी आँखों में काजर की मोटी लकीरें डालती। सिर्फ़ शमशेर साँई का मान रखने के लिए उसने गहनों को रख भर लिया था। सोचा था, बुरे वक़्त पर काम आएँगे। गुल बानो का अक्सर शमशेर साँई से अबोला ही रहा, पर वह उसे प्यार करती थी। वह मानती थी कि उसकी कोख के साथ जो हुआ, उसमें शमशेर साँई का कोई दोष नहीं।

*

मनरौली के चँवर में तेज़ बहती हवा से सब्ज़ लहरें उठ रही थीं। धान के पौधों के लहराते शीश पर भादो की चाँदनी बरस रही थी। साँइयों के इस छोटे से टोला के किनारे बहती सँपही नदी में उमड़ कर बहते जल की आवाज़ में मिल कर गुल बानो का रुदन-स्वर दसों दिशाओं में फैल रहा था। शमशेर साँई की हत्या के बाद हर रात गुल बानो पगली बयार की तरह घर से निकलती और सँपही के किनारे ढलान पर बैठ कर बुक्का फाड़ कर रोती हुई अपनी छाती पर मुक्के मारती। वह दिन-भर घर में मौन रहती। उसकी बड़ी-बड़ी आँखों में आँसू नहीं होते और न कंठ से आवाज़

निकलती। रात जैसे ही गहराती गुल बानो की रेत भरी आँखों में आँधी-तूफ़ान आ जाता। पहले रेत के बगूले उड़ते। फिर काजर बिन सूनी आँखों में मेघ डेरा डाल देते और ख़ूब बरसते। इधर आँसू झरते और उधर सँपही का जल उफान मारता। गुल बानों का रुदन जब आसमान की ओर ऊपर उठता और सितारों से टकराता, सँपही के जल में ठीक वैसे ही बिजली गिरती, जैसे पतिया हजामिन के गीत में *'बिन मेह बिन चमका ए हरिजी, बिजुरी गिरल जलधार।'*

*

महीना बीता।

आसिन माह की तीखी धूप खिली और धान के पौधों की बाढ़ को पंख लग गए। अपनी बूँदों में दूध लिये हथिया नक्षत्र के मेघ हवा के तेज़ थपेड़ों के साथ आए। झमाझम बरसते हुए धान के खेतों में दूध भर कर विदा हुए। देवली, मनरौली, मानिकपुर सहित पूरे जवार के पोखरों, ताल-तलैयों, बरसाती नालों और गहिर ज़मीन वाले चँवर के खेतों में जल की यह आख़िरी खेप थी। हथिया नक्षत्र की वर्षा के बाद जल का मटमैलापन थिराने लगा था और कज्जल जल से झाँकने लगी थीं चल्हवा, पोठिया और सिधरी मछलियाँ। इस कज्जल जल के नीचे सँपही के पेट में बिछे पत्थरों की चादर पर घोंघा, सितुहा और अईंठा अलसाए पड़े रहते। हथिया के जल ने केकड़ों को भी अपने बिलों से बाहर निकलने के लिए उत्साहित किया था। वे कभी जल में तैरते, तो कभी तट की गीली माटी पर चित्रकारी करते।

दूसरा महीना भी बीता।

कातिक आया और धूप नरम हुई। हवा सिहराने लगी। धान के पौधों में गाभ फूटे। कतिकी धान के पौधों से झाँकते दूध से भरे दानों को पुरुवा हवा हौले-हौले दुलराती और नरम धूप अपनी मद्धिम आँच से पकाती। धान की अगती और पहली खेप खेतों से घर आने को मचल रही थी। खेती-किसानी के तौर-तरीक़े अब बदल चुके थे। पहले की तरह कटनी के बाद अन्न के दानों के घर आने में महीनों नहीं लगते थे। देवली में धान कूटने की कई मिलें खुल गई थीं। अच्छेलाल साह के बेटों ने भी गेहूँ पीसने और धान कूटने की मिलें बैठा ली थीं। देवली के नंदलाल बनिया और हैदर ख़ाँ ने धान की दौनी करने वाली मशीनें खरीद ली थीं। ट्रैक्टर पर मशीन लाद कर ये लोग दरवाज़े-दरवाज़े घूमते और देखते-देखते धान के दाने घरों में पहुँच जाते।

शमशेर साँई की हत्या के बाद का तीसरा महीना चल रहा था। इस बीच देवली और मनरौली शमशेर साँई की हत्या के अचम्भे से उबर चुका था। अकरम अंसारी, मुन्ने मियाँ, सूखल नोनिया, राजो पासवान और रफीक अंसारी के अलावा और

किसी की गिरफ़्तारी न होने से पुलिस का आतंक कुछ धूमिल पड़ा था।

मुखिया के चुनाव में लीलाधार यादव के प्रतिद्वन्द्वी टोटहा टोला के रज्जन पासवान ने अकरम अंसारी और मुन्ने मियाँ सहित दूसरे मुद्दालेह की पैरवी का ज़िम्मा लिया था। रज्जन पासवान कोर्ट-कचहरी के दाँव-पेंच में सिद्धहस्त तो नहीं थे, पर जोश से भरे युवा थे और संकट की इस घड़ी में वह अपने चुनावी गठबन्धन के सहयोगी अकरम अंसारी के लिए मददगार बन कर पूरी ताक़त के साथ खड़े थे।

सूखल नोनिया, राजो पासवान और रफीक अंसारी की ज़मानत लोअर कोर्ट से हुई। पच्चीस-पच्चीस हज़ार के मुचलके भरे गए। मनरौली के अंसारी टोला और देवली के टोटहा टोला के लोग ज़मानतदार बने। सरपंच अकरम अंसारी और मुन्ने मियाँ की अर्ज़ी ख़ारिज हो गई। पुलिस के जाँच अधिकारी ने सेशन जज के कोर्ट में जाँच प्रतिवेदन वाली डायरी दाख़िल नहीं की थी और कोर्ट से तीन महीने के और समय की दरख़्वास्त की थी, जिसे कोर्ट ने मान लिया था। इसी आधार पर, जाँच प्रतिवेदन की डायरी दाख़िल होने तक सेशन जज ने मुख्य अभियुक्त सरपंच अकरम अंसारी और मुन्ने मियाँ की ज़मानत ख़ारिज कर दी थी।

शुरू-शुरू में ज़मानतन कचहरी में पेशी के लिए तैयार होने में लोग हिचकिचा रहे थे, पर रज्जन पासवान ने बहुत धीरज के साथ हालात को सम्भाला और लोगों को भरोसे में लिया। लोगों को लग रहा था कि ज़मानतदार बनने का साफ़-साफ़ मतलब है मुखिया लीलाधर यादव के विरोध में खुल्लमखुला खड़ा होना। हालाँकि, लीलाधर यादव इस मामले में न तो बहुत रुचि दिखा रहे थे और न मुखर थे। समय और स्थितियों को साधने की कला में उनका कोई सानी नहीं था। वह अपने मौन की ताक़त से परिचित थे। वह जानते थे कि ऊपर से हरहरा कर बहनेवाली नदी का जल कूल-किनारों को तोड़ कर पसर जाता है और बाढ़ आ जाती है, पर चाहे जितना डरावना दिखे बाढ़ का पानी उसे एक न एक दिन तो उतरना ही होता है। नदी, जो ऊपर से थिर हो और भीतर ही भीतर हहास बाँधकर बहे, वही काट कर ले जा सकती है भूमि को। चुनाव में अभी समय था। दो साल ही बीते थे। तीसरा चल रहा था। वह जल्दी में नहीं थे। चुनाव जीत कर सरपंच बन जाने के बावजूद अकरम अंसारी उनके लिए कभी चिन्ता का विषय नहीं रहे। हाँ, शमशेर साँई की हत्या के बाद रज्जन पासवान की सक्रियता पर उनकी सतर्क नज़र ज़रूर थी। एक समय था जब टोटहा टोला मानिकपुर के बाबू बजरंग सिंह के इशारों पर नाचता था। जब उन्होंने रासबिहारी चौधरी के पक्ष में नॉमिनेशन का पर्चा दाख़िल नहीं किया और सबके सामने मुखियागिरी सौंप दी तब से टोटहा वालों का साथ उन्हें मिलता रहा। पिछले चुनाव में इस रज्जन पासवान ने सेंधमारी कर दी। आख़िरी दिन तक कोई सुगबुगाहट नहीं थी। कौन-सी बयार बह रही है,

पता तक नहीं चला। सब दम साधे हुए थे, पर रज्जन पासवान ने टोटहा टोला पर बाबू बजरंग सिंह और रासबिहारी चौधरी के समय से चले आ रहे भरोसे की नींव तो हिला ही दी थी।

*

बेवा गुल बानो, बूढ़े साहेब साँई और अपाहिज नौशेर साँई की ज़िन्दगी बीच मझधार में फँसी थी। मुखिया लीलाधर यादव से मिलने वाली मदद का आसरा था, पर इस आसरे पूरी ज़िन्दगी नहीं गुज़ारी जा सकती थी। यह मदद भी अब सिकुड़ रही थी। अधरतिया में सँपही के किनारे जाकर गुल बानो का विलाप करना अब थम चुका था। बरसात के बीतते ही उफान मारता जल अब किनारों से उतर कर सँपही के पेट में धीमे-धीमे बह रहा था। जल का मटमैला रंग थिरा कर पारदर्शी हो चला था और सँपही के पेट से आँकड़-पाथर झाँकने लगे थे। पानी की धारा कमज़ोर होने के चलते चँवर के खेतों की मेड़ पार कर सँपही में मछलियों का आना लगभग बन्द हो चुका था। गुल बानो इंतज़ार में थी कि धान की कतकी और अगहनी फ़सल कटे,...खेत ख़ाली हों, तो वह किसी जोतदार के घर जाकर बँटाई खेती के लिए भुँइ माँगे। वह जानती थी कि अब सारा बोझ उसे अपने माथे ही उठाना है। बूढ़े साहेब साँई और अपाहिज नौशेर का पेट उसे अपने जाँगर के भरोसे ही भरना है।

गुल बानो इस बीच एक दिन देवली गई थी। रेशमा कलवारिन ने गुप्त बुलावा भेज कर उसे बुलवाया था। पहले तो वह टालती रही। हफ़्ता भर बाद जब दुबारा बुलावा आया, तो वह गई। साँझ का झुट-पुटा ख़त्म होते ही जैसे अँधियारा घना हुआ, वह सँपही के किनारे-किनारे चलती हुई अंसारी टोला के पश्चिमी छोर से निकली और मुँह तोप-ढाँक कर दुधही पोखर और टोटहा टोला पार किया और देवली पहुँच गई। वह देवली पहुँच तो गई, पर उसे न तो देवली का भूगोल मालूम था और न ही देवली बाज़ार में रेशमा कलवारिन के ठिकाने का पता था। जब तक शमशेर साँई ज़िन्दा था, वह अकेले मनरौली की सीमा के पार कभी नहीं गई थी। ज़रूरत ही नहीं पड़ी कभी कि वह अकेले मनरौली से देवली आए। हाँ, टोला की औरतों के साथ पहले वह मुहर्रम की रातों में ताजियों के सामने लाठी-बाने के करतब देखने और इमामबाड़ा पर ताख़ भरने देवली आती थी, पर जब से हमल में उसका बच्चा मरा उसने कहीं भी आना-जाना छोड़ दिया था। बस सँपही के किनारे से लेकर मनरौली के अंसारी टोला और देवली के टोटहा टोला तक के बीच उसकी ज़िन्दगी सिमट कर रह गई थी। साँइयों के दूसरे परिवारों की तरह ज़कात या ख़ैरात माँगने भी वह कभी नहीं गई। उसके आदमी शमशेर साँई का रुतबा बड़ा था। शमशेर साँई को यह पसंद नहीं था कि गुल बानो ज़कात के लिए दूसरों के

दरवाज़े पर जाए और ख़ैरात के लिए अपनी झोली फैलाए। गुल बानो ने अपने आदमी की इज़्ज़त का हमेशा ख़याल रखा। साहेब साँई का जाँगर जब तक चलता रहा, वह भले जाते रहे। शमशेर को पसंद नहीं था, फिर भी वह जाते। इस बात पर बाप और बेटे के बीच कई बार हुज्जत हो चुकी थी। जाँगर थकने के बाद साहेब साँई ने भी इस काम से मुँह मोड़ लिया था, पर कोई घर आकर कुछ दे जाता, तो उसे वह बे-हिचक ले लेते।

गुल बानो जब उस रात देवली बाज़ार पहुँची, दुकानें बंद हो रही थीं। बाज़ार की अधिकतर दुकानें सिमट चुकी थीं और जो बाक़ी थीं, वे सिमट रही थीं। बस चायख़ाने और हलवाइयों की दुकानों पर अभी रौनक थी। एक जगह, जहाँ खाने-पीने की कई दुकानें थीं और भीड़ कुछ ज़्यादा ही थी, गुल बानो ठिठकी। दारू की गंध का भभका उठा और उसके नथुनों में भर गया। उसे शमशेर साँई के मुँह से उठती हुई बास का भभका याद आया। उसे भीड़ के हर एक आदमी की सूरत शमशेर साँई की सूरत में बदलती हुई दिखी। उसके इर्दगिर्द शमशेर ही शमशेर थे। अचानक कई-कई शमशेरों के बीच अपने को घिरा पाकर वह घबरा गई। वह जहाँ खड़ी थी, ठीक उससे सटे बायीं ओर एक पतली-सी गली थी। बदहवास गुल बानो उस गली में मुड़ गई।

उस पतली-सी गली में खुलता एक छोटा सा दुपलिया दरवाज़ा और लोहे की छड़ों वाली एक खिड़की थी। दरवाज़ा बन्द था, पर खिड़की खुली थी। खिड़की से आती रोशनी में गुल बानो ने देखा, एक साँवली औरत तख़्त पर बैठी थी और खिड़की के पार निहार रही थी। गुल बानो की नज़र उसकी नज़र से मिली। दोनों पहली बार एक-दूसरे को देख रही थीं, पर दोनों को लगा जैसे उनकी एक-दूसरे से कई जन्मों पुरानी जान-पहचान हो।

यह रेशमा की कोठरी का पिछला दरवाज़ा था, जो इस पतली-सी गली में खुलता था। सामने थी कलाली, जिसका सात पतले-पतले पल्लों वाला दरवाज़ा बाज़ार की मुख्य सड़क पर खुलता था। गुल बानो इसी कलाली के सामने खड़ी थी और फिर दारू की बास के भभके से बदहवास इस पतली-सी गली में औचक घुस गई थी।

बिना साँकल खटखटाए रेशमा ने भीतर से बन्द दरवाज़े की किल्ली खोल दी थी और गुल बानो को अन्दर बुला लिया था। भीतर जाकर कुछ देर तक बैठे रहने के बाद भी गुल बानो को इस जादू पर भरोसा नहीं हो रहा था। वह उस रेशमा कलवारिन के घर में उसके सामने बैठी थी जिसके बारे में सारे गाँव-जवार में तरह-तरह की बातें फैली हुई थीं। हर रोज़ जिसके बारे में नए क़िस्से कहे-सुने जाते,...मर्द रस लेकर जिसके क़िस्से सुनते-सुनाते और औरतें जिसके क़िस्से कभी हैरत तो कभी चुहल के साथ सुनती-सुनातीं, वो रेशमा कलवारिन गुल बानो की

आवभगत में लगी थी। दोनों ने अपने-अपने दु:खों की चादर से अपने को ढँक रखा था। एक अपने आदमी की हत्या के बाद टूट कर झूल रही ज़िन्दगी का छोर पकड़े लटकी हुई थी, तो दूसरी भूडोल के बाद भहरा कर गिरते पहाड़ों के मलबे में ऐसे दबी हुई थी कि करवट तक नहीं बदल पा रही थी। अजीब संयोग था कि दोनों ने अपने-अपने दुखों की चादर की ओट से देख कर एक-दूसरे को पहचान लिया था।

दु:ख, दु:ख को टेर रहा था।

उस दिन रेशमा कलवारिन के सामने बिना कुछ कहे-सुने बिलख-बिलख कर रोती रही थी गुल बानो। आँसुओं से तर-बतर उसके ताँबई चेहरे को रेशमा ने अपनी छाती से सटा लिया था और उसके उलझे केशों को बिना कुछ बोले सहलाती रही थी। दोनों के बीच नि:शब्द संवाद चल रहा था। बिना कुछ कहे दोनों एक-दूसरे से बहुत कुछ कहती-सुनती रहीं। बहुत देर तक रेशमा की छाती से लगी रही गुल बानो। धीरे-धीरे उसकी हिचकियाँ थमीं। गुल बानो को लग रहा था मानो वह ठहरे हुए पानी के गहरे डुबाव से उबर कर बाहर निकली हो अभी-अभी।

रेशमा ने पानी लाकर दिया था उसे। घूँट-घूँट पानी गुल बानो के कंठ के भीतर उस रात ऐसे उतरा कि जैसे महतारी की छाती से सूँता हुआ दूध उतर रहा हो। रेशमा ने जो लाकर दिया था पीने के लिए, वह केवल जल नहीं था। भरोसा था। अपनापे का भरोसा। गुल बानो के असह दु:खों के चौबीसों घंटे हरियाए रहने वाले घावों को शीतल करता यह अपनापे का जल उसकी आत्मा को तर कर गया था। गुल बानो से उम्र में छोटी थी रेशमा। उस रात देखते-देखते रेशमा बेवा गुल बानो के लिए नइहर का भरोसा बन गई थी। नइहर जो सालों पहले गुल बानो से छूट गया था,...बिसर गया था, अचानक रेशमा कलवारिन के रूप में भरोसा और सब्र के पहाड़ की तरह उसके सामने जीवित हो उठा था।

देवली और मनरौली के लोगों को रेशमा के अतीत के बारे में सही-सही कुछ भी पता नहीं था। लोग यही समझते कि पतिया हजामिन उसे गंडक पार के दियारा से भगा कर ले आई थी और एक मोटी रक़म लेकर उसने अच्छेलाल साह के हाथों उसे बेच दिया था। घाट-घाट का पानी पीने वाली बदचलन औरत के गाँव-घर का भला क्या ठिकाना होगा! लोगों के लिए उढ़री थी रेशमा कलवारिन। उधर से उढ़र कर आई और इधर बस गई।

गुल बानो से बतियाते हुए जब रेशमा को पता चला कि वह उसके गाँव टँड़वा के साँई टोला की बेटी है, उसकी आँखें भी लोर से छलछला आईं। रेशमा को उसकी ज़िन्दगी ने ढेरों रंग दिखाए, पर रो-रोकर उसने अपने दिन नहीं काटे। पिछले तीन महीनों में, गरभू पाँड़े ने जब से उसकी देह को ढाह-ढूह कर मटियामेट कर दिया था, तब से वह बहुत रो चुकी थी। अब भी रोती थी वह हर पल। पल-छिन को भी

उसकी आत्मा को चैन नहीं था, पर अब यह रोना कोई देख नहीं पाता था। अब आँखों से लोर नहीं चूता। उसकी बड़ी-बड़ी मद भरी आँखों का रंग बदल चुका था। उसकी आँखों की लाली अब धूसर हो चुकी थी। इनमें अब धूल के बगूले उठते रहते थे। वह जब सत्तर साल के बूढ़े से गंडक पार ब्याह दी गई, तब भी नहीं रोई। वहाँ असह दु:ख सहे उसने, पर रोई नहीं और सारा मकड़जाल काट कर वापस अपने गाँव टँड़वा पहुँची थी। टँड़वा आकर चन्दन तिवारी की पगड़ी में फुदना बन कर लटकती रही थी और तिवारियों के टोले पर राज किया था। लोगों की आनी-बानी सहती रही, पर रोई नहीं थी। हाँ, जब चन्दन तिवारी की बहू ने उसके आगे आँचल पसार दिया उसकी आँखें ज़रूर डबडबा गई थीं।...उस रात गुल बानो को पाकर उसकी आँखों से लोर छलक उठा था।

गुल बानो को भी अपना नइहर बरसों बाद याद आया था। शमशेर से उसका निकाह उसकी नानी के घर हुआ था। उसके बाप की कम उम्र में मौत हो गई थी। तीन बहनों में सबसे बड़ी थी गुल बानो। उस समय उसकी उम्र चौदह-पन्द्रह रही होगी। बाप की मौत के बाद उसकी महतारी ने दूसरा निकाह कर लिया था और तीनों बहनों को नाना घर भेज दिया था। मामियाँ गुल बानो और उसकी दोनों छोटी बहनों को कुत्ते के पिल्लों की तरह समझतीं। बस बूढ़े नाना-नानी का सहारा था। नाना-नानी ने तीनों का निकाह किया और विदा हो गए। फिर तो ममहर भी छूट गया था। रेशमा ने गुल बानो को उस रात उसका नइहर फिर से सौंप दिया था।...रेशमा के घर से चलते हुए गुल बानो के आँचल में लपेट कर बँधे सौ-सौ के कुछ नोटों की एक गड्डी थी। रेशमा ने गुल बानो को ना-नुकर तक न करने दिया। बोली—"दिदिया, रख लो। गाढ़े बखत..., जून-कुजून काम आएगा। खेती में आज कल कम खरच नहीं होता। खाद-बीज तो बाज़ार से मोल लेना होगा।...मैं एक हाल-फ़िलहाल की ब्याई गाय खरीद कर भिजवा दूँगी। दो हो जाएँगी तो दूध बेच कर भी दो-चार रुपए हाथ में आएँगे।...इसे बहिन का प्यार समझना...और कुछ नहीं।"

बीच मझधार में फँसी गुल बानो की ज़िन्दगी की खेवैया बन कर रेशमा कलवारिन इस तरह प्रकट होगी, यह सपने जैसा था। मुखिया लीलाधर यादव, सरपंच अकरम अंसारी और देवली-मनरौली के लोग-बाग से अँटी-गँसी इस धरती के ऊपर रेशमा आसमान बन कर छा गई थी गुल बानो के लिए। उस अँधियारी रात में रेशमा के घर से लौटते हुए...बन्द हो चुके देवली बाज़ार की सड़क पर,...देवली के टोटहा टोला में,...दुधही के भीट पर और जल में,...मनरौली के अंसारी टोला में,...सँपही के ढालुआँ तट की निर्जन राह पर गुल बानो के लिए प्रकाश ही प्रकाश था। अनन्त सूर्यों और चन्द्रमाओं का प्रकाश। शमशेर की हत्या के बाद से पहली बार उसकी बेचैन आत्मा को ठौर मिला था। उस रात अपने आँचल में नोट की केवल एक गड्डी लेकर नहीं लौटी थी गुल बानो। वह लौटी थी बरक़त का ख़ज़ाना लेकर।

अब वह बिना डरे इस धरती पर चलेगी। जेठ की दुपहरिया में तपती धूल वाली या कंकड़ीली राह हो या हो भादो की पाँक भरी राह, वह साध कर रखेगी अपने पाँव। उस रात घर लौटने के बाद वह सो नहीं सकी थी। जाग तो पिछली कई रातों से रही थी, पर उस रात उसकी पनीली आँखों में तैरती रही थी रेशम-सी मुलायम टँड़वा वाली उसकी छोटी बहन रेशमा।

*

जिस दिन अकरम अंसारी का बेल पेटिशन लोअर कोर्ट से ख़ारिज हुआ, उसी रात नाज़ बेगम ने अपनी फुफेरी ननद बेवा मुन्नी बी को तीसरी मंज़िल से जबरन निकाल बाहर किया, जो उनकी सौत बनी राज कर रही थी। नाज़ बेगम ने यह अभियान अलसुबह शुरू किया था बाबर्चीख़ाने पर क़ब्ज़ा करके। फिर ऊपर की मंज़िल की खुली छत की ओर जाने वाली सीढ़ियों पर लगे लोहे के ग्रिल में ताला बन्द करवाया। दिन-भर गाली-गलौज और रोना-धोना चलता रहा। रात होते-होते नाज़ बेगम ने इस काँटे को निकाल फेंका। नाज़ बेगम की दो देवरानियाँ भी इस मुहिम में शामिल थीं। बेवा मुन्नी बी के पास कोई सहारा नहीं था। उसके भाई मुन्ने मियाँ जेल में थे और मुन्ने की बीवी नबीहा से उसके रिश्ते ठीक नहीं थे। नबीहा को भी मुन्नी बी का अकरम के घर बैठ कर नाज़ बेगम की छाती पर यूँ मूँग दलना पसंद नहीं था। मुन्ने मियाँ इस मुआमले में चुप ही रहे हरदम, पर नबीहा ने इसे कभी स्वीकार नहीं किया। अगर मुन्ने जेल में नहीं होते तो शायद रात भर के लिए ही सही उस बेवा मुन्नी बी को ठौर मिल जाती। नबीहा सुबह से ही सारी तक़रार सुन रही थी, पर वह मौन और निस्पृह बनी हुई थी। नाज़ बेगम के इस किए को उसका मौन समर्थन था।

*

अकरम अंसारी की गिरफ़्तारी के बाद कुछ दिनों तक जैसे सब कुछ चल रहा था, चलता रहा। धीरे-धीरे नाज़ बेगम ने अपनी बिखरी हुई शख़्सियत को सहेजना शुरू किया और ब्याहता बीवी के अपने रुतबे को हासिल करने के लिए फूँक-फूँक कर क़दम रखना शुरू किया। बाबर्चीख़ाना छोड़ कर बाक़ी चीज़ों पर अपनी पकड़ बनाना शुरू किया। जन-मज़ूर, माल-मवेशी और खेती-बाड़ी में बहुत तेज़ी से बढ़ती नाज़ बेगम की दिलचस्पी से किसी को हैरत नहीं हुई। अकरम अंसारी की अनुपस्थिति ढाल की तरह काम आ रही थी। मुन्नी बी को अकरम की जेल से तुरंत वापसी और अपनी हैसियत पर भरोसा था, सो वह नाज़ बेगम की घेराबन्दी से बे-ख़बर

बावर्चीख़ाने में उलझी रही। मुन्नी बी सोच भी नहीं सकी थी कि नाज़ बेगम उसे इस तरह बे-दख़ल कर घर से निकाल बाहर कर देगी और कोई उसका साथ न देगा,...उसकी पीठ पर खड़ा न होगा। समूचा अंसारी टोला, जो उसका नइहर था, नाज़ बेगम के साथ था और मुँह ढँक कर सो रहा था।

कातिक के कृष्ण-पक्ष की सिहरती रात में सँपही किनारे बैठी मुन्नी बी ओस से भींगती रही। निथरे आसमान में झुंड के झुंड तारे तैर रहे थे। कभी वह आसमान को देखती और कभी घुटनों में मुँह छिपा कर झिर-झिर बहती हवा की आवाज़ सुनती। सिकुड़ कर छिछली हो चुकी सँपही के मंथर प्रवाह में अब इतनी ताक़त नहीं बची थी कि वह मुन्नी बी का दुःख हर सके। अंसारी टोला से निकल कर जब उसने साँई टोला पार किया, उसे किसी ने नहीं रोका-टोका। अँधियारा था। सब कथरी-गुदड़ी ओढ़े सोए या दुबके पड़े थे। केवल कउड़ों में धुँआती आग ही ज़िन्दा मिली उसे। पेड़ों की टहनियों पर भी वीरानी थी। सँपही किनारे ढलान पर बैठी मुन्नी बी की छाती में आग धधक रही थी। इस आग में वह क्वाँरी थी, तब से जल रही थी। अब तक की ज़िन्दगी में कभी इस आग में लपटें उठती रहीं थीं, तो कभी यह आग धुँआती रही थी।

सत्रह-अट्ठारह की रही होगी मुन्नी बी, जब पहली बार उसे अकरम ने धर दबोचा था। तीन बार हमल रहा। दो बार तो जैसे-तैसे निबटा। जाने कौन सी दवा लाकर पिलाया अकरम ने कि...! वह कई दिनों तक ख़ून में डूबी रही थी। तीसरी बार थोड़ी देर हो गई। दवा काम न आई और मुन्नी बी की हालत बिगड़ने लगी, तब उसे सीवान ले जाकर जनानी डाक्टर को दिखाया। वह पन्द्रह दिनों तक अस्पताल में भर्ती रही। बच्चादानी काट कर निकाल दिया गया।...इसके बाद अकरम ने जबरन उसका निकाह दमा के एक मरीज़ से करवा दिया था। वह रोती-बिलखती रह गई थी। फिर अकरम ने अपनी शादी की। मुहम्मदपुर के अंसारियों के रुतबेदार परिवार से अपना रिश्ता जोड़ कर रुतबा हासिल किया अकरम ने। दोनों छोटे भाइयों को नौकरी के लिए खाड़ी के देश भेजा। फिर दोनों की शादी की। निकाह के चार साल बाद जब मुन्नी बी का आदमी बिना दवा-इलाज के चल बसा और वह बिना ठौर-ठिकाने की हो गई,...अकरम के घर आकर बैठ गई। उसके हुस्न और हुनर के आगे नाज़ बेगम पानी भरती थी।

साँई टोला के किसी पेड़ से किसी पंछी के कुहुकने की आवाज़ आई। शायद अपने कुनबे से बिछड़ा कोई पंछी कुहुक रहा था।...सारा जग सोया था। कौन सुनता भला इस कुहुकती आवाज़ को? बस एक अकेली मुन्नी बी थी इस संसार में बिना घर-बार के,...बिना नींद की ख़ाली आँखों से अँधियारे में आस की कोई किरन तलाशती हुई, सो वही सुन रही थी। मुन्नी बी की ज़िन्दगी भी अजीब थी। किसी अनाम जंगली पौधे की झाड़ियों की मानिन्द ज़मीन के भीतर पसरती..., माटी

को जकड़ कर कभी लतरती, तो कभी झुलस कर राख होती।

पंछी पंख फड़फड़ाते हुए उड़ कर इस पेड़ से उस पेड़ भटक रहा था। बीच-बीच में उसके कुहुकने की आवाज़ें आ रही थीं।...अचानक सँपही के पेट से उठी छपाक-छपाक की आवाज़ से चौंक उठी मुन्नी बी। कोई पागल पंडुक पंछी जल में कूदा और उड़ा। हवा का एक मद्धिम झोंका आकर सिहरा गया। मुन्नी बी की आँखों में नींद नहीं थी और तन टूट रहा था। कमर, घुटने और पिंडलियों में दर्द के भभके उठ रहे थे। वह वहीं ढालुआँ धरती पर लुढ़क गई। पहले पाँव को सीधे तान कर अपनी देह को खींचा। फिर करवट होकर घुटनों को मोड़ कर पेट से सटाया और आँचल से मुँह ढँक कर पड़ी रही। हवा उसकी देह को सिहराती रही। साँई टोला के पेड़ों से आती उस पागल पंछी की कुहुकन, हवा की साँय-साँय, सँपही के उस पार फैले चँवर के खेतों में लहराते धान के पौधों की सरसराहट—सारी आवाज़ें डूब रही थीं सँपही के पेट में। मुन्नी बी उस सुबह के इंतज़ार में धरती पर पसरी थी, जिसके रंग-रूप का उसे ज़रा भी पता नहीं था।

लम्बी होती रात का अंतिम छोर आ गया था। सँपही के तट पर कातिक की भोर आने वाली थी। उतरते कृष्ण-पक्ष की भोर। पौ फटने से पहले की उजास चँवर की काली केवाल माटी से लीपे गए आकाश का द्वार खटखटा रही थी। भोर के आने की आहट पाकर हल्के झोंकों के साथ फुदक रही थी हवा।

शौच के लिए निकली साँई टोला की औरतों ने सबसे पहले मुन्नी बी को देखा। नाज़ बेगम ने मुन्नी बी को घर से निकाल बाहर किया है, यह ख़बर तो रात ही फैल गई थी, पर किसी को यह अंदाज़ा नहीं था कि वह सँपही किनारे ज़मीन पर इस तरह पड़ी हुई मिलेगी। पहले तो किसी ने नहीं पहचाना। मुन्नी बी चेहरा ढँक कर दम साधे पड़ी थी। अँधियारा भी था। पर अँधियारा छँटते ही पहचानते देर न लगी। औरतों के उस झुँड में गुल बानो भी थी। विस्फारित आँखों से मुन्नी बी को निहारती गुल बानो को रात जो घटा था, मालूम न था। नौशेर की गालियों से खीझ कर रात वह जल्दी ही सोने चली गई थी।

औरतों के पीछे-पीछे मर्द भी आए। सबके पास अलग-अलग क़िस्से थे। जितने मुँह, उतनी बातें। बधना लिये शौच के लिए निकले बूढ़े साहेब साँई भी इस हुजूम में शामिल थे। उन्होंने मुन्नी बी से पूछा—"कहँवा जाओगी बेटी?"

क्या जवाब देती मुन्नी बी? उसने अपनी बड़ी-बड़ी उचाट आँखें उठा कर साहेब साँई की ओर देखा। उसकी दोनों आँखों की कोर पर पारे की बूँद की तरह चमक कर पानी टपका।

पौ फट चुकी थी। पूरब से आती सँपही के जल पर तिरता हुआ लाल गोला बिल्कुल पास आ चुका था। मुन्नी बी के पास कोई जवाब नहीं था। साँई टोला के लोगों के पास भी कोई समाधान नहीं था। सब जानते थे मुन्नी बी की हालत। किसी

से कुछ भी छिपा हुआ नहीं था। साहेब साँई ने फिर आगे बढ़ कर कहा—"बोलो बेटी। बोलोगी नहीं तो..."

साहेब साँई इंतज़ार करते रहे मुन्नी बी के जवाब का, पर कोई जवाब नहीं मिला। अकरम अंसारी की बीवी नाज़ बेगम के रुतबे का आतंक ऐसा था कि लोग खुल कर बतिया नहीं पा रहे थे। साहेब साँई ने फिर कहा—"उठो।"

मुन्नी बी की आँखें फिर ऊपर उठीं। इस बार इन आँखों में आस की एक धूमिल लकीर लरज़ी।

"हाँ, उठो बेटी। चलो। पहले हमारे दुआर पर चलो।" साहेब साँई ने औरतों की भीड़ में खड़ी अपनी बहू गुल बानो की ओर देखा और उससे बोले—"ले जा इसे अपने साथ।"

साहेब साँई शौच के लिए निकल गए। पहले मर्दों की भीड़ छँटी। फिर तरह-तरह की आशंकाओं पर आपस में बतियाती और बहस करती औरतें अलग हुईं। गुल बानो ने मुन्नी बी का हाथ पकड़ उठाया और अपने घर की ओर ले चली।

दिन चढ़ने से पहले ही मनरौली और देवली में यह ख़बर फैल गई कि सरपंच अकरम अंसारी की बीवी ने उनकी रखैल मुन्नी बी को कल रात घर से निकाल दिया।...और उसे इतना पीटा कि वह मरते-मरते बची। उसकी देह पर न ढंग के कपड़े थे और न कोई ज़ेवर। साँई टोला की औरतों ने उसे सँपही के किनारे बेहोशी की हालत में पड़े हुए देखा। जब होश आया तो उसके मुँह से आवाज़ नहीं निकल रही थी। चोट से आँखों के नीचे स्याह निशान पड़ गए थे,...वग़ैरह...वग़ैरह।...और यह भी कि उस पर तरस खाकर साहेब साँई उसे अपने घर ले गए। बुढ़ऊ को लोगों ने तरह-तरह से समझाया,...डराया कि यह अकरम अंसारी की बीवी नाज़ बेगम से दुश्मनी लेने की तरह है, पर साहेब साँई डटे रहे। किसी की नहीं सुनी साहेब साँई ने और शमशेर की बीवी मुन्नी बी को लेकर अपने घर चली गई।

बात जैसे-जैसे फैलती गई कोई न कोई नई बात जुड़ती गई। गर्मियों में पक कर फटे सेमल के फलों के रुई लिपटे बीज जैसे तेज़ हवा के झकोरों के साथ उड़ते हैं, वैसे ही दोपहर होते-होते मुँहामुँही मुन्नी बी के निर्वासन की यह घटना मनरौली और देवली में छा गई। बात रेशमा तक पहुँची। मुखिया लीलाधर यादव तक पहुँची। रज्जन पासवान को भी ख़बर मिली। नाज़ बेगम तक सबसे पहले अलसुबह ही यह बात पहुँची थी।

इस घटना के ठीक दूसरे दिन रेशमा कलवारिन ने अपनी बुआ पतिया के पास कुम्हरौता ख़बर भेज कर हाल-फ़िलहाल की बछिया ब्याई एक गाय ख़रीद कर मँगाई और उसे गुल बानो के दुआर पर भिजवा दिया। गाय कुम्हरौता से बिना देवली आए सीधे मनरौली के साँई टोला पहुँची। किसी को यह पता न चला कि गाय रेशमा कलवारिन ने खरीद कर भिजवाया है। रेशमा ने पहले की तरह ही मिलने

के लिए गुल बानो को बुलावा भी भेजा। मुन्नी बी वाली ख़बर सुनने के बाद उसका जी गुल बानो से मिलने के लिए बेचैन हो उठा था।

*

मुन्नी बी के आने के दस दिनों बाद गुल बानो रेशमा से मिलने जा सकी। मुन्नी बी के अलावा परिवार में दो और जीव बढ़ गए थे—गइया और उसकी बछिया। अचानक गुल बानो की ज़िम्मेवारियाँ बढ़ गई थीं। अपाहिज नौशेर को भर ढींढ़ अनाज ठूँसने और गालियाँ बकने के सिवा और कोई काम न था। हालाँकि, मुन्नी बी के आने के बाद घर का वातावरण कुछ बदला था। शुरू के दो दिन तो बहुत उलझे हुए बीते थे, पर धीरे-धीरे ही सही बहुत कुछ बदलने लगा था। नौशेर का चीख़ना-चिल्लाना कम हुआ था। गालियाँ भी कम हुई थीं। मुन्नी बी के सामने आते ही वह चुप्पी मार देता। चोर आँखों से उसे निहारता और निहारते हुए पकड़े जाने पर अपनी नज़रें चुराता। गुल बानो के पास अब दम मारने की भी फ़ुरसत नहीं रह गई थी। नई गाय और बछिया के लिए नाँद के इंतज़ाम में ही एक पूरा दिन निकल गया था। फिर रोज़-रोज़ भूसा-चारा और हरियरी का जुगाड़ करना। दो-दो गायों का दूध दूहते हुए उसके दोनों पाँखुर चढ़ जाते और चिटकी बाँध कर थनों से दूध सूँतते हुए अँगुलियाँ दुखने लगती थीं। फिर दूध का केन लेकर सेन्टर पर जाना। लाइन में लग कर दूध जमा करना और फिर पर्ची लेकर पैसे भँजाना,...यह सब करते माथ पर दिन चढ़ आता।

रेशमा से मिलने जाने से पहले गुल बानो जब दूध दूह रही थी साँझ हुई थी। कातिक का बेसब्र आधा चन्द्रमा सई-साँझ आसमान में धमाचौकड़ी मचाए हुए था। उसकी अँगुलियों के दाब से गइया के थनों से दूध की धार उसके घुटनों में दबी बाल्टी में लयबद्ध होकर गिरती। नटखट चन्द्रमा बार-बार आकर फेनिल दूध से भरी बाल्टी में डुबकी लगा जाता।

जल्दी-जल्दी काम-काज समेट कर गुल बानो रेशमा से मिलने देवली के लिए निकली थी। पिछली बार की तरह अपरिचय और संशय की परछाईं साथ नहीं थी। गुल बानो सधे हुए क़दमों से चल रही थी। इस बार डग भरते हुए न तो उसे भटक जाने का डर था और न ही पहचान लिए जाने का। राह में उसे देवली बाज़ार से सौदा-सुल्फ़ लेकर लौटती अंसारी टोला की औरतें मिलीं। मुन्नी बी के सुभाव और नसीब पर बतकही हुई। सब यह जानने के लिए उत्सुक थीं कि गुल बानो के घर में उसका व्यवहार कैसा है! मुन्नी बी की तारीफ़ों के पुल बाँधती हुई गुल बानो बोली—''मेरे नसीब से मेरे घर आई है। मुझ करमजली के नसीब में साथ रहने वाला कोई अपना-पराया लिखा ही नहीं था अल्ला मियाँ ने।...पर अब विपत की

घड़ी में किसी को जब भेज दिया है, तो यह अल्ला मियाँ की मेहरबानी ही है।... मेरा घर सरपंच का घर तो है नहीं कि दस-बीस नौकर-चाकर दुआर पर झूल रहे हैं। अपना जाँगर हिलाएगी, तो दो रोटी खाएगी।...पर है मिलनसार। ठस्से वाली नहीं है नाज़ बेगम की तरह।"

अंसारी टोला की औरतों से विदा लेकर आगे बढ़ी गुल बानो। उसे देर हो रही थी। उसे रेशमा के घर पहुँचना था और फिर वहाँ से लौटने के बाद रोटी पका कर बुढ़ऊ और नौशेर साँई को परोसना भी था। हालाँकि, वह मुन्नी बी को बोल आई थी कि अगर लौटने में देर हो तो वह रोटी पका कर दूध के साथ दोनों को खिला दे। कल रात भी मुन्नी बी ने ही रोटी पकायी थी—पूरनमासी के चाँद की तरह गोल-गोल..., सफेद..., भाप से भरी रोटियाँ। बदनसीब चाहे जितनी हो, सुघड़ तो है मुन्नी बी। गुल बानो यह सोचती हुई तेज़-तेज़ डग भरती चली जा रही थी कि जब अल्ला मियाँ ने दो बदनसीबों को एक साथ मिलाया है तो ज़रूर कुछ भला होगा।

बन्द होते देवली बाज़ार में अभी भी रौनक़ थी। बन्द हो चुके दुकानों के सामने भी बिजली के लट्टू जगमगा रहे थे। उस दिन, जब वह रेशमा से मिलने आई थी बिजली नहीं थी। इन दिनों रात-रात भर बिजली रहने लगी थी। मनरौली में अंसारी टोला तक बिजली आई थी। बिजली रहती, तो पूरा टोला अँजोर से भर जाता था। पहले अंसारी टोला में कपड़े बुने जाते थे। हाथ से ही लूम चलाते लोग। बिजली आने से पहले ही सारे लूम बन्द हो गए। मोटिया कपड़े पहनना लोगों ने छोड़ दिया। जब ख़रीदार ही नहीं रहे तो जान हलकान करके क्या फ़ायदा! दिन-रात लगे रहो, पर आमदनी नदारत। देखते-देखते सब उजड़ गया।...साँई टोला में बिजली के खम्भे गड़े ज़रूर पर सरपंच अकरम अंसारी के जेल जाने के बाद काम रुक गया था। वैसे भी साँई लोग अंसारियों के जन-मज़ूर ही बने रहे। जन-मज़ूरों को कौन पूछता है! साँई टोला में बिजली आए न आए, अंसारी टोला वालों को कौन ग़रज़!

जैसे ही गुल बानो की नाक में उस दिन की तरह दारू का भभका घुसा, वह रुकी। रेशमा का घर सामने था। कलाली खुली थी और लोगों का आना-जाना बदस्तूर जारी था। वह बग़ल की पतली-सी गली में,...जिसमें रेशमा के घर का पिछला दरवाज़ा खुलता था, मुड़ने ही वाली थी कि साँई टोला का फकरु दिखा। गुल बानो उसकी नज़र बचा कर निकल जाना चाहती थी कि उसने टोक दिया—"का भौजी? इतनी देर रात कलाली के सामने खड़ी हो?"

"कलाली के सामने तुम खड़े हो कि हम?" गुल बानो जो अक्सर चुप रहती या कम बोलती, उसका जवाब सुन फकरु का नशा फट गया। वह सिटपिटा गया।

गुल बानो फिर बोली—"तेरे भाई के जाने के बाद अब सौदा-सुल्फ़ सब करना पड़ता है फकरु। पहले एक बुलावे और दस धावे था। किसी न किसी के हाथ सारा सामान घर पहुँच जाता था, पर अब तो अपना ही जाँगर चलाना होगा।

इस उमिर में बुढ़ऊ को कितना हलकान करें, बता?"

गुल बानो की बातों का कोई जवाब नहीं था फकरु के पास। बहुत हिम्मत बाँध कर उसने कहा—"अकेले सारा बोझा माथ पर मत ढोया करो भौजी। नौसेरवा साला गाँजे की पुड़िया खरीदने देवली आ सकता है, तो घर के लिए सामान नहीं ले जा सकता?...तुम मुझे बता दिया करो।"

"तुझे कलाली से फुरसत कहाँ कि..." गुल बानो हौले से हँसी।

"बदरुआ तो दिन-रात निकम्मा फिरते रहता है। उसे ही बोल दिया करो।" फकरु ने अपने छोटे भाई का नाम लेकर पीछा छुड़ाना चाहा।

गुल बानो बोली—"जा, घर जा। चला जाएगा अकेला कि...? गोड़ लड़खड़ा रहे हैं तुम्हरे।"

अपनी जान छुड़ा कर भागा फकरु और गुल बानो पतली गली में मुड़ गई। रेशमा के दरवाज़े का साँकल खटखटाया। पल्ले केवल सटे हुए थे अपने आप खुल गए। रेशमा ने अँकवार में भर कर गुल बानो का स्वागत किया।

"बहुत देर से आई दिदिया? अब फुरसत मिली?" गुल बानो को सामने पाकर भीतर ही भीतर चहक उठी थी रेशमा। उसकी शिकायत में प्यार था।

उस घटना के बाद से रेशमा की ज़िन्दगी में गुल बानो की आमद के सिवा कुछ भी ऐसा न हुआ था कि वह ख़ुश हो सके,...चहक सके। जिस शमशेर साँई के बल पर अकरम अंसारी सरपंच बने थे, उस शमशेर साँई से कभी रेशमा की बात तक नहीं हुई थी। हालाँकि, जब पिन्टू सिंह ने उस पर क़ब्ज़ा करना चाहा था और उसने भरे बाज़ार उनकी ऐसी-तैसी की थी, अकरम अंसारी से अपने रिश्तों के कारण अदृश्य ताक़त की तरह शमशेर साँई ही उसकी पीठ पर खड़ा था।

मुन्नी बी के बारे में जानने को बहुत उत्सुक थी रेशमा। इतना तो पता था उसे कि सरपंच अकरम अंसारी ने अपने घर में अपनी फुफेरी बहन मुन्नी बी को बैठा रखा है। सरपंच की गृहस्थी पर मुन्नी बी का ही क़ब्ज़ा है।...और यह भी कि मुन्नी बी बहुत सुन्दर औरत है। रेशमा ने मुन्नी बी को देखा नहीं था। बेवा होने के बाद जब मुन्नी बी मनरौली आई और बिना निकाह के अकरम अंसारी के घर बैठी तब से परदानशीन हो गई थी। वैसे भी अंसारी टोला में एक हसन मियाँ का ख़ानदान और दूसरा सरपंच अकरम अंसारी का घर ही था, जिसकी औरतें खेतों में काम-काज के लिए बाहर नहीं निकलतीं और परदेदारी के साथ रहतीं। मुन्ने मियाँ की बीवी नबीहा सारे गाँव में छिछियाती फिरती, पर नाज़ बेगम और उनकी देवरानियाँ परदानशीन थीं। अकरम अंसारी की अम्मी तक यह परदानशीनी नहीं थी। अकरम के धन-दौलत अरजने के बाद उनके घर में यह चलन शुरू हुआ।

गुल बानो और रेशमा बैठी बतिया रही थीं। गुल बानो ने मुन्नी बी के अपने घर आने का तमाम क़िस्सा तफ़सील से बयान किया। घर आने के बाद उसके

रहन-सहन, व्यवहार और बोली-बानी का बखान किया। बतकही के बीच-बीच में मुन्नी बी के आने से नौशेर साँई में आए बदलाव को लेकर चुहल भी हुआ।...रात सरकती हुई आगे निकलती जा रही थी। गुल बानो ने फिर आने का वायदा करते हुए रेशमा से विदा ली। चलते हुए रेशमा ने कहा—"दिदिया, हम कल सीवान जा रहे हैं। सरपंच से मिलने। साँझ तक लौटना हो पाएगा।"

रेशमा की बात पर एक छोटा-सा 'हूँ' कह कर चुप लगा गई गुल बानो। रेशमा ने गुल बानो की चुप्पी में सेंध मारते पूछा—"एक बात पूछें दिदिया?"

"हूँ।"—गुल बानो रेशमा के घर से जल्दी निकल जाना चाहती थी।

"तुमको भी यही लगता है का कि सरपंच ने...?" रेशमा ने सवाल को अधूरा छोड़ दिया था।

"हम का जाने बहिन!...अल्ला जानें। जो होना था हुआ। मेरे आगे तो पहाड़ सी जिनगी पड़ी है। बुढ़ऊ की देख-रेख,...देवर अपाहिज और गँजहा।...मुखिया आकर बुढ़ऊ का कान फूँक गए थे। थाना में जाकर जाने का कह आए बुढ़ऊ! हमको पुलिस-कचहरी से बहुत डर लगता है बहिन। सुने हैं कि गवाही देने सीवान जाना होगा।...हमको तो बस तुम्हारा ही भरोसा है।" गुल बानो की कटहल के कोए-सी काजर बिन सूनी बड़ी-बड़ी आँखों में सँपही की बरसाती धारा भाँवर काटने लगी थी। उसे रेशमा ने फिर अँकवार में भर लिया। पीठ सहलाती रही। विदा किया।

*

रेशमा की कोठरी से निकल कर जब बाज़ार की मुख्य सड़क पर आई गुल बानो, बाज़ार में सन्नाटा था। बिजली की रोशनी थी, पर लोगबाग नहीं थे। बीतते कातिक की बढ़ती हुई सर्दी में लोग दुबक कर सोए हुए थे। बाज़ार की सड़क पर कुत्ते-कुतियों का राज था। कातिक के उत्सव में बौराए हुए फिर रहे थे सब। अच्छेलाल साह की कलाली भी बन्द हो चुकी थी। वह पल्ले उठँगा चुके थे। रेशमा से बतियाती हुई गुल बानो को पता न चला कि रात इतनी हो गई है। उसे इस बात की फ़िक्र सता रही थी कि पता नहीं बुढ़ऊ और शमशेर को कैसे खाना परोसा होगा मुन्नी बी ने! नौशेर ने कहीं कोई टंटा-बखेड़ा न खड़ा किया हो!... और बुढ़ऊ फ़िक्र में होंगे कि कहँवा चली गई! कहीं यह न सोचने लगें कि आदमी के मरते ही बेलगाम हो गई!

गुल बानो पैर झटकते हुए तेज़-तेज़ चल रही थी। इस बार उसने रास्ता बदल दिया था। छोटी राह पकड़ी थी। देवली का किनारा छोड़ कर बीच गाँव को पार करती हुई रौज़ा के किनारे वाली राह। जैसे ही वह उस भूतहे पाकड़ के पेड़ के नीचे पहुँची एकबारगी उसकी रूह काँप उठी। उससे सीधे तो किसी ने कुछ नहीं

कहा था, पर कनफुसियाँ छिपती हैं भला! देर-सबेर बातें पसर ही जाती हैं चारों ओर। लोग कहते हैं कि इसी पेड़ पर उसका आदमी भूत बन कर रहता है। गुल बानो ने अपने मन को थिर किया। एक गहरी साँस लेकर कलेजे की चाल को सम्भालने की कोशिश की और आँखें ऊपर उठा कर पाकड़ पेड़ की ओर देखा। सोचा, भूत ही सही, पर काश दिख जाता उसका मरद। दिख जाता तो पूछती उससे कि कौन कसूरे इस तरह उसे छोड़ गया?...पाकड़ के बूढ़े-सयाने पेड़ की गझिन डालों-टहनियों पर उसकी आँखें शमशेर साँई की आत्मा को टेर रही थीं। पाकड़ की डालें और टहनियाँ धुनकी की ताँत बनी हवा को धुन रही थीं। रूई की तरह हल्की होकर हवा ऊपर उठ रही थी। पाकड़ पेड़ के पात झूल रहे थे। गुल बानो ने गुहार लगाई—"या अल्ला...!"

गुल बानो आगे बढ़ी। कुछ क़दम चलने के बाद पीछे मुड़ कर दुआ माँगती नज़रों से फिर देखा बूढ़े पाकड़ को। मन ही मन अरज किया कि अगर सचमुच भूत बन कर ही रह रहा हो मेरा आदमी, तो उस पर रहम करना।...कातिक के चन्द्रमा की उजास बरस रही थी। चमक रहे थे पाकड़ के हौले-हौले झूमते चिकने पात। गुल बानो ने रौज़ा के किनारे हाल में बनी चहारदिवारी वाली राह पकड़ ली। यह राह आगे जाकर दायीं ओर मुड़ती और टोटहा टोला होते हुए दुधही पोखर के भीट से गुज़रती। गुल बानो ने टोटहा टोला पार किया। दुधही पोखर आया। दुधही पोखर के भीट के उस पार था मनरौली। गुल बानो लम्बे-लम्बे डेग भर रही थी। उसे घर पहुँचने की जल्दी थी। उसके साथ-साथ चन्द्रमा माथ ऊपर चल रहा था। जैसे ही वह दुधही पोखर के भीट पर चढ़ी, उसके माथ से उतर कर चन्द्रमा पोखर के जल में तैरने लगा। वह भीट पर चलती रही और चन्द्रमा तैरते हुए साथ चलता रहा। मनरौली आया। फिर अंसारियों का टोला बीता। आम और कटहल के पेड़ों की घनी क़तारें पीछे छूटीं। साँई टोला आया। बूढ़े साहेब साँई कथरी ओढ़े उसकी बाट जोहते हुए दुआर पर खड़े मिले। नौशेर भी जगा था। पलानी से उसके खाँसने की आवाज़ आ रही थी। हाथ में लालटेन लिए मुन्नी बी पक्के दीवारों वाली कोठरी के दरवाज़े पर खड़ी थी।

गुल बानो सबसे पहले पलानी में घुसी। गायों और बछियों को चारा-पानी देने के बाद मुन्नी बी ने उन्हें पलानी के भीतर खूँटे से बाँध दिया था। गुल बानो के आने की आहट पाकर पहिलकी रँभाने लगी और नयकी ने गरदन में बँधी घंटिया बजा कर उसका स्वागत किया। दोनों बछियाँ औचक उठ कर उछल-कूद करने लगीं। लगा, खूँटे में बँधा पगहा तोड़ देंगी। गुल बानो उनके पास गई। उनका माथा, थूथना सहलाती रही।...उसी पलानी में एक ओर खाट डाल कर नौशेर सोया था। पलानी में गाँजे की गंध भरी थी। बाहर निकल कर उसने मुन्नी बी से पूछा—"दोनों को रोटी...?"

"हूँ,...खिला दिया था।" मुन्नी बी बोली।

"...और तुम?"

"तुम्हरे बिना कइसे खा लेती?" जवाब दे कर मुन्नी बी रोटी परोसने के उपक्रम में लगी।

रोटी खाते हुए मुन्नी बी ने कहा, "तुम्हरा देवर तो बड़ा रसिया है।"

चौंक उठी गुल बानो। "का हुआ?...कुछ कह रहा था का?"

"हूँ,...रोटी लेकर गई तो हाथ पकड़ कर खाट पर बैठाना चाह रहा था। बोला,...अगर इस घर में रहना है तो निकाह कर लो हमसे।"

"गँजहे हरामी को जवानी का जोम चढ़ा हुआ है।...सूअर का पिल्ला।... थरिया काहे नहीं पटक दिया लँगड़े के कपार पर?...सारी गरमी झड़ जाती।"—गुल बानो आग उगल रही थी। उसकी रोटी का स्वाद बिगड़ गया था। मुन्नी बी सिर झुकाए,...बिना कुछ बोले रोटी चबाने में लगी थी।

सामने की पक्की कोठरी में साहेब साँई सोए थे। रोटी खाकर दोनों पीछे फूस की छाजन वाली कोठरी में सोने चली गईं। नौशेर को गालियाँ देती,...बड़बड़ करती दिन-भर की थकी-माँदी गुल बानो बिस्तर पर गिरी, तो गिरते ही नींद ने उसे दबोच लिया।...पर मुन्नी बी की आँखों की नींद नौशेर ने उड़ा दी थी। वह करवटें बदल रही थी।...कहँवा जाए?...का करे? छोटी उम्र से ही उसकी यह देह उसके लिए विपत का पहाड़ बनी रही। अब जब उसकी यह ज़िन्दगी उसके किसी काम की न रही, तब भी यह देह मुसीबत बनी साथ लगी है। दस दिन होने को आए उसे अकरम अंसारी के घर से निकले हुए। इन दस दिनों में क्या अकरम को इस बारे में ख़बर न हुई होगी! दो-चार दिन आँतर देकर कोई न कोई उससे मिलने जेल जाता ही है। सारे जवार को ख़बर है कि नाज़ बेगम ने उसे घर से बेआबरू करके निकाल बाहर किया है और अकरम को यह बात पता नहीं!...कैसे मान ले वह कि अकरम को कुछ नहीं मालूम! वह चाहता तो जेल से ही सारा कुछ पलक झपकते बदल देता। नाज़ बेगम को अपना ही थूका हुआ चाटना पड़ता। नाज़ बेगम की ऐसी औक़ात नहीं कि अकरम के हुकुम की अनदेखी कर सकें। अकरम अंसारी की चुप्पी में बहुत कुछ ऐसा शामिल था, जिसे पिछले कुछ दिनों से मुन्नी बी महसूस कर रही थी।...मुन्नी बी तड़प रही थी। जिसने उसका सब कुछ लूट लिया या जिस पर उसने अपना सब कुछ लुटा दिया, जब उसने ही आँखें फेर ली तो वह इस देह का क्या करे!...अब इसे नौशेर साँई नोचे या कुकुर-सियार, मुन्नी बी को कोई फ़िकर नहीं। अगर वह लँगड़ू नौशेर साँई से निकाह कर इस घर में बैठ जाए तो कैसा लगेगा अकरम को?...जिस शमशेर साँई की हत्या के चलते वह आज जेल में बन्द है, उसी शमशेर के छोटे भाई की ब्याहता बन इस घर में उसके बैठ जाने से सारे गाँव-जवार में अकरम की थू-थू हो जाएगी।...मुन्नी बी की साँस उखड़ रही थी। हाँफ रही थी वह। मुन्नी बी उठी। सामने रखे काँसे के बड़े लोटे में पानी

भरा था। उसने लोटा उठा कर मुँह से लगा लिया और गटगट करती हुई सारा पानी पी गई। पानी की एक पतली धार चू कर उसके गरदन से होती हुई उसकी छातियों के बीच से नीचे उतरी और उसे सिहरा गई। उसकी आँखों के सामने नाज़ बेगम की सूरत नाच रही थी। बुदबुदायी वह—''...रख तू अपने ख़सम को अपने आँचर के खूँट में बाँध कर।...पागल न बना दिया अकरमवा को तो असल की औलाद नहीं।...किसी काम का न रह जाएगा वो।...कचहरी में जाकर गवाही दूँगी कि तेरे मरद ने ही साँई का कतल किया।"

मुन्नी बी बाहर निकली। गुल बानो गहरी नींद में थी। आँगन में आकर आसमान की ओर देखा। चन्द्रमा जा चुका था, पर उसके उजियारे की चमक मिट चुकी थी। अँधियारा पसर चुका था। मुन्नी बी ने आँगन पार किया। पक्की कोठरी में घुसी। बूढ़े साहेब साँई की नाक बज रही थी। वे गहरी नींद में थे। वह कोठरी से बाहर निकली और एक झटके से सहन पार कर पलानी में घुस गई।...नौशेर साँई भी गहरी नींद में था। पशुओं में हल्की हरकत हुई, पर चारों अपने-अपने खूँटों में बँधी रहीं। मुन्नी बी हौले पाँव नौशेर साँई की खाट के पास पहुँची। पलानी में भी अँधियारा भरा था। नौशेर साँई का मुँह कथरी से ढँका हुआ था। मुन्नी बी ने उसके चेहरे से कथरी हटा दी। नौशेर साँई की आँख खुली। मारे डर के वह चीख़ने ही वाला था कि मुन्नी बी ने उसका मुँह बन्द कर दिया। पहले तो कुछ देर नौशेर की घिघ्घी बँधी रही। वह समझ नहीं पा रहा था कि क्या करे! जब मुन्नी बी खाट की पाटी पर बैठ गई, तब उसकी उखड़ी हुई साँस थमी। टूटती हुई आवाज़ में नौशेर साँई बोला—''मुन्नी बी..."

''उठ कर बैठ और मेरी बात सुन।..." मुन्नी बी की फुसफुसाहट भरी आवाज़ में घन की चोट जैसी धमक थी। ''कल हमारे सामने अपनी भौजी से बोल कि तू निकाह करना चाहता है।...हामी भर दूँगी।...पर एक बात सोच ले कि अगर गुल बानो ने ना की तो भी तुझे निकाह के लिए राज़ी होना पड़ेगा। हमारे हामी भरने के बाद हर हाल में निकाह के लिए तैयार हो तबहीं आगे बढ़ियो।"

नौशेर साँई को जवाब देने की मोहलत दिए बिना पलानी से बाहर निकल गई मुन्नी बी। वह भौंचक बैठा था। उसकी पतली,...सूखी हुई छोटी वाली टाँग बिस्तर पर थी और दूसरी खाट से नीचे लटकी थी। खाट के सिरहाने वाले पावे से टिकी बैसाखी नीचे गिरी हुई थी। हथिया नक्षत्र की बारिश की तरह मुन्नी बी आँधी-पानी-बिजली सब एक साथ लिये आई और नौशेर साँई को झकझोर कर चली गई। उसे काठ मार गया था। वह उलझा हुआ था कि यह सब सपना था या हक़ीक़त! मुन्नी बी उससे निकाह को राज़ी हो जाएगी, यह तो उसके लिए कभी न पूरा होने वाला सपना ही था, पर...।

नौशेर साँई ने झुक कर टटोलते हुए अपनी बैसाखी उठा ली और खाट से नीचे उतरा। पलानी से बाहर निकल कर सहन में आया। आसमान की ओर मुँह उठा

कर देखा। भोर का तारा शुकवा उग आया था। अब भोर होने ही वाली थी। पहली बार,...हाँ पहली बार नौशेर साँई की ज़िन्दगी में भोर हो रही थी। पूरे ज़िला-जवार में जिसका रुतबा था, ऐसे आदमी का भाई होते हुए भी वह बाँड़े की तरह जी रहा था अब तक। भाई चला गया, पर उसके लिए कुछ न कर सका। बाप की कोई औक़ात ही नहीं कि वह कुछ कर सके। नौशेर ने दोनों हाथ ऊपर उठा कर अल्ला मियाँ का शुक्रिया अदा किया। अपनी ज़िन्दगी में पहली बार उसका अल्ला मियाँ से संवाद हुआ और इसके साक्षी बने आसमान के तारे।

दिन चढ़े तक सोने वाला नौशेर साँई पौ फटने से पहले सँपही किनारे पहुँचा। सँपही की ओर जाते हुए उसका जी कर रहा था अपनी बैसाखी फेंक कर नीचे तक दौड़ लगाए, पर यह बैसाखी तो मउअत के दिन ही छूटने वाली थी। मन मसोस कर रह गया वह।...फिर उसका जी किया कि नाच-नाच कर कोई गीत गाए। नाच पाना तो मुश्किल था, पर गा तो सकता ही था वह। अभी भोर होने वाली थी। सारी धरती को अँजोर से भर देने वाले सूरज के उगने से पहले स्वागत में नौशेर साँई ने गाना शुरू किया—'मिस कौल मारत बाड़ू किस देबू का हो...।'

नौशेर साँई की उल्लसित भोंडी आवाज़ दसों दिशाओं की ओर प्रक्षेपास्त्रों की तरह छूट रही थी। सुबह से पहले की नीरवता को अपनी उत्फुल्लता से हिंड़ोर रहा था नौशेर साँई। उसकी आवाज़ जाकर टकराई साँई टोला के पेड़ों से और पेड़ों पर बैठे पंछी उड़े,...जाकर छपाक-छपाक गिरती रही उसकी आवाज़ सँपही के पेट में और लहरें उठने लगीं। अद्भुत दृश्य था।...बहुत दिनों से नौशेर मोबाइल ख़रीदना चाह रहा था, पर ख़रीद नहीं पा रहा था। सोचा उसने कि अब हर हाल में ख़रीद लेगा। देवली के फत्ते मियाँ की दुकान पर कई बार जाकर वह देख आया है। चायनीज मोबाइल। कम पैसे में बड़ा मोबाइल और आवाज़ भी टनटन। वह किश्तें जमा कर रहा है। बस निकाह हो जाए। बाक़ी पैसे मिला कर ले लेगा। फिर तो मुन्नी बी को पास बैठा कर उसे मोबाइल में फिलिम दिखाएगा।

गुल बानो जागी। देखा, मुन्नी बी पहले से जागी हुई है। घुटनों में मुँह गोते बैठी है। पूछा—"बहुत सवेरे जाग गई? रात भर सोयी नहीं क्या?"

मुन्नी बी ने कोई जवाब नहीं दिया। रात भर की जागी अपनी थकी, कातर और लाल हुई आँखों से गुल बानो की ओर देखा।

"नींद नहीं आती होगी तुमको। गुदड़ी-कथरी ओढ़-बिछा कर,...फूस के घर में सोने की आदत नहीं होगी। पर का करोगी? सब नसीब का खेल है। अब तो...।" गुल ने समझाने की कोशिश की।

मुन्नी बी मौन रही। बस निहारती रही गुल बानो को। गुल बानो ने उठते हुए कहा—"चलो!...निकलो जल्दी। मरदों की आवाजाही से पहले निबटना भी तो है।"

दोनों शौच के लिए साथ निकलीं। जब से मुन्नी बी आई है, दोनों साथ ही जातीं और साथ लौटतीं। गुल बानो अगर साथ न रहे तो टोला की औरतें अपनी बोली-ठोली से मुन्नी बी का कलेजा ही छेद दें। मुन्नी बी को सरपंच अकरम अंसारी के विशाल मकान की तीसरी मंज़िल पर बने गुस्लख़ाने की आदत थी, पर अब कोई दूसरा उपाय भी तो नहीं था। बिना नाक-भौं सिकोड़े वह अपनी आदतें बदल रही थी। ज़िन्दगी के इस रंग से वह अपरिचित नहीं थी, पर फिर से इस रंग में अपने को रँगना आसान भी नहीं था।

गुल बानो और मुन्नी बी जैसे ही ढलान से नीचे उतरीं, ज़मीन पर बैठे नौशेर साँई की पीठ दिखी। दूरी थोड़ी कम हुई तो साफ़-साफ़ पता चला कि नौशेर बैठा है। बग़ल में बैसाखी पड़ी थी। गवनई के बाद अपने सपनों में विभोर बैठ कर आसमान निहारते नौशेर साँई की छटा से सँपही के तट का वातावरण कुछ बदला-बदला सा था।...गुल बानो को अचम्भा हुआ। भोरे-भिनसारे नौशेर सँपही के किनारे! ऐसा आलसी कि इतनी सुबह जन्नत जाना हो, तो न उठे। इस समय तो वह खाट पर चित पड़े-पड़े अपनी नाक बजाया करता है। आज यह अनहोनी कैसे हो गई?

नौशेर साँई को आभास हुआ कि कोई उसकी ओर आ रहा है। उसे मालूम था कि यह औरतों के निकलने का समय है। उसने बैसाखी उठा कर टेक लगाई और उठ खड़ा हुआ। देखा, सामने से उसकी भौजाई और मुन्नी बी चली आ रही हैं। दोनों थोड़ी दूरी बनाती हुईं ढलान से नीचे उतर कर आगे निकल गईं। अब उन दोनों की पीठ दिख रही थी। नौशेर साँई उनके ओझल होने तक मुन्नी बी की पीठ निहारता रहा। फिर वह पीछे मुड़ा। ढलान के ऊपर चढ़ने लगा। आज उसकी पतली-सूखी बेजान टाँग भी ज़मीन पर टिकना चाह रही थी। वह तेज़-तेज़ चलना चाहता था।

नौशेर साँई अपने घर की ओर बढ़ रहा था कि राह में साहेब साँई मिले। वह दोनों गायों और बछियों को नाँद पर बाँध कर,...चारा-पानी देकर आ रहे थे। जब वह पलानी में घुसे तो नौशेर अपनी खाट पर नहीं था। उन्होंने सोचा, ठंड लग रही होगी, तो भीतर जाकर सो गया होगा।...पर उसे आते हुए देख कर वह भी अचम्भित हुए, पर न कुछ कहा, न कुछ पूछा। आगे निकल गए साहेब साँई और नौशेर घर लौटा। गाँजा की पुड़िया निकाल कर रगड़ा। साफ़ी को पानी में भींगो कर गीला किया। कउड़ा की आग में रस्सी की गाँठ बना कर आग तैयार किया और बैठ गया दम मारने। चिलम की आग में लौ फूट पड़ी। इस लौ के प्रकाश में दिप-दिप दमक उठा नौशेर का चेहरा।

गुल बानो और मुन्नी बी घर लौटीं।

सूरज चमक रहा था। कनक रंग के धूप के पाखी फुदक रहे थे। नौशेर साँई पलानी से अपनी खाट बाहर खींच लाया था और धूप में बिछा कर बैठा हुआ था।

उसकी नज़रें मुन्नी बी का पीछा कर रही थीं और वह गुल बानो से नज़रें चुरा रहा था। मुन्नी बी आँगन में नाबदान के पास बरतन माँजने बैठी तो गुल बानो ने उसे रोक दिया। बोली—"देखो, तुम्हारी आदत नहीं है बरतन माँजने की, सो यह हमारे ज़िम्मे ही छोड़ दो। रोटी पका दिया करो।...तुम्हारी पकायी रोटी के आगे अब मेरी पकायी रोटी बुढ़ऊ को अच्छी नहीं लगती।...दाल-तरकारी का भी सुआद बदल गया है तुम्हारा हाथ लगने से। तुम खाना भले पका दिया करो, पर बरतन-बासन मेरे ज़िम्मे छोड़ दो।"

बोलती रही गुल बानो, पर मुन्नी बी ने बरतन माँजना नहीं छोड़ा। वह अपने को तैयार कर चुकी थी कि जब इसी घर में रहना है तो किस-किस काम से बचेगी वह! कुछ देर बिलम कर गुल बानो उसे एक टक निहारती रही और उसे वह सब करने दिया, जो वह कर रही थी।

गायों के दूहे जाने का समय हो चुका था। गुल बानो ने नयकी गाय के पिछले पैरों में छान लगाया। पुरनकी को छान लगाने की ज़रूरत नहीं पड़ती थी। पहले बछिया को खोल कर थन चूसने दिया। फिर बाल्टी लेकर दूहने चली। पुरनकी गाय पिछले हफ़्ते गरम हुई और फिर गाभिन हो गई थी। उसका दूध अब सूखने लगा था। दोनों बखत मिला कर घर के लोगों के खाने भर जितना। बाक़ी दूध जवान हो रही उसकी बछिया के लिए थन में ही छोड़ देती। ठीक जून पर रेशमा ने मदद की थी गाय भिजवा कर। कल रात रेशमा के घर जाते हुए दूध ले जाना बिसर गई थी गुल बानो। सोचा था, पर जाने के समय बात बिसर गई। नयकी के पास भरपूर दूध था। दोनों बखत का मिला कर चार या साढ़े चार सौ रुपए की पर्ची रोज़ मिल जाती थी। इनके दाना-पानी में ख़र्च करके जो भी बचता, गुल बानो उसे सहेजने लगी थी।

*

घर का सारा काम-काज मुन्नी बी के भरोसे छोड़ कर गुल बानो दूध लेकर सेन्टर भागी। कल साँझ का दूध भी पड़ा था। देर होने पर साँझ का दूध फटने का डर बना रहता था। गर्मियों में तो रात भर दूध का टिकना मुश्किल था। साँझ होते दूध दूह कर सेन्टर भागना पड़ता था। सेन्टर पास ही था। टोटहा टोला के इसी किनारे पर। पहले जब केवल देवली बाज़ार पर सेन्टर था, वह दूध देने कभी नहीं जा सकी। हरिजन टोला होने के कारण सरकारी डेयरी वालों को टोटहा में नया सेन्टर खोलना पड़ा। यह सेन्टर खुलने के बाद टोटहा और मनरौली के लोगों को बहुत सुभीता हो गया था।

गुल बानो के लौटने तक मुन्नी बी ने बरतन-बासन साफ़ करने और झाड़ू-बुहारन का काम निबटा लिया था। वह चूल्हे की आँच पर दाल चढ़ा कर रोटियों के लिए

आटा गूँधने-माँड़ने में लगी हुई थी। उसका गोरा चेहरा लाल भभूका हो रहा था। आटा गूँधती हुई कभी वह चेहरे पर गिरती लटों को सम्भालती, तो कभी चूल्हे की आँच में लकड़ी डालती। सामने खड़ी गुल बानो उसे निहार रही थी,...एकटक। उसके मन में आँधी चल रही थी।...अकरम अंसारी के घर राज-पाट भोगने के बाद ऐसे दिन काटना आसान नहीं था। मनरौली की हों या देवली की या फिर किसी गाँव की, जिन-जिन औरतों की बदचलनी के क़िस्से मशहूर थे, वे सब की सब क़िस्मत की मारी और नरम दिल ही मिलीं गुल बानो को।...और वे जो चौबीसों घंटे अपने आदमी के नाम की तस्बीह लिये फिरती थीं और नाक पर मक्खी तक न बैठने देती थीं, कठकरेज मिलीं। रेशमा के बारे में क़िस्से ही क़िस्से थे। जितनी ज़ुबानें, उतने क़िस्से, पर रेशमा थी रेशम-सी मुलायम।...और अब इसे देखे कोई कि कैसे बिना अपना सिर धुने,...बिना किसी लाज या ठस्से के कैसे धुल-मिल कर जी रही है! किसी पौधे की लतर माफ़िक़ पसरती जा रही है समूचे घर-आँगन में।...और नाज़ बेगम को देखो भला कि अपने ख़सम को क़ाबू में न रख सकी तब तो मुन्नी बी जा बैठी। हरजाई ने जवान औरत को घर से बाहर निकाल कर दर-ब-दर भटकने के लिए छोड़ दिया। घर निकाला करना ज़रूरी था क्या? पड़ी रहने देती किसी कोने में। दो रोटी और उतरन कपड़े ही फेंक देती।...गुल बानो का जी भारी हो आया। छाती में कुछ बहुत ज़ोर से उमड़ा-घुमड़ा। जैसे हूल उठ रही हो वैसे कलेजे में कोई गोला तेज़ी से घिरनी की तरह नाचते हुए ऊपर उठा और सारी देह में पसर गया। उसकी आँखें नम हो आईं।

चूल्हा आँगन में था। आँगन की नरम धूप हवा के हल्के झोंकों से खेल रही थी। आँगन में ही पक्की कोठरी की दीवार के सहारे पीठ टिकाए नौशेर साँई खाट पर बैठा था। उसकी ओर गुल बानो की पीठ थी और सामने था चकले पर रोटी बेलती...तवे पर सेंक कर चूल्हे की धधकती आँच पर रोटी फुलाती मुन्नी बी का चेहरा। गुल बानो पीछे मुड़ी। उससे नज़रे मिलते ही नौशेर साँई झिझका। गुल बानो ने एक नज़र मुन्नी बी की तरफ़ देखा। वह उलझन में थी। उसने नौशेर से पूछा—"तुम हिंया बैठ कर का कर रहे हो? नादान समझ रहे हो का हमको? तुम्हारा सब खेल बूझ रहे हैं छोटके साँई।...जब से आई है तुम इसके पीछे लसलसाए फिर रहे हो। सम्हारो अपने को।"

ब्याह कर आने के समय से ही गुल बानो अपने आदमी शमशेर को बड़के साँई और नौशेर को छोटके साँई पुकारती आ रही थी। नौशेर साँई पहले तो सकपकाया,... फिर ढीठ की तरह गुल बानो की आँखों में आँखें डाल कर देखते हुए बोला—"हम इससे निकाह करेंगे।...किस बूते रहेगी ये इस घर में? कौन लगती है तेरी?...बोल? बहिन है तेरी कि फूफी है तेरी?...बता?"

"जबरन निकाह करेगा का?...इतना रुतबा था तेरे भाई का जिला-जवार में,...

जबर आदमी था, पर उसने कभियो किसी औरत के साथ जियादती नहीं की। जबह भले किया होगा लोगों को, पर कौनो औरत की कानी अँगुरी तक नहीं छुआ होगा उसने।...और तू मुसीबत की मारी अपने घर आई बेवा के साथ निकाह के लिए जबरदस्ती करेगा?"

"पहले पूछ उससे...वह राजी है या नहीं? राजी न हुई तो क़सम से उसकी ओर देखेंगे भी नहीं हम। आँख में अकवन का दूध डाल कर आन्हर हो जाएँगे। अल्ला मियाँ ने लाँगड़ बनाया और तेरे चलते आन्हर हो जाएँगे।...करती रहना मेरा गू-मूत।"—नौशेर साँई हाँफ रहा था। उसकी साँस धौंकनी की तरह चल रही थी। उत्तेजना में एक हाथ से वह अपनी बेजान टाँग को थपथपा रहा था और दीवार से टिकी अपनी पीठ रगड़ रहा था।

गुल बानो कभी नौशेर साँई को देख रही थी, तो कभी मुन्नी बी को। इस पूरे मुआमले से निस्पृह मुन्नी बी सिर झुकाए रोटियाँ बेलने, सेंकने और उन्हें फुला कर रखते जाने में तन्मयता से लगी हुई थी। चार लोगों के लिए पच्चीस से ज़्यादा रोटियाँ बनती थीं। गुल बानो ने आवाज़ दी—"मुन्नी बी!"

मुन्नी बी ने आँखें उठा कर देखा। चूल्हे की आग की ताप से गोरा चेहरा लाल भभूका हो रहा था। आँखें लाल। आँखों की इस लाली में ग़ुस्सा था या दुःख था, गुल बानो की समझ से परे था यह सब। हया तो नहीं ही थी।

"बोलो मुन्नी बी। इस हरामी को जवाब दो।"—गुल बानो की ललकारती हुई आवाज़ के जवाब में मुन्नी बी की धीमी, पर ठोस आवाज़ उभरी।—"कवनो ठौर तो चाहिए।...जिनगी काटने के लिए कोई घर तो चाहिए। कहिया तक तुम्हारे भरोसे चलेगी जिनगी?...निकाह किया होता अकरम ने तो आज बेसहारा तो न होती!"

"तो?" गुल बानो की आवाज़ थरथरा रही थी।

"राजी हैं हम।" एक-एक शब्द तौल कर बोली मुन्नी बी।

"या अल्ला!"—थसकिया मार कर धम्म से आँगन में बैठ गई गुल बानो। उसे लगा, भूडोल आ गया।

गुल बानो का सिर चकरा रहा था। फिर उसका कलेजा हौलने लगा। धरती पर पसरी उसकी दोनों टाँगें थरथरा रही थीं। आँखें अर्द्ध उन्मीलित थीं। बीच आँगन में माटी के ढेले की तरह लगभग संज्ञाशून्य पड़ी थी गुल बानो।

रोटियाँ सिंक चुकी थीं। दाल पक कर तैयार थी। कलछुल में ठोप भर तेल गर्म करके हरी मिर्च के साथ जब छौंक लगायी मुन्नी बी ने तो मिर्च की तेज़ गंध से गुल बानो चैतन्य हुई।...स्टील की बड़ी-सी कटोरी में दाल, हरी मिर्च, प्याज़ और रोटियों की एक थाक परोस कर मुन्नी बी उठी और खाट पर बैठे नौशेर साँई को दे आई। दूसरी थाली परोस कर एक लोटा पानी के साथ आँगन से बाहर निकली और धूप सेंकते साहेब साँई के सामने रख आई। वह वापस आकर चूल्हे के पास चुपचाप

बैठ गई। चूल्हे की आँच सिरा रही थी। वह सिराती आँच पर हाथ सेंकने लगी।

खाना खाकर थाली खाट पर रख कर नौशेर उठा। हाथ धोने के लिए बधना में पानी लिये मुन्नी बी आई और उसका हाथ धुलवा कर वापस चूल्हे के पास बैठ गई। गुल बानो देखती रही। जाते हुए नौशेर ने गुल बानो से कहा—"अब तो तुमको भरोसा हो गया। देर मत करना। इसके पहले कि सारे गाँव-जवार में सौ तरह की बतकही हो, निकाह करवा दो। कौनो जवाबदारी तो है नहीं। अकरम से इसका निकाह तो हुआ नहीं था कि कोई पेंच फँसेगा।"

बैसाखी के सहारे टाँग घसीटते बाहर निकल गया था नौशेर साँई। मुन्नी बी मौन दर्शक की तरह सब देख-सुन रही थी। गुल बानो असहाय-सी नौशेर को बाहर जाते देखती रह गई थी।

कुछ देर तक दोनों के बीच अबोला पसरा रहा। दोनों समझ नहीं पा रही थीं कि बात कहाँ से शुरू हो! बाहर निकल कर नौशेर ने साहेब साँई को सूचना दी कि वह मुन्नी बी से निकाह करने जा रहा है और इस निकाह के लिए मुन्नी बी ने राज़ी-ख़ुशी हामी भर दी है।...कि गुल बानो को वे समझा-बुझा दें कि वह बीच में अड़ंगा न डाले और उसकी ज़िन्दगी बसने दे। साहेब साँई रोटी का टुकड़ा दाल में नरम करके चुभलाते हुए नौशेर की बात सुनते रहे। अपनी बात पूरी करके नौशेर जब आगे बढ़ा बुढ़ऊ चिल्लाए, "हरामखोर...सूअर की औलाद साले, खिलाओगे कहँवा से?...लाँगड़ साले, अपना जाँगर तो हिलता नहीं और निकाह के लिए लार टपक रहा है!...अपना पेट तो भर नहीं सकते, जनाना किसके भरोसे रखोगे?"

बधना में पानी लिये मुन्नी बी आई। गुल बानो के सामने बधना रख कर बोली—"उठो! चलो, हाथ-मुँह धो लो। रोटी ठंडी हो रही है।"

"तुम खा लो मुन्नी बी। हमारी भूख-पियास में आग लग गई।" गुल बानो की असहाय आवाज़ डूब रही थी। उसने ब-मुश्किल अपनी देह को सहेजा। घुटनों पर हाथ रखती हुई उठी।

"तुम्हारे खाए बिना हमारे पेट में रोटी उतरेगी?...चलो, जितना जी करे उतना ही खा लो।"

"तुम खा लो मुन्नी बी।...या अल्ला क्या-क्या देखना बदा है नसीब में?" कहती हुई गुल बानो चल दी।

मुन्नी बी आँगन में खड़ी रही और गुल बानो भीतर जाकर बिछावन पर लेट गई।...वह बहुत देर तक कभी इस करवट तो कभी उस करवट होती रही। वह सब कुछ सिलसिलेवार ढंग से सोचना चाह रही थी, पर उसका मन इतना अस्थिर...डाँवाँडोल था कि बातें गडमगड हो जा रही थीं। वह शमशेर के बारे में सोचती, तो बूढ़े साहेब साँई की बातें याद आतीं। दो साल पहले गुज़री अपनी बीमार सास को याद करती तो अपना हमल याद आ जाता। नौशेर के

बारे में सोचती तो...। वह कभी नानी के घर पहुँच जाती तो कभी उस बूढ़े पाकड़ पेड़ के नीचे जा खड़ी होती, जिस पर भूत बन कर शमशेर के होने की बातें लोग किया करते थे। कभी उसे अपने ऊँचे मकान की छत पर खड़ी नाज़ बेगम दिखती तो कभी बोलेरो पर सवार सरपंच अकरम अंसारी के साथ उसके बड़के साँई दिखते। गुल बानो के होंठ हिले—"...बड़के,...बड़के साँई!... कहँवा चले गए मेरे बड़के साँई...?"

मुन्नी बी उसके पास,...उसके पायताने आकर बैठ गई थी। वह गुल बानो को एक टक देख रही थी। उसकी बुदबुदाहट सुन कर मुन्नी बी खिसक कर सिरहाने आई। उसने गुल बानो के माथे पर अपनी हथेली रखी। गुल बानो का माथा तप रहा था। उसे तेज़ बुख़ार चढ़ आया था। मुन्नी बी भाग कर गई और पानी लेकर आई। अपनी साड़ी के आँचल का छोर भींगो कर उसके माथे पर पट्टी देने लगी। थोड़ी देर में बुख़ार जब कुछ कम हुआ, वह बाहर निकली। उसकी नज़रें नौशेर साँई को ढूँढ़ रही थीं। नौशेर साँई का कहीं कोई अता-पता नहीं था। मुन्नी बी साहेब साँई के पास गई। वह चारा काट रहे थे। उन्हें गुल बानो को चढ़े बुख़ार के बारे में बताया और देवली बाज़ार जाकर दवा लाने को कहा। उनकी ज़ेब में पैसे थे नहीं। बुढ़ऊ जाने के लिए उठे ज़रूर, पर ठिठक कर चुप खड़े रहे। मुन्नी बी बिना बताए साहेब साँई की हिचकिचाहट समझ गई। वह भीतर गई। सौ रुपए का एक नोट लिये बाहर निकली और साहेब साँई को पकड़ा दिया। साहेब साँई से उसका यह पहला संवाद था।

दोपहर ढल रही थी तब साहेब साँई देवली बाज़ार से बुख़ार की टिकिया लिये लौटे। मुन्नी बी बिना एक कौर अनाज मुँह में डाले गुल बानो की देख-रेख में जुटी हुई थी। उसके पास बैठी कभी उसका सिर सहलाती, तो कभी पाँव के तलुवों पर अपनी हथेलियाँ रगड़ती।

*

नौशेर साँई घर से बाहर निकला तो सीधे अपने गँजहे दोस्तों के अड्डे पर पहुँचा। साँई टोला और अंसारियों के टोले के बीच जोगी पीर का स्थान था। विशाल और छतनार पीपल वृक्ष के नीचे माटी का एक बड़ा पिंड बना हुआ था। यह जोगी पीर का पिंड था। देवली के लँगटू ब्रह्म की तरह जोगी पीर भी पूरे इलाक़े में मशहूर थे। बस फ़र्क़ इतना था कि लँगटू ब्रह्म की तरह उनका कुल-गोत्र ज्ञात नहीं था। गाँव-जवार के बूढ़े-पुरनिया लोग बताते कि जोगी पीर रमता जोगी थे। जाने कहाँ से आए और यहीं टिक गए। उनकी न जात किसी को पता थी और न धर्म पता था। हिन्दू-मुसलमान सबके पीर थे - जोगी पीर। औरतें पीपल की डालों में सफ़ेद सूत

के लच्छे बाँधतीं। पिंड पर सफ़ेद बताशे और गाँजे की चिलम और पुड़िया चढ़ा कर बाल-बच्चों की सलामती के लिए गुहार लगातीं। ऐसी कथाएँ प्रचलित थीं कि जोगी पीर रात में सफ़ेद कपड़े पहने हाथ में गोजी लिये निकलते और लँगटू ब्रह्म से मिलने जाते। देवली और मनरौली में ऐसे लोगों की भरमार थी, जिन्होंने जोगी पीर को लँगटू ब्रह्म से मिलने जाते हुए देखा था। कुछ ऐसे लोग भी थे, जिन्हें लँगटू ब्रह्म वाले पीपल वृक्ष के नीचे किसी की आकृति तो नहीं पर सुलगती और लौ फेंकती...हिलती-डुलती चिलम दिखी थी।...जोगी पीर के पास मनरौली और टोटहा टोला के गँजेड़ियों का दिन-भर आना-जाना लगा रहता था। एक तो प्रसाद में मुफ़्त गाँजा मिलने की सम्भावना हमेशा बनी रहती थी और दूसरे बिना रोक-टोक वाली निरापद जगह थी। जोगी पीर शांत सुभाव के थे जबकि लँगटू ब्रह्म के क्रोध का भय उनको पूजने वालों की छाती में काँपता रहता था कि पूजा में कहीं कोई कुटेव न हो जाए! लँगटू ब्रह्म की पूजा सिर्फ़ हिन्दू करते, पर जोगी पीर का दरवाज़ा सबके लिए खुला था।

जोगी पीर के पास पहले से बैठे गँजहों की टोली में शामिल हो गया नौशेर साँई। पहले दम लगा कर टंच हुआ और तब उसने गँजहों के बीच घोषणा की—"कल जोगी पीर पर पाँच पुड़िया माल नौशेर साँई की ओर से चढ़ेगा।"

सारे गँजहे चौंक उठे। नौशेर साँई और पाँच पुड़िया गाँजा! नौशेर साँई ने मुस्कुराते हुए रहस्य खोला—"बहुत जल्दी हमारा निकाह होने वाला है।"

एक सम्मिलित ठहाका गूँजा। टोली के सबसे बुज़ुर्ग सदस्य मंसूर मियाँ बोले—"साला लबाड़िया, जोगी पीर के सामने लफ़्फाज़ी बतिया रहा है।...बेटा, पीरों-फ़क़ीरों को तो भैलू दिया कर। गनीमत है कि जोगी पीर रिसियाते नहीं।...अगर कहीं रिसिया गए तो बेटा अल्ला मियाँ से कह कर तुम्हारी दूसरकी टाँग भी ले जाएँगे।"

"अल्ला किरिया मंसूर चा झूठ नहीं बोल रहा। अगर बात झूठ निकली तो असल की औलाद नहीं, हराम की औलाद बूझना।" नौशेर साँई अपने आत्मबल को सहेज-समेट कर अपनी बात पर टिका हुआ था।

"हराम की औलाद तो नहीं है तू। जानते हैं हम। तेरी महतारी गऊ जनाना थी और साहेब भाई हीरा आदमी है। एक दम सिधुआ।...पर तू साला झूठा एक नम्बर का है। अल्ला मियाँ ने भी कैसा खेल खेला कि शमशेरवा हत्यारा और तू निकम्मा!" मंसूर मियाँ अपनी उम्र और चचा होने का फ़ायदा उठा रहे थे और साथ के लौंडे-लपाड़े खी-खी करते हुए नौशेर का मज़ाक़ उड़ा रहे थे।

झपट कर अपनी टाँग घसीटते हुए बैसाखी की टेक लेकर उठा नौशेर साँई। गरजते हुए बोला—"बहुत हो गया मंसूर चा। अब कुछ मत बोलो। हम जानते थे कि मेरे निकाह की बात सुन कर बहुतों की छाती फटेगी।...सुन लो सब जने।...बहुत जल्दी हमारा निकाह होने जा रहा है,...मुन्नी बी से होगा निकाह।"

गँजहों की टोली पर वज्र गिर पड़ा। इस सूचना विस्फोट से सन्नाटा फैल गया।... पीपल वृक्ष पर बैठे किसी कौए ने बीट किया और मंसूर मियाँ की खल्वाट खोपड़ी तर-बतर हो गई। जोगी पीर के माटी के पिंड के विवर में छिपा कोई बिसखोपरा निकल कर भागा।

सब ऐसे बेबस लग रहे थे मानो पहाड़ टूट कर भहरा गया हो और सब उसमें दबे-कुचले मरणासन्न पड़े हों। सबको मालूम था कि सरपंच अकरम अंसारी की रखैल बन कर रह रही उनकी फूफीज़ाद बहन को उनकी बीवी नाज़ बेगम ने निकाल दिया है और वह इन दिनों साहेब साँई के घर रह रही है।

नौशेर साँई ने अपनी टाँग घसीटते हुए दुधही पोखर की राह पकड़ ली। वह जल्दी से जल्दी देवली पहुँचना चाहता था। देवली जाकर उसे शेख़ बदरु के छोटे भाई शेख़ बसीर से मिलना था। शेख़ बसीर देवली की बड़ी मस्जिद के क़ाज़ी थे। नौशेर साँई को भय था कि मनरौली की मस्जिद का क़ाज़ी उसके निकाह में अड़ंगा लगा सकता है क्योंकि वह अंसारियों के परिवार से था। अपनी बिरादरी पर सरपंच अकरम अंसारी का दबदबा था। उसे मालूम था कि अंसारियों को यह बात जल्दी पचेगी नहीं कि ज़कात और ख़ैरात के भरोसे गुज़र-बसर करने वालों के घर उनके घर की औरत ब्याही जाए। नौशेर अच्छी तरह जानता था कि इस मुआमले में कई पेंच फँस सकते थे। पेंच फँसे इसके पहले वह क़ाज़ी शेख़ बसीर के दरबार में अपनी हाज़िरी लगाने निकला था।

इधर नौशेर साँई देवली के लिए निकला और उधर गँजहों की टोली मुन्नी बी से नौशेर के निकाह की ख़बर मनरौली और टोटहा टोला में फैलाने में लग गई। ख़बर देवली भी पहुँची। मंसूर मियाँ बीच बाज़ार चायख़ाने में बैठ कर नौशेर का क़िस्सा बखान कर रहे थे। ख़बर एक गँजहे के बारे में थी और इसे गँजहे फैला रहे थे, सो लोग इसकी सचाई को लेकर दुविधा में थे। लोगों को लग रहा था कि ये गँजहे तफ़रीह के लिए अफ़वाह उड़ा रहे हैं। जिन्हें सरपंच अकरम अंसारी का सरेआम बीच देवली बाज़ार में अच्छेलाल साह के घर आकर अय्याशी करना खटकता था, वे लोग इस बात से इत्मिनान में थे कि अच्छा हो, अगर ऐसा हो जाए।

क़ाज़ी शेख़ बसीर अपने किसी रिश्तेदार की मौत पर रफ़ीपुर गए थे और नमाज़-ए-जनाज़ा के बाद अभी-अभी लौटे ही थे कि उनके दरबार में नौशेर साँई ने हाज़िरी लगा दी। क़ाज़ी तख़्त पर बैठ कर सुस्ता रहे थे। नौशेर ने सलाम किया और ओसारे के खम्भे से बैसाखी टिका कर धम्म से ज़मीन पर बैठ गया। इसके पहले कि क़ाज़ी कुछ पूछें या कहें,...दुआ-सलाम हो, वह एक साँस में सारा क़िस्सा बखान कर गया। क़ाज़ी शेख़ बसीर उसको सुनने के बाद कुछ देर चुप्प रहे। फिर पूछा—"अगर जो निकाह के वक़्त बदल गई तो?"

"हामी भरी है। ज़ोर-ज़बरदस्ती नहीं है। राज़ी हुई है, तब आए हैं आपके पास।" नौशेर ने अपना पक्ष रखा।

सन् बावन के बाद पिछले चुनाव तक सरपंच की जिस कुर्सी पर उनके बड़े भाई शेख़ बदरु बैठे थे उस कुर्सी पर अब अकरम अंसारी का क़ब्ज़ा था। अकरम अंसारी ने चुनाव में उनके भाई को हरा कर सिर्फ़ सरपंच की कुर्सी ही नहीं हासिल की थी बल्कि, उनके ख़ानदान की नाक भी काट ले गए थे। यह हार क़ाज़ी शेख़ बसीर के पूरे ख़ानदान के कलेजे में टीसती रहती थी। सरपंच अकरम अंसारी की रखैल का निकाह उस शमशेर साँई के छोटे भाई से, जो ऐन चुनाव के वक़्त पाला बदल कर उनके बड़े भाई का साथ छोड़ गया था।...क़ाज़ी शेख़ बसीर सोच रहे थे और उलझन में थे। अकरम की इस रखैल के हुस्न के चर्चे उन तक बहुत पहले से पहुँचते रहे थे। अकरम की बीवी ने इस औरत को जिस दिन घर से निकाल बाहर किया, यह ख़बर भी उसी दिन उन तक पहुँची थी। अकरम ने निकाह तो किया नहीं था, सो इस मुआमले में कोई मज़हबी यानी शरीअत के हिसाब से कोई दिक़्क़त न थी।...उन्हें अपाहिज नौशेर साँई के नसीब से रश्क हुआ। मन ही मन गालियाँ बुदबुदा रहे थे क़ाज़ी शेख़ बसीर और नौशेर समझ रहा था कि क़ाज़ी कलमा पढ़ कर उसके निकाह के लिए अल्ला मियाँ से इजाज़त माँग रहे हैं। क़ाज़ी शेख़ बसीर ने कहा—"दिक़्क़त तो कोई नहीं है निकाह में,...पर शमशेर की बेवा तैयार है?... अगर वो तैयार न हुई तो निकाह के बाद तुम अकेले परिवार कैसे पालोगे?...तुम तो दिन-रात चिलम में अझुराए रहते हो।"

"जब निकाह कर रहे हैं, तो सब सोच कर ही कर रहे हैं। उसको भी तो दो हाथ और दो गोड़ का सहारा मिलेगा। अकेले खटती रहती है।" नौशेर साँई ने कहा। वह क़ाज़ी के हर सवाल के जवाब में चाक-चौबन्द था।

"...और तुम्हारे अब्बा?...साहेब साँई?" क़ाज़ी शेख़ बसीर पूरे मुआमले को ठोक-बजा कर इत्मिनान हो लेना चाहते थे।

"अब्बा भला काहे ना कहेंगे!...और निकाह हमको करना है, अब्बा को थोड़े करना है।" नौशेर साँई को लगा कि क़ाज़ी उसे घेर रहे हैं। अगर उन्होंने पलटी मार दी तो सारा खेल बिगड़ जाएगा। गाँजा के नशे से लाल उसकी आँखें डबडबा आईं। उसने क़ाज़ी की ओर कातर भाव से देखा और बोला, "सब आपके हाथ में है, सो सीधे आपके पास पहुँचे हैं। मनरौली के छोटे क़ाज़ी रहीम अंसारी के पास गए भी नहीं। वह साथ नहीं देंगे। अकरम के ख़ास आदमी हैं वे। अंसारियों के घर की जनाना है, सो वह पेंच लगा देंगे।...अब आप ही के हाथ में है सब कुछ। चाहे उबारिए, चाहे...।"

"नौशेर साँई, तुमको मालूम है न कि तुम्हारे भाई ने हमारे ख़ानदान को कैसे धोखा दिया?...हमारे भाई ने उसको पाला-पोसा, पर उनकी इज़्ज़त से ही खेल गया।

उसी ग़म में भाईजान गुज़र भी गए। पर सब भूल कर हम तुम्हारा साथ देंगे।...अब वो रहा नहीं। उसके मर्डर से हमको भी बहुत दुःख हुआ। अब उसके किए-धरे से क्या लेना-देना! जाओ निकाह की तैयारी करो।" क़ाज़ी शेख़ बसीर ने आँखें मूँद लीं। पहले शमशेर की सूरत उनकी आँखों में कौंधी। फिर सरपंच अकरम अंसारी का चेहरा नाच उठा।

सूखी-बेजान टाँग को छोड़ कर नौशेर साँई की पूरी देह झूम उठी। मन को पंख लग गए। आँखों में चमक भर गई और चेहरा खिल उठा। वह बैसाखी की टेक लेकर उठा और क़ाज़ी शेख़ बसीर को झुक कर सलाम किया। क़ाज़ी बोले, "जाओ, जल्दी करना। देर करोगे तो बात का बतंगड़ बनता जाएगा।"

नौशेर साँई जब क़ाज़ी शेख़ बसीर के दरबार से हवा के घोड़े पर सवार निकला। उसका मन कर रहा था कि वह देवली के बीच बाज़ार में जाकर छाती ठोक कर एलान करे कि सरपंच अकरम की महबूबा से उसका निकाह होने जा रहा है और अगर मंसूर चा मिल जाएँ तो..., पर उसने इरादा बदल दिया। सोचा,...नहीं। अभी नहीं। पहले घर जाकर भौजी और अब्बा को सम्भालना ज़रूरी है। घर ही में मात खा गया तो बड़ी मुश्किल होगी। भौजी और अब्बा अलग-बिलग हो गए तो सारा खेल बिगड़ जाएगा।...एक मन कर रहा था कि जोगी पीर के पास जाकर,...पर नहीं। आज नहीं। कल गाँजा की पाँच पुड़िया,...बताशे और एक नहीं, सफ़ेद सूत के पाँच लच्छे लेकर हाज़िरी लगाएगा।...नौशेर साँई ने भीड़-भाड़ से बचते हुए घर पहुँचने वाली राह चुनी। देवली और मनरौली के किनारे-किनारे चलते हुए सँपही का रास्ता पकड़ा।

*

नौशेर साँई जब घर पहुँचा कातिक की धूप छतों-छपरों की मुँड़ेरों से नीचे उतर चुकी थी। सिमट कर मुट्ठी भर बची थी। साहेब साँई सहन बुहार कर कउड़ा सुलगा चुके थे। दोनों गायों को नाँद पर बाँध दिया था और सानी-पानी में लगे थे। इस टोह में थे कि कोई आते-जाते दिख जाए तो नयकी गाय को दुहवा लें। पुरनकी का दूध कम हो गया था, तो उसको दूह सकते थे, पर नयकी को दूह पाने का बूता अब उनके जाँगर में नहीं बचा था। उनके सामने जब नौशेर आकर खड़ा हुआ, उन्होंने मुँह मोड़ लिया।...गुल बानो कभी बीमार नहीं पड़ती। उसे बीमार पड़ने की फ़ुरसत ही नहीं मिलती। दिन-रात घर के काम-काज में ऐसे उलझी रहती कि मरज़ भी उससे दूर ही रहते। पर आज अचानक बुख़ार ऐसे चढ़ आया और दबोच लिया कि गुल बानो बेबस हो गई। हालाँकि बुखार की टिकिया ने असर किया था। ख़ूब पसीना चला। देह का ताप उतर गया, पर इस ताप ने उसे हिला कर रख दिया। वह अभी भी बिछावन पर लेटी थी।

नौशेर साँई भीतर आँगन में गया। उसके हाथ में रूमाल में बँधी गैंची मछलियों से भरी एक पोटली थी। राह में,...सँपही किनारे माटी की हँड़िया में गैंची लिए देवली बाज़ार जाते बरन नोनिया मिल गए थे। उल्लास से भरे नौशेर साँई ने बरन नोनिया से मछली ख़रीद ली थी। कातिक महीने में, जब जल सिमट रहा होता है पाँक में छिपी गैंची मछलियाँ मिलती हैं। चूल्हा लीप कर मुन्नी बी बरतन-बासन धोने में लगी थी। नौशेर को देख कर उठी। मछली की पोटली पकड़ते हुए गुल बानो की बीमारी की सूचना दी। नौशेर साँई आँगन में खड़ा कुछ सोच रहा था कि भीतर से गुल बानो निकली। नौशेर आगे बढ़ा। पास जाकर नरम आवाज़ में बोला—"चलो,...भीतर चलो तुम। आराम करो।"

गुल बानो बिना कुछ बोले आँगन में ठिठकी रही। नौशेर साँई ने फिर कहा, "तुम बेकार में टेनसनियाई हो। हम सब ज़िम्मा अपने कपार पर लेने को तैयार हैं। तुम पर बोझ ना बनेंगे।...हम बड़े क़ाज़ी के घर से आ रहे हैं। उन लोगों से हमारे घर का पुराना हेल-मेल रहा है। बड़के उनके खास आदमी थे, यह बात सारा ज़िला-जवार जानता है।...क़ाज़ी ने कहा कि कोई दिक़्क़त ना है। निकाह हो सकता हैं। जब क़ाज़ी तैयार हैं और मुन्नी राजी है तो किस साले की मजाल है कि अड़ंगा डाले।...तुम बस तैयार हो जाओ। क़ाज़ी बोले हैं कि जल्दी से जल्दी कर लो जो करना हो। बस अब तुहारे ऊपर सारा दारो मदार है।...वलीमा की फिकर मत करो। बाद में होगा। बस इसके लिए कपड़ा-लत्ता का इंतज़ाम करना होगा। हमारे पास कुछ रुपिया है।...बाक़ी तुम्हारी मरजी।...और हाँ बुढ़ऊ को सम्हार लो। बिना तुम्हारे सम्भारे हमसे ना सम्हरेंगे।"

साहेब साँई ने पुरनकी को दूहा। नयकी को जितना दूह सके, दूहा और बाक़ी दूध थन में ही बछिया के लिए छोड़ दिया। नौशेर साँई पलानी में बैठ कर चिलम पर दम लगा रहा था।...मुन्नी बी ने खाना पकाया। दिन की बची दाल में रोटी नरम करके जैसे-तैसे दो-चार कौर गुल बानो निगल सकी। बाक़ी तीनों ने गैंची मछली का स्वाद लिया। मुन्नी बी के हाथों में ग़ज़ब का स्वाद था। मछली का स्वाद ही बदल गया था। हाथ खुले हुए थे, सो तेल-मसाले में कोई कोताही नहीं हुई थी। बुढ़ऊ तो चटकारे लेकर खा रहे थे। नौशेर साँई ने कहा, "भौजी के लिए रख देना। सुबह खा लेगी।"

गुल बानो और मुन्नी बी रोज़ की तरह साथ सोयीं। गुल बानो की आँखें भरमतीं और खुल जातीं। नींद का आना-जाना लगा हुआ था। मुन्नी बी का भी यही हाल था। दिन-भर के थके-हारे साहेब साँई बिछावन पर गिरते ही सो गए थे। दम लगाने के बाद पलानी में सोए नौशेर साँई भी नाक बजा रहा था। आसमान से झरती कातिक की चाँदनी में भींग रही थी धरती। हवा की फुसफुसाहट के सिवा और कोई आवाज़ नहीं थी।

भोर की आहट लेकर आसमान में शुकवा चमका। भोर से ठीक पहले गुल बानो घर से निकली। उसके पीछे-पीछे मुन्नी बी। सहन में आकर दोनों पल भर के लिए ठिठकीं। एक-दूसरे को देखा और सँपही की ओर शौच के लिए चल दीं। आसमान थोड़ा और नीचे झुक आया था। हवा थी, पर और दिनों की अपेक्षा कम। बस इतनी कि साँस की आवाजाही निर्बाध चलती रहे और देह सिहरती रहे। मुन्नी बी ने आँचल खींच कर देह से लपेट लिया। गुल बानो ने मौन तोड़ा, "ठंड लग रही है?"

"हूँ।" मुन्नी बी ने हुँकारी भरी।

"घर में पेटी के ऊपर ही चादर थी। लपेट काहे नहीं लिया?...ताप..., सर्दी...पानी झेलने की आदत तो है नहीं। निकाह से पहले ही बीमार पड़ गई तो! हिफ़ाज़त से रह। काम भी उतना ही कर जितना पार लगे। धीरे-धीरे अपने ही आदत पड़ जाएगी।...और सुन, गाय दूहना सीख ले। आज मेरे साथ सेन्टर चलना दूध लेकर।...चलेगी?"

"हूँ।"

"मेरा बेलाउज पहन कर कब तक रहेगी? आज अपना वाला देना नाप के लिए। देवली जाकर तीन-चार नए सिलवा दूँगी।...रंग बता। निकाह के दिन कौन से रंग की साड़ी चाहिए? लाल? हरियर?"

गुल बानो ने मुन्नी बी की ओर देखा। वह चुप थी। चुपचाप साथ चलती हुई उसे बस एकटक देखे जा रही थी। गुल बानो ने चलते हुए उसके माथे पर हाथ रखा और कहा, "ऐसे काहे निहार रही?...बड़ी हूँ न!...ब्याह कर आई थी तो नौशेर की मूँछों की रेख अभी उग रही थी।"

अपने माथ पर गुल बानो की हथेली का स्पर्श पाकर मुन्नी बी को लगा, अल्लाह की रहमत का नूर उसके ऊपर बरस रहा हो। उसकी रूह..., उसकी सारी देह जैसे नहा उठी हो किसी पवित्र प्रकाश में। उसके कलेजे में भरोसे का जो बिरवा पहले दिन उगा था वह छतनार होकर फूलों से भर आया। उसने पहले गुल बानो की ओर देखा और फिर आँखें उठा कर आसमान की ओर। आसमान का रंग बदल रहा था। दोनों चलते हुए सँपही के तट पर पहुँच चुकी थीं। सँपही के जल में भोर का स्नान कर दिन की उड़ान पर निकलने वाले पंछियों की आवाजाही शुरू हो रही थी। एक पंडुक आया और अपनी छाती से जल-सतह को ठेल डुबकी लगा कर पंख फड़फड़ाते हुए उड़ा।

गुल बानो और मुन्नी बी लौटीं। दिन शुरू हुआ। घर के काम-काज निबटने लगे। इसी में समय निकाल कर गुल बानो ने साहेब साँई से बात की। कहा, "अब्बा, नौशेर की बात मान लेने में ही परिवार की भलाई है। एक तो ऐसे ही विपत के दिन हैं और अगर कहीं इसी बात को लेकर परिवार दो फाड़ हो गया तो...। निकाह करवा देना ही अच्छा रहेगा। हम भी एक से दू हो जाएँगे। दोनों मिल कर सब

सम्भाल लेंगे। हमको इसकी फिकर ना है कि गाँव-जवार का कहेगा!"

"तुम जो अच्छा समझो करो। हमारी जिनगी का कौन भरोसा? आज हैं, कल चल देंगे। जब तुमको मंजूर है तो हमको भी मंजूर ही समझो।" साहेब साँई को गुल बानो पर अगाध भरोसा था।

सारे काम-काज निबटा गुल बानो ने मुन्नी बी को साथ लिया और टोटहा टोला के सेन्टर पर दूध जमा करने निकली। बीच अंसारी टोला से गुज़रते हुए पल भर के लिए मुन्नी बी की छाती में चिलकन हुई, पर उसने अपने पर क़ाबू किया और चलती रही। दोनों सेन्टर पहुँचीं। दूध जमा कर पर्ची लिया और पैसा भँजाया। मुन्नी बी साथ-साथ थी और सब कुछ देखने-समझने की कोशिश कर रही थी। गुल बानो के साथ एक और औरत को देख कर लोग समझ गए, पर किसी की हिम्मत न हुई कि मुँह से एक बोल फूटे। गुल ने मुन्नी बी से पूछा, "अकेले लौट जाएगी न?"

"हूँ।...काहे नहीं?" मुस्कुराई मुन्नी बी।

दोनों अलग हुईं। मुन्नी बी साँई टोला के लिए चल दी और गुल बानो देवली बाज़ार के लिए।

अंसारी टोला में यह ख़बर पसर गई थी कि मुन्नी बी को लेकर गुल बानो सेन्टर गई है। ख़बर नाज़ बेगम तक भी पहुँची थी। नाज़ बेगम ने मुँह बिचका कर इस ख़बर को तवज्जो नहीं देने का नाटक किया, पर बारजे में जाकर मुन्नी बी के लौटने का इंतज़ार करने लगीं।

मुन्नी बी उसी रास्ते लौटी। हाथ में दूध का ख़ाली केन लिये। सिर झुकाए। नाज़ बेगम ने देखा। अंसारी टोला की औरतों ने देखा। सबने देखा, पर मुन्नी बी ने किसी की ओर न देखा।

*

गुल बानो सीधे रेशमा के पास पहुँची।

रेशमा कल सीवान जेल से सरपंच अकरम अंसारी से मुलाक़ात करके लौटी थी। देवली बाज़ार से रोज़ सुबह कई गाड़ियाँ सीवान के लिए खुलतीं और शाम होते फिर लोगों को वापस लेकर लौटतीं। रेशमा जब शाम में देवली पहुँची, बाज़ार में नौशेर साँई से मुन्नी बी के होने वाले निकाह की ख़बर गर्म थी। एक तो वह ख़ुद ही लुटी-पिटी लौटी थी और ऊपर से यह ख़बर! उसने दोनों हाथ जोड़ कर गुहार लगाई कि 'हे भगवान! साँच कर दो इस ख़बर को।'

दूसरे दिन औचक गुल बानो को अपने घर पाकर रेशमा समझ गई कि भगवान ने उसकी सुन ली है। गुल बानो ने तफ़सील से सारा क़िस्सा बयान किया। रेशमा सुनती रही। फिर पूछा, "तो इसके चलते तुम काहे परेशान हो दिदिया?"

गुल बानो मौन रही। रेशमा के चेहरे का रंग बदलने लगा। उसका साँवला चेहरा तप कर लाल हो रहा हो जैसे। रेशमा ने कहा, ''मत रोक दिदिया। हो जाने दे जो हो रहा है। उस औरत को सहारा मिल जाएगा और तेरे देवर को औरत। अगर ढंग से रही मुन्नी बी तो तेरी भी मदद हो जाएगी। घर में जनबल बढ़ेगा।...और वो हरामी,...कुकुर अकरमवा गाँव-जवार को मुँह दिखाने के लायक नहीं रहेगा। कल कह रहा था हमसे कि थाना ने अब तक डायरी नहीं दाख़िल किया है कोर्ट में।...हमको कह रहा था कि गरभू पाँड़े के साथ सोकर उसकी पैरवी...। हरामी की औलाद! साला रंडी समझता है हमको। जब मुन्नी बी के बारे में पूछे तो बोला कि निकाह तो किए नहीं हैं कि हमारी जिम्मेवारी है।...अब बताओ कि जो औरत उस हरामी के चलते सारे ज़माने का दुख सहती रही, उस औरत के लिए भी तनिको दरद नहीं है उसके कलेजे में।...हम तो बोल आए हैं कि अब हम गवाही देंगे कचहरी में,...जज के सामने बोलेंगे कि तुम मर्डर किए हो। दम हो कलेजे में तो रोक लेना हमको। हमको किसी का डर नहीं है। अगर आज के बाद हमारा नाम भी लिए तो...। देखो दिदिया, तुम मुन्नी बी का निकाह करवाओ। हम तुम्हारी पीठ पर खड़े हैं। जिनगी भर साथ निभाने के लिए तैयार हैं। बहिन माने हैं तुमको, बहिन रहेंगे।"

रेशमा का यह रूप देख कर गुल बानो चकित थी। उसका दिमाग़ सुन्न हो गया था। न कुछ सोच पा रही थी और न ही कंठ से आवाज़ निकल रही थी।

थोड़ी देर चुप्पी रही। रेशमा ने अपने क्रोध पर क़ाबू किया। उठी। जाकर पानी और मिठाई ले आई गुल बानो के लिए। सामने रख कर बोली, ''दिदिया, तुमसे उमिर में कम हैं, पर जिनगी का दुख कम नहीं देखे हैं।...औरत को माटी की भीत बना कर छोड़ दिया है सबने। आँधी-बयार-बरखा सब उसी को ढाहे। वाह रे!"

''हम तो पहिले ही तैयार होकर आए थे। बस तुमको बताना था कि निकाह करवाने जा रहे हैं।...देखो, उसका बेलाउज लाए हैं नाप के लिए। दर्ज़ी को देकर बेलाउज सिलवाना है। आज सोच कर निकले थे कि उसके निकाह के लिए कपड़ा-लत्ता लेकर ही घर लौटेंगे।...बड़के क़ाज़ी के पास भी जाना है। कल नौशेर जाकर मिल आया है। वो तैयार हैं निकाह पढ़ाने के लिए।" गुल बानो ने अपना पक्ष रखा।

रेशमा के चेहरे की साँवली चमक लौट आई थी। गुल बानो के लिए उसके कलेजे में प्यार की बाढ़ उठ रही थी। सरपंच अकरम अंसारी से कल रिश्ता तोड़ कर वापस आने के बाद से वह लगातार अपने से लड़ती रही थी। उसके भीतर जो धधक रहा था, उसमें तप कर रेशमा चमक रही थी। उसने मिठाई का एक टुकड़ा तोड़ कर अपनी गुल दिदिया के मुँह में डालते हुए कहा, ''तुम बड़े क़ाज़ी के पास से लौटो। कहना जल्दी से जल्दी कोई दिन तय कर दें। लौटो तो हम दोनों साथ चलते हैं कपड़ा लेने।...यहाँ पसंद आया तो ठीक और मन माफिक

न मिला तो कल सीवान चल कर खरीदेंगे। तुम लौटो, तब तक हम नहा-धो कर तैयार हो जाते हैं।"

*

उधर सेन्टर से लौटने के बाद घर पहुँच कर मुन्नी बी ने खाना पकाया। साहेब साँई को खिलाया। नौशेर को खाना परोसते हुए उसने बताया कि निकाह के लिए गुल बानो राजी हो गई है और तुम्हारे अब्बा भी मान गए हैं। यह सब बताते हुए मुन्नी बी के चेहरे पर प्रसन्नता या दु:ख के भाव नहीं थे। सपाट..., निर्विकार चेहरा और भाव-शून्य आँखें। नौशेर को यह सब नहीं दिख रहा था। उसके सामने थी मुन्नी बी की गदरायी देह और उसके पीछे थी बचपन से चली आ रही अपमान और उपेक्षा भरी लोगों की हँसी-ठिठोली। उसने जल्दी-जल्दी खाना ख़त्म किया और देवली की ओर हरिहर मिसिर के पास से गाँजा की पुड़िया के लिए भागा। हरिहर मिसिर को उसने कल ही पाँच पुड़िया माल के लिए कह दिया था। वह पिछले कई सालों से देवली और मनरौली में गाँजा की निर्बाध आपूर्ति कर रहे थे। आज जोगी पीर को चढ़ावा चढ़ाना है, इसकी घोषणा वह कल ही कर चुका था।

बड़े क़ाज़ी शेख़ बसीर ने निकाह के लिए हफ़्ता भर बाद की तिथि तय की। इस बीच रेशमा कलवारिन और गुल बानो सीवान गईं और मुन्नी बी और नौशेर साँई के लिए निकाह के कपड़े ख़रीद ले आईं। गुल बानो वलीमा बाद में करना चाहती थी, पर रेशमा कलवारिन ज़िद पर अड़ गई कि 'होगा और उसी दिन होगा'। मुसलमानों के रसोइया वली ख़ान और हिन्दुओं के रसोइया पंचदेव कानू का सट्टा-बयाना हुआ। मनरौली का अंसारी टोला सकते में था। साँई टोला इस बात को लेकर उल्लसित था कि साँइयों को भिखमंगा समझ कर हेय दृष्टि से देखने वाले अंसारियों की इस निकाह से हेठी हो रही है। देवली बाज़ार के चायख़ानों, पान की गुमटियों और दीगर अड्डों पर मुन्नी बी के हुस्न के चर्चे थे। नौशेर साँई के नसीब से जलने वाले आहें भर रहे थे और सरपंच अकरम अंसारी के पक्षधर मौन होकर सारी लीला देख रहे थे। रज्जन पासवान के इशारे पर टोटहा टोला के अधिकतर लोग तटस्थ थे। रज्जन पासवान के पास पल-पल की ख़बर थी, पर वह समझ नहीं पा रहे थे कि उन्हें किसके पक्ष में होना चाहिए। उन्हें अगला चुनाव भी लड़ना था और वह सरपंच अकरम अंसारी के पैरोकार होते हुए अंसारियों के ख़िलाफ़ नहीं जा सकते थे। साँइयों के पास जनसंख्या कम थी और शमशेर की हत्या हो चुकी थी। फिर भी साँइयों की ख़िलाफ़त से वोट का संतुलन गड़बड़ा सकने का अंदेशा था। अकेले रज्जन पासवान थे जिनकी जान इस निकाह से साँसत में फँसी थी। रज्जन पासवान की रणनीति डगमगा रही थी और उनके पसीने छूट रहे थे।

निर्धारित तिथि पर निकाह हुआ। हरे रंग का चायनीज़ सिल्क का कुरता पहने, सेहरा बाँधे नौशेर साँई सफ़ेद जाजिम पर बैठे थे। सुनहले फूलों के छापे वाली सुर्ख़ साड़ी पहन कर आँगन में औरतों के बीच मुन्नी बी बैठी थी। बड़े क़ाज़ी शेख़ बसीर आए। निकाह पढ़वाया। जब मुन्नी बी ने निकाहे सानी क़बूल किया औरतों के हर्षनाद से साहेब साँई का आँगन गूँज उठा। आँगन में गुल बानो के साथ मिल कर निकाह के इंतज़ाम की देखरेख करती रेशमा कलवारिन को देख कर लोग अचम्भित थे। पीले रंग की साड़ी में ज़ुल्फ़ें लहराती साँवली रेशमा के हुस्न का जादू छाया हुआ था।

मुखिया लीलाधर यादव भी निकाह में शामिल होने कुछ देर के लिए पहुँचे। गुल बानो ने सामने आकर रात में वलीमा के भोज में आने के लिए इसरार किया। इस बीच सिर पर आँचल रखे बड़े अदब के साथ रेशमा कलवारिन प्रकट हुई। उसने झुक कर मुखिया लीलाधर यादव के पाँव छू लिये और बोली, ''हम अच्छेलाल साह की औरत हैं,...रेशमा।''

रेशमा का मुखिया लीलाधर यादव से यह पहला संवाद था।

निकाहनामा पर दोनों फ़रीक़ के अँगूठे की निशानी और गवाहों के दस्तख़त करवा कर क़ाज़ी शेख़ बसीर विदा हुए।

''हमको सीवान जाना है। हो सकता है देर हो या न लौटें आज, पर घर से कोई न कोई आएगा ही।'' मुखिया ने साहेब साँई से कहा और स्कार्पियो पर सवार होकर निकल गए।

*

दूसरे दिन देवली बाज़ार नौशेर साँई और मुन्नी बी के निकाह और रात में हुए वलीमा के चर्चे से गुलज़ार था। मदन साह की चाय की दुकान पर सबसे ज़्यादा भीड़ थी। यह चायख़ाना देवली ही नहीं, मनरौली और आसपास के लौंडों-लफाड़ियों और गँजहों का ठिया था। यह देवली बाज़ार की सबसे पहले खुलने और सबसे बाद में बन्द होने वाली दुकान थी। मदन साह ख़ुद छँटे हुए गँजहा थे, पर न चिलम रखते और न गाँजा। दूसरों की चिलम से ही दम लगा कर टंच रहते। गाँजा सप्लायर हरिहर मिसिर अक्सर मदन के चायख़ाना के आसपास मंडराते हुए मिल जाते। मंसूर मियाँ इस ठिया के सरदार थे। मदन साह, हरिहर मिसिर और मंसूर मियाँ में दाँत-काटी रोटी वाली दोस्ती थी। जवानी के दिनों में तीनों एक बार महाराजगंज के पास मौनिया बाबा के मेले से एक औरत को भगा लाए थे। वह औरत बदचलन नहीं, किसी बड़े घर की दुःख की मारी बाल-विधवा थी। ले तो आए, पर उसका करें क्या, यह तीनों की समझ से बाहर था। तीनों आवारा थे, पर इतना साहस

नहीं था कि उस औरत की अँगुली तक छू सकें। मदन साह विवाहित थे। मंसूर मियाँ मुसलमान और औरत हिन्दू थी। एक हरिहर मिसिर बाँड़ा थे। न क़ायदे का घर-दुआर और न पेट पालने लायक़ खेतीबाड़ी। उस औरत से हरिहर मिसिर ने ब्याह कर लिया। देवली के ब्राह्मणों ने हरिहर मिसिर के परिवार को जात बाहर कर दिया, पर वह पीछे नहीं हटे। इस घटना को तीस साल बीत गए पर आज तक अपने टोला से उनका भात का रिश्ता बहाल नहीं हो सका था।

तीनों चायख़ाने में मजमा जुटाए बैठे थे। मुन्नी बी के गोरे रंग, गदराई जवानी और बड़ी-बड़ी आँखों की चर्चा चल रही थी। नौशेर साँई के नसीब को लेकर सब अपनी छाती कूट रहे थे। अचानक फत्ते मियाँ की दुकान के सामने नौशेर साँई प्रकट हुए और गँजहों की बतकही पल भर के लिए ठिठक गई। मदन साह की चाय की दुकान के सामने थी फत्ते की दुकान। नौशेर साँई को अच्छी तरह मालूम था कि मदन साह के अड्डे पर अभी कौन-सी बतकही चल रही होगी। नौशेर साँई बिना इस ओर देखे फत्ते की दुकान में घुस गए। वह पिछले कुछ महीनों से मोबाइल ख़रीदने के लिए फत्ते के पास पैसे जमा कर रहे थे। मोबाइल पर मुन्नी बी को सिनेमा दिखाना उनके विवाहित जीवन का एक बड़ा सपना था। थोड़ी देर बाद फत्ते की दुकान से झाँय-झाँय की आवाज़ आने लगी। आवाज तेज़ होती गई। फिर फत्ते और नौशेर में गाली-गलौज शुरू हो गई। दोनों चीख़-चीख़ कर एक-दूसरे की महतारी-बहिन की ऐसी-तैसी कर रहे थे। बाज़ार में हलचल बढ़ गई थी। जो जहाँ था, वहीं से मज़े ले रहा था कि अचानक नौशेर साँई लड़खड़ाते हुए धम्म से फत्ते की दुकान से बाहर गिरे। लोग दौड़ें और नौशेर को उठाएँ, तब तक फत्ते ने लप्पड़-थप्पड़ से उनकी भरपूर मरम्मत कर दी थी।

मामला यह था कि फत्ते मियाँ अब तक जमा नौशेर साँई की रक़म को साफ़-साफ़ नकार गए थे। इसी बात पर बहस शुरू हुई, जो बरास्ते गाली-गलौज मार-पीट तक पहुँच गई। नौशेर की ज़मा रक़म का कोई जामिन या गवाह तो था नहीं कि फत्ते दबते।...पर असल मामला कुछ और ही था। फत्ते भी अंसारी थे। यह बात उनके कलेजे में बर्छी की नोक की तरह धँसी हुई थी कि नौशेर साँई ने सरपंच अकरम अंसारी के ख़ानदान की औरत से निकाह कर लिया। जबसे नौशेर और मुन्नी बी का मामला शुरू हुआ था फत्ते के मन में नौशेर के प्रति नफ़रत और ग़ुस्सा पल रहा था। फत्ते मियाँ ने मन ही मन तय कर लिया था कि नौशेर के साथ करना क्या है। शमशेर साँई के न होने के चलते फत्ते मियाँ इत्मिनान में थे।

थोड़ी देर पहले तक नौशेर साँई जिन गँजहों के लिए ईर्ष्या के पात्र थे, वे ही उन्हें टाँग कर मदन साह की दुकान में ले आए। सारा डाह भूल कर पानी पिलाया। दर्द से कराहते नौशेर साँई को तत्काल चिलम पकड़ा दी कि नशे में चोट का दर्द कम टीसे। चिलमचाट नौशेर साँई ने इतना पिटने के बाद भी जो साफी लपेट कर

दम खींचा, तो चिलम से लाफ निकलने लगी।

मदन साह की दुकान के सामने भीड़ जुटी थी। जो भी नौशेर साँई की पिटाई की ख़बर सुनता, भागा चला आता। इस घटना पर तरह-तरह की राय सामने आ रही थी। कुछ इसे आने वाले समय में किसी अनहोनी के घटने के ख़तरनाक़ संकेत मान रहे थे और अंसारियों की ओर से उकसावे की सोची-समझी साज़िश, तो कुछ इसे महज फत्ते मियाँ की बेईमानी और गँजहे नौशेर साँई की बदजुबानी का फल। कुछ ऐसे भी थे जिनके पेट में गया वलीमा का खाना अभी पचा नहीं था, पर वे मज़े ले रहे थे। ख़बर मनरौली पहुँची। साँई टोला और अंसारी टोला में अलग-अलग प्रतिक्रिया हुई।

अकरम अंसारी की गिरफ़्तारी के बाद खाड़ी के देशों में काम करने वाले उनके दोनों भाई आनन-फ़ानन आए थे और मुक़दमे की पैरवी का ज़िम्मा रज्जन पासवान को देकर तुरंत ही लौट चुके थे। खेती-बाड़ी का काम पुराने जन-मज़दूरों के ज़िम्मे था, जो चल रहा था। इन दिनों अंसारी टोला में कोई सिरमौर नहीं था। हसन मियाँ के ख़ानदान के पास भी अब वह ताब नहीं बची थी कि उन लोगों की बात कोई सुने और माने। अंसारी टोला में सुगबुगाहट हुई और लोगों ने अपने को कोसा कि इतना बड़ा टोला और इतनी बड़ी आबादी के बावजूद मनरौली के अंसारी चुप बैठे रहे और देवली के एक अंसारी ने नौशेर साँई की कुटाई करके लाज बचा ली। सबने यह तय किया कि अभी चुप रहा जाए, पर अगर साँइयों ने फत्ते मियाँ के साथ कुछ किया तो साथ देना होगा।

इधर साँइयों के टोले का मौसम कातिक की ठंड के बावजूद कुछ ज़्यादा ही गर्म हो उठा था। अब मेहनत-मज़दूरी और छोटे-मोटे रोज़गारों के बल पर जीने वालों के भीतर ज़कात और ख़ैरात पर जीने की दयनीयता नहीं बची थी, सो नौजवानों ने तय किया कि आज और अभी फत्ते से बदला चुकाना ज़रूरी है। वे गिरोह बना कर निकले। गुल बानो घर से निकल कर तेज़ क़दमों से भागी और देवली बाज़ार पहुँची। साँई टोला के लड़कों को अपनी क़सम देकर वापस किया। वे नौशेर को साथ लिये वापस लौटे। चलते समय गुल बानो बिना किसी लाग-लपेट के फत्ते से कह आई, "अगर तुम्हरे पास पैसा जमा किया है उसने, तो लौटा देना बाबू। अभी नहीं हो, तो बाद में ही सही, पर लौटा देना।"

सारा देवली बाज़ार गुल बानो के आने, साँई टोला के लड़कों को वापस भेजने और भरी भीड़ के बीच फत्ते मियाँ की दुकान के सामने खड़ा होकर मुलायम पर ताक़तवर आवाज़ में पैसे लौटाने की बात कह कर वापस लौट जाने को दम साध कर हैरत से देखता रह गया। ख़बर मिलते ही फत्ते के अब्बा बाज़ार पहुँचे। सारा क़िस्सा सुन कर फत्ते की लानत-मलामत करते रहे। बीच बाज़ार में लोगों के बीच घर की इज़्ज़त की परवाह किए बग़ैर बोले, "अरे हरामी, घर में बीवी-बच्चों को

मारता है और यहाँ आकर एक लँगड़े अपाहिज पर हाथ उठाता है। साला, तू हमारे जैसे पाँचों बखत के नमाज़ी के घर कैसे पैदा हुआ रे? अल्लाह से ख़ौफ़ खा और उसके पैसे वापस कर।...आज और अभी वापस कर। अगर वापस नहीं किया तो आज मैं फाँसी लटक कर जान दे दूँगा।"

थोड़ी-थोड़ी देर बाद कुछ न कुछ नया घट जा रहा था और मामला दिलचस्प होता जा रहा था। फत्ते के अब्बा ने आकर ऐसी नज़ीर पेश कर दी कि लोग वाह-वाह कर उठे। आग-बबूला फत्ते दुकान से निकले और तेरह सौ रुपए अपने अब्बा के सामने फेंक कर दुकान में घुस गए। उनकी नीयत नौशेर के रुपए पचा लेने की थी भी नहीं। फत्ते के कलेजे में जिस बात से आग लगी थी, वह कुछ और ही थी और वह नौशेर की पिटाई कर अपनी आग बुझा चुके थे। फत्ते के अब्बा मदन साह के चायख़ाने के सामने तमाशबीन बने मंसूर मियाँ के पास पहुँचे और गिड़गिड़ते हुए पैसे नौशेर के हाथों में या शमशेर की बीवी को दे आने का आग्रह किया।

यह तमाशे का तत्काल पटाक्षेप था।

5

माघ महीने का पहला पखवारा चल रहा था।

साँझ घिर रही थी। लँगटू ब्रह्म, भुतहे पाकड़ पेड़ और जोगी पीर की गझिन डालों-पत्तियों के गुंजल्क में साँझ की लाली दुबक रही थी। आसमान की ओर मुँह उठाए खड़े ताड़ के पेड़ों के हरे शिखर साँवले हो चुके थे। अंधकार भरता जा रहा था चारों ओर। दुधही और सँपही के जल में,...उपेक्षित जलविहीन और गाद-माटी से भरते जा रहे गाँव के कुँओं में,...घरों-बथानों के आँगन और सहन में,...गलियों-पगडंडियों पर बनी औरतों की माँग की तरह चमकती लीकों में अंधकार भर रहा था। कोई अदृश्य धागों से बुन रहा था अंधकार और कसता जा रहा था गिरहें।

ठंड थी।

हाड़-हाड़ को कँपाती ठंड। हवा के हल्के झोंकों के साथ शीशे की महीन किरचों की तरह आती थी ठंड और त्वचा, मांस को भेद हड्डियों को छेदती हुई चुभती थी देह में।

देवली के पूर्वी छोर पर दीना यादव के कोल्हुआड़ से पकते गुड़ की मह-मह करती गंध उठ रही थी। बच्चे-बूढ़े सबको लार टपकाने पर विवश करती यह गंध देवली की ठंड को चुनौती दे रही थी।

...सारण ज़िला से अलग होकर सन् बहत्तर में सीवान और फिर सीवान से अलग होकर सन् तिहत्तर में गोपालगंज के ज़िला बनने से पहले का समय ऐसा

था जब कातिक से माघ-फागुन तक इस गंध में हर गाँव डूबा रहता था। पर अब वे दिन बिला गए। एक-एक कर चीनी मिलें बन्द होती गईं और लोगों ने ईंख की खेती लगभग बन्द कर दी। मिलों के बन्द होने से घरों में नगद की आवग ही बन्द हो गई। सिर्फ़ गुड़ बना कर बेचने के भरोसे ईंख की खेती सम्भव नहीं थी। बस ज़रूरत भर के लिए लोग पाँच-दस कट्ठा उपजाते। खेती के अभाव में कोल्हुआड़ भी बन्द हुए। किसी-किसी गाँव में दीना यादव जैसे इक्के-दुक्के लोग बचे थे, जो पुरखों के इस हुनर को ढो रहे थे।

दीना भी इसलिए कोल्हुआड़ का झंझट पाले हुए थे कि पीरती गोंड़िन का संग-साथ था। उसके जाँगर के भरोसे ही चल रहा था कोल्हुआड़। अपने पति के मरने के बाद पीरती गोंड़िन ने लोक-लाज की परवाह किए बग़ैर दीना से संग-साथ जोड़ लिया था। कोल्हुआड़ बथान में था, सो वह वहीं बस गई। उसे घर-बार नहीं चाहिए था, सो कभी बथान से दीना के घर की राह पर नहीं चली। दीना की पत्नी ने पीरती के बस जाने के बाद कभी बथान की ओर मुड़ कर नहीं देखा।

लोहे के कड़ाह में पक कर ईंख का रस गाढ़ा हो चुका था और गुड़ की भेलियों का आकार लेने को तैयार था। चूल्हे की आँच में तप कर पीरती गोंड़िन की गोरी-गठीली देह का रंग लाल हो रहा था। उसने दीना यादव को आवाज़ दी। दीना खटिया पर बैठे सुरती रगड़ रहे थे। होंठों के नीचे सुरती दाब कर दीना उठे। दोनों ने मिल कर कड़ाह नीचे उतारा। जब कड़ाह सिराने लगा, पीरती गुड़ की भेलियाँ बाँधने लगी। उसके हाथ किसी जादूगरनी की तरह चल रहे थे और उनसे निकल कर गुड़ की सुनहरी भेलियाँ बाँस की बनी खाँची में जमा हो रही थीं। बड़े से गोल चूल्हे का मुँह खुला था और उससे बाहर निकल आग की लालिमा और धाह चारों ओर पसर रही थी। इस लालिमा के प्रकाश में पीरती की आँखों के सामने एक छाया काँपी। सामने पशुओं के लिए नाँद बने थे और नाँदों के पीछे करौंदे की झाड़ियाँ थीं। छाया करौंदे की झाड़ियों और नाँद के बीच लहरायी और लोप हो गई। पीरती कड़ाह छोड़ कर उठने की स्थिति में नहीं थी। उठती तो सिरा कर गुड़ कड़ाह में ही जम जाता और भेली नहीं बँध पाती।... पर करौंदे की झाड़ियों के पीछे किसी के होने का संदेह उसे बेचैन कर रहा था। उसने दीना को आवाज़ दी। कड़ाह उतार कर दीना फिर जाकर खाट पर बैठ गए थे। कुढ़ते हुए उठे और पीरती के पास आकर बोले, ''दो घड़ी चैन से बैठने भी देती है। बोल।...का हुआ?''

''देखो तो, लगता है कौनो आदमी उधर गया है! करौंदा के पीछे।'' पीरती ने दबे स्वर में कहा।

''कुकुर होगा।...तुम्हरा माथा आजकल गड़बड़ा गया है। ख़ाली फालतू की बतकही करते रहती है।'' दीना यादव जैसे आए थे, वैसे ही लौट गए। खाट पर

बैठ कर होंठों के नीचे दबी सुरती को फेंका। जहाँ सुरती दाबते थे, वहाँ के दाँत बिसबिसाने लगे थे इन दिनों। पर मन मानता नहीं था। सालों पुरानी लत थी। फिर से चुनौटी निकाल कर सुरती मलने लगे।

गुड़ की भेलियाँ बँध कर खाँची में जमा हुईं। भर गई थी खाँची। अब कड़ाह से खुरचन निकालना बाक़ी था। दीना यादव का घर पोते-पोतियों से भरा था। इन दिनों बच्चे सुबह-सुबह खुरचन के लालच में बथान आ धमकते और पीरती आजी को घेर लेते। पीरती के मन में वह छाया उथल-पुथल मचा रही थी। उसे लग रहा था, ज़रूर कोई करौंदे की झाड़ियों के पीछे छिपा है! खुरचन निकालने का काम टाल कर वह उठी और नाँदों के पार झाड़ियों की ओर चल दी।

पीरती गोंड़िन के आने की आहट पाकर उसके पहुँचने से पहले ही झाड़ियों में हलचल हुई और वह छाया करौंदे की झाड़ियों से निकल गई। आगे एक ऊँची मेड़ थी और उसके पार था एक छोटा बग़ीचा। उसमें आम, कटहल और जामुन के आठ-दस नये गाछ थे। पीरती ने उस छाया को तेज़ पाँवों से गाछों के बीच से जाते हुए देखा। उस छाया के पीछे-पीछे पुकारती हुई भागी पीरती। छाया ने बाग़ीचा पार किया। आगे खेत थे। गेहूँ के खेत थे। बुवाई के बाद अँखुए बाहर निकल कर बित्ता भर से ऊपर उठ चुके थे और लहरा रहे थे। खेतों की मुलायम माटी पर शीत की नमी बिछी हुई थी। माटी में पाँव धँस रहे थे। पाँवों के नीचे रौंदी जाती फ़सल से बेपरवाह वह छाया और पौधों से बचती-बचाती पीरती भागी जा रही थी।

छाया के पाँव अभ्यस्त नहीं थे। अंततः पीरती ने छाया को छू लिया। बाँध लिया अँकवार में। छाया ने जब पलट कर देखा, पीरती के होश उड़ गए। आँखें फटी रह गईं। भौंचक थी पीरती। पीरती को काटो तो ख़ून नहीं। जाने किस भले घर की लड़की थी!

अपनी दायीं हथेली में छाया की कलाई पकड़े उसे घसीटती हुई वापस बथान की ओर चली पीरती।

बथान पर पहुँची तो दीना यादव इत्मिनान से खाट पर पसरे हुए थे। अपने सामने एक जवान लड़की की कलाई थामे हाँफती हुई पीरती को देख कर वह भी चकित हुए। उठ कर बैठे।

"कह रहे थे न कि कोई न कोई है करौंदे की झाड़ी में।...हम इसकी छाहीं भर देखे। उधर गए तो भागी सीधे बगइचा की ओर।...बाप रे हँफा दिया इस लड़की ने। बीच खेत में धरायी है।...काहे बबुनी,...काहे भाग रही थी?...केकरे घर की हो?" पीरती ने पूछा।

लड़की बस जार-जार रोए जा रही थी। दीना लालटेन ले आए। पीरती ने लड़की को खाट पर बैठाया। दीना बोले, "भले घर की लग रही हो।...कौन कारन घर से भाग रही थी?...केकरे परिवार से हो? बोलो बुचिया।"

लड़की चुप थी। कुछ बोलने को तैयार नहीं थी। आँखों से लोर ढरकाती सिसक रही थी। पीरती ने पुचकारते हुए कहा, ''बबुनी रे औरत का मान-मरजाद एक बार उतरा तो जिनगी भर वापस ना लौटता है। एतनी बड़ी भूल फिर कहियो मत करना। कवन दुख है,...बोलो। कवन टोला घर है?"

लड़की ने जुबान पर ताला लगा लिया था। बस सिसकी भर कर रोए जा रही थी। पीरती उठी। कड़ाह के पास गई और एक कटोरी में खुरचन निकाल कर एक लोटा पानी के साथ ले आई। बोली, ''लो बबुनी,...खाकर पानी पी लो। मन को थिर करो और अपने बाप-महतारी,...घर-परिवार के बारे में बताओ।"

दीना यादव के बथान पर लड़की का मान-मनुहार चल ही रहा था कि तीन-चार लोगों के साथ मुखिया लीलाधर के दूसरे सुपुत्र भुवन सिंह यादव पहुँचे। पीरती ने सारा क़िस्सा तफ़सील से सुनाया। दीना ने लड़की के सिर पर हाथ फेरते हुए कहा—''जाओ बबुनी, घर जाओ। कुल का मान रखो।...अइसी भूल फिर कबहूँ मत करना कि...।"

दीना और लीलाधर हमउम्र थे। बचपन के लँगोटिया साथी। भुवन हाथ जोड़े खड़ा थे। दीना ने उनके जुड़े हुए हाथों को अपनी हथेलियों में पकड़ लिया बिना कुछ बोले आश्वस्त किया कि यह बात उन तक ही रहेगी। भुवन सिंह यादव लड़की के साथ वापस लौटे।

*

लड़की का नाम रेवती था। वह भुवन सिंह यादव की बेटी थी। वह सीवान में अपनी बुआ कुंती देवी के साथ रह कर पढ़ रही थी। इस साल उसकी बी. ए. की दूसरे साल की परीक्षा थी। परीक्षा से पहले वह अपनी आजी जसोदा देवी का आशीर्वाद लेने देवली आई थी। छुट्टियों में उसका देवली आना-जाना लगा रहता था।

रमन सिंह यादव दक्खिन दिशा में टोटहा टोला और दुधही की ओर गए थे। रमन के बड़े बेटे सुजीत ने पश्चिम की ओर देवली बाज़ार होते हुए पुरैना की राह पकड़ ली थी। उत्तर की ओर लीलाधर के परिवार के ख़ास सेवक रंगून माँझी को भेजा गया था। रेवती की दादी कुसुमी देवी मंदिर जाकर भगवान की देहरी पर माथा पटक रही थीं और ढोंढ़ाई बाबा उन्हें विस्फारित आँखों से निहार रहे थे।

रेवती जब घर से निकली अँधियारा था। बिजली नहीं थी। उसे साथ लिये जब उसके पिता दीना के बथान से निकले और जैसे ही लालाबाड़ी पार किया बिजली आ गई। चारों ओर रोशनी के टुकड़े उग आए।

मुखिया लीलाधर यादव ओसारे में गुमसुम बैठे राह निहार रहे थे। ऊपर से शांत, पर भीतर ही भीतर टूट कर भहराते हुए लीलाधर ने जब सामने से रेवती को साथ लिये

भुवन को आते हुए देखा उनकी आँखें नम हो आईं। भीतर जो टूट कर भहरा रहा था बाहर आने को बेचैन हो गया। उन्होंने अपने को सहेजने-सम्भालने की कोशिश की।

रेवती सामने थी। वह झुकी और पैरों पर गिर गई। वह अपने बाबा के दोनों पाँव पकड़ फूट-फूट कर रो रही थी। उसकी आँखें टूट कर बरस रही थीं। लीलाधर ने उसे अपनी दोनों बाहों में भर लिया। बिना कुछ बोले उसे चुप कराते रहे। उसका सिर सहलाते रहे। रमन और भुवन की पत्नियाँ दोमुँहे के पास थीं। घर के सारे लोग दम साधे यह दृश्य निहार रहे थे। लीलाधर ने भुवन की पत्नी को इशारा किया। वह आगे आई और बेटी की बाँह पकड़ भीतर ले गई। लीलाधर ने भुवन और रमन की पत्नियों को लक्ष्य करते हुए अपनी गम्भीर आवाज़ में कहा—"अभी इससे कोई कुछ उल्टी-सीधी बात नहीं करेगा। चुप कराओ। कुछ खिलाओ-पिलाओ इसे। हम बतियाएँगे इससे।"

आठ कमरों, चौतरफा बरामदों वाले आँगन और बाहर में बने दो गोल कमरों, एक विशाल बैठकख़ाने, लम्बे बरामदे और दूर तक पसरे सहन वाले दो-मंज़िले मकान की एक कोठरी से रेवती का रुदन-स्वर फूट रहा था। रेवती की कुहुकती हुई आवाज़ शिशिर की धुंध में डूबे देवली की छाती में ऐसे उतर रही थी जैसे बंजर धरती की कोख में उतरती है हल की फाल।

रेवती बिस्तर पर पड़ी थी। उसका सिर दीवार से पीठ टिकाए बिस्तर पर बैठी उसकी परदादी जसोदा देवी की गोद में था। पचासी पार पहुँच चुकी थीं जसोदा देवी। श्रम की आँच में तपी देह अब झुकने लगी थी। सिकुड़ी हुई देह की खाल में गहरी धारियाँ बन गई थीं, पर आँखों की रोशनी, दाँत और कान सब सही-सलामत थे। अपनी दिनचर्या अपने हाथों-पैरों के बल निबटा लिया करती थीं जसोदा देवी, पर सीढ़ियाँ चढ़ कर ऊपरी तल्ले पर नहीं जा पातीं। नीचे, दोमुँहे के पास उनका कमरा था। इसी कमरे में में थी रेवती। उसकी दादी कुसुमी देवी भी पास ही बैठी थीं। रेवती के पाँव सहलाती।

मुखिया लीलाधर यादव के घर में जैसे-तैसे चूल्हा जला और भोजन बना। किसी ने खाया, तो किसी ने नहीं खाया। लीलाधर ने दो-चार कौर रोटी निगलने के बाद थाली टाल दी थी। वह बरामदे से लगे गोल कमरे में सोते थे। वहीं उनका बिस्तर लगता। वहीं भोजन आता। ख़ास लोगों से इसी कमरे में बैठ कर बतियाते। वह बिस्तर पर लेटे हुए रेवती के रोने की आवाज़ सुन रहे थे। उन्हें भरोसा था कि उनकी माई जसोदा देवी सब सम्भाल लेंगी, पर रेवती के रोने की दग्ध आवाज़ उन्हें अशांत किए हुए थी। उन्हें लग रहा था जैसे रेवती रो नहीं रही है, पुकार रही है। वह किसी महाभँवर में डूब रही है और बचाने के लिए उनसे गुहार लगा रही है। रेवती का हँसना, रेवती का महीन मीठी आवाज़ में बोलना, बतियाती रेवती की सल्लज आँखों का झुकना और अभी थोड़ी देर पहले रेवती का उनके पाँव पकड़ कर बिलखना,...सारे दृश्य लीलाधर की मुँदी हुई पलकों से रिस-रिस कर बह रहे

थे। लीलाधर की आँखों के कोर गीले होते और वह अपनी गमछी से उन्हें पोंछते जाते। लीलाधर को रोते हुए किसी ने नहीं देखा था। बचपन में अपने बाबू अकलू यादव की रक्त-रंजित लाश देख कर ही उनकी आँखें सूख गई थीं। उन्हें ख़ुद भी याद नहीं कि वह कब से नहीं रोये! आज वे आँखें बार-बार पनिया रही थीं।

ऊपरी मंज़िल के एक कमरे में रमन सिंह यादव, भुवन सिंह यादव और दोनों की पत्नियाँ एक साथ बैठे थे। रमन और भुवन कुर्सियों पर बैठे थे। रमन की पत्नी बिस्तर पर बैठी थी। रमन का बड़ा बेटा सुजीत भी कमरे में था अपनी-अपनी माँ के साथ बैठा हुआ। भुवन की पत्नी सिर पर आँचल रखे दरवाज़ा के पास खड़ी थी। रमन का बेटा बहुत उत्तेजित था। सब उसे समझाने-बुझाने में लगे थे। रमन का बेटा सुजीत बोला, ''काट कर टुकड़ा-टुकड़ा करके नदी में बहा देंगे इसको।"

''इसके पहिले तुम्हारे बाबा तुमको काट देंगे बबुआ।" रमन की माँ बोली।

''ठीक है। अपनी नाक कटवा कर बाबा भोगें अपना राज-पाट।...हम घर छोड़ कर चले जाएँगे।"

''किसी लायक नहीं छोड़ा इस लड़की ने। नसीब अच्छा था कि पूरब की ओर निकली और दीना काका के बथान पर मिली। अगर कहीं बाज़ार की ओर निकल गई होती तो...!" रमन ने दबे हुए स्वर में कहा।

''कौन भरोसा है कि दीना काका के पेट में पच जाएगी बात!" भुवन ने संदेह प्रकट किया।

''दीना काका बाबू के संगतिया हैं। बिरादरी के हैं। उन पर भरोसा है हमको।" रमन ने अपने भाई के संदेह को दूर करना चाहा।

''पर पीरती गोंड़िन भी तो थी।...वही इसको पकड़ के ले आई।" भुवन के मन में काँटा फँसा था।

''पीरती भी मुँह नहीं खोलेगी। दीना काका पर भरोसा करो।" रमन ने कहा।

''तुम दूनो भाई गाँव-जवार की फिकिर करो ख़ाली। बेटी की फिकिर नहीं है किसी को। कहीं जहर-माहुर खा ली तो...?" रमन की पत्नी की आँखें बह चलीं।

''अब बन्द करो टेसुआ बहाना। जो मुसीबत कपार पर है, उसको देखो। अब छाती पीटने बैठी हो? पहिले कहँवा थी?...बड़की माई हो तुम। तुमको भी तो नज़र रखना चाहिए।" रमन सिंह यादव दाँत पीसते हुए बोले।

''...बहिन से काहे नहीं पूछते हो? उनके पास थी कि मेरे पास? सीवान में रह कर आई. ए. पढ़ी और अब दू बरिस से बी. ए. में पढ़ रही है।...पढ़ाओ। बनाओ जज कलक्टर। हुँह!" रमन की पत्नी ने ताना मारा।

भुवन सिंह यादव की पत्नी की आँखें लगातार बह रही थीं। भुवन की देह काँप रही थी। क्रोध और दुश्चिन्ताओं का मिलाजुला असर था।

सुजीत उद्विग्न था। बीच-बीच में पागलों की तरह आँखें नचाता और उच्छ्वासें भरता। दरवाज़े के पल्लों से पीठ टिकाए भुवन की पत्नी वहाँ होते हुए भी इस बहस से दूर नीचे से आने वाली हर आहट को अपने कानों से टेर रही थी। नीचे से आने वाली आवाज़ें धीरे-धीरे बन्द हो गई थीं।

धरती निरंतर अंतरिक्ष में घूम रही थी, पर रात विलम्बित गति से सरक रही थी। मारूबिहाग के आलाप के आरोह के साथ ऊपर उठती रात और अवरोह के साथ नीचे सम पर आकर थम जाती। रात के संगीत को यति देती हुई हवा शांत थी। रात के संगीत को और उदास,...और बोझिल बनाता हुआ कुहरा गहन से गहनतर होता जा रहा था। बंदियों की तरह दम साधे पंछी वृक्ष के कोटरों में,...घोंसलों में पड़े थे। काटे नहीं कट रही थी यह रात।

जसोदा देवी की निर्भय गोद में उनकी हथेलियों की छुवन से रेवती को सुकून मिला था। थकी-हारी और टूट कर रेजा-रेजा बिखर चुकी रेवती की पलकें मुँद आई थीं। जसोदा देवी की अनुभवी-बूढ़ी आँखों में नींद नहीं थी। उन्होंने अपनी बहू कुसुमी देवी को सोने के लिए भेज दिया था। रेवती का रुदन-स्वर थमने के बाद जसोदा देवी को लगा, मानो अभी-अभी लीला साह की सुरीली बाँसुरी का उदास संगीत थमा हो। जसोदा देवी ने अपनी पलकें बन्द कीं। कोई अर्द्ध-चन्द्रमा उगा और पलक झपकते लोप हो गया। जुगनुओं की झालरें चमकीं और लोप हो गईं।...युग बीत गए और ऐसी आभा,...ऐसी द्युति! चौथी पीढ़ी उनकी गोद में उनसे लिपटी सो रही थी। उनका मन पीड़ा भरी यादों के छायाभासों में डूब-उतरा रहा था। कोई कूल-किनारा नहीं। केवल धारा थी। जाने कहाँ से आ रही थी यह धारा और न जाने किस ओर जा रही थी!...कौन-सी नदी थी यह? घाघरा थीं? गंगा माई से मिलने जातीं घाघरा थीं या यह उनकी कोई छाड़न-धारा थी, जिसके भाग्य में था छूट जाना और धीरे-धीरे सूखते जाना,...और प्रतीक्षा करना आषाढ़ के मेघों की! दिन बीतते रहे। रातें बीतती रहीं। माह, साल और युग बीतते गए। दारिद्रता मिटी। अहिवात मिटा।...पर बिना कूल-किनारों वाली यह नदी नहीं मरी। इसका जल नहीं सूखा।... अगर यह साँच है, तो भला रेवती का कौन कसूर?...क्या दुनिया का कोई सुख सोख पाएगा रेवती की आँखों का लोर?...जसोदा देवी रेवती का चेहरा एकटक निहार रही थीं। उनकी पुतलियों से निकल कर मृदु चिकनापन पूरे दृश्य में घुल रहा था। किसी देवी की तरह शांत रेवती के निर्दोश चेहरे को उनकी आँखें सहला रही थीं।

रेवती बी. ए. के दूसरे साल की परीक्षा से पहले अपनी आजी जसोदा देवी का आशीर्वाद लेने देवली आई थी। दो दिनों बाद ही वह वापस सीवान जाने ही वाली थी कि उसका मोबाइल उसके बड़े भाई सुजीत के हाथ लग गया। इस मोबाइल में छिपे थे उसके प्रेम के रहस्य, जिसमें उसके बड़का बाबू के बेटे ने सेंध लगा दी थी और सारा रहस्य पूरे परिवार के सामने खोल दिया था। बात इतनी भर रहती

तो आज जो कुछ हुआ, शायद वह सब नहीं होता।...पर भाई के पास सब्र नहीं था। दिन-भर मुखिया लीलाधर यादव और उनके दोनों बेटे अपने-अपने काम के सिलसिले में घर से बाहर थे। भाई ने बाबा, पिता और चाचा के आने का इंतज़ार तक नहीं किया और बड़े भाई होने के अपने अधिकारों का उपयोग करते हुए रेवती पर हाथ उठा दिया। उसके केश पकड़ घसीटा। उसने अपनी बीस साल की बहन को कुछ ही पलों में माटी के ढूह में बदल दिया।

*

सीवान के डी. ए. वी. कॉलेज में अपने सहपाठी मनोहर रजक से प्यार कर बैठी थी रेवती। मानिकपुर के एक ग़रीब धोबी के होनहार और तेजस्वी पुत्र थे मनोहर रजक। उनके दादा और दादी रेह और खारा सोडा में कपड़े भिंगोते, गधे पर लाद कर मानिकपुर चँवर के बीचोंबीच बने ताल में धोते और वहीं सुखा कर वापस लाते। मनोहर ने अपने दादा-दादी को कपड़े धोते नहीं देखा था। मनोहर ने बचपन में अपने बाबू को सीमेंट के नाँद में खारा सोडा और साबुन की टिकिया से कपड़े धोते देखा था। मनोहर जब थोड़ा बड़े हुए उनकी ज़िद पर उनके बाबू ने अपने रोज़गार में बदलाव किया। कपड़ों की धुलाई बन्द करके मानिकपुर बाज़ार में कपड़ा इस्त्री करने की एक छोटी-सी दुकान खोल ली। मनोहर की माई और बाबू सुबह से रात तक लगे रहते। मनोहर ख़ाली समय में अपने बाबू और माई की मदद करना चाहते थे, पर उनकी माई उन्हें दुकान के पास फटकने भी नहीं देती।

शांत, सौम्य, सुकांत और शर्मिले स्वभाव के मनोहर सचमुच मनोहर थे। अपनी विनम्रता और प्रतिभा के कारण कॉलेज के छात्रों और शिक्षकों के बीच मनोहर की अलग पहचान थी। बैसाख-जेठ के तपते हुए दिन हों या पूस-माघ की शीतलहर, या हो सावन-भादो की बरसातें, मनोहर मानिकपुर से रोज़ बीस किलोमीटर साइकिल चला कर पढ़ने के लिए सीवान जाते। मनोहर मिठबोलिया ही नहीं मितभाषी भी थे। उनकी माई उन्हें मुँहचोर कहती।

सीवान एक छोटा-सा क़स्बाई शहर था। सत्ता पोषित एक दुर्दांत अपराधी के आतंक की छाया में यह शहर लम्बे समय तक जैसे-तैसे साँस लेकर जीता रहा था। इस छोटे से शहर के एक कॉलेज में पढ़ते हुए प्रेम करने वालों को लिए इतनी जगह नहीं थी कि उनकी साँसों की फुसफुसाहटें और आँखों में पलते सपनों की छवियाँ रच-बस सकें। मनोहर और रेवती अगर कॉलेज में साथ-साथ चलते भी तो अगल-बग़ल नहीं, अक्सर आगे-पीछे चलते। अगर कभी अगल-बग़ल चलते तो दोनों के बीच तीन या चार फ़ीट की दूरी होती। दोनों ने बी. ए. में अँग्रेज़ी ऑनर्स लिया था। मनोहर को आई. ए. एस. बनना था और रेवती को प्रोफ़ेसर, पर कॉलेज

में न कोई पढ़ाने वाला था और न पढ़ने वाले थे। ऑनर्स में रेवती और मनोहर के अलावा दो और छात्र थे, कभी-कभार कॉलेज में तो दिख जाते, पर कक्षा में नहीं दिखते। कॉलेज में अँग्रेज़ी के अकेले शिक्षक थे—प्रोफ़ेसर सी.के.टी. यानी चन्द्र कांत तिवारी। शिखा और त्रिपुंडधारी सीकेटी की रुचि अँग्रेज़ी भाषा और साहित्य में कम और ज्योतिष में अधिक थी। सीवान के बबुनिया मोड़ पर उनकी ज्योतिष की दुकान थी। प्रोफ़ेसर सीकेटी वहीं व्यस्त रहते और यदा-कदा कॉलेज को उपकृत करते। शिक्षा के ऐसे उर्वर वातावरण में रेवती और मनोहर को एक-दूसरे का सहारा था। मनोहर परिश्रमी और पढ़ाकू थे। दिन-रात लगे रहते। जो कुछ पढ़ते रेवती को पढ़ाते। इसी सिलसिले में रेवती से मिलने-जुलने मनोहर अक्सर कुंती के घर जाते थे। वह रेवती की बुआ को बुआ सम्बोधित करते। कुंती के घर में उनका मान-सम्मान होता। कुंती उन्हें अपने मायके के बच्चे की तरह प्यार करतीं। मनोहर की मीठी बोली-बानी और विनम्रता का पूरा परिवार कायल था। रेवती के फ़ोन में व्हाट्सएप्प पर दोनों तरफ़ से भेजे गए कुछ संदेश थे। कुछ अँग्रेज़ी कविताओं के भावानुवाद थे,...कुछ गानों के वीडियो क्लिप्स थे और दोनों की कुछ प्यारी तस्वीरें थीं। यह सब मैट्रिक पास करने के बाद ठेकेदारी में व्यस्त रेवती के चचेरे भाई सुजीत की समझ से परे था।

माघ महीने के पहले पखवारे की किसी मध्य तिथि की यह रात ढल रही थी। कुहरा नहीं होता तो चन्द्रमा दिखता। बिजली के बल्बों की रोशनी भी कुहरे में लिपटी हुई थी। जैसे-जैसे रात बीत रही थी,...भोर की ओर किसी कछुए की तरह सरकती जा रही थी, कुहरा और सघन होता जा रहा था।

रेवती की नींद टूटी। उसने हौले से जसोदा देवी की गोद से अपने को अलग करते हुए करवट बदली। बरामदे में जल रहे बल्ब का मरियल प्रकाश खिड़की के बन्द पल्लों की दरारों से रिस-रिस कर भीतर आ रहा था। रेवती का जी किया कि वह उठ कर पल्लों को खोल दे और इस क्षीण प्रकाश, ठंड और कुहरे को घुस आने दे कोठरी में और निहारे सहन में खड़े कदम्ब के पेड़ को। यह कदम्ब का पेड़ रेवती के बचपन के दिनों का संगी था। उसके जन्म के साल ही उसके बाबा ने रोपा था इस पेड़ को। बरसात के दिनों में छतरी की तरह आकाश में तना यह वृक्ष जब फूलों से ढँक जाता रेवती इसे घंटों निहारती। उसकी आजी कहतीं कि जब मेघ गरजते हैं कदम्ब के फूल औचक खिल उठते हैं। जब-जब बादल गरजते, रेवती भाग कर कदम्ब के पास पहुँचती और गोल लट्टुओं की तरह झूलते फूलों को निहारती कि उनका खिलना देख सके। उसे कदम्ब के फूलों की गंध बहुत प्रिय थी। इनका रंग उसके मन को बहुत भाता। पराग जब झर जाते इनका रंग और इनकी गंध बदल जाती। इनका पीला रंग धीरे-धीरे लाल होता। इनकी गंध भारी हो जाती और हवाओं के झूले से नीचे उतर नथुनों से होती हुई कलेजे में अपना डेरा

जमा लेती। जबसे वह पढ़ने के लिए सीवान गई उसने कदम्ब के फूलों को खिलते और फलों को पकते नहीं देखा, पर अभी जाने कहाँ से कदम्ब के पके फल टपक रहे थे धरती पर। कैसा जादू था यह! उसका जी कर रहा था कि वह दौड़ कर जाए और उन्हें चुन कर अपने दुपट्टे में जमा कर ले।

कल रात घर छोड़ कर निकल जाने के अपने फ़ैसले का बहुत पछतावा था रेवती को। वह कहीं नहीं जाना चाहती थी।...पर कल बार-बार भाई दाँत पीसते हुए सामने आकर खड़ा हो जाता। किसी बनैले पशु की तरह उसकी आँखों में ख़ून उतर आया था। वह रेवती के भविष्य पर नाग की तरह कुंडली मार कर बैठना चाह रहा था। वह चाह रहा था रेवती की गरदन मरोड़ कर उसके ऊँचा उठते सिर को नीचे झुकाना। वह अपने बाबा की मर्यादा की अग्नि जला कर उसमें रेवती की निरीह आहुति देने को व्यग्र था। रेवती भयभीत नहीं थी। वह विरोध करना चाह रही थी। उसे तत्काल कोई राह नहीं सूझ रही थी। बस यही एक राह दिखी उसे और वह बिना कुछ सोचे-समझे साँझ का अंधकार गहराते ही घर से बाहर निकल गई थी।

रेवती सोच रही थी, थोड़ी देर बाद भोर होगी। चाहे जितना घना हो यह कुहरा, सूरज का प्रकाश और ताप इसे पराजित करेगा ही। कुहरे को सूरज के लिए आसमान ख़ाली करना ही पड़ेगा। दिन को आना ही है। बाबा से कुछ नहीं छिपाएगी वह। सब कुछ साँच-साँच कह देगी बाबा से वह। आजी के सामने कहेगी। रेवती अपनी परदादी जसोदा देवी को आजी पुकारती थी। रेवती चाह रही थी कि आकाश निरभ्र हो जाए और तमाम दिशाएँ धवल ताकि वह दुःखों की शीतलहर में ठिठुर कर प्राणहीन होने से पहले अपने सपनों को बाबा और आजी से साझा कर सके।

रेवती ने आजी के चेहरे को निहारा। उम्र और अनुभव की गहरी लकीरों से भरा था आजी का चेहरा। इन गहरी लकीरों के बीच किसी हरी-भरी बस्ती की तरह बसी थीं उनकी दोनों आँखें। आजी की इन आँखों में आज रोती-बिलखती रेवती को ठौर मिली थी। रेवती को मालूम था कि वह जिस कठिन राह पर चल रही है, उसमें ठौर-ठाँव मिलना आसान नहीं।...उसने सोचा भी नहीं था कि इतनी जल्दी उसके सपनों में आग लग जाएगी। वह पढ़ना चाहती थी। पढ़-लिख कर अपने पैरों पर खड़ा होना चाहती थी। इस स्वप्न-यात्रा के लिए मनोहर को अपना सहचर चुनते हुए उसे अंदेशा था कि यह राह सरल नहीं, पर उसने यह नहीं सोचा था कि बिना पासवर्ड का मोबाइल किसी विस्फोटक की तरह उसकी ज़िन्दगी के परखच्चे उड़ा कर रख देगा।

देवली में भोर हुई। सूरज और हवा ने धीरे-धीरे कुहरे को विदा किया। कुहरा हटते ही ठंड बढ़ गई थी। हवा भी ठंड को उकसा रही थी। माघ का यह पाला खेतों में खड़ी फ़सलों पर क़हर बन कर टूट रहा था। आलू की लतरें झुलस रही

थीं। फूलने को आतुर सरसों के शीश पर लाही चिपक रही थी। कुछ दिनों पहले जो हवा धान के पकी बालियों के साथ मिल कर झूमर गा रही थी, अब उसी हवा के डर से काँप रही थीं गेहूँ की डाठें।

अपनी दिनचर्या से निबट कर रेवती आजी के कमरे में ही बिछावन पर पड़ी रही। ऊपर की मंज़िल पर अपने कमरे में नहीं गई। पूरे घर में मौन पसरा था। रेवती की दादी, माँ और बड़की माई अपने-अपने कामों में लगी थीं, पर चुप्पी थी। यह चुप्पी सबके भीतर हहास बाँध कर बह रही थी। बाहर आने को आतुर, पर अपंग दुःख की तरह विवश इस चुप्पी में रेवती मन ही मन अपने सपनों के सिरे तलाश रही थी। समय की अगम धार में उसके सपने उससे दूर बहे जा रहे थे।

दोपहर बाद जसोदा देवी ने लीलाधर और कुसुमी देवी के सामने रेवती को बुलाया। साफ़-साफ़ दो टूक बात करते हुए लीलाधर से कहा, "हमको नहीं पता कहिया तक जिनगी है हमारी! आज हैं, कल न रहें।...बस एक बचन दो कि इसके साथ घर-परिवार में कौनो आदमी अनियाय ना करेगा।...इसकी पढ़ाई हर हाल में बन्द ना होगी। जितना चाहे पढ़ना, उतना पढ़ाओगे।...इसका बियाह बिना इसकी मरजी के मत करना।"

लीलाधर ने अपनी माई की ओर सजल आँखों से देखा और बोले, "तुम्हारा कहा कहियो टाले हैं माई?...जो तुम कह रही हो, वैसा ही होगा।...और तुमको अभी सौ बरिस पूरा करना है।"

*

दोपहर थी।

अनमना-सा सूरज वापसी की जल्दबाज़ी में था। देवली बाज़ार में मदन साह के चायख़ाने के भीतर गँजहों की चिलम पर आग चढ़-उतर रही थी। अच्छेलाल साह की कलाली में भी चहल-पहल थी। मुखिया लीलाधर यादव की पोती कल रात घर छोड़ कर भाग रही थी—यह ख़बर न तो दीना यादव ने किसी को दी और न ही पीरती गोंड़िन ने, पर जाने कैसे इस ख़बर को पंख लग गए कि वह उड़ती हुई देवली के बाज़ार में पहुँच गई! यही देवली की ख़ूबी थी। लाख बन्द करे कोई सारे दरवाज़े और खिड़कियाँ या मूँदे कोई सारे छेद, ख़बर बाज़ार तक पहुँच ही जाती थी। देवली के बारे में एक कहावत प्रसिद्ध थी कि 'जो पी ले देवली का पानी, सो बोले छत्तीसी बानी।' यह ख़बर मुखिया लीलाधर यादव के घर की थी, सो तेज़ गति से, पर फुसफुसाहटों में फैल रही थी। इतना साहस किसी में नहीं था कि इसे खुल्लमखुल्ला बतकही का विषय बना कर चटखारे ले सके।

इधर रेवती के घर से भागने और पकड़ कर घर लाए जाने की चर्चा में देवली

के लोग मशगूल थे और उधर तीसरे दिन ठीक भिनसार में जसोदा देवी बिना किसी रोग-बीमारी के चल बसीं। मानो वह रेवती के लिए अपने पुत्र लीलाधर से वचन कबूलवाने के लिए ही जीवित थीं।

जसोदा देवी का दाह-संस्कार सिसवन में घाघरा के तट पर हुआ। देवली और आसपास के गाँवों के सम्पन्न लोगों का अंतिम संस्कार सिसवन में ही होता था। घाघरा का यह तट इस इलाक़े का सबसे नज़दीकी नदी-तट था।...सिसवन से थोड़ी ही दूर पर था जसोदा देवी का नइहर अमरपुर। घाघरा तट से विदा होकर देवली आई जसोदा देवी फिर कभी नइहर नहीं गईं। ससुराल से अंतिम बार ही निकलीं घाघरा से मिलने। जिस तट पर जसोदा देवी का अंतिम संस्कार हुआ, वहीं सगुनिया बाबा की पलानी के सामने रेती पर हुए जुटान में पहली बार बिलट महतो के गिरोह में शामिल हुए थे लीलाधर यादव के पिता अकलू यादव। जसोदा के अंतिम संस्कार की ख़बर लीलाधर यादव ने अपने ममहर भिजवा दी थी। अमरपुर वालों ने जसोदा के फुफुहर संठी भी ख़बर कर दी। अमरपुर और संठी से तीसरी और चौथी पीढ़ी के वे लोग अंतिम संस्कार में शामिल होने आए थे, जिन्होंने जसोदा देवी को देखा नहीं था। जसोदा देवी और अकलू यादव के क़िस्सों को केवल सुना भर था।

सिसवन में घाघरा तट पर अंतिम संस्कार के समय भारी भीड़ जुटी थी। मुखिया लीलाधर यादव रसूख़दार आदमी थे। सगे-सम्बन्धियों के अलावा ढेरों हित-परिजन शामिल हुए थे।

*

रेवती बी. ए. के दूसरे साल की परीक्षा से पहले आजी का आशीर्वाद लेने आई थी, पर यह यात्रा उसके लिए जीवन भर का कलंक बन गई। रेवती बेचैन थी कि उसकी आजी जसोदा देवी का ऐसे अचानक चले जाना अब जीवन भर उसके मन में टीसता रहेगा। वह समझ रही थी कि बिना किसी रोग के आजी के जाने के पीछे उसके साथ घटी घटना का ही हाथ है। आजी के लिए यह बड़ा आघात था।

जसोदा देवी का श्राद्ध बीता।

नातेदार-रिश्तेदार वापस होने लगे। रेवती की परीक्षा सिर पर थी। वह आई तो थी दो-चार दिनों के लिए पर ऐसी उथल-पुथल मची कि अब तीसरा हफ़्ता बीतने को था। लगभग सारे परिवार के विरोध के बावजूद मुखिया लीलाधर यादव ने अपनी बेटी कुंती के साथ रेवती को सीवान के लिए विदा किया। लीलाधर ने अपनी माता को दो वचन दिए थे कि रेवती की पढ़ाई बन्द नहीं होगी और बिना उसकी मर्ज़ी के उसका विवाह नहीं होगा। उन्होंने पहला वचन निभाया और रेवती को विदा किया।

रेवती जैसे पहले अपनी बुआ कुंती के साथ रह कर पढ़ रही थी, वैसे ही उसकी पढ़ाई जारी रहेगी, इस निर्णय का मौन विरोध तो हुआ, पर किसी की हिम्मत नहीं हुई कि वह मुँह खोल सके। लीलाधर यादव जानते थे कि वह अपनी माता को दिया यह वचन आसानी से निभा लेंगे, पर दूसरे वचन को लेकर आशंकित थे। पहली बार उनके मन में अपनी मृत्यु की इच्छा जागी। उनके होंठ काँपे, ''हे भगवान! माई को दिया यह वचन न निभा सकने से पहले मउअत दे देना।''

कुंती देवी और रेवती का रिश्ता केवल बुआ-भतीजी का नहीं रह गया था। आपस के नेह-छोह और प्यार-दुलार ने इस सम्बन्ध को माँ-बेटी के सम्बन्ध में बदल दिया था। इस सम्बन्ध की गझिन बुनावट में एक धागा ऐसा शामिल था, जो कुंती देवी के अपने सपनों के अदृश्य तंतुओं से बना था। कुंती देवी चाह कर भी लिख-पढ़ नहीं सकी थीं। पिता लीलाधर यादव चाहते तो कुंती को पढ़ा-लिखा सकते थे, पर बेटी को पाल-पोस कर किसी सम्पन्न और समर्थ घर-वर को सौंप देने के अलावा और कुछ न सोच सके वह। बेटी के बारे में इसके अतिरिक्त और कुछ सोच पाने का चलन भी नहीं था। कुंती भी चाहती थी कि रेवती ख़ूब पढ़े और...। उसे भरोसा था कि रेवती उसके उन सपनों को भी पूरा करेगी, जिन्हें वह मन ही मन बुनती रही थी।

कुंती समय के अतल में छिपे बीज का अँखुआना देख रही थी। उस अँखुए की हरीतिमा की निष्कलुष आभा में वह रेवती और मनोहर के एक भरे-पूरे संसार के छायाभासों को महसूस कर रही थी। जब वह रेवती को लेकर देवली से निकल रही थी, पिता के पाँव छूने गई। पाँव छूकर सिर ऊपर उठाया, तो पिता की आँखों में काँपते पानी को देखा। पिता ने काँपते स्वर में कहा, ''कुंती।''

''जी बाबूजी।''

''सहेजना।''

''जी।''

कुंती अपने पिता के इस एक शब्द सहेजने को अच्छी तरह समझ रही थी। देवली से सीवान पहुँचने के बीच कुंती और रेवती मौन रहीं। इस अबोले में कोई नाराज़गी नहीं थी बल्कि दोनों धीरज के साथ राह के गुज़र जाने की प्रतीक्षा कर रही थीं। आध-पौन घंटे की दूरी युगों में पसर गई थी।

सीवान पहुँच कर रेवती परीक्षा की तैयारियों में जुट गई। मनोहर जैसे पहले आते-जाते रहते थे, आने-जाने लगे। सब कुछ पहले की तरह सहज-सामान्य था। कुंती ने देवली में हुई घटना का कोई प्रभाव अपने घर के वातावरण पर नहीं पड़ने दिया। रेवती पहले दो-चार दिनों तक कुछ असमंजस में रही। वह अपनी बुआ के व्यवहार को सतर्कता से परखने की कोशिशें करती रही, पर उसे जब कहीं कोई बदलाव न दिखा, उसकी ज़िन्दगी भी लय में लौटी। देवली में रेवती के साथ क्या-क्या घटित हुआ, मनोहर

इससे अनजान थे। न रेवती ने मनोहर को इस बारे में कुछ बताया और न कुंती ने। वैसे भी कुंती भला मनोहर से यह सब कैसे कहती! देवली की घटना पर आपस में बात करने से रेवती और कुंती भी बचती रहीं। दोनों को एक-दूसरे पर भरोसा था और दोनों को एक-दूसरे का मन पढ़ना भी आता था। यह मन ही था जो कुंती और रेवती को बाँधे हुए था। साझा मन। मन के साझे सुख-दुःख। कुंती की ज़िन्दगी के वे सारे धागे जिनसे उसने अपने लिए सपने बुनने की कोशिशें की थी, कभी आपस में अझुरा कर महाजाल बन गए थे और उसके काटे नहीं कट सके। आज भी वे धागे कुंती के मन के चारों ओर लिपटने लगते हैं। उसे कसने लगते हैं फाँस की तरह। कुंती नहीं चाहती कि रेवती का जीवन भी ऐसे ही किसी महाजाल में उलझ कर रह जाए। कुंती को मालूम है कि इस महाजाल को वह केवल इस लिए नहीं काट सकी क्योंकि वह ख़ुदमुख़्तार नहीं बन सकी। वह चाहती है रेवती पढ़-लिख कर इतनी ताक़तवर बन जाए कि उसे कोई महाजाल फाँस ही न सके। इन दिनों रेवती अपनी पढ़ाई में व्यस्त रहती और कुंती गुज़रे दिनों के महाजाल के रेशों को उधेड़-उधेड़ कर निहारती रहती। एक खंडित छाया कुंती के संग-साथ लगातार काँपती रहती।

बस छाया ही दिखी थी उस रात भाई को। छाँही वाली रात थी। बादलों से छन कर टुकड़े-टुकड़े ही चन्द्रमा का अँजोर धरती पर गिर रहा था। चैत का महीना था। अँजोरिया का आधा पखवारा बीत चुका था। घर के सामने सहन में बाबू बैठे थे। पीछे वाले अहाते की दीवार को बौर से लदे आम के बूढ़े हो रहे विशाल वृक्ष ने ढाह दिया था। युवा नीम की फुनगियों पर सफ़ेद फूलों के गुच्छों को हवा के झोंके दुलरा रहे थे। झुँड में खड़े केला के पौधों में फलों के घौद झूल रहे थे। अपने खिलने के मौसम की प्रतीक्षा में यहीं खड़ा था हरसिंगार का छतनार पेड़। नीचे धरती पर बिछी थीं दूब की लतरें। ढही हुई दीवार की ईंटों की गाँस में उग कर चारों ओर काले-रसीले फलों वाले भटकुँइया के पौधे पसरे हुए थे। न नीचे धरती पर तिल धरने को जगह थी और न ऊपर आसमान में। बस चन्द्रमा के अँजोर की छाँही पसरी थी।

इसी छाँही में देवली बाज़ार से लौटते कुंती के रमन भइया को दो लोगों की छायाएँ दिख गई थीं। रमन ने आवाज़ दी थी। दोनों छायाएँ दो दिशाओं में भागी थीं। एक छाया अहाते के भीतर गुम हो गई थी और दूसरी का पता तक न चला था। राम जाने उसे धरती निगल गई थी या चन्द्रमा जिन बादलों से लुकाछिपी खेल रहा था, उन बादलों ने उसे ढँक लिया था। इक्कीस साल के युवा रमन सिंह यादव दौड़े तो थे उस छाया के पीछे पर उनके हाथ कुछ न लगा था। जो छाया अहाते के भीतर गुम हुई थी उसे ढूँढ़ते हुए रमन घर के भीतर घुसे, तो कुंती को अपनी माई कुसुमी देवी के साथ बैठे हुए देखा। संदेह भरी आँखों और दुविधा भरे मन के साथ कुछ देर तक बहन को निहारते रहे थे। बाहर निकले और अपने बाबू से सारा क़िस्सा बयान किया।

चैत बीता। बैसाख बीता।

जेठ के पहले पखवारे में ही अठारह साल की कुंती देवी मधवापुर पंचायत के मुखिया रंगी चौधरी के बेटे मनन चौधरी की ब्याहता बन कर सीवान के लिए विदा हो गईं।

इसी साल, आषाढ़ की एक रात देवली के मिडिल स्कूल के मास्टर मुचकुंद शर्मा की हत्या हुई। हत्या की रात आसमान टूट कर बरस रहा था। अजीब मौत हुई थी मुचकुंद मास्टर की! न गला रेता हुआ था, न गोली लगी थी। हाथ-पैर खटिया की पाटी से बँधे थे। बिछावन सरक कर आधा नीचे झूल रहा था। किसी को कोई आवाज़ नहीं सुनाई पड़ी। सुबह जब स्कूल के बच्चे आए, तो पता चला। पुलिस आई और लाश ले गई। आज तक भेद नहीं खुल सका था।

मुचकुंद शर्मा महाराजगंज के पास बजरहियाँ के भूमिहार परिवार के युवा थे। वे हर सोमवार की सुबह अपने गाँव बजरहियाँ से देवली आते और शनिवार की दोपहर वापस लौटते। इस बीच मुचकुंद मास्टर स्कूल की एक कोठरी में ही अस्थायी वास करते। अपना भोजन स्वयं पकाते और रात-बिरात बाँसुरी बजा कर मन बहलाते। मंदिर के पुजारी ढोंढ़ाई बाबा के भजन गायन में उनकी बाँसुरी का स्वर अक्सर शामिल रहता। कंठ के भी मीठे और सुरीले थे मुचकुंद मास्टर। जिस रात मास्टर की हत्या हुई ढोंढ़ाई बाबा ससुराल गए थे।

उस शाम जो छाया अचानक लोप हो गई थी उसकी तलाश में रमन दिन-रात लगे हुए थे। इस छाया का रहस्य ढोंढ़ाई बाबा के पेट में छिपा हुआ था। हफ़्ता बीतते न बीतते रमन सिंह यादव ने रहस्य भेद लिया था। कोई ठोस साक्ष्य नहीं था, पर संदेह का चीरा हुआ फाँट और कान का विष कभी नहीं मिटता। मुचकुंद मास्टर कभी-कभार कुंती को अँग्रेज़ी पढ़ाने लीलाधर के घर जाते थे। कुंती मिडिल की परीक्षा की तैयारी कर रही थी।

छाया के इस खेल ने कुंती का जीवन ही बदल दिया था। मिडिल की परीक्षा छूट गई थी। परीक्षा ही नहीं छूटी थी बल्कि पढ़ने की साध मिट गई थी। बस्ता देवली में जो छूटा, सो छूट ही गया। बड़े भाई विजय-पताका लिये अपना यशस्वी जीवन जीते रहे और कुंती उस साँझ लोप हुई उस खंडित छाया को अपने आँचल की ओट में छिपाए आज भी भटक रही है। आज भी अक्सर कुंती रातों की नींद में चिहुँक कर जागती है। किसी अँधेरे ढहते मकान के विशाल आँगन में बदहाल भागती मुचकुंद मास्टर की छाया उसे दिखती है। फिर यह आँगन अविश्वास, अपमान और अस्वीकार का लावा उगलते ज्वालामुखी में बदल जाता है। चारों ओर से उन्माद भरी हा-हा ध्वनियों की आँधी उठती है। बौराए हत्यारों का झुंड प्रकट होता है। वे सब कुंती को इस ज्वालामुखी के अतल में झोंक देते हैं और मुचकुंद मास्टर की छाया को लेकर चले जाते हैं।

रेवती को देवली से साथ लेकर जब से कुंती सीवान लौटी थी, उसे भर आँख नींद नसीब नहीं हुई थी। जब भी सामने आती रेवती, वह उसकी काली घटाओं से भरी आँखों को टेरती रहती। जो अपयश, कलंक, निराशा और दुःख साथ लेकर लौटी थी रेवती, उसकी टीस का अनुभव कुंती को था। कुंती ने तय किया कि वह रेवती को इस टीस से उबारेगी। इस हाहाकार की छाया में नहीं जीने देगी उसे। भले ही छूट जाए देवली और भाइयों से रिश्ता टूट जाए, वह रेवती को इस महाजाल से मुक्त करेगी।

6

शमशेर साँई की हत्या के लगभग सोलह महीनों बाद सरपंच अकरम अंसारी और मुन्ने मियाँ ज़मानत पर छूटे।

हाईकोर्ट से ज़मानत हुई। हसनपुरा थाना के आई. ओ. ने अब तक केस की डायरी जमा नहीं की थी। हाईकोर्ट ने ज़मानत देते हुए पुलिस को फटकार लगाई थी। अकरम अंसारी और मुन्ने मियाँ की ज़मानत के लिए रज्जन पासवान दिन-रात लगे रहे थे। उन्होंने पटना के एक बड़े वकील को मोटी फीस देकर हाईकोर्ट में ज़मानत की अर्ज़ी दाख़िल की थी।

सरपंच अकरम अंसारी की वापसी के दिन मनरौली के अंसारी टोला और देवली के टोटहा टोला के लोगों का हुजूम सीवान जेल के गेट पर पहुँचा। यह हुजूम सीवान से हसनपुरा होते हुए सीधे मनरौली न जाकर पहले देवली बाज़ार पहुँचा। इस क़ाफ़िले के पहुँचते ही बाज़ार की चहल-पहल अचानक बढ़ गई थी। बाज़ार के मुहाने पर ही सरपंच अकरम अंसारी, मुन्ने मियाँ और रज्जन पासवान बोलेरो से उतर कर पैदल चलने लगे थे। ये तीनों आगे-आगे चल रहे थे और साथ के लोग पीछे-पीछे। मनरौली और टोटहा टोला के लोग उत्साह से भरे हुए थे, पर सरपंच के चेहरे पर गहरी उदासी थी। साथ के लोग विजेता-भाव में थे जबकि वह युद्ध में पराजित होकर लौटे किसी सैनिक की तरह लोगों से अपनी नज़रें चुराते हुए सिर झुकाए चल रहे थे। वह अभी देवली बाज़ार आना नहीं चाह रहे थे, पर रज्जन पासवान की ज़िद पर आने को तैयार हो गए थे।

अकरम अंसारी का क़ाफ़िला जब अच्छेलाल साह की कलाली के सामने पहुँचा, उनके पाँव ठिठके। उन्होंने अपने साथ चल रहे मुन्ने मियाँ की ओर चोर नज़रों से देखा। मुन्ने मियाँ की आँखें उन पर ही टिकी थीं। अकरम के मन में पल भर के लिए उठे हुलास पर पानी पड़ गया। मुन्ने मियाँ पहले से सतर्क थे। वह अकरम की कमज़ोरी से परिचित थे। अकरम अंसारी ने सिर झुका लिया और धीमी गति से बे-मन क़ाफ़िले के साथ आगे बढ़ते रहे।

रेशमा को पल-पल की ख़बर थी।

बाज़ार में जैसे ही सरपंच अकरम अंसारी का क़ाफ़िला घुसा, उसे ख़बर हो गई थी। उसे मालूम था कि आज ढेर सारे लोग सरपंच को लाने गए हैं और देर-सबेर लोगों का हुजूम देवली बाज़ार होते हुए ही मनरौली जाएगा।...पर रेशमा अपने मन में गिरह बाँध कर बैठी थी कि वह अविचल अपनी कोठरी में बैठी रहेगी, सो वह बैठी थी। न साज-सिंगार और न देखने-मिलने की उत्कंठा। उसके घर के सामने से गुज़रते क़ाफ़िले का शोर बाढ़ के पानी के तरह हरहराते हुए निकल गया, पर वह अपने पलंग पर जस की तस बैठी रही। रेशमा ने अपनी कोठरी के दोनों दरवाज़ों को बंद कर लिया था। उसने तय कर लिया था कि सरपंच उसकी चौखट पर लाख नाक रगड़ें, वह एक न सुनेगी।...पर उसके मन के किसी कोने में कहीं न कहीं यह आस टिकी थी कि सरपंच अकरम अंसारी साँकल खटखटाए बिना नहीं जा सकते! क़ाफ़िला गुज़रने के बाद उसके कलेजे के भीतर कोई टीस उठी और पसर गई सारी देह में। उसकी देह थरथराई। रेशमा ने अपनी आँखें मूँद कर गहरी साँस भरी। कलेजे की टीस को दबाया। देह को सहेजती हुई उठी और पलंग से नीचे उतरी। पानी के कुछ घूँट हलक़ में उतार कर फिर पलंग की पाटी पर जा बैठी। उसके नीचे लटके हुए पाँवों में अभी भी थरथरी थी। रेशमा ने अपने लटके हुए पाँवों को धरती में रोप दिया। उसके होंठ लरज़े, ''न...अब और नहीं!...हमको रंडी बूझता है हरामी!...अच्छा हुआ कि नहीं आया।"

सरपंच अकरम अंसारी का क़ाफ़िला देवली बाज़ार से गुज़र रहा था। मदन साह की चाय की दुकान और फत्ते मियाँ की दुकान के सामने बीच सड़क पर आकर क़ाफ़िला रुका। फत्ते बीच सड़क पर माला लिये खड़ा था। उसने सरपंच के गले में माला डालकर नारा लगाया, ''अकरम भाई ज़िन्दाबाद!" और साथ चलती भीड़ ने उत्साह से भर कर दुहराया, ''ज़िन्दाबाद! ज़िन्दाबाद!"

मदन साह की दुकान के भीतर बैठे गँजहे भी बाहर निकल आए थे। भीतर सिर्फ़ नौशेर साँई बैठा था। उसके चेहरे पर मुस्कान थी और था विजेता का दर्प। मदन साह इस हलचल से अपने को निस्पृह दिखाने की कोशिश में तमाशा देखने के लिए दुकान से बाहर नहीं निकले थे। वह कोयले की दहकती आँच पर चढ़ी दूध से भरी देग में कलछुल हिलाते-डुलाते हुए नौशेर साँई की मुस्कान को परखने में लगे थे। नौशेर की आँखें बाहर सड़क पर जमा भीड़ पर टिकी थीं, पर वह देख कुछ और रहा था। उसकी आँखों में मुन्नी बी की गोरी-गठीली देह लहरा रही थी।

सरपंच अकरम अंसारी के क़ाफ़िले ने बाज़ार पार किया। फत्ते मियाँ ने दुकान में ताला बंद किया और साथ हो लिये। कुछ और लोग भी जो सरपंच को लेने सीवान नहीं जा सके थे और देवली बाज़ार में ही उनके आने की बाट जोह रहे थे, क़ाफ़िले में शामिल हो गए। पर बाज़ार की अधिकांश भीड़ बाज़ार में ही छूट गई।

लोग इधर-उधर फैल कर सरपंच अकरम अंसारी की वापसी और वापसी के बाद पैदा होने वाले हालात की चर्चा में व्यस्त हो गए।

*

क़ाफ़िला पहले टोटहा टोला पहुँचा और रज्जन पासवान के दरवाज़े पर रुका। वहाँ सरपंच के स्वागत में जलपान की व्यवस्था थी। सरपंच को लाने सीवान जाने से पहले ही रज्जन पासवान ने इसकी योजना बना ली थी।

रज्जन के घर से निकलते-निकलते रात हो चुकी थी। माघ महीने के पहले पखवारे की अंतिम रात थी। अमावस की रात। रज्जन के दरवाज़े से कुछ लोग वापस लौटे और क़ाफ़िला साँई टोला पार करके जोगी पीर पहुँचा। सरपंच अकरम अंसारी ने जोगी पीर के सामने खड़ा होकर अपनी हाज़िरी लगाई। इसके बाद क़ाफ़िले ने अंसारी टोला की राह पकड़ ली।

नाज़ बेगम ने पति के स्वागत के लिए भरपूर तैयारियाँ की थीं। हसनपुरा बाज़ार से मिठाइयों के डब्बे मँगवाया था। अच्छेलाल साह की कलाली के ठीक सामने वाली ढेला हलवाई की दुकान से खस्ता कचौरियाँ और समोसे आए थे। बहुत देर तक लोगों का वहाँ आना-जाना लगा रहा। भीड़ के छँटते-छँटते काफ़ी देर हुई। इस पूरी भीड़ में अकेले सरपंच अकरम अंसारी ही थे जिनके चेहरे पर एक उदासी छायी रही। वह लोगों से मिलते-बतियाते रहे, पर मन में उछाह नहीं था। दरवाज़े पर चल रहे जश्न के पीछे घर के भीतर के हालात का उन्हें अंदाज़ा था। उनके लिए यह कठिन परीक्षा की घड़ी थी। जब पूरी तरह भीड़ छँट गई और भीतर से नाज़ बेगम का बुलावा आया, उनका मन और उनकी देह दोनों लरज़ उठी। उन्होंने मुँह उठा कर आसमान की ओर देखा। अमावस के आसमान में गुच्छ के गुच्छ लटक रहे तारे टूट-टूट कर नीचे गिर रहे थे और आग की लपटों में बदल कर उनके इर्द-गिर्द बिछते जाते थे। उन्हें लगा, वह आसमान से बरसती इस आग में जल कर राख हो जाएँगे। इस आग में दुःख था,...क्रोध था,...घृणा थी,...अपमान और पराजय था। पल-छिन के लिए मुन्नी का चेहरा उनकी आँखों के सामने झिलमिला उठा। सोचा अकरम ने कि 'मेरी वापसी की ख़बर सुन कर मुन्नी ने क्या सोचा होगा? इस समय क्या कर रही होगी मुन्नी?...क्या वह लँगड़े साँई की बाहों में...?'

अकरम अंसारी को मुन्ने याद आए। चारों ओर नज़रें घुमा कर देखा। मुन्ने दिखे नहीं। यहाँ पहुँचते ही मुन्ने मियाँ ग़ायब हो गए थे।

दरवाज़े पर क़ाफ़िले के पहुँचते ही मुन्ने किसी जादूगर के कबूतर की तरह फुर्र हुए और सीधे नबीहा के पास पहुँचे। आँगन में खड़ी नबीहा को बाहों में भरा और जार-जार रोते रहे। फिर अपनी छाती से बेटी को सटाए दुलारते रहे। बेटी चार माह

की थी जब मुन्ने जेल गए थे। वह अब कुछ ही दो-तीन महीने बाद दो साल की होने वाली थी। आज नबीहा ने सिंगार किया था। बालों को धोकर चोटी गूँथा था और आँखों में सुरमा डाला था। नाज़ बेगम की देवरानियों ने ख़मीरी रोटी भिजवा दी थी। नबीहा ने मुगेर का सालन पकाया था। मुन्ने मियाँ खा-पीकर बेटी को सीने से चिपकाए नबीहा की गोद में सिर रखे कोठरी में लेटे थे।

घर की दूसरी मंज़िल पर खाने की थाली सजाए नाज़ बेगम इंतज़ार करती रहीं, पर अकरम भीतर नहीं गए। बाहर के बरामदे वाले गोल कमरा में अपना बिछावन लगवाया और बिना कुछ खाए सोने चले गए। नाज़ बेगम कई बार ऊपर से नीचे और नीचे से ऊपर आवाजाही करती रहीं,...बुलावा भेजती रहीं, पर अकरम नहीं गए। कुछ देर तक धीरज से अकरम का इंतज़ार करने के बाद नाज़ बेगम के सब्र का बाँध टूटा और उनके पैर पटकने और चीख़ने की आवाज़ें आने लगीं। अकरम दम साधे सुनते रहे और नाज़ बेगम देर रात तक अपनी अदा दिखाती रहीं। थक-हार कर जब वह दूसरी मंज़िल पर गईं और उनकी आवाज़ें सिराने लगीं, अकरम उठ कर बैठे और घुटनों में मुँह छिपा कर रोने लगे। बहुत देर तक सुबकते रहे। रोते-रोते बिछावन पर लुढ़के और सो गए।

सुबह एक भयानक सपना देखते हुए अकरम अंसारी की नींद टूटी। उन्होंने सपने में देखा कि सँपही के किनारे नाज़ बेगम, मुन्नी बी और रेशमा कलवारिन ने उनके हाथ-पाँव पकड़ कर उन्हें दबोच रखा है और शमशेर साँई उनकी गरदन रेत रहा है। उनकी गरदन रेतने के बाद सब मिल कर उन्हें उठाते हैं और सँपही की उमड़ती हुई बरसाती धारा में फेंक देते हैं। सँपही के उस पार खड़े मुखिया लीलाधर यादव मुस्कुरा रहे हैं। थानाध्यक्ष गरभू पाँड़े भी मुखिया के पास खड़ा हँस रहा है। उनकी लाख मिन्नतों के बावजूद उन्हें कोई नदी से नहीं निकालता।

*

इन सोलह महीनों में सरपंच अकरम अंसारी की दुनिया ही बदल गई थी। खाड़ी के देशों में काम करने वाले जिन भाइयों ने उनकी गिरफ़्तारी के बाद हज़ारों रुपए ख़र्च किए, उनकी बीवियों ने अपना चूल्हा-चौका अलग कर लिया था।

मुन्नी बी के जाने के बाद जब सत्ता की बागडोर नाज़ बेगम के हाथ आई, उन्होंने देवरानियों के इर्द-गिर्द घेरा डाल कर उनकी रास कसना शुरू किया, दोनों सतर्क हो गईं। नाज़ बेगम की देवरानियाँ भी उनके नइहर महम्मदपुर के अंसारियों के ख़ानदान से ही थीं। रिश्ते में उनकी फूफीज़ाद बहन थीं। उन्होंने मुन्नी बी का जो हाल देखा, उनकी रूह काँप उठी थी। दोनों ने कई दिनों तक आपसी सलाह-मशवरा के बाद यह तय किया कि यही सही समय है जब न सही ज़मीन-जायदाद कम

से कम चूल्हा-चौका बाँट लिया जाए। मुन्नी बी के साथ जो बरताव नाज़ बेगम ने किया था, उससे दोनों की आँखें खुल गई थीं। घर में कोई मर्द था नहीं जो उन्हें रोक पाता या कोई सुलह की गुंजाइश बनती। दोनों सगी बहनें थीं। एक रात दोनों चढ़ बैठी थीं अपनी जेठानी नाज़ बेगम पर। बिना बात के बतंगड़ खड़ा किया और दूसरी सुबह अपना चूल्हा अलग कर लिया।

पिछले कई महीनों से भाइयों ने अकरम अंसारी के नाम पैसा नहीं भेजा था। मुक़द्दमे के ख़र्च के लिए पहले रज्जन पासवान के नाम पैसा आता रहा। रज्जन से ही मोबाइल पर बात होती और कुछ पैसा आ जाता।...पर चूल्हा-चौका अलग होते ही भाइयों ने फ़ोन उठाना बंद कर दिया था। अकरम अंसारी समझ गए थे कि दोनों की बीवियों ने उनकी लगाम कस दी है। पैसे की आवग बन्द हो चुकी थी। उनकी पीठ पीछे ही मालियत में अपना हिस्सा-बख़रा अलग कर लिया था दोनों ने।

लगभग हफ़्ता दिन तक देवली बाज़ार सरपंच अकरम अंसारी की बाट जोहता रहा। वह बाज़ार नहीं गए। एक दिन किसी की मोटरसाइकिल पर पीछे बैठ कर निकले और अरजल वाली सड़क पकड़ कर मुखिया लीलाधर यादव के घर पहुँचे और साल भर पहले हुई उनकी माता जी की मौत पर मातमपुरसी कर आए। इसके अलावा वह अंसारी टोला से बाहर नहीं निकले। आसपास के गोंयड़ खेतों तक ज़रूर गए और चक्कर काट कर वापस लौट आए। दिन-रात छाया की तरह साथ रहने वाले मुन्ने मियाँ भी कम ही दिखे। दिखते भी तो सामने नहीं आते। दोनों के बीच बतकही तो दूर, दुआ-सलाम भी नहीं हुआ इस बीच। समझ रहे थे अकरम अंसारी। सारा मामला मुन्नी बी के दरबदर होने का था। अकरम को लग रहा था कि सिर्फ़ यह न हुआ होता, तो बाक़ी जो कुछ हुआ, उससे उनकी हैसियत पर कोई ख़ास असर नहीं पड़ता। नाज़ बेगम ने जो किया, सो तो किया ही, पर उनसे भी चूक हुई। अगर उन्होंने जेल से ही इस मामले में दख़ल दिया होता, तो बात ऐसे न बिगड़ती और सरेआम यूँ आबरू न नीलाम हुई होती। उन्हें जेल में ख़बर मिली थी। मिलने-जुलने वालों ने बताया था, पर अकरम यह ख़बर मुन्ने से छिपा गए थे।

इस बीच सरपंच अकरम अंसारी के दरवाज़े पर लोगों का आना-जाना बना रहा। तरह-तरह की बातें होती रहीं। रज्जन पासवान तो सुबह-शाम दोनों वक़्त आते और घंटों बैठकी चलती। अकरम के सामने मुन्नी बी की बात लोगों ने दबी ज़ुबान में शुरू की और फिर बात पसरती रही। मुन्नी बी का नौशेर साँई से निकाह एक बड़ी घटना थी। औरों के लिए भले यह बतकही का मुद्दआ हो, सरपंच अकरम अंसारी के लिए तो इज़्ज़त और औक़ात की बात थी। अगर किसी मातबर के घर जाकर बैठ गई होती और निकाह न किया होता तो बात आई-गई हो जाती, पर मुन्नी तो उनकी नाक काट कर उस लँगड़े की ब्याहता बन गई, जिसका भाई उनकी दी हुई भीख पर जीता था। अकरम के लोग रेशमा कलवारिन को इस निकाह कांड के मुख्य

अभियुक्त की तरह पेश कर रहे थे। निकाह के दिन शमशेर के दरवाज़े पर मुखिया लीलाधर की उपस्थिति को भी हल्के में नहीं लिया था अकरम ने। उनका मानना था कि अगर नौशेर साँई और रेशमा की पीठ पर मुखिया का हाथ नहीं होता तो शायद लँगड़े साँई की हिम्मत नहीं होती कि वह निकाह कर ले। यह जग-ज़ाहिर था कि काज़ी शेख़ बसीर ने अकरम अंसारी से अपने भाई की हार का बदला लिया था।

मुन्ने मियाँ और नबीहा से मुन्नी बी के रिश्ते सामान्य नहीं थे। अकरम से मुन्नी के सम्बन्धों को लेकर मुन्ने भीतर ही भीतर दुःखी रहते थे। नबीहा को तो मुन्नी बी फूटी आँखों नहीं सुहाती थी।...पर नाज़ बेगम ने जिस तरह उसे अकरम के घर से निकाल बाहर किया, यह बात मुन्ने मियाँ की छाती में बर्छी की नोक की तरह चुभ गई थी। वह अपनी बीवी नबीहा से भी दुःखी थे कि ऐसी मुसीबत में उसने भी मुन्नी को ठौर-ठिकाना नहीं दिया।...पर वह नबीहा के हालातों को भी समझ रहे थे कि बिना उनके उसकी ज़िन्दगी कितनी दूभर थी और ऐसे में नाज़ बेगम के ख़िलाफ़ जाना उसके लिए सम्भव नहीं था। फिर भी..., मुन्ने मियाँ दुखी थे नबीहा से,...अकरम से...और सारे अंसारी टोला से। उन्हें इस बात का भी मलाल था कि इतना बड़ा कांड हो गया और मालूम होते हुए भी अकरम बात पचा गए! बात की हवा तक न लगने दी! आज तक जिसके सारे कुकर्मों को वह तोपते-ढँकते रहे थे, उसी अकरम ने उनके साथ दग़ा किया! मुन्नी बी को देखने..., मुन्नी बी से मिलने के लिए उनका मन छटपट कर रहा था।

मुन्ने मियाँ का जी सरपंच अकरम अंसारी की ताबेदारी से ऊब चुका था। इसी ताबेदारी का मेहनताना था मर्डर केस में नामज़द होना। अगर मुन्ने फँसे न होते तो अब तक मुँह फेर लिया होता, पर...। अकरम का संग-साथ नबीहा को भी पसंद नहीं था।

मनरौली के इस अंसारी टोला के घरों से लूम को विदा हुए कई साल बीत गए, पर आज भी नबीहा सपने देखती है कि एक दिन अल्लाह की मेहरबानी से बिजली से चलने वाला बड़ा लूम इस घर में लौटेगा। वह लगातार मुन्ने मियाँ से कहती रहती थी कि कहीं से उधार-पैंचा लेकर अपना पुश्तैनी रोज़गार खड़ा करो।...पर कहना जितना आसान है, करना उतना ही कठिन। कहाँ से आएगा इतना पैसा कि मुन्ने लूम बैठा सकें! और पैसे का इंतज़ाम हो भी जाए..., लूम बैठ भी जाए..., तो कहाँ जाकर बेचेंगे मुन्ने मियाँ अपनी बुनी चादरें और लुंगियाँ? मिल के कपड़ों के सामने अब कोई बिसात नहीं बची है इन कपड़ों की।...जब से ज़मानत पर जेल से छूट कर लौटे थे मुन्ने मियाँ, नबीहा एक ही रट लगाए बैठी थी कि अब अकरम की ताबेदारी बन्द करो और अपना काम-धंधा शुरू करो। नबीहा की फुफी जोलहतवा में ब्याही हैं। अंसारियों का यह गाँव आज भी कपड़ा बुनने के अपने हुनर के लिए सारे इलाक़े में जाना जाता है। यहाँ के लोग कपड़ा बेचने बाज़ार नहीं जाते, बल्कि ख़ुद बाज़ार चल

कर इनके पास आता है। नबीहा की ज़िद थी कि मुन्ने उसके साथ जोलहतवा चलें। वे रसूख़दार लोग हैं। उनका अपना काफ़ी बड़ा रोज़गार है। पैसे वाले लोग हैं। मिलनसार भी हैं। रोज़गार खड़ा करने की हिकमत बताएँगे। हाथ पर हाथ धरे बैठे रहने से कोई तदबीर हाथ नहीं लगती। नबीहा को फुफी के घर से माली मदद का भी भरोसा था।...

एक ओर नबीहा की नसीहतें और दूसरी ओर अकरम से उनका रिश्ता..., मर्डर केस में नामज़दगी और मुन्नी बी के हालात। मुन्ने मियाँ बुरी तरह उलझे हुए थे। वापसी के बाद शुरू के दो दिन बेटी को दुलारने और नबीहा की देह सूँघने में पलक झपकते बीत गए पर अब उनके लिए जीना दूभर हो रहा था। हलक़ में जैसे काँटा फँस गया हो। सारे दुखों से बेपरवाह जेल में घोड़ा बेच कर सोने वाले मुन्ने मियाँ की आँखों की नींद उड़ चुकी थी।

मुन्ने मियाँ अपनी बेटी को गोद में लिये आँगन में बिछी खाट पर बैठे थे। नबीहा ओसारे में चूल्हे के सामने बैठी थी। चूल्हे पर एक छोटी पतीली में दाल का अदहन खौल रहा था। वह पतीली के खौलते पानी से बेख़बर मुन्ने को निहार रही थी कि इस बीच अकरम अंसारी का बुलावा आया। अकरम का बेटा आया और बोला, "चच्चा, अब्बा दुआर पर बुलाइन हैं। बोले हैं कि जल्दी बुला के लाओ... बाहर निकलना है।"

मुन्ने मियाँ ने गरदन घुमा कर नबीहा की ओर देखा। उनकी ओर एक टक देखती नबीहा ने अपनी नज़रें फेर लीं और पतीली का ढक्कन हटा कर उसमें पहले से भिगोई हुई मसूर की दाल डालने लगी। ऊहापोह में फँसे मुन्ने उसकी ओर निहार रहे थे और वह थी कि जान-बूझ कर पतीली, दाल और चूल्हे की आँच में अपने को उलझाए हुई थी। वह चाहती थी कि मुन्ने ख़ुद तय करें कि उन्हें क्या करना है।

बुलावा लेकर आया अकरम का बेटा सामने खड़ा था। मुन्ने बोले, "तुम चलो, हम आते हैं।"

दस साल का लड़का सिपाही की तरह डटा था। बोला, "जल्दी बुलाइन है।"

"कह देना कि बोले हैं कि रोटी खाकर आ रहे हैं। थोड़ा टाइम लगेगा।" मुन्ने बोले। लड़का ढीठ की तरह हिलने-डुलने को तैयार नहीं था। खड़ा था। खीझ से भरे मुन्ने ने डपटते हुए कहा, "चल जा।...कपार पर काहे चढ़ा हुआ है?...कहा तो कि आ रहे हैं।"

लड़का भागा।

मुन्ने उठे। बेटी को गोद में लिये नबीहा के पास पहुँचे। बेटी को उसकी गोद में सौंपने के लिए झुके ही थे कि नबीहा ने मौन तोड़ा, "थोड़ी देर रुको। दाल पक रही है। दस मिनट में हो जाएगी। पहले से पानी में भिंगो कर रखा था। जल्दी ही हो जाएगी। गरम-गरम रोटियाँ सेंक देती हूँ।...खाकर ही हुकुम बजाने निकलो।"

मुन्ने बेटी को लिये वापस खाट पर आकर बैठ गए। बोले, "मैं हुकुम बजाने नहीं जा रहा।"

"तो?" सवाल उछाल कर तिरछी नज़रों से घूरा नबीहा ने। फिर पतीले में कलछुल डाल कर दाल बाहर निकाला। उँगलियों से मसल कर देखा। दाल लगभग सीझ चुकी थी। पतीली ढँक कर मथनी लाने के लिए उठती हुई बोली, "हूँ...हम का जाने! राज-पाट सम्भालने के लिए बुलावा आया होगा।"

"तुम्हारी बोली-बानी बिगड़ गई है। बिना सोचे-समझे जो जी में आ रहा है बके जा रही हो।" मुन्ने के स्वर में क्रोध कम और निरीहता ज़्यादा थी।

"बोली-बानी नहीं, हम ही बिगड़ गए हैं।...आओ। ठीक कर दो। बिना मारे-पीटे औरत ठीक रहती है भला!" नबीहा पतीली में खौलती दाल में मथनी डाल कर मथती हुई बोल रही थी।

"आज तक कभी हाथ उठाए हैं तुम पर?"

"तो आओ...मन की मुराद पूरी कर लो। अभी बहुत दिन जीना है हमको। जहन्नुम भोगना लिखा है नसीब में।" नबीहा ने पतीली से मथनी निकाल ली थी।

मुन्ने का माथा भन्ना उठा। एक तो अभी जाकर अकरम का सामना करना था और ऊपर से कलेजे में छेद करते नबीहा के तिरछे बोल। खाट पर बेटी को छोड़ कर मुन्ने उठे और चलने लगे। नबीहा ने चूल्हे के पास बैठे-बैठे ही कहा, "रुक जाओ। दाल हो गई है। रोटी सेंक रही हूँ।"

नबीहा की आवाज़ में ऐसा वज़न था कि मुन्ने मियाँ के पाँव ठिठक गए। उन्होंने मुड़ कर नबीहा की ओर देखा। उसकी सूरत पल भर में बदल गई थी। चेहरे पर कोई तनाव या क्रोध की छाया तक नहीं थी। एक तिर्यक मुस्कान थी। न जाने क्या-क्या रचा-बसा था इस मुस्कान में! कुछ पलों तक वैसे ही ठिठके हुए... खड़े-खड़े वह नबीहा को निहारते रहे। नबीहा एक झटके से उठी और पीढ़ा रखा। पानी ले आई। आटा गूँध-माड़ कर पहले से रखा था। दाल की पतीली नीचे उतार कर उसने तवा चढ़ा दिया और रोटी बेलने लगी। मुन्ने उसे अब भी निहारे जा रहे थे। नबीहा ने पूछा, "निहारते रहोगे कि हाथ-मुँह धोकर आओगे भी?"

"जादूगरनी है यह औरत!" बुदबुदाते हुए मुन्ने नाबदान के पास जाकर हाथ-मुँह धोने लगे।

मुन्ने मियाँ जब खाकर उठे, नबीहा ने बहुत मुलायम स्वर में कहा, "सोच लो।...जब तक इनकी ताबेदारी को लात नहीं मारोगे, आगे की थाली छोड़ कर ऐसे ही भागते-पराते रहोगे।"

बिना कोई जवाब दिए मुन्ने मियाँ नाबदान तक गए। हाथ-मुँह धोकर खाट पर पड़ी गमछी और सुरती की डिबिया लेकर बाहर निकल गए। और दिनों की अपेक्षा आज धूप थोड़ी ज़्यादा ऊष्म थी। हवा में अभी भी नमी थी, पर पहले की

तरह कँपाने वाली नहीं। जब झकोरे आते भीतर एक हल्की-सी सिहरन होती। यह सिहरन फागुन के आवग की आहट थी।

मुन्ने जब पहुँचे, सरपंच अकरम अंसारी और रज्जन पासवान उनका इंतज़ार कर रहे थे। बिना किसी दुआ-सलाम के मुन्ने सामने वाली कुर्सी पर बैठ गए। उनकी नज़रें झुकी हुई थीं और चेहरे पर खीझ और नाराज़गी का भाव था।

"का भाई, तुम तो गूलर का फूल हो गए! कौन बात की नाराज़गी है?" सवाल करते हुए अकरम अपनी कुर्सी से उठ कर मुन्ने के पास आए। उनके दोनों काँधों को पकड़ कर उन्हें उठाया और गले लगाते बोले, "इससे तो बढ़िया था कि हम दोनों जेल में ही रहते। कम से कम चौबीसों घंटे का साथ तो था।"

अकरम अंसारी की बाँहों में बँधे मुन्ने फफक-फफक कर रो रहे थे। मुन्ने मियाँ को रोते हुए देख कर रज्जन पासवान हैरत में थे और अकरम उन्हें अपने सीने पर सटाए हुए थे।

कुछ देर रो लेने के बाद धीरे-धीरे मुन्ने की हिचकियाँ थमीं। उन्होंने अकरम के काँधे से अपना सिर हटा कर अपने को अलग किया। सामने सहन में लगे चापाकल के पास गए। मुँह-हाथ धोकर वापस लौटे और बोलेरो का इंजन स्टार्ट किया। अकरम अंसारी और रज्जन पासवान गाड़ी में सवार हुए। धूल उड़ाती बोलेरो मनरौली से बाहर निकली और देवली बाज़ार की राह छोड़ कर हसनपुरा होते हुए सीवान की ओर चल दी। अकरम को केस के सिलसिले में वकील से मिलने जाना था।

*

ज़िला मुख्यालय सीवान में दिन गुज़ार कर अकरम अंसारी की तिकड़ी देवली बाज़ार पहुँची। दिन अब रोज़-ब-रोज़ लम्बे हो रहे थे फिर भी देवली पहुँचते-पहुँचते साँझ घिर आई थी। अच्छेलाल साह की कलाली के सामने ढेला साह की दुकान के पास बोलेरो से उतरे अकरम अंसारी और रज्जन पासवान। मुन्ने मियाँ पहले तो ड्राइविंग सीट पर जमे रहे पर अकरम और रज्जन की ज़िद पर मन मार कर वह भी उतरे। तीनों ढेला साह की दुकान के भीतर गए। कड़ाह से निकलते गरम समोसों की ख़ुश्बू से भूख और तेज़ हो चली थी। धनिया और लहसुन की चटनी के साथ गरम समोसों की प्लेट सामने आई। इस बीच दुकान में आते-जाते लोगों से दुआ-सलाम भी होता रहा। अचानक सरपंच अकरम अंसारी उठे। बिना मुन्ने और रज्जन की ओर देखे धनुही से छूटे तीर की तरह दुकान से निकले और अच्छेलाल साह की कलाली में जा घुसे।

रज्जन पासवान और मुन्ने मियाँ हक्के-बक्के से सरपंच अकरम अंसारी का जाना देखते रहे और फिर एक-दूसरे का मुँह निहारने लगे। रज्जन ने ही समोसे

खाने की इच्छा प्रकट की थी और सरपंच ने बोलेरो ढेला साह की दुकान के पास रुकवा दी थी। मुन्ने और रज्जन दोनों नहीं जान सके थे कि सरपंच के मन में क्या चल रहा है और उनकी मंशा क्या है! थोड़ी देर में दोनों जब सकते से बाहर निकले मुन्ने बोले, "अपने हाथों अपनी कबर खोद रहे हैं अकरम।...इतना कुछ हो गया, पर अब भी आँख नहीं खुली। अगर अब भी नहीं चेते तो..."

"अब?" रज्जन ने पूछा।

"अब का!...गए कुतिया की जाँघ चाटने। कब निकलेंगे रनिवास से कवन ठिकाना! चलो, निकलो यहाँ से।...अब हम सारी-सारी रात इनकी ताबेदारी नहीं कर सकते। घर-परिवार और बाल-बच्चा छोड़ कर इनके पीछे-पीछे दुम हिलाने से रहे हम!" मुन्ने बिफर रहे थे।

"मोबाइल से पूछ लो कि कब तक निकलेंगे..." रज्जन ने दबी ज़ुबान में सलाह दी।

"तुम पूछो। हमारी बात अभी उनको मिर्ची की तरह लगेगी।" मुन्ने तने हुए थे।

हाथ में मोबाइल लिये ऊहापोह में थे रज्जन पासवान। इस बीच ढेला साह का नौकर चाय रख गया। वह चाय की चुस्कियाँ लेते हुए सोच रहे थे कि पूछना ठीक रहेगा या नहीं कि तब तक अचानक अच्छेलाल साह की कलाली के सामने से तेज़ आवाज़ें उभरीं। अफ़रा-तफ़री मच गई। देखते-देखते लोगों की भीड़ जमा हो गई। लोग भागे चले आ रहे थे। रज्जन और मुन्ने भी दौड़े। भीड़ को चीरते हुए बीच में घुसे और जो हाल देखा सन्न रह गए।

सरपंच अकरम अंसारी ज़मीन पर नीचे गिरे हुए थे और रेशमा कलवारिन उनकी छाती पर चढ़ी उन्हें कूट रही थी। मुन्ने मियाँ और रज्जन पासवान पर नज़र पड़ते ही एक झटके से रेशमा उठी और अपनी साड़ी का पल्लू समेटती हुई भीड़ को चीर कर अपने घर में घुस गई। उस समय उसकी कोठरी में शमशेर साँई की बीवी और रेशमा की मुँहबोली दिदिया गुल बानो बैठी हुई थीं।

जिस समय सरपंच अकरम अंसारी अच्छेलाल साह की कलाली में घुसे, वहाँ भीड़ थी। लोग चखना के साथ पाउच-पान में मगन थे। अच्छेलाल भी अपने धंधे में व्यस्त थे। इस कलाली में सरपंच का आना-जाना कोई नई बात नहीं थी। कलाली में खुलने वाली रेशमा की कोठरी की किवाड़ बन्द थी। सरपंच ने साँकल खटखटायी। रेशमा चकित हुई। अमूमन जब कलाली खुली होती, इस दरवाज़े की किवाड़ बंद रहती और इधर से कोई आता-जाता नहीं था। रेशमा को सरपंच अकरम अंसारी के बाज़ार में होने की ख़बर हो गई थी। वह गुल बानो से बतिया ज़रूर रही थी, पर उसके मन में कहीं न कहीं यह खटका था कि हो सकता सरपंच...! और उसने मन ही मन तय कर लिया था कि उसे करना क्या है। रेशमा ने किल्ली खोल कर देखा, तो सामने सरपंच खड़े थे। उसने बिना कुछ कहे-सुने किवाड़ के पल्लों को

बन्द करना चाहा, पर अकरम अंसारी ने पल्लों पर दबाव बनाया और ज़ोर से ठेल दिया। रेशमा गिरी और कमरे में बिछे पलंग से जा टकराई। भीतर बैठी गुल बानो ने दौड़ कर उसे उठाया। सरपंच अकरम अंसारी भीतर आ चुके थे।

गुल बानो को अपने सामने पाकर सरपंच पल-छिन के लिए ठिठके। उन्हें उम्मीद नहीं थी कि भीतर कोई और भी होगा रेशमा के साथ। वह सोचने लगे कि अब क्या करें कि इस पल-छिन के बीच ही रेशमा ने अपने मन और देह की सारी ताक़त को सहेजा। उठी और सरपंच अकरम अंसारी को धक्का दिया। इस धक्के को सम्भाल नहीं सके सरपंच। चारों खाने चित धड़ाम से गिरे। वह यह सोच नहीं सके थे कि रेशमा जवाबी हमला कर बैठेगी। अकरम की आधी देह रेशमा की कोठरी में थी और आधी कलाली में। कमर के नीचे पुराने ज़माने की मोटी-सी चौखट थी जिस पर उनकी देह बिना रस्सी वाली धनुही की तरह पड़ी थी। इसके पहले कि सरपंच उठें, रेशमा ने उन्हें कूटना शुरू किया। लातों की बरसात कर दी। सरपंच की देह अब उनके वश में नहीं रह गई थी। कलाली के सारे लोग भौंचक थे। किसी की समझ में कुछ नहीं आ रहा था। इसके पहले कि लोग समझें-बूझें रेशमा ने उन्हें घसीटते हुए कलाली से बाहर किया और सामने सड़क पर लाकर पटक दिया। वह अगिया बैताल बनी उनकी छाती पर सवार होकर पीट रही थी और चीख़ भी रही थी, ''हरामी साला,...हमको रंडी बूझता है का रे?...जबर्दस्ती मेरे घर में घुसेगा?...साले, बिना मेरी मरजी के तू मेरी अँगुरी तक नहीं छू सकता।...अगर फिर कभी घुसा, तो साले रेप का केस ठोक दूँगी।...अगर सोना ही पड़ा थानेदार के साथ तो अपने लिए सोकर तुझे फिर अन्दर...''

बीच देवली बाज़ार में भरी भीड़ के सामने सरपंच अकरम अंसारी का पानी उतार कर रेशमा अपनी कोठरी में घुस गई थी और किवाड़ के पल्लों को बंद कर किल्ली चढ़ा लिया था। वह रेशमा कलवारिन से कायान्तरित होकर उस लोककथा की नायिका बन गई थी, जो अपने प्रिय के छल के बाद अपने अंतःपुर के वज्र किवाड़ों को बन्द कर देती है।

कलाली के ग्राहक धीरे-धीरे कलाली में लौट गए थे। अच्छेलाल साह इस पूरे प्रकरण से निस्पृह अपनी कलाली के भीतर ही जमे रहे। बाज़ार में पहले से ज़्यादा भीड़ हो गई थी। जो लोग उस समय बाज़ार में नहीं थे ख़बर सुन कर अपने घरों से निकल कर बाज़ार की ओर लगातार चले आ रहे थे। अलग-अलग ठीयों पर तरह-तरह की चर्चा में लोग मशग़ूल थे। मदन साह की दुकान पर गँजहों के साथ बैठ कर चिलम में लपटें उठाता नौशेर साँईं ख़ुद तो तमाशा देखने नहीं गया, पर तमाशा देख कर लौटे लोगों की बातों का रस चूसते हुए मज़े ले रहा था। रेशमा और सरपंच अकरम अंसारी का पूरा इतिहास देवली बाज़ार में विश्लेषित हो रहा था। इस कांड ने देवली के बबुआन टोला के रामबरन सिंह के पोता पिंटू सिंह और

रेशमा के पुराने प्रकरण की कथा को भी ज़िन्दा कर दिया था। मुन्नी बी और नौशेर साँई के निकाह में रेशमा कलवारिन की उपस्थिति और उसके घर लगातार शमशेर साँई की बीवी गुल बानो की आवाजाही से सरपंच और उसके सम्बन्ध में खटास की गंध लोगों को पहले ही लग चुकी थी।...पर किसी को यह अंदाज़ा नहीं था कि सरपंच की जेल से वापसी के तत्काल बाद मामला इस तरह बिगड़ जाएगा।

मुन्ने मियाँ और रज्जन ने भीड़ के बीच से अकरम को निकाला और टाँग कर ढेला साह की दुकान में ले आए। उन्हें पानी पिलाकर बोलेरो में बैठाया और तत्काल मनरौली लेकर चले गए। सरपंच अकरम अंसारी पीछे आँखें मूँदे रज्जन के साथ बैठे थे। रास्ते में चुप्पी रही। किसी ने किसी से कोई बात नहीं की। तीनों में किसी के पास कहने-सुनने के लिए कोई बात फ़िलहाल थी भी नहीं।

देवली बाज़ार में घटित इस कांड की ख़बर पूरे जवार में फैल गई। यह ख़बर जैसे औरों तक पहुँची, वैसे ही मुखिया लीलाधर यादव तक भी पहुँची। ख़बर सुन कर मुखिया लीलाधर यादव के चेहरे पर न हर्ष आया न विषाद। बस सुन लिया उन्होंने। हाँ, सुनते हुए नौशेर साँई के निकाह के दिन पीले रंग की साड़ी में ज़ुल्फ़ें लहराती रेशमा का साँवला चेहरा उन्हें ज़रूर याद आया। उनकी माई के श्राद्ध के दिन पगड़ी की रस्म के समय अपने आँगन में भारी भीड़ के बीच भी उन्हें पल भर के लिए रेशमा दिखी थी। बाद में अच्छेलाल साह भी दिखे थे।

गुल बानो इस कांड की साक्षी थी। घर पहुँच कर उसने विस्तार से सारी घटना मुन्नी बी को सुनाई। मुन्नी बी चुपचाप सुनती रही। देवली बाज़ार से लौट कर नौशेर साँई ने भी इस घटना का अपने ढंग से बखान किया।...सरपंच अकरम अंसारी के घर पहुँचने से पहले, यह ख़बर नाज़ बेगम तक पहुँच गई थी। अंसारी टोला के कई लोग उस समय बाज़ार में थे। इन्हीं में से कोई औरत आकर यह ख़बर नाज़ बेगम को सुना गई।

देवली बाज़ार से निकलते हुए रज्जन पासवान अपने कुछ ख़ास लोगों को बाज़ार पूरी तरह बन्द होने तक रुके रहने के लिए ताक़ीद कर गए थे। उन्हें संदेह था कि अंसारी टोला के लोगों को भड़का कर कहीं रेशमा के घर पर हमला न करवा दें कुछ लोग। रज्जन पासवान को डर था कि अगर ऐसा हुआ, तो चुनाव की हवा ही बदल जाएगी, जो अब बहुत दूर नहीं रह गया था। एक-सवा साल बाक़ी था।

रज्जन पासवान देर रात तक सरपंच अकरम अंसारी के दरवाज़े पर जमे रहे। मुन्ने मियाँ भी घर नहीं गए। नबीहा को भी ख़बर मिल चुकी थी। अकरम के घर भीतर सन्नाटा था। नाज़ बेगम मौन थीं। जब जिस चीज़ के लिए भीतर ख़बर जाती, उसे भिजवा देतीं। रज्जन ने मोटरसाइकिल से किसी को भेज कर देवली बाज़ार से डॉक्टर बब्बन दुबे को बुलवा लिया था। बिना किसी पढ़ाई और डिग्री के डाक्टरी करने वाले दुबे इस इलाक़े के इकलौते डॉक्टर थे, जो चौबीसों घंटे सबके लिए

उपलब्ध रहते। डॉक्टर दुबे सरपंच अकरम अंसारी के दर्द निवारण में लगे हुए थे।

दर्द निवारक गोलियों का असर हुआ तो सरपंच की कराह कम हुई और उनकी आँख लगी। दरवाज़े पर जमा लोग वापस हुए। डॉक्टर दुबे को मोटरसाइकिल से वापस भेजकर रज्जन पासवान लौटे। सबसे अंत में मुन्ने मियाँ अपने घर गए।

अकरम अंसारी गोल कमरा में सो रहे थे और बाहर बरामदे में खेतीबाड़ी और माल-मवेशियों की देख-रेख करने वाले आदमी। मुन्ने के जाने के बाद नाज़ बेगम घर से निकलीं और गोल कमरे में आईं। अकरम बेसुध पड़े थे। नाज़ बेगम पहले तो उन्हें कुछ देर तक निहारती रहीं और फिर पलंग के पास रखे स्टूल पर बैठ गईं। उनकी आँखें अकरम के चेहरे पर टिकी हुई थीं। चोट के दर्द से सँवला गया था अकरम का चेहरा। नाज़ बेगम अरसा बाद अकरम अंसारी को इतने क़रीब से निहार रही थीं। उन्होंने अपनी हथेली बढ़ा कर बेसुध पड़े अकरम के चेहरे को छू लिया। एक हल्की-सी सिहरन हुई। उन्होंने याद करने की कोशिश की...कि कितने दिन हुए इस आदमी का छूए हुए! बहुत कोशिशों के बाद भी उन्हें कुछ याद नहीं आया। मुन्नी बी के आने के बाद कैसे धीरे-धीरे अकरम का दूसरी मंज़िल पर आना पहले कम हुआ और पता भी नहीं चला कि कब आना बन्द हो गया। नाज़ बेगम बहुत देर तक बैठी रहीं। अकरम अंसारी का सिर सहलाती रहीं। बीच में अकरम अंसारी के होंठ काँपे। उन्होंने बुदबुदाते हुए पानी माँगा। नाज़ बेगम ने गरदन में हाथ लगाकर अकरम का सिर उठाया और होंठों से पानी का गिलास लगा दिया। पानी पीते हुए अकरम ने नाज़ बेगम का चेहरा देखा। कुछ बोले नहीं। फिर आँखें बन्द कर सो गए। कुछ देर और रुकने के बाद नाज़ बेगम ने पायताने पड़ी चादर से अकरम के पाँव ढँक कर गोल कमरे से बाहर निकल गईं।

मनरौली में माघ शुक्ल पक्ष की अष्टमी का चाँद विदा हो रहा था और अँधियारा पसरता जा रहा था।

*

मुन्ने मियाँ अपनी बहन मुन्नी से मिलना चाह रहे थे। उनकी ग़ैर मौजूदगी में मुन्नी पर जो गुज़रा था, वह मुन्ने की छाती में हूक की तरह उठता और बेचैन कर देता। उन्हें लगता कि अगर वह होते तो बहन को ऐसे दर-ब-दर नहीं होना पड़ता। चाहते थे कि जो हुआ सो हुआ, अब मुन्नी की पीठ पर उसका भरोसा बन कर वे खड़ा हों। उसके नसीब में साँइयों के घर ही ठौर-ठिकाना मिलना लिखा था, तो वही सही। वह लाख समझाते रहे नबीहा को कि वह भी उनके साथ चले, पर वह इसके लिए राज़ी नहीं हुई। उसने कहा, "तुम्हारी बहिन है, तुम जाओ। हम तुमको जाने से नहीं राकेंगे। तुम्हारे साथ भाग कर निकाह किए तो हमारा नइहर से जिनगी भर के लिए

रिश्ता न रहा।...भाई के लिए बहुत तड़पे हैं।...तुम जाओ, पर हम नहीं जाने वाले किसी से मिलनी-जुलनी करने।"

नबीहा की असहमति के बावजूद मुन्ने मियाँ अपनी बहन मुन्नी से मिलने चले। वह जैसे ही चलने को हुए नबीहा बोली, ''रुको।" फिर पूछा, ''...ख़ाली हाथ जाओगे बहन से मिलने? वह ससुराल है उसका। कलेजे में इतना छोह उमड़ रहा है, तो कुछ रस्म भी निभाओ।"

मुन्ने मियाँ ठिठक गए। नबीहा कोठरी के भीतर गई और एक साड़ी लेकर आई। उन्हें देते हुए कहा, ''लेते जाओ। तीन बरिस पहले देवली के मेले में लिया था।"

मुन्ने मियाँ ने नबीहा की ओर पहले तो चकित भाव से देखा। उसे निहारते रहे टकटकी बाँध कर। फिर उनकी आँखों में पानी भर आया।

"अब जाओ भी।...मुँह लटका कर मत जाओ। उसे लगेगा कि जबरन आए हो। उसके सामने बैठ कर रोने मत लगना। तुम्हारा रोना देख कर उसे अपने किए का पछतावा होने लगेगा।" मुन्नी के लिए भौजी से महतारी बनती नबीहा को निहारते मुन्ने मियाँ की आँखों के सामने उनकी अम्मी की सूरत नाच गई। उन्हें लगा, जैसे पल भर में उनकी दुनिया ही बदल गई हो।

मुन्ने अपने घर से निकले। निकल कर बायीं ओर अकरम अंसारी के घर के सामने वाली सड़क छोड़ कर दायीं ओर मुड़ गए। वह नहीं चाहते थे कि अभी कोई उन्हें रोके-टोके। दायीं ओर की पतली गली पार कर अंसारी टोला से बाहर निकले। चँवर के किनारे होते हुए वहाँ पहुँचे जहाँ से सँपही मुड़ती थी। सँपही की ढलान के ऊपर चढ़ते हुए मुन्ने मियाँ के पैर थरथरा रहे थे। जैसे ही शमशेर साँई के घर का माथ दिखा, मुन्ने मियाँ रुके। कुछ सोचते रहे। फिर बुदबुदाने लगे, ''पता नहीं मुन्नी मिलने को तैयार भी होगी या नहीं!...अगर नौशेर साँई ने ही कुछ उल्टा-पुल्टा बोल दिया तो?...अब जो हो...।"

मुन्ने मियाँ ने चारों ओर देखा। ज़ोर से साँस लिया और ठंडी हवा को अपने फेफड़े में भर कर पैरों की थरथराहट पर क़ाबू पाने की कोशिश करते हुए दूब भरी ढलान को पार करने लगे।

वह शमशेर साँई के घर के सामने खड़े थे। एक गाय नाँद पर चारा खा रही थी और दूसरी खूँटे से बँधी नीचे बैठी थी। शमशेर के अब्बा साहेब साँई नरम धूप में बँसखट पर चित सोए थे। दरवाज़े पर और कोई नहीं था। नाँद में थूथन गोते चारा खाती गाय की गरदन में बँधी घुँघरुओं की आवाज़ के सिवा और कोई आवाज़ नहीं थी।

मुन्ने मियाँ खाट के पास पहुँचे, तो उनकी आहट की आवाज़ से साहेब साँई की आँखें खुलीं। उन्होंने पहले तो अपनी आँखें मिचमिचाते हुए सामने खड़े मुन्ने मियाँ को देखा और पहचानने की कोशिश की। साहेब साँई को अपनी आँखों पर

भरोसा नहीं हो रहा था, पर जैसे ही मुन्ने मियाँ का चेहरा उनके सामने साफ़-साफ़ झलका, वह अकबका कर उठे। मुन्ने मियाँ को खाट पर बैठाया और घर के भीतर भागे। आँगन में जाकर गुल बानो को आवाज़ दी। गुल बानो भीतर वाली कोठरी में थी। बाहर आई तो साहेब साँई ने मुन्ने मियाँ के आने और बाहर बैठे होने की बात बताई। मुन्नी बी बाहर निकल आई थी। चौखट पर खड़ी थी। उसने भी भाई के आने की बात सुनी। वह भी अचम्भे में थी।

गुल बानो बाहर निकली। साहेब साँई उसके पीछे-पीछे आए। गुल बानो को देख कर मुन्ने मियाँ खड़े हुए और बिना किसी लाग-लपेट के बोले, ''बहिन से मिलने आए हैं।"

गुल बानो ने ज़िन्दगी के अनगिन रंग देखे थे। वह अचम्भे से बाहर निकल चुकी थी। वह मुन्ने मियाँ को साथ लेकर भीतर आई। पक्की दीवारों वाली कोठरी में बिछी चौकी पर बैठा कर मुन्नी को बुलाने गई। मुन्नी आँगन में खड़ी रो रही थी। बड़ी बहन के अधिकार से गुल बानो उसकी बाँह पकड़ कर उसे खींचती हुई कोठरी के भीतर ले आई। बोली, बैठो और रोना-धोना बन्द करो। नसीब सराहो अपना कि इतना सब होने के बाद भी भाई तुम्हारे दुआर पर आया है।...बैठ कर जो जी में आए कहो-सुनो।"

कोठरी का पल्ला उठँगा कर जाने लगी तो मुन्ने मियाँ ने पूछा, ''नौशेर?"

''गया होगा कहीं। आ जाएगा। चाह बनाते हैं मुन्ने बाबू।" गुल बानो को जैसे पंख लग गए थे। वह बाहर निकल गई।

एक-दूसरे को आमने-सामने पाकर मुन्ने मियाँ और मुन्नी दोनों जार-जार रो रहे थे। थोड़ी देर तक रोते रहने के बाद मुन्ने मियाँ ने अपने को सम्भाला। उठे और बहन का हाथ पकड़ खाट पर बैठाया। दोनों अरसा बाद एक-दूसरे के आमने-सामने इतने क़रीब बैठे थे। अकरम के घर रहते हुए भी मुन्नी का सामना अपने भाई से कम होता था। दोनों एक-दूसरे से बच-बचा कर ही रहते। अगर सामना हो भी जाता, तो बातचीत नहीं होती। मुन्नी बी को मालूम था कि उसका इस तरह आकर अकरम के घर में बैठ जाना मुन्ने मियाँ को पसंद नहीं था। सालों बाद दोनों इस तरह मिल रहे थे। उनके बीच जो बहुत कुछ कहा-अनकहा फँसा हुआ था, उसका आँसुओं के साथ एक झटके में बह कर निकल जाना सम्भव नहीं था। फिर भी, समय ने दोनों को एक छोर पर लाकर खड़ा कर दिया था। धीरे-धीरे मुन्नी के आँसू भी थमे। मुन्ने मियाँ के हाथ में एक पॉलिथिन का पैकेट था, जिसमें नबीहा की दी हुई साड़ी थी। उन्होंने मुन्नी के हाथ में पैकेट पकड़ाते हुए कहा, ''तुम्हारी भौजाई ने दिया है। रख लो।...बोली कि पहली बार बहिन के घर ख़ाली हाथ मत जाओ।...हम रहते तो! खैर, अब जो हुआ सो हुआ। फिकिर मत करना। हम आते-जाते रहेंगे। घर पर भी ले चलेंगे रुखसदी करा के। कोई बात हो तो ख़बर भिजवाना, हम तुरंत आ जाएँगे।..."

हाथ में पैकेट लिए मुन्नी भाई को निहार रही थी। एक बार फिर से अपनी दुनिया के अचानक बदल जाने पर उसे भरोसा नहीं हो रहा था। गुल बानो चाय लेकर आई। ख़ालिस दूध की गुड़ वाली चाय। नौशेर साँई का अब तक पता नहीं था। गुल बानो ने उसे बुलाने के लिए कोशिश भी नहीं की। वह चाहती थी कि मुन्ने मियाँ के जाने के बाद ही नौशेर आए।

चाय पीकर मुन्ने मियाँ चलने के लिए उठे। बहन के माथे पर हाथ रखा। गुल बानो और मुन्नी दोनों विदा करने साथ-साथ बाहर निकलीं। साहेब साँई भी पास आ गए। साहेब साँई ने कहा, "फिर आना मुन्ने बाबू।"

मुन्ने मियाँ ने गुल बानो की ओर देखा। बोले, "भौजी, शमशेर भाई के मर्डर में हमरा कौनो हाथ ना है। अल्ला किरिया, हम कुछ नहीं जानते। हम तो गेहूँ के साथ घुन माफिक पिसा रहे हैं।"

गुल बानो ने कोई जवाब नहीं दिया। मुन्ने मियाँ ने अदब के साथ साहेब साँई को पहली बार सलाम किया और लौटे।

यह ख़बर कि मुन्ने मियाँ अपनी बहन मुन्नी से मिलने शमशेर साँई के घर गए थे, देवली और मनरौली के लिए सामान्य ख़बर नहीं थी। मुन्ने मियाँ किसी से लुका-छिपा कर तो गए नहीं थे कि यह बात दब जाती! आनन-फानन में बात फैल गई। कुछ लोगों ने मुन्ने मियाँ को सराहा कि देर से ही सही उन्होंने बहन की फ़िक्र की और उसकी खोज-ख़बर लेने पहुँचे। जिन लोगों को मुन्नी बी का नौशेर साँई से निकाह कर लेना पच नहीं पा रहा था, उन्हें मुन्ने मियाँ का जाना भी अखर रहा था।

सरपंच अकरम अंसारी समझ नहीं पा रहे थे कि वह नाज़ बेगम के किए-धरे पर अपना सिर पीटें या मुन्ने मियाँ की इस करनी-धरनी पर अपनी छाती कूटें! नाज़ बेगम ने मुन्नी बी को घर से निकाला और वह चुप्पी मार गए। अगर उसी समय उन्होंने कुछ सोचा होता तो बात इतनी नहीं बिगड़ती। वह चाहते तो दूसरे-तीसरे दिन जेल से ही मुन्नी के लिए ठौर-ठिकाने का इंतज़ाम कर सकते थे।...पर अब तो सारा मामला उनके हाथ से निकल चुका था।

शमशेर साँई के घर मुन्ने मियाँ के जाने की ख़बर पर नाज़ बेगम ने आसमान सिर पर उठा लिया। लगा जैसे किसी ने बम के पलीते में आग लगा दी हो। चीख़ती-चिल्लाती नाज़ बेगम दूसरी मंज़िल के पीछे वाले बारजे में पहुँचीं और नीचे नबीहा के आँगन में गालियों की बौछारें गिराने लगीं।

7

रेवती की बी. ए. अंतिम साल की परीक्षाएँ चल रही थीं। इसी बीच रेवती के बाबा लीलाधर यादव आए थे।

लीलाधर ने रेवती से कुशल-क्षेम पूछा। उसकी परीक्षा के बारे में जानना चाहा। रेवती जो पहले अपने बाबा से ख़ूब बतियाती थी,...लाड़ दिखाती थी, अब बहुत बदल चुकी थी। वह हर सवाल का 'हूँ-हाँ' या 'ना' कह कर मुख़्तर-सा जवाब देती रही थी। परीक्षा के बाद देवली वापस चलने के लिए जब लीलाधर ने प्रस्ताव दिया, रेवती चौंक उठी थी। उसे अपने बाबा के आने की मंशा का पता चला था। पहले तो रेवती कुछ देर तक चुप रही, पर जब लीलाधर ने अपना प्रस्ताव दुहराया, रेवती ने अपने साहस को संचित किया और कहा, "बाबा, हम अभी देवली नहीं जाना चाहते। हमको आगे की तैयारी करनी है।"

"अब कौन तैयारी?" लीलाधर ने रेवती को सहज करने के लिए हँसते हुए पूछा।

"आई. ए. एस. की।"

"तुमको प्रोफ़ेसर बनना था।" लीलाधर अभी भी हँस रहे थे।

"हाँ बाबा, एम. ए. में नाम लिखावाएँगे, पर साथ-साथ इसकी भी तैयारी करेंगे।" रेवती किसी सधे हुए स्वर में अपने बाबा से संवाद कर रही थी।

"रिजल्ट आने तक तो देवली में रह कर तैयारी कर ही सकती हो।"

"बाबा, आई. ए. एस. की तैयारी के लिए दिल्ली नहीं तो कम से कम पटना तो जाना ही होगा। वहीं एम. ए. में नाम भी लिखवाना पड़ेगा।...सीवान में कोचिंग है नहीं।" रेवती ने बिना लाग-लपेट के लीलाधर यादव के सामने अपनी बात रख दी थी और उनके निर्णय की प्रतीक्षा करने लगी थी।

मुखिया लीलाधर यादव कुछ देर मौन रहे। पहले तो कुछ देर तक अपनी अनुभवी आँखें रेवती के चेहरे पर टिकाए रहे, फिर कुंती को आवाज़ दी, "बबुनी।"

पिता की पुकार सुन कुंती सामने आई। लीलाधर यादव बोले, "बबुनी अब हम देवली लौटेंगे।"

"बाबू, कलेवा तैयार है। ले आते हैं।" कुंती ने पिता से मनुहार किया।

"ना बबुनी, कलेवा करके ही निकले थे।...पाहुन से भेंट नहीं हुई। पटना से लौटें तो कहना, एक दिन के लिए देवली आ जाएँ।" लीलाधर यादव उठ गए। मनन चौधरी किसी काम से पटना गए थे। ज़िला परिषद की राजनीति की उनकी अलग व्यस्तताएँ थीं।

रेवती की नज़र अपने बाबा पर टिकी थी। उसने लक्ष्य किया कि बाबा उससे नज़रें बचा रहे हैं, तो झुक कर उनके पाँव छू लिये। कुंती भी पाँवों पर झुकी। लीलाधर ने दोनों के सिर पर हाथ फेरते हुए असीसा और कमरे से बाहर निकल गए। रेवती और कुंती पीछे-पीछे बाहर निकलीं। स्कार्पियों तक आईं। लीलाधर की आँखों में मेघ थे। उन्होंने बेटी और पोती को अपनी आर्द्र आँखों से निहारा। स्कार्पियो आगे निकल गई।

मुखिया लीलाधर के पास कई काम थे। कई लोगों से मिलना-जुलना था, पर

उन्होंने सबकुछ स्थगित किया। वह देवली लौट रहे थे। मन भारी हो चला था। उनकी आँखें आज बरसने को आकुल हो रही थीं। उन्होंने बहुत मुश्किल से अपने को सहेजा। मन को थिर किया।

रमन को दो बेटे थे—सुजीत और रंजीत। दोनों के दोनों स्वभाव से उग्र और पढ़ाई-लिखाई में फेलियर। भुवन को बस यही एक बेटी थी—रेवती। अलग माटी की बनी हुई थी यह लड़की। भुवन को एक बेटा भी था, जो बहुत छुटपन में ही असमय चल बसा। बच्चे की मौत के बाद भुवन की पत्नी बहुत दिनों तक मानसिक संतुलन खो बैठी थी। अब भी बीमार ही रहती। चुप और अपने आप में गुम। रेवती को उसकी आजी और ईया ने ही पाला-पोसा। लीलाधर की माई जसोदा देवी और उनकी पत्नी कुसुमी देवी, दोनों की दुलारी रही है रेवती। पवन का बेटा अंशु अभी बहुत छोटा है। वैसे भी पवन का देवली से रिश्ता दिन पर दिन कमज़ोर ही होता जा रहा है। पवन के पास अपने व्यवसाय से फ़ुर्सत नहीं है और उसकी पत्नी की देवली और देवली के लोगों में रुचि नहीं है। रमन के ज़िम्मे देवली की खेतीबाड़ी है, जिससे उनको दम मारने की फ़ुर्सत नहीं मिलती। भुवन पढ़े-लिखे हैं। मास्टर हैं। सिधुआ ऐसे हैं कि कुकुर भी मुँह चाट जाए तो न दुरदुराएँ। हाँ, जितना कहा जाता है, उतना कर देते हैं। ना-नुकुर नहीं करते। मुखिया लीलाधर देवली के बारे में सोच रहे थे। सोचते हुए सबसे पहले उनकी आँखों के सामने जसोदा देवी का चेहरा याद आया। फिर उनके बाबू अकलू यादव की रक्तरंजित लाश की स्मृति कौंधी। मुखिया लीलाधर यादव की आँखें मुँद गईं। स्कार्पियो तेज गति से भाग रही थी। सीवान पीछे छूट चुका था।

*

मुखिया लीलाधर यादव जब अपने घर पहुँचे सहन में भारी भीड़ जुटी थी। बीच सहन में देवली मंदिर के पुजारी ढोंढ़ाई बाबा एक चौकी पर लेटे थे। माथ पर पट्टी बाँधे लहूलुहान। भीड़ चारों ओर से उन्हें घेरे खड़ी थी।

स्कार्पियो के रुकते ही भीड़ में हलचल हुई। लीलाधर भीड़ में घुस कर चौकी पर निढाल पड़े ढोंढ़ाई बाबा के सामने पहुँचे। उन्हें अपने सामने पाकर ढोंढ़ाई बाबा बुक्का फाड़ कर रोने लगे। वह किसी बच्चे की तरह बिलख-बिलख का रो रहे थे। लीलाधर उनके पास चौकी पर बैठ गए। इसके पहले कि वे कुछ पूछें, ढोंढ़ाई बाबा ने रोते हुए घटना बयान किया।

ढोंढ़ाई बाबा सौदा-सुलुफ़ के लिए बाज़ार निकले थे। नगीना साह की दुकान से सामान ख़रीद कर निकले और अपने मोबाइल में भजन लोड करवाने के लिए फत्ते मियाँ की दुकान में घुसने ही वाले थे कि पीछे से पिंटू सिंह ने पुकारा। वे

रुके। पिंटू सिंह आए और न पाँवलगी, न हाल-समाचार और न कोई बतकही,... लगे लप्पड़-थप्पड़ चलाने। भरे बाज़ार में बीच सड़क पर ढोंढ़ाई बाबा को पटक-पटक कर मारा पिंटू सिंह ने। ढोंढ़ाई बाबा की बकुली लाठी छीन कर उसी से उनको पीटा। उनकी ही लाठी से उनका कपार फोड़ दिया। लोग समझे-बूझें और दौड़ कर ढोंढ़ाई बाबा को बचाएँ, तब तक अपना काम कर पिंटू सिंह निकल लिए। संयोग से लतीफ कम्पाउंडर की दुकान खुली थी, सो आनन-फ़ानन में मरहम-पट्टी हो गई। पचास रुपया भजन लोड करवाने के लिए रखे थे, सो लतीफ़ कम्पाउंडर की जेब में चला गया। सवा सौ माँग रहा था। बड़ी मुश्किल से पचास पर राज़ी हुआ।

ढोंढ़ाई बाबा कथा बखानते रहे और मुखिया लीलाधर यादव धीरज के साथ वारदात की कथा सुनते रहे। इस उम्र में ढोंढ़ाई बाबा के साथ यह बरताव किसी को रास नहीं आ रहा था। मुखिया सहित सारे गाँव को इस वारदात के पीछे की वजह मालूम थी।

कुछ दिनों पहले ढोंढ़ाई बाबा बाज़ार से ही लौट रहे थे कि पिंटू सिंह के दरवाज़े पर हल्ला-गुल्ला सुन कर रुक गए थे। रामबुझावन सिंह की बेटी रामकुँअर देवी अपने बेटे-बेटियों के साथ आई हुई थीं। वह अपने पिता के हिस्से की लगभग सारी ज़मीन बेच चुकी थीं। अधिकतर ज़मीन सरपंच अकरम अंसारी ने ख़रीदी थी। कुछ ज़मीन टोटहा टोला के दुसाधों और देवली के यादवों ने ली थी। अब केवल डीह बची थी। डीह पर साझा घर था। रामबरन सिंह और रामबुझावन सिंह के ज़माने का बना घर। जिस डकैती में लीलाधर यादव के बाबू अकलू यादव मारे गए थे, उसी डकैती में बसीठ गिरी के हाथों रामबुझावन सिंह की मौत हुई थी। बसीठ गिरी ने पेट में भाले की नोक घुसेड़ कर लाद खींच लिया था। उस समय चौदह-पन्द्रह साल की थीं रामकुँअर। रामबरन सिंह ने कोई कमी न होने दी। बहुत धूम-धाम से भतीजी की शादी की। जब तक रामबुझावन सिंह की विधवा ज़िन्दा रहीं, तब तक तो सब ठीक-ठाक रहा, पर उनके गुज़रते ही रामकुँअर देवी ने अपने पिता के हिस्से की ज़मीन पर दावेदारी ठोक दी और धीरे-धीरे ज़मीन बेचने लगीं। ज़मीन बेचने के चलते उनके दोनों चचेरे भाइयों के मन में रामकुँअर देवी के लिए कोई मोह-छोह या मान-सम्मान नहीं बचा था। रामबरन सिंह के छोटे बेटे नावल्द थे और बड़े की चार बेटे-बेटियों में सबसे बड़े थे पिंटू सिंह। घर में पिंटू सिंह की चलती थी। चाचा और पिता दोनों इलाक़े के नामी गँजेड़ी थे। दोनों भाई एक साथ चिलम सुलगाते और ठीक उसी तरह ओसारे में आमने-सामने चौकी लगा कर सोते जैसे रामबरन सिंह और रामबुझावन सिंह सोते थे। रामकुँअर देवी अपने बच्चों की ज़िद पर नइहर घूमने आई थीं। बाल-बच्चों सहित उनके पहुँचते ही देवली के बबुआन टोला में हड़कंप मच गया। पिंटू सिंह के घर में तो सन्नाटा छा गया। न कोई पूछार करने

आया, न किसी ने एक लोटा पानी पीने के लिए दिया। रामकुँअर देवी ने अपनी माई वाली कोठरी में प्रवेश करना चाहा तो पिंटू सिंह की औरत सामने तन कर खड़ा हो गई। पिंटू सिंह बाज़ार में थे। ख़बर मिलते ही भागते हुए पहुँचे। पिंटू सिंह के पहुँचने से पहले ही उनकी औरत रामकुँअर देवी को उनके बाल-बच्चों सहित घर से बाहर कर चुकी थी। इस बीच दरवाज़े पर भीड़ जमा हो चुकी थी। इसी भीड़ में शामिल थे ढोंढ़ाई बाबा। नइहर आई बेटी को एक लोटा पानी न मिले और उसे नइहर के चौखट से अपमानित होकर जाना पड़े, यह पूरे देवली के लिए लज्जा की बात थी। चाहे लाख मतभेद हों और सम्पत्ति का झगड़ा हो, नइहर की चौखट पर बेटी का ऐसा अपमान देवली में कभी नहीं हुआ था। ढोंढ़ाई बाबा अमूमन विवादों से परे रहते। गाँव में रोज़ कुछ न कुछ घटित होता, पर वे किसी के पक्ष या विपक्ष में खड़ा होने से बच-बचा कर चलते। बबुआन टोला से तो वे हमेशा सतर्क रहते और दूरी बना कर चलते, पर देवली की बेटी रामकुँअर देवी का अपमान वे सह नहीं सके। आगे बढ़ कर उनके पास गए। उन्हें और उनके बच्चों को मंदिर पर ले आए। छिपली में गुड़ ले आए और अपने हाथों चापाकल से भर कर पानी पिलाया। भोजन के लिए पूछा, पर रामकुँअर देवी ने मना कर दिया। रामकुँअर देवी बच्चों के साथ तुरंत वापस अपनी ससुराल जोगिया चली गईं।

रामकुँअर देवी को पानी देना ढोंढ़ाई बाबा के जी का जंजाल बन गया। किसी ने उड़ा दिया कि ढोंढ़ाई बाबा जाते समय रामकुँअर देवी को पिंटू सिंह पर पुलिस केस करने के लिए उकसा रहे थे। उन्होंने यह भी वचन दिया है कि अगर पिंटू सिंह पर मारपीट करने और जबरन घर से निकाल बाहर करने का केस दाख़िल होता है, तो वे निडर होकर रामकुँअर देवी की ओर से गवाही देंगे। ऐसी ख़बरें अक्सर ढोंढ़ाई बाबा उड़ाया करते थे, पर इस बार मामला उलट गया था। पहली बार नेक काम करने चले और मुसीबत में गरदन अझुरा गया।

अधिकतर लोगों की राय थी कि हसनपुरा थाने में जाकर सनहा लिखवा देना उचित रहेगा। एक तो पहले से ही मनबढ़ हैं पिंटू सिंह और अगर ढोंढ़ाई बाबा चुप लगा गए तो आनेवाला समय उनके लिए ज़्यादा दुःखदायी होगा। कुछ लोगों की राय थी कि इस मामले में फत्ते मियाँ को भी शामिल किया जाना चाहिए। फत्ते की दुकान के सामने घटना हुई है, सो वह भी ज़िम्मेवार हैं। जब से अकरम अंसारी सरपंच बने हैं फत्ते मियाँ की बोली-बानी और चाल सब बदल गई है। मुखिया लीलाधर यादव मौन थे। वे मन ही मन अचानक पैदा हुई इस समस्या को निबटाने की जुगत सोच रहे थे।

ढोंढ़ाई बाबा आँखें मूँदे चौकी पर पसरे थे। वह बीच-बीच में आँखें खोल कर भीड़ की ओर और सामने बैठे मुखिया लीलाधर यादव के चेहरे की ओर देखते और कराह उठते। पिताम्बर मिसिर के कुल के चिराग़ ढोंढ़ाई बाबा की माई ज़िन्दा होतीं तो

अभी आफ़त बन कर पगली बयार की तरह बबुआन टोला में नाच रही होतीं। पिंटू सिंह के पूर्वजों की सात पुश्तें उनकी गालियों से और आने वाली सात पीढ़ियाँ श्राप में डूब-उतरा रही होतीं। उन्होंने बड़ी मुश्किलों से ढोंढ़ाई बाबा को पैदा किया और पाला-पोसा था। वे देवली से महाराजगंज होते हुए जनता बाज़ार पहुँचतीं और ढोंढ़-थान के शिव-लिंग पर बारहों महीने के कृष्ण-पक्ष की पंचमी तिथि को जलाभिषेक करतीं। शिव की कृपा से उन्होंने गर्भ धारण किया। गर्भ के दूसरे महीने में ही पिताम्बर मिसिर सर्प-दंश से चल बसे। बिना बाप के बेटे को बहुत लाड़-दुलार से उन्होंने जवान किया और फिर पोते-पोतियों से भरा-पूरा घर-संसार छोड़ कर विदा हुईं। ढोंढ़-थान के शिव की कृपा से जनमे बालक का नाम उन्होंने ही ढोंढ़ाई रखा था।

आने वाले समय में कोई घटना घटे तो सनद रहे इस लिए मुखिया लीलाधर यादव ने मोबाइल से थानाध्यक्ष से बात की और दारोगा को बुलवाया। ढोंढ़ाई बाबा का बयान दर्ज करवाया। सनहा तो दर्ज नहीं करवाया, पर एक इत्तलानामा दिलवाया। वहाँ इकट्ठा लोगों के भारी दबाव के बावजूद उन्होंने इस मामले में फत्ते मियाँ को नहीं लपेटा। केवल वारदात की जगह फत्ते मियाँ की दुकान का ज़िक्र ज़रूर इत्तलानामे में किया गया।

रामजोधन सिंह के बेटा बमबम सिंह के परिवार और पिंटू सिंह के परिवार के बीच इन दिनों साँड़-भैंसे की दुश्मनी चल रही थी। पिंटू सिंह के पिता और चाचा के हमउम्र थे बमबम सिंह। कभी तीनों एक साथ चिलम लहकाते रहे थे, पर वह ज़माना और था। रामकुँअर देवी की सम्पत्ति के चलते पिंटू सिंह ने अपने पट्टीदारों से भी सम्बन्ध बिगाड़ लिया था। वह रामकुँअर देवी के हिस्से की ज़मीन मुफ़्त में हड़पना चाह रहे थे। ख़रीदने की औकात थी नहीं और अगर कोई दूसरा ख़रीदता तो उससे रार ठान बैठते। बमबम सिंह के बेटे पढ़-लिख तो नहीं सके, पर उन्होंने खेत बेच कर ही सही अपने दोनों बेटों को दलालों के मारफ़त अरब भेज दिया था। एक कुवैत में पलम्बर था और दूसरा दोहा में डम्फर चलाता था। बमबम सिंह अधिकतर खेती गाँजे की चिलम में लहका चुके थे, पर बेटों की बाहरी कमाई के बल पर उनकी ज़िन्दगी ठीक-ठाक चल रही थी। उन्होंने अपनी चचेरी बहन रामकुँअर देवी के हिस्से की सात कट्ठा गोंयड़ ज़मीन बयनामा करवा लिया था। दोनों पट्टीदारों में मनमुटाव यहीं से शुरू हुआ। पिंटू सिंह, सरपंच अकरम अंसारी या टोटहा टोला के दुसाधों और देवली के यादवों जैसे ख़रीदारों से लड़ने की हैसियत में थे नहीं, पर अपनी पट्टीदारी से तो रार ठान ही सकते थे। ढोंढ़ाई बाबा जैसे लोगों से फ़ौजदारी भी करने के पीछे भी यही कारण था कि अब देवली के ब्राह्मणों की हैसियत किसी के सामने तन कर खड़ा होने की नहीं रह गई थी और आपस में एका भी नहीं रह गया था। पहले भी पंडित टोला के लोग बबुआन टोला से बच-बचा कर ही रहते आए थे। ढोंढ़ाई बाबा, बमबम सिंह के पुरोहित थे। सालों पहले जब ढोंढ़ाई बाबा

के घर बँटवारा हुआ था तो रामजोधन सिंह के घर की पुरोहिती पीताम्बर मिसिर के हिस्से आई और रामबरन सिंह-रामबुझावन सिंह के परिवार की पुरोहिती उनके चचेरे भाई के हिस्से गई। बमबम सिंह अपने पुरोहित ढोंढ़ाई बाबा के दुआर पर पूछार करने आए। बड़ी देर तक बैठे रहे। जब तक बैठे रहे, पिंटू सिंह की निन्दा करते रहे। जाते समय ढोंढ़ाई बाबा के हाथ में पचास रुपए का एक नोट पकड़ा गए। चलते हुए यह संकेत भी दे गए कि अगर केस-मुक़द्दमा होता है तो वे पिंटू सिंह के ख़िलाफ़ गवाही देने को तैयार हैं। लीलाधर यादव के ख़िलाफ़ पहले चुनाव में बमबम सिंह बबुआन टोला की ओर से उम्मीदवार रह चुके थे।

ढोंढ़ाई बाबा के साथ घटी घटना से देवली में सुगबुगाहट बढ़ गई थी। आगे और क्या-क्या होने वाला है, इस पर अटकलें लगाने में लोग व्यस्त थे। पुलिस ने पिंटू सिंह को थाना पर तलब किया था। थानाध्यक्ष गरभू पाँड़े ने पिंटू सिंह की नकेल कस कर एक मोटी रक़म हासिल की और इस चेतावनी के साथ विदा किया कि ऐसी वारदात फिर न हो। बोला, ''बाबू पिंटू सिंह, ज़रा बबुआनी कम झाड़िए। ज़माना बदल गया है।...बड़जतिया हैं, तो बड़जतिया माफिक चाल-चलन रखिए। अब बबुअई करने का ज़माना गया। मारने के लिए तुमको ग़रीब पंडित ही मिला था? करेजा है तो कौनो हरिजन को छू कर देखो।...अनुसूचित जाति बूझते हो? एक्ट बन चुका है। मारे होते कवनो चमार-दुसाध को तो अब तक भीतर होते। बेल भी नहीं मिलता।...हम अपने हलका में फालतू का बवाल नहीं चाहते। ज़्यादा उत्पात मचाए और थाना की बदनामी हुई तो हाजत में बन्द करके अइसन भीतर-मार मारेंगे कि सब बबुआनी पिछवाड़े घुस जाएगी।"

पिंटू सिंह पाँख गिराए देवली लौटे।

लौटते हुए पिंटू सिंह करमासी बाज़ार में रुके। भट्ठी में पाउच-पान किया। पिंटू सिंह को थाना ने तलब किया था, यह ख़बर देवली में पसर कर करमासी बाज़ार तक पहुँच चुकी थी। वे भट्ठी में घुघनी के चिखना के साथ पी रहे थे कि किसी ने पूछा, ''का बाबू पिंटू सिंह, केतना का डाली चढ़ा के आ रहे हैं?"

पिंटू सिंह ने सिर उठा कर देखा। पुरैना के जोगा यादव थे। कभी जोगा के दादा और बाप उनके बँटाईदार हुआ करते थे। रामबरन सिंह के ज़माने में मलिकार-मलिकार पुकारते जिनकी जीभ नहीं थकती थी, उन्हीं का वंशज आज बीच बाज़ार में उनका मज़ाक़ उड़ा रहा था। लुटे-पिटे पिंटू सिंह की देह में आग लग गई। उनका जी किया कि उठ कर दें दो-चार जूता, पर उन्होंने अपने पर क़ाबू किया। एक तो देवली में नहीं थे और फिर देह में अब इतना बूता भी नहीं था कि जोगा से उलझ सकें। एक कांड की भरपाई करके लौट रहे थे और तुरंत दूसरा करने की हिम्मत नहीं हुई। पाँच हज़ार की रक़म कम नहीं होती। अगर अभी कोई झंझट हुआ तो गरभू पाँड़े...! पिंटू सिंह की आँखों के सामने गरभू पाँड़े का चेहरा नाच गया।...वह

जल्दी से हलक़ में दारू उड़ेल कर घुघनी का दोना वैसे ही छोड़ उठ गए। जोगा यादव को कोई जवाब दिए बिना भट्ठी से बाहर निकले और मोटरसाइकिल स्टार्ट कर देवली की ओर चल दिए।

*

देवली से हल और बैल ग़ायब थे। खेतों की जुताई ट्रैक्टर से होती। ज़मीन के छोटे टुकड़ों की जुताई के लिए छोटी कल्टिवेटर मशीन और छोटे पावर टिलर का उपयोग होता। देवली में सुधा डेयरी वालों के दो मिल्क कलेक्शन सेंटर और बिक्री के लिए कई मिल्क पार्लर खुल चुके थे। अब गाय-भैंस उसी के दरवाज़े पर दिखती, जिसे व्यवसाय करना था। जिसे दूध-दही-घी की दरकार होती वह मिल्क पार्लर से खरीद लेता। लोग पशु-पालन के झंझट से मुक्त हो चुके थे। अधिकांश घरों में डिश एन्टिना लगा था। अरब के कमासुतों के घर दूर से ही पहचाने जा सकते थे। कुछ घरों की बाहरी दीवारों तक पर चमचमाते हुए सिरामिक टाइल्स लगे थे। इन घरों के बच्चे गाँव के एकमात्र अँग्रेज़ी स्कूल में टाई बाँध कर पढ़ने जाते और टाई से नाक का नेटा-पोटा पोंछते हुए घर लौटते।

पंडित टोला के पलटू मिसिर के पुत्र बंटी मिसिर ने अपने घर के सामने टिन के छाजन वाले जिन दो कमरों में यह स्कूल खोला था, उसे बनवाने में उनको अपने हिस्से का दस कट्ठा खेत बेचना पड़ा था। इस स्कूल ने उनका भाग्य पलट दिया था। जिस अँग्रेज़ी ने उन्हें हर परीक्षा में रुलाया, आज वही अँग्रेज़ी तारणहार बन गई थी। बंटी मिसिर भोजपुरी माध्यम से अँग्रेज़ी पढ़ाते थे। इसी अँग्रेज़ी स्कूल में लीलाधर यादव के पिता अकलू यादव की खेती की देख-भाल करने वाले लोटन माँझी के कुल-परिवार का एक नौजवान अनिल माँझी मास्टरी कर रहा था। लोटन माँझी का परिवार आज भी लीलाधर के परिवार से जुड़ा हुआ था और खेतीबारी में हाथ बँटाता था। अनिल माँझी के पिता रंगून माँझी, लीलाधर के ख़ास-बरदार थे और अक्सर उनके स्कार्पियो की पिछली सीट पर कमर में फुटफुटिया खोंसे साथ चलते।

पिंटू सिंह का बेटा बंटी मिसिर के अँग्रेज़ी स्कूल में पढ़ता था। उसकी किसी भूल पर मास्टर अनिल माँझी ने पहले तो डाँटा फिर उठक-बैठक कराया। बच्चा स्कूल के बाद रोते हुए घर पहुँचा। उसने अपनी रुदन-लीला का जो सत्य बताया, उसमें मास्टर अनिल माँझी दोषी थे। पिंटू सिंह की पत्नी ने पति के सामने इस रुदन-लीला की कथा को विस्तार दिया। दूसरे दिन पिंटू सिंह बेटे के साथ स्कूल पहुँचे। बंटी मास्टर ने लाख समझाया, पर पिंटू सिंह समझने को तैयार न थे। हुज्जत बढ़ती गई और अंततः वही हुआ, जिसकी ओर साफ़-साफ़ संकेत करते हुए दस दिनों पहले ही थानाध्यक्ष गरभू पाँड़े ने चेताया था। एक दुसाध का बेटा उनके बेटे

को उठक-बैठक कराए यह पिंटू सिंह को मंजूर नहीं था। पिंटू सिंह ने बंटी मिसिर की ऐसी-तैसी तो की ही अनिल माँझी से भी उलझ गए। बात बदज़ुबानी तक ही नहीं रही। हाथापाई भी हुई।

सुबह सात बजे, जिस समय यह सब घटित हो रहा था, देवली मंदिर के पुजारी ढोंढ़ाई बाबा महादेव के सामने पिंटू सिंह के विनाश के लिए आँखें मूँदे शिवस्त्रोत का पाठ कर रहे थे। यह सिलसिला उसी दिन से शुरू हो गया था, जिस दिन पिंटू सिंह ने भरे बाज़ार ढोंढ़ाई बाबा को पटक-पटक कर पीटा था और सिर फोड़ दिया था।

हसनपुरा थाना पहुँच कर मास्टर अनिल माँझी ने एस. सी. ऐक्ट में सनहा दर्ज करवाया। बंटी मिसिर गवाह बने। पिंटू सिंह भी स्कूल के मालिक बंटी मिसिर और अनिल माँझी पर अपने बच्चे के साथ मार-पीट का सनहा लिखवाने पहुँचे। थानाध्यक्ष ने इत्तिलानामा तो ले लिया, पर सनहा नहीं दर्ज किया। पिंटू सिंह को ढूँढ़ने के लिए पुलिस को कोई मशक्कत नहीं करनी पड़ी। शिकार ख़ुद जाल में अझुरा गया था। थानाध्यक्ष गरभू पाँड़े ने सबसे पहले पिंटू सिंह को हवालात में बंद किया। कहा, ''तुमको बोले थे न कि अपना चाल-चलन बदलो,...मगज ठंडा रखो। अब सारी बबुआनी झड़ जाएगी। सरऊ तुमको हर बार फसाद करने के लिए पंडित ही मिलता है का? कद्दू पर सितुहा तेज! उस दिन भी ग़रीब बाभन को पीट दिए। आज हरिजन और बाभन दूनों को एक साथ।...भोंसड़ी के बिरनी के खोता में हाथ डाले हो...अब पता चलेगा।"

पिंटू सिंह को हवालात में बंद करने के बाद गरभू पाँड़े ने बंटी मिसिर और अनिल माँझी पर फंदा डाला। स्वर के उतार-चढ़ाव से नाटकीयता पैदा करने में माहिर था गरभू पाँड़े। उसकी बोली जितनी मुलायम होती जाती, वह उतना ही धूर्त और नृशंस होते जाता। उसकी आँखें सिकुड़ कर ज्यों ही छोटी होतीं, उनकी वेधक क्षमता तीव्र हो जाती। पहले तो गरभू पाँड़े ने अपनी तीक्ष्ण नज़रों से बंटी मिसिर और अनिल माँझी के कलेजे में छेद किया। निहारता रहा एकटक। फिर मुलायम स्वर में बोला, ''माँझीजी, पिंटू सिंह तो गए हरिजन ऐक्ट में। थाना के लिए भी आफत बने हुए थे।...अब मामला नाबालिग बच्चे के साथ पार-पीट और दुराचार का है।"

''दुराचार?" बंटी मिसिर चिहुँकते हुए बोले।

''मिसिर जी, आप जात-भाई हैं और माँझीजी पढ़े-लिखे नौजवान, इसीलिए अभी सामने बैठे हैं आप लोग। समझे?...नहीं तो दूनों जन पिंटू सिंह के साथ ही भीतर होते। उसके इत्तिलानामा में साफ़ लिखा हुआ है कि मास्टर अनिल माँझी ने बच्चे के साथ ग़लत हरकत करने की कोशिश की और इसमें स्कूल के परधान की सहमति थी। कम्पलेन करने पर बंटी मिसिर ने बच्चे को डराया-धमकाया। समझ में आया कि समझावें? ई भी ननबेलेबल ऑफेंस है।...सनहा रोक के रखे हैं। अभी रजिस्टर में दर्ज नहीं किया है। अब आगे का मामला

आप लोग समझिए कि का करना है।" थानाध्यक्ष गरभू पाँड़े ने पासा फेंका और दोनों को निहारने लगा।

साँझ तक मामला चलता रहा। इस बीच बंटी मिसिर के पिता पलटू मिसिर और अनिल माँझी के पिता रंगून माँझी थाना पहुँचे। पलटू मिसिर साइकिल से पहुँचे और रंगून माँझी मुखिया लीलाधर के पोता सुजीत की मोटरसाइकिल के पीछे सवार होकर। मुखिया लीलाधर यादव ने गरभू पाँड़े से मोबाइल पर बात की तब जाकर राह निकली। गरभू पाँड़े को बीस हज़ार की गड्डी सौंपते हुए पलटू मिसिर का कलेजा कुहुक उठा। इस बीस में से पाँच हज़ार की रक़म देना रंगून माँझी ने कबूल किया। बीस हज़ार वसूलने के बाद गरभू पाँड़े ने कहा, ''मामले को रफ़ा-दफ़ा मत बूझिएगा। फ़िलहाल के लिए संकट टला है। हवा-बयार देख कर ही हम आगे कोई मदद कर सकेंगे। मामला अगर तूल पकड़ता है तो खरच-बरच उसी हिसाब से बढ़ेगा। मुखिया जी के चलते हम थाना का हिस्सा छोड़ दिए हैं। इसमें से एक पइसा नहीं भेंटेगा हमको। डीएसपी और एसपी के पाकिट में चला जाएगा सब।"

उधर पिंटू सिंह से गरभू पाँड़े की अलग डील चल रही थी। राजपूत टोला से पिंटू सिंह के गँजहे पिता और चाचा को छोड़कर और कोई आदमी उनकी ख़बर लेने नहीं आया। वे दोनों रिरिया रहे थे, पर गरभू पाँड़े उनसे बतियाने को तैयार नहीं था। पिंटू सिंह की औरत ने अपने नइहर मेरहीं फ़ोन किया और घटना की सूचना दी। मेरहीं के राजपूतों के पास न धन की कमी थी और न रसूख की। उसके नइहर से सबसे पहले उसका बड़ा भाई पहुँचा। घंटा भर के अन्दर पिंटू सिंह के चचिया श्वसुर चार-पाँच लोगों के साथ पहुँचे। गरभू पाँड़े ने मन ही मन पार्टी की हैसियत का अंदाज़ा लगाया। पिंटू सिंह की ससुराल के लोगों से मिल कर गरभू पाँड़े को लगा कि अगर वह क़ायदे से निचोड़ सके तो बहुत रस निकलेगा।

एस. सी. ऐक्ट के चलते पिंटू सिंह की ससुराल के लोगों के पास बहुत रास्ते नहीं बचे थे। इस मामले में थानेदार किसी की भी पैरवी पर नाग की तरह कुंडली मार कर बैठ सकता था। गरभू पाँड़े की भी ज़िला-जवार में अपनी ख्याति थी। दूसरा कोई थानेदार होता तो मामला इतना पेचीदा नहीं होता, पर यह गरभू पाँड़े तो शामत की तरह था। एक नम्बर काँइयाँ और मुँह का फूहड़। जब उसके मोबाइल पर पिंटू सिंह की पैरवी में किसी छोटभइया पॉलिटीशियन का फ़ोन आया और इस फ़ोन को बहाना बना कर उसने डील शुरू की। पिंटू सिंह के चचिया श्वसुर से कहा, ''बाबू साहेब, आप तो अपने ही पैर पर टाँगी चला लिये! पैरवी करवाना ज़रूरी था का?...अब हम आपको सपोर्ट करेंगे तो बात पसरेगी कि नहीं कि हम एस. सी. ऐक्ट का मामला ले-दे के रफ़ा-दफ़ा कर दिए?...इसके बाद कवन बचाएगा हमारी नौकरी।...देखिए, हम तो सरकार और क़ानून की ताबेदारी करते हैं। हद के

भीतर ही मदद कर सकते हैं।...थाना से बेल कवनो हाल में नहीं हो पाएगा। एस. पी आकर करना चाहें, तो भी नहीं होगा। उनका हाथ भी क़ानून से बँधा हुआ है।... कल पहिला बेला...एकदम फर्स्ट आवर में मुंसिफ़ मजिस्ट्रेट के इजलास में इनको हाज़िर कर देंगे। वहीं सब पावर भिड़ा के निकलवा लीजिएगा।...रही बात इंक्वारी की, तो उसमें जो कहिएगा, मदद कर देंगे।...डिस्ट्रीक जज भी बेल नहीं देगा बाबू साहेब। ई क़ानून मादरचोद बहुते ख़तरनाक है। अजगर बूझिए। साफ़ निगल जाने वाला क़ानून है।...उपाय यही है कि बेल पेटीशन रिजेक्ट हो और आप लोग ऊपर मूब करते जाइए।...हम रिपोर्ट में देरी करेंगे, इसी आधार पर हाई कोर्ट से बेल लीजिए।...हम पर जो होगा, हम झेलेंगे। केस डायरी दाख़िल करने के समय हम ध्यान रखेंगे।...आप हमारा ध्यान रखिए।"

इस प्रवचन के बाद थानाध्यक्ष गरभू पाँड़े ने एक सिपाही को आवाज़ दी। सिपाही हाज़िर हुआ। गरभू पाँड़े ने सिपाही को फटकार लगाई, "साफे बकलोल हो का जी? चाह मँगा कर बाबू साहेब लोगों को पिलाओ।"

गरभू पाँड़े उठा और हवालात की ओर चला। पिंटू सिंह हवालात के फाटक के सीखचों के भीतर बैठे अपनी रिहाई के समाचार का इंतज़ार कर रहे थे। गरभू पाँड़े ने जाकर आवाज़ दी, "ऐ! उठो।"

पिंटू सिंह उठ कर सामने आए और कातर आँखों से गरभू पाँड़े की ओर देखा। गरभू ने फुसफुसाती हुई, पर ठोस आवाज़ में कहा, "अपने ससुराली पार्टी से पचास हज़ार का दहेज़ वसूलो, तब जाकर बेल होगा पटना में। समझे? भेज रहे हैं सबको। बतिया लो।"

रात के दस बज गए मामले को रास्ते पर लाने में। पच्चीस हज़ार पर गरभू पाँड़े का तेवर नरम पड़ा इस वायदे के साथ कि केस डायरी देर से कोर्ट में दाख़िल होगी ताकि इसे आधार बना कर हाई कोर्ट से बेल लिया जा सके। यह भी तय हुआ कि गरभू पाँड़े केस डायरी में नरमी के साथ तथ्यों को इस तरह दर्ज करेंगे कि मुक़दमे में संदेह का लाभ लिया जा सके। थानाध्यक्ष की अनुमति से हसनपुरा के प्रसिद्ध मोदी स्वीट्स से पूरी और आलू दम लाकर पिंटू सिंह को खिलाया गया। अब यह तो तय था कि पच्चीस हज़ार उझलनें के बाद भी पिंटू सिंह को बेल होने तक लगभग तीन-चार महीने सीवान जेल में रहना होगा।

दूसरे दिन पुलिस ने पिंटू सिंह को सीवान के मुंसिफ मजिस्ट्रेट के कोर्ट में पेश किया। मजिस्ट्रेट ने न्यायिक हिरासत में जेल भेज दिया। पिंटू सिंह की पत्नी देवली के मोईन ख़ाँ की बोलेरो गाड़ी भाड़ा पर लेकर पति से मिलने सीवान गई थी। सीवान से लौट कर उसने बंटी मिसिर और अनिल माँझी के सात पुश्तों को गालियों से नवाज़ा। अपने पट्टीदार बमबम सिंह के परिवार को मामले में चुप रहने के चलते चीख़-चीख़ कर धमकियाँ देती रही।

देवली के हर टोले-मोहल्ले में, बाज़ार में यह कांड चर्चा में था। मदन साह के चायखाने में गँजहों के लिए यह कांड इसलिए ज़्यादा चर्चा में था कि पिंटू सिंह के पिता और चाचा गँजहे थे। देवली के सुप्रसिद्ध गँजहे मंसूर मियाँ और गाँजा सप्लायर हरिहर मिसिर और मदन साह इस बात पर एक मत थे कि पिंटू सिंह के बाप और चाचा ने लँगटू ब्रह्म और जोगी पीर के पास जाना छोड़ दिया था। बरसों बीत गए दोनों में से किसी को एक पुड़िया गाँजा नहीं चढ़ाया। इसी का कुफल है कि ऐसी मुसीबत आई है। रामबरन सिंह के कुल का नाश अब कोई रोक नहीं सकता।

देवली मंदिर के पुजारी ढोंढ़ाई बाबा मंदिर के सामने सड़क पर खड़ा होकर सुबह से प्रसाद बाँटते हुए लोगों को यह सूचना दे रहे थे कि अगले सोमवार को मंदिर पर शिव-पूजन है। एक लाख पारथिव बनाकर वे महादेव का पूजन करेंगे। महादेव ने उनकी मनौती पूरन की है। ढोंढ़ाई बाबा के इस यज्ञ में जिन लोगों ने धन की आहुति दी, उनमें प्रमुख थी रेशमा कलवारिन। मुखिया लीलाधर यादव को बिना बताए रमन सिंह यादव ने ब्राह्मण भोज के लिए रसद भिजवा दिया। भुवन सिंह यादव भी कुछ नगद दे आए। लोक-लाज के भय से बमबम सिंह ने भी अपने पुरोहित के इस यज्ञ में आहुति दी। थानाध्यक्ष गरभू पाँड़े द्वारा दूह लिये जाने के बावजूद पलटू मिसिर ने भी यथायोग्य सहयोग किया। टोटहा टोला से रज्जन पासवान ने भी ढोंढ़ाई बाबा की उम्मीदों के विपरीत खुल कर दान दिया और दिलवाया। गाँजा सप्लायर हरिहर मिसिर यज्ञ के दिन पाँच पुड़िया गाँजा लेकर पहुँचे और महादेव को समर्पित किया। उस दिन वे दिन यज्ञ-स्थल के आसपास उपस्थित रहे ताकि बमभोले के भक्तों को कोई असुविधा न हो।...पर इस यज्ञ में रेशमा कलवारिन के सहयोग का कोई मुक़ाबला न था। वह सब पर भारी थी। पिंटू सिंह की औरत ने ताल ठोक कर यह घोषणा की, ‘‘हमको पता है कि मंदिर बनने के समय हमारे पुरखों ने भी खेत दान किया था। दान का कोई काग़ज़-पत्तर तो है नहीं। सब मुँहज़बानी था। बस बेल हो जाए रोहन के पापा का,...निकल आएँ बाहर, तब बताते हैं इस पंडितवा को। अपना खेत वापस लेंगे। दान-पुन का ज़माना गया अब।...जब मुक़दमा लड़ के ही जीना है तो क़ब्ज़ा करेंगे और लड़ेंगे। एक किता और मुक़दमा सही।”

यह घोषणा जब ढोंढ़ाई बाबा तक पहुँची, पहले तो उन्होंने गुहार लगाई, ‘‘महादेव हो! हे औढरदानी!” और फिर गम्भीर स्वर में बोले, ‘‘विनाश काले विपरीत बुद्धि!”

देवली और मनरौली में तरह-तरह की हवा बह रही थी। कभी पुरुआ, तो कभी पछिया। कभी उतराही, तो कभी दखिनाही। कभी-कभी तो चारों दिशाओं से पवन के झकोरे उठते और खेत-बारी, बाग़-बग़इचा सब हिंडोर देते। एक तो आम के मंजरों पर लाही गिरी और ऊपर से अंधड़, बचे-खुचे मंजर भी झर गए। बीतते चैत में अजीब-अजीब घटनाएँ घट रही थीं। रौज़ा के अहाते से सटे गझिन डालों-पत्तों वाले विशाल पाकड़ के पेड़ पर अकाल-मृत्यु के बाद वकील मियाँ की रखेलिन

जेबुनिया और उसके आदमी नियाज़ का बसेरा था। पहले नियाज़ मरा था। नियाज़ के मरने के दो साल बाद बेवा जेबुनिया को एक बेटी हुई थी। वकील मियाँ ने जेबुनिया से पीछा छुड़ाने के लिए उसकी हत्या कर दी। जेबुनिया की बेटी सरवतिया को उसकी गोतनी ने पाला-पोसा। जिस दिन ढोंढ़ाई बाबा देवली मंदिर पर यज्ञ कर रहे थे उसी सुबह देवली और मानिकपुर की सीमा पर बने सरकारी ट्यूबेल के नाले पर सरवतिया की क्षत-विक्षत लाश मिली। इस हत्या की वारदात से देवली के पश्चिमी छोर पर बसे मुसलमानों के टोलों में हड़कम्प मच गया था। इधर ढोंढ़ाई बाबा का यज्ञ चल रहा था और उधर हसनपुरा थाना की पुलिस लाश बरामदगी और दीगर कार्रवाइयों में उलझी हुई थी। रात में देवली मंदिर पर कीर्तन-भजन का कार्यक्रम चल रहा था और उधर पुलिस गिरफ़्तारियाँ कर रही थी।

वकील मियाँ बड़े खेतिहर थे। उनके गुज़रने के बाद उनके बेटा हामिद ख़ाँ ने भी ख़ानदान की दौलत में ख़ूब बढ़ोतरी की। बहुधंधी आदमी थे। चीट फंड के मामले में दो साल जेल की हवा खा आए थे। केस अभी भी चल रहा था और वह इन दिनों बेल पर थे। पहली गिरफ़्तारी हामिद ख़ाँ की हुई। उनके छोटे भाई रईस ख़ाँ भी पकड़े गए। हामिद ख़ाँ की ससुराल मानिकपुर में थी। उस परिवार से भी दो लोग गिरफ़्तार हुए। शेख़ बदरु के छोटे भाई क़ाज़ी शेख़ बसीर के इशारे पर सरवतिया की चाची ने इन लोगों को नामज़द किया था। जेबुनिया के पति नियाज़ के छोटे भाई की यह औरत इन दिनों क़ाज़ी शेख़ बसीर की ख़ास तिमारदारी में लगी रहती थी। देवली का बुरा हाल था। देवली की हवा में संदेह और वैर-भाव की मात्रा बढ़ गई थी।

सरवतिया की निर्मम हत्या के चलते हसनपुरा थाना पुलिस महकमे के आला अफसरों की निगाह में चढ़ गया। एस. पी. ने थाने का दौरा किया और गरभू पाँड़े की ऐसी-तैसी करके गया। थानाध्यक्ष गरभू पाँड़े की जान साँसत में थी और लाइन हाज़िर कर दिए जाने की सम्भावना प्रबल थी। गरभू पाँड़े ने देवली, पुरैना, मानिकपुर, मनरौली आदि गाँवों के चौकीदारों-दफ़दारों को थाना पर बुला कर ख़ूब हड़काया, ''भोंसड़ी के सारी रात मेहरारू के अँचरा में लुका के सूतल रहोगे, तो मर्डर नहीं होगा! साले तीन-चार दिन के भीतर असली अपराधी की इत्तिला दो नहीं तो वर्दी-पेटी उतरवा लेंगे। जो पगड़ी बाँधे हनकते-ठनकते फिरते हो न उसी पगड़ी की बत्ती बना के पिछवाड़े घुसेड़ देंगे।"

''हजूर!" देवली के बूढ़े चौकीदार हीरा माँझी ने दोनों हाथ जोड़ कर कातर स्वर में गुहार लगाई।

''कितना दिन बाक़ी है रिटायर होने में?" गरभू पाँड़े ने पूछा।

''साल भर हजूर।"

''बेटा को पगड़ी-पेटी सौंपने के लिए बेचैन हो और फसाद पर फसाद हो रहा है तुम्हारे हल्का में। चाहते हो कि बेटा पगड़ी-पेटी पहिने, तो जाकर हवा-बयार

सूँघो,...पता करो। तीन-चार दिन के भीतर हमको सुराग चाहिए।" हीरा माँझी के सामने पासा फेंक कर गरभू पाँड़े ने किसी सिपाही को आवाज़ दी।

एक सिपाही दौड़ते हुए आया और उसने तैयार सुरती से भरी तलहथी आगे कर दी। गरभू पाँड़े ने चुटकी भर सुरती उठा कर अपने लटके हुए होंठों में दाब लिया। बोला, "बिना चिल्लाए इस थाना में कवनो नहीं सुनता है।...भोंसड़ी के, तुमको बोले हैं न कि जब टेन्सनियाए रहें तो जल्दी-जल्दी सुरती खिलाया करो।"

"हम तो चाह के लिए औडर भेजे हैं। उसी का रास्ता देख रहे थे कि पहिले चाह आ जाए तो...।" सिपाही ने दलील दी।

"तऽ? हिंया खड़ा होके हमारा मुँह काहे निहार रहे हो? जाओ झटक के,... ले आओ। अपने ले आओगे तो टोपी गिर जाएगी का? काम-धाम जेही-सेही और ख़ाली बतकुच्चन। पेट्रोलिंग में लगा देने पर पेट में गैस भरने लगता है। लगते हो पादने।...हसनपुरा थाना से हम अकेले नहीं जाने वाले। सरऊ, समूचे थाना को ले के जाएँगे। जाओ, जल्दी चाह लेकर आओ।" एस. पी. के जाने के बाद से थानाध्यक्ष गरभू पाँड़े लगभग सन्निपात की स्थिति में था और उसके साथ-साथ पूरा हसनपुरा थाना थरथर काँप रहा था।

*

दस दिनों की बंदी के बाद बंटी मिसिर का अँग्रेज़ी स्कूल खुला। अनिल माँझी भी पढ़ाने आए। बंटी मिसिर दुविधा में थे कि अनिल माँझी को रखें या नहीं। पहला संकट यह था कि अगर अनिल माँझी को निकालते हैं तो उन्हें पिंटू सिंह के पक्ष में गवाह बनना पड़ेगा। पर पलट जाना इतना आसान भी नहीं था। बीस हज़ार जो थाना में चढ़ावा चढ़ाया था उसमें से बमुश्किल पाँच हज़ार देना क़बूल किया था रंगून माँझी ने। यह रक़म डूब जाएगी और मुखिया लीलाधर यादव के परिवार से मनमुटाव अलग होगा। बंटी मिसिर पर तरह-तरह के दबाव थे। पंडित टोला के पट्टीदार जून-कुजून एक पाई भी देने वाले नहीं थे, पर इस बात को लेकर दिन-रात निन्दा में लगे हुए थे कि दुसाध को अपने गरदन में टाँगे फिर रहे हैं। सबकी नज़र स्कूल से हो रही आमदनी पर लगी हुई थी कि कल तक जो पलटू मिसिर पूरे जवार में घूम-घूम कर श्राद्ध खाते फिरते थे आज दो पैसे के आदमी हो गए थे। पलटू मिसिर ने अपने पुत्र बंटी मिसिर का जीना हराम कर दिया था। खाते-पीते, उठते-बैठते बस एक ही रट कि सब कमाई केस-मुक़दमा चाट जाएगा। दस कट्ठा खेत बिका सो अलग और चौबीसों घंटे की चिन्ता-फिकिर ऊपर से। पलटू मिसिर ने लँगटू ब्रह्म की शरण ली। थान पर जाकर माथा पटका। खीर का भोग, लाल लँगोट, पाँच पुड़िया गाँजा और नई चिलम क़बूल आए।

लँगटू ब्रह्म के पूजन के दिन मिसिरों के घर से कोई नहीं आया। सावन शुक्ल त्रयोदसी के दिन सारे मिसिर मिल कर लँगटू ब्रह्म की पूजा करते थे, पर इस पूजा में पलटू मिसिर के बुलावे पर भी कोई नहीं पहुँचा। मिसिरों ने आपस में यह तय किया था कि जब तक बंटी मिसिर अपने स्कूल से मास्टर अनिल माँझी को निकालेंगे नहीं उनके परिवारों से कोई बच्चा वहाँ पढ़ने नहीं जाएगा। बात साँच हो या झूठ, पर एक बार मास्टर के चरित्र में दाग़ लग जाने के बाद बच्चों को भेजना उचित नहीं है। यह मामला जब तक निबटता नहीं है आपस में गोतियारी का निबाह भी नहीं होगा। नेवता-हँकारी और आवन-जावन सब बन्द रहेगा। बंटी मिसिर की उन्नति से पंडित टोला में सबकी छाती में घाव हो गया था। तिवारी लोग भी बंटी मिसिर के ख़िलाफ़ थे और मिसिरों को हवा दे रहे थे। लँगटू ब्रह्म की पूजा के समय गँजहे ज़रूर जमा हुए। अगर देवली और मनरौली के गँजहे और बच्चे नहीं आते तो प्रसाद खाने वाला भी नहीं मिलता। पलटू मिसिर ने भोग चढ़ाने के बाद माथा पटक-पटक कर लँगटू ब्रह्म को गुहराया। विपत से उबारने के लिए कर जोड़ कर विनती की।

8

वह कच्ची सड़क, जो गाँव के दक्खिनी छोर पर बसे टोटहा टोला से आती थी और रौज़ा के किनारे-किनारे होती हुई मंदिर के पिछवाड़े तक पहुँच कर मुख्य सड़क से मिल जाती, उस पर खड़ंजा ईंटें बिछाने का काम शुरू नहीं हो सका था। मिट्टी भराई के बाद ठेकेदार ने काम बन्द कर दिया था और अचानक ग़ायब हो गया था। अचानक इस सड़क का भाग्य जाग उठा। टोटहा टोला के जीतन नोनिया के मैट्रिक पास बेटे रतन कुमार की देख-रेख में जब सड़क की नाप-जोख शुरू हुई, लोग चौंके।

जीतन नोनिया का अकेला परिवार टोटहा टोला में बसा था। लगभग तीस साल पहले जीतन देवली के नोनिया टोली से भाग कर टोटहा टोला में जा बसे थे। जीतन नोनिया पहले असम में जोरहाट के किसी चाय बग़ान में काम करते थे। कम उम्र थे तभी घर से भाग गए थे। भटकते-भटकते जाने कैसे जोरहाट पहुँच गए। वहाँ रहते हुए भी गाँव-घर को नहीं भूले। भाइयों के नाम हर महीने बिना नागा मनिआर्डर भेजते रहे और पर्व-त्योहार में देवली आते-जाते रहे। कुछ सालों बाद एक दिन जोरहाट से बोरिया-बिस्तर समेट कर एक असमिया औरत के साथ फरार हो गए और सीधे देवली पहुँचे। जिन भाइयों को मनिआर्डर भेजते रहे और उनकी कमाई के बल पर ही माटी की भीत ढाह कर जिन भाइयों ने चार कोठरियों वाला पक्का मकान बनवाया, उन्होंने घर में घुसने नहीं दिया। उनकी एक मात्र शर्त थी कि इस कुजात औरत को छोड़ कर ही जीतन इस घर और कुल में शामिल रह सकते हैं।

जीतन नोनिया किसी क़ीमत पर यह शर्त मानने को तैयार नहीं थे। रज्जन पासवान के पिता जीतन नोनिया के बचपन के संगतिया थे। लँगोटिया यार। रज्जन के पिता ने टोटहा में मामूली क़ीमत पर अपनी डीह का एक टुकड़ा अपने संगतिया को लिख दिया। जीतन नोनिया अपने कुल से विमुख होकर टोटहा में बस गए।

जीतन जोरहाट की कमाई साथ लेकर आए थे, सो आनन-फ़ानन में दो कोठरियों वाला घर बनवाया और देवली बाज़ार में पान की गुमटी खोल कर बैठ गए। जीवन की गाड़ी ने रफ़्तार पकड़ी और पान की गुमटी चल निकली। जीतन नोनिया की असमिया औरत भी दुकान पर गाहे-बगाहे बैठने लगी। दबी हुई नाक और छोटी-छोटी भटकुँइया जैसी आँखों वाली जीतन नोनिया की औरत मैदे की तरह इतनी गोरी थी कि पूरे देवली में उसकी गोराई का कोई जोड़ नहीं था। सुभाव की हीरा थी। मधुरी बोली-बानी और व्यवहार में कुशल। देखते-देखते जीतन नोनिया ने एक बीघा धरती ख़रीद ली। जोरहाट की कमाई के कुछ जोड़-गाँठ कर रखे हुए पैसे और कुछ पान की गुमटी की आमदनी। खेती के लिए दस-दस कट्ठा के दो टुकड़ों का मालिकाना हक़ पाकर उनकी हैसियत बदल गई। जीतन नोनिया देवली से अनपढ़ भागे थे पर लौटे थे दो-चार आखर लिखना-पढ़ना सीख कर। उनकी औरत कुछ पढ़ी-लिखी थी, सो उसने अपने बेटे रतन कुमार को मैट्रिक तक पढ़ाया। वह चाहती थी कि बेटा और पढ़े, पर यह हो न सका। रतन कुमार ने परुआ बैल की तरह बीच राह में काँधे से जुआठ गिरा दिया और थसकिया मार कर बैठ गया। जब सारे जतन फेल हो गए उसकी महतारी ने उसे रज्जन पासवान के हवाले किया।

दिन-भर सड़क की नाप-जोख चलती रही। बलुआही माटी और ईंटों की खेप लेकर ट्रैक्टर आते-जाते रहे। शाम तक सबको पता चल गया कि इस सड़क का ठेका रज्जन पासवान के ख़ासमख़ास रतन कुमार को मिला है। पहले वाले ठेकेदार के भाग जाने के बाद की काग़ज़ी कार्रवाई में समय लगा। बिना मुखिया लीलाधर यादव की सहमति के यह ठेका मिलना नामुमकिन था। ठेका रतन कुमार को कैसे मिला इस बात पर अचम्भित लोगों को मुखिया और रज्जन पासवान के बीच बन रहे इस नए सम्बन्ध की आहट का पता चल गया। देवली में जिनकी सूँघने की शक्ति तेज़ थी, उन्होंने तो ढोंढ़ाई बाबा के यज्ञ में खुल कर रज्जन पासवान की भागीदारी के समय ही सूँघ लिया था कि कुछ नया पक रहा है।

*

सरपंच अकरम अंसारी की हालत बहुत अच्छी नहीं थी। एक तो रोज़-रोज़ दारू का सेवन और दूसरी ओर माथ पर फ़िक्र की गठरी। इन दिनों उनका घर से निकलना कम हो गया था। दारू करमासी, मानिकपुर या अरजल की कलाली से घर पर ही

मँगवा लेते। दारू पीने के लिए उनके लिए पहले भी साँझ-सवेरे में कोई भेद नहीं था, पर पहले उनकी देख-रेख के लिए रेशमा थी। वह सरपंच अकरम अंसारी को अपने हाथों पिलाती पर हदें पार नहीं करने देती। जेल से लौटने के बाद जब से उन्होंने घर पर पीना शुरू किया था कोई हद नहीं थी। नाज़ बेगम को बस इतने से ही मतलब था कि जो करना है घर पर ही करें अकरम। कहीं फिर जाकर रेशमा के खूँटे से न बँध जाएँ इस कारण हद-बेहद की फ़िक्र किए बिना नाज़ बेगम ने खुली छूट दे रखी थी।

एक ओर दारू सरपंच अकरम अंसारी की देह को खोखला कर रही थी, तो दूसरी ओर भरे बाज़ार में रेशमा के हाथों हुई बेहुरमती और मुन्नी बी का लँगड़े नौशेर की ब्याहता बन कर उसके घर में जा बसना, उनके कलेजे को घुन की तरह खा रहा था। सिर्फ़ यही नहीं, मुन्ने मियाँ की बेरुख़ी और बेरहमी ने भी उन्हें तोड़ कर रख दिया था। जिन भाइयों को उन्होंने अपने कलेजे के टुकड़े की तरह पाल-पोस कर दो पैसे का आदमी बनाया, वे भी उनका साथ छोड़ कर अपनी औरतों की गुलामी में लगे थे। बाहरी आमदनी के सारे रास्ते बन्द हो चुके थे। एक रज्जन पासवान का संग-साथ बचा था। यह संग-साथ भी इस तरह छूट जाएगा, अकरम यह सपने में भी सोच नहीं सकते थे। जैसे ही उन्हें ख़बर मिली कि जीतन नोनिया के बेटा रतनवा को मुखिया लीलाधर ने रौज़ा वाली सड़क का ठेका दिलवा दिया है, उनकी छाती में टीस उठी और देह की नस-नस में पैठ गई। अकरम अंसारी की आँखों के सामने पहले तो लुत्तियाँ छिटकीं, फिर अँधियारा छा गया। रज्जन पासवान उनकी आख़िरी उम्मीद थे। यह उम्मीद भी माटी की भीत की तरह ढह गई। सरपंच अकरम अंसारी को जेल से छूटने के बाद से ही रात में नींद नहीं आती थी, पर रज्जन पासवान के पाला बदल देने के बाद की रात तो बहुत बेचैन कर देने वाली थी। उनका जी कर रहा था कि घर से निकल जाएँ और साँइयों के टोले के पार सँपही-तट के ढलान पर जाकर लोटें।...पर देह में इतनी ताक़त नहीं बची थी। बड़ी मुश्किलों से अपनी देह समेटते हुए अकरम अंसारी उठे। सामने की मेज़ पर रखा बधना उठा कर उसकी टोंटी में मुँह लगाया और गट-गट पानी की कई घूँटें हलक़ में उतार गए।

मुन्नी बी से मिलने शमशेर साँई के घर मुन्ने मियाँ के जाने से जितना अकरम अंसारी दुखी थे, उससे कई गुना ज़्यादा नाज़ बेगम क्रोधित थीं। नाज़ बेगम की नाराज़गी का आलम यह था कि उन्होंने मकान के पिछले हिस्से के बारजे में जाना कम कर दिया था कि कहीं मुन्ने मियाँ या नबीहा की सूरत न दिख जाए! उन दोनों पर अगर भूल से भी उनकी नज़र पड़ जाती तो उनका पारा चढ़ जाता और देह में आग लग जाती। वैसे भी नबीहा से उनकी बोलचाल पहले से ही बन्द थी। अपने शौहर के दिए टुकड़ों पर पलने वाले मुन्ने मियाँ के परिवार के प्रति उनके मन में

न कोई मुहब्बत थी और न इज़्ज़त। ईद-बकरीद के दिन बाकरख़ानी रोटियों के कुछ टुकड़े, सेवइयाँ और कलिया भिजवातीं ज़रूर, पर उसमें मुहब्बत के बदले हिकारत शामिल होती। जैसे दूसरे मुलाज़िमों और जन-मज़ूरों को देतीं, वैसे ही मुन्ने मियाँ के परिवार को। नाज़ बेगम के व्यवहार और सुभाव का पता नबीहा को था। वह उनके भेजे हुए खाने को अपनी जीभ से न लगाती। हाँ, मुन्ने मियाँ के सामने परोस ज़रूर देती। मुन्ने मियाँ जितना खाते सो खाते, बाक़ी फेंक देती। एक बार तो नाज़ बेगम बारजे में खड़ी थीं और उनकी मौजूदगी से अनजान बनी नबीहा ने बाकरख़ानी रोटियाँ बकरियों के आगे डाल दी थी। उस दिन नाज़ बेगम ने आसमान सिर पर उठा लिया था। बारजे में आ-आकर कई दिनों तक नबीहा के आँगन में गालियों की बरसात करती रही थीं।

इन दिनों नाज़ बेगम निष्कंटक राज कर रही थीं। मुन्ने मियाँ का आना-जाना बहुत कम हो गया था। उन्होंने ड्राइवरी से साफ़ इनकार कर दिया था। बोलेरो दरवाज़े पर धूल खा रही थी। कभी-कभार आते और अकरम अंसारी को देख कर लौट जाते। नाज़ बेगम को मुन्नी बी से स्थायी मुक्ति मिल चुकी थी। उन्होंने उसे महल के कंगूरे से उतार कर लँगड़े साँई की सेज पर सोने के लिए लाचार कर दिया था। दोनों देवरानियों से बोल-चाल बन्द थी। रुपयों की आमद कम ज़रूर हो गई थी, पर देवरानियों ने जिस तरह अपने तेवर दिखाए थे, उससे नाज़ बेगम का कलेजा हिल गया था। रिश्ते की बहनें ही तो थीं, पर दग़ाबाज़ निकलीं दोनों। चूल्हा-चौका अलग किया, सो तो ठीक, पर उस दिन अगर नाज़ बेगम ने होशियारी न दिखाई होती और चुप न लगा जातीं तो दोनों उन्हें पटक-पटक कर पीटतीं। नाज़ बेगम उन दोनों और नबीहा के सुभाव के बीच का फ़र्क़ बख़ूबी समझती थीं, सो दोनों के फ़सादी तेवर से बच कर रहने में ही भला था।...और रही बात अकरम अंसारी की तो अब उनके पास इतनी हिम्मत नहीं बची थी कि वे नाज़ बेगम के हाथों से हुकूमत की डोर छीन सकें। उनके मन से इस बात का डर भी अब निकल चुका था कि इस तरह दिन-रात दारू में डूबे रहने के चलते उनके शौहर की ज़िन्दगी ख़तरे में है। अब ज़िन्दा रहें अकरम अंसारी या अल्लाह को प्यारे हो जाएँ, नाज़ बेगम को इसकी बहुत फ़िक्र नहीं थी। सारी जवानी मुन्नी बी और रेशमा कलवारिन की सेज पर लुटा आए और उन्हें तड़पाते रहे,...उनकी फ़िक्र नहीं की, तो अब भला वे क्यों अकरम की फ़िक्र में अपना जान-परान हलकान करें! जैसे जीना हों जीएँ। नाज़ बेगम के दोनों बेटे बड़े हो रहे थे। मसें भींगने लगी थीं। बस थोड़ा सा ही समय काटना था। नाज़ बेगम को भरोसा था कि दोनों सब कुछ सम्भाल लेंगे और उनका राज-पाट चलता रहेगा।

*

मुन्नी बी ने धीरे-धीरे गुल बानो की गृहस्थी का ढेर सारा बोझा अपने माथ ले लिया था। घर-आँगन बुहरना-लीपना, चूल्हा-चौका, गाय-गोरू को सानी-पानी देना और साहेब साँई की सेवा-टहल करना अब लगभग उसी के ज़िम्मे था। मुन्नी बी चाँद की तरह गोल और सफ़ेद रोटियाँ पकाती जिन्हें देख कर भूख जाग जाती। तेल और मसालों का ख़र्च थोड़ा बढ़ गया था। हाथ खुले थे। पीली माटी से आँगन लीपती तो लगता सरसों के फूलों की चादर बिछ गई हो। दोनों गायों के गले में उसने फुदने वाली गरदाँई बना कर पहना दी थी। उनके सुबुक सींगों में दो-चार दिनों पर एक बार सरसों का तेल लगा देती। सींग ऐसे चमक उठते मानों उन पर सूरज और चाँद आकर बैठ गए हों। साहेब साँई की सूरत बदलने लगी थी। अब वे धुले कपड़े पहनने लगे थे। नौशेर साँई से उनकी रोज़-रोज़ की किचकिच बन्द थी और वे चैन से जी रहे थे।

गुल बानो लाख चाहती कि मुन्नी बी पर काम का सारा बोझ न पड़े और उसे रोकती-टोकती रहती, पर वह अपनी धुन में लगी रहती। दूध दूहना, कलेक्शन सेन्टर जाकर दूध देना और पैसे लाना, बाज़ार से सौदा-सुल्फ़ ले आना और खेती के काम-काज निबटाना, सब पूरी तरह गुल बानो के ज़िम्मे था। गुल बानो नहीं चाहती थी कि मुन्नी बी बाहर के काम-काज करे। वह मुन्नी बी को निहारने वाली आँखों को अच्छी तरह जानती-पहचानती थी। उसे मालूम था कि अब मुन्नी बी किसी ताक़तवर सरपंच की कोठी में रहने वाली औरत नहीं रही। अब तो जिनके पास दीद न होगी, वे लोग भी उसे घूरेंगे और बिना ज़ुबान वाले भी आनी-बानी बोली बोलेंगे। गुल बानो को यह फ़िक्र हमेशा सताती रहती कि अगर किसी ने कुछ ऐसा-वैसा बोल दिया और ख़बर इस गँजहे नौशेर साँई तक पहुँची तो यह बवाल मचा देगा। देह में ताक़त चाहे जितनी कम हो, पर फ़साद करने में नौशेर साँई का कोई जोड़ नहीं था। वह तो इन दिनों इसी गुमान में इतराता फिरता था कि उसने अपने भाई के हत्यारे से उसकी कोठी में रहने वाली औरत छीन ली है। गुल बानो को यह भी लगता कि अब तक घर के परदे में रह कर आराम की ज़िन्दगी जी है मुन्नी बी ने, तो जितना हो सके, उस पर कम से कम बोझ पड़े और उसकी ज़िन्दगी में पर्दादारी भी बनी रहे। जिसको जो कहना हो पीठ पीछे कहता रहे, पर मुन्नी बी के आमने-सामने तो कोई कुछ न कहे!

नाज़ बेगम सहित सबको उम्मीद थी कि कुछ ही दिनों में मुन्नी बी की सूरत बदल जाएगी और चमड़ी का रंग झड़ जाएगा, पर हुआ ठीक इसके उल्टा। सूरत बदली ज़रूर, पर लोग जैसा सोच रहे थे, वैसी नहीं बदली। मुन्नी बी पहले से ज़्यादा सुन्दर लग रही थी। उसका भारी बदन धीरे-धीरे सूतवाँ हो रहा था और मैदा-सी सफ़ेद चमड़ी के रंग में लाली घुलने लगी थी। बस एक मुसीबत थी। इस मुसीबत से मुन्नी बी को गुल बानो भी छुटकारा नहीं दिला सकती थी। कभी-कभी गुल बानो

के चलते फ़ौरी राहत ज़रूर मिल जाती। वह रात के खाने के बाद बरतन-बासन सहेजती और नौशेर साँई की नज़रें उसका पीछा करतीं। वह इसी इंतज़ार में रहता कि सब कुछ जल्दी निबटे और मुन्नी बी उसके पास आए!...और मुन्नी बी बचने की फिराक में काम पसार देती। वह कातर आँखों से गुल बानो की ओर देखती। गुल बानो की एक डपटती हुई आवाज़ से नौशेर साँई अपने रंगमहल में घुस जाता। पहले जिस फूस की पलानी में गाय-गोरू के साथ नौशेर साँई की खाट लगती अब उसके सटे पक्के ईंटों की दीवारों पर टिन के छाजन वाली एक नई कोठरी बन गई थी। इसके दरवाज़े में पल्लों की जगह बाँस के फट्ठों की चचरी लगी थी, जिस पर मुन्नी बी ने साहेब साँई की एक पुरानी लुंगी को पर्दा बना कर टाँग दिया था। खाट भी बदल गई थी। पहले की अपेक्षा चौड़ी और नायलॉन की चौड़ी पट्टियों से बुनी हुई। सारा काम-काज निबटा कर इसी में अपने नए शौहर के साथ रात गुज़ारने आती थी मुन्नी बी। वह कभी गुल बानो की आड़ लेकर नौशेर के पास जाने से बच जाती तो कभी बीमारी का बहाना बना कर। जिस दिन मुन्नी बी को नौशेर से मुक्ति मिल जाती वह गुल बानो के पेट में मुँह घुसा कर किसी नन्हे बच्चे की मानिंद चैन की नींद सोती।...पर ऐसा रोज़-रोज़ सम्भव नहीं था।

नौशेर साँई ने चायनिज मोबाइल ले लिया था। गँजहे मंसूर मियाँ के बेटे जुन्ना मियाँ की नई दुकान खुली थी। फत्ते के मुक़ाबले जुन्ना मियाँ की दुकान ज़्यादा चल निकली थी। एक तो नए किसिम का माल दुकान में उपलब्ध था और दूसरे जुन्ना मियाँ की बोली-बानी ठीक थी। जुन्ना तो तीसरी जमात पास थे, पर पिछले साल शादी के समय उनकी बीवी दसवीं में पढ़ रही थी। सीवान शहर में उसका नइहर था। जुन्ना मियाँ सीवान के एक रेडिमेड कपड़ों की दुकान में सेल्स मैन थे। वहीं इश्क़ का पेंच फँसा और ऐसा फँसा कि वह एक रात वह घर से निकल कर जुन्ना मियाँ के संग-साथ हो ली और देवली पहुँच गई। भारी बखेड़ा खड़ा हो गया। मंसूर मियाँ का कलेजा काँप रहा था। सीवान के ख़ानदानी पठानों के घर की बेटी थी, पर देवली के मुसलमानों ने एकजुट होकर साथ दिया। लड़की भी हिम्मती थी। अपनी मुहब्बत से सूई भर डिगने को तैयार न थी। मंसूर मियाँ भी पठान थे, सो बात बड़ी मुश्किलों से ही सही बन गई। देवली मस्जिद के बड़े क़ाज़ी शेख़ बसीर ने निकाह करवाया। जुन्ना मियाँ की बीवी उस साल तो दसवीं का इम्तिहान न दे सकी, पर अगले साल उसने इम्तिहान पास किया। जुन्ना मियाँ का अब सीवान में रहना सम्भव नहीं था। नौकरी भी छूट चुकी थी। इस छोटी-सी नौकरी में जो कुछ जोड़-गाँठ कर रखा था उसके सहारे उन्होंने बीवी की सलाह पर दुकानदारी शुरू की। सीवान के बाज़ार में अपने रुसूख़ियत के बल पर उधार माल उठा लाए थे और धंधा चल निकला था। जुन्ना मियाँ ने अपने गँजहे बाप की पैरवी पर नौशेर साँई को किश्तों पर मोबाइल दिया था। नौशेर ने वहीं से मोबाइल में कुछ वीडियो

भी लोड करवा लिया था। मोबाइल पर मुन्नी बी के साथ रात के अँधेरे में वीडियो देखना नौशेर साँई की लालसाओं में शामिल था।

मुन्नी बी अपने कलेजे पर भारी पत्थर रख कर नौशेर साँई की कोठरी में जाया करती। अजीब-सी कठिन और जानलेवा रातें होतीं। नौशर साँई के छूने से पहले ही उसकी ज़िन्दा देह लाश बन जाती। साँई जब फुसफुसा कर उसका नाम पुकारता उसके कानों में धूल और राख की आँधी चलने लगती। वह मौन रहती, पर उसकी कोठरी में ज़िबह के समय चिंघाड़ते पशु की आवाज़ गूँजने लगती। वह अपने दाँतों पर दाँत चढ़ा कर मुट्ठियाँ भींच लेती। उसकी मुँदी आँखों की पलकों के पीछे से लाल रंग की डरावनी-सी चमकती हुई रोशनी झरने लगती। जब नौशेर साँई थक कर निढाल पड़ जाता और उसके हाँफ की आवाज़ धीरे-धीरे सिरा जाती, मुन्नी बी कोठरी से बाहर निकलती। बे-आवाज़ रोती।...और गुल बानो के पास उसकी पीठ से सट कर या उसके पेट में घुसकर सो जाती। गुल बानो को सब पता होता। वह सब जानती-बूझती थी, पर कुछ नहीं बोलती। मुन्नी बी का सिर या पीठ सहलाती रहती।

एक दिन भिनसार में सँपही के किनारे से लौटते हुए गुल बानो ने मुन्नी बी से कहा, "मुन्नी, तुम्हारा दुख हम बूझते हैं।...हमारी तो रत्ती भर चाह नहीं थी कि तुम इस झंझट में पड़ो, पर न जाने कौन-सी सनक तुम्हारे माथे सवार थी कि तुमने छोटके साँई की बात मान ली!...अब यह सब तो सहना पड़ेगा। मरद की जात कुकुर की जात होती है। उसे कोई फरक नहीं पड़ता।...पर औरत के लिए बहुत कठिन होता है।...बस कुछ दिन झेलो। कोई औलाद हो जाए।...फिर उसी में अझुरा जाओगी और जिनगी कट जाएगी।"

गुल बानो की ये बातें बिजली की तरह कड़कती हुई उसकी छाती पर गिरीं। मुन्नी बी को लगा, जैसे भूडोल आ गया हो और फटती हुई धरती में वह गड़ाप हो रही हो। गुल बानो का यह सपना तो अब अल्ला मियाँ चाहें तो भी पूरा न हो सकेगा। क्या-क्या बताए वह गुल बानो को!...और कैसे बताए! गुल बानो की अपनी कोई औलाद नहीं थी और वह मुन्नी बी से उम्मीदें बाँधे सब कुछ निभा रही थी। मुन्नी बी सोच रही थी कि अगर उसने गुल बानो को सच बता दिया और यह सच नौशेर साँई को पता चला, तो न जाने क्या हो!...पर आख़िर यह सच कब तक छुपा रहेगा! एक न एक दिन तो उसे बताना ही होगा। फिर आज ही क्यों नहीं!

मुन्नी बी ने गुल बानो से कहा, "यहीं बैठते हैं थोड़ी देर,...दूब पर। अभी तो उजियारा होने में समय है।"

गुल बानों ने अपनी आँखों में दुलार भर कर उसे निहारा और मुस्कुरायी। दोनों वहीं सँपही के किनारे की ढलान पर पसरी दूब पर बैठ गई। मुन्नी बी ने सारा क़िस्सा बयान किया। गुल बानो को बताया कि कैसे ब्याह से पहले ही तीसरे हमल को

गिराने के समय बच्चादानी कटवा कर निकलवा दिया था अकरम ने। पल-छिन के लिए तो गुल बानो को लगा जैसे आसमान फटा और उसकी छाती पर कड़कती हुई बिजली गिर गई। उसकी आँखों के सामने जचगी के समय लहूलुहान हुई अपनी ही देह लहरा गई। वह मुन्नी बी को निहारती रही। उसने धीरे से मुन्नी बी की ओर हाथ बढ़ाया और उसे सहेजते हुए अपनी ओर खींचा। गुल बानो के काँधे से मुन्नी बी का सिर टिका हुआ था। वह मुन्नी बी का सिर सहलाती रही। डूबती-उतराती रही पुराने दिनों की यादों में। अजन्मे बच्चे की किलकारियाँ उसके कानों में भर रही थीं। मरे हुए बच्चे को हमल में लिये हुए तड़पन की टीस फिर से उभरी। ख़ून में पसरते ज़हर से नीली होती उसकी गोरी देह की छवि कौंधी। गुल बानो ने अपने को सम्भाला और अपनी पीड़ा की गठरी अपनी पीठ पर लाद कर उठती हुई बोली, ''मुन्नी बी, ये अल्ला मियाँ भी गजब का खिलाड़ी है! देखो, कैसे एक जैसी दो दुखियारियों को एक ही धागे में बाँध दिया। किसका दुख बड़ा और किसका छोटा? किस बाट और किस तराजू से कौन तौलेगा इस दुख को?''

''बहिना!'' मुन्नी बी ने उठते हुए गुल बानो की बाँह पकड़ ली।

''हाँ मुन्नी बी। अब्बा का कौन भरोसा! उमिर हो चुकी है। सौ रोग-बीमारी अलग। कब साथ छोड़ देंगे, कौन जानता है!...और छोटके साँई चिलम पर अपनी जिनगी चढ़ा कर अपने ही फूँक-ताप रहे हैं। करेजा खोंखड़ हो चुका है। फेफड़ा में रत्ती भर जाकत नहीं बची है। हाँफ और बलगम उखड़ता है तो घंटों देह गिराए पड़े रहते हैं, पर चिलम नहीं छूटती। कब तक चलेगी देह, कौन जाने!...अब हमीं दोनों को जीना-मरना और निभाना है एक साथ।'' गुल बानो ने ज़िन्दगी का सच परोस दिया मुन्नी बी के सामने।

दोनों श्लथ पैरों से धीरे-धीरे ढलान की चढ़ाई चढ़ती रहीं। दोनों एक-दूसरे का हाथ पकड़े चल रही थीं। मौन। एक-सी ज़िन्दगी के वलय के भीतर बनी पगडंडियों पर सरक रही थीं दोनों। उनकी देहों की छायाएँ एकाकार होकर ढलान की दूब पर पसर रही थीं और आत्माओं की प्रतिध्वनियाँ पीछे जाकर सँपही के पेट में लोट रही थीं। जल के अभाव में नंगे पत्थर के छोटे-छोटे टुकड़ों से भरा पेट लिये सँपही का तट पीछे छूट रहा था।

9

इस बार फगुआ मार्च के पहले सप्ताह में ही आया।

देवली, पुरैना और मानिकपुर के बीच खेतों के एक बड़े भू-भाग को लोग बीरित कहते थे। वृत्ति में देवली के ब्राह्मणों को दिए गए इन खेतों के बीच ग़ैरमज़रुआ आम ज़मीन का एक बड़ा टुकड़ा था, जिस पर होलिका-दहन होता। इन तीन गाँवों

के लोग इसमें शामिल होते। यह चलन इस साल ब-मुश्किल निभाया गया। लोग ही नहीं जुटे। रंग-अबीर खेला लोगों ने, पर देवली की घटनाओं से ऐसी फाँट पड़ी थी कि बच-बचा कर ही हुआ सब कुछ। देवली मंदिर पर लोग पहुँचे ज़रूर पर पहले की तरह गाने-बजाने के लिए आधी रात तक का जमावड़ा नहीं रहा। ढोंढ़ाई बाबा ने रस्म निभा कर भगवान को भोग लगाया और मंदिर का कपाट बन्द कर दिया। अपने दालान में खटिया बिछा कर पसर गए। खटिया पर पसरे हुए सोच रहे थे ढोंढ़ाई बाबा कि फागुन बीत ही गया। फगुआ त्योहार आया और चला जाएगा कुछ ही घंटों में। इस बार मंदिर में न पूआ-पूरी का पहले की तरह चढ़ावा आया और न रंग-अबीर या गाने-बजाने की वैसी धूम मची। इस साल ढोलक को छुआ तक नहीं किसी ने आकर। अपने ही पीट-पाट कर किसी तरह काम चलाया उन्होंने। हर साल फगुआ से दस दिन पहले ढोलक की नई छवाई हो जाती थी। बायाँ-दायाँ दोनों पर चढ़ती थी नई गादी। देवली में ही नहीं, पूरे जवार में देवली के ढोलकियों की अँगुलियों के जादू का कोई तोड़ नहीं था। उनकी अँगुलियों की थाप से जब डिमिक डिमिक डिम के स्वर फूटते, सुनने वालों की नसों में बतास फूटने लगता। दम मारने की फ़ुर्सत नहीं मिलती थी लोगों को। आज इस टोला, तो कल उस टोला। यहाँ के ढोलकिए फगुआ-जोगिरा के बोलों में मनकों की तरह गूँथ देते थे अपनी थाप। जब वे तिरकिट काटकर सम पर पहुँचते बड़े-बड़े गवैयों की साँस उखड़ने-उखड़ने को हो आती। जिनके ढोलक की आवाज़ से दिक्-दिगन्त् बौराए रहते थे, उन लोगों ने इस साल भगवान के दरबार की ओर देखा तक नहीं। उन्होंने हर टोला में बुलावा भेजा, पर कोई नहीं आया। छूट गया फगुआ भी इस बरस से।

*

चैत चढ़ा।

दिन गर्म होने लगे और रातें हल्की ठंड भरी। सुबह की ठंड ज़रूर दलदलाती और गुदड़ी-कमरी ओढ़वा देती। इस बीतते चैत ने एक रात ऐसा जुलुम ढाया कि देवली और आसपास के गाँवों पर वज्र गिर पड़ा। देवली में सबसे ज़्यादा तबाही मची।

उस रात हवाएँ गाँव की छाती कूट रही थीं।

पुरुवा-पछिया का भेद तो पता चलता है, पर इस चौतरफी बयार का भेद जानना सबके लिए आसान नहीं था। एक तो हाड़ में घुस कर देह कँपाती ठंड जाने कहाँ से इस चैत में उभर आई थी और ऊपर से बयार के झकोरों के साथ लदफद करती फुहियाँ। सूई की तरह चुभती और बिच्छुओं के डंक की तरह देह में उतरती पानी की हर बूँद।

आसमान ढह रहा था। ओले गिर रहे थे।

गया,...सब कुछ चला गया। हवा थी या आग की लपटें?...ओले गिर रहे थे या अंगारे बरस रहे थे आसमान से?...स्वाहा हो रहा था सब कुछ। कैसा फागुन बीता था कि अब तक होलिका जल रही थी?

पक कर तैयार, खेत से खलिहान और खलिहान से घर जाने को बेचैन अनाज के दाने और आम और लीची की फुनगियों पर हिलकोरे भरतीं मंजरियाँ,...सब जलकर राख हो गया। हवा और पानी ने यह कैसी आग लगाई थी कि अपनी मेहनत और दौलत को घूरे की तरह तापना पड़ रहा था!

''तोहार खोंईंछ भरऽब हो सती माई...पूड़ी-मिठाई से भरऽब हो...'' कोई आवाज़ उठती और चौतरफी हवा को भेदती हुई वर्तुलाकार ऊपर जाकर गुम हो जाती।

गुहार लगा रहे थे लोग, "अपना कोप तजिए ए लँगटू बाबा।...कहँवा लुका गए ए जोगी पीर? दसों नोह जोड़ के अरज बा हो जोगी पीर!"

थर-थर काँपती आवाज़ें ऊपर उठतीं और आपस में गड्डमगड्ड होकर गुम हो जातीं। अपनी आँखों के सामने छागल का पगहा खींचकर ले जाते कसाई को देखकर जैसे मिमियाती हैं बकरियाँ, वैसे ही मिमिया रहे थे लोग। दालान में कमरी ओढ़े, घुटनों से ठुड्डी टिकाए बैठे ढोंढ़ाई बाबा देख रहे थे आसमान की लीला। लीला ही तो है। बुढ़ा गए वे ऐसी लीला देखते-देखते। चार-पाँच साल के बाद अक्सर होता है ऐसा। कभी पानी बिना धरती फटती है और गाछ-बिरिछ तक झुलस जाते हैं, तो कभी आसमान और नदी का पेट फटता है और धरती पर पानी ही पानी। कभी आँधी और ओले की मार से सब तहस-नहस। ढोंढ़ाई बाबा बुदबुदा रहे थे, ''देवी-देवता और पितरों को गुहारते और नाक रगड़ते हैं सब, पर दिन बहुरते ही सब बिसर जाता है। पर इस बार महादेव ने ऐसी फाँस कसी है गरदन में कि...! और अपमान करो पंडित का। गुहारते रहो देवी-देवताओं और पितरों को।"

बरस कर थमे चैत के मेघ।

हाथ में हँसुआ लिये खेत की मेड़ पर खड़ा होकर लोग चारों ओर देख रहे थे। पाँक-पानी में लदफद गेहूँ की डंठलें पसरी थीं। ओले की मार से क्षत-विक्षत। बालियों में न के बराबर दाने टिके थे। जाने कहाँ लोप हो गए थे! अभी कल ही तो झाँक रहे थे बालियों से,...मुस्का रहे थे,...हँस रहे थे। जब-जब बालियों से झाँकते, किसी औरत की नाक की कील की तरह चमकते।...पछिया के हर झोंके पर इतरा-इतरा कर झूमती बालियाँ आपस में रगड़ खाकर हौले-हौले वैसे ही बज रही थीं, जैसे कभी-कभार पेटी से निकलकर पैर में आते ही बजती है गोड़ाईं। कहाँ लोप हुए दाने?...जिस माटी ने महतारी बनकर जनमा, वही निगल गई! कहाँ चले गए सब के सब? कैसे खोजें लोग दानों को पाँक-पानी और डंठलों से पटी धरती में? औरतों के मन का दुख वेग से उमड़ रहा था और इस

दुख के वेग में मर्दों का धीरज बहता जा रहा था। ऐसे समय में कठकरेज बने रहना आसान नहीं था।

खेतों की ढाल में पानी जमा था। पानी निकालने के लिए कुदाल से ढाल के पास वाली मेड़ काटने में लगे थे लोग। जिन नालियों से सींचाई के लिए पानी खेतों तक पहुँचा था, उन्हीं नालियों से पानी की उल्टी धारा बहाना आसान नहीं था।

अब कुछ भी आसान नहीं था।

खेत से पानी निकालना,...खेत की माटी सूखने का इंतज़ार करना,...खेत में पसरी फ़सल को सहेजना,...कुछ भी आसान नहीं था। डंठलों को खेत से बाहर निकालते हुए इक्की-दुक्की साबुत बची बालियों को टूँगना और उनसे दाने निकालना बहुत कठिन था। डंठलों को भी सूखने के बाद फूँक कर ही तापना ही होगा क्योंकि माल-मवेशी तो इसे खाने से रहे।...और जो दाने ओले की चोट से झरकर पाँक में डूबे थे, उन्हें निकालना पलकों से सरसों के दाने चुनने की तरह था। लोग कुछ भी बचा लेने की जुगत में लगे हुए थे। खेतों में पानी के छोटे-छोटे चहबच्चे बन गए थे। पहले धरती सूखे, तब तो आगे का कुछ सोचे कोई! सूरज उगा। पर घाम में बुझी हुई बोरसी की तरह थी आँच। अब भला इस आँच से कैसे सूखता पाँक-पानी!

पिछले साल सरकार ने खेती के लिए बीमा कार्ड बनवाया था।...बैंक वालों ने खेती के लिए कर्ज़ देने का कार्ड बनाया। सब बना, पर हाथ कुछ भी नहीं लगा। फ़ार्म पर सही और टीप तो सबके लिये, पर पैसा तो बाद की बात, अब तक कई लोगों को काग़ज़ भी नसीब नहीं हुआ। जिनको मिला, वे मुखिया लीलाधर यादव के ख़ासमख़ास थे या सरपंच अकरम अंसारी के। बँटाई की खेती में अक्सर जोतदार को छूँछे हाथ ही रहना पड़ता है। खाद-बीज लगाओ और मेहनत-मजूरी करो,...खेत से खलिहान तक अगोरवाही करो,...दौनी-ओसवनी कर अनाज के दाने सहेजो और फिर अधिया ले जाकर भर दो मालिकों की डेहरी-बखरी में। बँटाईवाली ज़मीन की फ़सल के लिए बीमा का काग़ज़, मालिकों के ही नाम बना था। फ़सल आए तो घर बैठे अधिया और जाए तो सरकारी इम्दाद हासिल। जो जोते-बोये और पसीने से सींचे, वो छूँछे का छूँछा। बीमा और करजा, दोनों उनके लिए, जिनके पास कई-कई बीघे की क़ाश्तकारी थी।...जो एक नहीं, अगर दो-तीन फ़सल भी मारी जाए तो डेहरी-बखरी से निकालकर खाते रहें। इम्दाद, चाहे करजा हो या बीमा का पैसा, अगर मिल जाए तो जान बचे।...प्यास भले न बुझे, सूखा कंठ तो गीला हो जाए। बँटाई खेती मजबूरी थी। बँटाईदार तो उस चिरई की तरह था, जिसे सारा दिन उड़ते रहने के बाद एक दाना मिला और वह भी जाँत के खूँटे में समा गया। सारी दुनिया के सामने उस एक दाने के लिए गुहार लगाती फिरी चिरई कि 'का खाऊँ? का पीऊँ? का ले परदेस जाऊँ?'

देवली और आसपास के गाँवों के जिन घरों में तमाम मुसीबतों के बाद भी हँसी पुरईन पात पर शीत के दानों की तरह छलछल करती थी, वे घर-आँगन काँसे की ख़ाली बटलोही की तरह उदास हो गए थे।

*

रौज़ा से देवली मंदिर के पिछवाड़े तक वाली सड़क को लेकर रज्जन पासवान ने कलक्टर के यहाँ शिकायती अर्ज़ी दाख़िल किया था कि ठेकेदार काम अधूरा छोड़ कर भाग गया है इस लिए उसका भुगतान रोका जाए और बरसात से पहले इस काम को पूरा करवाया जाए। कलक्टर ने सर्किल ऑफ़िसर को जाँच का ज़िम्मा सौंपा था। सर्किल ऑफ़िसर जब जाँच के लिए ब्लॉक ऑफ़िस से निकला तो सीधे मुखिया लीलाधर यादव को फ़ोन किया और उनके दरवाज़े पर ही जा पहुँचा। शिकायती रज्जन पासवान को इत्तिला भिजवाया। रज्जन पासवान मुखिया के दरवाज़े पर जाना नहीं चाहते थे, पर जाना पड़ा। उनका वहाँ होना ज़रूरी था। रज्जन जब पहुँचे, सर्किल ऑफ़िसर की आवभगत चल रही थी। मुखिया लीलाधर ने रज्जन पासवान की शिकायत की तस्दीक कर दी। हाँ, सर्किल ऑफ़िसर से इतना ज़रूर कहा कि जितना काम उसने किया है उसकी नाप-जोख करके भुगतान की अनुशंसा कर दें।...और यह भी कि उस पर कोई पेनाल्टी न लगे क्योंकि वह गाँव में हुई शमशेर साँई की हत्या से डर कर भागा है। रज्जन पासवान तो आसमान से गिरे। वे सपने में भी नहीं सोच सकते थे कि मुखिया लीलाधर यादव बिना कोई पेंच फँसाए इतनी आसानी से उनकी शिकायत की तस्दीक कर देंगे। सारे गाँव को मालूम था कि ठेकेदार उनका दूर का सम्बन्धी था। सर्किल ऑफ़िसर के जाने के बाद मुखिया ने बिना किसी लाग-लपेट के रज्जन पासवान से कहा, "रज्जन, तुम चाहो तो टेंडर भरवा देना किसी से। टेंडर के बाद हमको बता देना।"

रज्जन पासवान कई दिनों तक ऊहापोह में पड़े रहे थे। टेंडर निकला तो उन्होंने मधवापुर के अपने एक सम्बन्धी से टेंडर भरवाया। वह बड़ा ठेकेदार था। इतना छोटा काम करवाने देवली न आने की शर्त पर ही उसने टेंडर भरा था। पूँजी लगाने और काम करवाने का ज़िम्मा रज्जन पासवान ने लिया था। टेंडर पास हुआ तो उन्होंने अपनी पूँजी देकर काम करवाने के लिए रतन कुमार को लगाया।

रज्जन पासवान ने टेंडर तो हासिल कर लिया और अब काम भी ख़त्म होने वाला था, पर उनके मन के भीतर ऊहा-पोह चल रहा था। मुखिया लीलाधर यादव के इस व्यवहार को लेकर वे दुविधा में थे। समझ नहीं पा रहे थे कि अचानक मुखिया उनके साथ ऐसा नरम व्यवहार क्यों कर रहे हैं जबकि मतभेद जग-जाहिर है। पूरा जवार जान रहा है कि वे मुखिया के ख़िलाफ़ चुनाव लड़ चुके हैं और

सरपंच अकरम अंसारी के सपोर्ट में रहे हैं। शमशेर के मर्डर केस में सरपंच के पैरोकार रहे हैं। सरपंच अकरम अंसारी ने तो अपनी मिट्टी पलीद कर ली है। औरतबाज़ी के चक्कर में अपना घर-परिवार तो बिगाड़ ही लिया, साथ के लोगों की भी बेहुरमती करवा दी। भरे बाज़ार में रेशमा के हाथों पिटे। जिस फुफेरी बहन को रखैल की तरह घर में बैठाया, वह मुद्दई के घर की बहू बन गई। चौबीसों घंटे सरपंच पर जान निछावर करने वाले फुफेरे भाई मुन्ने मियाँ ने मुँह मोड़ लिया। सरपंच अकरम अंसारी जेल क्या गए, उनकी बीवी नाज़ बेगम ने उनकी गृहस्थी को तहस-नहस कर डाला। दोनों छोटे भाइयों की औरतें अपना-अपना चूल्हा-चौका लेकर अलग-बिलग हो गईं। खेतों में डँड़ार खिंच चुकी थी। बस कोर्ट में काग़ज़ी बँटवारे की रजिस्ट्री बाक़ी थी।

सरपंच ख़ुद अब किसी काम के न रहे थे। देह भी दारू के चलते गलती जा रही थी। शमशेर वाले केस में पुलिस ने रिवाल्वर कोर्ट में जमा करा दिया था। उड़ती हुई ख़बर उन तक पहुँची थी कि शमशेर की बीवी गुल बानो और नौशेर साँई के दबाव में मुन्नी बी ने मुन्ने मियाँ को तैयार करवा लिया है कि वे कोर्ट में गवाही के समय पलटी मार दें और मुद्दालह के ख़िलाफ़ हो जाएँ। अगर ऐसा हुआ तो सरपंच अकरम अंसारी का बचना मुश्किल हो जाएगा। समूचा ताना-बाना उलझ उलझ कर रह गया था। रज्जन पासवान नई राह तलाश रहे थे। अगला चुनाव माथ पर था। अगले साल इसी महीने होने वाला था। अब समय बहुत कम था और देवली में तरह-तरह की हवा बह रही थी।

*

देवली के लोग एक सुबह चौंके जब अच्छेलाल साह की कलाली बन्द हो गई।

अच्छेलाल साह को खाना परोस कर देने के बाद अक्सर रेशमा सामने बैठती और उन्हें खिला कर ही उठती। यह उसकी दिनचर्या में नियमित रूप से शामिल था। एक रात वह रोज़ की तरह बैठी ज़रूर, पर एक ख़ास मक़सद के साथ। अच्छेलाल साह खा रहे थे। रेशमा बोली, ''एक बात कहें? रिसियाना मत। पहिले बिना रिसियाए सुन लेना, तब कुछ कहना। बोलें?''

पहले तो चिहा कर अच्छेलाल साह ने रेशमा की ओर देखा। फिर बोले, ''बोलो।...पर इ बताओ कि पहिले हम कहिया रिसियाए हैं तुम्हारी बात पर कि ऐसे पूछ रही हो?''

रेशमा हँसते हुए बोली, ''नहीं रिसियाए हो। बस ऐसे ही कहे।...सुनो, हम दू परानी लोग हैं। न आगे नाथ, न पीछे पगहा। तुम्हारा बाल-बच्चा भी बाल-बच्चा से पट्टीदार बन गया सब। मौक़ा मिले तो गरदन दाब के मुआ दे और फूँक-ताप

जाए।...न कोई खाने-पहिरने वाला है और न कोई ब्याहने जोग है कि दिन-रात कपार धुन के कमाओ। जितना है, वही कम नहीं।...दारू का धंधा बन्द कर दो। लाइसेंस सरेंडर कर दो। चैन नहीं है इस धंधे में और न इज़्ज़त है।"

अच्छेलाल साह हरफ़-हरफ़ सुनते रहे। रेशमा की बातों को तौलने की कोशिश की। फिर पूछा, "रोज का खरच-बरच कैसे चलेगा। बैठ के खाने से तो राजा-महाराजा का भंडारा भी एक दिन ख़ाली हो जाता है।...और हम सब छोड़-छाड़ के घर में बैठ गए तो जो भी जीना है दू-चार बरिस, सो भी न जी सकेंगे।"

"तुमको घर में बैठने को हम नहीं कह रहे हैं।...बस इ झमेला वाला धंधा बन्द कर दो।" रेशमा ने मीठे स्वर में इसरार किया।

"लाइसेंस? लाइसेंसी दुकान बन्द करना आसान नहीं है।" अच्छेलाल समझाना चाह रहे थे।

"तुम राजी हो जाओ पहिले। बाक़ी सब हम देख लेंगे। पुराने लाइसेंस का डेट तो बीत गया है। नया के लिए भरा हुआ काग़ज़ वापस ले लो। हम मंसूर मियाँ के बेटा जुन्ना से बतिया लिये हैं। सीवान में रहा है। उसके साथ तुमको लेकर सीवान चलेंगे और काग़ज़ वापस करवा देंगे। लिखित में अरजी डाल देंगे। सब काम हो जाएगा।" रेशमा ने अच्छेलाल को भरोसा दिलाया।

"फिर? इसके बाद दिन-भर घर में बैठ के माछी मारेंगे का हम?"

"ना जी, माछी काहे मारोगे!...दुकान है ही अपना। परचून की एक दुकान खोल लिया जाएगा। परचून की दुकान रहेगी, तो दूनो लोग मिल के चला लेंगे। बस धंधा बदल दो।...इतनी बात मान जाओ मेरी।" रेशमा ने अपनी बड़ी-बड़ी आँखों में गंगा-जमुना भर कर अच्छेलाल साह की ओर देखा।

अच्छेलाल साह ने हुँकारी भर दी।

अगले तीन दिनों में अच्छेलाल साह ने कलाली का सारा माल खपाया और चौथे दिन पल्ला उठँगा दिया। लोग आते और अच्छेलाल माल ख़त्म होने की बात बता कर उन्हें लौटाते। जुमा तक जुन्ना मियाँ का इंतज़ार करना पड़ा। जुमा के दिन उनकी दुकान बन्द रहती। जुन्ना मियाँ को लेकर रेशमा सीवान के आबकारी ऑफ़िस गई। पुराना लाइसेंस सरेंडर किया। हालाँकि इसकी ज़रूरत नहीं थी। नए टेंडर का जो काग़ज़ दाख़िल था, उसे कैंसिल करने के लिए अर्जी जमा किया। आबकारी का साहब रेशमा को देख कर लार टपकाने लगा। बहुत देर तक हुज्जत करता रहा। पाँच सौ का नोट देकर रेशमा जान छुड़ा कर भागी। देवली लौटने से पहले सीवान में दरबार सिनेमा के पास उपवन होटल में बैठ कर जुन्ना मियाँ और अच्छेलाल के साथ कलिया और भात खाया।

आगे की दुकानदारी को लेकर उसने तरह-तरह से सोचा। अच्छेलाल साह का मन टटोलती रही। नई दुकानदारी के शुरू होने में लगभग बीस दिन लग गए। अच्छेलाल

साह को परचून की दुकानदारी ज़्यादा झंझट वाला मामला लग रहा था। किराना-गल्ला और मेल के लिए दुनिया भर की छोटी-छोटी चीज़ें जुटाना अकेले उनके दम का नहीं था। इसके पहले ऐसे व्यवसाय का उनके पास अनुभव भी नहीं था। और यह सारा बोझ रेशमा के माथ पर पड़े, वे यह भी नहीं चाहते थे। रेशमा ने बहुत सोच-विचार के बाद अच्छेलाल साह से कहा, ''सुनो, सिंगार के सामान का दुकान कर लेते हैं। हम अपने बैठेंगे दुकान पर। औरत खरीदनिहार और औरत बेचवहिया। तुम्हारी भी अब उमिर हुई, सो बिना झिझक औरत लोग खरीदारी करेगी। हफ़्ता में एक दिन सीवान जाकर हम माल ले आएँगे। धीरे-धीरे तुम भी सब समझ-बूझ जाओगे।...जुन्ना से बात हुई है। उनकी पहचान वाले कुछ अढ़तिए हैं, सो उधार में भी दिक़्क़त नहीं होगी। लेन-देन में ईमान बना रहा तो माल देने में कोई आनाकानी नहीं करेगा।"

अच्छेलाल साह धीरज वाले आदमी थे और रेशमा को अच्छी तरह जानते थे। उन्हें मालूम था कि रेशमा हठी है। वह जो ठान लेती है, करके ही दम लेती है। उसके पास कुछ भी कर लेने की क़ुव्वत है। वे बोले, ''ठीक। तुमको लगता है कि हम यह धंधा कर लेंगे, तो ठीक है।"

''नोनिया टोली जाकर सुखदेव को बुला लाओ। दुकान का हुलिया बदलना होगा। सिंगार का दुकान करना है तो दुकान की सज-धज भी उस लायक करने में कुछ खरच-बरच करना होगा। भीतर की दीवार का प्लास्तर झाड़ कर नया प्लास्तर करवाने के बाद लकड़ी का रेक बनवाना होगा। बाहर के पल्लों को बदल कर रँगाई-पुताई भी करवानी होगी। बहुत सारा काम है, सो अब देरी नहीं करनी है।" रेशमा उत्साह से भरी हुई थी और अच्छेलाल साह मन ही मन धंधा बदलने के चलते होने वाले इतने दिनों के नुकसान और आगे आने वाले ख़र्च का हिसाब-किताब करने में लगे थे।

दोनों हाथों को घुटने पर रख कर अच्छेलाल साह उठे और सुखदेव मिस्त्री की खोज में नोनिया टोली की ओर निकल गए। सुखदेव इस जवार में सबसे क़ाबिल राज मिस्त्री थे और महीने के तीसों दिन व्यस्त रहते थे। उनके उपलब्ध होने की उम्मीद कम थी, पर अच्छेलाल साह को अपने सम्बन्ध पर भरोसा था। सुखदेव मिस्त्री उनकी कलाली के लगभग स्थायी ग्राहक थे और उन्हें काका कहते थे।

रेशमा की पुकार पर सुखदेव उसी साँझ पहुँचे। रेशमा ने उन्हें सारे काम का ठेका दे दिया। तीन दिनों बाद पुरैना में पहले से चलते हुए काम को रोक कर वह अच्छेलाल साह की दुकान के कायाकल्प में लग गए। इस बीच जुन्ने के साथ रेशमा सीवान गई और अढ़तियों से बात कर आई। एक साइनबोर्ड बनवाने का आर्डर भी दिया।

अच्छेलाल साह की कलाली बन्द होने के चलते देवली के लोग भारी संकट से गुज़र रहे थे। अरजल, मानिकपुर, पुरैना और करमासी के भरोसे लोगों के दिन

कट रहे थे। चारों ओर यह ख़बर फैल गई थी कि अच्छेलाल साह का लाइसेंस गरभू पाँड़े ने ज़ब्त करवा दिया है। सच केवल जुन्ना मियाँ को मालूम था, पर उनकी सुनने वाला कोई नहीं था।

देवली के बड़े पोखर की भीट किनारे चार-पाँच घरों वाला यादवों का एक छोटा-सा टोला था। इस टोला के यादवों का वंश अलग था। ये लोग किसी दूसरे गाँव से आकर बसे थे। कई पीढ़ियों पहले देवली में आकर बसे किसी के दामाद का वंश था यह। देवली के मूल बाशिंदा यादवों से भी हमेशा इनकी रार ठनी रहती थी। बात-बेबात ये लोग मार-पीट करने पर उतारू रहते। यह टोला मुखिया लीलाधर यादव के ख़िलाफ़ था। जब तक पुरैना वाले रासबिहारी चौधरी ज़िन्दा थे तब तक इस टोला के लोगों पर उनका कस-बल चलता रहा। उनके मरने के बाद पहले वाली बात नहीं रही। नई पीढ़ी तो ऐसी उदग्र थी कि मुखिया लीलाधर यादव इनसे बच-बचा कर ही रहते। इसी टोला के नौजवान भैरो यादव ने शेख़ टोली और टोटहा के दो दावेदारों को पछाड़ कर कलाली का नया टेंडर हासिल किया। बड़का पोखर के भीट पर, जो ग़ैरमज़रुआ आम था, ईंटों की कच्ची जोड़ाई वाली दीवार के ऊपर टिन का छाजन डाल कर जबरन एक बड़ा-सा कमरा खड़ा हुआ और कलाली खुल गई। देवली बाज़ार से बड़का पोखर दूर और निरापद था। भीट की ऊँचाई काफ़ी थी। पहले तो देवली की प्यासी आत्माओं की आवाजाही भैरो यादव के आतंक के चलते कुछ कम रही, पर लत के आगे विवश लोग जुटने लगे। देखते-देखते वहाँ भी पियाजी, घुघनी आदि चखना की तीन-चार दुकानें खुल गईं और बड़का पोखर गुलज़ार हो गया।

अच्छेलाल साह की दुकान का रंग-रूप बदल गया। काम पूरा होने से पहले ही रेशमा सीवान जाकर माल ले आई। कुछ नगद और कुछ उधार। जुन्ना मियाँ के चलते उसे बहुत सहूलियत हुई। वह तो अपना धंधा शुरू करने की फ़िक्र में जुन्ना मियाँ के पीछे-पीछे डोल रही थी और देवली के लोग थे कि इस अपनापे के भीतर छिपी किसी नई ख़ुश्बू का पता पाने के लिए सूँघते फिर रहे थे। पहले पिंटू सिंह और उसके बाद सरपंच अकरम अंसारी का इतिहास सबको मालूम था। देवली में यह आम धारणा थी कि रेशमा बिना किसी मर्द को फाँसे रह नहीं सकती।... और यह तय है कि जो भी फँसेगा, उसे चूस कर एक दिन फेंक देगी। लोग जुन्ना मियाँ के साथ बने रेशमा के नए रिश्ते को भेदने और परखने में लगे थे और धुन की पक्की रेशमा अपने नए धंधे को जल्दी से जल्दी शुरू करने में उलझी हुई थी। ऐसा नहीं था कि रेशमा इन बातों से अनजान थी। रेशमा को भरोसा था कि कलाली का धंधा बन्द करके उसने सही क़दम उठाया है। दारू और दारूबाजों से पीछा तो छूटा। रही बात नए धंधे की, तो नसीब कोई नहीं जानता।

सरपंच अकरम अंसारी के व्यवहार ने रेशमा की आँखें खोल दी थीं। अपनी

देह की इज़्ज़त करना सीख गई थी वह। रही बात मन की, तो कौन जानता है कि किसके मन की गठरी में दु:ख-सुख की कौन-सी सौगात बँधी है! वह जब कभी अकेले में सोचती, उसकी आँखों में गंगा-जमुना उतर आतीं। उसके मन की गठरी तो अब बहुत भारी हो चुकी है। अब और बोझ उठाने की हिम्मत और लालसा नहीं बची है उसके भीतर। बस यही गठरी ढो ले और ज़िन्दगी पार लग जाए। उसके साह की बुढ़ौती ठीक से कट जाए। सेवा-टहल में कोई कमी न हो उससे। लोग उसके बारे में और कुछ भी सोचें या कहें, पर कोई यह न कहे कि उसने अपने साह के साथ धोखा किया।...रही बात जुन्ना मियाँ की, तो वह किस-किस को बताए कि जुन्ना उसके लिए संतान जैसे हैं। अगर उसका पहला ब्याह सत्तर साल के बूढ़े से नहीं हुआ होता और कोई संतान हुई होती या अपने गाँव टँड़वा लौटने पर चन्दन तिवारी ने जो बीज कोख में डाला था, वही बचा लिया होता उसने, तो आज उसकी संतान जुन्ना के बराबर होती। उसके मन में जुन्ना मियाँ के लिए जो है, सो एक न एक दिन लोग जानेंगे ही। समय आने पर साबित करेगी रेशमा कि वह ऐसी माटी की नहीं बनी है कि हर कोई गूँध जाए।

ढोंढ़ाई बाबा प्रात:-पूजन से निवृत्त होने के बाद प्रसाद ग्रहण कर उठे ही थे कि देखा माथ पर आँचल रखे रेशमा उनके सामने खड़ी थी। दाएँ हाथ के अँगूठे और तर्जनी के बीच आँचल का छोर पकड़े वह नीचे झुकी और दोनों हाथों से ढोंढ़ाई बाबा के पाँव छू लिये।

"जय हो!...मंगल हो!...जुग-जुग जीओ!" ढोंढ़ाई बाबा ने आशीर्वचन उचारते हुए पूछा, "कइसे-कइसे सहुआइन?"

देवली में अकेले ढोंढ़ाई बाबा ही थे, जो रेशमा को सहुआइन पुकारते थे। जब भी कभी आमना-सामना होता या पर्व-त्योहार के दिन जब वह मंदिर आती, आदर के साथ झुक कर ढोंढ़ाई बाबा के पाँव छूती। एक लाख पारथिव पूजन के यज्ञ में रेशमा ने जिस उदारता और श्रद्धा के साथ दान दिया था, उसने ढोंढ़ाई बाबा के मन में उसके प्रति बहुत स्नेह-भाव पैदा किया था।

ढोंढ़ाई बाबा मंदिर के बरामदे से नीचे उतरे। पैरों में खड़ाऊँ डाल कर सहन में आए और सामने बिछी खटिया पर बैठ गए। रेशमा भी पीछे-पीछे चलती हुई खटिया के पास आई और दोनों हाथ जोड़ कर बोली, "बाबा, पूजा करवाना है। दिन-वार दिखवाना है। कलाली बन्द करके नया धंधा करने को सोच रहे हैं।"

"कलाली बन्द करके बहुत अच्छा की हो। बहुते गड़बड़ धंधा था, पर अच्छेलाल को कौन समझाए!...अब कौन धंधा होगा?" ढोंढ़ाई बाबा ने उत्सुकता प्रकट की।

"सिंगार-पटार का सामान बेचेंगे। बिसाती का सामान।...हमहूँ तो दिन-भर ख़ाली ही रहते हैं। दूनो जन मिल कर दुकान चलाएँगे।" रेशमा के हाथ जुड़े हुए थे।

"बहुत अच्छा। आजकल तो नया ज़माना है सो तरह-तरह का सामान आ गया

है। अब तो पेट बाद में और सौख-सिंगार पहिले। महादेव की कृपा होगी तो कौनो कमी ना होगी।...बैठो सहुआइन। पत्रा ले आते हैं।" ढोंढ़ाई बाबा खटिया से उठे।

"बाबा, जल्दी है। सब तैयारी हो गई है। काल्ह-परसों में कौनो महूरत निकाल कर पूजा करवा दिया जाए।" रेशमा ने आग्रह किया।

"देखते हैं पत्रा। करते हैं कौनो जुगाड़।"

ढोंढ़ाई बाबा पत्रा लेकर लौटे। खटिया पर पालथी मार कर बैठे। चश्मा लगाया और पंचांग के पन्ने पलटने लगे। दो दिनों बाद प्रात: काल से पूर्वाह्न तक का जोग बन रहा था। ढोंढ़ाई बाबा ने मंदिर की प्रात:-पूजा के बाद का समय निर्धारित किया। पूजन-सामग्री की सूची बनाकर दिया। बोले, "नगीना साह की दुकान में एक जगह सब मिल जाएगा।"

रेशमा ने ब्लाउज में हाथ डाल कर छोटा-सा बटुआ निकाला। पचास रुपए का एक नोट और एक रुपए का सिक्का ढोंढ़ाई बाबा के पाँवों पर रखते हुए बोली, "बाबा, आसीरवाद बनाए रखिएगा। हम उस दिन साह जी को इसी बेरा भेज देंगे।"

ढोंढ़ाई बाबा को बटुआ निकालते समय बस एक झलक दिखा था रेशमा की छाती की गोलाई का छोटा-सा हिस्सा और उनके नयन उसकी धवल आभा से विजड़ित हो गए थे। रेशमा ने जब पाँव पर रुपया रख कर पाँवलगी की तब उनकी चेतना लौटी। उन्होंने अस्फुट स्वर में आशीर्वचन उचारते हुए कहा, "सुहाग बना रहे!...मंगल हो!"

ढोंढ़ाई बाबा का आशीर्वाद लेकर रेशमा चली गई। उसके जाने के बाद बहुत देर तक ढोंढ़ाई बाबा की आँखों में वह धवल आभा बार-बार कौंधती रही।

गौरी-गणेश के पूजन और सत्यनारायण भगवान की कथा बाँचने के बाद ढोंढ़ाई बाबा ने जब 'रेशमा सिंगार स्टोर' के साइनबोर्ड पर फूल-अक्षत-कुंकुम चढ़ाया और शंख फूँक कर उसे टाँगने की अनुमति दी, रेशमा की आँखों में फिर गंगा-जमुना उमड़ आईं। रेशमा, हजामिन से कलवारिन तो अपनी फुआ पतिया के चलते एक झटके में बन गई थी, पर कलवारिन से मनिहारिन बनने में समय लगा। अच्छेलाल की कलाली का यह बदला हुआ रूप देख कर देवली बाज़ार के लोग चकित थे। इस नए ढब वाली दुकान को लेकर गाँव की लड़कियों-औरतों में भारी उत्साह था। जिस सामान के लिए सीवान जाने-आने का इंतज़ार करना पड़ता था, वह सारा कुछ 'रेशमा सिंगार स्टोर' में उपलब्ध था। असली भी और डुप्लिकेट भी। बाहर का माल भी था और लोकल भी। फेयर एंड लवली भी था और फेयर एंड लोकली भी।

10

जैसे सब कुछ होता रहता है, सब कुछ हो रहा था।

जैसे पृथ्वी अपने अक्ष पर चक्कर काटती है, काट रही थी। देवली की नाभि भी इसी अक्ष से बँधी थी। साहेब साँई लगभग घर-गृहस्थी की ज़िम्मेवारियों से निजात पा चुके थे। मुन्नी बी और गुल बानो के बीच का बहनापा दिन पर दिन और गाढ़ा होता जा रहा था। दो-दो औरतों की देखरेख में गँजहे नौशेर साँई का चेहरा चिक्कन हो गया था।

ग्रामीण रोज़गार योजना में बड़का पोखर होते हुए देवली बाज़ार से पुरैना तक की सड़क मरम्मत का नया ठेका मुखिया लीलाधर यादव की कृपा से पाने के बाद भी रज्जन पासवान अभी ऊहापोह में थे। अपने लिए कोई राह नहीं निकाल सके थे। पिंटू सिंह का बेल पेटिशन लोअर कोर्ट से ख़ारिज हो चुका था। उनके ससुराल वाले हाई कोर्ट जाने की तैयारी कर रहे थे। पिंटू सिंह की औरत रोज़ सुबह-शाम अपने दोमुँहे की चौखट पर बैठ जाती और चीख़-चीख़ कर बमबम सिंह के परिवार को गालियाँ उचारती।

रेशमा सिंगार स्टोर इन दिनों देवली बाज़ार की सबसे आकर्षक दुकान थी। ब्रा से लेकर नेल पालिश तक सब कुछ सीवान के रेट पर बिक रहा था। दिन-भर लड़कियों-औरतों का आना-जाना लगा रहता। कल तक जिस रेशमा की जवानी पर गाँव-जवार के लोग फिदा थे अब वे लोग ही उसके बोल-व्यवहार पर लट्टू हो रहे थे। देवली के हर तबक़े की औरतों में रेशमा की तारीफ़ करने वाली औरतों की तादाद बढ़ती जा रही थी। अच्छेलाल साह, जो कभी कलाली छोड़ कर बाहर नहीं निकलते थे, इन दिनों सुबह-शाम देवली मंदिर में माथ नवाने जाते और ढोंढ़ाई बाबा के सामने बैठ कर धर्मचर्चा सुनते।

जुन्ना मियाँ ने फत्ते मियाँ का धंधा चौपट कर दिया था। फत्ते अपनी दुकान में अकेले बैठ कर मोबाइल में ताश के पत्तों वाला खेल या बुलबुले फोड़ने वाला खेल खेलते रहते। मदन साह की चाय दुकान में गँजहों की मजलिस जैसे पहले जमती थी, जम रही थी। नौशेर साँई का आना कुछ कम हो गया था। इन दिनों उनका ज़्यादा समय घर पर कटता या जोगी पीर के पास। अच्छेलाल साह की कलाली बन्द होने से ढेला साह हलवाई के दुकान की बिक्री पर कुछ असर पड़ा था। ढेला साह इसके लिए रेशमा को मन ही मन कोसते। कलाली हटने से देवली बाज़ार की रौनक़ कुछ कम हो गई थी। पर रौनक़ की यह कमी बहुत दिनों तक नहीं रही। मानिकपुर के पसीनाथ तिवारी का पोता दोपहर में मारुति वैन में दारू का पाउच भर कर आता और साँझ होते माल खपा कर निकल जाता। देवली बाज़ार आने वाले लोग अब केवल बड़का पोखर वाली कलाली के भरोसे नहीं थे। पचरुखी और दारौंदा थाना के इलाक़ों

से माल आता और हसनपुरा थाना के इलाक़े में बिकता। तीन-तीन थानों को उसने मैनेज कर रखा था। यह उन्हीं पसीनाथ तिवारी का पोता था, जो रामबरन सिंह के घर हुई डकैती में शामिल थे और बेदाग बच निकले थे। पसीनाथ तिवारी, बिलट गिरोह के सबसे छोटे सदस्य थे। अब उनकी उम्र अस्सी पार पहुँच चुकी थी।

जीतन नोनिया के पुत्र रतन कुमार ने पहले तो अपनी महतारी का पान की गुमटी पर बैठना रोक दिया और बाद में गुमटी ही किराए पर लगा दी। अब उसमें शमशेर केस में नामज़द रज्जन पासवान के चचेरे भाई के बेटे राजो पासवान की खैनी की दुकान चल रही थी। देवली बाज़ार में कुछ और नई दुकानें खुल गई थीं। तिवारी टोला के अनपढ़ तिरबेनी तिवारी बंगाल से फार्मेसी की डिग्री जुगाड़ लाए थे और इस डिग्री के बूते उन्होंने अँग्रेज़ी दवा की दुकान खोल ली थी। बंटी मिसिर का स्कूल चल रहा था। बंटी मिसिर के पिता पलटू मिसिर की अनिच्छा के बावजूद अनिल माँझी स्कूल में बने हुए थे। पुलिस को दी गई रक़म में से पाँच हज़ार चुकाने का वचन अभी तक रंगून माँझी पूरा नहीं कर सके थे। रक़म ज्यों की ज्यों बरकरार थी।

जेठ-बैशाठ के लग्न में देवली के हर टोले में शादियाँ हुईं। बबुआन टोला के मुरारी सिंह के बेटे की शादी में बोलेरो दहेज़ में मिला, पर दूसरे महीने ही बहू भाग कर अपने नइहर चली गई। लड़की जब भाग कर नइहर पहुँची तब वहाँ भेद खुला कि लड़का निकम्मा और शराबी है। लड़की वाले बोलेरो सहित दहेज़ में दिया एक-एक सामान वापस ले गए और महिला उत्पीड़न का केस ठोक दिया। मुरारी सिंह दो महीना सपरिवार फ़रार रहे। जब कुर्की-ज़ब्ती का आर्डर निकला तब सरेंडर किया। देवली की प्रतिष्ठा में यह दाग़ पहली बार लगा।

इस साल सावन के शुक्ल पक्ष की त्रयोदशी को लँगटू ब्रह्म की पूजा से पहले मिसिर लोगों में भारी मतभेद था। मुखिया लीलाधर के बीच-बचाव से मतभेद मिटा और बंटी मिसिर के पिता पलटू मिसिर को मिसिर लोगों ने पूजा में शामिल किया। बंटी मिसिर ने अपने ख़र्च से लँगटू ब्रह्म के चबूतरे को पक्का करवाया और सरकारी नल योजना के पैसे से लीलाधर यादव ने चापाकल गड़वा दिया। चापाकल गाड़ने का ठेका रतन कुमार को मिला था।

मुखिया लीलाधर यादव की पत्नी कुसुमी देवी अपनी सास जसोदा देवी के गुज़रने के बाद लगातार बीमार चल रही थीं। हठी थीं। बेटी कुंती के घर जाकर रहने और इलाज करवाने को तैयार नहीं थीं। रमन सिंह यादव के बड़े सुपुत्र सुजीत सिंह यादव का विवाह कुंती देवी के पति मनन चौधरी ने अपनी रिश्तेदारी में तय करवा दिया था। लीलाधर यादव को मनन पर अगाध भरोसा था। कुसुमी देवी की ज़िद थी कि पोते की शादी जल्दी से जल्दी हो ताकि वे मरने से पहले बहू का मुँह देख सकें। लीलाधर भी चाहते थे सुजीत का ब्याह कर देना। एक क्षीण सा भरोसा था कि शायद ब्याह के बाद उसके स्वभाव में कुछ नरमी और दुनियादारी की

समझ आए।...पर भय की एक छाया भी उनके मन में थरथराती रहती थी कि कहीं ब्याह के बाद सुजीत के उग्र स्वभाव के चलते हालात और बिगड़ न जाएँ! फिर भी मनन चौधरी की बात मान कर उन्होंने हामी भर दी थी। इस साल पहले लग्न में ही ब्याह होना था। तिथि अभी तय नहीं हुई थी। मुखिया लीलाधर यादव के घर में ऊपर से सब कुछ शांत और थिर दिख रहा था, पर ऐसा था नहीं। भीतर ही भीतर समय की धाह में बहुत कुछ पक रहा था, जिसका किसी को अता-पता नहीं था।

*

रेवती ने बी. ए. पास किया। मनोहर से कुछ ही कम अंक मिले थे रेवती को। बस सात अंक से प्रथम श्रेणी छूट गई थी। कॉलेज की स्थापना के बाद दूसरी बार अँग्रेज़ी विभाग के किसी छात्र ने प्रथम श्रेणी में बी. ए. पास किया था। मनोहर रजक की इस सफलता पर सब चकित थे। शिखा और त्रिपुंडधारी प्रोफ़ेसर सीकेटी यानी चन्द्र कांत तिवारी कॉलेज के टीचर्स रूम में बैठ कर इस उपलब्धि पर अपनी पीठ ठोकते हुए अघाते नहीं फिर रहे थे, पर भीतर ही भीतर बेहद दुखी थे। उन्हें गहरा आघात लगा था। रिजल्ट सुन कर पहली प्रतिक्रिया देते हुए वे बुदबुदाए थे, "इ धोबी सरवा ऊपर से तो मुँहचोर दिखता था, पर भीतर से भारी तेज़ निकला। फर्स्ट क्लास खींच दिया! संसार का नियम ही उलट गया है। ब्राह्मणों के बाल-बच्चे अब भीख माँगते फिरेंगे और ये लोग राजपाट करेंगे।...पहिले अंदाज लग जाता तो कोई पेंच फँसाते, पर अब तो हाथ से निकल गया।"

कई दिनों तक उद्विग्न रहने के बाद सीकेटी अपने ज्योतिष केन्द्र में अझुरा गए। मनोहर रजक ने पटना जाकर आगे की तैयारी के लिए पहले से मन बना रखा था। इसकी परवाह किए बिना कि यह महासमर कैसे पार लगेगा मनोहर पटना निकल गए। मानिकपुर का एक अवधिया परिवार पिछले दस-बारह सालों से पटना में बसा हुआ था। इस परिवार में उनके हमउम्र थे रंजीत कुमार। रंजीत जब कभी गाँव आते मनोहर के साथ उनका समय कटता। रंजीत ने भी इसी साल बी. ए. पास किया था। रंजीत कुमार की सलाह पर ही मनोहर ने पटना में रह कर तैयारी करने की योजना बनाई थी। रंजीत की मित्रता का भरोसा ही था कि वह पटना जाने का साहस जुटा सके थे।

पटना पहुँच कर शुरू का पहला हफ़्ता तो रंजीत के घर बीता। इस बीच पटना की एक भीड़भाड़ वाली गली के एक लॉज में कमरा तय हुआ और 'न्यू कैरियर कोचिंग सेन्टर' में दाख़िला। मेस में हर महीने एक मोटी रक़म देकर खाना खा पाना मनोहर के लिए सम्भव नहीं था। मनोहर के पिता ने अपनी एकमात्र सम्पदा दस कट्ठा ज़मीन बेच कर कुल रक़म उनके हवाले कर दिया था। यह रक़म इतनी

नहीं थी कि वह मेस या ऐसी दूसरी सुविधाओं का लाभ उठा सकें। ट्यूशन पढ़ा कर बाक़ी ख़र्च का जुगाड़ करना था। ट्यूशन पढ़ाना, कोचिंग में पढ़ना, खाना बना कर खाना और शेष बचे समय में तैयारी करना आसान नहीं था, पर मनोहर अपने निश्चय पर दृढ़ थे।

रेवती ने जब पटना जाकर पढ़ने की बात अपने बाबा से की, तो मुखिया लीलाधर यादव के घर में सन्नाटा छा गया। भुवन सिंह यादव मौन रहे। उन्हें अपने पिता के निर्णय पर भरोसा था। उनकी पत्नी यानी रेवती की महतारी की मानसिक स्थिति ऐसी नहीं थी कि उनकी राय को तरजीह दी जाए। वे भी मौन ही रहीं। कुसुमी देवी बीमार थी और इस ख़बर ने उन्हें बहुत विचलित किया। अपनी आसन्न मृत्यु की आशंका के चलते वे रेवती के बाहर जाने के पक्ष में नहीं थीं। रमन सिंह यादव और उनकी पत्नी इस मामले में तटस्थ रहना चाहते थे, सो वे दोनों मौन ही थे, पर भीतर ही भीतर यह उनके मन के विरुद्ध था क्योंकि उन्हें रेवती पर रत्ती भर भरोसा नहीं था। रही बात सुजीत की, तो वह देवली छोड़ कर कहीं भी रेवती के रहने के पक्ष में नहीं था। रेवती के पटना जाने के प्रस्ताव पर उसने ऐसा मुखर विरोध किया कि अपने बाबा लीलाधर से बहस कर बैठा।

मुखिया लीलाधर यादव के जीवन में ऐसा भी दिन आएगा कि उनकी अपनी संतानें उन्हें पलट कर जवाब देंगी और उनके निर्णय को चुनौती देंगी, इसकी वह कल्पना नहीं कर सके थे। सुजीत ने साफ़-साफ़ कहा था, ''रेवती को आपने मनबढ़ बना दिया है बाबा। रेवती अब कहीं नहीं जाएगी। बहुत हो गई पढ़ाई। अब जल्दी से जल्दी उसका ब्याह करके उसे विदा करिए। अगर अपनी नाक कटवाना चाहते हैं, तो भेजिए पटना-दिल्ली।"

पटना में पवन थे और सारे सुख-साधन उपलब्ध थे, पर रेवती का वहाँ रह कर पढ़ पाना सम्भव नहीं था। कुंती, रमन, भुवन और रमन की पत्नी, कोई इस बात पर सहमत नहीं था कि रेवती को पवन के पास रखा जाए। पवन की पत्नी पर किसी को रत्ती भर भरोसा नहीं था। पवन की पत्नी की नज़रों में देवली और देवली के लोगों के लिए न अपनापा था और न ही मान-सम्मान। पवन चाह कर भी अपनी पत्नी के आगे लाचार हो जाते थे। कुंती ने अपने पति मनन चौधरी से बात की। सुजीत के विरोध के बावजूद रेवती को लेकर मुखिया लीलाधर यादव अपने दामाद मनन चौधरी के साथ पटना गए। पवन के घर रुके। दो दिनों के भीतर ही पटना के एक प्राइवेट गर्ल्स हॉस्टल में रेवती के रहने की व्यवस्था हुई और उसी 'न्यू कैरियर कोचिंग सेन्टर' में उसका दाख़िला हुआ जिसमें मनोहर रजक पढ़ रहे थे। पवन सिंह यादव व्यवसाय के सिलसिले में पटना से बाहर थे। मुखिया लीलाधर यादव ने पवन के बेटे अंशु के साथ कुछ समय बिताया और वापस लौटे। मनन चौधरी पहले ही लौट गए थे। बहू ने एक बार भी रेवती के बारे में कुछ नहीं पूछा।

अपने पास रखने की बात तो दूर, यह भी नहीं पूछा कि रेवती को कहाँ रख आए?

अगले हफ़्ते रेवती से मिलने कुंती पटना आई। उसका हाल-चाल जानने और उसके रहने-खाने का इंतज़ाम देख कर लौटीं। लौटने से पहले उन्होंने मनोहर के बारे में भी रेवती से पूछा। यह जान कर कि मनोहर भी उसी कोचिंग सेन्टर में पढ़ रहे हैं जिसमें रेवती, कुंती के मन में भरोसा हुआ। यह भरोसा ऐसे ही नहीं उपजा था। पिछले चार सालों में मनोहर के विनम्र व्यवहार और उनकी प्रतिभा ने कुंती के मन में यह भरोसा पैदा किया था।

*

एक दिन रेवती ने हठ किया कि मनोहर उसे अपने लॉज ले चलें। उनके लाख मना करने के बावजूद रेवती उनकी बात मानने को तैयार न थी। वह चक्की मिलों में पिसते सूखे मसालों की तीखी झाँस भरी गंध में उब-चुभ होती दलदली गली का रास्ता पार करती हुई भगतिन लॉज पहुँची। मनोहर का हाथ थामे अँधेरी सीढ़ियाँ चढ़ी। मनोहर का कमरा हमेशा अँधेरे में डूबा रहता। इस अँधेरे में भी रेवती के चेहरे की दीप्ति मंद नहीं पड़ी। मनोहर के कमरे में रेवती का होना, उजास का होना था। वह मनोहर के लिए भरोसा थी।

एक बार जब रूमाल निकालते हुए मनोहर की जेब से माचिस की डिबिया गिरी रेवती ने पूछा था, ''सिगरेट पीते हो?''

''नहीं तो!''

''फिर ये माचिस?''

''मैं जिस लॉज में रहता हूँ उसकी सीढ़ियों पर अँधेरा है। कुछ भी नहीं दिखता। मेरा कमरा तीसरी मंज़िल पर है। बीच-बीच में तीलियाँ जलाकर देखना होता है। ऊपर पहुँचकर भी बस कहने भर को रोशनी है।...फिर एक अँधेरी सुरंग की तरह गलियारा और उसी गलियारे में खुलते हैं कई कमरों के दरवाज़े। इन्हीं में एक कमरा मेरा भी है। कोई खिड़की नहीं। कहीं से रोशनी नहीं आती, जब तक...''

''बस,...बस! एक टॉर्च क्यों नहीं ले लेते?'' रेवती ने बात काट दी थी।

''दिन में टॉर्च लेकर चलूँगा तो लोग पागल समझेंगे।'' मनोहर ने हँसते हुए कहा था।

इसके बाद से ही रेवती ने हठ पकड़ ली थी ''सुनो, मैं चलूँगी तुम्हारे लॉज में।''

अंततः मनोहर की एक न चली। सारी मिन्नतें धरी की धरी रह गईं।...और एक दिन रेवती भगतिन लॉज की अँधेरी सीढ़ियाँ चढ़ती तीसरी मंज़िल पर पहुँची। उस अँधेरी कोठरी का भाग्य जागा। अपने-अपने कमरों से निकल कर भगतिन लॉज के रहबासियों ने मनोहर के भाग्य को निहारा। थोड़ी देर तक उनके कमरे के

सामने किसी न किसी बहाने लोगों की आवाजाही बनी रही और फुसफुसाहटों में मिल कर पगध्वनियाँ तैरती रहीं।...

उस दिन रेवती के साथ भगतिन लॉज की अँधेरी सीढ़ियाँ चढ़ते हुए मनोहर का कलेजा काँप रही थी और पाँव थरथरा रहे थे, पर रेवती की छाती में उमंग हिलकोरें मार रहा था और निडर पाँव किसी मृगशावक की तरह कुलाँचे भरते हुए सीढ़ियाँ फलाँग रहे थे। रेवती कभी नहीं डरी। जब सुजीत के हाथ उसका मोबाइल लगा और उसने उस पर हाथ उठाया और उसके केश पकड़ कर घसीटा, तब भी वह डरी नहीं थी। हतप्रभ थी। उसे अपने बाबा के सामने सच बोलते हुए भी डर नहीं लगा। थोड़ा समय ज़रूर लगा था अपने को सम्भालने में, पर जब एक बार उसने अपनी ज़िन्दगी की राह तय कर ली, निडर हो गई।

मनोहर डरपोक नहीं, संकोची थे। रेवती के साथ क्या कुछ हो सकता था, इसकी कल्पना उन्हें भीतर से तोड़-मरोड़ कर रख देती। उन्हें रेवती की फ़िक्र थी। मनोहर कम बोलते और मन ही मन रेवती और अपने भावी जीवन की चादर बुनते रहते। कभी तानों में बाना का धागा अझुरा जाता, तो कभी भरनी धोखा दे देती। अगर चादर बुन भी जाती तो अक्सर उनकी बुनी चादर छोटी पड़ जाती और उदासियाँ उन्हें घेर लेतीं। जीवन के जो दूसरे हाहाकार उनके सामने थे, उनसे वह बचपन से जूझते रहे थे। उन्हें अपने पर भरोसा था कि ये हाहाकार उन्हें पछाड़ नहीं सकते।

सीवान के कॉलेज में पढ़ते हुए जो बंदिशें थीं और जो संकोच था, वह पटना के हलचल भरे माहौल में अपने आप कब तिरोहित हो गया दोनों को पता तक नहीं चला। कोचिंग सेन्टर से लेकर भगतिन लॉज में मनोहर की कोठरी और न्यू गर्ल्स हॉस्टल के गेट तक दोनों के लिए एक नई दुनिया बस गई। यह इस पृथ्वी का सबसे सुन्दर और स्पन्दित भू-भाग था, जिसकी राहों पर नन्हे ख़रगोश की मानिंद रेवती फुदकती हुई आती-जाती और पीछे-पीछे मनोहर उसके पाँवों की छाप पर अपने पाँव रखते हौले-हौले चलते।

राजेन्द्र नगर स्टेडियम के पीछे पूरब-दक्षिण वाले भाग में 'न्यू कैरियर कोचिंग सेन्टर' था। स्टेडियम के मुख्य द्वार के सामने उत्तर की ओर बसा था पटना का राजेन्द्र नगर। कभी यह पटना के अभिजनों का रहबास हुआ करता था। विशाल अहातों वाले सुन्दर और ऊँचे घर। इन घरों के बाशिंदों के बाल-बच्चे विदेशों में जा बसे थे और अब इनमें नर्सिंग होम, स्कूल, हॉस्टल और अन्य व्यावसायिक प्रतिष्ठानों के ऑफ़िस खुल चुके थे। यहीं था रेवती का हॉस्टल। राजेन्द्र नगर से और आगे कुछ दूरी पर थी दलदली गली। रेवती के हॉस्टल से दलदली गली के भगतिन लॉज तक आध घंटा में पैदल पहुँचते थे मनोहर। 'न्यू कैरियर कोचिंग सेन्टर' से दोनों साथ लौटते। रेवती को उसके हॉस्टल के गेट तक छोड़ कर मनोहर दलदली गली की राह पकड़ लेते। एक शाम 'न्यू कैरियर कोचिंग सेन्टर' से लौटते हुए दोनों हॉस्टल

पहुँचे, तो सामने गेट पर सुजीत को खड़ा पाया।

रेवती ने एक नज़र भाई को देखा। पल भर के लिए ठिठकी। फिर आगे बढ़ कर सुजीत के सामने गई। देवली वाली घटना के बाद दोनों में अबोला ही था, पर रेवती भाई के पाँव छूने के लिए झुकी। पूछा, "कब आए?"

"एक घंटा हुआ।...क्लास कब तक चलता है?"

"कोई एक समय नहीं है। हर दिन अलग-अलग टाइम तक चलता है।"

"ये कौन है?"

"यही मनोहर है।" रेवती 'यही' पर ज़ोर देते हुए बोली।

मनोहर ने दोनों हाथ जोड़ कर नमस्कार किया। सुजीत बिना जवाब दिए मनोहर को देखता रहा। किसी अनहोनी की मन ही मन प्रतीक्षा करती हुई रेवती दोनों के बीच खड़ी थी। मनोहर ने आँखों ही आँखों में रेवती से विदा लिया और बिना कुछ बोले सुजीत के सामने दोनों हाथ जोड़ कर नमस्कार करते हुए जाने लगे। उनके कुछ क़दम आगे बढ़ते ही रेवती ने आवाज़ दी, "सुनो।"

मनोहर रुके। पीछे मुड़ कर देखा। रेवती पास आई। बोली, "कल सीधे कोचिंग सेन्टर मत जाना। पहले यहाँ आना। साथ चलेंगे।"

अचानक सुजीत के सामने रेवती के इस प्रस्ताव का अर्थ समझ नहीं सके मनोहर। उन्हें थोड़ी उलझन हो रही थी। वे आगे बढ़ गए। रेवती सधे हुए क़दमों से सुजीत के पास लौटी। सुजीत उसे निहार रहा था। उसके चेहरे पर तरह-तरह की छायाएँ उभर रही थीं, मिट रही थीं। उसकी आँखें रेवती को भेद रही थीं। रेवती के चेहरे पर भय के चिह्न ढूँढ़ रही थीं। उसकी पीठ पर एक छोटा सा पिट्ठू बैग लटका हुआ था। उसे देते हुए कहा, "दादी ने कुछ दिया है। मैं आना नहीं चाहता था, पर इसी के चलते आना पड़ा।...ले जा इसे। बैग ख़ाली करके ले आ। मुझे आज ही अभी रात की बस से निकलना है।"

रेवती बैग लिए भीतर गई। उसकी दादी कुसुमी देवी ने उसके लिए खाने का कुछ सामान भेजा था। उसमें कदम्ब के कुछ फल भी थे।...कदम्ब, जो देवली में उसके द्वार पर खड़ा था और अपने फूलने-फलने के मौसम में उसकी प्रतीक्षा किया करता था। रेवती की आँखें नम हो आईं। वह झटपट दुपट्टे के कोर से अपनी आँखें पोंछती हुई बैग लिये बाहर आई। वह नहीं चाहती थी कि सुजीत उसकी नम आँखें देखे। रेवती चाहती थी कि जल्दी से जल्दी भाई विदा हो।

बैग ख़ाली लेकर वापस लौटी। इस बीच सुजीत के भीतर जलती आग की धाह बाहर आ चुकी थी। उसका चेहरा किसी पत्थर की तरह कठोर हो चुका था और आँखों से लपटें निकल रही थीं। चलने से पहले सुजीत ने रेवती से कहा, "अच्छा नहीं कर रही हो तुम।...एक बात याद रखना कि मेरे जीते जी जो तुम चाह रही हो, वह नहीं हो सकेगा।...तुम पढ़ कर कलक्टर बन जाओगी, तो भी।

मैं जान दे और ले सकता हूँ, पर तुम्हारा यह हठ पूरा नहीं होने दूँगा।...बाबा चुप हैं अभी, पर कहिया तक?"

भाई को सुनते हुए रेवती उसकी आँखों की आग में झाँक रही थी। वह रेवती को झुलसा देना चाहता था और वह थी कि उसे निर्भय निहार रही थी।

सुजीत चला गया। तेज़ क़दमों से चलते हुए गया। जाते हुए एक बार भी पीछे मुड़ कर नहीं देखा। रेवती उसे तब तक जाते हुए निहारती रही, जब तक वह ओझल नहीं हो गया। रेवती ने अपनी दादी कुसुमी देवी को याद किया। घर के सामने सहन में खड़े कदम्ब को याद किया। विक्षिप्त जीवन जीती अपनी माँ और सीधे-सादे मास्टर पिता भुवन सिंह यादव को याद किया। माँ बन कर उसे पालती-पोसती हुई कुंती बुआ की याद भी आई। अचानक उसे लगा, उसके बाबा लीलाधर यादव उसके सिर पर अपनी हथेली फेर रहे हैं। जैसे कोई प्रकाश-वृत उसके चेहरे को अपनी आभा में सराबोर करते हुए गुज़र जाए, वैसे ही मनोहर की छवि कौंधी।

रेवती हॉस्टल के गेट से भीतर आई। अपने कमरे में जाने के बदले छत पर गई। स्टेडियम दूर से ही चमक रहा था। स्टेडियम के बाहरी परिसर से उपजता हुआ दूधिया प्रकाश-पुंज उसके ऊपर के आसमान में छाया हुआ था। मेघ के कुछ बहुत छोटे-छोटे टुकड़े थे। धीमी गति से तैरते हुए टुकड़े। वह बहुत देर तक आसमान में चल रहे प्रकाश और अँधियारे के खेल को निहारती रही। रेवती आसमान में अपने हमनाम उस सत्ताइसवें नक्षत्र के ज्योतिपुंज को ढूँढ़ रही थी जिसमें बत्तीस तारों का झुंड होता है। अचानक आसमान में एक द्युति कौंधी और अग्नि-लीक बनाती हुई चली गई क्षितिज के पार। आसमान में प्रकाश और अँधियारे के खेल ने अब तक जो भी चित्र उकेरे थे सबको इस द्युति ने मिटा दिया था। धूल, धुआँ और नमी से बोझिल हवा अचानक हल्की हो चली थी। स्फूर्तिदायिनी। रेवती गहरी साँसें भर रही थी। वह हवा को पी रही थी। रेवती की श्लथ हो चुकी देह के रोम-रोम को सहलाती इस हवा ने उसको प्राणवंत कर दिया था।

*

देवली लौट कर सुजीत ने अपने बाबा को वह सब बताया, जो वह बताना चाहता था। जब वह बता रहा था, पूरा परिवार सामने था। सुजीत के पिता रमन सिंह यादव और रेवती के पिता भुवन सिंह यादव अपनी-अपनी पत्नियों के साथ खड़े थे। कुसुमी देवी बिस्तर पर पड़ी थीं और लीलाधर यादव उनके सिरहाने बैठे थे। सब सुजीत की बातें सुनते रहे। उसे उम्मीद थी, सबसे पहले उसके बाबा कुछ बोलेंगे, लीलाधर चुप रहे। कुसुमी देवी की टूटती हुई धीमी आवाज़ उभरी, ''तुम उसके

भाई हो बबुआ, बाप और दादा नहीं।...तुमको सनेस पहुँचाने के लिए भेजे थे अउरी तुम जाकर पहरेदारी करने लगे?...कान खोल कर सुन लो रमन-भुवन।...बचिया का पढ़ना-लिखना कवनो हाल में बन्द न होगा। तुम्हारे बाबू ने अपनी महतारी को वचन दिया है।"

कुसुमी देवी की यह टूटती हुई धीमी आवाज़ सुजीत के कलेजे पर लोहे के घन की तरह गिरती रही। बीमारी के चलते कुसुमी देवी का स्वर बदला हुआ ज़रूर था, पर दृढ़ और अभेद्य था। सबने सुना। सब मौन रहे। सुजीत ने सबको देखा और क्रोध में अपने पाँव पटकते हुए बाहर निकल गया। लीलाधर ने रमन की पत्नी से कहा, "इसको समझाओ। महतारी हो तुम। तुम्हारी बात सुने शायद। इस तरह चौबीसों घंटा क्रोध में जलता रहेगा, तो किसी दिन कुछ ऐसा कर देगा कि पूरा परिवार...।"

लीलाधर उठे। कुसुमी देवी की ओर देखा। उनकी आँखों में रेवती के लिए याचना थी। लीलाधर ने माहौल को हल्का करने के लिए बात बदलते हुए कहा, "रूपनछाप ख़बर भिजवा देते हैं। नइहर घूम आओ। तुम्हारा भतीजा सब आकर ले जाएगा।"

कुसुमी देवी के चेहरे पर मुस्कान उभरी। लीलाधर ने पूछा, "जाओगी?"

"अब हम का नइहर जाएँ!...तुम्हीं ससुराल घूम आओ!"

कुसुमी देवी के जवाब से कमरे की बोझिल हवा में एक हिलोर उठी और सबके चेहरे पर मुस्कान तैर गई। लीलाधर यादव बाहर निकले और स्कार्पियो पर सवार होकर सीवान चले गए। कल शमशेर वाले मुक़दमे की तारीख़ थी। देवली में मुक़दमे की तारीख़ को लेकर हलचल थी। लोग तरह-तरह की अटकलबाज़ियों में लगे हुए थे।

*

सरपंच अकरम अंसारी से रज्जन पासवान का मिलना-जुलना इन दिनों पहले की अपेक्षा कम हो रहा था। कोई सीधा मनमुटाव नहीं हुआ था और न कुछ ऐसा घटा था कि सम्बन्ध टूट जाए! रज्जन पासवान इस बात को लेकर दुखी थे कि अकरम अंसारी ने अपने को दारू के हवाले कर दिया था। यह सच था कि हालात उनके पक्ष में नहीं थे। घर-परिवार में जो हालात बने थे उसे उनकी बीवी ने पैदा किया था। इसे नज़रअन्दाज़ कर उन्होंने नाज़ बेगम को खुली छूट दे दी थी जिससे मामला और बिगड़ता गया और बात यहाँ तक आ पहुँची कि भाइयों ने बँटवारा कर लिया। गाँव-समाज में अपनी हैसियत बिगाड़ने में भी ख़ुद उनका ही हाथ था। मुन्नी बी का मामला घर के भीतर की बात थी, सो लोगों का उससे बहुत लेना-देना नहीं

था, पर जैसे ही नाज़ बेगम ने मुन्नी बी को घर से निकाल बाहर किया, बात आम हो गई और लोग उनके नाम पर थू-थू करने लगे। यहाँ तक कि मनरौली के जो अंसारी उनके साथ थे, उनसे दूरी बरतने लगे थे। सरपंच अकरम अंसारी अगर चाहते तो जेल से ही नाज़ बेगम की रास कस सकते थे। मुन्नी बी को बेसहारा होने और नौशेर साँई के घर जाकर बैठ जाने से बचा सकते थे। रेशमा को लेकर पहले से ही बदनामी थी। रेशमा ने भी उनका संग-साथ बिना कारण नहीं छोड़ा था। सारे गाँव-जवार की परवाह किए बग़ैर वह तो उनसे मिलने सीवान जेल तक गई थी। रज्जन पासवान को यह क़िस्सा बाद में मालूम हुआ कि पुलिस डायरी अपने पक्ष में लिखवाने के लिए सरपंच चाहते थे कि वह गरभू पाँड़े के पास जाए। रेशमा के कलेजे पर इस बात से चोट लगी थी। इतना सब कुछ कहने-करने के बाद और यह जानते हुए कि वह भड़की हुई है, वह किस उम्मीद पर जबरन उसके घर में घुसे थे! सरे बाज़ार रेशमा ने उनकी छाती पर सवार होकर उन्हें कूटा। इसके बाद भला कुछ बच जाता है किसी के कहने-सुनने के लिए!...फिर भी रज्जन चाहते थे कि सरपंच अपना चाल-चलन बदलें और हौसले के साथ तन कर खड़ा हों, पर वह समझने को तैयार नहीं थे।

सरपंच अकरम अंसारी के बुलावे पर रज्जन पासवान उनके पास गए। केस पर बातें हुईं। बहुत देर तक अपने नसीब को कोसते और पैसे की कमी का रोना रोते रहे सरपंच। रौज़ा के पास से मंदिर के पीछे वाली सड़क और देवली बाज़ार होते हुए बड़का पोखर तक वाली सड़क के ठेकेदारी के बारे में उन्होंने रज्जन पासवान से कुछ नहीं पूछा। बस इसी एक बात को लेकर रज्जन के मन में संकोच था कि अगर उन्होंने पूछा तो भला क्या जवाब देंगे वह!

रज्जन पासवान ने सीवान कोर्ट में वकील से अर्जी दाख़िल करवाया कि उनका मुवक्किल मुद्दालह नम्बर एक बीमार है। इस अर्जी के बिना पर कोर्ट ने पेशी की तारीख़ आगे बढ़ा दी। वकील की फीस के अलावा पेशकार, नाज़िर और सरकारी वकील पर होने वाले ख़र्च का सारा भुगतान रज्जन पासवान ने अपनी जेब से किया। शमशेर साँई की हत्या के दूसरे आरोपी मुन्ने मियाँ, मुन्ने के दोस्त रफीक अंसारी, सूखल नोनिया और रज्जन के चचेरे भाई का बेटा राजो पासवान—सब के सब कोर्ट में हाज़िरी लगाने पहुँचे थे। इनमें से किसी की हैसियत नहीं थी कि वह अकेले अपने बूते मर्डर केस लड़ सके। सबको सरपंच अकरम अंसारी का आसरा था।...और अकरम थे कि ख़ुद ही मुँह के बल गिरे पड़े थे। सब सोच रहे थे कि आज तो बला टली, पर कब तक रज्जन पासवान साथ देंगे! रज्जन पासवान की माली हालत भी ऐसी नहीं थी कि वह इतना बड़ा बोझ उठा सकें।...और अगर माली हालत ऐसी होती भी तो वह क्यों उठाते यह बोझ!

सीवान से लौटने के समय रज्जन पासवान ने मुन्ने मियाँ को रोक लिया। बोले,

''मुन्ने भाई, तुम रुको। हमको कुछ काम है। निपटा लें फिर साथ चलेंगे।''

मुन्ने मियाँ रुके रहे। रज्जन की मोटरसाइकिल पर पीछे बैठ कर साथ लौटते हुए वह बहुत उदास थे। रज्जन ने पूछा, ''काहे मुँह लटकाए हुए हो मुन्ने भाई?''

''अब हमारा मुँहवे अइसा है तो हम का करें?'' मुन्ने मियाँ ने खीझते हुए जवाब दिया।

''हम का बिगाड़े हैं मरदे कि तुम आभी-गाभी बोल रहे हो?''

''तुम कुछ ना बिगाड़े हो। सब नसीब का फेर है। अकरम के फेरा में बरबाद हो गए। पता नहीं मुक़दमा कौन करवट बैठेगा! फाँसी चढ़ेंगे कि सगरी ज़िन्दगी जेहल में रहेंगे!...जर-जायदाद से मज़बूत रहते तो इतनी फिकर न होती। जो गुनाह किए नहीं, उसकी सजा भुगत रहे हैं। अल्ला मियाँ भी आन्हर हैं।'' मुन्ने मियाँ के स्वर में अथाह दुःख शामिल था।

''हम तो सुने हैं कि तुम सरकारी गवाह बनने वाले हो। सारे जवार में हल्ला है कि नौशेर साँई और मुन्नी ने तुमको...''

''यही पूछने के लिए हमको साथ चलने के लिए रोके थे?'' मुन्ने मियाँ ने रज्जन पासवान की बात काटते हुए कहा।

''हाँ मुन्ने भाई।''

''तुम अकरम के कहने से पूछ रहे हो कि अपने मन से?...अगर तुम अकरम के कहने से पूछ रहे हो तो हाँ बूझो।...अपने मन से पूछ रहे हो तो ना बूझो। हम ऐसा गुनाह ना कर सकते हैं भाई। अकरम मेरे साथ जो करें, पर हम ऐसा कठकरेज नहीं हो सकते।...अच्छा तुम बताओ एक बात कि मुन्नी की कौन चूक थी कि ऐसी सजा मिली उसे? न घर की रही न घाट की। हम भाई हैं उसके। अगर उसके साथ खड़ा हुए तो कौन गुनाह किया?'' मुन्ने मियाँ की आवाज़ भर्रा गई।

रज्जन पासवान ने मोटरसाइकिल रोक दी। मुन्ने मियाँ उतरे। सड़क किनारे मोटरसाइकिल लगा कर रज्जन ने मुन्ने मियाँ दोनों के कन्धों पर अपने हाथ रखते हुए कहा, ''तुम कौनो गुनाह ना किए हो मुन्ने भाई। अकरम बदनसीब हैं। तुम नहीं। सब सम्भल जाएगा। हम तो ख़ाली अपने मन का भरम मिटाने के लिए पूछ रहे थे।''

रज्जन पासवान और मुन्ने मियाँ वापस लौटे। मुन्ने सरपंच अकरम अंसारी से मिले बिना अपने घर चले गए। उन्हें पता था नबीहा बेसब्री से उनकी राह देख रही होगी। सरपंच बरामदे में बैठे थे। उन्होंने मुन्ने मियाँ को अपने घर की ओर जाते देखा। रज्जन पासवान उनके पास आकर बैठ गए। उन्होंने तफ़सील से कचहरी में जो कुछ हुआ, बताया और ख़र्च का हिसाब दिया।

*

दिन बीत रहे थे।

अनावृष्टि का साल रहा।

सावन-भादो में भी धरती की प्यास नहीं मिटी। आषाढ़ की छिटफुट वर्षा धरती की कोख तक नहीं पहुँच सकी। धरती की कोख अगर नम नहीं होती ख़रीफ़ की फ़सल तो जाती ही है, रबी की आस भी टूट जाती है। देवली, मनरौली, पुरैना, मानिकपुर, आदि गाँवों के चँवर में धान की रोपनी तक नहीं हो सकी। आषाढ़ के पानी में लगे बीचड़े रोपनी के इंतज़ार में खड़े-खड़े झुलस गए। सावन-भादो में बाँकी अदा से लहराने वाली सँपही के पेट में धूल उड़ती रही। दुधही के विशाल उदर में फटी दरारें जल की बूँदों की आस में मुँहबाये आसमान की ओर ताकती-तरसती रह गईं। ट्‌ यूबेल के बूते धान की खेती कर लेना सबके बूते की बात नहीं। वैसे भी जब तक धान के गाभ में सावन-भादो के जल की बूँदें नहीं गिरतीं, दानों में दूध नहीं भरता। इस साल सावन शुक्ल त्रयोदशी के दिन लँगटू ब्रह्म के पूजन के समय ही धीमे स्वर में बुदबुदा कर ढोंढ़ाई बाबा ने लोगों से कहा था, "पूरा सावन बीत गया और एक बून बरखा नहीं। लँगटू बाबा इस साल तो छोड़ेंगे नहीं। बीच बाज़ार मेरा अपमान हुआ है। लँगटू बाबा से कुछ छिपा नहीं है।"

सूखा हो या दहार पर्व-त्योहार को आने से कौन रोक सकता है! दीयरी-बाती का त्योहार बीता। कातिक शुरू होते ही छठ-पर्व की तैयारियाँ शुरू हो गईं। इस साल अच्छेलाल साह की धर्मपत्नी रेशमा देवी पहली बार छठ व्रत करने जा रही थीं। पिछले कुछ महीनों से रेशमा अपने आचरण और अपनी व्यवहार कुशलता से अपने प्रति देवली के लोगों की धारणा को बदलने में लगी थी। कलाली बन्द होने के बाद उसके घर में ग़ैर मर्दों का आना-जाना बन्द हो गया था और औरतों का आना-जाना बढ़ गया था। वैसे भी सरे बाज़ार पिंटू सिंह के निष्कासन और अकरम अंसारी की कुटाई के बाद उसके मुँह लगने की हिम्मत किसी मर्द में नहीं थी। पीठ पीछे जिसे जो कहना हो कहता रहे, पर सामने आकर रेशमा को चुनौती देना आसान नहीं था। रेशमा सिंगार स्टोर की दुकानदारी से नए सम्बन्ध बने थे। अब पर्व-त्योहार के समय या मांगलिक अवसरों पर औरतें उसे अपने घर बुलाने लगी थीं।

रेशमा ने छठ पर्व धूमधाम से मनाया। चार दिनों का कठिन व्रत रखा। देवली की औरतों के साथ बड़का पोखर में साँझ-सवेरे अर्घ्य दिया। पोखर के घाट पर आँचल पसार कर नटुआ नचाया। दिल खोल कर गाँव भर में प्रसाद बाँटा। व्रत का प्रसाद लेकर वह ख़ुद मुखिया लीलाधर के घर गई। जब वह मुखिया के घर पहुँची वे बाहर गए थे। रमन की पत्नी के साथ बैठ कर बातें करती रही। बीमार कुसुमी देवी से मिली। बिस्तर के पायताने बैठ कर बहुत देर तक उनके पाँवों के तलवे सहलाती रही। मुखिया लीलाधर यादव घर पहुँचे तो उन्होंने देखा कि रेशमा कुसुमी देवी के पायताने बैठी है। रेशमा ने सिर पर आँचल रखते हुए उठ कर उनके पाँव छू लिये।

सूर्य के मकर राशि में प्रवेश के बाद माघ महीने के शुक्ल-पक्ष की अष्टमी तिथि को रमन सिंह यादव के पुत्र सुजीत सिंह यादव के विवाह की तिथि तय हुई। कुसुमी देवी के स्वास्थ्य को लेकर चिन्ता और आशंका दोनों बनी हुई थी। उनकी लालसा थी कि पोते का ब्याह देख कर ही इस दुनिया से जाएँ।

11

अपनी नई रूम पार्टनर बाला को देख कर पहले दिन ही रेवती चकित हुई थी। बिल्कुल वही नाक-नक़्श,...वही कद-काठी,...दिप-दिप करता ठीक वैसा ही सोने की आभा वाला रंग। आँखें भी वैसी ही थीं,...बड़ी-बड़ी और बिन काजर के काली। विश्वास से भरा चेहरा।...बस आवाज़ में थोड़ा फ़र्क़ था। यह फ़र्क़ भी शायद उम्र में फ़र्क़ के चलते था। पुरानी रूम पार्टनर एक हफ़्ता पहले अचानक चली गई थी। जाने के पहले वह सारी रात बिलख-बिलख कर रोती रही थी। उसे अचानक जाना पड़ा था। तीन दिन पहले उसका भाई आकर ख़बर दे गया। उसकी शादी तय हो गई थी। शादी में अभी समय था, पर उसके ससुराल वाले नहीं चाहते थे कि वह पटना में हॉस्टल में रह कर पढ़े, सो भाई लेने आ गया।

पुरानी वाली रूम पार्टनर के जाने के बाद हफ़्ता भर यह जगह ख़ाली रही। उस बीच रेवती का जी उचट गया था। न पढ़ने में मन लगता और न और किसी काम में। एक चिन्ता यह भी थी कि पता नहीं नई लड़की का स्वभाव कैसा होगा! बिल्कुल अपरिचित के साथ दिन-रात रहना, खाना-सोना और पढ़ना-लिखना आसान नहीं। आपस में तालमेल न हो,...आपस में प्यार न पनपे तो पढ़ना-लिखना तो दूर जीना दूभर हो जाए।...पर बाला के आते ही रेवती को लगा था जैसे कोई बहुत अपना आ गया हो। बाला का चेहरा उसकी आजी जसोदा देवी से मिलता था। रेवती को लगा था कि आजी जब जवान रही होंगी बिल्कुल ऐसी ही लगती होंगी।

पहला दिन तो कुछ-कुछ औपचारिक ही बीता। बाला अपनी व्यवस्था ठीक करने में ही लगी रही और रेवती सीनियर होने के कारण मदद करने में। रेवती को बस इतना ही पता चला कि बाला ने छपरा के राजेन्द्र कॉलेज से इंटरमीडिएट किया है और मेडिकल की कोचिंग के लिए आई है। पहले छपरा में ही कोचिंग कर रही थी पर वहाँ ढंग की पढ़ाई न होने के कारण उसे पटना आना पड़ा। लगभग इतना ही बाला ने रेवती के बारे में भी जाना।

रेवती से उम्र में कुछ छोटी थी बाला, पर उसकी ऐसे परवाह करती जैसे उसकी कुंती बुआ। एक दिन रेवती ने कहा, ''तुमको देख कर मुझे अपनी आजी की याद आती है।''

"हे भगवान! मैं इतनी बूढ़ी और ख़राब लगती हूँ? रेवा दी, तुमने तो मुझे तीन पीढ़ी पीछे ढकेल दिया।" खिलखिल करती हँस रही थी बाला।

"तीन नहीं, चार पीढ़ी पीछे। मैं अपनी परदादी को आजी कहती थी। पचासी पार पहुँच कर मरीं मेरी आजी।...और वे बूढ़ी ज़रूर थीं, पर ख़राब नहीं दिखती थीं। बहुत सुन्दर थीं मेरी आजी। इस उम्र में भी उनके चेहरे से आँखें नहीं हटती थीं।" रेवती बोली।

"तुम्हारा गाँव कहाँ है रेवा दी?"

"देवली।...सीवान के पास ही है।"

"दे व ली!..." बुदबुदाते हुए बाला कुछ याद करने की कोशिश कर रही थी। उसे यह नाम कुछ परिचित-सा लग रहा था। किसी क़िस्सा-कहानी में सुना-सुना हुआ।

"और तुम्हारा गाँव?" रेवती ने पूछा।

"अमरपुर। छपरा से सीधी सड़क जाती है। बिल्कुल नदी के किनारे है मेरा गाँव। घाघरा के किनारे।" बाला ने कहा। रेवती उसे मुँह फाड़े निहार रही थी। आश्चर्य और दुविधा, दोनों भाव उसके चेहरे पर आ-जा रहे थे। रेवती को इस तरह पाकर बाला ने पूछा, "क्या हुआ रेवा दी?"

"कुछ नहीं रे। कुछ नहीं!" बिना आश्वस्त हुए रेवती कुछ कहना नहीं चाह रही थी।

"कुछ तो है दी।...कोई बात ज़रूर है तभी तुम ऐसे चिहा गई हो।" बाला ने कहा।

"शायद इसी अमरपुर में मेरी आजी का नइहर था। आजी कभी अमरपुर का नाम नहीं लेती थी, पर मैंने अपनी बुआ से अमरपुर के बारे में सुना है।"

"मुझे भी तुम्हारे गाँव देवली का नाम सुना हुआ लग रहा है। मैं अपने बाबूजी और बाबा से पूछती हूँ।" बाला उत्साहित थी और बाला के चेहरे में बार-बार अपनी आजी का चेहरा ढूँढ़ती हुई और रेवती चकित।

बाला ने अपने बाबूजी को फ़ोन किया और रेवती ने अपनी कुंती बुआ को। उसके बाबूजी ने कहा कि पूछो तो उसके बाबा का नाम लीलाधर यादव है क्या? रेवती ने हामी भरी और एक नई दुनिया दोनों के लिए बस गई। बाला के बाबूजी और चाचा जसोदा देवी के अंतिम संस्कार में शामिल होने सिसवन गए थे। साथ में दोनों अपने बेटों को भी ले गए थे। श्राद्ध में भी बाला के चाचा शामिल होने देवली गए थे। पहली बार बाला के परिवार ने लीलाधर यादव को देखा था। लगभग सत्तर सालों के बाद अमरपुर और देवली के बीच की राह पर पगचिह्न बने थे। कुंती को रेवती ने मना किया, "बुआ, अभी बाबा को मत बताना। बाबा को सरप्राइज देना है।"

हॉस्टल में व्यवस्थित होने के बाद बाला अपने घर गई। पहले छपरा और उसके बाद अपने गाँव अमरपुर। बाला चाहती थी रेवती उसके साथ अमरपुर चले,

पर ऐसा न हो सका। उसके पिता और चाचा ने छपरा में भी मकान बनाया था ताकि बच्चों की पढ़ाई-लिखाई में असुविधा नहीं हो। रामआसरे यादव के बाद की यह चौथी पीढ़ी थी। उनके दो बेटों में एक नावल्द हो गए थे। जसोदा देवी इन्हीं दो भाइयों की बहन थीं। छोटे बेटे को एक बेटा हुआ, जो लीलाधर से उम्र में दो-तीन साल बड़ा था। यही थे बाला के बाबा। इन्हीं के बड़े बेटे की छोटी बेटी थी बाला। अपने बाबा, माता-पिता, चाचा-चाची, भाइयों और भौजाइयों से मिल कर बाला पटना लौटी। इस बार रेवती को सुनाने के लिए बाला के पास अपने कुल में दशकों पहले पैदा हुई एक लड़की की अनगिन कथाएँ थीं। ये कथाएँ दबी ज़ुबान में फुसफुसा कर कही-सुनी जाती रही थीं।

बाला के मुँह से रेवती ये कथाएँ सुनती रही। उसने अमरपुर में घाघरा-तट पर अधूरी बनी उस लाल ईंटों वाली मस्जिद के बारे में सुना। यह जान कर उसका रोम-रोम सिहरता रहा कि आज भी घाघरा उसकी दीवारों को चूमती हैं।...कि कोई लीला साह थे जिनकी याद का आवाँ अपने कलेजे में छिपाए लिये उसकी आजी जसोदा देवी देवली आई थीं।...कि उसी आवाँ की आग में पक कर उनकी ज़िन्दगी के सुख-दुख तैयार हुए।...कि उसी आवाँ की आँच में उन्होंने अपने भीतर की औरत के जीवट को ऐसे पकाया कि मरने से पहले अपने बेटा लीलाधर से रेवती के लिए वचन ले सकीं।...कि नइहर-ससुराल दोनों जगह अपवाद की चिन्ता किए बग़ैर अपने बेटे का नाम लीलाधर रखा।...रेवती अपनी आजी की स्मृतियों की बाढ़ में बही जा रही थी। अब रेवती के लिए जसोदा देवी केवल एक औरत का नाम नहीं था। वह घाघरा की तरह प्रवाहित हो रही थीं उसके भीतर। उम्र और अनुभव की वे गहरी लकीरें जो उसकी आजी के चेहरे पर थीं, नदी बन कर बह रही थीं। नदी बनी इन लकीरों के बीच किसी हरी-भरी बस्ती की तरह बसी उन आँखों में रेवती के अलावा जीवन का ठौर पाने के लिए अनगिन लोग बसे हुए थे।

रेवती, अब पहले वाली रेवती नहीं रह गई थी। वह वेगवती घाघरा की उद्दाम लहरों और देवली की पथरीली धरती पर अपनी प्रणय-कथा लिख कर अनाम रह जाने वाली जसोदा देवी की विरासत की हक़दार थी। अब कोई उसके साथ हक़तलफ़ी नहीं कर सकता था। अमरपुर जाने के लिए आकुल हो उठा था उसका मन।

"रेवा दी, तुमने कभी प्रेम किया है?" बाला ने पूछा।

"कभी किया नहीं,...करती हूँ।" रेवती की आँखें मुँदी हुई थीं। उसने कहा, "अब और कुछ मत पूछना बाला।"

"हम तो पूछेंगे दी। तुम बताओ या न बताओ।" बाला ने हँसते हुए कहा।

"पूछ। जो-जो पूछना है पूछ।" मुँदी हुई आँखों को बिना खोले ही रेवती बोली।

"कैसा लगता है प्रेम करना?"

"बाला रे, गूँगे के मुँह में गुड़ का स्वाद होता है प्रेम।"

"...प्रेम के बाद क्या सचमुच दुनिया बदल जाती है?"

"औरों की बात नहीं जानती, पर मेरी तो बदल गई। हर रोज़ इस दुनिया में अलग-अलग दिशा में सूरज उगता और डूबता है। कभी चन्द्रमा से शीत, तो कभी आग झरती है।...मेरे पैर के तलवों में तो फफोले निकल आए हैं बाला। लाख सम्भल कर पैर रखती हूँ, पर...। तू भी न लड़की बिल्कुल पागल है। तैयारी में लग। डॉक्टर नहीं बनना क्या?" जबरन हँसने की कोशिश करती हुई रेवती उठी।

रात बहुत बीत चुकी थी। सुबह सात बजे दोनों को अपने-अपने कोचिंग सेन्टर के लिए निकलना था। हॉस्टल के गेट पर हर हाल में सात से पहले मनोहर हाज़िर हो जाएँगे। रेवती ने रीडिंग टेबल पर जलते लैम्प का स्वीच ऑफ़ किया और अपने तख़्त पर लेट गई। उसकी आँखों में नींद नहीं थी। ढेर सारे चेहरों की छवियाँ कमरे के अँधेरे में तैर रही थीं। हॉस्टल के हर कमरे में तीन फ़ीट गुणा छह फ़ीट के दो तख़्त थे। दो छोटे रीडिंग टेबल, दो कुर्सियाँ और दो वार्ड रोब। बाला भी अपने तख़्त पर पसरी हुई थी। उसके कानों में मद्धिम स्वर में गूँज रहे थे रेवती के शब्द। वह सोच रही थी कि अगर किसी दिन उसकी दुनिया बदल गई तो!...तो वह फफोलों से भरे तलवे वाले पैर कैसे रख पाएगी धरती पर!

*

एक शाम रेवती को उसके हॉस्टल छोड़ कर दलदली गली के अपने लॉज में घुसे ही थे मनोहर कि उनका मोबाइल बजा। रेवती थी। वह रो रही थी। उसके मोबाइल पर देवली से उसकी दादी कुसुमी देवी की मौत की ख़बर आई थी। उसकी बुआ कुंती देवी ने कॉल किया था। कल अंतिम संस्कार होना था। रेवती ने मनोहर को हॉस्टल बुलाया। वह चाहती थी कि रात की बस से ही सीवान के लिए निकल जाए और मनोहर उसके साथ सीवान तक चलें। मनोहर उल्टे पाँव वापस लौटे। रेवती ने हॉस्टल सुपरिंटेंडेंट को बताया। वह दुविधा में था कि बिना किसी गार्जियन के लड़की को अकेले कैसे जाने दे!...और रेवती थी कि रो-रो कर अपनी जान हलकान किए हुए थी। आनन-फ़ानन में एक बैग में कुछ कपड़े डाल कर वह देवली जाने के लिए तैयार खड़ी थी। रेवती ने मोबाइल पर हॉस्टल सुपरिंटेंडेंट की कुंती बुआ से बात करवाई। बताया कि वह मनोहर के साथ रात की बस से सीवान पहुँच रही है और वहाँ बस-स्टैंड आकर कोई उसे देवली ले जाए। पवन सिंह यादव अपने काम के सिलसिले में सम्भलपुर गए थे। वह कब और कैसे देवली पहुँचेंगे या पहुँच भी सकेंगे या नहीं, यह तय नहीं था। रेवती को साथ लेकर मनोहर सीवान के लिए चले।

रंगून माँझी स्कार्पियो लेकर सीवान बस-स्टैंड पर खड़े थे। सुबह पाँच बजे रेवती देवली पहुँची। उसे सीवान पहुँचा कर मनोहर अपने गाँव मानिकपुर चले गए।

सोचा, जब यहाँ तक आ ही गए हैं तो बाबू और माई से मिल आते हैं। जब वह भिनसार में अचानक घर पहुँचे उनके बाबू और माई की ख़ुशी का ठिकाना नहीं था। उनके बाबू ने पूछा, "अचके कैसे आए बबुआ?"

"बस ऐसे ही आ गए।..."

"मन नहीं लग रहा था का?" उनके बाबू ने कुरेदा।

"ऐसी बात नहीं है।...देवली के मुखिया जी की पोती हमारे साथ पढ़ती है। उनके घर में गमी हो गई है। उसकी दादी कल साँझ गुजर गईं। अकेली लड़की कैसे आती?...सो सीवान तक पहुँचाने आए थे। सोचे कि जब सीवान तक आ ही गए हैं तो घर हो आते हैं।...घर के लिए मन तो बेचैन होता ही है बाबू। बहाना मिला तो..." मनोहर ने सम्भल-सम्भल कर सच बताया।

"अच्छा किए बबुआ।" मनोहर की माई बोली। उनके बाबू चुप रहे।

इधर मनोहर अपने बाबू की अचानक चुप्पी का रहस्य खोजने में लगे थे और उधर देवली में रेवती के पहुँचने के बाद सुजीत सिंह यादव जाँच-पड़ताल में उलझे हुए थे। कुसुमी देवी की अंतिम-यात्रा की तैयारियाँ चल रही थीं। मुखिया लीलाधर यादव मौन बैठे थे। लोगों के आने-जाने का ताँता लगा हुआ था। सिसवन जाने के लिए गाड़ियों की क़तार खड़ी थी। सुजीत के लिए कुसुमी देवी की अंतिम-यात्रा की तैयारियों से ज़्यादा ज़रूरी था यह जानना कि रेवती सीवान कैसे पहुँची? वह अकेली आई या कोई साथ था? अगर कोई साथ था तो वह कौन था? वह रंगून माँझी से सवाल-जवाब कर रहे थे। जिस रंगून माँझी से आज तक रमन सिंह यादव या भुवन सिंह यादव ने जवाब तलब नहीं किया, उन पर बरस रहे थे सुजीत सिंह यादव कि बिना उन्हें बताए स्कार्पियो लेकर वह सीवान क्यों गए! जब सुजीत सारी हदें पार कर गए, रंगून माँझी बोले, "जब तक मुखिया जी जिन्दा हैं, हम इस घर के किसी आदमी को धेला भर नहीं बूझने वाले। जाकर उन्हीं से जवाब तलब करो।"

दरवाज़ा पर खड़ी भीड़ से थोड़ा हट कर जिस समय सुजीत सिंह यादव रंगून माँझी से उलझ रहे थे, मास्टर अनिल माँझी उनके पीछे आ खड़े हुए। अनिल ने सुजीत के कन्धे पर हाथ रखा, तो सुजीत पीछे मुड़े। दोनों हमउम्र थे। अनिल ने कहा, "सुजीत बाबू, अभी दुआर पर भीड़ है और गमी का मौक़ा है, सो हम चुप हैं।"

मास्टर अनिल माँझी की संयत पर घन की तरह गिरती आवाज़ से पल भर के लिए सकते में आ गए सुजीत सिंह यादव। रमन भी वहाँ आ गए। उन्हें कुछ अनहोनी का अंदेसा हुआ था। बेटा से बोले, "कौन बात पर बहसबाजी कर रहे हो? दुआर पर भीड़ है और तुम...। चलो।"

रमन सिंह यादव ने अपने बेटे को वहाँ से हटाया। वह रंगून माँझी को घूरते हुए वहाँ से हटा। अनिल ने अपने पिता से कहा, "अब खड़ा काहे हैं? जाकर सब इंतज़ाम देखिए। बहुत मनबढ़ हो गया है।...पर कहिया तक?" फिर अपने ही

जवाब दिया अनिल ने, "मुखिया जी की ज़िनगी तक।"

रूपनछाप से कुसुमी देवी के भाइयों के परिवार से आने वाले लोगों का इंतज़ार था। पवन सिंह यादव ने सूचना दे दी थी कि वे नहीं आ पा रहे हैं। रूपनछाप से लोगों के पहुँचते ही अंतिम-यात्रा शुरू हुई। कुसुमी देवी भी सिसवन के उसी घाट से विदा हुईं जहाँ जसोदा देवी का अन्तिम संस्कार हुआ था। कुसुमी देवी को उनके छोटे पुत्र भुवन सिंह यादव ने मुखाग्नि दी।

*

श्राद्ध के दिन मुखिया लीलाधर यादव के दरवाज़े पर भारी भीड़ जुटी थी। नातेदारों, देवली के लोगों के अलावा आसपास के गाँवों से भी लोग आए थे। पवन सिंह यादव अपनी माई के श्राद्ध में शामिल होने सपरिवार आए थे। अपनी दादी जसोदा देवी के श्राद्ध के समय वे सपरिवार नहीं आ सके थे। इस बार उनकी पत्नी और बेटा अंशु भी साथ थे। उनके श्वसुर सुरंजन चौधरी भी पहुँचे थे। दूसरे दिन की सुबह भुवन की पत्नी अंशु को लेकर अपने पिता के साथ वापस चली गई। रमन की पत्नी ने बहुत रोका, पर वह नहीं रुकी। मुखिया लीलाधर चुप रहे। चाहते थे कि अंशु और दो-चार दिन देवली में रुकता, पर वे कुछ बोल न सके। पवन तीन-चार दिनों तक देवली में रुके रहे। देवली से चलते समय उन्होंने रेवती को पटना साथ चलने के लिए कहा, पर वह टाल गई। उसने कहा, "चाचा, हमको अमरपुर जाना है। वहीं से पटना लौटना है।"

"अमरपुर?" चौंक गए पवन। पूछा, "तुमको मालूम है कि अमरपुर तुम्हारी आजी का नइहर है?"

"हाँ चाचा, वहाँ से भी तो लोग श्राद्ध के दिन आए ही थे। आजी के नइहर के परिवार की एक लड़की मेरी रूम पार्टनर है।...वह भी अमरपुर आई हुई है। बाबा से पूछ लिया है। उन्होंने जाने के लिए परमिशन दे दिया है।"

"अच्छा है। जाओ,...घूम लो। कोई तो कुल-खानदान का जाए वहाँ! बाबू तो अपने ही नहीं गए आज तक ममहर।"

पवन सिंह यादव देवली से लौट गए। मुखिया लीलाधर ने सुजीत के मौन विरोध के बावजूद रेवती को अमरपुर जाने दिया। रंगून माँझी के साथ वह अमरपुर के लिए निकली। रास्ते में उसके आग्रह पर रंगून माँझी ने पुरैना से राह बदल दी और मानिकपुर होते हुए हसनपुरा जानेवाली सड़क पकड़ ली। मानिकपुर में मनोहर के घर पहुँची। मनोहर उसकी प्रतीक्षा कर रहे थे। मनोहर आए तो थे रेवती को पहुँचाने और मानिकपुर होते हुए उसी दिन लौटना था उन्हें, पर वह बीमार पड़ गए। रेवती के इस आग्रह पर कि 'दो-चार दिन रुक जाओ, फिर साथ

चलेंगे', वे रुके हुए थे। जब रेवती ने मोबाइल पर मनोहर से मानिकपुर आने की बात कही, वह कुछ चिन्तित हुए थे। पर रेवती ने हठ किया और अपने रंगून काका के साथ मानिकपुर पहुँची। मनोहर के घर गई। उनके बाबू और माई से मिली। मनोहर को साथ ले अमरपुर होते हुए पटना के लिए चल दी। लीलाधर यादव ने रंगून माँझी से कहा था कि दो दिन अमरपुर रुक कर उसे पटना हॉस्टल पहुँचा कर वह लौटें। मानिकपुर से हसनपुरा और वहाँ से सीधी सड़क सिसवन जाती थी। सिसवन से दायीं ओर जो सड़क मुड़ती वह दरौली होते हुए घाघरा के किनारे-किनारे चलती अमरपुर पहुँचती।

रेवती और मनोहर अमरपुर पहुँचे। रेवती के आग्रह पर बाला पहले ही अमरपुर आ चुकी थी। लगभग सारा परिवार अमरपुर में था। रेवती और बाला ने कई पीढ़ियों के फासले को पाट दिया था।

रेवती और बाला अमरपुर में घाघरा के तट पर भटकती रहीं। सुर्ख़ ईंटों वाली खंडहर बन चुकी उस अधूरी मस्जिद के भीतर जसोदा और लीला साह के पगचिह्न ढूँढ़ती रहीं। मस्जिद के गुम्बदों की छत से टकरा कर उनकी जो आवाज़े वर्षों से भाँवर काट रही थीं उन्हें टेरती रहीं दोनों। घाघरा के तट पर सूर्यास्त हो रहा था। पश्चिम से पूरब की ओर जाती घाघरा की लहरों पर सूर्य उड़ेल रहे थे पिघलता हुआ सोना। लहरें मस्जिद की निचली दीवारों से टकरातीं और लाल ईंटें सोने की आभा से रँग जातीं और लहरों पर तैरता सोना बूँद-बूँद बन कर उड़ता ऊपर की ओर। घाघरा के जल में सूर्य के अस्त होने तक रेवती और बाला धारा के उस पार की मटमैली रेती पर बनते-मिटते छायाभासों में जसोदा और लीला साह की आकृतियाँ ढूँढ़ती रहीं। रेवती ने लीला साह के घर की डीह देखी।

रामजस साह की अकेली संतान थे लीला। उस फगुआ की दोपहरी में वे घाघरा के पार गए और फिर वापस नहीं लौटे। लीला साह के लोप होने के कुछ ही सालों बाद उनकी माता जी गईं। पुत्र की वापसी की राह निहारते-निहारते उनकी आँखों की रोशनी चली गई थी। पत्नी के गुज़रने के बाद रामजस साह ने अपने संदूक में बंद गिरवी रखे गहनों-बरतनों को बिना सूद के लोगों को वापस किया। अपना व्यवसाय बन्द करके तीर्थाटन पर निकले। लौटे तो साधु का बाना धारण करके। हर साल चतुर्मासा के लिए आषाढ़ मास की शुक्ला द्वादशी से कार्तिक शुक्ला द्वादशी तक अमरपुर छोड़ देते। एक बार चतुर्मासा के लिए निकले तो लौटे ही नहीं। जो भी सम्पत्ति बची थी धीरे-धीरे पट्टीदार उस पर क़ाबिज़ हो गए। लीला साह के घर की डीह बची हुई थी। रेवती डीह को निहारती रही। अपने मन की आँखों से लीला साह के रूप-रंग और कद-काठी की रेखाएँ उकेरती रही। इस बीच मनोहर लगभग चुप ही रहे। वह अपनी आजी जसोदा देवी की कथाएँ मनोहर को सुनाती रही।

दो दिन अमरपुर में गुज़ार कर रेवती पटना लौटी। मनोहर और बाला साथ थे।

रास्ते में कुछ देर छपरा रुक कर उसने बाला का यह घर भी देखा। रंगून माँझी को विदा किया। वह गई थी अपनी दादी कुसुमी देवी के श्राद्ध में और लौटी अपनी परदादी जसोदा देवी के नइहर की माटी और जल का स्पर्श साथ लेकर। उसके तलवों के फोड़ों की जलन को शीतल करती घाघरा की रेती की नम माटी की छुवन, जल-बूँदों की नमी और ढहते मस्जिद के सुर्ख़ ईंटों की चमक उसके साथ थी।

*

बीत रहे पूस महीने की साँझ थी। रेवती और मनोहर रानी घाट की सीढ़ियों पर बैठे थे। सामने तन्वंगी गंगा की झिर-झिर धारा थी और उस पार था रेत का विशाल फैलाव। उस दिन पटना के सारे कोचिंग संस्थान बन्द थे। कुछ कोचिंग संस्थानों के मालिकों के घरों पर पिछले दिनों सरकारी छापे पड़े थे। इन्हीं छापों के विरोध में एक दिन की बन्दी थी। रेवती के आग्रह पर मनोहर पहले उसके हॉस्टल आए और फिर दोनों साथ-साथ यहाँ आए। घाघरा से मिल कर लौटने के बाद रेवती का मन आकुल रहने लगा था। अक्सर सपने में उसे नदी दिखाई पड़ती। देवली में नदी थी नहीं और सीवान में दाहा नदी को शहर ने निगल लिया था। पटना आने के बाद वह अब तक गंगा से मिलने नहीं आ सकी थी। पहली बार वह गंगा तट पर थी और वो भी मनोहर के साथ। मरियल सूरज को, गंगा की धारा को, इस धारा में तिरती नावों को और उस पार फैले रेती के विस्तार को कुहरा निगल रहा था। घाट की सीढ़ियों पर मनोहर के काँधे से सिर टिकाए बैठी रेवती कुहरे में लोप होते संसार को निहार रही थी। एक बेचैनी उसके भीतर भरती जा रही थी। थोड़ी ही देर में धारा में तिरते नावों पर प्रकाश के कुछ वलय उभरे तब जाकर रेवती के मन को थोड़ा चैन मिला। रेवती के होंठ बुदबुदाए, ''मनु!''

''हूँ।'' मनोहर ने हुँकारी भरी।

जब वे दोनों एकांत में होते रेवती मनोहर को मनु बुलाती। रेवती ने फिर कहा, ''मनु, मुझसे यह तैयारी हो नहीं पा रही। मन इधर-उधर भटकता रहता है।''

''अमरपुर जाना ज़रूरी था क्या? मुझे भी ले गई तुम। लौट आना था देवली से ही।''

''देवली नहीं जाती, तो शायद और भटकता।''

''चलो अब। अँधेरा हो चुका है।''

''नहीं जाना मुझे। यहीं रहना है। इसी घाट पर।...यहीं पत्थर की मूरत बन कर पड़ी रहूँगी। फिर एक दिन यक्षिणी बन कर निकलूँगी। तुमको बहुत बेचैनी है जाने की तो जाओ।''

''यक्षिणी तो बन जाओगी, पर मेरे बिना कैसे निकलोगी नदी के घाट से बाहर! मैं ही तो...। पत्थर की यक्षिणी बनोगी तो बिना किसी की दया के जीवन नहीं जी

सकोगी। हर बार अपने उद्धार के लिए तुम्हें किसी का इंतज़ार करना पड़ेगा। बस प्रदर्शन की वस्तु बन कर रह जाओगी।...तुम बस रेवती बनी रहो। एक लड़की। पत्थर बनने की ज़रूरत नहीं। चलो, ये घाट रात में सेफ नहीं रहते हैं।" मनोहर उठ गए।

रेवती भी उठी। दोनों सुमति पथ से होते हुए मुख्य सड़क तक आए और वहाँ से रिक्शा की सवारी लेकर राजेन्द्र नगर। रेवती को हॉस्टल छोड़ मनोहर ने पैदल ही दलदली गली की राह पकड़ ली। मनोहर अपनी तैयारियों को लेकर बहुत चिन्तित थे। साथ ही रेवती के भीतर मची उथल-पुथल उन्हें और परेशान कर रही थी। रेवती के मानिकपुर जा पहुँचने उनके बाबू के मन में पढ़ाई को लेकर संदेह का बीज अँखुआने लगा था। अगर ऐसा नहीं होता तो उनके बाबू अचानक गुमसुम नहीं हो जाते। रेवती के घर आने से उनकी माई ज़रूर ख़ुश थी। विदा के समय रेवती को असीसते हुए अपनी माई की आँखों में तैरते सपनों को मनोहर ने साफ़-साफ़ देखा था।...अभाव और अपमान का जीवन जीते हुए अपनी यात्रा के इस पड़ाव पर वह अपने साथ या अपने बाबू-माई के साथ वंचकता नहीं कर सकते थे। मनोहर रेवती के साथ गहरे प्रेम में थे, पर वह प्रेम की पारम्परिक कथा का नायक बन कर उपहास का पात्र नहीं बनना चाहते थे।

भगतिन लॉज की सीढ़ियाँ चढ़ते हुए हर बार मनोहर को लगता मानो उनकी आँखों पर पट्टी बँधी हो और वह हाथों में तीर-धनुष लिए राजपुरुषों से भरी सभा में किसी अलक्षित आँख को भेदने के लिए आगे बढ़ रहे हों। अर्जुन के लिए आँख पर पट्टी बाँधने का विधान नहीं था और साथ ही जल में तैरता प्रतिबिम्ब उपलब्ध था, पर उनकी आँख पर जबरन पट्टी बाँध दी गई थी और मदद के लिए कोई प्रतिबिम्ब भी नहीं था। सारे पाँडव कौरवों के साथ एक संधि के तहत एक ही पाँत में बैठे अपने विद्रूप ठहाकों से उनका ध्यान भंग कर रहे थे।

दो हज़ार सोलह का जनवरी माह चल रहा था। सात अगस्त को आई. ए. एस. की प्रिलिमिनरी परीक्षा थी। मनोहर के पास कई अवसर नहीं थे। ऐसी हैसियत नहीं थी कि वह असफलता के बाद अगली बारी की प्रतीक्षा में पटना में टिके रहें। जो कुछ करना होगा, पहली बार में ही करना होगा।

*

कुसुमी देवी के गुज़र जाने के चलते माघ महीने के शुक्ल-पक्ष की अष्टमी तिथि को रमन सिंह यादव के पुत्र सुजीत सिंह यादव के विवाह की तय तिथि टल गई। लीलाधर चाहते थे कि विवाह हो, पर रमन की पत्नी किसी अमंगल की आशंका के चलते तैयार नहीं थी। रमन और भुवन चुप थे, पर वह अड़ गई। मुखिया लीलाधर यादव अपने निर्णय से किसी विवाद को नेवता नहीं देना चाहते थे। उन्हें

अच्छी तरह इस बात का अहसास था कि उनका परिवार इन दिनों ज्वालामुखी के दहाने पर खड़ा है।

12

दिन बीत रहे थे कि देवली में अचानक हलचल मच गई। पंचायती राज विभाग ने नई अधिसूचना जारी की थी। इस अधिसूचना की प्रति जैसे ही सीवान पहुँची, देवली ही नहीं आसपास के गाँवों में हिलकोरे उठने लगे। इस बार देवली-मनरौली की साझा पंचायत के लिए मुखिया और सरपंच की दोनों सीट महिलाओं के लिए आरक्षित हो गई थीं। अप्रैल में चुनाव सम्भावित था। मुखिया लीलाधर को इसकी उम्मीद पहले से थी। इसी लिए वह चाहते थे कि हर हाल में सुजीत का ब्याह हो जाए। रमन की पत्नी लिख लोढ़ा पढ़ पत्थर थी। भुवन की पत्नी अर्द्ध विक्षिप्त। पवन के परिवार का देवली से अतिथि भर का नाता रह गया था। सुजीत का ब्याह कर मुखिया लीलाधर उसकी पत्नी को विरासत सौंपना चाहते थे। लड़की पढ़ी-लिखी और राजनीतिक परिवार से थी।

दो साल पहले के लोकसभा और कुछ महीनों पहले के विधानसभा चुनावों के बाद भीतर ही भीतर देवली और मनरौली में नए समीकरण आकार ले रहे थे। मुसलमान एकजुट हो जाएँगे, इसकी उम्मीद कम थी क्योंकि सरवतिया की हत्या के बाद क़ाज़ी शेख़ बसीर और हामिद ख़ाँ के बीच चल रहे तनाव के चलते कई तरह के पेंच आपस में फँसे हुए थे। उधर देवली और मनरौली के अंसारी अलग राग अलापने में लगे थे। शमशेर की हत्या के मुक़द्दमा में सरपंच अकरम अंसारी, रफीक अंसारी और मुन्ने मियाँ के नामज़द होने के बाद साँई लोग अलग छिटके हुए थे।

बड़का पोखर वाले यादवों को छोड़कर शेष यादव एकजुट थे, पर इस बात को लेकर भीतर ही भीतर यह बहस चल रही थी कि हर बार लीलाधर यादव का परिवार ही क्यों! बबुआन टोला में मुर्दानी छाई हुई थी। पिंटू सिंह एस. सी. एक्ट में जेल में थे। मुरारी सिंह अपनी पत्नी, दो जवान बेटों और अपने चचेरे भाई और उसकी पत्नी के साथ दहेज़ एक्ट में सीवान जेल में ही सड़ रहे थे। मुरारी सिंह का पूरा परिवार अन्दर था। उनके भाई का एक नाबालिग बेटा भर बाहर था, जो सीवान के डी. ए. वी. स्कूल के हॉस्टल में रह कर पढ़ रह था। बमबम सिंह जवानी के दिनों में एक बार लीलाधर के ख़िलाफ़ चुनाव लड़ कर हार चुके थे। चुनाव के इस खेल में ख़र्च के लिए खेत का एक टुकड़ा भी उन्हें बेचना पड़ा था। अब बेचने के लिए बहुत कुछ बचा भी नहीं था कि वे यह शौक पूरा कर सकें। पंडित टोला के लोग जिधर की बयार होती, उधर ही मुँह कर लेने में माहिर थे। उनकी चुनाव में दिलचस्पी थी, पर लड़ने में नहीं, लड़ाने में। सरपंच हथियार डाल चुके थे। अब सत्ता नाज़ बेगम

के हाथ थी और सीट भी जनानी हो गई थी। अगर कोई फँसा था, तो वह थे रज्जन पासवान। उनकी तो साध ही जाती रही थी। सरपंच अकरम अंसारी के पराभव ने उन्हें एक सतर्क दूरी तक ही सही, मुखिया लीलाधर यादव की ओर जाने पर विवश किया था। उन्हें उम्मीद थी कि इस बार वह लीलाधर यादव के चारों ओर घेरा डाल सकेंगे या उनके साथ किसी समझौते के तहत कुछ न कुछ हासिल कर ही लेंगे। मुखिया और सरपंच के अलावा ग्राम-सभा की सीटों का गणित भी इस बार गड़बड़ा रहा था।

चुनाव में जिसके मुद्दा बनने की उम्मीद थी कभी, वह शमशेर की हत्या वाला मुक़द्दमा और अकरम अंसारी की नामज़दगी अब लोगों की स्मृति में बहुत पीछे जा चुकी थी। पिंटू सिंह का मामला भी उनकी ऐंठ और बबुआन टोला के लगभग निष्प्राण हो जाने के कारण अपना महत्त्व खो चुका था। हामिद ख़ाँ वाले मामले की धमक देवली में बरकरार थी, पर उसकी काट बन कर वहीं मौजूद थे क़ाज़ी शेख़ बसीर। देश और प्रदेश की राजनीति के असर में नए गुट और गिरोह बन रहे थे। चुनाव आते-आते देवली और मनरौली का माहौल कैसा होगा, यह पता कर पाना अभी मुश्किल था।

*

सरपंच अकरम अंसारी आँखें मूँदे फ़िक्रमंद बैठे थे। सामने बैठे रज्जन पासवान भी किसी गहरी सोच में डूबे हुए थे। उन्होंने पूरी पंचायत की जो नई तस्वीर सरपंच के सामने पेश की थी, उस तस्वीर के रंग धूमिल थे और लकीरें आपस में उलझी हुई थीं। जाड़े की मरियल धूप, हाड़-हाड़ में सुई की तरह चुभती हवा और इन दोनों की चुप्पी ने मिल-जुल कर नाज़ बेगम के घर में मनहूसियत भर दी थी। अब यह घर अकरम अंसारी का नहीं रह गया था। घर की हुकूमत की डोर नाज़ बेगम के हाथ थी और रज्जन के लिए यहीं पेंच फँसा हुआ था। अकरम से दोस्ती का रिश्ता था जबकि नाज़ बेगम का अंदाज़ हुक्मराँ का था। रज्जन दोस्त बन कर हर लड़ाई लड़ सकते थे, पर उनके लिए नाज़ बेगम की हुक्मबरदारी कर पाना सम्भव नहीं था। अचानक दरवाज़े पर पसरा सन्नाटा टूटा। झमाझम सीढ़ियाँ उतरती नाज़ बेगम के आने की आहट मिली और वे सिर पर दुपट्टा रखे दोमुँहा पार कर बरामदा में आईं।

दोनों चौंके। रज्जन के सामने वह कभी-कभार ही आती थीं। मुन्ने मियाँ और रफीक अंसारी की तरह रज्जन उनकी हिट लिस्ट में नहीं थे, पर कोई उनकी ख़ास इज़्ज़त भी नहीं थी। नाज़ बेगम को हमेशा यह लगता रहा था कि रज्जन पहले चुनाव और अब मुक़द्दमे की बनिस्बत अपनी दोस्ती की आड़ में उनके पति की गाँठ से पैसे सरकाते रहे हैं। नाज़ बेगम ने आते ही पूछा, ''किस बात पर राय-सलाह चल रही है?''

अकरम और रज्जन ने एक-दूसरे को देखा। अकरम ने माथ झुका लिया।

रज्जन ने मुस्कुराने की कोशिश की। कहा, ''अभी तो एक ही बात है राय-सलाह के लिए। चुनाव।"

''इस बार हम लड़ेंगे सरपंच का चुनाव।" नाज़ बेगम ने बिना लाग-लपेट के अपना निर्णय सुना दिया।

सरपंच अकरम अंसारी ने अपना झुका हुआ माथा ऊपर उठाया और नाज़ बेगम की ओर देखा। रज्जन पासवान चुप रहे। नाज़ बेगम फिर बोलीं, ''पासवान जी, अब आप अपने दोस्त से राय-सलाह छोड़ कर मेरे साथ इस मामले पर बतियाइए। अगर आप लोग चाहते हैं कि इज़्ज़त बनी रहे, तो मेरा साथ दीजिए। हमारी सलाह है कि आप भी अपनी औरत को मुखिया का इलेक्शन लड़ने के लिए तैयार कीजिए।... इस बार खेल बदला हुआ है। हम अकरम बाबू नहीं हैं कि कौनो कलवारिन के ठीहा पर जाकर गरदन रख दें और ज़िबह हो जाएँ।"

''चुप रहोगी? ऐसी कैंची जैसी जीभ लेकर इलेक्शन लड़ोगी?" अकरम अंसारी ने हस्तक्षेप किया।

''मनरौली-देवली की बेटी नहीं हैं हम कि रोज़-रोज़ भतार बदलते रहें। आज इस घर, तो कल उस दुआरे! महम्मदपुर के अंसारियों की बेटी हैं। समझे?" नाज़ बेगम ने अपनी बोली की धार से अकरम का कलेजा काट लिया। अकरम अंसारी तड़प कर रह गए।

रज्जन एकटक नाज़ बेगम का चेहरा निहार रहे थे।

''पासवान जी, कर लीजिए अपने दोस्त से राय-सलाह। आज, कल, परसों, जब जी चाहे आकर हमसे राय-सलाह कर लीजिएगा। बस इतना तय जानिए कि हम इलेक्शन लड़ रहे हैं।" नाज़ बेगम मुड़ीं। दोमुँहे में गईं और जैसे झमाझम सीढ़ियाँ उतरती आई थीं, वैसे ही झमाझम सीढ़ियाँ चढ़ती ऊपर चली गईं।

रज्जन पासवान लौटते हुए रास्ते में हिसाब-किताब करते रहे। देवली शेख़-सैयदों और पठानों में अभी चाहे जितनी फाँट दिख रही हो, चुनाव की हवा बनने तक सब एक-दूसरे में मुँह सटा लेंगे। अब पहले वाली बात नहीं रही। अकरम अंसारी को पहले भी देवली के अगड़े मुसलमान भाव नहीं देते थे। रही बात पसमांदा लोगों की, तो पता नहीं नाज़ बेगम का साथ कितने लोग देंगे!...और अगर नाज़ बेगम का साथ दिया भी तो रज्जन के उम्मीदवार के लिए यह साथ बना रहेगा कि नहीं, इसमें संदेह था। सबसे ज़्यादा ज़रूरी था यह जान पाना कि मुखिया लीलाधर कौन-सी चाल चलेंगे! अकेले टोटहा टोला के भरोसे चुनाव नहीं लड़ा जा सकता था। देवली के अगड़ों-पिछड़ों में सेंधमारी के लिए जुगत भिड़ाना आसान नहीं था। पत्नी का चेहरा उनकी आँखों के सामने कौंधा। गऊ-सी सीधी-सादी औरत दिन-रात घर-गृहस्थी, माल-मवेशी और खेतीबाड़ी के जंजाल में मरती-खपती रहती थी और वे उसके बूते अब तक नेता बने फिर रहे थे। अगर मुखिया ने बुलावा भेजा और साथ मिल

कर सरपंच के लिए चुनाव लड़ने का प्रस्ताव दिया तो? तो क्या यादव दुसाध को वोट देंगे? पंडित और राजपूत वोट देंगे, वे सपने में भी नहीं सोच सकते। रज्जन पासवान एक-एक धागे को अलग करते और धागे थे कि एक-दूसरे में अझुरा जाते।

*

मुखिया लीलाधर यादव अपने दामाद मनन चौधरी के साथ सीवान से लौटे।

साँझ हो गई थी। देवली में कुहासा भर चुका था। बिजली थी और बल्ब जल रहे थे, पर उनकी रोशनी को कुहासा पराजित कर रहा था। ठंड थी। दो स्कार्पियो गाड़ियाँ एक साथ दरवाज़े पर रुकीं। मनन चौधरी को अपनी गाड़ी से उतरते देख कर रमन और भुवन पहुँचे। बरामदे में बैठक जमी। लीलाधर यादव ने भुवन से कहा, "सुनो, तुम ज़रा बाज़ार की ओर चले जाओ। अच्छेलाल साह की औरत को कहना कि हम बुलाए हैं। अभी। अच्छेलाल हों तो उनको भी कहना कि साथ आ जाएँ।"

भुवन सिंह यादव ने चौंकते हुए पूछा, "अच्छेलाल की औरत को? अभी?"

"हाँ। एतना चिहा क्यों रहे हो?"

"ना, चिहा नहीं रहे। जाते हैं।...उसके दुकान पर इस समय औरतों की भीड़ रहती है।" भुवन बोले।

"ठीक है। अलग बुला कर कहना।...जाओ। अब देर मत करो। पाहुन को लौटना भी है।" मुखिया लीलाधर यादव की आवाज़ में बेचैनी थी।

भुवन बाज़ार की ओर निकले और मनन चौधरी के सत्कार की तैयारी के लिए रमन घर के भीतर गए।

भुवन लौटे। कुछ ही देर बाद रेशमा पहुँची। उसके पीछे-पीछे चिन्तातुर अच्छेलाल साह आए। इन दिनों अच्छेलाल साह की कमर में दर्द रहता था। ठंड लग गई थी और कमर चिलकती रहती थी। जबसे कलाली बन्द हुई थी, अच्छेलाल साह के लिए अपना हाथ-पाँव हिलाते रहने के अवसर कम हो गए थे। रेशमा सिंगार स्टोर अब पूरी तरह रेशमा ने सम्भाल लिया था। ग्राहक अक्सर लड़कियाँ और औरतें होतीं, जो रेशमा को ही खोजतीं।

मुखिया लीलाधर यादव के पाँव छूकर रेशमा सामने खड़ी थी। उसने मनन चौधरी को हाथ जोड़ कर नमस्कार किया। सामने और ख़ाली कुर्सियाँ थीं। लीलाधर ने कुर्सी की ओर इशारा करते कहा, "बैठो।"

"जी, हम ठीक हैं।" रेशमा ने सिर पर रखा आँचल सम्भालते हुए कहा।

"बैठो। संकोच मत करो।" लीलाधर ने रेशमा से फिर कहा और फिर साह से बोले, "बैठो अच्छेलाल भाई।...कुर्सी पास में खींच लो।"

रेशमा बैठी। उसने सिर झुका लिया था। अच्छेलाल साह किसी अनहोनी की

आशंका में अब भी भीतर ही भीतर सिहर रहे थे। लीलाधर ने मनन चौधरी की ओर मुख़ातिब होकर कहा, ''पाहुन, अच्छेलाल भाई मेरे संगतिया हैं। हमउमिरिया भी हैं। एक-दो साल आगे-पीछे होंगे। हमलोग मिडिल स्कूल तक साथ पढ़े हैं। हम देवली में मिडिल तक पढ़ने के बाद सहुली हाई स्कूल में पढ़ने लगे और अच्छेलाल भाई अपने बाबू की गद्दी सम्भाल लिए।...का हो भाई, ग़लत बोल रहे हैं?"

''ना। साँच है। हमारे बाबू तो मिडिल तक भी नहीं पढ़ने देना चाहते थे। रोज़ लबदा से पीटते थे।" अच्छेलाल साह अब सहज होने लगे थे। उन्हें याद नहीं कि मुखिया जी के साथ कभी इस तरह बतियाया हो। उनकी बात सुन मनन चौधरी और लीलाधर दोनों हँस उठे। रेशमा के चेहरे पर भी मुस्कान उभरी।

''कुछ प्राइवेट बात थी, सो बुलवाए।"

''जी। कहा जाए।" रेशमा बोली। अच्छेलाल साह चुप रहे।

''तुमको चुनाव लड़ना है इस बार। सरपंच का चुनाव।" महाजाल फेंक कर जैसे कोई सधा हुआ मछुआरा धीरज के साथ दम साधे इंतज़ार करता है, वैसे ही मुखिया लीलाधर यादव ने अपनी बात कह कर चुप्पी तान ली और निहारते रहे रेशमा को। मनन चौधरी की भी नज़र रेशमा पर टिकी हुई थी। वे अपनी नज़रों से रेशमा को तौल रहे थे।

प्रस्ताव सुन कर रेशमा चकित हुई, पर उसने कोई फौरी प्रतिक्रिया नहीं दी। मौन रही। आँचल से ढँका सिर झुका रहा। लीलाधर यादव और मनन चौधरी की आँखें उसके चेहरे की लिखावट को मरियल प्रकाश में पढ़ने की कोशिशों में लगी हुई थीं कि अच्छेलाल साह बोले, ''अब हमको तो चुनाव लड़ना नहीं है। लड़ना इसको है, सो यही बोले।...रही बात खरच-बरच की तो हमारे पास एतना पैसा ना है कि...। कलाली बन्द होने के बाद तो बस गुजर-बसर चल रहा है।"

''अभी पैसे की बात तो हो नहीं रही है अच्छेलाल भाई।...और तुम्हारे ख़जाने के बारे में हमको मालूम है।" लीलाधर परिहास के अंदाज़ में बोल रहे थे, ''जो यज्ञ ठानता है, वो पैसा नहीं सोचता है। पैसा तो कहीं न कहीं से आ ही जाता है। जब ढोंढ़ाई बाबा यज्ञ कर सकते हैं, तो तुम भी कर सकते हो।"

''दूनो जग्य में भारी फरक है।" अच्छेलाल साह पीछा छुड़ा कर निकल भागना चाहते थे।

''हम तैयार हैं। लड़ेंगे सरपंच का चुनाव। आपका आसीरवाद मिल रहा है यही बड़की बात है मेरे लिए।" रेशमा ने अपना मौन तोड़ा। इस बीच उसकी आँखों के सामने सरपंच अकरम अंसारी की सूरत नाचती रही। सीवान जेल के मुलाक़ाती फाटक के सामने का वह दृश्य बनते-मिटते रहा, जब अकरम ने उसे रंडी समझ कर गरभू पाँड़े के साथ सोने के लिए कहा था। वह रात भी इस बीच फिर से उसकी आँखों के सामने पिशाच बन कर नाचने लगी, जिस रात उसकी देह और

मन में अनगिन कीलें ठोक कर गरभू पाँड़े चला गया था और वह अपनी कोठरी में तड़पती रही थी। ये सारे दृश्य इन कुछ ही पलों में उसकी आँखों में भरते रहे और दु:ख के अथाह वेग से भँवर बन कर उसे अपने भीतर खींचते रहे। वह रोना नहीं चाहती थी। रोई भी नहीं। उसने अपना झुका हुआ सिर उठा कर मुखिया लीलाधर यादव और मनन चौधरी की ओर देखा।

''ठीक से सोच लिया है न? एक बार फिर से सोच-विचार कर लो।...अच्छेलाल भाई राजी नहीं हैं। तुम चाहो तो हफ़्ता-दस का दिन समय ले लो।" लीलाधर बोले।

''सोच लिए हैं। आपके भरोसा के आगे सब कुछ हीन है हमारे लिए।...साह जी की बात आप जानिए। आपके संगतिया हैं। हम इस बीच कुछ नहीं बोलेंगे।" रेशमा के चेहरे पर तिर्यक मुस्कान उभरी और लोप हो गई।

मनन चौधरी इसकी कल्पना नहीं कर सके थे कि उनके श्वसुर का चुनाव ऐसा सटीक निकलेगा। रेशमा ने अपने इस जवाब से अपने राजनीतिक भविष्य का संकेत दे दिया था। आदर भरे परिहास में पगे इस जवाब में लचक भी थी और खुद्दारी की ठसक भी। मनन चौधरी को पता था कि इसी के बीच से वे राहें निकलती हैं, जो राजनीति के राजपथ तक ले जाती हैं।

''तो इस बात को फाइनल समझा जाए?" मनन चौधरी ने अपने इस सवाल से रेशमा के साथ पहला संवाद किया।

''जी पाहुन।" रेशमा ने संक्षिप्त, पर ठोस जवाब दिया।

''ठीक है अच्छेलाल भाई। इस बात को अभी अपने पेट में रखना है। समय आने पर उजागर किया जाएगा। हम जल्दी ही बुलावा भेजेंगे। अभी समय नहीं आया है।" मुखिया ने विदा होने का संकेत दिया।

रेशमा उठी। जाते हुए उसने झुक कर मुखिया लीलाधर यादव के पाँव छू लिये और मनन चौधरी को पहले की तरह दोनों हाथ जोड़ कर बिना कुछ बोले नमस्कार किया। अच्छेलाल से बोली, ''तुम चलो। हम भीतर से मिल कर आते हैं।"

अच्छेलाल के साथ हमेशा यही होता था। रेशमा उन्हें अपने निर्णय से चकित कर देती या उलझन में डाल देती। आज तो वे आसमान से ऐसे गिरे थे कि अभी तक ज़मीन पर नहीं पहुँच सके थे। शून्य में भटक रहे थे। कलाल के घर में सरपंच! विधि का यह लेख वह पढ़ नहीं पा रहे थे। दोनों घुटनों पर हथेलियों का दबाव बना कर वह कराहते हुए उठे।

''डाँड़ में कुछ हुआ है?" लीलाधर यादव ने पूछा।

''हूँ। ठंडा मार दिया है।" बोलते हुए अच्छेलाल साह ने मुखिया और मनन चौधरी को हाथ जोड़ कर नमस्कार किया और चल दिए।

रमन और भुवन की पत्नियों से मिल कर रेशमा बाहर निकली और सहन में पसरी मरियल रोशनी को पार किया और सड़क पर आ गई। वह तेज़ क़दमों से चलती

हुई राह तय करने लगी। अच्छेलाल साह के मंदिर के पास पहुँचने से पहले ही उसने उनका साथ पकड़ लिया। वह नहीं चाहती थी कि अच्छेलाल अभी मंदिर जाएँ और उनकी ढोंढ़ाई बाबा से मुलाक़ात हो। उसने अच्छेलाल से कहा, ''सीधे घर चलो। सुबह आकर भगवान के दरबार में हाज़िरी लगा लेना। अभी दूर से ही हाथ जोड़ लो।''

''हे भगवान! लाज रखना।'' रेशमा के होंठ हिले। अच्छेलाल भी दोनों हाथ जोड़े न जाने क्या बुदबुदा रहे थे!

*

अकरम अंसारी की बीवी नाज़ बेगम सरपंच का चुनाव लड़ने जा रही, यह ख़बर चारों ओर फैल गई थी। मुखिया लीलाधर को जैसे ही यह ख़बर मिली, उन्होंने सीवान जाकर मनन चौधरी के साथ बातचीत की। रेशमा पर उनकी नज़र पहले से थी। वे मनन चौधरी को साथ लेकर देवली आए। रेशमा को चुनाव मैदान में उतारने का निर्णय लेकर उन्होंने पहली चाल चल दी थी।

रज्जन पासवान और क़ाज़ी शेख़ बसीर दोनों मुखिया लीलाधर यादव की ओर से किसी इशारे के इंतज़ार में थे। दोनों भीतर ही भीतर बेचैन थे, पर मुखिया दम साधे पड़े हुए थे। मुखिया लीलाधर यादव की बेचैनी अपने ही परिवार को लेकर थी। जिस बात के लिए रज्जन पासवान और क़ाज़ी शेख़ बसीर बेचैन थे, मुखिया ने उस पर रेशमा की उम्मीदवारी तय करके ताला जड़ दिया था। उन्हें अच्छी तरह मालूम था कि रज्जन अब मुखिया की उम्मीदवारी छोड़ सरपंच की उम्मीदवारी पर तालमेल करना चाहते हैं। नई बयार ऐसी बह चली थी कि क़ाज़ी शेख़ बसीर अब उनके लिए लँगड़ा घोड़ा बन कर रह गए थे। मुसलमानों का वोट पाना अब आसान नहीं रह गया था। केवल हामिद ख़ाँ वाला मामला होता तो मुखिया निबट लेते, पर नए हालातों में यह तालमेल घाटे का सौदा हो सकता था। जितना आसान क़ाज़ी शेख़ बसीर समझ रहे थे, मामला उतना आसान नहीं था, सो मुखिया लीलाधर यादव दम साध कर अपनी चालें चल रहे थे।

क़ाज़ी शेख़ बसीर अपनी बहू को चुनाव लड़वाना चाहते थे। वह रफीपुर के शेख़ ख़ानदान की बेटी थी। उसने अपने मामू के घर मुज़फ़्फ़रपुर में रह कर लँगट सिंह कॉलेज से उर्दू में बी. ए. किया था। क़ाज़ी शेख़ बसीर के जाल में फँस कर रफीपुर वालों ने बेटी का ब्याह उनके जाहिल बेटे से कर दिया था। क़ाज़ी बहू को सरपंच बना कर इसकी भरपाई करना चाहते थे।

जैसे-जैसे दिन बीत रहे थे देवली और मनरौली की हवा में हर दिन नई अफ़वाहें उड़तीं और आवारगी करती फिरतीं। मदन साह की दुकान पर इन दिनों केवल गँजहों की भीड़ ही नहीं जमी रहती बल्कि चाय के बहाने ख़बर सूँघने वाले लोगों

का आना-जाना भी बढ़ गया था। अभी ख़बरों में सिर्फ़ नाज़ बेगम छाई हुई थीं। फत्ते मियाँ उनके मुख्य प्रचारक बन गए थे। अपनी दुकान में बैठ कर डींग हाँकते रहते थे। उनकी डींगें सड़क पार कर मदन साह की दुकान में पहुँचतीं और फिर ख़बर बन कर चारों ओर टहलती फिरतीं। इन दिनों यह ख़बर ज़ोर-शोर से देवली बाज़ार में गूँज रही थी कि सरपंच के भाइयों ने पैसा भेजना भले बन्द कर दिया है, पर नाज़ भाभी के इलेक्शन लड़ने के लिए अरब के इस्लामी इदारों से काफ़ी पैसे आने वाले हैं। इस ख़बर के ख़बरची फत्ते मियाँ ने यह ख़बर देने के बाद ताल ठोंक कर यह पूछा था, "है कोई जो नाज़ भाभी का मुक़ाबला कर सके?"

रज्जन पासवान के लिए इंतज़ार अब भारी पड़ने लगा था। टोटहा टोला की उनकी अपनी ज़मीन में दरार पड़ने का ख़तरा बढ़ता जा रहा था। एक और ख़बर इन दिनों उन्हें परेशान किए हुई थी कि मुखिया लीलाधर के ख़ासमख़ास रंगून माँझी के पुत्र मास्टर अनिल माँझी की औरत भी चुनाव लड़ने की तैयारी कर रही है। रज्जन का वोट काटने के लिए मुखिया यह खेल आसानी से खेल सकते थे। दो सड़कों का ठेका दिलवा कर मुखिया ने पहले ही उन्हें संदिग्ध कर दिया था। रज्जन पासवान को लग रहा था कि अगर वे जल्दी मैदान में नहीं कूदे, तो कहीं के नहीं रह जाएँगे। अंततः उन्होंने जोगी पीर के पास टोटहा के लोगों के साथ बैठक की और मुखिया के लिए अपनी औरत रजुली देवी की उम्मीदवारी की घोषणा कर दी।

क़ाज़ी शेख़ बसीर डरे हुए थे कि मुखिया कहीं रज्जन पासवान से हाथ न मिला लें। दो सड़कों की ठेकेदारी ने जो संदेह का बीज बोया था, वह संदेह अब जाता रहा। क़ाज़ी शेख़ बसीर ने सोचा कि अब उन्हें मुखिया की ओर से बुलावे का इंतज़ार किए बग़ैर बहू की उम्मीदवारी का एलान कर देना चाहिए। हो सकता है कि इसके बाद मुखिया हाथ बढ़ाएँ। उन्होंने बड़ी मस्जिद में जुमा की नमाज़ के बाद अपनी बहू राबिया शेख़ की उम्मीदवारी का एलान किया। उन्होंने जैसे ही अपनी बहू राबिया शेख़ के नाम का एलान किया, अंसारी टोला के रहीम मियाँ खड़े हो गए और बोले, "देवली के अंसारियों ने तय किया है कि वे नाज़ बेगम की मदद करेंगे। सरपंच की कुर्सी पर शेख़ों-सैयदों का बपौती हक़ नहीं है। शेख़-सैयदों, पठानों या दूसरे मुसलमान परिवारों में भी तो हुनरमंद औरतें हैं। पसमांदाओं का भी कोई हक़ या नहीं?"

रहीम मियाँ के सवाल पर पहले तो सन्नाटा छा गया। क़ाज़ी शेख़ बसीर को उम्मीद नहीं थी कि अपनी ही माँद में वे घेर लिये जाएँगे। रहीम मियाँ ने बिना लाग-लपेट के अपनी बात सबके सामने रख दी थी। उनकी बात पर आपस में ही झाँव-झाँव शुरू हो गई। कोई किसी की सुनने को तैयार नहीं था। शेख़ों-सैयदों में भी कई लोग थे जो अंदरूनी तौर पर क़ाज़ी शेख़ बसीर के इस एलान के साथ नहीं थे। क़ाज़ी शेख़ बसीर तुनक कर उठे और नमाज़ के बाद की यह मजलिस छोड़ कर चल दिए। जिस

मजलिस की अब तक वे सदारत करते आए थे, उसी मजलिस से बे-आबरू होकर ज़िन्दगी में पहली बार क़ाज़ी साहब को उठ कर जाना पड़ा था। पसमांदाओं के बीच अपने ख़िलाफ़ चल रही हवा का अंदाज़ा तो था उन्हें, पर मामला इतना बिगड़ चुका है, वे सोच नहीं सके थे। जेबुनिया के देवर की जनाना को लेकर बदनामी सालों से थी। जेबुनिया की बेटी सरवतिया के मर्डर के बाद उनकी साख को बट्टा लगा था। उनके इशारे पर सरवतिया की चाची ने हामिद ख़ाँ के परिवार को नामज़द किया था, जिसके चलते पठानों से उनका रिश्ता ख़राब चल रहा था। रहीम अंसारी की ऐसी औक़ात नहीं थी कि वे क़ाज़ी की ख़िलाफ़त कर सकें। क़ाज़ी शेख़ बसीर का अंदेशा अब यक़ीन में बदल चुका था कि पठानों ने अंसारियों को भड़काया था।

शुरू में क़ाज़ी शेख़ बसीर तने रहे। फिर धीरे-धीरे नरम पड़े। पसमांदाओं, ख़ास कर अंसारियों से नरमी के साथ बातचीत शुरू किया। उनकी रणनीति थी कि अगर मुखिया ने तालमेल नहीं किया तो अंसारियों के बीच से किसी को मुखिया का उम्मीदवार बना कर उसे चुनाव लड़वाएँगे। अब समय बहुत कम रह गया था।

बड़का पोखर के यादवों के बीच भी हलचल थी। मुखिया लीलाधर यादव की सत्ता को वहाँ से पहले भी चुनौती मिलती रही थी। इस बार यह चुनौती कुछ ज़्यादा ही उग्र थी। पुरैना के रासबिहारी चौधरी का परिवार मुखिया की ओर से रास्ता निकालने में लगा हुआ था। पहले पुरैना भी देवली पंचायत का हिस्सा था। लीलाधर यादव के पिता अकलू यादव और रासबिहारी चौधरी फुफेरे-ममेरे भाई थे। अकलू यादव की माई बियफी देवी रासबिहारी चौधरी की फुआ थीं। आज भी आसपास के गाँवों के यादवों के बीच रासबिहारी चौधरी के परिवार का मान था। इन्हीं रासबिहारी चौधरी के बाद लीलाधर यादव मुखिया बने थे।

*

मुखिया लीलाधर यादव चाहते थे कि बिना किसी तामझाम के जल्दी ही किसी तिथि पर सुजीत का ब्याह कर दिया जाए, पर अभी कुसुमी देवी की मृत्यु के बाद साल पूरा नहीं हुआ था। रमन की पत्नी बिना साल पूरा हुए बेटा ब्याहने को तैयार नहीं थीं। वे सीवान पहुँचे और मनन चौधरी से कहा, ''अमंगल के डर से रमन की पत्नी अड़ंगा डाल रही है, तो रमन उसे सम्भालें। पंडित को बुला कर बात करें रमन और अभी ही एक पूजा करके बरसी का भेद मिटा दिया जाए। साल भर रुके रहने का कोई मतलब नहीं है।...आप रमन से बात कीजिए पाहुन। अब देर हो रही है।"

सुजीत के ब्याह के बाद उसकी पत्नी को चुनाव लड़वाने के पक्ष में मनन चौधरी नहीं थे। वह पहले भी इस प्रस्ताव पर अपनी असहमति प्रकट कर चुके थे। सुजीत की होने वाली पत्नी पर उनका भरोसा था क्योंकि वे उस लड़की को और

उसके परिवार को बहुत निकट से जानते थे। उन्होंने ही यह ब्याह तय करवाया था।...पर सुजीत पर उन्हें रत्ती भर भरोसा नहीं था। बोले, "बाबूजी, सुजीत की पत्नी अगर मुखिया बन गई, तो सबसे पहले दोनों में तलाक हो जाएगा। आपका पोता उसके बदले मुखियागिरी करने लगेगा और यह बात वह लड़की बर्दास्त नहीं करेगी। पढ़ी-लिखी समझदार लड़की है। खुद्दार है। घर-परिवार के लिए आफ़त को नेवता देने की तरह होगा यह। अपनी आँखों के सामने अपना अब तक किया-धरा बरबाद होते देखना आपके लिए कितना दुखदायी होगा, यह आप नहीं सोच रहे हैं।"

"तो? छोड़ दें हम चुनाव? हाथ पर हाथ धर कर बैठ जाएँ कि चादर तान कर सो जाएँ? बोलिए।" लीलाधर यादव अधीर हो रहे थे।

"हमारी बात मानिए। रेवती को राजी कीजिए।...आपकी बात नहीं टालेगी वह।" मनन चौधरी अपनी बात पर अड़े हुए थे। वे पहले भी यह सलाह दे चुके थे।

"कौन मुँह से हम उसको कहें? हम उसके सामने अपनी माई को वचन दे चुके हैं कि रेवती जब तक चाहेगी, पढ़ेगी। उसकी पढ़ाई बन्द नहीं होगी।"

"कौन कह रहा है कि पढ़ाई बन्द कर दे? आई. ए. एस. तो अभी गाछे कटहल ओठे तेल है! निकाल भी पाएगी या नहीं, कौन जानता है! एम. ए. करे। उसके बाद प्रोफ़ेसरी करे। प्रोफ़ेसरी और वकालत, दोनों पेशों में राजनीति करने की मनाही ना है।" मनन चौधरी संयत स्वर में बोल रहे थे।

"आप हमारे साथ पटना चलिए। आपके सामने ही बात करेंगे। आप साथ में रहिएगा तो हमको बल मिलेगा। माई और फिर रमन की महतारी के जाने के बाद अब हमारे पास इतनी ताक़त ना बची है कि घर-परिवार के मामले में अझुराए रहें।... आपके कहने पर हम पवन को संदेश भिजवाए। उसने कोई जवाब नहीं दिया। फिर यह जानते हुए कि उसकी औरत के मन में देवली के परिवार को लेकर तनिको लगाव नहीं है, हम ढीठ बन कर फ़ोन किए। पवन ने कहा कि उसको चुनाव लड़ना होगा तो एम. पी.-एम. एल. ए. का चुनाव लड़ेगी। मुखियागिरी करने देवली में तो नहीं ही जाकर बैठेगी।" लीलाधर यादव की आवाज़ थकी हुई थी। अपनी बात ख़त्म करते हुए वे कुर्सी पर निढाल हो गए।

मनन चौधरी उठे। लीलाधर के हाथों में पानी का ग्लास दिया। बोले, "आप भोजन के बाद आराम कीजिए थोड़ी देर। एक काम है, सो हम निबटा के आते हैं।...देवली मत जाइए आज। फ़ोन कर दीजिए रमन भइया को। कल भिनसार में पटना निकल चलेंगे।"

मनन चौधरी ने कुंती को आवाज़ दी। उसे कल सुबह पटना निकलने के बारे में बताया और चले गए।

पति के जाने के बाद कुंती अपने बाबू के पास बैठी रही। लीलाधर यादव कुर्सी पर आँखें मूँदे बड़ी देर तक मौन बैठे रहे।

कुंती अपने पिता का चेहरा निहारती रही। वह अपनी दादी से सुनी हुई अपने बाबू के कठिन दिनों की कथाओं को मन ही मन सोचती रही। पहले पवन और अब सुजीत ने जो घाव दिए थे, उन घावों की निशानियों ने उसके बाबू के चेहरे के रंग-रूप को धूमिल कर दिया था। कुछ देर तक वह अपने बाबू के सहज होने का इंतज़ार करती रही, फिर हौले से आवाज़ दी, ''बाबू!''

''हूँ!'' आँखें खोलते हुए लीलाधर यादव ने हुँकारी भरी।

''भोजन तैयार है।''

''चलो।'' लीलाधर उठे।

''चलिए, हाथ-मुँह धो लीजिए।''

लीलाधर बेसिन के पास गए। हाथ-मुँह धो कर भोजन किया और गहरी नींद में सो गए।

*

अपने बाबा और फूफा को एक साथ सामने पाकर भौंचक थी रेवती। प्रसन्न होने के बदले वह आसन्न-विपत्ति से भीतर ही भीतर काँप उठी थी। कोचिंग जाने के लिए वह तैयार हो रही थी कि उसके बाबा का फ़ोन आया कि वे और उसके फूफा हॉस्टल के गेट पर खड़े हैं। वह नीचे भागी। सामने उसके फूफा की स्कार्पियो खड़ी थी। उसने झुक कर दोनों के पाँव छूकर प्रणाम किया। इतनी ही देर में उसका कंठ सूख चुका था। आवाज़ हलक़ में फँसी हुई थी। बड़ी मुश्किल से वह इतना ही पूछ सकी, ''घर पर सब ठीक है न बाबा?''

''सब ठीक है।'' लीलाधर यादव ने मुस्कुराने की कोशिश की और फिर बोले, ''तुम ऐसे परेशान काहे हो गई बबुनी?...सब ठीक है। हम लोग पटना आए थे, तो सोचे कि पहिले तुम से ही भेंट कर लें।''

''रुकिए। आती हूँ।'' कहते हुए वह अन्दर भागी। पहले मनोहर को फ़ोन किया। मनोहर रास्ते में थे। उन्हें बाबा और फूफा के आने की ख़बर देते हुए हॉस्टल आने से मना किया। सिक्योरिटी गार्ड को कह कर गेस्ट रूम खुलवाया।

गेस्ट रूम में दोनों को ले जाकर बैठाने के बाद उसने चाय के लिए पूछा। लीलाधर बोले, ''बैठो बबुनी। परेशान मत हो।...तुमने नाश्ता किया है?''

''जी।''

''तुम कहीं जा रही थी?''

''जी बाबा। कोचिंग जा रही थी। आज साढ़े आठ से क्लास है। पास ही है, सो जाने में समय नहीं लगता।''

''पैदल जाती हो?''

''जी। बहुत पास है।"

''आज तो हमलोगों के आने से क्लास छूट गया।" मनन चौधरी पहली बार बोले।

''एक दिन छूटने से कुछ नहीं बिगड़ेगा।" रेवती ने सामान्य होने की कोशिश में मुस्कुराते हुए कहा।

दोनों पक्ष सामान्य होने की कोशिश कर रहे थे। रेवती आशंकाओं में घिरी हुई थी। लीलाधर यादव और मनन चौधरी जिस काम से आए थे उसके बारे में बात शुरू करने के लिए अवसर तलाश रहे थे। लीलाधर ने कहा, ''बहुत दुबरा गई हो बबुनी। मेस में भोजन ठीक मिलता है?"

''बाबा, हम एकदम ठीक हैं। दुबराए नहीं हैं। और दूसरे हॉस्टल के मेस से अच्छा खाना मिलता है यहाँ। पिछले हफ़्ता बाबू आए थे, तो नाश्ते के लिए बहुत सारा सामान लेकर आए थे। बाला के घर से भी कोई न कोई कुछ लेकर आता ही रहता है।"

''बाला?...अमरपुर वाली बचिया?"

''जी।"

''तुमको मालूम है पंचायत का चुनाव होने वाला है?" मनन चौधरी ने अपने सवाल से अचानक बात बदल दी।

''अख़बार में पढ़े थे।"

''देवली पंचायत की मुखिया और सरपंच की दोनों सीट महिला रिजर्व हो गई हैं।" मनन चौधरी ने अब बातचीत की कमान सम्भाल ली थी। लीलाधर यादव चुप थे।

''जी।" रेवती का स्वर काँपा।

''अब समस्या ये है कि परिवार से कौन चुनाव लड़ेगा! अपनी महतारी की तबीयत के बारे में पता ही है तुमको और अपनी बड़की माई को जानती ही हो! घर में और कोई औरत है नहीं।" मनन चौधरी सधे हुए खिलाड़ी की तरह बिसात पर अपनी गोटियाँ बढ़ा रहे थे।

''बड़की माई में कौन कमी है?"

''कमी तो नहीं है, पर सिग्नेचर करना भी नहीं जानतीं।"

''नहीं जानतीं हैं, तो सीख लेंगी।"

''ना बबुनी। तुम्हारी बड़की माई तैयार नहीं। उसके ज़िम्मे पहले से ही कम बोझा नहीं है। सारी गृहस्थी उसके कपार पर है। वह नहीं रहे तो घर में किसी को दाना-पानी न मिले। आज तक नइहर जाकर चैन से दस दिन भी नहीं रह सकी है। जाती है और दूसरे-तीसरे दिन ही भागती हुई लौट आती है।" लीलाधर यादव ने बहुत कोमल स्वर में हस्तक्षेप करते हुए किसी अभियुक्त की तरह अपना पक्ष रखा।

रेवती के मन में पैदा हुई आशंकाओं की सूरत साफ़ होने लगी थी। उसने

बाबा के सामने बैठ कर सिहरती-काँपती रेवती को मन की झाँपी में बन्द किया और बदले हुए स्वर में कहा, "...तो सुजीत भइया का ब्याह कर दीजिए। अभी भी समय है। घर में एक औरत भी आ जाएगी और चुनाव लड़ने की समस्या भी ख़त्म हो जाएगी।...न सही बड़की माई, सुजीत भइया की पत्नी चुनाव लड़ें।"

लीलाधर यादव और मनन चौधरी को झटका लगा। रेवती की बदली हुई आवाज़ की अनुगूँज उनके भीतर ऐसे उतरी कि वे दोनों कुछ देर के लिए असहज हो उठे।

"तुम समझ नहीं पा रही हो बबुनी...।" लीलाधर यादव बोले।

"बाबा, हम तो यही नहीं समझ पा रहे कि जब परिवार में कोई है नहीं चुनाव लड़ने लायक, तो चुनाव लड़ने की ज़रूरत क्या है!"

"नहीं होता कोई, तो छोड़ देते बबुनी।...हम चाहते हैं कि तुम चुनाव लड़ो।" अपने भीतर की सारी शक्ति संचित करके लीलाधर यादव ने अपना प्रस्ताव रेवती के सामने रख दिया।

"बाबा, हम कैसे लड़ सकते हैं। पढ़ाई छोड़ दें?...आपने तो वचन दिया था कि...।"

"पढ़ाई छोड़ने की बात ही नहीं है। कौन कह रहा है कि तुम पढ़ाई छोड़ दो? एक यही पढ़ाई तो नहीं है दुनिया में! आई. ए. एस. बनना तो अभी आसमान में लटके तारे की तरह है। तारा टूट कर धरती पर गिरेगा कि नहीं कौन जानता है!" मनन चौधरी के स्वर में कुछ तल्ख़ी थी।

"फूफा जी, यह इंसाफ नहीं है।"

"अभी तुमको इंसाफ-नाइंसाफी की समझ नहीं है बबुनी। चुनाव के बाद,... जीतने के बाद भी तुम्हारी पढ़ाई चलती रहेगी। आई. ए. एस. बन कर किसी नेता के पीछे डोलने से बेहतर है राजनीति। यह शुरुआत होगी तुम्हारी।...छपरा से अँग्रेज़ी में एम. ए. कर लेना। देवली और छपरा के बीच दूरी ही कितनी है। जब जी किया आना-जाना करना। देवली में तुम्हारा तीन सौ पैंसठ दिन रहना ज़रूरी नहीं। तुम्हारे बाबा देखेंगे सारा काम।...हम लोग सब देख लेंगे। तुम पढ़ी-लिखी हो। तुम्हारा परिवार राजनीतिक परिवार है। मुखिया की कुर्सी जल्दी ही बहुत छोटी हो जाएगी तुम्हारे लिए। तुम बस हामी भर दो। एक लीक पकड़ कर चलने से कुछ नहीं होता। कई बार बेहतरी के लिए रास्ता बदलना पड़ता है।" मनन चौधरी ने धीरे-धीरे अपने तर्क का घेरा कसना शुरू कर दिया था।

"पर राजनीति में हमारी ज़रा भी रुचि नहीं है फूफा जी।...हम अपने हिसाब से अपना कैरियर बना कर जीना चाहते हैं।" रेवती दृढ़ बनी हुई थी।

"जैसे पवन जी रहे हैं?" लीलाधर ने चोट कर दी।

"बाबा! आप हमारे बारे में ऐसा कैसे सोच लिये?" रेवती ने आहत स्वर में सवाल किया।

"हम तुम्हारे बारे में कुछ भी बुरा नहीं सोच सकते हैं।...हमारे बाप तो हमारे माथ पर बचपन में ही कलंक का टीका लगा कर मर गए। हम कभी किसी से एक बोल नहीं बोले। आज पहली बार यह बात मेरे मुँह से निकली है। कलंक का दाग अपने व्यवहार और बोली-बानी से धोए। मेरे बाल-बच्चे अपना माथा झुका कर चलें ऐसा कोई व्यवहार नहीं किए, पर अपने ही घर में अपने ही बाल-बच्चों ने मात दे दिया। कोई भले न बोले, पर पवन के परिवार से दूरी गाँव-जवार के लोगों से छिपी तो नहीं है!...तुम्हारे पास बहुत भरोसा से आए थे। अगर पाहुन साथ आने के लिए तैयार नहीं होते तो हम अकेले आते भी नहीं।" लीलाधर का स्वर आर्द्र हो चुका था। आँखों में जल तैरने लगा था।

"बाबा!" बरसात में भींग कर गिरती भीत की तरह रेवती की आवाज़ भहरा कर गिरी।

लीलाधर उठ गए थे। रेवती उठी और अपने बाबा से लिपट गई। उसका सिर उनकी छाती पर टिका था। वह बिलख-बिलख कर रोए जा रही थी। लीलधर रो भी रहे थे और अपनी एक हथेली से उसका माथा सहला रहे थे। मनन चौधरी किसी मँजे हुए खिलाड़ी की तरह बैठे बाबा-पोती की यह रुदन-लीला निहार रहे थे। रेवती की कामनाओं की दृढ़ दीवार में वे सेंध लगाने में सफल हो चुके थे। उन्हें अच्छी तरह मालूम था कि इसके बाद यहीं से राह निकलेगी। ये आँसू ही राह में अँटके पड़े कंकड़-पत्थर को बहा ले जाएँगे।

जी भर रोने के बाद लीलधर यादव और रेवती बैठे। मनन चौधरी ने कहा, "बबुनी, अपने हिसाब से जीने के लिए यह ज़रूरी है कि ताक़त अपने हाथ में हो।...घर-परिवार और समाज की सत्ता अपने हाथ में हो। ताक़त और सत्ता तुम्हारे दुआर पर खड़ी है। ठुकराओ मत इसे। हमारी बात के पेट में छिपी बात को समझो। अभी तो तुम्हें बहुत लड़ना है।"

कुछ देर तक मौन रहा। तीनों चुप बैठे रहे। मनन चौधरी ने अपने पेट में छिपी जिस बात की ओर संकेत किया था, रेवती उस बात को समझ रही थी।

रेवती मन ही मन पूछ रही थी अपने आप से कि क्या कसूर है उसका? वह ज्योति से अभिसिंचित उन नक्षत्रों को किस समुद्र में डुबो आए जो उसकी आत्मा में बसने के लिए आतुर हैं? इन हताशा भरे पलों में वह किसको पुकारे?...मनोहर को? मनोहर तो अभी कदम्ब के उन फूलों की तरह हैं, जो खिलने के लिए मेघों के गरजने की प्रतीक्षा में वृन्तों से लटके रहते हैं। क्या इस जीवन में सचमुच कोई उम्मीद बची है उसके लिए?

"बबुनी, अब निकलेंगे हमलोग। तुम अपना कुछ सामान वग़ैरह सहेज लो। परसों सुबह रंगून आ जाएँगे गाड़ी लेकर। ठीक चुनाव के बीच में पड़ेगा फगुआ। वैसे भी फगुआ में तो आना ही था तुमको। अगले महीने की चार तारीख़ को चुनाव का नोटिफिकेशन होने की उम्मीद है।" लीलाधर ने अपना फैसला सुना दिया।

रेवती ने कातर आँखों से अपने बाबा की ओर एक बार देखा और सिर झुका लिया।

"हॉस्टल छोड़ने की ज़रूरत नहीं है। सबकुछ वैसे ही रहेगा। चुनाव के बाद तुम्हारा जो जी चाहे वैसा करना।" मनन चौधरी ने कहा।

दोनों हॉस्टल के गेस्ट रूम से बाहर निकले। लीलाधर यादव और मनन चौधरी ने हॉस्टल के इंचार्ज से बात की। रेवती उनके पीछे थी। मौन। अदृश्य और दृश्य के बीच लटकी हुई। उसके कानों में बाबा, फूफा हॉस्टल इंचार्ज के बीच चल रही बतकही की आवाज़ उतर रही थी। वह कुछ भी समझ नहीं पा रही थी। कानों में सिर्फ़ अर्थ खो चुके शब्दों की ध्वनियाँ भरती जा रही थीं।

वे दोनों हॉस्टल के गेट से बाहर निकले। पीछे-पीछे रेवती भी। विदा से पहले वह झुकी और दोनों के पाँव छूकर प्रणाम किया। बाबा ने माथ पर हाथ फेरते हुए असीसा। उसकी देह जड़ हो चुकी थी। अपने माथे पर बाबा की हथेलियों का स्पर्श पाते ही जैसे पहले उसकी देह स्फूर्ति भर जाती थी, वैसा कुछ भी उसने महसूस नहीं किया। दोनों गाड़ी में बैठे। रेवती के बाबा बोले, "बबुनी, अपने बाबा पर भरोसा रखना।"

*

चले गए दोनों।

लोकतंत्र के धर्मयुद्ध में रेवती को झोंक कर चले गए उसके अपने पुरखे, हितु, परिजन।

रेवती की आँखों के सामने आजी जसोदा देवी के चेहरे की रेखाएँ झिलमिल कर उठीं। पहले उसे लुप्त हो चुकी नदियों के चिह्न की तरह दिखती थीं ये रेखाएँ, पर अब वह जब याद कर रही थी इन रेखाओं को, उसे लगा सब बह रही हैं।... कोई नहीं सूखी। सब की सब ज़िन्दा हैं। उनकी टेढ़ी-मेढ़ी धाराएँ अँगुलियाँ बन गई हैं और वे बजा रही हैं पृथ्वी का पेट। वह गर्भस्थ है जिस पेट में, उसे नदियों ने ढोल बना दिया है। समुद्र में मिलने जाने से पहले सारी नदियाँ उल्लसित हैं। जलगर्भ में धधकती आग की आभा से दीपित हो रही हैं नदियों की धाराएँ। पहाड़, जंगल, वनचर और सभ्यता की नई संतानें—सब के सब शामिल हैं इस महोल्लास में। वह ढोल बने गर्भ में ही अँगुलियों की थाप से मार दी जाएगी एक दिन! उसके कंठ से औचक एक आर्द्र पुकार फूटी, "आजी!"

दिन-भर अपने कमरे में बन्द रही रेवती। उसे कभी आजी जसोदा देवी याद आतीं तो कभी दादी कुसुमी देवी। वह अपनी माई को भी याद करती रही। जब उसका भाई मरा वह सात-आठ साल की रही होगी। भाई के मरने के बाद उसकी माई का जीवन ही बदल गया। अक्सर वह मौन रहती। उसकी आँखों के आँसू सूख गए थे। वह दिन और रात में फ़र्क़ करना भूल गई थी। अब भी उसे कभी-कभी कुछ याद नहीं रहता है। रेवती उसकी बेटी है, यह भी वह अक्सर भूल जाती है।

बड़की माई और आजी-दादी ने ही पाला-पोसा उसे।

दोपहर बाद कोचिंग क्लास से बाला लौटी। रेवती ने गिने-चुने शब्दों में दो दिनों बाद अपने देवली वापसी की सूचना बाला को दी। कारण भी बता दिया। बाला बड़ी देर तक रोती रही। रेवती ने न तो उसे चुप कराया, न कुछ समझाया-बुझाया। चुप रही। बाला को रोने दिया। उसने मनोहर के मोबाइल पर शाम में हॉस्टल आने के लिए मेसेज भेज दिया था।

*

रेवती और मनोहर राजेन्द्र नगर स्टेडियम के बाहरी परिसर में दूब की एक पतली-सी पट्टी पर बैठे थे। रेवती से उसके बाबा और फूफा के साथ हुई बातचीत को सुनने के बाद मनोहर ने केवल इतना ही कहा था, ''वे लोग ऐसा कैसे कर सकते हैं!"

''मैं देवली जा रही हूँ मनोहर। मैं अगर नहीं गई, तो शायद...।" रेवती की आवाज़ में न हर्ष था, न विषाद।

''तो शायद?" पूछा था मनोहर ने।

''तुम नहीं समझ सकते मनोहर। तुम सिर्फ़ ग़रीबी से लड़ रहे हो,...जाति से लड़ रहे हो। मैं एक लड़की हूँ और अपने से कई गुना ताक़तवर हर जाति और धर्म के पुरुषों से लड़ रही हूँ। तुम्हारी दरिद्रता और जाति कुछ देर के लिए तुम्हारे मनोबल को तोड़ सकती है, पर मैं जिनसे लड़ रही हूँ, ये लोग बाबा, पिता, भाई या परिजन होते हुए भी मेरी पूरी ज़िन्दगी को तबाह कर सकते हैं। मेरा लक्ष्य पहले भी आई. ए. एस. बनना नहीं था। आज भी नहीं है।...मैं जानती हूँ कि पढ़ाई में तुम्हारे मुक़ाबले बहुत पीछे हूँ। बस एक साध थी,...तुम्हारे साथ पढ़ते रहने की साध। मेरा लक्ष्य तुम हो मनोहर। तुम और केवल तुम। तुम्हें पाने के लिए मेरी असली लड़ाई अब शुरू हो गई मनोहर। तुम्हें मेरा साथ देना होगा। बस इतना ही करना है तुम्हें कि हर हाल में इस साल परीक्षा में सफल होना है...। बस इतना ही मनोहर।"

मनोहर मौन थे। सामने खेल के मैदान में खिलाड़ियों के कई समूह तरह-तरह के खेल रहे थे। मन को उत्फुल्ल करने वाली हल्की सिहरन भरी हवा चल रही थी। वे सब हवाओं के डफ पर अपनी भंगिमाओं से थाप दे रहे थे। दिगंत मृदंग बना हुआ था और उनका उल्लास गमक बन कर चारों ओर गूँज रहा था। रेवती ने हौले से मनोहर के काँधे पर हाथ रखा। बोली, ''चलो। बहुत देर हो गई।... कल कोचिंग के बाद हमलोग सीधे गंगा किनारे चलेंगे। रानी घाट नहीं। इंजीनियरिंग कॉलेज वाले घाट पर चलेंगे।"

*

रेवती देवली चली गई।

जार-जार रोती हुई बाला ने उसे विदा किया।

रेवती को विदा करने मनोहर भी आए थे। चौबीस मार्च को होली थी। विदा से पहले रेवती ने पूछा, ''होली में मानिकपुर आओगे?''

''पता नहीं।'' मनोहर अनमने भाव से बोले।

''अगर आओगे, तो मैं होली के दिन बुआ के पास सीवान आ जाऊँगी।''

''अभी कुछ भी नहीं सोचा है।''

''हमारे साथ फगुआ नहीं खेलोगे?'' रेवती के पपड़ियाए होंठों के विवरों से बाहर निकल कर मुस्कुराहट कौंधी।

वर्षों पहले घाघरा के तट पर लीला साह ने जसोदा से यही पूछा था। रेवती को भला क्या मालूम कि उसके रक्त में घुल-मिल कर यह सवाल कबसे बह रहा है!

*

रेवती को लेकर रंगून माँझी देवली पहुँचे।

कुंती रेवती से मिलने देवली आईं। लीलाधर यादव ने बेटी से कहा, ''बबुनी, तुम चुनाव तक यहीं रह जाती, तो रेवती के लिए अच्छा रहता। तुम्हारे रहने से उसे बल मिलेगा और हम भी निफिकिर रहेंगे।''

कुंती सोच में पड़ गईं। सीवान की घर-गृहस्थी को इतने दिनों के लिए किसी और के भरोसे छोड़ कर देवली में रहना सम्भव नहीं था। कहा, ''बाबू, कौन दूर है देवली? हर दो-तीन दिन के आँतर पर आते-जाते रहेंगे। आख़िरी में रुक जाएँगे दस दिन।''

''ठीक।'' लीलाधर मान गए। उन्हें सुजीत को लेकर चिन्ता थी। रेवती के आते ही उसकी चाल-ढाल बदल गई थी। वह रेवती को चुनाव लड़वाने के ख़िलाफ़ था। वह भी चाहता था कि उसका ब्याह हो जाए और उसकी पत्नी चुनाव लड़े। ब्याह में अड़ंगा डालने के चलते वह अपनी माई से नाराज़ था। इतना नाराज़ कि उसने बोलचाल बंद कर दी थी।

घर का माहौल सामान्य नहीं था।

जसोदा देवी और कुसुमी देवी के न होने से जो ख़ालीपन उपजा था उसे भरा नहीं जा सका था। कुंती के आने से रेवती को सुकून मिला। रेवती ने देखा, इस बार उसकी माई अपेक्षाकृत पहले से बेहतर थी। पिता और उसकी बड़की माई दोनों की प्राथमिकताओं में शामिल थी उसकी माई की देखरेख।

दो दिन रुक कर कुंती सीवान वापस हो गई। कुंती और रेवती में मुखर संवाद कम हुआ, पर मन ही मन दोनों ने एक दूसरे को ढाढ़स बँधाया। जब तक रही

कुंती, रेवती को अपनी हथेलियों के स्पर्श से, नज़रों की छुवन से और अपने काँपते होंठों की भाषा से धीर धरने का संकेत देती रही।

रेवती पहले अपनी आजी जसोदा देवी की छाया बन कर इस घर में डोलती फिरती थी। इस बार वह अपनी माई की छाया बन कर डोल रही थी। जब-जब उसकी माई की सुध-बुध लौटती, वह बेटी को दुलारतीं। जब बेसुध होतीं, बस एकटक निहारतीं।

लीलाधर जब घर पर होते, उसे पास बुला लेते और देवली तथा मनरौली के हर टोले के बारे में बतियाते-बताते। लोगों के बारे में, उनकी जाति-धर्म के बारे में और उनकी आर्थिक-सामाजिक हैसियत और महत्त्व के बारे में बताते हुए कई बार वे पुराने दिनों की ओर लौटते और स्मृतियों का ख़ज़ाना खोल कर बैठ जाते। रेवती सुनती और मन ही मन गुनती।...पर अक्सर उसे लगता मानो बाबा की आवाज़ बदल गई हो और उनकी जगह मनोहर बोल रहे हों,...किसी अँग्रेज़ी कविता का भावार्थ उसे समझा रहे हों! मनोहर की आवाज़ किसी ज्योति-पंछी की तरह अपने पंख फैलाए उड़ते हुए आती और उसके भीतर पसरते चुनावी गणित के गहन अंधकार पर अपने पंजों को टिका कर बैठ जाती। चारों ओर आलोक छा जाता। उसके बाबा जो समझा रहे थे, ठीक उसके विपरीत एक नया संसार उसके भीतर मनोहर रचते जा रहे थे। हालाँकि, रेवती के बाबा उसके सामने बैठे थे और मनोहर उससे कोसों दूर थे।

साँझ थी।

फागुन महीने की साँझ। मन-प्राण को उत्फुल्ल करती हवा और अभी-अभी विदा हुए सूर्य की सोने-सी आभा वाली साँझ। थोड़ी देर पहले मनोहर का फ़ोन आया था। मनोहर बोलते रहे थे और वह सुनती रही थी। मनोहर की आवाज़ सुनने के बाद इस यात्रा में पहली बार देवली की यह साँझ रेवती को लुभा रही थी। इस बार जबसे वह आई थी उसे देवली और अपना यह घर पेंचदार गलियों वाले किसी बीहड़ की तरह लग रहा था। रेवती सामने सहन में खड़े कदम्ब को निहार रही थी। कदम्ब पर हारिल पंछियों का झुंड अपने घोंसलों में जाने के लिए मँडरा रहा था। वह पहली बार इस कदम्ब पर हारिलों का मँडराना देख रही थी। शायद ये हारिल पंछी इस कदम्ब के नए रहवासी थे।

बाहर सहन में कुर्सियों पर बैठे लोगों से लीलाधर बतिया रहे थे। जब साँझ का झुटपुटा गहराया और अँधियारा छाने लगा, सहन में एक औरत ने प्रवेश किया। उसने झुक कर मुखिया लीलाधर यादव के पैर छू लिये। उसके आते ही लीलाधर उठे। सामने बैठे लोगों को विदा किया और उस औरत के साथ बरामदे में आकर रेवती के पास बैठ गए। बोले, ''बबुनी, यह रेशमा है। है तो मेरे बचपन के संगतिया अच्छेलाल साह की जनाना, पर मेरे लिए बेटी-बहू जैसी ही है।''

रेशमा के दोनों हाथ जुड़े हुए थे।

''बैठो।'' लीलाधर यादव ने सामने की कुर्सी की ओर इशारा करते हुए रेशमा से कहा।

रेशमा बैठी।

''इसे पहचानती हो?'' लीलाधर ने रेवती की ओर इशारा करते हुए रेशमा से पूछा।

''जी। छोटके भइया की बेटी हैं।...रेवती बबुनी।''

''इस बार रेशमा सरपंच के लिए चुनाव लड़ रही है। हम इसको सपोर्ट कर रहे हैं।...रेशमा, रेवती बबुनी इस बार मुखिया के लिए उम्मीदवार हैं। बबुनी, तुम्हारा और रेशमा का चुनावी गठबन्धन होगा। साथ-साथ चुनाव लड़ना है। एक-दूसरे के लिए साझा प्रचार चलेगा। चुनाव के बाद भी साथ-साथ काम करना होगा।'' लीलाधर ने सूचना देकर दोनों का चेहरा बारी-बारी से देखा और फिर बोलने लगे, ''कल नोटिफिकेशन होने वाला है। कल ही सुबह मंदिर पर एक सभा होगी। उसी सभा में हम दोनों की उम्मीदवारी का एलान करेंगे।''

''जी।'' रेशमा ने कहा।

रेवती चुप रही।

दोनों को सूचना देकर लीलाधर यादव उठे। रंगून माँझी को आवाज़ दिया। स्कार्पियो पर सवार होकर कहीं निकल गए।

लीलाधर यादव के जाने के बाद रमन और भुवन की पत्नियाँ बाहर निकलीं और बरामदे में रेवती और रेशमा के साथ बैठ गईं। बहुत देर तक बातें होती रहीं। रेशमा अपने दुःख-सुख बतियाती रही। रेवती को रेशमा पसंद आई। अछोर ज़िन्दगी के सारे धागों को सहेज कर अपने लिए चादर बुनती रेशमा की आँखों में जादू था, जो बाँध रहा था रेवती को।

रेवती से विदा लेकर रेशमा जब चली रात गहरा चुकी थी। फाल्गुन कृष्ण पक्ष की नवमी की रात थी। अँधेरी रात। साँझ की हल्की हवा अब ठंड से बोझिल हो चुकी थी। रेशमा मंदिर के सामने पहुँची और सड़क पर ही छिन भर बिलम कर हाथ जोड़ते हुए शीश नवाया और आगे बढ़ गई।

इस बीच रेशमा ने खोए हुए बेटों-बहुओं से अच्छेलाल साह का मिलन करवा दिया था। जिस रात मुखिया लीलाधर यादव ने उसे चुनाव लड़ने के लिए चुना, उसके दूसरे दिन वह बिना किसी पूर्व सूचना के घर के दूसरे भाग वाले आँगन में जा बैठी थी। दोनों बहुएँ भौंचक रह गई थीं। पहले तो सबने यह सोचा कि कोई नया बखेड़ा खड़ा होने वाला है, पर जब उसने पोते-पोतियों को प्यार से अपने पास बुलाया और दुलारने लगी तो सब लोग कुछ देर तक दुविधा भरी नज़रों से चुपचाप उसे देखते रहे। अच्छेलाल के दोनों बेटे घर में ही थे। दोनों की पत्नियाँ भी सामने ही थीं। रेशमा बेटों के पास गई और कहा, ''ठीक है कि हम तुम्हारी महतारी नहीं हैं,

पर इनकी दादी तो हैं। तुम लोग भले अपना न मानो, पर सारा गाँव-जवार साहजी की औरत मानता है। हमको बच्चों को अपना पोता-पोती मानने से कौन रोक सकता है! अब हम तो बच्चा जनने से रहे। जो भी है मेरा और साहजी का, उस पर तो इसी बच्चा सब का हक़ है।...हमारी भूल-चूक को छिमा करो। हम दूनो कर जोड़ कर बीच आँगन में खड़ा होकर किरिया खा रहे हैं कि जब तलक जिनगी रहेगी, तुम लोगों का साथ नहीं छोड़ेंगे।"

अच्छेलाल साह के बेटों और बहुओं ने एक-दूसरे को देखा। कोई कुछ समझ नहीं पा रहा था। इतनी उठा-पटक और वैर-भाव के साथ इतने साल गुज़ारने के बाद रेशमा में हुए इस बदलाव पर भरोसा करना आसान नहीं था। रेशमा भी इसे अच्छी तरह समझ रही थी, पर वह ख़ाली हाथ वापस लौटने वाली नहीं थी। उसने कहा, तुम लोग चाहो तो कल ही सीवान चल कर घर और दुकान रजिस्ट्री करवा लो।...आज रात का सबका खाना हम बनाएँगे। रात को हम अपने आकर ले जाएँगे सबको।" अंतिम वाण छोड़ कर चली आई थी रेशमा।

रात में उसने सबके लिए खाना पकाया। ख़ुद जाकर सबको ले आई। बच्चे उत्साह में थे। बहुएँ अभी तक भौंचक थीं और बेटे दुविधा में। अच्छेलाल साह को तो जैसे काठ मार गया था। न ख़ुश हो पा रहे थे और न दुखी। यह सब क्यों और कैसे किया रेशमा ने, उनकी समझ से परे था। बच्चों ने ख़ूब छक कर खाया और अपनी दादी से हिलमिल गए। हमउम्र बहुओं से साफ़-साफ़ कहा रेशमा ने, ''हम बूढ़-पुरनिया सास नहीं हैं कि तुम लोगों पर राज करेंगे।...हमउमिरिया हो, हमउमिरिया की तरह रहेंगे हमलोग। घर-परिवार की कमी-बेसी देखेंगे हम। भगवान जो भी दिए हैं, सब तुम्हीं लोगों का है।"

दूसरे दिन की सुबह जब देवली के लोगों ने देखा कि अच्छेलाल साह के पोते-पोतियाँ रेशमा से चिपके हुए हैं, उनकी आँखें फटी रह गईं। उस दिन से आज तक के बीच बहुत कुछ बदल चुका है। बहुओं को अब बिना सास से बतियाए नींद नहीं आती। दोनों बेटे अभी ज़रूर छिटके हुए रहते हैं।...पर कब तक? रेशमा को अपने पर भरोसा था। यह सब सोचते वह अपने घर के सामने पहुँच चुकी थी। देवली बाज़ार बन्द हो चुका था। सबसे अंत में बन्द होने वाले ढेला साह के होटल के पल्ले भी बन्द हो चुके थे।

रेशमा घर के भीतर गई। अच्छेलाल साह उसका इंतज़ार कर रहे थे। बहुएँ दो बार झाँक कर सोने जा चुकी थीं। सबसे छोटी पोती इन दिनों अपनी दादी के पास सोती थी, सो वह रेशमा के बिस्तर पर सो रही थी। रेशमा ने अच्छेलाल को कल सुबह देवली मंदिर के सामने होने वाली सभा के बारे में बताया।

*

मुखिया लीलाधर यादव के बुलावे का इंतज़ार करते-करते थक चुके क़ाज़ी शेख़ बसीर ने रहीम मियाँ पर डोरे डाले। रहीम देवली के अंसारियों के नेता थे। रहीम ने ही उस दिन मस्जिद वाली बैठक में उनकी बहू की उम्मीदवारी का विरोध किया था। क़ाज़ी शेख़ बसीर ने रहीम अंसारी को इस बात के लिए राज़ी कर लिया कि उनकी बहू चुन्नी ख़ातून मुखिया की उम्मीदवार बनें और अपनी बहू की उम्मीदवारी के साथ-साथ उनकी बहू की उम्मीदवारी का एलान कर दिया। इधर रज्जन पासवान का हाल मुखिया लीलाधर के इंतज़ार में बेहाल था। उनकी हालत साँप-छछून्दर वाली होकर रह गई थी। वे नाज़ बेगम के साथ को न निगल पा रहे थे, न उगल पा रहे थे। रहीम अंसारी की उम्मीदवारी से देवली के अंसारियों के वोट का सारा गणित उलट गया था, सो नाज़ बेगम अब उनके लिए बहुत काम की नहीं बची थीं। इधर मुखिया लीलाधर यादव अलग दम साधे पड़े थे। हार-थक कर रज्जन ने नाज़ बेगम के साथ होने की बात मान ली थी और अपने लोगों को सहेजने-समेटने में लगे थे। बस एक डर था कि कहीं वोट काटने के लिए मुखिया अनिल माँझी की औरत को न खड़ा करवा दें! इस चुनाव ने देवली-मनरौली को हिंडोर कर रख दिया था।

देवली मंदिर के सामने भीड़ जुटी थी। मंदिर के सामने विशाल पीपल पेड़ के चबूतरे पर, वर्षों से उपेक्षित सूख चुके कुएँ की जगत पर, चारों ओर लोग ही लोग थे। लीलाधर यादव के बुलावे पर देवली के अलावा पुरैना, मानिकपुर, अरजल, हरपुर आदि दूसरे गाँवों से भी लोग आए थे। ढोंढ़ाई बाबा ने पीतल के एक बड़े परात में मकुनदाना और तुलसीदल के प्रसाद और प्रभु के चरणामृत के साथ एक युवक को बैठा दिया था। लोग आते, मंदिर में शीश नवा कर बाहर निकलते, प्रसाद और चरणामृत लेकर भीड़ में शामिल हो जाते। देवली के लगभग सभी टोलों से लोग आए थे। पंडित टोला उपस्थित था, पर बबुआन टोला के लोग नहीं थे। बड़का पोखर वाले यादवों के टोला के लोग भी शामिल थे। मनरौली के हिन्दुओं में शायद ही कोई घर बचा था। हर घर से कोई न कोई था। टोटहा से भी लोग थे। मनरौली के साँई टोला के बूढ़े-बच्चे सब झुँड में एक साथ आए थे और एक साथ सबसे आगे बैठे थे। कम संख्या में ही सही, देवली के मुसलमान भी थे। इस सभा में मुखिया के समर्थकों के साथ-साथ, भीतर ही भीतर विरोध करने वाले वैसे लोग भी थे, जो हवा-बयार का रुख जानने आए थे।

देवली-मनरौली के पंचायत चुनाव में ऐसी सभा की कोई परिपाटी नहीं थी। पहले कभी किसी ने ऐसी सभा नहीं बुलाई थी। ऐसा पहली बार हो रहा था। मुखिया लीलाधर बोलने के लिए खड़ा हुए। उन्होंने दोनों हाथ जोड़ कर सबको प्रणाम किया और बोले, ''हम चाह कर भी इस बार आप लोग की सेवा नहीं कर सकते। सरकारी नियम के सामने हम सब लोग लाचार हैं। हम और हमारा परिवार देवली-मनरौली के लिए क्या-क्या किया है, किसी से छिपा नहीं है। हम नहीं चाहते थे कि

इस बार हमारे परिवार से कोई चुनाव लड़े, पर अपने पंचायत के हर जाति-धरम के लोगों की इच्छा के सामने माथा झुकाना पड़ा। लोगों की बात टालने की हिम्मत नहीं हुई।...बहुत सोच-विचार के बाद अपनी पोती रेवती की पढ़ाई छुड़वा कर उसे पटना से बुलाना पड़ा।" लीलाधर ने रेवती की ओर देखा और उसे खड़ा होने के लिए संकेत दिया।

रेवती दोनों हाथ जोड़े उठी। भीड़ ने तलियों से स्वागत किया। अपनी बात जारी रखते हुए लीलाधर बोले, "इस बार रेवती मुखिया के लिए उम्मीदवार है। आपके परिवार की पढ़ी-लिखी बेटी अब मुखिया बनेगी। हम लोग तो कामचलाऊ पढ़े-लिखे आदमी हैं।...सरपंच पद का हाल तो पिछले चुनाव के बाद इस पंचायत के लोगों ने देखा ही। कौन कसूरवार है और कौन नहीं, यह सब कोर्ट-कचहरी जाने।...पर शमशेर के साथ जो हुआ, वो अच्छा नहीं हुआ। हमारा तो परिवार जैसा सम्बन्ध था और आज भी निभा रहे हैं। शमशेर के परिवार के लिए अच्छेलाल भाई की जनाना रेशमा ने जो किया है, वह कोई सगा भी नहीं करता। रेशमा को इस नेक काम के लिए बहुत कुछ सहना पड़ा है। यही समय है कि हमलोग इस नेकी का बदला चुकाएँ। सरपंच पद के लिए रेशमा चुनाव लड़ रही है। सौ-सौ पढ़े-लिखे लोगों पर अपनी हिम्मत के बल पर भारी पड़ेगी रेशमा। हमलोग उनको सपोर्ट करेंगे। मदद करेंगे। रेवती और रेशमा की जोड़ी अगर जीत के आती है, तो इस पंचायत की सूरत बदल जाएगी। रेशमा की जीत ऐसी औरत की जीत होगी, जिसके पास समाज और शासन से लड़ कर हक़ हासिल करने की ताक़त है।"

मुखिया लीलाधर जब बोल रहे थे, रेशमा दोनों हाथ जोड़े और सिर झुकाए भीड़ का अभिवादन कर रही थी। भीड़ ने तालियों से रेशमा का समर्थन किया। रेशमा की उम्मीदवारी पर अधिकांश लोग चकित थे। ढोंढ़ाई बाबा तो आसमान से गिरे थे और अभी बीच में ही लटके हुए थे। सोच रहे थे, 'वाह रे लीलाधर! अपरम्पार है तुम्हारी लीला! इसको कहते हैं राजनीति। पचास डेग की दूरी पर हैं पर हवा तक न लगी!' पिछले कुछ दिनों में अपने आचरण और व्यवहार से देवली-मनरौली के लोगों, ख़ास कर औरतों के बीच रेशमा ने अपनी जगह बनाई थी।

सभा विसर्जन के बाद बहुत देर तक लीलाधर के घर पर लोगों का जमावड़ा रहा। रेशमा भी वहीं थी। अच्छेलाल साह भी। उनके दोनों बेटों ने पहली बार देवली में अपने परिवार को ऐसे मान पाते हुए देखा और उनके मन में रेशमा के प्रति स्वीकार-भाव उपजा। वे दोनों भी लीलाधर के दुआर पर थे।

मुखिया लीलाधर यादव के घर के बायीं ओर बनी घारी के सामने पंचदेव कानू पूरी, आलूदम, रायता, बैंगन-बड़ी और जलेबी की तैयारी में लगे थे। यह सब भुवन के ज़िम्मे था। रमन का काम था दुआर पर जुटे लोगों की देख-रेख कि कोई छूट न जाए। रंगून माँझी को दम मारने की फुरसत नहीं थी। लीलाधर ने मास्टर अनिल

माँझी को सीवान भेजा था कि जैसे ही नोटिफिकेशन हो, मनन चौधरी से मिल कर उसकी एक कॉपी ले लें और देवली आ जाएँ।

दोपहर में, अभी भोजन शुरू भी नहीं हुआ था कि मास्टर अनिल माँझी नोटिफिकेशन की कॉपी लिये पहुँचे। कल पाँच मार्च से ही नॉमिनेशन शुरू था और ग्यारह मार्च अंतिम तिथि थी। सोलह तक नाम वापसी और उसी दिन सिम्बल का बँटवारा। चुनाव अगले महीने था—अट्ठाइस अप्रैल दो हज़ार सोलह के दिन। बीच में चौबीस मार्च को होली थी। कुछ लोग दुखी थे कि चुनाव की गहमागहमी में होली का मज़ा बरबाद हो जाएगा। नॉमिनेशन के लिए पहले ग्यारह मार्च के अंतिम दिन के बारे में सोचा गया, पर आम राय थी कि शुक्रवार के बदले मंगलवार यानी आठ मार्च ठीक रहेगा। मंगलवार हनुमान जी का दिन है।...और यही तय हुआ।

भोजन तैयार होने की सूचना पंचदेव कानू ने दी। रमन की पत्नी ने एक बड़ी थाली में भोजन निकलवा कर मंदिर पर भिजवाया कि पहले ढोंढ़ाई बाबा भगवान को भोग लगा दें। ढोंढ़ाई बाबा भी प्रतीक्षा में ही थे। भगवान को भोग लगाते हुए वे सोच रहे थे कि प्रभु भी अजीब-अजीब खेल खेलते हैं। कहाँ एक पढ़ी-लिखी शहराती लड़की और कहाँ कलाल की चढ़बाँकी जनाना। दोनों का कोई मेल नहीं, पर प्रभु ने मुखिया से ऐसा खेल रचवा दिया कि इसका कोई काट नहीं है।

इस सारी गहमागहमी में सुजीत सिंह यादव अदृश्य थे। मुखिया लीलाधर यादव और उनके दोनों बेटे सुजीत की अनुपस्थिति को लेकर भीतर ही भीतर चिंतित थे, पर बाहर से सामान्य दिख रहे थे। एक बार भीतर जाकर लीलाधर ने रमन की पत्नी से पूछा भी, पर कोई सही जवाब नहीं मिला। सुजीत की महतारी को अपने बेटे के बारे में कुछ भी मालूम नहीं था। महतारी और बेटा के बीच तो पहले से ही बोलचाल बंद थी। रंगून माँझी केवल इतना बता सके कि उन्होंने सुबह-सुबह सुजीत को मोटरसाइकिल से निकलते देखा था।

मुखिया लीलाधर के दुआर पर रात तक लोगों का आना-जाना लगा रहा। रेवती और रेशमा देर शाम तक लोगों से मिलती-जुलती रहीं। मनन चौधरी आए और कुछ देर रुक कर चले गए। रेवती और रेशमा से मिल कर बधाई दे गए। लीलाधर यादव सुजीत को लेकर चिन्तातुर थे। सब कुछ सिमट जाने के बाद सुजीत की बुलेट मोटरसाइकिल की भड़भड़ सुनाई पड़ी। वह आया और मोटरसाइकिल लगा कर घर के भीतर घुसा। बिना किसी से मिले या कोई बात किए सीधे ऊपर अपने कमरे में चला गया।

*

नॉमिनेशन के दिन के लिए यह तय हुआ कि सुबह रेवती और रेशमा एक जुलूस के साथ देवली बाज़ार से टोटहा टोला होते हुए मनरौली के अंसारी टोला तक जाएँगी। मनरौली में एक सभा होगी। सभा के बाद नॉमिनेशन के लिए दोनों हसनपुरा ब्लॉक ऑफ़िस पहुँचेंगी। हसनपुरा तक उनकी गाड़ियों के पीछे-पीछे मोटरसाइकिल सवारों का क़ाफ़िला चलेगा।

रेवती ने इस कार्यक्रम को एक सिरे से ख़ारिज़ कर दिया। उसने कहा, "बाबा, हम इस चुनाव में तमाशा बनने को तैयार नहीं हैं। बिना किसी जुलूस के हमलोग हसनपुरा जाकर अपना नॉमिनेशन दाख़िल करेंगे। बस वे लोग ही साथ रहेंगे जिनका रहना ज़रूरी है।...वहाँ से लौट कर मनरौली में सभा होगी। हम अपना प्रचार सादगी से करना चाहते हैं। हम लोग इस पंचायत के हर घर के दरवाज़े पर जाएँगे। सीधा सम्पर्क करेंगे। बिना किसी भेद-भाव के हर घर का दरवाज़ा खटखटाएँगे।"

रेवती ने बिन लाग-लपेट के अपनी बात सबके सामने रख दी थी। लीलाधर यादव ने रेवती की बात का समर्थन किया। हालाँकि, समर्थक थोड़ा निराश हुए। कई लोगों के उत्साह पर पानी फिर गया।

नॉमिनेशन तय तिथि पर हुआ और ठीक वैसे ही हुआ, जैसे रेवती चाहती थी। रेवती और रेशमा ने अपना चुनाव प्रचार शुरू किया। सबसे पहले दोनों टोटहा टोला पहुँचीं। वे दोनों प्रचार में अक्सरहाँ साथ होतीं। कभी-कभार ही अलग निकलतीं, पर कहीं न कहीं मिल ही जातीं। उनके साथ औरतों की टोली होती। रेवती की गम्भीरता और रेशमा की हाज़िरजवाबी ने मिल कर चुनाव में नया स्वाद भर दिया था। सरल भाव से दोनों नेह-छोह लुटाती फिर रही थीं। गुल बानो अपनी घर-गृहस्थी का सारा काम-काज छोड़ कर रेवती और रेशमा के साथ छाया की तरह लगी हुई थी। उसे देखते ही औरतें शमशेर की निर्मम हत्या को याद करतीं।

रोज़ रात में लीलाधर यादव के सामने बैठ कर जब दिन-भर के क़िस्से सुनातीं दोनों, वह चकित और मुग्ध-भाव से सुनते। लीलाधर यादव दिन-भर अपने अलग अंदाज़ में अपनी जाति-बिरादरी को संगठित करते, पटना की सत्ता दिलवाने वाले मुस्लिम-यादव गँठजोड़ के ताने-बाने बुनते, रज्जन पासवान और नाज़ बेगम के वोट बैंक में सेंधमारी करते और तरह-तरह के दाँव-पेंच चल कर वोट सहेजते। उन्होंने क़ाज़ी शेख़ वसीर के सहयोगी रहीम अंसारी को मानिकपुर के अंसारियों के ज़रिए तोड़ लिया था। सीवान बुला कर मुलाक़ात की। चुनाव बाद उनके बेटे को ठेकेदारी दिलवाने का वादा करके रेवती और रेशमा का वोट पक्का कर लिया। रहीम अंसारी की अपनी बिरादरी पर पकड़ थी और वे अपनी बिरादरी के लोगों से यह काम करवा लेने में सक्षम थे। टोटहा टोला में रंगून माँझी और उनके पुत्र मास्टर अनिल माँझी जी-जान से लगे हुए थे। रेवती और रेशमा की अवावजाही भी टोटहा में लगातार बनी हुई थी। औरतें उन पर मोहित थीं।

नाज़ बेगम भी घूम रही थीं। अपने कोठे से उतर कर मनरौली और देवली की सड़कों-गलियों में अपना पसीना बहा रही थीं। नाज़ बेगम ने मुन्नी बी के साथ जो किया था, उसकी छाया उनका पीछा कर रही थी। उनके सामने तो कोई कुछ नहीं बोलता, पर उनकी पीठ पीछे औरतें मुँह बिचकातीं और खुसुर-फुसुर करतीं। नाज़ बेगम ने अब तक साँई टोला का रुख़ नहीं किया था। रजुली देवी के साथ गँठजोड़ के बावजूद प्रचार में संग-साथ न के बराबर ही था। रजुली देवी के साथ उनके पति छाया की तरह लगे रहते। प्रचार से लौटने के बाद जब रज्जन अपनी पत्नी को कुछ बताते, वह चिढ़ कर कोसने लगती। कहती, "जिनगी भर गाय-गोरू का सानी-पानी करवाए, गोबर पथवाए अउरी अब चले हो अकिल बाँटने!"

क़ाज़ी शेख़ वसीर बुरी तरह फँस गए थे। देवली के पठानों ने बिल्कुल मुँह मोड़ लिया था। हिन्दुओं से उनके आपसी सम्बन्ध बहुत गहरे थे, पर बयार उल्टी बह रही थी। पंडित टोला वाले दम साधे हुए थे। वे कुछ समझ नहीं पा रहे थे कि ऊँट किस करवट बैठेगा! बबुआन टोला पर ज़रूर उन्हें भरोसा था कि वे न तो रज्जन के पाले में जाएँगे और न लीलाधर के पाले में।

*

होली की छुट्टी में मनोहर अपने गाँव मानिकपुर आए थे।

हवा ऊष्म हो चली थी। खेतों में गेहूँ की फ़सल का रंग बदल चुका था। हरीतिमा अब सोने-सी दिप-दिप करने लगी थी। मटर और अरहर की छीमियाँ पक कर फट रही थीं। सरसों की छीमियाँ भी चटकने लगी थीं। लोगों ने फ़सलों को सहेजना शुरू कर दिया था। थ्रेसर मशीनों की आवाज़ चारों ओर से उमगने लगी थी। चुनाव और कटनी-दौंनी ने मिल कर गाँवों की आबोहवा बदल दी थी। खेतों-खलिहानों से लौट कर आने के बाद बतकही के लिए आजकल बातें ही बातें थीं सबके पास।

फगुआ का दिन था।

दोपहर तक देवली में घूमने के बाद रेवती ने अपने बाबा से कहा कि वह कुंती बुआ और फूफा से मिलने सीवान जाना चाहती है। ज़िला परिषद के चुनाव में अपनी व्यस्तता के कारण मनन चौधरी भी इन दिनों देवली नहीं आ पा रहे थे। लीलाधर यादव ने रंगून माँझी को कहा कि वे रेवती को सीवान घुमा कर जल्दी लौटें।

रेवती सीवान के लिए निकली। स्कार्पियो जब देवली बाज़ार और बड़का पोखर पार कर पुरैना पहुँची, रेवती ने रंगून माँझी से कहा, "काका, मानिकपुर होते हुए चलिए।"

"कौनो काम है का बबुनी?" रंगून माँझी ने पूछा।

"हमारे पटना वाले दोस्त आए हैं। आज परब का दिन है। सोचे, मिल लेते हैं।"

"चुनाव का समय है, सो इधर-उधर भटकना ठीक नहीं बबुनी।" रंगून माँझी जाना नहीं चाहते थे।

"आपके रहते कोई चिन्ता नहीं है काका। तुरंत निकल चलेंगे मानिकपुर से।" रेवती ने ज़िद की।

स्कार्पियो ने करमासी की राह छोड़ दी और मानिकपुर की राह पकड़ ली। यह राह भी मानिकपुर के बाद सिसवन-सीवान रोड में मिल जाती थी।

रेवती ने मनोहर को फ़ोन कर दिया था कि वह पहुँच रही है। जिस समय रेवती स्कार्पियो से मनोहर के घर के सामने उतरी, मनोहर अपनी माई के साथ खड़ा थे। उसने मनोहर की माई के पाँव पर अबीर रख कर प्रणाम किया। मनोहर की माई उसे घर के भीतर ले गईं। पुआ बना था। रेवती ने पुआ खाया। घर से निकलते हुए रेवती ने मनोहर की माई की नज़र बचा कर मुट्ठी भर अबीर मनोहर पर झोंक दिया और झटके से बाहर निकल गई। मुँह पोंछते हुए मनोहर निकले। उनकी माई भी विदा करने गाड़ी के पास तक आईं। मनोहर के पिता घर पर नहीं थे। मनोहर के संकोच के बावजूद रेवती आनन-फ़ानन पहुँची और तत्काल विदा हुई।

इधर रेवती ने मनोहर पर मुट्ठी भर अबीर फेंका और उधर अमरपुर में बहती घाघरा की जल-सतह पर इन्द्रधनु उग आया। रँग गया था घाघरा का जल। सात रंगों की अनगिन रंग-छवियाँ थीं। रंग ही रंग थे। इस इन्द्रधनु के एक छोर पर जसोदा थीं और दूसरे छोर पर लीला साह। दोनों इस इन्द्रधनु की प्रत्यंचा की डोर पकड़ घाघरा की धारा में तैर रहे थे। उनके ऊपर मँडरा रहे थे देवता। विभिन्न दिशाओं से भागते चले आ रहे थे गंधर्व। नक्षत्रों की आभा से आलोकित हो रहा था सारा दृश्य।... पर इस दृश्य को न तो रेवती ने देखा और न ही मनोहर ने। मुट्ठी में अबीर भर कर मनोहर पर फेंकते समय रेवती की आँखों में अपनी आजी जसोदा की छवि भर कौंधी थी पल-छिन के लिए।

जिस समय स्कार्पियो मानिकपुर बाज़ार से गुजर रही थी, बाज़ार लोगों से भरा था। वह सीवान पहुँची और कुंती बुआ से मिल कर तुरंत लौटी। मनन चौधरी घर पर नहीं थे। कुंती ने उसे कुछ देर और रोकना चाहा। रेवती ने कहा, "देवली में दुआर पर लोगों का आना-जाना लगा होगा। बाबा ने जल्दी बुलाया है। जाने दो बुआ। चैन की ज़िन्दगी तो अब छीन ली तुम लोगों ने।"

*

रेवती के वापस देवली पहुँचने से पहले उसके मानिकपुर होते हुए सीवान जाने और मानिकपुर में मनोहर रजक के घर रुकने की ख़बर सुजीत सिंह यादव तक पहुँच चुकी थी। देवली बाज़ार में खड़े सुजीत के किसी दोस्त ने उसके बाबा की

स्कार्पियो को गुज़रते हुए देखा था। वहीं उसे पता चला था कि सुजीत की बहन, जो इस बार मुखिया का चुनाव लड़ रही है मनोहर रजक के घर मिलने आई थी। दोनों सीवान में साथ-साथ पढ़ते थे और अभी पटना में साथ-साथ पढ़ते हैं। सुजीत की बहन पहले भी मनोहर से मिलने आती रही है।

सुजीत सिंह यादव ने अपने बाबा मुखिया लीलाधर यादव से इस बारे में कोई बात नहीं की। रेवती के वापस लौटने की प्रतीक्षा की। लीलाधर यादव ओसारे में अकेले बैठे रेवती के आने की व्यग्रता से प्रतीक्षा कर रहे थे। सामने सहन में रमन और भुवन के साथ कई लोग बैठे थे। रेवती के लौटते ही अपने बाबा के सामने ही सुजीत ने पूछा, ''तुम सीवान जाते हुए मानिकपुर गई थी?''

''हाँ।'' रेवती ने कहा।

''किससे मिलने गई थी?'' सुजीत की आवाज़ में उसकी छाती में जलती आग की धाह थी।

''मनोहर से।'' रेवती ने निडर स्वर में जवाब दिया और घर के भीतर चली गई।

लीलाधर यादव रेवती और सुजीत के बीच की बातचीत बिना किसी हस्तक्षेप के सुन रहे थे।

सुजीत ने अपने बाबा की ओर एक नज़र देखा और बिना कुछ कहे-सुने चला गया। साँझ हो चुकी थी। लोगों के आने-जाने का सिलसिला जारी था। सामने सहन में बैठे लोग चुनाव की चर्चा में डूबे हुए थे। लीलाधर यादव के दिमाग़ में उथल-पुथल मची हुई थी और किसी अनिष्ट की आशंका से कलेजा हौल रहा था। पहले कभी ऐसा नहीं होता था। दिन पर दिन उग्र होते सुजीत के स्वभाव और रेवती के निडर हठ के सामने वे विवश होते जा रहे थे।

*

फगुआ के बाद चुनाव प्रचार थोड़ा ढीला पड़ गया था। लोग घरों में कम मिलते थे। कटनी-दौंनी के चलते खेत-खलिहान आबाद थे। पिछले साल की वर्षा का आतंक मन के भीतर घर बना कर बैठा हुआ था। पक कर घर आने को तैयार फ़सल खेतों में ही रह गई थी। आँधी-पानी ने सब लूट लिया था। लोग जल्दी से जल्दी अन्न के दानों को घर ले आने में लगे थे। बमुश्किल हफ़्ता भर की बेचैनी थी।

फगुआ के दस-बारह दिनों बाद सरकार ने शराबबन्दी कर दी। चर्चा पहले से थी, पर लोगों को भरोसा नहीं था। इस ख़बर के कई रंग थे। औरतें हुलास से भर गईं। गँजहों ने दारूबाज़ों का उपहास उड़ाया। थाने की पुलिस गाँव-गाँव में घूम कर छापे मारने में व्यस्त हो गई। सिर्फ़ कलाली ही बन्द नहीं हुई थी, घरों में भट्ठी लगा कर दारू चुआने वालों पर पुलिस की गाज गिर रही थी। देवली के लोग रेशमा

की दूर-दृष्टि की सराहना करते फिर रहे थे कि अच्छा किया उसने कि पहले ही कलाली बन्द करके सिंगार स्टोर खोल कर नया धंधा जमा लिया।

नाज़ बेगम चुनाव प्रचार में लगी हुई थीं और अकरम अंसारी घर पर बैठे पागलों की तरह अपने सिर के बाल नोचते रहते। उनकी पूरी देह में चकत्ते निकल आए थे। चुनाव में दस दिन बाक़ी थे कि चीख़ते-चिल्लाते और नाज़ बेगम, मुन्ने मियाँ, दोनों छोटे भाइयों और उनकी बीबियों को गालियाँ बकते अकरम अंसारी अल्ला को प्यारे हो गए। किसी ने नहीं सोचा था कि अकरम अंसारी इस तरह विदा लेंगे। उनकी वफ़ात की ख़बर मुन्नी बी और रेशमा तक पहुँची। मुन्नी बी के कलेजे में हूल उठी और बहुत देर तक वहीं अँटकी रही। रेशमा ने सुना और बहुत देर तक मौन रही। उस दिन देवली और मनरौली में चुनाव प्रचार के लिए कोई नहीं निकला। उसी दिन साँझ में शमशेर साँई की क़ब्र के बग़ल में अकरम अंसारी को दफ़नाया गया। दफ़्न के समय लीलाधर यादव, क़ाज़ी शेख़ वसीर, रज्जन पासवान, रहीम अंसारी, गँजहे मंसूर मियाँ, फत्ते मियाँ सहित मनरौली-देवली के कई लोग क़ब्रिस्तान में मौजूद थे। अकरम अंसारी की मौत के बाद तीन दिनों तक नाज़ बेगम सोग़ में रहीं।

*

चैत बीत चुका था।

वैशाख का ताप बहुत तेज़ी से चढ़ रहा था। हवा झुलसाने लगी थी। पछिया के झोंके धूल और तपिश लिये आते और प्रेतों की तरह नाचते रहते। लोग झुलस रहे थे। पूरे जवार में चुनाव की गर्मी को पछाड़ कर वैशाख की धूप ने मौसम की सत्ता की डोर अपने हाथ में थाम ली थी।

चुनाव प्रचार के अन्तिम दिन की साँझ थी। हवा में भारीपन था। उमस थी। लीलाधर यादव के दुआर पर बाहर सहन में कुर्सियों पर लोग जमे थे और इस बात पर चर्चा चल रही थी कि किस बूथ पर कौन रहेगा! लीलाधर यादव अपने पिछले अनुभवों को साझा कर रहे थे। रमन सिंह यादव चिन्तातुर थे। सुजीत पिछली रात से ही घर नहीं लौटा था। चिंतित तो लीलाधर यादव भी थे, पर उन्होंने अपने को चुनाव के बहाने उलझा रखा था। सुबह से उनका मन भी उद्विग्न था। भुवन दुआर पर आए लोगों की देखरेख में लगे थे। रेशमा भी थी। रेवती भीतर थी। थोड़ी ही देर पहले बाहर से लौटी थी। थक गई थी रेवती। उसके पाँव थरथरा रहे थे। वह अपनी माई के साथ आँगन में बैठी थी। घर के पिछवाड़े खड़े नीम पर बैठा कोई कौआ काँव-काँव कर रहा था। उसका कर्कश स्वर रेवती को बेचैन कर रहा था।

मुखिया लीलाधर यादव का मोबाइल बजा। उन्होंने फ़ोन रिसीव किया। 'जी...

हूँ...हाँ' करते हुए उठे। साथ बैठे लोगों से अलग हुए। थोड़ी दूरी पर जाकर बात करते रहे। बात करते हुए ही वापस लौटे और कुर्सी के पास पहुँचने से पहले ही लड़खड़ा कर गिर गए। मोबाइल हाथ से छूट कर दूर जा गिरा।

सब के सब सकते में आ गए। उन्हें उठा कर कुर्सी पर बैठाया गया। कोई पानी लाने दौड़ा, तो कोई बेना ले आया। थोड़ी देर में लीलाधर की चेतना वापस लौटी। उन्होंने भुवन से कहा, "पाहुन को फ़ोन लगाओ।"

पटना के कदमकुआँ थाना से फ़ोन था। सुजीत सिंह यादव को हत्या के ज़ुर्म में मौक़ा-ए-वारदात से पुलिस ने गिरफ़्तार किया था। सुजीत सिंह यादव ने दलदली गली के भगतिन लॉज में मनोहर रजक नाम के एक छात्र की गोली मार कर हत्या कर दी थी। हत्या के बाद ठसमठस भीड़ वाली दलदली गली से भागते हुए उसे भीड़ ने पकड़ लिया था। भीड़ उसे मार डालने के लिए आतुर थी। लोगों ने पीट-पीट कर अधमरा कर दिया था। पुलिस की निगरानी में सुजीत को अस्पताल में भर्ती कराया गया था। उसके मोबाइल से मुखिया लीलाधर यादव का नम्बर लेकर पुलिस ने इत्तला दी थी।

यह ख़बर भीतर आँगन में पहुँची।

अचानक बत्तीस तारों के झुंड वाले सत्ताइसवें नक्षत्र का ज्योतिपुंज आकाश से गिरा और मुखिया लीलाधर यादव के आँगन में रेज़ा-रेज़ा बिखर गया। नक्षत्र के इन टुकड़ों के लिए आसमान में अब कोई ठौर-ठिकाना नहीं बचा था। ज्योतिपुंज की किरच-किरच को निगल गई आँगन की भुँइ। एक आकुल अँधेरा पसर गया था चारों ओर। इस अँधियारे में अपने थरथराते पाँवों पर स्मृतियों के चिथड़े ओढ़े खड़ी थी रेवती। एक अनश्वर पुकार उसकी अस्थियों में,...शिराओं के बहते रक्त में,... मांस-मज्जा में चीख़ बन कर गूँज रही थी। अचानक उसे मनोहर दिखे। लीलाधर यादव के अँधेरे आँगन में खड़े थे मनोहर। आँगन के अँधियारे में उसकी आजी जसोदा देवी का चेहरा उभरा। ताम्बई गोराई वाले चेहरे पर उम्र की अनगिन गहरी लकीरों वाला चेहरा। रेवती जब आजी का चेहरा याद करती थी, उसे इन्हीं लकीरों में नदियों की जलधाराएँ दिखती थीं। आज इन लकीरों में मटमैली रेत भरी थी। रेवती ने अँधेरे में हाथ बढ़ा कर अपनी आजी जसोदा देवी का चेहरा अपनी हथेलियों में भर लिया। एक विलाप-स्वर फूटा, जो अग्नि-लीक की तरह धरती से आसमान की ओर ऊपर उठता गया।

✪✪✪